Antología Miguel de Cervantes Saavedra

Biografía del autor

Novelas ejemplares

D1649286

La gitanilla
El amante liberal
Rinconete y Cortadillo
La española inglesa
El licenciado Vidriera
La fuerza de la sangre
El celoso extremeño
La ilustre fregona
Las dos doncellas
La señora Cornelia
El casamiento engañoso
El coloquio de los perros

Apéndices

Edición comentada y revisada

Biografía del autor

Miguel de Cervantes Saavedra (Alcalá de Henares, 29 de septiembre de 1547-Madrid, 22 de abril de 1616) fue un soldado, novelista, poeta y dramaturgo español. Está considerado la máxima figura de la literatura española y es universalmente conocido por haber escrito El ingenioso Hidalgo don Quijote de la Mancha (conocida habitualmente como el Quijote), que muchos críticos han descrito como la primera novela moderna y una de las mejores obras de la literatura universal, además de ser el libro más editado y traducido de la historia, solo superado por la Biblia. Se le ha dado el sobrenombre de «Príncipe de los Ingenios».

Cuarto de los siete hijos del matrimonio de Rodrigo de Cervantes Saavedra y Leonor de Cortinas, Miguel de Cervantes Saavedra nació en Alcalá (dinámica sede de la segunda universidad española, fundada en 1508 por el cardenal Francisco Jiménez de Cisneros) entre el 29 de septiembre (día de San Miguel) y el 9 de octubre de 1547, fecha en que fue bautizado en la parroquia de Santa María la Mayor.

La familia de su padre conocía la prosperidad, pero su abuelo Juan, graduado en leyes por Salamanca y juez de la Santa Inquisición, abandonó el hogar y comenzó una errática y disipada vida, dejando a su mujer y al resto de sus hijos en la indigencia, por lo que el padre de Cervantes se vio obligado a ejercer su oficio de cirujano barbero, lo cual convirtió la infancia del pequeño Miguel en una incansable peregrinación por las más populosas ciudades castellanas. Por parte materna, Cervantes tenía un abuelo magistrado que llegó a ser efímero propietario de tierras en Castilla. Estos pocos datos acerca de las profesiones de los ascendientes de Cervantes fueron la base de la teoría de Américo Castro sobre el origen converso (judíos obligados a convertirse en cristianos desde 1495) de ambos progenitores del escritor.

El destino de Miguel parecía prefigurarse en parte en el de su padre, quien, acosado por las deudas, abandonó Alcalá para buscar nuevos horizontes en el próspero Valladolid, pero sufrió siete meses de cárcel por impagos en 1552, y se asentó en Córdoba en 1553. Dos años más tarde, en esa ciudad, Miguel ingresó en el flamante colegio de los jesuitas. Aunque no fuera persona de gran cultura, Rodrigo se preocupaba por la educación de sus hijos; el futuro escritor fue un lector precocísimo y sus dos hermanas sabían leer, cosa muy poco usual en la época, aun en las clases altas. Por lo demás, la situación de la familia era precaria.

En diciembre de 1569 se encontraba en los dominios españoles en Italia, provisto de un certificado de cristiano viejo (sin ascendientes judíos o moros), y meses después era soldado en la compañía de Diego de Urbina.

Pero la gran expectativa bélica estaba puesta en la campaña contra el turco, en la que el Imperio español cifraba la continuidad de su dominio y hegemonía en el Mediterráneo. Diez años antes, España había perdido en Trípoli cuarenta y dos barcos y ocho mil hombres. En 1571 Venecia y Roma formaban, con España, la Santa Alianza, y el 7 de octubre, comandadas por el hermanastro bastardo del rey de España, Juan de Austria, las huestes españolas vencieron a los turcos en la batalla de Lepanto. Fue la gloria inmediata, una gloria que marcó a Cervantes, el cual relataría muchos años después, en la primera parte del Quijote, las circunstancias de la lucha. En su transcurso recibió el escritor tres heridas, una de las cuales, si se acepta esta hipótesis, inutilizó para siempre su mano izquierda y le valió el apelativo de «el manco de Lepanto» como timbre de gloria.

Junto a su hermano menor, Rodrigo, Cervantes entró en batalla nuevamente en Corfú, también al mando de Juan de Austria. En 1573 y 1574 se encontraba en Sicilia y en Nápoles, donde mantuvo relaciones amorosas con una joven a quien llamó «Silena» en sus poemas y de la que tuvo un hijo, Promontorio. Es posible que pasara por Génova a las órdenes de Lope de Figueroa, puesto que la ciudad ligur aparece descrita en su novela ejemplar El licenciado Vidriera, y finalmente se dirigiera a Roma, donde frecuentó la casa del cardenal Acquaviva (a quien dedicaría La Galatea), conocido suyo tal vez desde Madrid, y por cuya cuenta habría cumplido algunas misiones y encargos.

Fue ésta la época en que Cervantes se propuso conseguir una situación social y económica más elevada dentro de la milicia mediante su promoción al grado de capitán, para lo cual obtuvo dos cartas de recomendación ante Felipe II, firmadas por Juan de Austria y por el virrey de Nápoles, en las que se certificaba su valiente actuación en la batalla de Lepanto. Con esta intención, Rodrigo y Miguel de Cervantes se embarcaron en la goleta Sol, que partió de Nápoles el 20 de septiembre de 1575, y lo que debía ser un expedito regreso a la patria se convirtió en el principio de una infortunada y larga peripecia.

A poco de zarpar, la goleta se extravió tras una tormenta que la separó del resto de la flotilla y fue abordada, a la altura de Marsella, por tres corsarios berberiscos al mando de un albanés renegado de nombre Arnaute Mamí. Tras encarnizado combate y la consiguiente muerte del capitán cristiano, los hermanos cayeron prisioneros. Las cartas de recomendación salvaron la vida a Cervantes, pero serían, a la vez, la causa de lo prolongado de su cautiverio: Mamí, convencido de hallarse ante una persona principal y de recursos, lo convirtió en su esclavo y lo mantuvo apartado del habitual canje de prisioneros y del tráfico de cautivos corriente entre turcos y cristianos. Esta circunstancia y su mano lisiada lo eximieron de ir a las galeras.

Argel era en aquel momento uno de los centros de comercio más ricos del Mediterráneo. En él muchos cristianos pasaban de la esclavitud a la riqueza renunciando a su fe. El tráfico de personas era intenso, pero la familia de Cervantes estaba bien lejos de poder reunir la cantidad necesaria siquiera para el rescate de uno de los hermanos. Cervantes protagonizó, durante su prisión, cuatro intentos de fuga. El primero fue una tentativa frustrada de llegar por tierra a Orán, que era el punto más cercano de la dominación española.

El segundo, al año de aquél, coincidió con los preparativos de la liberación de su hermano. En efecto, Andrea y Magdalena, las dos hermanas de Cervantes, mantuvieron un pleito con un madrileño rico llamado Alonso Pacheco Pastor, durante el cual demostraron que debido al matrimonio de éste sus ingresos como barraganas se verían mermados, y, según costumbre, obtuvieron dotes que fueron destinadas al rescate de Rodrigo, quien saldría de Argel el 24 de agosto de 1577. Los hermanos pudieron despedirse pese a haber fracasado el segundo intento de fuga de Miguel, que se salvó de la ejecución gracias a que su dueño lo consideraba un «hombre principal».

El tercer intento fue mucho más dramático en sus consecuencias: Cervantes contrató un mensajero que debía llevar una carta al gobernador español de Orán. Interceptado, el mensajero fue condenado a muerte y empalado, mientras que al escritor se le suspendieron los dos mil azotes a los que se le había condenado y que equivalían a la muerte. Una vez más, la presunción de riqueza le permitió conservar la vida y alargó su cautiverio. Esto sucedía a principios de 1578.

Finalmente, un año y medio más tarde, Cervantes planeó una fuga en compañía de un renegado de Granada, el licenciado Girón. Delatados por un tal Blanco de Paz, Cervantes fue encadenado y encerrado durante cinco meses en la prisión de moros convictos de Argel. Tuvo un nuevo dueño, el rey Hassán, que pidió seiscientos ducados por su rescate. Cervantes estaba aterrado: temía un traslado a Constantinopla. Mientras tanto su madre, doña Leonor, había iniciado trámites para su rescate. Fingiéndose viuda, reunió dinero, obtuvo préstamos y garantías, se puso bajo la advocación de dos frailes y, en septiembre de 1579, entregó al Consejo de las Cruzadas cuatrocientos setenta y cinco ducados. Hassán retuvo a Cervantes hasta el último momento, mientras los frailes negociaban y pedían limosna para completar la cantidad. Por último, el 19 de septiembre de 1580, fue liberado, y tras un mes en el que para limpiar su nombre pleiteó contra Blanco de Paz, se embarcó para España el 24 de octubre.

El 12 de diciembre de 1584, contrae matrimonio con Catalina de Salazar y Palacios en el pueblo toledano de Esquivias. Catalina era una joven que no llegaba a los veinte años y que aportó una pequeña dote. No tuvieron hijos y Cervantes pasó largas temporadas en Esquivias; de hecho, se inspiró en la familia de su mujer para algunos personajes de su Quijote, como ha descubierto Sabino de Diego. A los dos años de casados, Cervantes comienza sus extensos viajes por Andalucía.

En 1605, a principios de año, apareció en Madrid El ingenioso hidalgo don Quijote de La Mancha. Su autor era por entonces un hombre enjuto, delgado, de cincuenta y ocho años, tolerante con su turbulenta familia, poco hábil para ganar dinero, pusilánime en tiempos de paz y decidido en los de guerra. La fama fue inmediata, pero los efectos económicos apenas se hicieron notar.

A pesar de no conseguir siquiera (como tampoco lo logró Góngora) ser incluido en el séquito de su mecenas el conde de Lemos, recién nombrado nuevo virrey de Nápoles (el cual, sin embargo, le daba muestras concretas de su favor), Cervantes escribió a un ritmo imparable

Cervantes falleció en Madrid a la edad de 68 años de diabetes, en la conocida Casa de Cervantes, situada en la esquina entre la calle del León y la calle Francos, en el ya citado barrio de las Letras o barrio de las Musas, en el entorno del conocido Madrid de los Austrias. Cervantes deseó ser enterrado en la iglesia del convento de las Trinitarias Descalzas, en el mismo barrio, ya que cuando fue llevado preso en Argel, la congregación de los trinitarios ayudó, hicieron de intermediarios y recogieron fondos para que él y su hermano Rodrigo fueran liberados.

La Gitanilla

Parece que los gitanos y gitanas solamente nacieron en el mundo para ser ladrones: nacen de padres ladrones, críanse con ladrones, estudian para ladrones y, finalmente, salen con ser ladrones corrientes y molientes a todo ruedo; y la gana del hurtar y el hurtar son en ellos como accidentes inseparables, que no se quitan sino con la muerte.

Una, pues, desta nación, gitana vieja, que podía ser jubilada en la ciencia de Caco, crió una muchacha en nombre de nieta suya, a quien puso nombre Preciosa, y a quien enseñó todas sus gitanerías y modos de embelecos y trazas de hurtar. Salió la tal Preciosa la más única bailadora que se hallaba en todo el gitanismo, y la más hermosa y discreta que pudiera hallarse, no entre los gitanos, sino entre cuantas hermosas y discretas pudiera pregonar la fama. Ni los soles, ni los aires, ni todas las inclemencias del cielo, a quien más que otras gentes están sujetos los gitanos, pudieron deslustrar su rostro ni curtir las manos; y lo que es más, que la crianza tosca en que se criaba no descubría en ella sino ser nacida de mayores prendas que de gitana, porque era en estremo cortés y bien razonada. Y, con todo esto, era algo desenvuelta, pero no de modo que descubriese algún género de deshonestidad; antes, con ser aguda, era tan honesta, que en su presencia no osaba alguna gitana, vieja ni moza, cantar cantares lascivos ni decir palabras no buenas. Y, finalmente, la abuela conoció el tesoro que en la nieta tenía; y así, determinó el águila vieja sacar a volar su aguilucho y enseñarle a vivir por sus uñas.

Salió Preciosa rica de villancicos, de coplas, seguidillas y zarabandas, y de otros versos, especialmente de romances, que los cantaba con especial donaire. Porque su taimada abuela echó de ver que tales juguetes y gracias, en los pocos años y en la mucha hermosura de su nieta, habían de ser felicísimos atractivos e incentivos para acrecentar su caudal; y así, se los procuró y buscó por todas las vías que pudo, y no faltó poeta que se los diese: que también hay poetas que se acomodan con gitanos, y les venden sus obras, como los hay para ciegos, que les fingen milagros y van a la parte de la ganancia. De todo hay en el mundo, y esto de la hambre tal vez hace arrojar los ingenios a cosas que no están en el mapa.

Crióse Preciosa en diversas partes de Castilla, y, a los quince años de su edad, su abuela putativa la volvió a la Corte y a su antiguo rancho, que es adonde ordinariamente le tienen los gitanos, en los campos de Santa Bárbara, pensando en la Corte vender su mercadería, donde todo se compra y todo se vende. Y la primera entrada que hizo Preciosa en Madrid fue un día de Santa Ana, patrona y abogada de la villa, con una danza en que iban ocho gitanas, cuatro ancianas y cuatro muchachas, y un gitano, gran bailarín, que las guiaba. Y, aunque todas iban limpias y bien aderezadas, el aseo de Preciosa era tal, que poco a poco fue enamorando los ojos de cuantos la miraban. De entre el son del tamborín y castañetas y fuga del baile salió un rumor que encarecía la belleza y donaire de la gitanilla, y corrían los muchachos a verla y los hombres a mirarla. Pero cuando la oyeron cantar, por ser la danza cantada, ¡allí fue ello! Allí sí que cobró aliento la fama de la gitanilla, y de común consentimiento de los diputados de la fiesta, desde luego le señalaron el premio y joya de la mejor danza; y cuando llegaron a hacerla en la iglesia de Santa María, delante de la imagen de Santa Ana, después de haber bailado todas, tomó Preciosa unas sonajas, al son de las cuales, dando en redondo largas y ligerísimas vueltas, cantó el romance siguiente:

-Árbol preciosísimo
que tardó en dar fruto

años que pudieron
cubrirle de luto,
y hacer los deseos
del consorte puros,
contra su esperanza
no muy bien seguros;
de cuyo tardarse
nació aquel disgusto
que lanzó del templo
al varón más justo;
santa tierra estéril,
que al cabo produjo
toda la abundancia
que sustenta el mundo;
casa de moneda,
do se forjó el cuño
que dio a Dios la forma
que como hombre tuvo;
madre de una hija
en quien quiso y pudo
mostrar Dios grandezas
sobre humano curso.
Por vos y por ella
sois, Ana, el refugio
do van por remedio
nuestros infortunios.
En cierta manera,
tenéis, no lo dudo,
sobre el Nieto, imperio
pïadoso y justo.
A ser comunera
del alcázar sumo,
fueran mil parientes
con vos de consuno.
¡Qué hija, y qué nieto,
y qué yerno! Al punto,
a ser causa justa,
cantárades triunfos.
Pero vos, humilde,
fuiste el estudio
donde vuestra Hija
hizo humildes cursos;
y agora a su lado,
a Dios el más junto,
gozáis de la alteza
que apenas barrunto.

El cantar de Preciosa fue para admirar a cuantos la escuchaban. Unos decían: *¡Dios te bendiga la muchacha!*. Otros: *¡Lástima es que esta mozuela sea gitana!* En verdad, en verdad, que merecía ser hija de un gran señor. Otros había más groseros, que decían: *¡Dejen crecer a la rapaza, que ella hará de las suyas! ¡A fe que se va añudando en ella* *gentil red barredera para pescar corazones!* Otro, más humano, más basto y más modorro, viéndola andar tan ligera en el baile, le dijo: *¡A ello, hija, a ello! ¡Andad, amores, y pisad el polvito atán menudito!* Y ella respondió, sin dejar el baile: *¡Y pisarélo yo atán menudó!*

Acabáronse las vísperas y la fiesta de Santa Ana, y quedó Preciosa algo cansada, pero tan celebrada de hermosa, de aguda y de discreta y de bailadora, que a corrillos se hablaba della en toda la Corte. De allí a quince días, volvió a Madrid con otras tres muchachas, con sonajas y con un baile nuevo, todas apercebidas de romances y de cantarcillos alegres, pero todos honestos; que no consentía Preciosa que las que fuesen en su compañía cantasen cantares descompuestos, ni ella los cantó jamás, y muchos miraron en ello y la tuvieron en mucho.

Nunca se apartaba della la gitana vieja, hecha su Argos, temerosa no se la despabilasen y traspusiesen; llamábala nieta, y ella la tenía por abuela. Pusiéronse a bailar a la sombra en la calle de Toledo, y de los que las venían siguiendo se hizo luego un gran corro; y, en tanto que bailaban, la vieja pedía limosna a los circunstantes, y llovían en ella ochavos y cuartos como piedras a tablado; que también la hermosura tiene fuerza de despertar la caridad dormida.

Acabado el baile, dijo Preciosa:

-Si me dan cuatro cuartos, les cantaré un romance yo sola, lindísimo en estremo, que trata de cuando la Reina nuestra señora Margarita salió a misa de parida en Valladolid y fue a San Llorente; dígoles que es famoso, y compuesto por un poeta de los del número, como capitán del batallón.

Apenas hubo dicho esto, cuando casi todos los que en la rueda estaban dijeron a voces:

-¡Cántale, Preciosa, y ves aquí mis cuatro cuartos!

Y así granizaron sobre ella cuartos, que la vieja no se daba manos a cogerlos. Hecho, pues, su agosto y su vendimia, repicó Preciosa sus sonajas y, al tono correntío y loquesco, cantó el siguiente romance:

-Salió a misa de parida
la mayor reina de Europa,
en el valor y en el nombre
rica y admirable joya.
Como los ojos se lleva,
se lleva las almas todas
de cuantos miran y admiran
su devoción y su pompa.
Y, para mostrar que es parte
del cielo en la tierra toda,
a un lado lleva el sol de Austria,
al otro, la tierna Aurora.
A sus espaldas le sigue
un Lucero que a deshora
salió, la noche del día
que el cielo y la tierra lloran.
Y si en el cielo hay estrellas
que lucientes carros forman,
en otros carros su cielo
vivas estrellas adornan.
Aquí el anciano Saturno
la barba pule y remoza,
y, aunque es tardo, va ligero;
que el placer cura la gota.

El dios parlero va en lenguas
lisonjeras y amorosas,
y Cupido en cifras varias,
que rubíes y perlas bordan.
Allí va el furioso Marte
en la persona curiosa
de más de un gallardo joven,
que de su sombra se asombra.
Junto a la casa del Sol
va Júpiter; que no hay cosa
difícil a la privanza
fundada en prudentes obras.
Va la Luna en las mejillas
de una y otra humana diosa;
Venus casta, en la belleza
de las que este cielo forman.
Pequeñuelos Ganimedes
cruzan, van, vuelven y tornan
por el cinto tachonado
de esta esfera milagrosa.
Y, para que todo admire
y todo asombre, no hay cosa
que de liberal no pase
hasta el estremo de pródiga.
Milán con sus ricas telas
allí va en vista curiosa;
las Indias con sus diamantes,
y Arabia con sus aromas.
Con los mal intencionados
va la envidia mordedora,
y la bondad en los pechos
de la lealtad española.
La alegría universal,
huyendo de la congoja,
calles y plazas discurre,
descompuesta y casi loca.
A mil mudas bendiciones
abre el silencio la boca,
y repiten los muchachos
lo que los hombres entonan.
Cuál dice: "Fecunda vid,
crece, sube, abraza y toca
el olmo felice tuyo
que mil siglos te haga sombra
para gloria de ti misma,
para bien de España y honra,
para arrimo de la Iglesia,
para asombro de Mahoma".
Otra lengua clama y dice:
"Vivas, ¡oh blanca paloma!,
que nos has de dar por crías

águilas de dos coronas,
para ahuyentar de los aires
las de rapiña furiosas;
para cubrir con sus alas
a las virtudes medrosas".
Otra, más discreta y grave,
más aguda y más curiosa
dice, vertiendo alegría
por los ojos y la boca:
"Esta perla que nos diste,
nácar de Austria, única y sola,
¡qué de máquinas que rompe!,
¡qué disignios que corta!,
¡qué de esperanzas que infunde!,
¡qué de deseos mal logra!,
¡qué de temores aumenta!,
¡qué de preñados aborta!"
En esto, se llegó al templo
del Fénix santo que en Roma
fue abrasado, y quedó vivo
en la fama y en la gloria.
A la imagen de la vida,
a la del cielo Señora,
a la que por ser humilde
las estrellas pisa agora,
a la Madre y Virgen junto,
a la Hija y a la Esposa
de Dios, hincada de hinojos,
Margarita así razona:
"Lo que me has dado te doy,
mano siempre dadivosa;
que a do falta el favor tuyo,
siempre la miseria sobra.
Las primicias de mis frutos
te ofrezco, Virgen hermosa:
tales cuales son las mira,
recibe, ampara y mejora.
A su padre te encomiendo,
que, humano Atlante, se encorva
al peso de tantos reinos
y de climas tan remotas.
Sé que el corazón del Rey
en las manos de Dios mora,
y sé que puedes con Dios
cuanto quieres piadosa".
Acabada esta oración,
otra semejante entonan
himnos y voces que muestran
que está en el suelo la Gloria.
Acabados los oficios
con reales ceremonias,

volvió a su punto este cielo
y esfera maravillosa.

Apenas acabó Preciosa su romance, cuando del ilustre auditorio y grave senado que la oía, de muchas se formó una voz sola que dijo:

-¡Torna a cantar, Preciosica, que no faltarán cuartos como tierra!

Más de docientas personas estaban mirando el baile y escuchando el canto de las gitanas, y en la fuga dél acertó a pasar por allí uno de los tinientes de la villa, y, viendo tanta gente junta, preguntó qué era; y fuele respondido que estaban escuchando a la gitanilla hermosa, que cantaba. Llegóse el tiniente, que era curioso, y escuchó un rato, y, por no ir contra su gravedad, no escuchó el romance hasta la fin; y, habiéndole parecido por todo estremo bien la gitanilla, mandó a un paje suyo dijese a la gitana vieja que al anochecer fuese a su casa con las gitanillas, que quería que las oyese doña Clara, su mujer. Hízolo así el paje, y la vieja dijo que sí iría.

Acabaron el baile y el canto, y mudaron lugar; y en esto llegó un paje muy bien aderezado a Preciosa, y, dándole un papel doblado, le dijo:

-Preciosica, canta el romance que aquí va, porque es muy bueno, y yo te daré otros de cuando en cuando, con que cobres fama de la mejor romancera del mundo.

-Eso aprenderé yo de muy buena gana -respondió Preciosa-; y mire, señor, que no me deje de dar los romances que dice, con tal condición que sean honestos; y si quisiere que se los pague, concertémonos por docenas, y docena cantada y docena pagada; porque pensar que le tengo de pagar adelantado es pensar lo imposible.

-Para papel, siquiera, que me dé la señora Preciosica -dijo el paje-, estaré contento; y más, que el romance que no saliere bueno y honesto, no ha de entrar en cuenta.

-A la mía quede el escogerlos -respondió Preciosa.

Y con esto, se fueron la calle adelante, y desde una reja llamaron unos caballeros a las gitanas. Asomóse Preciosa a la reja, que era baja, y vio en una sala muy bien aderezada y muy fresca muchos caballeros que, unos paseándose y otros jugando a diversos juegos, se entretenían.

-¿Quiérenme dar barato, cenores? -dijo Preciosa (que, como gitana, hablaba ceceoso, y esto es artificio en ellas, que no naturaleza).

A la voz de Preciosa y a su rostro, dejaron los que jugaban el juego y el paseo los paseantes; y los unos y los otros acudieron a la reja por verla, que ya tenían noticia della, y dijeron:

-Entren, entren las gitanillas, que aquí les daremos barato.

-Caro sería ello -respondió Preciosa- si nos pellizcacen.

-No, a fe de caballeros -respondió uno-; bien puedes entrar, niña, segura, que nadie te tocará a la vira de tu zapato; no, por el hábito que traigo en el pecho.

Y púsose la mano sobre uno de Calatrava.

-Si tú quieres entrar, Preciosa -dijo una de las tres gitanillas que iban con ella-, entra en hora buena; que yo no pienso entrar adonde hay tantos hombres.

-Mira, Cristina -respondió Preciosa-: de lo que te has de guardar es de un hombre solo y a solas, y no de tantos juntos; porque antes el ser muchos quita el miedo y el recelo de ser ofendidas. Advierte, Cristinica, y está cierta de una cosa: que la mujer que se determina a ser honrada, entre un ejército de soldados lo puede ser. Verdad es que es bueno huir de las ocasiones, pero han de ser de las secretas y no de las públicas.

-Entremos, Preciosa -dijo Cristina-, que tú sabes más que un sabio.

Animólas la gitana vieja, y entraron; y apenas hubo entrado Preciosa, cuando el caballero del hábito vio el papel que traía en el seno, y llegándose a ella se le tomó, y dijo Preciosa:

-¡Y no me le tome, señor, que es un romance que me acaban de dar ahora, que aún no le he leído!

-Y ¿sabes tú leer, hija? -dijo uno.

-Y escribir -respondió la vieja-; que a mi nieta hela criado yo como si fuera hija de un letrado.

Abrió el caballero el papel y vio que venía dentro dél un escudo de oro, y dijo:

-En verdad, Preciosa, que trae esta carta el porte dentro; toma este escudo que en el romance viene.

-¡Basta! -dijo Preciosa-, que me ha tratado de pobre el poeta, pues cierto que es más milagro darme a mí un poeta un escudo que yo recebirle; si con esta añadidura han de venir sus romances, traslade todo el Romancero general y envíemelos uno a uno, que yo les tentaré el pulso, y si vinieren duros, seré yo blanda en recebillos.

Admirados quedaron los que oían a la gitanica, así de su discreción como del donaire con que hablaba.

-Lea, señor -dijo ella-, y lea alto; veremos si es tan discreto ese poeta como es liberal.

Y el caballero leyó así:

-Gitanica, que de hermosa
te pueden dar parabienes:
por lo que de piedra tienes
te llama el mundo Preciosa.
Desta verdad me asegura
esto, como en ti verás;
que no se apartan jamás
la esquiveza y la hermosura.
Si como en valor subido
vas creciendo en arrogancia,
no le arriendo la ganancia
a la edad en que has nacido;
que un basilisco se cría
en ti, que mate mirando,
y un imperio que, aunque blando,
nos parezca tiranía.
Entre pobres y aduares,
¿cómo nació tal belleza?
O ¿cómo crió tal pieza
el humilde Manzanares?
Por esto será famoso
al par del Tajo dorado
y por Preciosa preciado
más que el Ganges caudaloso.
Dices la buenaventura,
y dasla mala contino;
que no van por un camino
tu intención y tu hermosura.
Porque en el peligro fuerte
de mirarte o contemplarte
tu intención va a desculparte,
y tu hermosura a dar muerte.
Dicen que son hechiceras
todas las de tu nación,
pero tus hechizos son
de más fuerzas y más veras;
pues por llevar los despojos

de todos cuantos te ven,
haces, ¡oh niña!, que estén
tus hechizos en tus ojos.
En sus fuerzas te adelantas,
pues bailando nos admiras,
y nos matas si nos miras,
y nos encantas si cantas.
De cien mil modos hechizas:
hables, calles, cantes, mires;
o te acerques, o retires,
el fuego de amor atizas.
Sobre el más esento pecho
tienes mando y señorío,
de lo que es testigo el mío,
de tu imperio satisfecho.
Preciosa joya de amor,
esto humildemente escribe
el que por ti muere y vive,
pobre, aunque humilde amador.

-En "pobre" acaba el último verso -dijo a esta sazón Preciosa-: ¡mala señal¡ Nunca los enamorados han de decir que son pobres, porque a los principios, a mi parecer, la pobreza es muy enemiga del amor.

-¿Quién te enseña eso, rapaza? -dijo uno.

-¿Quién me lo ha de enseñar? -respondió Preciosa-. ¿No tengo yo mi alma en mi cuerpo? ¿No tengo ya quince años? Y no soy manca, ni renca, ni estropeada del entendimiento. Los ingenios de las gitanas van por otro norte que los de las demás gentes: siempre se adelantan a sus años; no hay gitano necio, ni gitana lerda; que, como el sustentar su vida consiste en ser agudos, astutos y embusteros, despabilan el ingenio a cada paso, y no dejan que críe moho en ninguna manera. ¿Veen estas muchachas, mis compañeras, que están callando y parecen bobas? Pues éntrenles el dedo en la boca y tiéntenlas las cordales, y verán lo que verán. No hay muchacha de doce que no sepa lo que de veinte y cinco, porque tienen por maestros y preceptores al diablo y al uso, que les enseña en una hora lo que habían de aprender en un año.

Con esto que la gitanilla decía, tenía suspensos a los oyentes, y los que jugaban le dieron barato, y aun los que no jugaban. Cogió la hucha de la vieja treinta reales, y más rica y más alegre que una Pascua de Flores, antecogió sus corderas y fuese en casa del señor teniente, quedando que otro día volvería con su manada a dar contento aque-llos tan liberales señores.

Ya tenía aviso la señora doña Clara, mujer del señor teniente, cómo habían de ir a su casa las gitanillas, y estábalas esperando como el agua de mayo ella y sus doncellas y dueñas, con las de otra señora vecina suya, que todas se juntaron para ver a Preciosa. Y apenas hubieron entrado las gitanas, cuando entre las demás resplandeció Preciosa como la luz de una antorcha entre otras luces menores. Y así, corrieron todas a ella: unas la abrazaban, otras la miraban, éstas la bendecían, aquéllas la alababan. Doña Clara decía:

-¡Éste sí que se puede decir cabello de oro! ¡Éstos sí que son ojos de esmeraldas!

La señora su vecina la desmenuzaba toda, y hacía pepitoria de todos sus miembros y coyunturas. Y, llegando a alabar un pequeño hoyo que Preciosa tenía en la barba, dijo:

-¡Ay, qué hoyo! En este hoyo han de tropezar cuantos ojos le miraren.

Oyó esto un escudero de brazo de la señora doña Clara, que allí estaba, de luenga barba y largos años, y dijo:

-¿Ése llama vuesa merced hoyo, señora mía? Pues yo sé poco de hoyos, o ése no es hoyo, sino sepultura de deseos vivos. ¡Por Dios, tan linda es la gitanilla que hecha de plata o de alcorza no podría ser mejor! ¿Sabes decir la buenaventura, niña?

-De tres o cuatro maneras -respondió Preciosa.

-¿Y eso más? -dijo doña Clara-. Por vida del tiniente, mi señor, que me la has de decir, niña de oro, y niña de plata, y niña de perlas, y niña de carbuncos, y niña del cielo, que es lo más que puedo decir.

-Denle, denle la palma de la mano a la niña, y con qué haga la cruz -dijo la vieja-, y verán qué de cosas les dice; que sabe más que un doctor de melecina.

Echó mano a la faldriquera la señora tenienta, y halló que no tenía blanca. Pidió un cuarto a sus criadas, y ninguna le tuvo, ni la señora vecina tampoco. Lo cual visto por Preciosa, dijo:

-Todas las cruces, en cuanto cruces, son buenas; pero las de plata o de oro son mejores; y el señalar la cruz en la palma de la mano con moneda de cobre, sepan vuesas mercedes que menoscaba la buenaventura, a lo menos la mía; y así, tengo afición a hacer la cruz primera con algún escudo de oro, o con algún real de a ocho, o, por lo menos, de a cuatro, que soy como los sacristanes: que cuando hay buena ofrenda, se regocijan.

-Donaire tienes, niña, por tu vida -dijo la señora vecina.

Y, volviéndose al escudero, le dijo:

-Vos, señor Contreras, ¿tendréis a mano algún real de a cuatro? Dádmele, que, en viniendo el doctor, mi marido, os le volveré.

-Sí tengo -respondió Contreras-, pero téngole empeñado en veinte y dos maravedís que cené anoche. Dénmelos, que yo iré por él en volandas.

-No tenemos entre todas un cuarto -dijo doña Clara-, ¿y pedís veinte y dos maravedís? Andad, Contreras, que siempre fuisteis impertinente.

Una doncella de las presentes, viendo la esterilidad de la casa, dijo a Preciosa:

-Niña, ¿hará algo al caso que se haga la cruz con un dedal de plata?

-Antes -respondió Preciosa-, se hacen las cruces mejores del mundo con dedales de plata, como sean muchos.

-Uno tengo yo -replicó la doncella-; si éste basta, hele aquí, con condición que también se me ha de decir a mí la buenaventura.

-¿Por un dedal tantas buenasventuras? -dijo la gitana vieja-. Nieta, acaba presto, que se hace noche.

Tomó Preciosa el dedal y la mano de la señora tenienta, y dijo:

-Hermosita, hermosita,
la de las manos de plata,
más te quiere tu marido
que el Rey de las Alpujarras.
Eres paloma sin hiel,
pero a veces eres brava
como leona de Orán,
o como tigre de Ocaña.
Pero en un tras, en un tris,
el enojo se te pasa,
y quedas como alfinique,
o como cordera mansa.
Riñes mucho y comes poco:
algo celosita andas;
que es juguetón el tiniente,
y quiere arrimar la vara.
Cuando doncella, te quiso

uno de una buena cara;
que mal hayan los terceros,
que los gustos desbaratan.
Si a dicha tú fueras monja,
hoy tu convento mandaras,
porque tienes de abadesa
más de cuatrocientas rayas.
No te lo quiero decir...;
pero poco importa, vaya:
enviudarás, y otra vez,
y otras dos, serás casada.
No llores, señora mía;
que no siempre las gitanas
decimos el *Evangelio*;
no llores, señora, acaba.
Como te mueras primero
que el señor tiniente, basta
para remediar el daño
de la viudez que amenaza.
Has de heredar, y muy presto,
hacienda en mucha abundancia;
tendrás un hijo canónigo,
la iglesia no se señala;
de Toledo no es posible.
Una hija rubia y blanca
tendrás, que si es religiosa,
también vendrá a ser perlada.
Si tu esposo no se muere
dentro de cuatro semanas,
verásle corregidor
de Burgos o Salamanca.
Un lunar tienes, ¡qué lindo!
¡Ay Jesús, qué luna clara!
¡Qué sol, que allá en los antípodas
escuros valles aclara!
Más de dos ciegos por verle
dieran más de cuatro blancas.
¡Agora sí es la risica!
¡Ay, que bien haya esa gracia!
Guárdate de las caídas,
principalmente de espaldas,
que suelen ser peligrosas
en las principales damas.
Cosas hay más que decirte;
si para el viernes me aguardas,
las oirás, que son de gusto,
y algunas hay de desgracias.

Acabó su buenaventura Preciosa, y con ella encendió el deseo de todas las circunstantes en querer saber la suya; y así se lo rogaron todas, pero ella las remitió para el viernes venidero, prometiéndole que tendrían reales de plata para hacer las cruces.

En esto vino el señor tiniente, a quien contaron maravillas de la gitanilla; él las hizo bailar un poco, y confirmó por verdaderas y bien dadas las alabanzas que a Preciosa habían dado; y, poniendo la mano en la faldriquera, hizo señal de querer darle algo, y, habiéndola espulgado, y sacudido, y rascado muchas veces, al cabo sacó la mano vacía y dijo:

-¡Por Dios, que no tengo blanca! Dadle vos, doña Clara, un real a Preciosica, que yo os le daré después.

-¡Bueno es eso, señor, por cierto! ¡Sí, ahí está el real de manifiesto! No hemos tenido entre todas nosotras un cuarto para hacer la señal de la cruz, ¿y quiere que tengamos un real?

-Pues dadle alguna valoncica vuestra, o alguna cosita; que otro día nos volverá a ver Preciosa, y la regalaremos mejor.

A lo cual dijo doña Clara:

-Pues, porque otra vez venga, no quiero dar nada ahora a Preciosa.

-Antes, si no me dan nada -dijo Preciosa-, nunca más volveré acá. Mas sí volveré, a servir a tan principales señores, pero traeré tragado que no me han de dar nada, y ahorraréme la fatiga del esperallo. Coheche vuesa merced, señor tiniente; coheche y tendrá dineros, y no haga usos nuevos, que morirá de hambre. Mire, señora: por ahí he oído decir (y, aunque moza, entiendo que no son buenos dichos) que de los oficios se ha de sacar dineros para pagar las condenaciones de las residencias y para pretender otros cargos.

-Así lo dicen y lo hacen los desalmados -replicó el teniente-, pero el juez que da buena residencia no tendrá que pagar condenación alguna, y el haber usado bien su oficio será el valedor para que le den otro.

-Habla vuesa merced muy a lo santo, señor teniente -respondió Preciosa-; ándese a eso y cortarémosle de los harapos para reliquias.

-Mucho sabes, Preciosa -dijo el tiniente-. Calla, que yo daré traza que sus Majestades te vean, porque eres pieza de reyes.

-Querránme para truhana -respondió Preciosa-, y yo no lo sabré ser, y todo irá perdido. Si me quisiesen para discreta, aún llevarme hían, pero en algunos palacios más medran los truhanes que los discretos. Yo me hallo bien con ser gitana y pobre, y corra la suerte por donde el cielo quisiere.

-Ea, niña -dijo la gitana vieja-, no hables más, que has hablado mucho, y sabes más de lo que yo te he enseñado. No te asotiles tanto, que te despuntarás; habla de aquello que tus años permiten, y no te metas en altanerías, que no hay ninguna que no amenace caída.

-¡El diablo tienen estas gitanas en el cuerpo! -dijo a esta sazón el tiniente.

Despidiéronse las gitanas, y, al irse, dijo la doncella del dedal:

-Preciosa, dime la buenaventura, o vuélveme mi dedal, que no me queda con qué hacer labor.

-Señora doncella -respondió Preciosa-, haga cuenta que se la he dicho y provéase de otro dedal, o no haga vainillas hasta el viernes, que yo volveré y le diré más venturas y aventuras que las que tiene un libro de caballerías.

Fuéronse y juntáronse con las muchas labradoras que a la hora de las avemarías suelen salir de Madrid para volverse a sus aldeas; y entre otras vuelven muchas, con quien siempre se acompañaban las gitanas, y volvían seguras; porque la gitana vieja vivía en continuo temor no le salteasen a su Preciosa.

Sucedió, pues, que la mañana de un día que volvían a Madrid a coger la garrama con las demás gitanillas, en un valle pequeño que está obra de quinientos pasos antes que se llegue a la villa, vieron un mancebo gallardo y ricamente aderezado de camino. La espada y daga que traía eran, como decirse suele, una ascua de oro; sombrero con rico cintillo y con plumas de diversas colores adornado. Repararon las gitanas en viéndole, y pusiéronsele a mirar muy de espacio, admiradas de que a tales horas un tan hermoso mancebo estuviese en tal lugar, a pie y solo.

Él se llegó a ellas, y, hablando con la gitana mayor, le dijo:

-Por vida vuestra, amiga, que me hagáis placer que vos y Preciosa me oyáis aquí aparte dos palabras, que serán de vuestro provecho.

-Como no nos desviemos mucho, ni nos tardemos mucho, sea en buen hora -respondió la vieja.

Y, llamando a Preciosa, se desviaron de las otras obra de veinte pasos; y así, en pie, como estaban, el mancebo les dijo:

-Yo vengo de manera rendido a la discreción y belleza de Preciosa, que después de haberme hecho mucha fuerza para escusar llegar a este punto, al cabo he quedado más rendido y más imposibilitado de escusallo. Yo, señoras mías (que siempre os he de dar este nombre, si el cielo mi pretensión favorece), soy caballero, como lo puede mostrar este hábito -y, apartando el herreruelo, descubrió en el pecho uno de los más calificados que hay en España-; soy hijo de Fulano -que por buenos respectos aquí no se declara su nombre-; estoy debajo de su tutela y amparo, soy hijo único, y el que espera un razonable mayorazgo. Mi padre está aquí en la Corte pretendiendo un cargo, y ya está consultado, y tiene casi ciertas esperanzas de salir con él. Y, con ser de la calidad y nobleza que os he referido, y de la que casi se os debe ya de ir trasluciendo, con todo eso, quisiera ser un gran señor para levantar a mi grandeza la humildad de Preciosa, haciéndola mi igual y mi señora. Yo no la pretendo para burlalla, ni en las veras del amor que la tengo puede caber género de burla alguna; sólo quiero servirla del modo que ella más gustare: su voluntad es la mía. Para con ella es de cera mi alma, donde podrá imprimir lo que quisiere; y para conservarlo y guardarlo no será como impreso en cera, sino como esculpido en mármoles, cuya dureza se opone a la duración de los tiempos. Si creéis esta verdad, no admitirá ningún desmayo mi esperanza; pero si no me creéis, siempre me tendrá temeroso vuestra duda. Mi nombre es éste -y díjosele-; el de mi padre ya os le he dicho. La casa donde vive es en tal calle, y tiene tales y tales señas; vecinos tiene de quien podréis informaros, y aun de los que no son vecinos también, que no es tan escura la calidad y el nombre de mi padre y el mío, que no le sepan en los patios de palacio, y aun en toda la Corte. Cien escudos traigo aquí en oro para daros en arra y señal de lo que pienso daros, porque no ha de negar la hacienda el que da el alma.

En tanto que el caballero esto decía, le estaba mirando Preciosa atentamente, y sin duda que no le debieron de parecer mal ni sus razones ni su talle; y, volviéndose a la vieja, le dijo:

-Perdóneme, abuela, de que me tomo licencia para responder a este tan enamorado señor.

-Responde lo que quisieres, nieta -respondió la vieja-, que yo sé que tienes discreción para todo.

Y Preciosa dijo:

-Yo, señor caballero, aunque soy gitana pobre y humildemente nacida, tengo un cierto espiritillo fantástico acá dentro, que a grandes cosas me lleva. A mí ni me mueven promesas, ni me desmoronan dádivas, ni me inclinan sumisiones, ni me espantan finezas enamoradas; y, aunque de quince años (que, según la cuenta de mi abuela, para este San Miguel los haré), soy ya vieja en los pensamientos y alcanzo más de aquello que mi edad promete, más por mi buen natural que por la esperiencia. Pero, con lo uno o con lo otro, sé que las pasiones amorosas en los recién enamorados son como ímpetus indiscretos que hacen salir a la voluntad de sus quicios; la cual, atropellando inconvenientes, desatinadamente se arroja tras su deseo, y, pensando dar con la gloria de sus ojos, da con el infierno de sus pesadumbres. Si alcanza lo que desea, mengua el deseo con la posesión de la cosa deseada, y quizá, abriéndose entonces los ojos del entendimiento, se vee ser bien que se aborrezca lo que antes se adoraba. Este temor engendra en mí un recato tal, que ningunas palabras creo y de muchas obras dudo. Una sola joya tengo, que la estimo en más que a la vida, que es la de mi entereza y virginidad, y no la tengo de vender a precio de promesas ni dádivas, porque, en fin, será vendida, y si puede ser comprada, será de muy poca estima; ni me la han de llevar trazas ni embelecos: antes pienso irme con ella a la sepultura, y quizá al cielo, que ponerla en peligro que quimeras y fantasías soñadas la embistan o manoseen. Flor es la de la virginidad que, a ser posible, aun con la imaginación no había de dejar ofenderse. Cortada la rosa del rosal, ¡con qué brevedad y facilidad se marchita! Éste la toca, aquél la huele, el otro la deshoja, y, finalmente, entre las manos rústicas se deshace. Si vos, señor, por sola esta prenda venís, no la habéis de llevar sino atada con las ligaduras y lazos del matrimonio; que si la virginidad se ha de inclinar, ha de ser a este santo yugo, que entonces no sería perderla, sino emplearla en ferias que felices ganancias prometen. Si quisiéredes ser mi esposo, yo lo seré vuestra, pero han de preceder muchas condiciones y averiguaciones primero. Primero tengo de saber si sois el que decís; luego, hallando esta verdad, habéis de dejar la casa de vuestros padres y la habéis de trocar con nuestros ranchos; y, tomando el traje de gitano, habéis de cursar dos años en nuestras escuelas, en el cual tiempo me satisfaré yo de vuestra condición, y vos de la mía; al cabo del cual, si vos os contentáredes de mí, y yo de vos, me entregaré por vuestra esposa; pero hasta entonces tengo de ser vuestra hermana en el trato, y vuestra humilde en serviros. Y habéis de considerar que en el tiempo deste noviciado podría ser que cobrásedes la vista, que ahora debéis de tener perdida, o, por lo menos, turbada, y viésedes que os convenía huir de lo que ahora seguís con tanto ahínco. Y, cobrando la libertad perdida, con un buen arrepentimiento se perdona cualquier culpa. Si con estas condiciones queréis entrar a ser soldado de nuestra milicia, en vuestra mano está, pues, faltando alguna dellas, no habéis de tocar un dedo de la mía.

Pasmóse el mozo a las razones de Preciosa, y púsose como embelesado, mirando al suelo, dando muestras que consideraba lo que responder debía. Viendo lo cual Preciosa, tornó a decirle:

-No es este caso de tan poco momento, que en los que aquí nos ofrece el tiempo pueda ni deba resolverse. Volveos, señor, a la villa, y considerad de espacio lo que viéredes que más os convenga, y en este mismo lugar me podéis hablar todas las fiestas que quisiéredes, al ir o venir de Madrid.

A lo cual respondió el gentilhombre:

-Cuando el cielo me dispuso para quererte, Preciosa mía, determiné de hacer por ti cuanto tu voluntad acertase a pedirme, aunque nunca cupo en mi pensamiento que me habías de pedir lo que me pides; pero, pues es tu gusto que el mío al tuyo se ajuste y acomode, cuéntame por gitano desde luego, y haz de mí todas las esperiencias que más quisieres; que siempre me has de hallar el mismo que ahora te significo. Mira cuándo quieres que mude el traje, que yo querría que fuese luego; que, con ocasión de ir a Flandes, engañaré a mis padres y sacaré dineros para gastar algunos días, y serán hasta ocho los que podré tardar en acomodar mi partida. A los que fueren conmigo yo los sabré engañar de modo que salga con mi determinación. Lo que te pido es (si es que ya puedo tener atrevimiento de pedirte y suplicarte algo) que, si no es hoy, donde te puedes informar de mi calidad y de la de mis padres, que no vayas más a Madrid; porque no querría que algunas de las demasiadas ocasiones que allí pueden ofrecerse me saltease la buena ventura que tanto me cuesta.

-Eso no, señor galán -respondió Preciosa-: sepa que conmigo ha de andar siempre la libertad desenfadada, sin que la ahogue ni turbe la pesadumbre de los celos; y entienda que no la tomaré tan demasiada, que no se eche de ver desde bien lejos que llega mi honestidad a mi desenvoltura; y en el primero cargo en que quiero estaros es en el de la confianza que habéis de hacer de mí. Y mirad que los amantes que entran pidiendo celos, o son simples o confiados.

-Satanás tienes en tu pecho, muchacha -dijo a esta sazón la gitana vieja-: ¡mira que dices cosas que no las diría un colegial de Salamanca! Tú sabes de amor, tú sabes de celos, tú de confianzas: ¿cómo es esto?, que me tienes loca, y te estoy escuchando como a una persona espiritada, que habla latín sin saberlo.

-Calle, abuela -respondió Preciosa-, y sepa que todas las cosas que me oye son nonada, y son de burlas, para las muchas que de más veras me quedan en el pecho.

Todo cuanto Preciosa decía y toda la discreción que mostraba era añadir leña al fuego que ardía en el pecho del enamorado caballero. Finalmente, quedaron en que de allí a ocho días se verían en aquel mismo lugar, donde él vendría a dar cuenta del término en que sus negocios estaban, y ellas habrían tenido tiempo de informarse de la verdad que les había dicho. Sacó el mozo una bolsilla de brocado, donde dijo que iban cien escudos de oro, y dióselos a la vieja; pero no quería Preciosa que los tomase en ninguna manera, a quien la gitana dijo:

-Calla, niña, que la mejor señal que este señor ha dado de estar rendido es haber entregado las armas en señal de rendimiento; y el dar, en cualquiera ocasión que sea, siempre fue indicio de generoso pecho. Y acuérdate de aquel refrán que dice: "Al cielo rogando, y con el mazo dando". Y más, que no quiero yo que por mí pierdan las gitanas el nombre que por luengos siglos tienen adquerido de codiciosas y aprovechadas. ¿Cien escudos quieres tú que deseche, Preciosa, y de oro en oro, que pueden andar cosidos en el alforza de una saya que no valga dos reales, y tenerlos allí como quien tiene un juro sobre las yerbas de Estremadura? Y si alguno de nuestros hijos, nietos o parientes cayere, por alguna desgracia, en manos de la justicia, ¿habrá favor tan bueno que llegue a la oreja del juez y del escribano como destos escudos, si llegan a sus bolsas? Tres veces por tres delitos diferentes me he visto casi puesta en el asno para ser azotada, y de la una me libró un jarro de plata, y de la otra una sarta de perlas, y de la otra cuarenta reales de a ocho que había trocado por cuartos, dando veinte reales más por el cambio. Mira, niña, que andamos en oficio muy peligroso y lleno de tropiezos y de ocasiones forzosas, y no hay defensas que más presto nos amparen y socorran como las armas invencibles del gran Filipo: no hay pasar adelante de su Plus ultra. Por un doblón de dos caras se nos muestra alegre la triste del procurador y de todos los ministros de la muerte, que son arpías de nosotras, las pobres gitanas, y más precian pelarnos y desollarnos a nosotras que a un salteador de caminos; jamás, por más rotas y desastradas que nos vean, nos tienen por pobres; que dicen que somos como los jubones de los gabachos de Belmonte: rotos y grasientos, y llenos de doblones.

-Por vida suya, abuela, que no diga más; que lleva término de alegar tantas leyes, en favor de quedarse con el dinero, que agote las de los emperadores: quédese con ellos, y buen provecho le hagan, y plega a Dios que los entierre en sepultura donde jamás tornen a ver la claridad del sol, ni haya necesidad que la vean. A estas nuestras compañeras será forzoso darles algo, que ha mucho que nos esperan, y ya deben de estar enfadadas.

-Así verán ellas -replicó la vieja- moneda déstas, como veen al Turco agora. Este buen señor verá si le ha quedado alguna moneda de plata, o cuartos, y los repartirá entre ellas, que con poco quedarán contentas.

-Sí traigo -dijo el galán.

Y sacó de la faldriquera tres reales de a ocho, que repartió entre las tres gitanillas, con que quedaron más alegres y más satisfechas que suele quedar un autor de comedias cuando, en competencia de otro, le suelen retular por la esquinas: "Víctor, Víctor".

En resolución, concertaron, como se ha dicho, la venida de allí a ocho días, y que se había de llamar, cuando fuese gitano, Andrés Caballero; porque también había gitanos entre ellos deste apellido.

No tuvo atrevimiento Andrés (que así le llamaremos de aquí adelante) de abrazar a Preciosa; antes, enviándole con la vista el alma, sin ella, si así decirse puede, las dejó y se entró en Madrid; y ellas, contentísimas, hicieron lo mismo. Preciosa, algo aficionada, más con benevolencia que con amor, de la gallarda disposición de Andrés, ya deseaba informarse si era el que había dicho. Entró en Madrid, y, a pocas calles andadas, encontró con el paje poeta de las coplas y el escudo; y cuando él la vio, se llegó a ella, diciendo:

-Vengas en buen hora, Preciosa: ¿leíste por ventura las coplas que te di el otro día?

A lo que Preciosa respondió:

-Primero que le responda palabra, me ha de decir una verdad, por vida de lo que más quiere.

-Conjuro es ése -respondió el paje- que, aunque el decirla me costase la vida, no la negaré en ninguna manera.

-Pues la verdad que quiero que me diga -dijo Preciosa- es si por ventura es poeta.

-A serlo -replicó el paje-, forzosamente había de ser por ventura. Pero has de saber, Preciosa, que ese nombre de poeta muy pocos le merecen; y así, yo no lo soy, sino un aficionado a la poesía. Y para lo que he menester, no voy a pedir ni a buscar versos ajenos: los que te di son míos, y éstos que te doy agora también; mas no por esto soy poeta, ni Dios lo quiera.

-¿Tan malo es ser poeta? -replicó Preciosa.

-No es malo -dijo el paje-, pero el ser poeta a solas no lo tengo por muy bueno. Hase de usar de la poesía como de una joya preciosísima, cuyo dueño no la trae cada día, ni la muestra a todas gentes, ni a cada paso, sino cuando convenga y sea razón que la muestre. La poesía es una bellísima doncella, casta, honesta, discreta, aguda, retirada, y que se contiene en los límites de la discreción más alta. Es amiga de la soledad, las fuentes la entretienen, los prados la consuelan, los árboles la desenojan, las flores la alegran, y, finalmente, deleita y enseña a cuantos con ella comunican.

-Con todo eso -respondió Preciosa-, he oído decir que es pobrísima y que tiene algo de mendiga.

-Antes es al revés -dijo el paje-, porque no hay poeta que no sea rico, pues todos viven contentos con su estado: filosofía que la alcanzan pocos. Pero, ¿qué te ha movido, Preciosa, a hacer esta pregunta?

-Hame movido -respondió Preciosa- porque, como yo tengo a todos o los más poetas por pobres, causóme maravilla aquel escudo de oro que me distes entre vuestros versos envuelto; mas agora que sé que no sois poeta, sino aficionado de la poesía, podría ser que fuésedes rico, aunque lo dudo, a causa que por aquella parte que os toca de hacer coplas se ha de desaguar cuanta hacienda tuviéredes; que no hay poeta, según dicen, que sepa conservar la hacienda que tiene ni granjear la que no tiene.

-Pues yo no soy désos -replicó el paje-: versos hago, y no soy rico ni pobre; y sin sentirlo ni descontarlo, como hacen los ginoveses sus convites, bien puedo dar un escudo, y dos, a quien yo quisiere. Tomad, preciosa perla, este segundo papel y este escudo segundo que va en él, sin que os pongáis a pensar si soy poeta o no; sólo quiero que penséis y creáis que quien os da esto quisiera tener para daros las riquezas de Midas.

Y, en esto, le dio un papel; y, tentándole Preciosa, halló que dentro venía el escudo, y dijo:

-Este papel ha de vivir muchos años, porque trae dos almas consigo: una, la del escudo, y otra, la de los versos, que siempre vienen llenos de almas y corazones. Pero sepa el señor paje que no quiero tantas almas conmigo, y si no saca la una, no haya miedo que reciba la otra; por poeta le quiero, y no por dadivoso, y desta manera tendremos amistad que dure; pues más aína puede faltar un escudo, por fuerte que sea, que la hechura de un romance.

-Pues así es -replicó el paje- que quieres, Preciosa, que yo sea pobre por fuerza, no deseches el alma que en ese papel te envío, y vuélveme el escudo; que, como le toques con la mano, le tendré por reliquia mientras la vida me durare.

Sacó Preciosa el escudo del papel, y quedóse con el papel, y no le quiso leer en la calle. El paje se despidió, y se fue contentísimo, creyendo que ya Preciosa quedaba rendida, pues con tanta afabilidad le había hablado.

Y, como ella llevaba puesta la mira en buscar la casa del padre de Andrés, sin querer detenerse a bailar en ninguna parte, en poco espacio se puso en la calle do estaba, que ella muy bien sabía; y, habiendo andado hasta la mitad, alzó los ojos a unos balcones de hierro dorados, que le habían dado por señas, y vio en ella a un caballero de hasta edad de cincuenta años, con un hábito de cruz colorada en los pechos, de venerable gravedad y presencia; el cual, apenas también hubo visto la gitanilla, cuando dijo:

-Subid, niñas, que aquí os darán limosna.

A esta voz acudieron al balcón otros tres caballeros, y entre ellos vino el enamorado Andrés, que, cuando vio a Preciosa, perdió la color y estuvo a punto de perder los sentidos: tanto fue el sobresalto que recibió con su vista. Subieron las gitanillas todas, sino la grande, que se quedó abajo para informarse de los criados de las verdades de Andrés.

Al entrar las gitanillas en la sala, estaba diciendo el caballero anciano a los demás:

-Ésta debe de ser, sin duda, la gitanilla hermosa que dicen que anda por Madrid.

-Ella es -replicó Andrés-, y sin duda es la más hermosa criatura que se ha visto.

-Así lo dicen -dijo Preciosa, que lo oyó todo en entrando-, pero en verdad que se deben de engañar en la mitad del justo precio. Bonita, bien creo que lo soy; pero tan hermosa como dicen, ni por pienso.

-¡Por vida de don Juanico, mi hijo, -dijo el anciano-, que aún sois más hermosa de lo que dicen, linda gitana!

-Y ¿quién es don Juanico, su hijo? -preguntó Preciosa.

-Ese galán que está a vuestro lado -respondió el caballero.

-En verdad que pensé -dijo Preciosa- que juraba vuestra merced por algún niño de dos años: ¡mirad qué don Juanico, y qué brinco! A mi verdad, que pudiera ya estar casado, y que, según tiene unas rayas en la frente, no pasarán tres años sin que lo esté, y muy a su gusto, si es que desde aquí allá no se le pierde o se le trueca.

-¡Basta! -dijo uno de los presentes-; ¿qué sabe la gitanilla de rayas?

En esto, las tres gitanillas que iban con Preciosa, todas tres se arrimaron a un rincón de la sala, y, cosiéndose las bocas unas con otras, se juntaron por no ser oídas. Dijo la Cristina:

-Muchachas, éste es el caballero que nos dio esta mañana los tres reales de a ocho.

-Así es la verdad -respondieron ellas-, pero no se lo mentemos, ni le digamos nada, si él no nos lo mienta; ¿qué sabemos si quiere encubrirse?

En tanto que esto entre las tres pasaba, respondió Preciosa a lo de las rayas:

-Lo que veo con lo ojos, con el dedo lo adivino. Yo sé del señor don Juanico, sin rayas, que es algo enamoradizo, impetuoso y acelerado, y gran prometedor de cosas que parecen imposibles; y plega a Dios que no sea mentirosito, que sería lo peor de todo. Un viaje ha de hacer agora muy lejos de aquí, y uno piensa el bayo y otro el que le ensilla; el hombre pone y Dios dispone; quizá pensará que va a Óñez y dará en Gamboa.

A esto respondió don Juan:

-En verdad, gitanica, que has acertado en muchas cosas de mi condición, pero en lo de ser mentiroso vas muy fuera de la verdad, porque me precio de decirla en todo acontecimiento. En lo del viaje largo has acertado, pues, sin duda, siendo Dios servido, dentro de cuatro o cinco días me partiré a Flandes, aunque tú me amenazas que he de torcer el camino, y no querría que en él me sucediese algún desmán que lo estorbase.

-Calle, señorito -respondió Preciosa-, y encomiéndese a Dios, que todo se hará bien; y sepa que yo no sé nada de lo que digo, y no es maravilla que, como hablo mucho y a bulto, acierte en alguna cosa, y yo querría acertar en persuadirte a que no te partieses, sino que sosegases el pecho y te estuvieses con tus padres, para darles buena vejez; porque no estoy bien con estas idas y venidas a Flandes, principalmente los mozos de tan tierna edad como la tuya. Déjate crecer un poco, para que puedas llevar los trabajos de la guerra; cuanto más, que harta guerra tienes en tu casa: hartos combates amorosos te sobresaltan el pecho. Sosiega, sosiega, alborotadito, y mira lo que haces primero que te cases, y danos una limosnita por Dios y por quien tú eres; que en verdad que creo que eres bien nacido. Y si a esto se junta el ser verdadero, yo cantaré la gala al vencimiento de haber acertado en cuanto te he dicho.

-Otra vez te he dicho, niña -respondió el don Juan que había de ser Andrés Caballero-, que en todo aciertas, sino en el temor que tienes que no debo de ser muy verdadero; que en esto te engañas, sin alguna duda. La palabra que yo doy en el campo, la cumpliré en la ciudad y adonde quiera, sin serme pedida, pues no se puede preciar de caballero quien toca en el vicio de mentiroso. Mi padre te dará limosna por Dios y por mí; que en verdad que esta mañana di cuanto tenía a unas damas, que a ser tan lisonjeras como hermosas, especialmente una dellas, no me arriendo la ganancia.

Oyendo esto Cristina, con el recato de la otra vez, dijo a las demás gitanas:

-¡Ay, niñas, que me maten si no lo dice por los tres reales de a ocho que nos dio esta mañana!

-No es así -respondió una de las dos-, porque dijo que eran damas, y nosotras no lo somos; y, siendo él tan verdadero como dice, no había de mentir en esto.

-No es mentira de tanta consideración -respondió Cristina- la que se dice sin perjuicio de nadie, y en provecho y crédito del que la dice. Pero, con todo esto, veo que no nos dan nada, ni nos mandan bailar.

Subió en esto la gitana vieja, y dijo:

-Nieta, acaba, que es tarde y hay mucho que hacer y más que decir.

-Y ¿qué hay, abuela? -preguntó Preciosa-. ¿Hay hijo o hija?

-Hijo, y muy lindo -respondió la vieja-. Ven, Preciosa, y oirás verdaderas maravillas.

-¡Plega a Dios que no muera de sobreparto! -dijo Preciosa.

-Todo se mirará muy bien -replicó la vieja-; cuanto más, que hasta aquí todo ha sido parto derecho, y el infante es como un oro.

-¿Ha parido alguna señora? -preguntó el padre de Andrés Caballero.

-Sí, señor -respondió la gitana-, pero ha sido el parto tan secreto, que no le sabe sino Preciosa y yo, y otra persona; y así, no podemos decir quién es.

-Ni aquí lo queremos saber -dijo uno de los presentes-, pero desdichada de aquella que en vuestras lenguas deposita su secreto, y en vuestra ayuda pone su honra.

-No todas somos malas -respondió Preciosa-: quizá hay alguna entre nosotras que se precia de secreta y de verdadera, tanto cuanto el hombre más estirado que hay en esta sala; y vámonos, abuela, que aquí nos tienen en poco: pues en verdad que no somos ladronas ni rogamos a nadie.

-No os enojéis, Preciosa -dijo el padre-; que, a lo menos de vos, imagino que no se puede presumir cosa mala, que vuestro buen rostro os acredita y sale por fiador de vuestras buenas obras. Por vida de Preciosita, que bailéis un poco con vuestras compañeras; que aquí tengo un doblón de oro de a dos caras, que ninguna es como la vuestra, aunque son de dos reyes.

Apenas hubo oído esto la vieja, cuando dijo:

-Ea, niñas, haldas en cinta, y dad contento a estos señores.

Tomó las sonajas Preciosa, y dieron sus vueltas, hicieron y deshicieron todos sus lazos con tanto donaire y desenvoltura, que tras los pies se llevaban los ojos de cuantos las miraban, especialmente los de Andrés, que así se iban entre los pies de Preciosa, como si allí tuvieran el centro de su gloria. Pero turbósela la suerte de manera que se la volvió en infierno; y fue el caso que en la fuga del baile se le cayó a Preciosa el papel que le había dado el paje, y, apenas hubo caído, cuando le alzó el que no tenía buen concepto de las gitanas, y, abriéndole al punto, dijo:

-¡Bueno; sonetico tenemos! Cese el baile, y escúchenle; que, según el primer verso, en verdad que no es nada necio.

Pesóle a Preciosa, por no saber lo que en él venía, y rogó que no le leyesen, y que se le volviesen; y todo el ahínco que en esto ponía eran espuelas que apremiaban el deseo de Andrés para oírle. Finalmente, el caballero le leyó en alta voz; y era éste:

-Cuando Preciosa el panderete toca
y hiere el dulce son los aires vanos,
perlas son que derrama con las manos;
flores son que despide de la boca.
Suspensa el alma, y la cordura loca,

queda a los dulces actos sobrehumanos,
que, de limpios, de honestos y de sanos,
su fama al cielo levantado toca.
Colgadas del menor de sus cabellos
mil almas lleva, y a sus plantas tiene
amor rendidas una y otra flecha.
Ciega y alumbra con sus soles bellos,
su imperio amor por ellos le mantiene,
y aún más grandezas de su ser sospecha.

-¡Por Dios -dijo el que leyó el soneto-, que tiene donaire el poeta que le escribió!

-No es poeta, señor, sino un paje muy galán y muy hombre de bien -dijo Preciosa.

(Mirad lo que habéis dicho, Preciosa, y lo que vais a decir; que ésas no son alabanzas del paje, sino lanzas que traspasan el corazón de Andrés, que las escucha. ¿Queréislo ver, niña? Pues volved los ojos y veréisle desmayado encima de la silla, con un trasudor de muerte; no penséis, doncella, que os ama tan de burlas Andrés que no le hieran y sobresalten el menor de vuestros descuidos. Llegaos a él en hora buena, y decidle algunas palabras al oído, que vayan derechas al corazón y le vuelvan de su desmayo. ¡No, sino andaos a traer sonetos cada día en vuestra alabanza, y veréis cuál os le ponen!)

-¡Oh, lamentables ruinas de la desdichada Nicosia, apenas enjutas de la sangre de vuestros valerosos y desafortunados defensores! Si como carecéis de sentido, le tuviérais ahora, en esta soledad donde estamos, pudiéramos lamentar juntas nuestras desgracias, y quizá el haber hallado compañía en ellas aliviara nuestro tormento. Esta esperanza os puede haber quedado, mal derribados torreones, que otra vez, aunque no para tan justa defensa como la en que os derribaron, os podéis ver levantados. Mas yo, desdichado, ¿qué bien podré esperar en la miserable estrecheza en que me hallo, aunque vuelva al estado en que estaba antes deste en que me veo? Tal es mi desdicha, que en la libertad fui sin ventura, y en el cautiverio ni la tengo ni la espero. Estas razones decía un cautivo cristiano, mirando desde un recuesto las murallas derribadas de la ya perdida Nicosia; y así hablaba con ellas, y hacía comparación de sus miserias a las suyas, como si ellas fueran capaces de entenderle: propia condición de afligidos, que, llevados de sus imaginaciones, hacen y dicen cosas ajenas de toda razón y buen discurso. En esto, salió de un pabellón o tienda, de cuatro que estaban en aquella campaña puestas, un turco, mancebo de muy buena disposición y gallardía, y, llegándose al cristiano, le dijo:-Apostaría yo, Ricardo amigo, que te traen por estos lugares tus continuos pensamientos. -Sí traen - respondió Ricardo (que éste era el nombre del cautivo)-; mas, ¿qué aprovecha, si en ninguna parte a do voy hallo tregua ni descanso en ellos, antes me los han acrecentado estas ruinas que desde aquí se descubren?-Por las de Nicosia dirás -dijo el turco. -Pues ¿por cuáles quieres que diga -repitió Ricardo-, si no hay otras que a los ojos por aquí se ofrezcan?-Bien tendrás que llorar -replicó el turco-, si en esas contemplaciones entras, porque los que vieron habrá dos años a esta nombrada y rica isla de Chipre en su tranquilidad y sosiego, gozando sus moradores en ella de todo aquello que la felicidad humana puede conceder a los hombres, y ahora los ve o contempla, o desterrados della o en ella cautivos y miserables, ¿cómo podrá dejar de no dolerse de su calamidad y desventura? Pero dejemos estas cosas, pues no llevan remedio, y vengamos a las tuyas, que quiero ver si le tienen; y así, te ruego, por lo que debes a la buena voluntad que te he mostrado, y por lo que te obliga el ser entrambos de una misma patria y habernos criado en nuestra niñez juntos, que me digas qué es la causa que te trae tan demasiadamente triste; que, puesto caso que sola la del cautiverio es bastante para entristecer el corazón más alegre del mundo, todavía imagino que de más atrás traen la corriente tus desgracias. Porque los generosos ánimos, como el tuyo, no suelen rendirse a las comunes desdichas tanto que den muestras de extraordinarios sentimientos; y háceme creer esto el saber yo que no eres tan pobre que te falte para dar cuanto pidieren por tu rescate, ni estás en las torres del mar Negro, como cautivo de consideración, que tarde o nunca alcanza la deseada libertad. Así que, no habiéndote quitado la mala suerte las esperanzas de verte libre, y, con todo esto, verte rendido a dar miserables muestras de tu desventura, no es mucho que imagine que tu pena procede de otra causa que de la libertad que perdiste; la cual causa te suplico me digas, ofreciéndote cuanto puedo y valgo; quizá para que yo te sirva ha traído la fortuna este rodeo de haberme hecho vestir deste hábito que aborrezco. Ya sabes, Ricardo, que es mi amo el cadí desta ciudad (que es lo mismo que ser su obispo). Sabes también lo mucho que vale y lo mucho que con él puedo. Juntamente con esto, no ignoras el deseo encendido que tengo de no morir en este estado que parece que profeso, pues, cuando más no pueda, tengo de confesar y publicar a voces la fe de Jesucristo, de quien me apartó mi poca edad y menos entendimiento, puesto que sé que tal confesión me ha de costar la vida; que, a trueco de no perder la del alma, daré por bien empleado perder la del cuerpo. De todo lo dicho quiero que infieras y que consideres que te puede ser de algún provecho mi amistad, y que, para saber qué remedios o alivios puede tener tu desdicha, es menester que me la cuentes, como ha menester el médico la relación del enfermo, asegurándote que la depositaré en lo más escondido del silencio.

A todas estas razones estuvo callando Ricardo; y, viéndose obligado dellas y de la necesidad, le respondió con éstas:

-Si así como has acertado, ¡oh amigo Mahamut! -que así se llamaba el turco-, en lo que de mi desdicha imaginas, acertaras en su remedio, tuviera por bien perdida mi libertad, y no trocara mi desgracia con la mayor ventura que imaginarse pudiera; mas yo sé que ella es tal, que todo el mundo podrá saber bien la causa de donde procede, mas no habrá en él persona que se atreva, no sólo a hallarle remedio, pero ni aun alivio. Y, para que quedes satisfecho desta verdad, te la contaré en las menos razones que pudiere. Pero, antes que entre en el confuso laberinto de mis males, quiero que me digas qué es la causa que Hazán Bajá, mi amo, ha hecho plantar en esta campaña estas tiendas y pabellones antes de entrar en Nicosia, donde viene proveído por virrey, o por Bajá, como los turcos llaman a los virreyes.

-Yo te satisfaré brevemente -respondió Mahamut-; y así, has de saber que es costumbre entre los turcos que los que van por virreyes de alguna provincia no entran en la ciudad donde su antecesor habita hasta que él salga della y deje hacer libremente al que viene la residencia; y, en tanto que el Bajá nuevo la hace, el antiguo se está en la campaña esperando lo que resulta de sus cargos, los cuales se le hacen sin que él pueda intervenir a valerse de sobornos ni amistades, si ya primero no lo ha hecho. Hecha, pues, la residencia, se la dan al que deja el cargo en un pergamino cerrado y sellado, y con ella se presenta a la Puerta del Gran Señor, que es como decir en la Corte, ante el Gran Consejo del Turco; la cual vista por el Visirbajá, y por los otros cuatro Bajáes menores, como si dijésemos ante el presidente del Real Consejo y oidores, o le premian o le castigan, según la relación de la residencia; puesto que si viene culpado, con dineros rescata y escusa el castigo; si no viene culpado y no le premian, como sucede de ordinario, con dádivas y presentes alcanza el cargo que más se le antoja, porque no se dan allí los cargos y oficios por merecimientos, sino por dineros: todo se vende y todo se compra. Los proveedores de los cargos roban los proveídos en ellos y los desuellan; deste oficio comprado sale la sustancia para comprar otro que más ganancia promete. Todo va como digo, todo este imperio es violento, señal que prometía no ser durable; pero, a lo que yo creo, y así debe de ser verdad, le tienen sobre sus hombros nuestros pecados; quiero decir los de aquellos que descaradamente y a rienda suelta ofenden a Dios, como yo hago: ¡Él se acuerde de mí por quien Él es! Por la causa que he dicho, pues, tu amo, Hazán Bajá, ha estado en esta campaña cuatro días, y si el de Nicosia no ha salido, como debía, ha sido por haber estado muy malo; pero ya está mejor y saldrá hoy o mañana, sin duda alguna, y se ha de alojar en unas tiendas que están detrás deste recuesto, que tú no has visto, y tu amo entrará luego en la ciudad. Y esto es lo que hay que saber de lo que me preguntaste.

-Escucha, pues -dijo Ricardo-; mas no sé si podré cumplir lo que antes dije, que en breves razones te contaría mi desventura, por ser ella tan larga y desmedida, que no se puede medir con razón alguna; con todo esto, haré lo que pudiere y lo que el tiempo diere lugar. Y así, te pregunto primero si conoces en nuestro lugar de Trápana una doncella a quien la fama daba nombre de la más hermosa mujer que había en toda Sicilia. Una doncella, digo, por quien decían todas las curiosas lenguas, y afirmaban los más raros entendimientos, que era la de más perfecta hermosura que tuvo la edad pasada, tiene la presente y espera tener la que está por venir; una por quien los poetas cantaban que tenía los cabellos de oro, y que eran sus ojos dos resplandecientes soles, y sus mejillas purpúreas rosas, sus dientes perlas, sus labios rubíes, su garganta alabastro; y que sus partes con el todo, y el todo con sus partes, hacían una maravillosa y concertada armonía, esparciendo naturaleza sobre todo una suavidad de colores tan natural y perfecta, que jamás pudo la envidia hallar cosa en que ponerle tacha. Que ¿es posible, Mahamut, que ya no me has dicho quién es y cómo se llama? Sin duda creo, o que no me oyes, o que, cuando en Trápana estabas, carecías de sentido.

-En verdad, Ricardo -respondió Mahamut-, que si la que has pintado con tantos estremos de hermosura no es Leonisa, la hija de Rodolfo Florencio, no sé quién sea; que ésta sola tenía la fama que dices.

-Ésa es, ¡oh Mahamut! -respondió Ricardo-; ésa es, amigo, la causa principal de todo mi bien y de toda mi desventura; ésa es, que no la perdida libertad, por quien mis ojos han derramado, derraman y derramarán lágrimas sin cuento, y la por quien mis sospiros encienden el aire cerca y lejos, y la por quien mis razones cansan al cielo que las escucha y a los oídos que las oyen; ésa es por quien tú me has juzgado por loco o, por lo menos, por de poco valor y menos ánimo; esta Leonisa, para mí leona y mansa cordera para otro, es la que me tiene en este miserable estado. "Porque has de saber que desde mis tiernos años, o a lo menos desde que tuve uso de razón, no sólo la amé, mas la adoré y serví con tanta solicitud como si no tuviera en la tierra ni en el cielo otra deidad a quien sirviese ni adorase. Sabían sus deudos y sus padres mis deseos, y jamás dieron muestra de que les pesase, considerando que iban encaminados a fin honesto y virtuoso; y así, muchas veces sé yo que se lo dijeron a Leonisa, para disponerle la voluntad a que por su esposo me recibiese. Mas ella, que tenía puestos los ojos en Cornelio, el hijo de Ascanio Rótulo, que tú bien conoces (mancebo galán, atildado, de blandas manos y rizos cabellos, de voz meliflua y de amorosas palabras, y, finalmente, todo hecho de ámbar y de alfeñique, guarnecido de telas y adornado de brocados), no quiso ponerlos en mi rostro, no tan delicado como el de Cornelio, ni quiso agradecer siquiera mis muchos y continuos servicios, pagando mi voluntad con desdeñarme y aborrecerme; y a tanto llegó el estremo de amarla, que tomara por partido dichoso que me acabara a pura fuerza de desdenes y desagradecimientos, con que no diera descubiertos, aunque honestos, favores a Cornelio.

¡Mira, pues, si llegándose a la angustia del desdén y aborrecimiento, la mayor y más cruel rabia de los celos, cuál estaría mi alma de dos tan mortales pestes combatida! Disimulaban los padres de Leonisa los favores que a Cornelio hacía, creyendo, como estaba en razón que creyesen, que atraído el mozo de su incomparable y bellísima hermosura, la escogería por su esposa, y en ello granjearían yerno más rico que conmigo; y bien pudiera ser, si así fuera, pero no le alcanzaran, sin arrogancia sea dicho, de mejor condición que la mía, ni de más altos pensamientos, ni de más conocido valor que el mío. Sucedió, pues, que, en el discurso de mi pretensión, alcancé a saber que un día del mes pasado de mayo, que éste de hoy hace un año, tres días y cinco horas, Leonisa y sus padres, y Cornelio y los suyos, se iban a solazar con toda su parentela y criados al jardín de Ascanio, que está cercano a la marina, en el camino de las salinas."

-Bien lo sé -dijo Mahamut-; pasa adelante, Ricardo, que más de cuatro días tuve en él, cuando Dios quiso, más de cuatro buenos ratos. -"Súpelo -replicó Ricardo-, y, al mismo instante que lo supe, me ocupó el alma una furia, una rabia y un infierno de celos, con tanta vehemencia y rigor, que me sacó de mis sentidos, como lo verás por lo que luego hice, que fue irme al jardín donde me dijeron que estaban, y hallé a la más de la gente solazándose, y debajo de un nogal sentados a Cornelio y a Leonisa, aunque desviados un poco. Cuál ellos quedaron de mi vista, no lo sé; de mí sé decir que quedé tal con la suya, que perdí la de mis ojos, y me quedé como estatua sin voz ni movimiento alguno. Pero no tardó mucho en despertar el enojo a la cólera, y la cólera a la sangre del corazón, y la sangre a la ira, y la ira a las manos y a la lengua. Puesto que las manos se ataron con el respecto, a mi parecer, debido al hermoso rostro que tenía delante, pero la lengua rompió el silencio con estas razones:

Contenta estarás, ¡oh enemiga mortal de mi descanso!, en tener con tanto sosiego delante de tus ojos la causa que hará que los míos vivan en perpetuo y doloroso llanto. Llégate, llégate, cruel, un poco más, y enrede tu yedra a ese inútil tronco que te busca; peina o ensortija aquellos cabellos de ese tu nuevo Ganimedes, que tibiamente te solicita. Acaba ya de entregarte a los banderizos años dese mozo en quien contemplas, porque, perdiendo yo la esperanza de alcanzarte, acabe con ella la vida que aborrezco. ¿Piensas, por ventura, soberbia y mal considerada doncella, que contigo sola se han de romper y faltar las leyes y fueros que en semejantes casos en el mundo se usan? ¿Piensas, quiero decir, que este mozo, altivo por su riqueza, arrogante por su gallardía, inexperto por su edad poca, confiado por su linaje, ha de querer, ni poder, ni saber guardar firmeza en sus amores, ni estimar lo inestimable, ni conocer lo que conocen los maduros y experimentados años? No lo pienses, si lo piensas, porque no tiene otra cosa buena el mundo, sino hacer sus acciones siempre de una misma manera, porque no se engañe nadie sino por su propia ignorancia. En los pocos años está la inconstancia mucha; en los ricos, la soberbia; la vanidad, en los arrogantes, y en los hermosos, el desdén; y en los que todo esto tienen, la necedad, que es madre de todo mal suceso. Y tú, ¡oh mozo!, que tan a tu salvo piensas llevar el premio, más debido a mis buenos deseos que a los ociosos tuyos, ¿por qué no te levantas de ese estrado de flores donde yaces y vienes a sacarme el alma, que tanto la tuya aborrece? Y no porque me ofendas en lo que haces, sino porque no sabes estimar el bien que la ventura te concede; y véese claro que le tienes en poco, en que no quieres moverte a defendelle por no ponerte a riesgo de descomponer la afeitada compostura de tu galán vestido. Si esa tu reposada condición tuviera Aquiles, bien seguro estuviera Ulises de no salir con su empresa, aunque más le mostrara resplandecientes armas y acerados alfanjes. Vete, vete, y recréate entre las doncellas de tu madre, y allí ten cuidado de tus cabellos y de tus manos, más despiertas a devanar blando sirgo que a empuñar la dura espada.

"A todas estas razones jamás se levantó Cornelio del lugar donde le hallé sentado, antes se estuvo quedo, mirándome como embelesado, sin moverse; y a las levantadas voces con que le dije lo que has oído, se fue llegando la gente que por la huerta andaba, y se pusieron a escuchar otros más impropios que a Cornelio dije; el cual, tomando ánimo con la gente que acudió, porque todos o los más eran sus parientes, criados o allegados, dio muestras de levantarse; mas, antes que se pusiese en pie, puse mano a mi espada y acometíle, no sólo a él, sino a todos cuantos allí estaban. Pero, apenas vio Leonisa relucir mi espada, cuando le tomó un recio desmayo, cosa que me puso en mayor coraje y mayor despecho. Y no te sabré decir si los muchos que me acometieron atendían no más de a defenderse, como quien se defiende de un loco furioso, o si fue mi buena suerte y diligencia, o el cielo, que para mayores males quería guardarme; porque, en efeto, herí siete o ocho de los que hallé más a mano. A Cornelio le valió su buena diligencia, pues fue tanta la que puso en los pies huyendo, que se escapó de mis manos."

"Estando en este tan manifiesto peligro, cercado de mis enemigos, que ya como ofendidos procuraban vengarse, me socorrió la ventura con un remedio que fuera mejor haber dejado allí la vida, que no, restaurándola por tan no pensado camino, venir a perderla cada hora mil y mil veces. Y fue que de improviso dieron en el jardín mucha cantidad de turcos de dos galeotas de cosarios de Biserta, que en una cala, que allí cerca estaba, habían desembarcado, sin ser sentidos de las centinelas de las torres de la marina, ni descubiertos de los corredores o atajadores de la costa. Cuando mis contrarios los vieron, dejándome solo, con presta celeridad se pusieron en cobro: de cuantos en el jardín estaban, no pudieron los turcos cautivar más de a tres personas y a Leonisa, que aún se estaba desmayada. A mí me cogieron con cuatro disformes heridas, vengadas antes por mi mano con cuatro turcos, que de otras cuatro dejé sin vida tendidos en el suelo. Este asalto hicieron los turcos con su acostumbrada diligencia, y, no muy contentos del suceso, se fueron a embarcar, y luego se hicieron a la mar, y a vela y remo en breve espacio se pusieron en la Fabiana. Hicieron reseña por ver qué gente les faltaba; y, viendo que los muertos eran cuatro soldados de aquellos que ellos llaman leventes, y de los mejores y más estimados que traían, quisieron tomar en mí la venganza; y así, mandó el arráez de la capitana bajar la entena para ahorcarme."

"Todo esto estaba mirando Leonisa, que ya había vuelto en sí; y, viéndose en poder de los cosarios, derramaba abundancia de hermosas lágrimas, y, torciendo sus manos delicadas, sin hablar palabra, estaba atenta a ver si entendía lo que los turcos decían. Mas uno de los cristianos del remo le dijo en italiano como el arraéz mandaba ahorcar a aquel cristiano, señalándome a mí, porque había muerto en su defensa cuatro de los mejores soldados de las galeotas. Lo cual oído y entendido por Leonisa (la vez primera que se mostró para mí piadosa), dijo al cautivo que dijese a los turcos que no me ahorcasen, porque perderían un gran rescate, y que les rogaba volviesen a Trápana, que luego me rescatarían. Ésta, digo, fue la primera y aun será la última caridad que usó conmigo Leonisa, y todo para mayor mal mío. Oyendo, pues, los turcos lo que el cautivo les decía, le creyeron, y mudóles el interés la cólera. Otro día por la mañana, alzando bandera de paz, volvieron a Trápana; aquella noche la pasé con el dolor que imaginarse puede, no tanto por el que mis heridas me causaban, cuanto por imaginar el peligro en que la cruel enemiga mía entre aquellos bárbaros estaba.

"Llegados, pues, como digo, a la ciudad, entró en el puerto la una galeota y la otra se quedó fuera; coronóse luego todo el puerto y la ribera toda de cristianos, y el lindo de Cornelio desde lejos estaba mirando lo que en la galeota pasaba. Acudió luego un mayordomo mío a tratar de mi rescate, al cual dije que en ninguna manera tratase de mi libertad, sino de la de Leonisa, y que diese por ella todo cuanto valía mi hacienda; y más, le ordené que volviese a tierra y dijese a sus padres de Leonisa que le dejasen a él tratar de la libertad de su hija, y que no se pusiesen en trabajo por ella. Hecho esto, el arráez principal, que era un renegado griego llamado Yzuf, pidió por Leonisa seis mil escudos, y por mí cuatro mil, añadiendo que no daría el uno sin el otro. Pidió esta gran suma, según después supe, porque estaba enamorado de Leonisa, y no quisiera él rescatalla, sino darle al arráez de la otra galeota, con quien había de partir las presas que se hiciesen por mitad, a mí, en precio de cuatro mil escudos y mil en dinero, que hacían cinco mil, y quedarse con Leonisa por otros cinco mil. Y ésta fue la causa por que nos apreció a los dos en diez mil escudos. Los padres de Leonisa no ofrecieron de su parte nada, atenidos a la promesa que de mi parte mi mayordomo les había hecho, ni Cornelio movió los labios en su provecho; y así, después de muchas demandas y respuestas, concluyó mi mayordomo en dar por Leonisa cinco mil y por mí tres mil escudos.

"Aceptó Yzuf este partido, forzado de las persuasiones de su compañero y de lo que todos sus soldados le decían; mas, como mi mayordomo no tenía junta tanta cantidad de dineros, pidió tres días de término para juntarlos, con intención de malbaratar mi hacienda hasta cumplir el rescate. Holgóse desto Yzuf, pensando hallar en este tiempo ocasión para que el concierto no pasase adelante; y, volviéndose a la isla de la Fabiana, dijo que llegado el término de los tres días volvería por el dinero. Pero la ingrata fortuna, no cansada de maltratarme, ordenó que estando desde lo más alto de la isla puesta a la guarda una centinela de los turcos, bien dentro a la mar descubrió seis velas latinas, y entendió, como fue verdad, que debían ser, o la escuadra de Malta, o algunas de las de Sicilia. Bajó corriendo a dar la nueva, y en un pensamiento se embarcaron los turcos, que estaban en tierra, cuál guisando de comer, cuál lavando su ropa; y, zarpando con no vista presteza, dieron al agua los remos y al viento las velas, y, puestas las proas en Berbería, en menos de dos horas perdieron de vista las galeras; y así, cubiertos con la isla y con la noche, que venía cerca, se aseguraron del miedo que habían cobrado.

"A tu buena consideración dejo, ¡oh Mahamut amigo!, que consideres cuál iría mi ánimo en aquel viaje, tan contrario del que yo esperaba; y más cuando otro día, habiendo llegado las dos galeotas a la isla de la Pantanalea, por la parte del mediodía, los turcos saltaron en tierra a hacer leña y carne, como ellos dicen; y más, cuando vi que los arráeces saltaron en tierra y se pusieron a hacer las partes de todas las presas que habían hecho. Cada acción déstas fue para mí una dilatada muerte. Viniendo, pues, a la partición mía y de Leonisa, Yzuf dio a

Fetala (que así se llamaba el arráez de la otra galeota) seis cristianos, los cuatro para el remo, y dos muchachos hermosísimos, de nación corsos, y a mí con ellos, por quedarse con Leonisa, de lo cual se contentó Fetala. Y, aunque estuve presente a todo esto, nunca pude entender lo que decían, aunque sabía lo que hacían, ni entendiera por entonces el modo de la partición si Fetala no se llegara a mí y me dijera en italiano: *Cristiano, ya eres mío; en dos mil escudos de oro te me han dado; si quisieres libertad, has de dar cuatro mil, si no, acá morir.* Preguntéle si era también suya la cristiana; díjome que no, sino que Yzuf se quedaba con ella, con intención de volverla mora y casarse con ella. Y así era la verdad, porque me lo dijo uno de los cautivos del remo, que entendía bien el turquesco, y se lo había oído tratar a Yzuf y a Fetala. Díjele a mi amo que hiciese de modo como se quedase con la cristiana, y que le daría por su rescate solo diez mil escudos de oro en oro. Respondióme no ser posible, pero que haría que Yzuf supiese la gran suma que él ofrecía por la cristiana; quizá, llevado del interese, mudaría de intención y la rescataría. Hízolo así, y mandó que todos los de su galeota se embarcasen luego, porque se quería ir a Trípol de Berbería, de donde él era. Yzuf, asimismo, determinó irse a Biserta; y así, se embarcaron con la misma priesa que suelen cuando descubren o galeras de quien temer, o bajeles a quien robar. Movióles a darse priesa, por parecerles que el tiempo mudaba con muestras de borrasca. "Estaba Leonisa en tierra, pero no en parte que yo la pudiese ver, si no fue que al tiempo del embarcarnos llegamos juntos a la marina. Llevábala de la mano su nuevo amo y su más nuevo amante, y al entrar por la escala que estaba puesta desde tierra a la galeota, volvió los ojos a mirarme, y los míos, que no se quitaban della, la miraron con tan tierno sentimiento y dolor que, sin saber cómo, se me puso una nube ante ellos que me quitó la vista, y sin ella y sin sentido alguno di conmigo en el suelo. Lo mismo, me dijeron después, que había sucedido a Leonisa, porque la vieron caer de la escala a la mar, y que Yzuf se había echado tras della y la sacó en brazos. Esto me contaron dentro de la galeota de mi amo, donde me habían puesto sin que yo lo sintiese; mas, cuando volví de mi desmayo y me vi solo en la galeota, y que la otra, tomando otra derrota, se apartaba de nosotros, llevándose consigo la mitad de mi alma, o, por mejor decir, toda ella, cubrióseme el corazón de nuevo, y de nuevo maldije mi ventura y llamé a la muerte a voces; y eran tales los sentimientos que hacía, que mi amo, enfadado de oírme, con un grueso palo me amenazó que, si no callaba, me maltrataría. Reprimí las lágrimas, recogí los suspiros, creyendo que con la fuerza que les hacía reventarían por parte que abriesen puerta al alma, que tanto deseaba desamparar este miserable cuerpo; mas la suerte, aún no contenta de haberme puesto en tan encogido estrecho, ordenó de acabar con todo, quitándome las esperanzas de todo mi remedio; y fue que en un instante se declaró la borrasca que ya se temía, y el viento que de la parte de mediodía soplaba y nos embestía por la proa, comenzó a reforzar con tanto brío, que fue forzoso volverle la popa y dejar correr el bajel por donde el viento quería llevarle.
"Llevaba designio el arráez de despuntar la isla y tomar abrigo en ella por la banda del norte, mas sucedióle al revés su pensamiento, porque el viento cargó con tanta furia que, todo lo que habíamos navegado en dos días, en poco más de catorce horas nos vimos a seis millas o siete de la propia isla de donde habíamos partido, y sin remedio alguno íbamos a embestir en ella, y no en alguna playa, sino en unas muy levantadas peñas que a la vista se nos ofrecían, amenazando de inevitable muerte a nuestras vidas. Vimos a nuestro lado la galeota de nuestra conserva, donde estaba Leonisa, y a todos sus turcos y cautivos remeros haciendo fuerza con los remos para entretenerse y no dar en las peñas. Lo mismo hicieron los de la nuestra, con más ventaja y esfuerzo, a lo que pareció, que los de la otra, los cuales, cansados del trabajo y vencidos del tesón del viento y de la tormenta, soltando los remos, se abandonaron y se dejaron ir a vista de nuestros ojos a embestir en las peñas, donde dio la galeota tan grande golpe que toda se hizo pedazos. Comenzaba a cerrar la noche, y fue tamaña la grita de los que se perdían y el sobresalto de los que en nuestro bajel temían perderse, que ninguna cosa de las que nuestro arráez mandaba se entendía ni se hacía; sólo

se atendía a no dejar los remos de las manos, tomando por remedio volver la proa al viento y echar las dos áncoras a la mar, para entretener con esto algún tiempo la muerte, que por cierta tenían. Y, aunque el miedo de morir era general en todos, en mí era muy al contrario, porque con la esperanza engañosa de ver en el otro mundo a la que había tan poco que déste se había partido, cada punto que la galeota tardaba en anegarse o en embestir en las peñas, era para mí un siglo de más penosa muerte. Las levantadas olas, que por encima del bajel y de mi cabeza pasaban, me hacían estar atento a ver si en ellas venía el cuerpo de la desdichada Leonisa. "No quiero detenerme ahora, ¡oh Mahamut!, en contarte por menudo los sobresaltos, los temores, las ansias, los pensamientos que en aquella luenga y amarga noche tuve y pasé, por no ir contra lo que primero propuse de contarte brevemente mi desventura. Basta decirte que fueron tantos y tales que, si la muerte viniera en aquel tiempo, tuviera bien poco que hacer en quitarme la vida. "Vino el día con muestras de mayor tormenta que la pasada, y hallamos que el bajel había virado un gran trecho, habiéndose desviado de las peñas un buen trecho, y llegádose a una punta de la isla; y, viéndose tan a pique de doblarla, turcos y cristianos, con nueva esperanza y fuerzas nuevas, al cabo de seis horas doblamos la punta, y hallamos más blando el mar y más sosegado, de modo que más fácilmente nos aprovechamos de los remos, y, abrigados con la isla, tuvieron lugar los turcos de saltar en tierra para ir a ver si había quedado alguna reliquia de la galeota que la noche antes dio en las peñas; mas aún no quiso el cielo concederme el alivio que esperaba tener de ver en mis brazos el cuerpo de Leonisa; que, aunque muerto y despedazado, holgara de verle, por romper aquel imposible que mi estrella me puso de juntarme con él, como mis buenos deseos merecían; y así, rogué a un renegado que quería desembarcarse que le buscase y viese si la mar lo había arrojado a la orilla. Pero, como ya he dicho, todo esto me negó el cielo, pues al mismo instante tornó a embravecerse el viento, de manera que el amparo de la isla no fue de algún provecho. Viendo esto Fetala, no quiso contrastar contra la fortuna, que tanto le perseguía, y así, mandó poner el trinquete al árbol y hacer un poco de vela; volvió la proa a la mar y la popa al viento; y, tomando él mismo el cargo del timón, se dejó correr por el ancho mar, seguro que ningún impedimento le estorbaría su camino. Iban los remos igualados en la crujía y toda la gente sentada por los bancos y ballesteras, sin que en toda la galeota se descubriese otra persona que la del cómitre, que por más seguridad suya se hizo atar fuertemente al estanterol. Volaba el bajel con tanta ligereza que, en tres días y tres noches, pasando a la vista de Trápana, de Melazo y de Palermo, embocó por el faro de Micina, con maravilloso espanto de los que iban dentro y de aquellos que desde la tierra los miraban.

"En fin, por no ser tan prolijo en contar la tormenta como ella lo fue en su porfía, digo que cansados, hambrientos y fatigados con tan largo rodeo, como fue bajar casi toda la isla de Sicilia, llegamos a Trípol de Berbería, adonde a mi amo (antes de haber hecho con sus levantes la cuenta del despojo, y dádoles lo que les tocaba, y su quinto al rey, como es costumbre) le dio un dolor de costado tal, que dentro de tres días dio con él en el infierno. Púsose luego el rey de Trípol en toda su hacienda, y el alcaide de los muertos que allí tiene el Gran Turco (que, como sabes, es heredero de los que no le dejan en su muerte); estos dos tomaron toda la hacienda de Fetala, mi amo, y yo cupe a éste, que entonces era virrey de Trípol; y de allí a quince días le vino la patente de virrey de Chipre, con el cual he venido hasta aquí sin intento de rescatarme, porque él me ha dicho muchas veces que me rescate, pues soy hombre principal, como se lo dijeron los soldados de Fetala, jamás he acudido a ello, antes le he dicho que le engañaron los que le dijeron grandezas de mi posibilidad. Y si quieres, Mahamut, que te diga todo mi pensamiento, has de saber que no quiero volver a parte donde por alguna vía pueda tener cosa que me consuele, y quiero que, juntándose a la vida del cautiverio, los pensamientos y memorias que jamás me dejan de la muerte de Leonisa vengan a ser parte para que yo no la tenga jamás de gusto alguno. Y si es verdad que los continuos dolores forzosamente se han de acabar o acabar a quien los padece, los míos no podrán dejar de hacello, porque pienso darles rienda de manera que, a pocos días, den alcance a la miserable vida que tan contra mi voluntad sostengo. "Éste es, ¡oh Mahamut hermano!, el triste suceso mío; ésta es la causa de mis suspiros y de mis lágrimas; mira tú ahora y considera si es bastante para sacarlos de lo profundo de mis entrañas y para engendrarlos en la sequedad de mi lastimado pecho. Leonisa murió, y con ella mi esperanza; que, puesto que la que tenía, ella viviendo, se sustentaba de un delgado cabello, todavía, todavía..."

Y en este "todavía" se le pegó la lengua al paladar, de manera que no pudo hablar más palabra ni detener las lágrimas, que, como suele decirse, hilo a hilo le corrían por el rostro, en tanta abundancia, que llegaron a humedecer el suelo. Acompañóle en ellas Mahamut; pero, pasándose aquel parasismo, causado de la memoria renovada en el amargo cuento, quiso Mahamut consolar a Ricardo con las mejores razones que supo; mas él se las atajó, diciéndole:-Lo que has de hacer, amigo, es aconsejarme qué haré yo para caer en desgracia de mi amo, y de todos aquellos con quien yo comunicare; para que, siendo aborrecido dél y dellos, los unos y los otros me maltraten y persigan de suerte que, añadiendo dolor a dolor y pena a pena, alcance con brevedad lo que deseo, que es acabar la vida. -Ahora he hallado ser verdadero -dijo Mahamut-, lo que suele decirse: que lo que se sabe sentir se sabe decir, puesto que algunas veces el sentimiento enmudece la lengua; pero, comoquiera que ello sea, Ricardo, ora llegue tu dolor a tus palabras, ora ellas se le aventajen, siempre has de hallar en mí un verdadero amigo, o para ayuda o para consejo; que, aunque mis pocos años y el desatino que he hecho en vestirme este hábito están dando voces que de ninguna destas dos cosas que te ofrezco se puede fiar ni esperar alguna, yo procuraré que no salga verdadera esta sospecha, ni pueda tenerse por cierta tal opinión. Y, puesto que tú no quieras ni ser aconsejado ni favorecido, no por eso dejaré de hacer lo que te conviniere, como suele hacerse con el enfermo, que pide lo que no le dan y le dan lo que le conviene. No hay en toda esta ciudad quien pueda ni valga más que el cadí, mi amo, ni aun el tuyo, que viene por visorrey della, ha de poder tanto; y, siendo esto así, como lo es, yo puedo decir que soy el que más puede en la ciudad, pues puedo con mi patrón todo lo que quiero. Digo esto, porque podría ser dar traza con él para que vinieses a ser suyo, y, estando en mi compañía, el tiempo nos dirá lo que habemos de hacer, así para consolarte, si quisieres o pudieres tener consuelo, y a mí para salir désta a mejor vida, o, a lo menos, a parte donde la tenga más segura cuando la deje. -Yo te agradezco -respondió Ricardo-, Mahamut, la amistad que me ofreces, aunque estoy cierto que, con cuanto hicieres, no has de poder cosa que en mi provecho resulte. Pero dejemos ahora esto y vamos a las tiendas, porque, a lo que veo, sale de la ciudad mucha gente, y sin duda es el antiguo virrey que sale a estarse en la campaña, por dar lugar a mi amo que entre en la ciudad a hacer la residencia. -Así es -dijo Mahamut-; ven, pues, Ricardo, y verás las ceremonias con que se reciben; que sé que gustarás de verlas. -Vamos en buena hora -dijo Ricardo-; quizá te habré menester si acaso el guardián de los cautivos de mi amo me ha echado menos, que es un renegado, corso de nación y de no muy piadosas entrañas. Con esto dejaron la plática, y llegaron a las tiendas a tiempo que llegaba el antiguo bajá, y el nuevo le salía a recebir a la puerta de la tienda. Venía acompañado Alí Bajá (que así se llamaba el que dejaba el gobierno) de todos los jenízaros que de ordinario están de presidio en Nicosia, después que los turcos la ganaron, que serían hasta quinientos. Venían en dos alas o hileras, los unos con escopetas y los otros con alfanjes desnudos. Llegaron a la puerta del nuevo bajá Hazán, la rodearon todos, y Alí Bajá, inclinando el cuerpo, hizo reverencia a Hazán, y él con menos inclinación le saludó. Luego se entró Alí en el pabellón de Hazán, y los turcos le subieron sobre un poderoso caballo ricamente aderezado, y, trayéndole a la redonda de las tiendas y por todo un buen espacio de la campaña, daban voces y gritos, diciendo en su lengua: *¡Viva, viva Solimán sultán, y Hazán Bajá en su nombre!* Repitieron esto muchas veces, reforzando las voces y los alaridos, y luego le volvieron a la tienda, donde había quedado Alí Bajá, el cual, con el cadí y Hazán, se encerraron en ella por espacio de una hora solos. Dijo Mahamut a Ricardo que se habían encerrado a tratar de lo que convenía hacer en la ciudad cerca de las obras que Alí dejaba comenzadas. De allí a poco tiempo salió el cadí a la puerta de la tienda, y dijo a voces en lengua turquesca, arábiga y griega, que todos los que quisiesen entrar a pedir justicia, o otra cosa contra Alí Bajá, podrían entrar libremente; que allí estaba Hazán Bajá, a quien el Gran Señor enviaba por virrey de Chipre, que les guardaría toda razón y justicia. Con esta licencia, los jenízaros dejaron desocupada la puerta de la tienda y dieron lugar a que entrasen los que quisiesen. Mahamut hizo que entrase con él Ricardo, que, por ser esclavo de Hazán, no se le impidió la entrada. Entraron a pedir justicia, así griegos cristianos como algunos turcos, y todos de cosas de tan poca importancia, que las más despachó el cadí sin dar traslado a la parte, sin autos, demandas ni respuestas; que todas las causas, si no son las matrimoniales, se despachan en pie y en un punto, más a juicio de buen varón que por ley alguna. Y entre aquellos bárbaros, si lo son en esto, el cadí es el juez competente de todas las causas, que las abrevia en la uña y las sentencia en un soplo, sin que haya apelación de su sentencia para otro tribunal. En esto entró un chauz, que es como alguacil, y dijo que estaba a la puerta de la tienda un judío que traía a vender una hermosísima cristiana; mandó el cadí que le hiciese entrar, salió el chauz, y volvió a entrar luego, y con él un venerable judío, que traía de la mano a una mujer vestida en hábito berberisco, tan bien aderezada y compuesta que no lo pudiera estar tan bien la más rica mora de Fez ni de Marruecos, que en aderezarse llevan la ventaja a todas las africanas, aunque entren las de Argel con sus perlas tantas. Venía cubierto el rostro con un tafetán carmesí; por las gargantas de los pies, que se descubrían, parecían dos carcajes (que así se llaman las manillas en arábigo), al parecer de puro oro; y en los brazos, que asimismo por una camisa de cendal delgado se descubrían o traslucían, traía otros carcajes de oro sembrados de muchas perlas; en resolución, en cuanto el traje, ella venía rica y gallardamente aderezada. Admirados desta primera vista el cadí y los demás bajáes, antes que otra cosa dijesen ni preguntasen, mandaron al judío que hiciese que se quitase el antifaz la cristiana. Hízolo así, y descubrió un rostro que así deslumbró los ojos y alegró los corazones de los circunstantes, como el sol que, por entre cerradas nubes, después de mucha escuridad, se ofrece a los ojos de los que le desean: tal era la belleza de la cautiva cristiana, y tal su brío y su gallardía. Pero en quien con más efeto hizo impresión la maravillosa luz que había descubierto, fue en el lastimado Ricardo, como en aquel que mejor que otro la conocía, pues era su cruel y amada Leonisa, que tantas veces y con tantas lágrimas por él había sido tenida y llorada por muerta. Quedó a la improvisa vista de la singular belleza de la cristiana traspasado y rendido el corazón de Alí, y en el mismo grado y con la misma herida se halló el de Hazán, sin quedarse esento de la amorosa llaga el del cadí, que, más suspenso que todos, no sabía quitar los ojos de los hermosos de Leonisa. Y, para encarecer las poderosas fuerzas de amor, se ha de saber que en aquel mismo punto nació en los corazones de los tres una, a su parecer, firme esperanza de alcanzarla y de gozarla; y así, sin querer saber el cómo, ni el dónde, ni el cuándo había venido a poder del judío, le preguntaron el precio que por ella quería. El codicioso judío respondió que cuatro mil doblas, que vienen a ser dos mil escudos; mas, apenas hubo declarado el precio, cuando Alí Bajá dijo que él los daba por ella, y que fuese luego a contar el dinero a su tienda. Empero Hazán Bajá, que estaba de parecer de no dejarla, aunque aventurase en ello la vida, dijo:-Yo asimismo doy por ella las cuatro mil doblas que el judío pide, y no las diera ni me pusiera a ser contrario de lo que Alí ha dicho si no me forzara lo que él mismo dirá que es razón que me obligue y fuerce, y es que esta gentil esclava no pertenece para ninguno de nosotros, sino para el Gran Señor solamente; y así, digo que en su nombre la compro: veamos ahora quién será el atrevido que me la quite. -Yo seré -replicó Alí-, porque para el mismo efeto la compro, y estáme a mí más a cuento hacer al Gran Señor este presente, por la comodidad de llevarla luego a Constantinopla, granjeando con él la voluntad del Gran Señor; que, como hombre que quedo, Hazán, como tú vees, sin cargo alguno, he menester buscar medios de tenelle, de lo que tú estás seguro por tres años, pues hoy comienzas a mandar y a gobernar este riquísimo reino de Chipre. Así que, por estas razones y por haber sido yo el primero que ofrecí el precio por la cautiva, está puesto en razón, ¡oh Hazán!, que me la dejes. -Tanto más es de agradecerme a mí -respondió Hazán- el procurarla y enviarla al Gran Señor, cuanto lo hago sin moverme a ello interés alguno; y, en lo de la comodidad de llevarla, una galeota armaré con sola mi chusma y mis esclavos que la lleve. Azoróse con estas razones Alí, y, levantándose en pie, empuñó el alfanje, diciendo:-Siendo, ¡oh Hazán!, mis intentos unos, que es presentar y llevar esta cristiana al Gran Señor, y, habiendo sido yo el comprador primero, está puesto en razón y en justicia que me la dejes a mí; y, cuando otra cosa pensares, este alfanje que empuño defenderá mi derecho y castigará tu atrevimiento. El cadí, que a todo estaba atento, y que no menos que los dos ardía, temeroso de quedar sin la cristiana, imaginó cómo poder atajar el gran fuego que se había encendido, y, juntamente, quedarse con la cautiva, sin dar alguna sospecha de su dañada intención; y así, levantándose en pie, se puso entre los dos, que ya también lo estaban, y dijo:-Sosiégate, Hazán, y tú, Alí, estáte quedo; que yo estoy aquí, que sabré y podré componer vuestras diferencias de manera que los dos consigáis vuestros intentos, y el Gran Señor, como deseáis, sea servido. A las palabras del cadí obedecieron luego; y aun si otra cosa más dificultosa les mandara, hicieran lo mismo: tanto es el respecto que tienen a sus canas los de aquella dañada secta. Prosiguió, pues, el cadí, diciendo:-Tú dices, Alí, que quieres esta cristiana para el Gran Señor, y Hazán dice lo mismo; tú alegas que por ser el primero en ofrecer el precio ha de ser tuya; Hazán te lo contradice; y, aunque él no sabe fundar su razón, yo hallo que tiene la misma que tú tienes, y es la intención, que sin duda debió de nacer a un mismo tiempo que la tuya, en querer comprar la esclava para el mismo efeto; sólo le llevaste tú la ventaja en haberte declarado primero, y esto no ha de ser parte para que de todo en todo quede defraudado su buen deseo; y así, me parece ser bien concertaros en esta forma: que la esclava sea de entrambos; y, pues el uso della ha de quedar a la voluntad del Gran Señor, para quien se compró, a él toca disponer della; y, en tanto, pagarás tú, Hazán, dos mil doblas, y Alí otras dos mil, y quedaráse la cautiva en poder mío para que en nombre de entrambos yo la envíe a Constantinopla, porque no quede sin algún premio, siquiera por haberme hallado presente; y así, me ofrezco de enviarla a mi costa, con la autoridad y decencia que se debe a quien se envía, escribiendo al Gran Señor todo lo que aquí ha pasado y la voluntad que los dos habéis mostrado a su servicio. No supieron, ni pudieron, ni quisieron contradecirle los dos enamorados turcos; y, aunque vieron que por aquel camino no conseguían su deseo, hubieron de pasar por el parecer del cadí, formando y criando cada uno allá en su ánimo una esperanza que, aunque dudosa, les prometía poder llegar al fin de sus encendidos deseos. Hazán, que se quedaba por virrey en Chipre, pensaba dar tantas dádivas al cadí que, vencido y obligado, le diese la cautiva; Alí imaginó de hacer un hecho que le aseguró salir con lo que deseaba. Y, teniendo por cierto cada cual su designio, vinieron con facilidad en lo que el cadí quiso, y, de consentimiento y voluntad de los dos, se la entregaron luego, y luego pagaron al judío cada uno dos mil doblas. Dijo el judío que no la había de dar con los vestidos que tenía, porque valían otras dos mil doblas; y así era la verdad, a causa que en los cabellos, que parte por las espaldas sueltos traía y parte atados y enlazados por la frente, se parecían algunas hileras de perlas que con estremada gracia se enredaban con ellos. Las manillas de los pies y manos asimismo venían llenas de gruesas perlas. El vestido era una almalafa de raso verde, toda bordada y llena de trencillas de oro. En fin, les pareció a todos que el judío anduvo corto en el precio que pidió por el vestido, y el cadí, por no mostrarse menos liberal que los dos bajáes, dijo que él quería pagarle, porque de aquella manera se presentase al Gran Señor la cristiana. Tuviéronlo por bien los dos competidores, creyendo cada uno que todo había de venir a su poder. Falta ahora por decir lo que sintió Ricardo de ver andar en almoneda su alma, y los pensamientos que en aquel punto le vinieron, y los temores que le sobresaltaron, viendo que el haber hallado a su querida prenda era para más perderla; no sabía darse a entender si estaba durmiendo o despierto, no dando crédito a sus mismos ojos de lo que veían, porque le parecía cosa imposible ver tan impensadamente delante dellos a la que pensaba que para siempre los había cerrado. Llegóse en esto a su amigo Mahamut y díjole: -¿No la conoces, amigo? -No la conozco -dijo Mahamut. -Pues has de saber -replicó Ricardo- que es Leonisa. -¿Qué es lo que dices, Ricardo? -dijo Mahamut-Lo que has oído -dijo Ricardo-Pues calla y no la descubras -dijo Mahamut-, que la ventura va ordenando que la tengas buena y próspera, porque ella va a poder de mi amo. -¿Parécete -dijo Ricardo- que será bien ponerme en parte donde pueda ser visto?-No -dijo Mahamut- porque no la sobresaltes o te sobresaltes, y no vengas a dar indicio de que la conoces ni que la has visto; que podría ser que redundase en perjuicio de mi designio. -Seguiré tu parecer -respondió Ricardo. Y ansí, anduvo huyendo de que sus ojos se encontrasen con los de Leonisa, la cual tenía los suyos, en tanto que esto pasaba, clavados en el suelo, derramando algunas lágrimas. Llegóse el cadí a ella, y, asiéndola de la mano, se la entregó a Mahamut, mandándole que la llevase a la ciudad y se la entregase a su señora Halima, y le dijese la tratase como a esclava del Gran Señor. Hízolo así Mahamut y dejó sólo a Ricardo, que con los ojos fue siguiendo a su estrella hasta que se le encubrió con la nube de los muros de Nicosia. Llegóse al judío y preguntóle que adónde había comprado, o en qué modo había venido a su poder aquella cautiva cristiana. El judío le respondió que en la isla de la Pantanalea la había comprado a unos turcos que allí habían dado al través; y, queriendo proseguir adelante, lo estorbó el venirle a llamar de parte de los bajáes, que querían preguntarle lo que Ricardo deseaba saber; y con esto se despidió dél. En el camino que había desde las tiendas a la ciudad, tuvo lugar Mahamut de preguntar a Leonisa, en lengua italiana, que de qué lugar era. La cual le respondió que de la ciudad de Trápana. Preguntóle asimismo Mahamut si conocía en aquella ciudad a un caballero rico y noble que se llamaba Ricardo. Oyendo lo cual Leonisa, dio un gran suspiro y dijo:-Sí conozco, por mi mal. -¿Cómo por vuestro mal? -dijo Mahamut. -Porque él me conoció a mí por el suyo y por mi desventura -respondió Leonisa. -¿Y, por ventura -preguntó Mahamut-, conocistes también en la misma ciudad a otro caballero de gentil disposición, hijo de padres muy ricos, y él por su persona muy valiente, muy liberal y muy discreto, que se llamaba Cornelio?-También le conozco -respondió Leonisa-, y podré decir más por mi mal que no a Ricardo. Mas, ¿quién sois vos, señor, que los conocéis y por ellos me preguntáis?-Soy -dijo Mahamut- natural de Palermo, que por varios accidentes estoy en este traje y vestido, diferente del que yo solía traer, y conózcolos porque no ha muchos días que entrambos estuvieron en mi poder, que a Cornelio le cautivaron unos moros de Trípol de Berbería y le vendieron a un turco que le trujo a esta isla, donde vino con mercancías, porque es mercader de Rodas, el cual fiaba de Cornelio toda su hacienda. -Bien se la sabrá guardar -dijo Leonisa-, porque sabe guardar muy bien la suya; pero decidme, señor, ¿cómo o con quién vino Ricardo a esta isla?-Vino -respondió Mahamut- con un cosario que le cautivó estando en un jardín de la marina de Trápana, y con él dijo que habían cautivado a una doncella que nunca me quiso decir su nombre. Estuvo aquí algunos días con su amo, que iba a visitar el sepulcro de Mahoma, que está en la ciudad de Almedina, y al tiempo de la partida cayó Ricardo muy enfermo y indispuesto, que su amo me lo dejó, por ser de mi tierra, para que le curase y tuviese cargo dél hasta su vuelta, o que si por aquí no volviese, se le enviase a Constantinopla, que él me avisaría cuando allá estuviese. Pero el cielo lo ordenó de otra manera, pues el sin ventura de Ricardo, sin tener accidente alguno, en pocos días se acabaron los de su vida, siempre llamando entre sí a una Leonisa, a quien él me había dicho que quería más que a su vida y a su alma; la cual Leonisa me dijo que en una galeota que había dado al través en la isla de la Pantanalea se había ahogado, cuya muerte siempre lloraba y siempre plañía, hasta que le trujo a término de perder la vida, que yo no le sentí enfermedad en el cuerpo, sino muestras de dolor en el alma. -Decidme, señor, -replicó

Leonisa-, ese mozo que decís, en las pláticas que trató con vos (que, como de una patria, debieron ser muchas), ¿nombró alguna vez a esa Leonisa con todo el modo con que a ella y a Ricardo cautivaron?-Sí nombró -dijo Mahamut-, y me preguntó si había aportado por esta isla una cristiana dese nombre, de tales y tales señas, a la cual holgaría de hallar para rescatarla, si es que su amo se había ya desengañado de que no era tan rica como él pensaba, aunque podía ser que por haberla gozado la tuviese en menos; que, como no pasasen de trescientos o cuatrocientos escudos, él los daría de muy buena gana por ella, porque un tiempo la había tenido alguna afición. -Bien poca debía de ser -dijo Leonisa-, pues no pasaba de cuatrocientos escudos; más liberal es Ricardo, y más valiente y comedido; Dios perdone a quien fue causa de su muerte, que fui yo, que yo soy la sin ventura que él lloró por muerta; y sabe Dios si holgara de que él fuera vivo para pagarle con el sentimiento, que viera que tenía de su desgracia el que él mostró de la mía. Yo, señor, como ya os he dicho, soy la poco querida de Cornelio y la bien llorada de Ricardo, que, por muy muchos y varios casos, he venido a este miserable estado en que me veo; y, aunque es tan peligroso, siempre, por favor del cielo, he conservado en él la entereza de mi honor, con la cual vivo contenta en mi miseria. Ahora, ni sé donde estoy, ni quién es mi dueño, ni adónde han de dar conmigo mis contrarios hados, por lo cual os ruego, señor, siquiera por la sangre que de cristiano tenéis, me aconsejéis en mis trabajos; que, puesto que el ser muchos me han hecho algo advertida, sobrevienen cada momento tantos y tales, que no sé cómo me he de avenir con ellos. A lo cual respondió Mahamut que él haría lo que pudiese en servirla, aconsejándola y ayudándola con su ingenio y con sus fuerzas; advirtióla de la diferencia que por su causa habían tenido los dos bajáes, y cómo quedaba en poder del cadí, su amo, para llevarla presentada al Gran Turco Selín a Constantinopla; pero que, antes que esto tuviese efeto, tenía esperanza en el verdadero Dios, en quien él creía, aunque mal cristiano, que lo había de disponer de otra manera, y que la aconsejaba se hubiese bien con Halima, la mujer del cadí, su amo, en cuyo poder había de estar hasta que la enviasen a Constantinopla, advirtiéndola de la condición de Halima; y con ésas le dijo otras cosas de su provecho, hasta que la dejó en su casa y en poder de Halima, a quien dijo el recaudo de su amo. Recibióla bien la mora por verla tan bien aderezada y tan hermosa. Mahamut se volvió a las tiendas a contar a Ricardo lo que con Leonisa le había pasado; y, hallándole, se lo contó todo punto por punto, y, cuando llegó al del sentimiento que Leonisa había hecho cuando le dijo que era muerto, casi se le vinieron las lágrimas a los ojos. Díjole cómo había fingido el cuento del cautiverio de Cornelio, por ver lo que ella sentía; advirtióle la tibieza y la malicia con que de Cornelio había hablado; todo lo cual fue víctima para el afligido corazón de Ricardo, el cual dijo a Mahamut:-Acuérdome, amigo Mahamut, de un cuento que me contó mi padre, que ya sabes cuán curioso fue, y oíste cuánta honra le hizo el Emperador Carlos Quinto, a quien siempre sirvió en honrosos cargos de la guerra. Digo que me contó que, cuando el Emperador estuvo sobre Túnez, y la tomó con la fuerza de la Goleta, estando un día en la campaña y en su tienda, le trujeron a presentar una mora por cosa singular en belleza, y que al tiempo que se la presentaron entraban algunos rayos del sol por unas partes de la tienda y daban en los cabellos de la mora, que con los mismos del sol en ser rubios competían: cosa nueva en las moras, que siempre se precian de tenerlos negros. Contaba que en aquella ocasión se hallaron en la tienda, entre otros muchos, dos caballeros españoles: el uno era andaluz y el otro era catalán, ambos muy discretos y ambos poetas; y, habiéndola visto el andaluz, comenzó con admiración a decir unos versos que ellos llaman coplas, con unas consonancias o consonantes dificultosos, y, parando en los cinco versos de la copla, se detuvo sin darle fin ni a la copla ni a la sentencia, por no ofrecérsele tan de improviso los consonantes necesarios para acabarla; mas el otro caballero, que estaba a su lado y había oído los versos, viéndole suspenso, como si le hurtara la media copla de la boca, la prosiguió y acabó con las mismas consonancias. Y esto mismo se me vino a la memoria cuando vi entrar a la hermosísima Leonisa por la tienda del bajá, no solamente escureciendo los rayos del sol si la tocaran, sino a todo el cielo con sus estrellas. -Paso, no más -dijo Mahamut-; detente, amigo Ricardo, que a cada paso temo que has de pasar tanto la raya en las alabanzas de tu bella Leonisa que, dejando de parecer cristiano, parezcas gentil. Dime, si quieres, esos versos o coplas, o como los llamas, que después hablaremos en otras cosas que sean de más gusto, y aun quizá de más provecho. -En buen hora -dijo Ricardo-; y vuélvote a advertir que los cinco versos dijo el uno y los otros cinco el otro, todos de improviso; y son éstos:

Como cuando el sol asoma
por una montaña baja
y de súbito nos toma,
y con su vista nos doma
nuestra vista y la relaja;
como la piedra balaja,
que no consiente carcoma,
tal es el tu rostro, Aja,
dura lanza de Mahoma,
que las mis entrañas raja.

-Bien me suenan al oído -dijo Mahamut-, y mejor me suena y me parece que estés para decir versos, Ricardo, porque el decirlos o el hacerlos requieren ánimos de ánimos desapasionados. -También se suelen -respondió Ricardo- llorar endechas, como cantar himnos, y todo es decir versos; pero, dejando esto aparte, dime qué piensas hacer en nuestro negocio, que, puesto que no entendí lo que los bajáes trataron en la tienda, en tanto que tú llevaste a Leonisa, me lo contó un renegado de mi amo, veneciano, que se halló presente y entiende bien la lengua turquesca; y lo que es menester ante todas cosas es buscar traza cómo Leonisa no vaya a mano del Gran Señor. -Lo primero que se ha de hacer -respondió Mahamut- es que tú vengas a poder de mi amo; que, esto hecho, después nos aconsejaremos en lo que más nos conviniere. En esto, vino el guardián de los cautivos cristianos de Hazán, y llevó consigo a Ricardo. El cadí volvió a la ciudad con Hazán, que en breves días hizo la residencia de Alí y se la dio cerrada y sellada, para que se fuese a Constantinopla. Él se fue luego, dejando muy encargado al cadí que con brevedad enviase la cautiva, escribiendo al Gran Señor de modo que le aprovechase para sus pretensiones. Prometióselo el cadí con traidoras entrañas, porque las tenía hechas ceniza por la cautiva. Ido Alí lleno de falsas esperanzas, y quedando Hazán no vacío de ellas, Mahamut hizo de modo que Ricardo vino a poder de su amo. Íbanse los días, y el deseo de ver a Leonisa apretaba tanto a Ricardo, que no alcanzaba un punto de sosiego. Mudóse Ricardo el nombre en el de Mario, porque no llegase el suyo a oídos de Leonisa antes que él la viese; y el verla era muy dificultoso, a causa que los moros son en estremo celosos y encubren de todos los hombres los rostros de sus mujeres, puesto que en mostrarse ellas a los cristianos no se les hace de mal; quizá debe de ser que, por ser cautivos, no los tienen por hombres cabales. Avino, pues, que un día la señora Halima vio a su esclavo Mario, y tan visto y tan mirado fue, que se le quedó grabado en el corazón y fijo en la memoria; y, quizá poco contenta de los abrazos flojos de su anciano marido, con facilidad dio lugar a un mal deseo, y con la misma dio cuenta dél a Leonisa, a quien ya quería mucho por su agradable condición y proceder discreto, y tratábala con mucho respeto, por ser prenda del Gran Señor. Díjole cómo el cadí había traído a casa un cautivo cristiano, de tan gentil donaire y parecer, que a sus ojos no había visto más lindo hombre en toda su vida, y que decían que era chilibí (que quiere decir caballero) y de la misma tierra de Mahamut, su renegado, y que no sabía cómo darle a entender su voluntad, sin que el cristiano la tuviese en poco por habérsela declarado.

Preguntóle Leonisa cómo se llamaba el cautivo, y díjole Halima que se llamaba Mario; a lo cual replicó Leonisa:

-Si él fuera caballero y del lugar que dicen, yo le conociera, más dese nombre Mario no hay ninguno en Trápana; pero haz, señora, que yo le vea y hable, que te diré quién es y lo que dél se puede esperar.

-Así será -dijo Halima-, porque el viernes, cuando esté el cadí haciendo la zalá en la mezquita, le haré entrar acá dentro, donde le podrás hablar a solas; y si te pareciere darle indicios de mi deseo, haráslo por el mejor modo que pudieres.

Esto dijo Halima a Leonisa, y no habían pasado dos horas cuando el cadí llamó a Mahamut y a Mario, y, con no menos eficacia que Halima había descubierto su pecho a Leonisa, descubrió el enamorado viejo el suyo a sus dos esclavos, pidiéndoles consejo en lo que haría para gozar de la cristiana y cumplir con el Gran Señor, cuya ella era, diciéndoles que antes pensaba morir mil veces que entregalla una al Gran Turco. Con tales afectos decía su pasión el religioso moro, que la puso en los corazones de sus dos esclavos, que todo lo contrario de lo que él pensaba pensaban. Quedó puesto entre ellos que Mario, como hombre de su tierra, aunque había dicho que no la conocía, tomase la mano en solicitarla y en declararle la voluntad suya; y, cuando por este modo no se pudiese alcanzar, que usaría el de la fuerza, pues estaba en su poder. Y, esto hecho, con decir que era muerta, se escusarían de enviarla a Constantinopla. Contentísimo quedó el cadí con el parecer de sus esclavos, y, con la imaginada alegría, ofreció desde luego libertad a Mahamut, mandándole la mitad de su hacienda después de sus días; asimismo prometió a Mario, si alcanzaba lo que quería, libertad y dineros con que volviese a su tierra rico, honrado y contento. Si él fue liberal en prometer, sus cautivos fueron pródigos ofreciéndole de alcanzar la luna del cielo, cuanto más a Leonisa, como él diese comodidad de hablarla.

-Ésa daré yo a Mario cuanta él quisiere -respondió el cadí-, porque haré que Halima se vaya en casa de sus padres, que son griegos cristianos, por algunos días; y, estando fuera, mandaré al portero que deje entrar a Mario dentro de casa todas las veces que él quisiere, y diré a Leonisa que bien podrá hablar con su paisano cuando le diere gusto. Desta manera comenzó a volver el viento de la ventura de Ricardo, soplando en su favor, sin saber lo que hacían sus mismos amos. Tomado, pues, entre los tres este apuntamiento, quien primero le puso en plática fue Halima, bien así como mujer, cuya naturaleza es fácil y arrojadiza para todo aquello que es de su gusto. Aquel mismo día dijo el cadí a Halima que cuando quisiese podría irse a casa de sus padres a holgarse con ellos los días que gustase. Pero, como ella estaba alborozada con las esperanzas que Leonisa le había dado, no sólo no se fuera a casa de sus padres, sino al fingido paraíso de Mahoma no quisiera irse; y así, le respondió que por entonces no tenía tal voluntad, y que cuando ella la tuviese lo diría, mas que había de llevar consigo a la cautiva cristiana. -Eso no -replicó el cadí-, que no es bien que la prenda del Gran Señor sea vista de nadie; y más, que se le ha de quitar que converse con cristianos, pues sabéis que, en llegando a poder del Gran Señor, la han de encerrar en el serrallo y volverla turca, quiera o no quiera. -Como ella ande conmigo -replicó Halima-, no importa que esté en casa de mis padres, ni que comunique con ellos, que más comunico yo, y no dejo por eso de ser buena turca; y más, que lo más que pienso estar en su casa serán hasta cuatro o cinco días, porque el amor que os tengo no me dará licencia para estar tanto ausente y sin veros. No la quiso replicar el cadí, por no darle ocasión de engendrar alguna sospecha de su intención. Llegóse en esto el viernes, y él se fue a la mezquita, de la cual no podía salir en casi cuatro horas; y, apenas le vio Halima apartado de los umbrales de casa, cuando mandó llamar a Mario; mas no le dejaba entrar un cristiano corso que servía de portero en la puerta del patio, si Halima no le diera voces que le dejase; y así, entró confuso y temblando, como si fuera a pelear con un ejército de enemigos. Estaba Leonisa del mismo modo y traje que cuando entró en la tienda del Bajá, sentada al pie de una escalera grande de mármol que a los corredores subía. Tenía la cabeza inclinada sobre la palma de la mano derecha y el brazo sobre las rodillas, los ojos a la parte contraria de la puerta por donde entró Mario, de manera que, aunque él iba hacia la parte donde ella estaba, ella no le veía. Así como entró Ricardo, paseó toda la casa con los ojos, y no vio en toda ella sino un mudo y sosegado silencio, hasta que paró la vista donde Leonisa estaba. En un instante, al enamorado Ricardo le sobrevinieron tantos pensamientos, que le suspendieron y alegraron, considerándose veinte pasos, a su parecer, o poco más, desviado de su felicidad y contento: considerábase cautivo, y a su gloria en poder ajeno. Estas cosas revolviendo entre sí mismo, se movía poco a poco, y, con temor y sobresalto, alegre y triste, temeroso y esforzado, se iba llegando al centro donde estaba el de su alegría, cuando a deshora volvió el rostro Leonisa, y puso los ojos en los de Mario, que atentamente la miraba. Mas, cuando la vista de los dos se encontraron, con diferentes efetos dieron señal de lo que sus almas habían sentido. Ricardo se paró y no pudo echar pie adelante; Leonisa, que por la relación de Mahamut tenía a Ricardo por muerto, y el verle vivo tan no esperadamente, llena de temor y espanto, sin quitar dél los ojos ni volver las espaldas, volvió atrás cuatro o cinco escalones, y, sacando una pequeña cruz del seno, la besaba muchas veces, y se santiguó infinitas, como si alguna fantasma o otra cosa del otro mundo estuviera mirando. Volvió Ricardo de su embelesamiento, y conoció, por lo que Leonisa hacía, la verdadera causa de su temor, y así le dijo:-A mí me pesa, ¡oh hermosa Leonisa!, que no hayan sido verdad las nuevas que de mi muerte te dio Mahamut, porque con ella escusara los temores que ahora tengo de pensar si todavía está en su ser y entereza el rigor que contino has usado conmigo. Sosiégate, señora, y baja, y si te atreves a hacer lo que nunca hiciste, que es llegarte a mí, llega y verás que no soy cuerpo fantástico: Ricardo soy, Leonisa; Ricardo, el de tanta ventura cuanta tú quisieres que tenga. Púsose Leonisa en esto el dedo en la boca, por lo cual entendió Ricardo que era señal de que callase o hablase más quedo; y, tomando algún poco de ánimo, se fue llegando a ella en distancia que pudo oír estas razones:-Habla paso, Mario, que así me parece que te llamas ahora, y no trates de otra cosa de la que yo te tratare; y advierte que podría ser que el habernos oído fuese parte para que nunca nos volviésemos a ver. Halima, nuestra ama, creo que nos escucha, la cual me ha dicho que te adora; hame puesto por intercesora de su deseo. Si a él quisieres corresponder, aprovecharte ha más para el cuerpo que para el alma; y, cuando no quieras, es forzoso que lo finjas, siquiera porque yo te lo ruego y por lo que merecen deseos de mujer declarados. A esto respondió Ricardo:-Jamás pensé ni pude imaginar, hermosa Leonisa, que cosa que me pidieras trujera consigo imposible de cumplirla, pero la que me pides me ha desengañado. ¿Es por ventura la voluntad tan ligera que se pueda mover y llevar donde quisieren llevarla, o estarle ha bien al varón honrado y verdadero fingir en cosas de tanto peso? Si a ti te parece que alguna destas cosas se debe o puede hacer, haz lo que más gustares, pues eres señora de mi voluntad; mas ya sé que también me engañas en esto, pues jamás la has conocido, y así no sabes lo que has de hacer della. Pero, a trueco que no digas que en la primera cosa que me mandaste dejaste de ser obedecida, yo perderé del derecho que debo a ser quien soy, y satisfaré tu deseo y el de Halima fingidamente, como dices, si es que se ha de granjear con esto el bien de verte; y así, finge tú las respuestas a tu gusto, que desde aquí las firma y confirma mi fingida voluntad. Y, en pago desto que por ti hago (que es lo más que a mi parecer podré hacer, aunque de nuevo te dé el alma que tantas veces te he dado), te ruego que brevemente me digas cómo escapaste de las manos de los cosarios y cómo veniste a las del judío que te vendió. -Más espacio -respondió Leonisa- pide el cuento de mis desgracias, pero, con todo eso, te quiero satisfacer en algo. "Sabrás, pues, que, a cabo de un día que nos apartamos, volvió el bajel de Yzuf con un recio viento a la misma isla de la Pantanalea, donde también vimos a vuestra galeota; pero la nuestra, sin poderlo remediar, embistió en las peñas. Viendo, pues, mi amo tan a los ojos su perdición, vació con gran presteza dos barriles que estaban llenos de agua, tapólos muy bien, y atólos con cuerdas el uno con el otro; púsome a mí entre ellos, desnudóse luego, y, tomando otro barril entre los brazos, se ató con un cordel el cuerpo, y con el mismo cordel dio cabo a mis barriles, y con grande ánimo se arrojó a la mar, llevándome tras sí. Yo no tuve ánimo para arrojarme, que otro turco me impelió y me arrojó tras Yzuf, donde caí sin ningún sentido, ni volví en mí hasta que me hallé en tierra en brazos de dos turcos, que vuelta la boca al suelo me tenían, derramando gran cantidad de agua que había bebido. Abrí los ojos, atónita y espantada, y vi a Yzuf junto a mí, hecha la cabeza pedazos; que, según después supe, al llegar a tierra dio con ella en las peñas, donde acabó la vida. Los turcos asimismo me dijeron que, tirando de la cuerda, me sacaron a tierra casi ahogada; solas ocho personas se escaparon de la desdichada galeota. "Ocho días estuvimos en la isla, guardándome los turcos el mismo respeto que si fuera su hermana, y aun más. Estábamos escondidos en una cueva, temerosos ellos que no bajasen de una fuerza de cristianos que está en la isla y los cautivasen; sustentáronse con el bizcocho mojado que la mar echó a la orilla, de lo que llevaban en la galeota, lo cual salían a coger de noche. Ordenó la suerte, para mayor mal mío, que la fuerza estuviese sin capitán, que pocos días había que era muerto, y en la fuerza no había sino veinte soldados; esto se supo de un muchacho que los turcos cautivaron, que bajó de la fuerza a coger conchas a la marina. A los ocho días llegó a aquella costa un bajel de moros, que ellos llaman caramuzales; viéronle los turcos, y salieron de donde estaban, y, haciendo señas al bajel, que estaba cerca de tierra, tanto que conoció ser turcos los que los llamaban, ellos contaron sus desgracias, y los moros los recibieron en su bajel, en el cual venía un judío, riquísimo mercader, y toda la mercancía del bajel, o la más, era suya; era de barraganes y alquiceles y de otras cosas que de Berbería se llevaban a Levante. En el mismo bajel los turcos se fueron a Trípol, y en el camino me vendieron al judío, que dio por mí dos mil doblas, precio excesivo, si no le hiciera liberal el amor que el judío me descubrió. "Dejando, pues, los turcos en Trípol, tornó el bajel a hacer su viaje, y el judío dio en solicitarme descaradamente; yo le hice la cara que merecían sus torpes deseos. Viéndose, pues, desesperado de alcanzarlos, determinó de deshacerse de mí en la primera ocasión que se le ofreciese. Y, sabiendo que los dos bajáes, Alí y Hazán, estaban en aquesta isla, donde podía vender su mercaduría tan bien como en Xío, en quien pensaba venderla, se vino aquí con intención de venderme a alguno de los dos bajaes, y por eso me vistió de la manera que ahora me vees, por aficionarles la voluntad a que me comprasen. He sabido que me ha comprado este cadí para llevarme a presentar al Gran Turco, de que no estoy poco temerosa. Aquí he sabido de tu fingida muerte, y séte decir, si lo quieres creer, que me pesó en el alma y que te tuve más envidia que lástima; y no por quererte mal, que ya que soy desamorada, no soy ingrata ni desconocida, sino porque habías acabado con la tragedia de tu vida. "-No dices mal, señora -respondió Ricardo-, si la muerte no me hubiera estorbado el bien de volver a verte; que ahora en más estimo este instante de gloria que gozo en mirarte, que otra ventura, como no fuera la eterna, que en la vida o en la muerte pudiera asegurarme mi deseo. El que tiene mi amo el cadí, a cuyo poder he venido por no menos varios accidentes que los tuyos, es el mismo para contigo que para conmigo lo es el de Halima. Hame puesto a mí por intérprete de sus pensamientos; acepté la empresa, no por darle gusto, sino por el que granjeaba en la comodidad de hablarte, porque veas, Leonisa, el término a que nuestras desgracias nos han traído: a ti a ser medianera de un imposible, que en lo que me pides conoces; a mí a serlo también de la cosa que menos pensé, y de la que daré por no alcanzalla la vida, que ahora estimo en lo que vale la alta ventura de verte. -No sé qué te diga, Ricardo -replicó Leonisa-, ni qué salida se tome al laberinto donde, como dices, nuestra corta ventura nos tiene puestos. Sólo sé decir que es menester usar en esto lo que de nuestra condición no se puede esperar, que es el fingimiento y engaño; y así, digo que de ti daré a Halima algunas razones que antes la entretengan que desesperen. Tú de mí podrás decir al cadí lo que para seguridad de mi honor y de su engaño vieres que más convenga; y, pues yo pongo mi honor en tus manos, bien puedes creer dél que le tengo con la entereza y verdad que podían poner en duda tantos caminos como he andado, y tantos combates como he sufrido. El hablarnos será fácil y a mí será de grandísimo gusto el hacello, con presupuesto que jamás me has de tratar cosa que a tu declarada pretensión pertenezca, que en la hora que tal hicieres, en la misma me despediré de verte, porque no quiero que pienses que es de tan pocos quilates mi valor, que ha de hacer con él la cautividad lo que la libertad no pudo: como el oro tengo de ser, con el favor del cielo, que mientras más se acrisola, queda con más pureza y más limpio. Conténtate con que he dicho que no me dará, como solía, fastidio tu vista, porque te hago saber, Ricardo, que siempre te tuve por desabrido y arrogante, y que presumías de ti algo más de lo que debías. Confieso también que me engañaba, y que podría ser que hacer ahora la experiencia me pusiese la verdad delante de los ojos el desengaño; y, estando desengañada, fuese, con ser honesta, más humana. Vete con Dios, que temo no nos haya escuchado Halima, la cual entiende algo de la lengua cristiana, a lo menos de aquella mezcla de lenguas que se usa, con que todos nos entendemos. -Dices muy bien, señora -respondió Ricardo-, y agradézcote infinito el desengaño que me has dado, que le estimo en tanto como la merced que me haces en dejar verte; y, como tú dices, quizá la experiencia te dará a entender cuán llana es mi condición y cuán humilde, especialmente para adorarte; y sin que tú pusieras término ni raya a mi trato, fuera él tan honesto para contigo que no acertaras a desearle mejor. En lo que toca a entretener al cadí, vive descuidada; haz tú lo mismo con Halima, y entiende, señora, que después que te he visto ha nacido en mí una esperanza tal, que me asegura que presto hemos de alcanzar la libertad deseada. Y, con esto, quédate con Dios, que otra vez te contaré los rodeos por donde la fortuna me trujo a este estado, después que de ti me aparté, o, por mejor decir, me apartaron. Con esto, se despidieron, y quedó Leonisa contenta y satisfecha del llano proceder de Ricardo, y él contentísimo de haber oído una palabra de la boca de Leonisa sin aspereza. Estaba Halima cerrada en su aposento, rogando a Mahoma trujese Leonisa buen despacho de lo que le había encomendado. El cadí estaba en la mezquita recompensando con los suyos los deseos de su mujer, teniéndolos solícitos y colgados de la respuesta que esperaba oír de su esclavo, a quien había dejado encargado hablase a Leonisa, pues para poderlo hacer le daría comodidad Mahamut, aunque Halima estuviese en casa. Leonisa acrecentó en Halima el torpe deseo y el amor, dándole muy buenas esperanzas que Mario haría todo lo que pidiese; pero que había de dejar pasar primero dos lunes, antes que concediese con lo que deseaba él mucho más que ella; y este tiempo y término pedía, a causa que hacía una plegaria y oración a Dios para que le diese libertad. Contentóse Halima de la disculpa y de la relación de su querido Ricardo, a quien ella diera libertad antes del término devoto, como él concediera con su deseo; y así, rogó a Leonisa le rogase dispensase con el tiempo y acortase la dilación, que ella le ofrecía cuanto el cadí pidiese por su rescate. Antes que Ricardo respondiese a su amo, se aconsejó con Mahamut de qué le respondería; y acordaron entre los dos que le desesperasen y le aconsejasen que lo más presto que pudiese la llevase a Constantinopla, y que en el camino, o por grado o por fuerza, alcanzaría su deseo; y que, para el inconveniente que se podía ofrecer de cumplir con el Gran Señor, sería bueno comprar otra esclava, y en el viaje fingir o hacer de modo como Leonisa cayese enferma, y que una noche echarían la cristiana comprada a la mar, diciendo que era Leonisa, la cautiva del Gran Señor, que se había muerto; y que esto se podía hacer y se haría en modo que jamás la verdad fuese descubierta, y él quedase sin culpa con el Gran Señor y con el cumplimiento de su voluntad; y que, para la duración de su gusto, después se daría traza conveniente y más provechosa. Estaba tan ciego el mísero y anciano cadí que, si otros mil disparates le dijeran, como fueran encaminados a cumplir sus esperanzas, todos los creyera; cuanto más, que le pareció que todo lo que le decían llevaba buen camino y prometía próspero suceso; y así era la verdad, si la intención de los dos consejeros no fuera levantarse con el bajel y darle a él la muerte en pago de sus locos pensamientos. Ofreciósele al cadí otra dificultad, a su parecer mayor de las que en aquel caso se le podía ofrecer; y era pensar que su mujer Halima no le había de dejar ir a Constantinopla si no la llevaba consigo; pero presto la facilitó, diciendo que en cambio de la cristiana que habían de comprar para que muriese por Leonisa, serviría Halima, de quien deseaba librarse más que de la muerte. Con la misma facilidad que él lo pensó, con la misma se lo concedieron Mahamut y Ricardo; y, quedando firmes en esto, aquel mismo día dio cuenta el cadí a Halima del viaje que pensaba hacer a Constantinopla a llevar la cristiana al Gran Señor, de cuya liberalidad esperaba que le hiciese Gran Cadí del Cairo o de Constantinopla. Halima le dijo que le parecía muy bien su determinación, creyendo que se dejaría a Ricardo en casa; mas, cuando el cadí le certificó que le había de llevar consigo y a Mahamut también, tornó a mudar de parecer y a desaconsejarle lo que primero le había aconsejado. En resolución, concluyó que si no la llevaba consigo, no pensaba dejarle ir en ninguna manera. Contentóse el cadí de hacer lo que ella quería, porque pensaba sacudir presto de su cuello aquella para él tan pesada carga. No se descuidaba en este tiempo Hazán Bajá de solicitar al cadí le entregase la esclava, ofreciéndole montes de oro, y habiéndole dado a Ricardo de balde, cuyo rescate apreciaba en dos mil escudos; facilitábale la entrega con la misma industria que él se había imaginado de hacer muerta la cautiva cuando el Gran Turco enviase por ella. Todas estas dádivas y promesas aprovecharon con el cadí no más de ponerle en la voluntad que abreviase su partida. Y así, solicitado de su deseo y de las importunaciones de Hazán, y aun de las de Halima, que también fabricaba en el aire vanas esperanzas, dentro de veinte días aderezó un bergantín de quince bancos, y le armó de buenas boyas, moros y de algunos cristianos griegos. Embarcó en él toda su riqueza, y Halima no dejó en su casa cosa de momento, y rogó a su marido que la dejase llevar consigo a sus padres, para que viesen a Constantinopla. Era la intención de Halima la misma que la de Mahamut: hacer con él y con Ricardo que en el camino se alzasen con el bergantín; pero no les quiso declarar su pensamiento hasta verse embarcada, y esto con voluntad de irse a tierra de cristianos, y volverse a lo que primero había sido, y casarse con Ricardo, pues era de creer que, llevando tantas riquezas consigo y volviéndose cristiana, no dejaría de tomarla por mujer. En este tiempo habló otra vez Ricardo con Leonisa y le declaró toda su intención, y ella le dijo la que tenía Halima, que con ella había comunicado; encomendáronse los dos el secreto, y, encomendándose a Dios, esperaban el día de la partida, el cual llegado, salió Hazán acompañándolos hasta la marina con todos sus soldados, y no los dejó hasta que se hicieron a la vela, ni aun quitó los ojos del bergantín hasta perderle de vista; y parece que el aire de los suspiros que el enamorado moro arrojaba impelía con mayor fuerza las velas que le apartaban y llevaban el alma. Mas como aquel a quien el amor había tanto tiempo que sosegar no le dejaba, pensando en lo que había de hacer para no morir a manos de sus deseos, puso luego por obra lo que con largo discurso y resoluta determinación tenía pensado; y así, en un bajel de diez y siete bancos, que en otro puerto había hecho armar, puso en él cincuenta soldados, todos amigos y conocidos suyos, y a quien él tenía obligados con muchas dádivas y promesas, y dioles orden que saliesen al camino y tomasen el bajel del cadí y sus riquezas, pasando a cuchillo cuantos en él iban, si no fuese a Leonisa la cautiva; que a ella sola quería por despojo aventajado a los muchos haberes que el bergantín llevaba; ordenóles también que le echasen a fondo, de manera que ninguna cosa quedase que pudiese dar indicio de su perdición. La codicia del saco les puso alas en los pies y esfuerzo en el corazón, aunque bien vieron cuán poca defensa habían de hallar en los del bergantín, según iban desarmados y sin sospecha de semejante acontecimiento. Dos días había ya que el bergantín caminaba, que al cadí se le hicieron dos siglos, porque luego en el primero quisiera poner en efeto su determinación; mas aconsejáronle sus esclavos que convenía primero hacer de suerte que Leonisa cayese mala, para dar color a su muerte, y que esto había de ser con algunos días de enfermedad. Él no quisiera sino decir que había muerto de repente, y acabar presto con todo, y despachar a su mujer y aplacar el fuego que las entrañas poco a poco le iba consumiendo; pero, en efeto, hubo de condecender con el parecer de los dos. Ya en esto había Halima declarado su intento a Mahamut y a Ricardo, y ellos estaban en ponerlo por obra al pasar de las cruces de

40

Alejandría, o al entrar de los castillos de la Natolia. Pero fue tanta la priesa que el cadí les daba, que se ofrecieron de hacerlo en la primera comodidad que se les ofreciese. Y un día, al cabo de seis que navegaban y que ya le parecía al cadí que bastaba el fingimiento de la enfermedad de Leonisa, importunó a sus esclavos que otro día concluyesen con Halima, y la arrojasen al mar amortajada, diciendo ser la cautiva del Gran Señor. Amaneciendo, pues, el día en que, según la intención de Mahamut y de Ricardo, había de ser el cumplimiento de sus deseos, o del fin de sus días, descubrieron un bajel que a vela y remo les venía dando caza. Temieron fuese de cosarios cristianos, de los cuales, ni los unos ni los otros podían esperar buen suceso; porque, de serlo, se temía ser los moros cautivos, y los cristianos, aunque quedasen con libertad, quedarían desnudos y robados; pero Mahamut y Ricardo con la libertad de Leonisa y de la de entrambos se contentaran; con todo esto que se imaginaban, temían la insolencia de la gente cosaria, pues jamás la que se da a tales ejercicios, de cualquiera ley o nación que sea, deja de tener un ánimo cruel y una condición insolente. Pusiéronse en defensa, sin dejar los remos de las manos y hacer todo cuanto pudiesen; pero pocas horas tardaron que vieron que les iban entrando, de modo que en menos de dos se les pusieron a tiro de cañón. Viendo esto, amainaron, soltaron los remos, tomaron las armas y los esperaron, aunque el cadí dijo que no temiesen, porque el bajel era turquesco, y que no les haría daño alguno. Mandó poner luego una banderita blanca de paz en el peñol de la popa, por que le viesen los que, ya ciegos y codiciosos, venían con gran furia a embestir el mal defendido bergantín. Volvió, en esto, la cabeza Mahamut y vio que de la parte de poniente venía una galeota, a su parecer de veinte bancos, y díjoselo al cadí; y algunos cristianos que iban al remo dijeron que el bajel que se descubría era de cristianos; todo lo cual les dobló la confusión y el miedo, y estaban suspensos sin saber lo que harían, temiendo y esperando el suceso que Dios quisiese darles. Paréceme que diera el cadí en aquel punto por hallarse en Nicosia toda la esperanza de su gusto: tanta era la confusión en que se hallaba, aunque le quitó presto della el bajel primero, que sin respecto de las banderas de paz ni de lo que a su religión debían, embistieron con el del cadí con tanta furia, que estuvo poco en echarle a fondo. Luego conoció el cadí los que le acometían, y vio que eran soldados de Nicosia y adivinó lo que podía ser, y diose por perdido y muerto; y si no fuera que los soldados se dieron antes a robar que a matar, ninguno quedara con vida. Mas, cuando ellos andaban más encendidos y más atentos en su robo, dio un turco voces diciendo:-¡Arma, soldados!, que un bajel de cristianos nos embiste. Y así era la verdad, porque el bajel que descubrió el bergantín del cadí venía con insignias y banderas cristianescas, el cual llegó con toda furia a embestir el bajel de Hazán; pero, antes que llegase, preguntó uno desde la proa en lengua turquesca que qué bajel era aquél. Respondiéronle que era de Hazán Bajá, virrey de Chipre. -¿Pues cómo -replicó el turco-, siendo vosotros mosolimanes, embestís y robáis a ese bajel, que nosotros sabemos que va en él el cadí de Nicosia?A lo cual respondieron que ellos no sabían otra cosa más de que al bajel les había ordenado le tomasen, y que ellos, como sus soldados y obedientes, habían hecho su mandamiento. Satisfecho de lo que saber quería, el capitán del segundo bajel, que venía a la cristianesca, dejóle embestir al de Hazán, y acudió al del cadí, y a la primera rociada mató más de diez turcos de los que dentro estaban, y luego le entró con grande ánimo y presteza; mas, apenas hubieron puesto los pies dentro, cuando el cadí conoció que el que le embestía no era cristiano, sino Alí Bajá, el enamorado de Leonisa, el cual, con el mismo intento que Hazán, había estado esperando su venida, y, por no ser conocido, había hecho vestidos a sus soldados como cristianos, para que con esta industria fuese más cubierto su hurto. El cadí, que conoció las intenciones de los amantes y traidores, comenzó a grandes voces a decir su maldad, diciendo:-¿Qué es esto, traidor Alí Bajá? ¿Cómo, siendo tú mosolimán (que quiere decir turco), me salteas como cristiano? Y vosotros, traidores soldados de Hazán, ¿qué demonio os ha movido a acometer tan grande insulto? ¿Cómo, por cumplir el apetito lascivo del que aquí os envía, queréis ir contra vuestro natural señor?A estas palabras suspendieron todos las armas, y unos a otros se miraron y se conocieron, porque todos habían sido soldados de un mismo capitán y militado debajo de una bandera; y, confundiéndose con las razones del cadí y con su mismo maleficio, ya se les embotaron los filos de los alfanjes y se les desmayaron los ánimos. Sólo Alí cerró los ojos y los oídos a todo, y arremetiendo al cadí, le dio una tal cuchillada en la cabeza que, si no fuera por la defensa que hicieron cien varas de toca con que venía ceñida, sin duda se la partiera por medio; pero, con todo, le derribó entre los bancos del bajel, y al caer dijo el cadí:-¡Oh cruel renegado, enemigo de mi profeta! ¿Y es posible que no ha de haber quien castigue tu crueldad y tu grande insolencia? ¿Cómo, maldito, has osado poner las manos y las armas en tu cadí, y en un ministro de Mahoma?Estas palabras añadieron fuerza a fuerza a las primeras, las cuales oídas de los soldados de Hazán, y movidos de temor que los soldados de Alí les habían de quitar la presa, que ya ellos por suya tenían, determinaron de ponerlo todo en aventura; y, comenzando uno y siguiéndole todos, dieron en los soldados de Alí con tanta priesa, rencor y brío, que en poco espacio los pararon tales, que, aunque eran muchos más que ellos, los redujeron a número pequeño; pero los que quedaron, volviendo sobre sí, vengaron a sus compañeros, no dejando de los de Hazán apenas cuatro con vida, y ésos muy malheridos. Estábanlos mirando Ricardo y Mahamut, que de cuando en cuando sacaban la cabeza por el escutillón de la cámara de popa, por ver en qué paraba aquella grande herrería que sonaba; y, viendo cómo los turcos estaban casi todos muertos, y los vivos malheridos, y cuán fácilmente se podía dar cabo de todos, llamó a Mahamut y a dos sobrinos de Halima, que ella había hecho embarcar consigo para que ayudasen a levantar el bajel, y con ellos y con su padre, tomando alfanjes de los muertos, saltaron en crujía; y, apellidando ¡libertad, libertad!, y ayudados de las buenas boyas, cristianos griegos, con facilidad y sin recebir herida, los degollaron a todos; y, pasando sobre la galeota de Alí, que sin defensa estaba, la rindieron y ganaron con cuanto en ella venía. De los que en el segundo encuentro murieron, fue de los primeros Alí Bajá, que un turco, en venganza del cadí, le mató a cuchilladas. Diéronse luego todos, por consejo de Ricardo, a pasar cuantas cosas había de precio en su bajel y en el de Hazán a la galeota de Alí, que era bajel mayor y acomodado para cualquier cargo o viaje, y ser los remeros cristianos, los cuales, contentos con la alcanzada libertad y con muchas cosas que Ricardo repartió entre todos, se ofrecieron de llevarle hasta Trápana, y aun hasta el cabo del mundo si quisiese. Y, con esto, Mahamut y Ricardo, llenos de gozo por el buen suceso, se fueron a la mora Halima y le dijeron que, si quería volverse a Chipre, que con las buenas boyas le armarían su mismo bajel, y le darían la mitad de las riquezas que había embarcado; mas ella, que en tanta calamidad aún no había perdido el cariño y amor que a Ricardo tenía, dijo que quería irse con ellos a tierra de cristianos, de lo cual sus padres se holgaron en estremo. El cadí volvió en su acuerdo, y le curaron como la ocasión les dio lugar, a quien también dijeron que escogiese una de dos: o que se dejase llevar a tierra de cristianos, o volverse en su mismo bajel a Nicosia. Él respondió que, ya que la fortuna le había traído a tales términos, les agradecía la libertad que le daban, y que quería ir a Constantinopla a quejarse al Gran Señor del agravio que de Hazán y de Alí había recebido; mas, cuando supo que Halima le dejaba y se quería volver cristiana, estuvo en poco de perder el juicio. En resolución, le armaron su mismo bajel y le proveyeron de todas las cosas necesarias para su viaje, y aun le dieron algunos cequíes de los que habían sido suyos; y, despidiéndose de todos con determinación de volverse a Nicosia, pidió antes que se hiciese a la vela que Leonisa le abrazase, que aquella merced y favor sería bastante para poner en olvido toda su desventura. Todos suplicaron a Leonisa diese aquel favor a quien tanto la quería, pues en ello no iría contra el decoro de su honestidad. Hizo Leonisa lo que le rogaron, y el cadí le pidió le pusiese las manos sobre la cabeza, porque él llevase esperanzas de sanar de su herida; en todo le contentó Leonisa. Hecho esto y habiendo dado un barreno al bajel de Hazán, favoreciéndoles un levante fresco que parecía que llamaba las velas para entregarse en ellas, se las dieron, y en breves horas perdieron de vista al bajel del cadí, el cual, con lágrimas en los ojos, estaba mirando cómo se llevaban los vientos su hacienda, su gusto, su mujer y su alma. Con diferentes pensamientos de los del cadí navegaban Ricardo y Mahamut; y así, sin querer tocar en tierra en ninguna parte, pasaron a la vista de Alejandría de golfo lanzado, y, sin amainar velas, y sin tener necesidad de aprovecharse de los remos, llegaron a la fuerte isla del Corfú, donde hicieron agua, y luego, sin detenerse, pasaron por los infamados riscos Acroceraunos; y desde lejos, al segundo día, descubrieron a Paquino, promontorio de la fertilísima Tinacria, a vista de la cual y de la insigne isla de Malta volaron, que no con menos ligereza navegaba el dichoso leño. En resolución, bajando la isla, de allí a cuatro días descubrieron la Lampadosa, y luego la isla donde se perdieron, con cuya vista [Leonisa] se estremeció toda, viniéndole a la memoria el peligro en que en ella se había visto. Otro día vieron delante de sí la deseada y amada patria; renovóse la alegría en sus corazones, alborotáronse sus espíritus con el nuevo contento, que es uno de los mayores que en esta vida se puede tener, llegar después de luengo cautiverio salvo y sano a la patria. Y al que a éste se le puede igualar, es el que se recibe de la vitoria alcanzada de los enemigos. Habíase hallado en la galeota una caja llena de banderetas y flámulas de diversas colores de sedas, con las cuales hizo Ricardo adornar la galeota. Poco después de amanecer sería, cuando se hallaron a menos de una legua de la ciudad, y, bogando a cuarteles, y alzando de cuando en cuando alegres voces y gritos, se iban llegando al puerto, en el cual en un instante pareció infinita gente del pueblo; que, habiendo visto cómo aquel bien adornado bajel tan de espacio se llegaba a tierra, no quedó gente en toda la ciudad que dejase de salir a la marina. En este entretanto había Ricardo pedido y suplicado a Leonisa que se adornase y vistiese de la misma manera que cuando entró en la tienda de los bajaes, porque quería hacer una graciosa burla a sus padres. Hízolo así, y, añadiendo galas a galas, perlas a perlas, y belleza a belleza, que suele acrecentarse con el contento, se vistió de modo que de nuevo causó admiración y maravilla. Vistióse asimismo Ricardo a la turquesca, y lo mismo hizo Mahamut y todos los cristianos del remo, que para todos hubo en los vestidos de los turcos muertos. Cuando llegaron al puerto serían las ocho de la mañana, que tan serena y clara se mostraba, que parecía que estaba atenta mirando aquella alegre entrada. Antes de entrar en el puerto, hizo Ricardo disparar las piezas de la galeota, que eran un cañón de crujía y dos falconetes; respondió la ciudad con otras tantas. Estaba toda la gente confusa, esperando llegase el bizarro bajel; pero, cuando vieron de cerca que era turquesco, porque se divisaban los blancos turbantes de los que moros parecían, temerosos y con sospecha de algún engaño, tomaron las armas y acudieron al puerto todos los que en la ciudad son de milicia, y la gente de a caballo se tendió por toda la marina; de todo lo cual recibieron gran contento los que poco a poco se fueron llegando hasta entrar en el puerto, dando fondo junto a tierra y arrojando en ella la plancha, soltando a una los remos, todos, uno a uno, como en procesión, salieron a tierra, la cual con lágrimas de alegría besaron una y muchas veces, señal clara que dio a entender ser cristianos que con aquel bajel se habían alzado. A la postre de todos salieron el padre y madre de Halima, y sus dos sobrinos, todos, como está dicho, vestidos a la turquesca; hizo fin y remate la hermosa Leonisa, cubierto el rostro con un tafetán carmesí. Traíanla en medio Ricardo y Mahamut, cuyo espectáculo llevó tras sí los ojos de toda aquella infinita multitud que los miraba. En llegando a tierra, hicieron como los demás, besándola postrados por el suelo. En esto, llegó a ellos el capitán y gobernador de la ciudad, que bien conoció que eran los principales de todos; mas, apenas hubo llegado, cuando conoció a Ricardo, y corrió con los brazos abiertos y con señales de grandísimo contento a abrazarle. Llegaron con el gobernador Cornelio y su padre, y los de Leonisa con todos sus parientes, y los de Ricardo, que todos eran los más principales de la ciudad. Abrazó Ricardo al gobernador y respondió a todos los parabienes que le daban; trabó de la mano a Cornelio, el cual, como le conoció y se vio asido dél, perdió la color del rostro, y casi comenzó a temblar de miedo, y, teniendo asimismo de la mano a Leonisa, dijo:-Por cortesía os ruego, señores, que, antes que entremos en la ciudad y en el templo a dar las debidas gracias a Nuestro Señor de las grandes mercedes que en nuestra desgracia nos ha hecho, me escuchéis ciertas razones que deciros quiero. A lo cual el gobernador respondió que dijese lo que quisiese, que todos le escucharían con gusto y con silencio.

Rodeáronle luego todos los más de los principales; y él, alzando un poco la voz, dijo desta manera:-Bien se os debe acordar, señores, de la desgracia que algunos meses ha en el jardín de las Salinas me sucedió con la pérdida de Leonisa; también no se os habrá caído de la memoria la diligencia que yo puse en procurar su libertad, pues, olvidándome del mío, ofrecí por su rescate toda mi hacienda (aunque ésta, que al parecer fue liberalidad, no puede ni debe redundar en mi alabanza, pues la daba por el rescate de mi alma). Lo que después acá a los dos ha sucedido requiere para más tiempo otra sazón y coyuntura, y otra lengua no tan turbada como la mía; baste deciros por ahora que, después de varios y estraños acontecimientos, y después de mil perdidas esperanzas de alcanzar remedio de nuestras desdichas, el piadoso cielo, sin ningún merecimiento nuestro, nos ha vuelto a la deseada patria, cuanto llenos de contento, colmados de riquezas; y no nace dellas ni de la libertad alcanzada el sin igual gusto que tengo, sino del que imagino que tiene ésta en paz y en guerra dulce enemiga mía, así por verse libre, como por ver, como ve, el retrato de su alma; todavía me alegro de la general alegría que tienen los que me han sido compañeros en la miseria. Y, aunque las desventuras y tristes acontecimientos suelen mudar las condiciones y aniquilar los ánimos valerosos, no ha sido así con el verdugo de mis buenas esperanzas; porque, con más valor y entereza que buenamente decirse puede, ha pasado el naufragio de sus desdichas y los encuentros de mis ardientes cuanto honestas importunaciones; en lo cual se verifica que mudan el cielo, y no las costumbres, los que en ellas tal vez hicieron asiento. De todo esto que he dicho quiero inferir que yo le ofrecí mi hacienda en rescate, y le di mi alma en mis deseos; di traza en su libertad y aventuré por ella, más que por la mía, la vida; y de todos éstos que, en otro sujeto más agradecido, pudieran ser cargos de algún momento, no quiero yo que lo sean; sólo quiero lo sea éste en que te pongo ahora. Y, diciendo esto, alzó la mano y con honesto comedimiento quitó el antifaz del rostro de Leonisa, que fue como quitarse la nube que tal vez cubre la hermosa claridad del sol, y prosiguió diciendo:-Veis aquí, ¡oh Cornelio!, te entrego la prenda que tú debes de estimar sobre todas las cosas que son dignas de estimarse; y veis aquí tú, ¡hermosa Leonisa!, te doy al que tú siempre has tenido en la memoria. Ésta sí quiero que se tenga por liberalidad, en cuya comparación dar la hacienda, la vida y la honra no es nada. Recíbela, ¡oh venturoso mancebo!; recíbela, y si llega tu conocimiento a tanto que llegue a conocer valor tan grande, estímate por el más venturoso de la tierra. Con ella te daré asimismo todo cuanto me tocare de parte en lo que a todos el cielo nos ha dado, que bien creo que pasará de treinta mil escudos. De todo puedes gozar a tu sabor con libertad, quietud y descanso; y plega al cielo que sea por luengos y felices años. Yo, sin ventura, pues quedo sin Leonisa, gusto de quedar pobre, que a quien Leonisa le falta, la vida le sobra. Y en diciendo esto calló, como si al paladar se le hubiera pegado la lengua; pero, desde allí a un poco, antes que ninguno hablase, dijo:-¡Válame Dios, y cómo los apretados trabajos turban los entendimientos! Yo, señores, con el deseo que tengo de hacer bien, no he mirado lo que he dicho, porque no es posible que nadie pueda mostrarse liberal de lo ajeno: ¿qué jurisdición tengo yo en Leonisa para darla a otro? O, ¿cómo puedo ofrecer lo que está tan lejos de ser mío? Leonisa es suya, y tan suya que, a faltarle sus padres, que felices años vivan, ningún opósito tuviera a su voluntad; y si se pudieran poner las obligaciones que como discreta debe de pensar que me tiene, desde aquí las borro, las cancelo y doy por ningunas; y así, de lo dicho me desdigo, y no doy a Cornelio nada, pues no puedo; sólo confirmo la manda de mi hacienda hecha a Leonisa, sin querer otra recompensa sino que tenga por verdaderos mis honestos pensamientos, y que crea dellos que nunca se encaminaron ni miraron a otro punto que el que pide su incomparable honestidad, su grande valor e infinita hermosura. Calló Ricardo, en diciendo esto; a lo cual Leonisa respondió en esta manera:-Si algún favor, ¡oh

Ricardo!, imaginas que yo hice a Cornelio en el tiempo que tú andabas de mí enamorado y celoso, imagina que fue tan honesto como guiado por la voluntad y orden de mis padres, que, atentos a que le moviesen a ser mi esposo, permitían que se los diese; si quedas désto satisfecho, bien lo estarás de lo que de mí te ha mostrado la experiencia cerca de mi honestidad y recato. Esto digo por darte a entender, Ricardo, que siempre fui mía, sin estar sujeta a otro que a mis padres, a quien ahora humildemente, como es razón, suplico me den licencia y libertad para disponer la que tu mucha valentía y liberalidad me ha dado. Sus padres dijeron que se la daban, porque fiaban de su discreción que usaría della de modo que siempre redundase en su honra y en su provecho. -Pues con esa licencia -prosiguió la discreta Leonisa-, quiero que no se me haga de mal mostrarme desenvuelta, a trueque de no mostrarme desagradecida; y así, ¡oh valiente Ricardo!, mi voluntad, hasta aquí recatada, perpleja y dudosa, se declara en favor tuyo; porque sepan los hombres que no todas las mujeres son ingratas, mostrándome yo siquiera agradecida. Tuya soy, Ricardo, y tuya seré hasta la muerte, si ya otro mejor conocimiento no te mueve a negar la mano que de mi esposo te pido. Quedó como fuera de sí a estas razones Ricardo, y no supo ni pudo responder con otras a Leonisa, que con hincarse de rodillas ante ella y besarle las manos, que le tomó por fuerza muchas veces, bañándoselas en tiernas y amorosas lágrimas. Derramólas Cornelio de pesar, y de alegría los padres de Leonisa, y de admiración y de contento todos los circunstantes. Hallóse presente el obispo o arzobispo de la ciudad, y con su bendición y licencia los llevó al templo, y, dispensando en el tiempo, los desposó en el mismo punto. Derramóse la alegría por toda la ciudad, de la cual dieron muestra aquella noche infinitas luminarias, y otros muchos días la dieron muchos juegos y regocijos que hicieron los parientes de Ricardo y de Leonisa.

Reconciliáronse con la iglesia Mahamut y Halima, la cual, imposibilitada de cumplir el deseo de verse esposa de Ricardo, se contentó con serlo de Mahamut. A sus padres y a los sobrinos de Halima dio la liberalidad de Ricardo, de las partes que le cupieron del despojo, suficientemente con que viviesen. Todos, en fin, quedaron contentos, libres y satisfechos; y la fama de Ricardo, saliendo de los términos de Sicilia, se estendió por todos los de Italia y de otras muchas partes, debajo del nombre del amante liberal; y aún hasta hoy dura en los muchos hijos que tuvo en Leonisa, que fue ejemplo raro de discreción, honestidad, recato y hermosura.

En la venta del Molinillo, que está puesta en los fines de los famosos campos de Alcudia, como vamos de Castilla a la Andalucía, un día de los calurosos del verano, se hallaron en ella acaso dos muchachos de hasta edad de catorce a quince años: el uno ni el otro no pasaban de diez y siete; ambos de buena gracia, pero muy descosidos, rotos y maltratados; capa, no la tenían; los calzones eran de lienzo y las medias de carne. Bien es verdad que lo enmendaban los zapatos, porque los del uno eran alpargates, tan traídos como llevados, y los del otro picados y sin suelas, de manera que más le servían de cormas que de zapatos. Traía el uno montera verde de cazador, el otro un sombrero sin toquilla, bajo de copa y ancho de falda. A la espalda y ceñida por los pechos, traía el uno una camisa de color de camuza, encerrada y recogida toda en una manga; el otro venía escueto y sin alforjas, puesto que en el seno se le parecía un gran bulto, que, a lo que después pareció, era un cuello de los que llaman valones, almidonado con grasa, y tan deshilado de roto, que todo parecía hilachas. Venían en él envueltos y guardados unos naipes de figura ovada, porque de ejercitarlos se les habían gastado las puntas, y porque durasen más se las cercenaron y los dejaron de aquel talle. Estaban los dos quemados del sol, las uñas caireladas y las manos no muy limpias; el uno tenía una media espada, y el otro un cuchillo de cachas amarillas, que los suelen llamar vaqueros.

Saliéronse los dos a sestear en un portal, o cobertizo, que delante de la venta se hace; y, sentándose frontero el uno del otro, el que parecía de más edad dijo al más pequeño:

-¿De qué tierra es vuesa merced, señor gentilhombre, y para adónde bueno camina?

-Mi tierra, señor caballero -respondió el preguntado-, no la sé, ni para dónde camino, tampoco.

-Pues en verdad -dijo el mayor- que no parece vuesa merced del cielo, y que éste no es lugar para hacer su asiento en él; que por fuerza se ha de pasar adelante.

-Así es -respondió el mediano-, pero yo he dicho verdad en lo que he dicho, porque mi tierra no es mía, pues no tengo en ella más de un padre que no me tiene por hijo y una madrastra que me trata como alnado; el camino que llevo es a la ventura, y allí le daría fin donde hallase quien me diese lo necesario para pasar esta miserable vida.

-Y ¿sabe vuesa merced algún oficio? -preguntó el grande.

Y el menor respondió:

-No sé otro sino que corro como una liebre, y salto como un gamo y corto de tijera muy delicadamente.

-Todo eso es muy bueno, útil y provechoso -dijo el grande-, porque habrá sacristán que le dé a vuesa merced la ofrenda de Todos Santos, porque para el Jueves Santo le corte florones de papel para el monumento.

-No es mi corte desa manera -respondió el menor-, sino que mi padre, por la misericordia del cielo, es sastre y calcetero, y me enseñó a cortar antiparas, que, como vuesa merced bien sabe, son medias calzas con avampiés, que por su propio nombre se suelen llamar polainas; y córtolas tan bien, que en verdad que me podría examinar de maestro, sino que la corta suerte me tiene arrinconado.

-Todo eso y más acontece por los buenos -respondió el grande-, y siempre he oído decir que las buenas habilidades son las más perdidas, pero aún edad tiene vuesa merced para enmendar su ventura. Mas, si yo no me engaño y el ojo no me miente, otras gracias tiene vuesa merced secretas, y no las quiere manifestar.

-Sí tengo -respondió el pequeño-, pero no son para en público, como vuesa merced ha muy bien apuntado.

A lo cual replicó el grande:

-Pues yo le sé decir que soy uno de los más secretos mozos que en gran parte se puedan hallar; y, para obligar a vuesa merced que descubra su pecho y descanse conmigo, le quiero obligar con descubrirle el mío primero; porque imagino que no sin misterio nos ha juntado aquí la suerte, y pienso que habemos de ser, déste hasta el último día de nuestra vida, verdaderos amigos. «Yo, señor hidalgo, soy natural de la Fuenfrida, lugar conocido y famoso por los ilustres pasajeros que por él de contino pasan; mi nombre es Pedro del Rincón; mi padre es persona de calidad, porque es ministro de la Santa Cruzada: quiero decir que es bulero, o buldero, como los llama el vulgo. Algunos días le acompañé en el oficio, y le aprendí de manera, que no daría ventaja en echar las bulas al que más presumiese en ello. Pero, habiéndome un día aficionado más al dinero de las bulas que a las mismas bulas, me abracé con un talego y di conmigo y con él en Madrid, donde con las comodidades que allí de ordinario se ofrecen, en pocos días saqué las entrañas al talego y le dejé con más dobleces que pañizuelo de desposado. Vino el que tenía a cargo el dinero tras mí, prendiéronme, tuve poco favor, aunque, viendo aquellos señores mi poca edad, se contentaron con que me arrimasen al aldabilla y me mosqueasen las espaldas por un rato, y con que saliese desterrado por cuatro años de la Corte. Tuve paciencia, encogí los hombros, sufrí la tanda y mosqueo, y salí a cumplir mi destierro, con tanta priesa, que no tuve lugar de buscar cabalgaduras. Tomé de mis alhajas las que pude y las que me parecieron más necesarias, y entre ellas saqué estos naipes -y a este tiempo descubrió los que se han dicho, que en el cuello traía-, con los cuales he ganado mi vida por los mesones y ventas que hay desde Madrid aquí, jugando a la veintiuna;» y, aunque vuesa merced los vee tan astrosos y maltratados, usan de una maravillosa virtud con quien los entiende, que no alzará que no quede un as debajo. Y si vuesa merced es versado en este juego, verá cuánta ventaja lleva el que sabe que tiene cierto un as a la primera carta, que le puede servir de un punto y de once; que con esta ventaja, siendo la veintiuna envidada, el dinero se queda en casa. Fuera desto, aprendí de un cocinero de un cierto embajador ciertas tretas de quínolas y del parar, a quien también llaman el andaboba; que, así como vuesa merced se puede examinar en el corte de sus antiparas, así puedo yo ser maestro en la ciencia vilhanesca. Con esto voy seguro de no morir de hambre, porque, aunque llegue a un cortijo, hay quien quiera pasar tiempo jugando un rato. Y desto hemos de hacer luego la experiencia los dos: armemos la red, y veamos si cae algún pájaro destos arrieros que aquí hay; quiero decir que jugaremos los dos a la veintiuna, como si fuese de veras; que si alguno quisiere ser tercero, él será el primero que deje la pecunia.

-Sea en buen hora -dijo el otro-, y en merced muy grande tengo la que vuesa merced me ha hecho en darme cuenta de su vida, con que me ha obligado a que yo no le encubra la mía, que, diciéndola más breve, es ésta: «yo nací en el piadoso lugar puesto entre Salamanca y Medina del Campo; mi padre es sastre, enseñóme su oficio, y de corte de tisera, con mi buen ingenio, salté a cortar bolsas. Enfadóme la vida estrecha del aldea y el desamorado trato de mi madrastra. Dejé mi pueblo, vine a Toledo a ejercitar mi oficio, y en él he hecho maravillas; porque no pende relicario de toca ni hay faldriquera tan escondida que mis dedos no visiten ni mis tiseras no corten, aunque le estén guardando con ojos de Argos. Y, en cuatro meses que estuve en aquella ciudad, nunca fui cogido entre puertas, ni sobresaltado ni corrido de corchetes, ni soplado de ningún cañuto. Bien es verdad que habrá ocho días que una espía doble dio noticia de mi habilidad al Corregidor, el cual, aficionado a mis buenas partes, quisiera verme; mas yo, que, por ser humilde, no quiero tratar con personas tan graves, procuré de no verme con él, y así, salí de la ciudad con tanta priesa, que no tuve lugar de acomodarme de cabalgaduras ni blancas, ni de algún coche de retorno, o por lo menos de un carro.»

-Eso se borre -dijo Rincón-; y, pues ya nos conocemos, no hay para qué aquesas grandezas ni altiveces: confesemos llanamente que no teníamos blanca, ni aun zapatos.

-Sea así -respondió Diego Cortado, que así dijo el menor que se llamaba-; y, pues nuestra amistad, como vuesa merced, señor Rincón, ha dicho, ha de ser perpetua, comencémosla con santas y loables ceremonias.

Y, levantándose, Diego Cortado abrazó a Rincón y Rincón a él tierna y estrechamente, y luego se pusieron los dos a jugar a la veintiuna con los ya referidos naipes, limpios de polvo y de paja, mas no de grasa y malicia; y, a pocas manos, alzaba tan bien por el as Cortado como Rincón, su maestro.

Salió en esto un arriero a refrescarse al portal, y pidió que quería hacer tercio. Acogiéronle de buena gana, y en menos de media hora le ganaron doce reales y veinte y dos maravedís, que fue darle doce lanzadas y veinte y dos mil pesadumbres. Y, creyendo el arriero que por ser muchachos no se lo defenderían, quiso quitalles el dinero; mas ellos, poniendo el uno mano a su media espada y el otro al de las cachas amarillas, le dieron tanto que hacer, que, a no salir sus compañeros, sin duda lo pasara mal.

A esta sazón, pasaron acaso por el camino una tropa de caminantes a caballo, que iban a sestear a la venta del Alcalde, que está media legua más adelante, los cuales, viendo la pendencia del arriero con los dos muchachos, los apaciguaron y les dijeron que si acaso iban a Sevilla, que se viniesen con ellos.

-Allá vamos -dijo Rincón-, y serviremos a vuesas mercedes en todo cuanto nos mandaren.

Y, sin más detenerse, saltaron delante de las mulas y se fueron con ellos, dejando al arriero agraviado y enojado, y a la ventera admirada de la buena crianza de los pícaros, que les había estado oyendo su plática sin que ellos advirtiesen en ello. Y, cuando dijo al arriero que les había oído decir que los naipes que traían eran falsos, se pelaba las barbas, y quisiera ir a la venta tras ellos a cobrar su hacienda, porque decía que era grandísima afrenta, y caso de menos valer, que dos muchachos hubiesen engañado a un hombrazo tan grande como él. Sus compañeros le detuvieron y aconsejaron que no fuese, siquiera por no publicar su inhabilidad y simpleza. En fin, tales razones le dijeron, que, aunque no le consolaron, le obligaron a quedarse.

En esto, Cortado y Rincón se dieron tan buena maña en servir a los caminantes, que lo más del camino los llevaban a las ancas; y, aunque se les ofrecían algunas ocasiones de tentar las valijas de sus medios amos, no las admitieron, por no perder la ocasión tan buena del viaje de Sevilla, donde ellos tenían grande deseo de verse.

Con todo esto, a la entrada de la ciudad, que fue a la oración y por la puerta de la Aduana, a causa del registro y almojarifazgo que se paga, no se pudo contener Cortado de no cortar la valija o maleta que a las ancas traía un francés de la camarada; y así, con el de sus cachas le dio tan larga y profunda herida, que se parecían patentemente las entrañas, y sutilmente le sacó dos camisas buenas, un reloj de sol y un librillo de memoria, cosas que cuando las vieron no les dieron mucho gusto; y pensaron que, pues el francés llevaba a las ancas aquella maleta, no la había de haber ocupado con tan poco peso como era el que tenían aquellas preseas, y quisieran volver a darle otro tiento; pero no lo hicieron, imaginando que ya lo habrían echado menos y puesto en recaudo lo que quedaba.

Habíanse despedido antes que el salto hiciesen de los que hasta allí los habían sustentado, y otro día vendieron las camisas en el malbaratillo que se hace fuera de la puerta del Arenal, y dellas hicieron veinte reales. Hecho esto, se fueron a ver la ciudad, y admiróles la grandeza y sumptuosidad de su mayor iglesia, el gran concurso de gente del río, porque era en tiempo de cargazón de flota y había en él seis galeras, cuya vista les hizo suspirar, y aun temer el día que sus culpas les habían de traer a morar en ellas de por vida. Echaron de ver los muchos muchachos de la esportilla que por allí andaban; informáronse de uno dellos qué oficio era aquél, y si era de mucho trabajo, y de qué ganancia.

Un muchacho asturiano, que fue a quien le hicieron la pregunta, respondió que el oficio era descansado y de que no se pagaba alcabala, y que algunos días salía con cinco y con seis reales de ganancia, con que comía y bebía y triunfaba como cuerpo de rey, libre de buscar amo a quien dar fianzas y seguro de comer a la hora que quisiese, pues a todas lo hallaba en el más mínimo bodegón de toda la ciudad.

No les pareció mal a los dos amigos la relación del asturianillo, ni les descontentó el oficio, por parecerles que venía como de molde para poder usar el suyo con cubierta y seguridad, por la comodidad que ofrecía de entrar en todas las casas; y luego determinaron de comprar los instrumentos necesarios para usalle, pues lo podían usar sin examen. Y, preguntándole al asturiano qué habían de comprar, les respondió que sendos costales pequeños, limpios o nuevos, y cada uno tres espuertas de palma, dos grandes y una pequeña, en las cuales se repartía la carne, pescado y fruta, y en el costal, el pan; y él les guió donde lo vendían, y ellos, del dinero de la galima del francés, lo compraron todo, y dentro de dos horas pudieran estar graduados en el nuevo oficio, según les ensayaban las esportillas y asentaban los costales. Avisóles su adalid de los puestos donde habían de acudir: por las mañanas, a la Carnicería y a la plaza de San Salvador; los días de pescado, a la Pescadería y a la Costanilla; todas las tardes, al río; los jueves, a la Feria.

Toda esta lición tomaron bien de memoria, y otro día bien de mañana se plantaron en la plaza de San Salvador; y, apenas hubieron llegado, cuando los rodearon otros mozos del oficio, que, por lo flamante de los costales y espuertas, vieron ser nuevos en la plaza; hiciéronles mil preguntas, y a todas respondían con discreción y mesura. En esto, llegaron un medio estudiante y un soldado, y, convidados de la limpieza de las espuertas de los dos novatos, el que parecía estudiante llamó a Cortado, y el soldado a Rincón.

-En nombre sea de Dios -dijeron ambos.

-Para bien se comience el oficio -dijo Rincón-, que vuesa merced me estrena, señor mío.

A lo cual respondió el soldado:

-La estrena no será mala, porque estoy de ganancia y soy enamorado, y tengo de hacer hoy banquete a unas amigas de mi señora.

-Pues cargue vuesa merced a su gusto, que ánimo tengo y fuerzas para llevarme toda esta plaza, y aun si fuere menester que ayude a guisarlo, lo haré de muy buena voluntad.

Contentóse el soldado de la buena gracia del mozo, y díjole que si quería servir, que él le sacaría de aquel abatido oficio. A lo cual respondió Rincón que, por ser aquel día el primero que le usaba, no le quería dejar tan presto, hasta ver, a lo menos, lo que tenía de malo y bueno; y, cuando no le contentase, él daba su palabra de servirle a él antes que a un canónigo.

Rióse el soldado, cargóle muy bien, mostróle la casa de su dama, para que la supiese de allí adelante y él no tuviese necesidad, cuando otra vez le enviase, de acompañarle. Rincón prometió fidelidad y buen trato. Diole el soldado tres cuartos, y en un vuelo volvió a la plaza, por no perder coyuntura; porque también desta diligencia les advirtió el asturiano, y de que cuando llevasen pescado menudo (conviene a saber: albures, o sardinas o acedías), bien podían tomar algunas y hacerles la salva, siquiera para el gasto de aquel día; pero que esto había de ser con toda sagacidad y advertimiento, porque no se perdiese el crédito, que era lo que más importaba en aquel ejercicio.

Por presto que volvió Rincón, ya halló en el mismo puesto a Cortado. Llegóse Cortado a Rincón, y preguntóle que cómo le había ido. Rincón abrió la mano y mostróle los tres cuartos. Cortado entró la suya en el seno y sacó una bolsilla, que mostraba haber sido de ámbar en los pasados tiempos; venía algo hinchada, y dijo:

-Con ésta me pagó su reverencia del estudiante, y con dos cuartos; mas tomadla vos, Rincón, por lo que puede suceder.

Y, habiéndosela ya dado secretamente, veis aquí do vuelve el estudiante trasudando y turbado de muerte; y, viendo a Cortado, le dijo si acaso había visto una bolsa de tales y tales señas, que, con quince escudos de oro en oro y con tres reales de a dos y tantos maravedís en cuartos y en ochavos, le faltaba, y que le dijese si la había tomado en el entretanto que con él había andado comprando. A lo cual, con estraño disimulo, sin alterarse ni mudarse en nada, respondió Cortado:

-Lo que yo sabré decir desa bolsa es que no debe de estar perdida, si ya no es que vuesa merced la puso a mal recaudo.

-¡Eso es ello, pecador de mí -respondió el estudiante-: que la debí de poner a mal recaudo, pues me la hurtaron!

-Lo mismo digo yo -dijo Cortado-; pero para todo hay remedio, si no es para la muerte, y el que vuesa merced podrá tomar es, lo primero y principal, tener paciencia; que de menos nos hizo Dios y un día viene tras otro día, y donde las dan las toman; y podría ser que, con el tiempo, el que llevó la bolsa se viniese a arrepentir y se la volviese a vuesa merced sahumada.

-El sahumerio le perdonaríamos -respondió el estudiante.

Y Cortado prosiguió diciendo:

-Cuanto más, que cartas de descomunión hay, paulinas, y buena diligencia, que es madre de la buena ventura; aunque, a la verdad, no quisiera yo ser el llevador de tal bolsa; porque, si es que vuesa merced tiene alguna orden sacra, parecerme hía a mí que había cometido algún grande incesto, o sacrilegio.

-Y ¡cómo que ha cometido sacrilegio! -dijo a esto el adolorido estudiante-; que, puesto que yo no soy sacerdote, sino sacristán de unas monjas, el dinero de la bolsa era del tercio de una capellanía, que me dio a cobrar un sacerdote amigo mío, y es dinero sagrado y bendito.

-Con su pan se lo coma -dijo Rincón a este punto-; no le arriendo la ganancia; día de juicio hay, donde todo saldrá en la colada, y entonces se verá quién fue Callejas y el atrevido que se atrevió a tomar, hurtar y menoscabar el tercio de la capellanía. Y ¿cuánto renta cada año? Dígame, señor sacristán, por su vida.

-¡Renta la puta que me parió! ¡Y estoy yo agora para decir lo que renta! -respondió el sacristán con algún tanto de demasiada cólera-. Decidme, hermanos, si sabéis algo; si no, quedad con Dios, que yo la quiero hacer pregonar.

-No me parece mal remedio ese -dijo Cortado-, pero advierta vuesa merced no se le olviden las señas de la bolsa, ni la cantidad puntualmente del dinero que va en ella; que si yerra en un ardite, no parecerá en días del mundo, y esto le doy por hado.

-No hay que temer deso -respondió el sacristán-, que lo tengo más en la memoria que el tocar de las campanas: no me erraré en un átomo.

Sacó, en esto, de la faldriquera un pañuelo randado para limpiarse el sudor, que llovía de su rostro como de alquitara; y, apenas le hubo visto Cortado, cuando le marcó por suyo. Y, habiéndose ido el sacristán, Cortado le siguió y le alcanzó en las Gradas, donde le llamó y le retiró a una parte; y allí le comenzó a decir tantos disparates, al modo de lo que llaman bernardinas, cerca del hurto y hallazgo de su bolsa, dándole buenas esperanzas, sin concluir jamás razón que comenzase, que el pobre sacristán estaba embelesado escuchándole. Y, como no acababa de entender lo que le decía, hacía que le replicase la razón dos y tres veces.

Estábale mirando Cortado a la cara atentamente y no quitaba los ojos de sus ojos. El sacristán le miraba de la misma manera, estando colgado de sus palabras. Este tan grande embelesamiento dio lugar a Cortado que concluyese su obra, y sutilmente le sacó el pañuelo de la faldriquera; y, despidiéndose dél, le dijo que a la tarde procurase de verle en aquel mismo lugar, porque él traía entre ojos que un muchacho de su mismo oficio y de su mismo tamaño, que era algo ladroncillo, le había tomado la bolsa, y que él se obligaba a saberlo, dentro de pocos o de muchos días.

Con esto se consoló algo el sacristán, y se despidió de Cortado, el cual se vino donde estaba Rincón, que todo lo había visto un poco apartado dél; y más abajo estaba otro mozo de la esportilla, que vio todo lo que había pasado y cómo Cortado daba el pañuelo a Rincón; y, llegándose a ellos, les dijo:

-Díganme, señores galanes: ¿voacedes son de mala entrada, o no?
-No entendemos esa razón, señor galán -respondió Rincón.
-¿Qué no entrevan, señores murcios? -respondió el otro.
-Ni somos de Teba ni de Murcia -dijo Cortado-. Si otra cosa quiere, dígala; si no, váyase con Dios.
-¿No lo entienden? -dijo el mozo-. Pues yo se lo daré a entender, y a beber, con una cuchara de plata; quiero decir, señores, si son vuesas mercedes ladrones. Mas no sé para qué les pregunto esto, pues sé ya que lo son; mas díganme: ¿cómo no han ido a la aduana del señor Monipodio?
-¿Págase en esta tierra almojarifazgo de ladrones, señor galán? -dijo Rincón.
-Si no se paga -respondió el mozo-, a lo menos regístranse ante el señor Monipodio, que es su padre, su maestro y su amparo; y así, les aconsejo que vengan conmigo a darle la obediencia, o si no, no se atrevan a hurtar sin su señal, que les costará caro.
-Yo pensé -dijo Cortado- que el hurtar era oficio libre, horro de pecho y alcabala; y que si se paga, es por junto, dando por fiadores a la garganta y a las espaldas. Pero, pues así es, y en cada tierra hay su uso, guardemos nosotros el désta, que, por ser la más principal del mundo, será el más acertado de todo él. Y así, puede vuesa merced guiarnos donde está ese caballero que dice, que ya yo tengo barruntos, según lo que he oído decir, que es muy calificado y generoso, y además hábil en el oficio.
-¡Y cómo que es calificado, hábil y suficiente! -respondió el mozo-. Eslo tanto, que en cuatro años que ha que tiene el cargo de ser nuestro mayor y padre no han padecido sino cuatro en el finibusterrae, y obra de treinta envesados y de sesenta y dos en gurapas.
-En verdad, señor -dijo Rincón-, que así entendemos esos nombres como volar.
-Comencemos a andar, que yo los iré declarando por el camino -respondió el mozo-, con otros algunos, que así les conviene saberlos como el pan de la boca.
Y así, les fue diciendo y declarando otros nombres, de los que ellos llaman germanescos o de la germanía, en el discurso de su plática, que no fue corta, porque el camino era largo; en el cual dijo Rincón a su guía:
-¿Es vuesa merced, por ventura, ladrón?
-Sí -respondió él-, para servir a Dios y a las buenas gentes, aunque no de los muy cursados; que todavía estoy en el año del noviciado.
A lo cual respondió Cortado:
-Cosa nueva es para mí que haya ladrones en el mundo para servir a Dios y a la buena gente.
A lo cual respondió el mozo:
-Señor, yo no me meto en tologías; lo que sé es que cada uno en su oficio puede alabar a Dios, y más con la orden que tiene dada Monipodio a todos sus ahijados.
-Sin duda -dijo Rincón-, debe de ser buena y santa, pues hace que los ladrones sirvan a Dios.
-Es tan santa y buena -replicó el mozo-, que no sé yo si se podrá mejorar en nuestro arte. Él tiene ordenado que de lo que hurtáremos demos alguna cosa o limosna para el aceite de la lámpara de una imagen muy devota que está en esta ciudad, y en verdad que hemos visto grandes cosas por esta buena obra; porque los días pasados dieron tres ansias a un cuatrero que había murciado dos roznos, y con estar flaco y cuartanario, así las sufrió sin cantar como si fueran nada. Y esto atribuimos los del arte a su buena devoción, porque sus fuerzas no eran bastantes para sufrir el primer desconcierto del verdugo. Y, porque sé que me han de preguntar algunos vocablos de los que he dicho, quiero curarme en salud y decírselo antes que me lo pregunten. Sepan voacedes que cuatrero es ladrón de bestias; ansia es el tormento; rosnos, los asnos, hablando con perdón; primer desconcierto es las primeras vueltas de cordel que da el verdugo. Tenemos más: que rezamos nuestro rosario, repartido

en toda la semana, y muchos de nosotros no hurtamos el día del viernes, ni tenemos conversación con mujer que se llame María el día del sábado.

-De perlas me parece todo eso -dijo Cortado-; pero dígame vuesa merced: ¿hácese otra restitución o otra penitencia más de la dicha?

-En eso de restituir no hay que hablar -respondió el mozo-, porque es cosa imposible, por las muchas partes en que se divide lo hurtado, llevando cada uno de los ministros y contrayentes la suya; y así, el primer hurtador no puede restituir nada; cuanto más, que no hay quien nos mande hacer esta diligencia, a causa que nunca nos confesamos; y si sacan cartas de excomunión, jamás llegan a nuestra noticia, porque jamás vamos a la iglesia al tiempo que se leen, si no es los días de jubileo, por la ganancia que nos ofrece el concurso de la mucha gente.

-Y ¿con sólo eso que hacen, dicen esos señores -dijo Cortadillo- que su vida es santa y buena?

-Pues ¿qué tiene de malo? -replicó el mozo-. ¿No es peor ser hereje o renegado, o matar a su padre y madre, o ser solomico?

-Sodomita querrá decir vuesa merced -respondió Rincón.

-Eso digo -dijo el mozo.

-Todo es malo -replicó Cortado-. Pero, pues nuestra suerte ha querido que entremos en esta cofradía, vuesa merced alargue el paso, que muero por verme con el señor Monipodio, de quien tantas virtudes se cuentan.

-Presto se les cumplirá su deseo -dijo el mozo-, que ya desde aquí se descubre su casa. Vuesas mercedes se queden a la puerta, que yo entraré a ver si está desocupado, porque éstas son las horas cuando él suele dar audiencia.

-En buena sea -dijo Rincón.

Y, adelantándose un poco el mozo, entró en una casa no muy buena, sino de muy mala apariencia, y los dos se quedaron esperando a la puerta. Él salió luego y los llamó, y ellos entraron, y su guía les mandó esperar en un pequeño patio ladrillado, y de puro limpio y aljimifrado parecía que vertía carmín de lo más fino. Al un lado estaba un banco de tres pies y al otro un cántaro desbocado con un jarrillo encima, no menos falto que el cántaro; a otra parte estaba una estera de enea, y en el medio un tiesto, que en Sevilla llaman maceta, de albahaca.

Miraban los mozos atentamente las alhajas de la casa, en tanto que bajaba el señor Monipodio; y, viendo que tardaba, se atrevió Rincón a entrar en una sala baja, de dos pequeñas que en el patio estaban, y vio en ella dos espadas de esgrima y dos broqueles de corcho, pendientes de cuatro clavos, y una arca grande sin tapa ni cosa que la cubriese, y otras tres esteras de enea tendidas por el suelo. En la pared frontera estaba pegada a la pared una imagen de Nuestra Señora, destas de mala estampa, y más abajo pendía una esportilla de palma, y, encajada en la pared, una almofía blanca, por do coligió Rincón que la esportilla servía de cepo para limosna, y la almofía de tener agua bendita, y así era la verdad.

Estando en esto, entraron en la casa dos mozos de hasta veinte años cada uno, vestidos de estudiantes; y de allí a poco, dos de la esportilla y un ciego; y, sin hablar palabra ninguno, se comenzaron a pasear por el patio. No tardó mucho, cuando entraron dos viejos de bayeta, con antojos que los hacían graves y dignos de ser respectados, con sendos rosarios de sonadoras cuentas en las manos. Tras ellos entró una vieja halduda, y, sin decir nada, se fue a la sala; y, habiendo tomado agua bendita, con grandísima devoción se puso de rodillas ante la imagen, y, a cabo de una buena pieza, habiendo primero besado tres veces el suelo y levantados los brazos y los ojos al cielo otras tantas, se levantó y echó su limosna en la esportilla, y se salió con los demás al patio. En resolución, en poco espacio se juntaron en el patio hasta catorce personas de diferentes trajes y oficios. Llegaron también de los postreros dos bravos y bizarros mozos, de bigotes largos, sombreros de grande falda, cuellos a la valona, medias de color, ligas de gran balumba, espadas de más de marca, sendos pistoletes cada uno en lugar de dagas, y sus broqueles pendientes de la pretina; los cuales, así como entraron, pusieron los ojos de través en Rincón y Cortado, a modo de que los estrañaban y no conocían. Y, llegándose a ellos, les preguntaron si eran de la cofradía. Rincón respondió que sí, y muy servidores de sus mercedes.

Llegóse en esto la sazón y punto en que bajó el señor Monipodio, tan esperado como bien visto de toda aquella virtuosa compañía. Parecía de edad de cuarenta y cinco a cuarenta y seis años, alto de cuerpo, moreno de rostro, cejijunto, barbinegro y muy espeso; los ojos, hundidos. Venía en camisa, y por la abertura de delante descubría un bosque: tanto era el vello que tenía en el pecho. Traía cubierta una capa de bayeta casi hasta los pies, en los cuales traía unos zapatos enchancletados, cubríanle las piernas unos zaragüelles de lienzo, anchos y largos hasta los tobillos; el sombrero era de los de la hampa, campanudo de copa y tendido de falda; atravesábale un tahalí por espalda y pechos a do colgaba una espada ancha y corta, a modo de las del perrillo; las manos eran cortas, pelosas, y los dedos gordos, y las uñas hembras y remachadas; las piernas no se le parecían, pero los pies eran descomunales de anchos y juanetudos. En efeto, él representaba el más rústico y disforme bárbaro del mundo. Bajó con él la guía de los dos, y, trabándoles de las manos, los presentó ante Monipodio, diciéndole:

-Éstos son los dos buenos mancebos que a vuesa merced dije, mi sor Monipodio: vuesa merced los desamine y verá como son dignos de entrar en nuestra congregación.

-Eso haré yo de muy buena gana -respondió Monipodio.

Olvidábaseme de decir que, así como Monipodio bajó, al punto, todos los que aguardándole estaban le hicieron una profunda y larga reverencia, excepto los dos bravos, que, a medio magate, como entre ellos se dice, le quitaron los capelos, y luego volvieron a su paseo por una parte del patio, y por la otra se paseaba Monipodio, el cual preguntó a los nuevos el ejercicio, la patria y padres.

A lo cual Rincón respondió:

-El ejercicio ya está dicho, pues venimos ante vuesa merced; la patria no me parece de mucha importancia decilla, ni los padres tam-poco, pues no se ha de hacer información para recebir algún hábito honroso.

A lo cual respondió Monipodio:

-Vos, hijo mío, estáis en lo cierto, y es cosa muy acertada encubrir eso que decís; porque si la suerte no corriere como debe, no es bien que quede asentado debajo de signo de escribano, ni en el libro de las entradas: "Fulano, hijo de Fulano, vecino de tal parte, tal día le ahorcaron, o le azotaron", o otra cosa semejante, que, por lo menos, suena mal a los buenos oídos; y así, torno a decir que es provechoso documento callar la patria, encubrir los padres y mudar los propios nombres; aunque para entre nosotros no ha de haber nada encubierto, y sólo ahora quiero saber los nombres de los dos.

Rincón dijo el suyo y Cortado también.

-Pues, de aquí adelante -respondió Monipodio-, quiero y es mi voluntad que vos, Rincón, os llaméis Rinconete, y vos, Cortado, Cortadillo, que son nombres que asientan como de molde a vuestra edad y a nuestras ordenanzas, debajo de las cuales cae tener necesidad de saber el nombre de los padres de nuestros cofrades, porque tenemos de costumbre de hacer decir cada año ciertas misas por las ánimas de nuestros difuntos y bienhechores, sacando el estupendo para la limosna de quien las dice de alguna parte de lo que se garbea; y estas tales misas, así dichas como pagadas, dicen que aprovechan a las tales ánimas por vía de naufragio, y caen debajo de nuestros bienhechores: el procurador que nos defiende, el guro que nos avisa, el verdugo que nos tiene lástima, el que, cuando alguno de nosotros va huyendo por la calle y detrás le van dando voces: ¡Al ladrón, al ladrón! ¡Deténganle, deténganle!, uno se pone en medio y se opone al raudal de los que le siguen, diciendo: ¡Déjenle al cuitado, que harta mala ventura lleva! ¡Allá se lo haya; castíguele su pecado!

Son también bienhechoras nuestras las socorridas, que de su sudor nos socorren, ansí en la trena como en las guras; y también lo son nuestros padres y madres, que nos echan al mundo, y el escribano, que si anda de buena, no hay delito que sea culpa ni culpa a quien se dé mucha pena; y, por todos estos que he dicho, hace nuestra hermandad cada año su adversario con la mayor popa y solenidad que podemos.

-Por cierto -dijo Rinconete, ya confirmado con este nombre-, que es obra digna del altísimo y profundísimo ingenio que hemos oído decir que vuesa merced, señor Monipodio, tiene. Pero nuestros padres aún gozan de la vida; si en ella les alcanzáremos, daremos luego noticia a esta felicísima y abogada confraternidad, para que por sus almas se les haga ese naufragio o tormenta, o ese adversario que vuesa merced dice, con la solenidad y pompa acostumbrada; si ya no es que se hace mejor con popa y soledad, como también apuntó vuesa merced en sus razones.

-Así se hará, o no quedará de mí pedazo -replicó Monipodio.

Y, llamando a la guía, le dijo:

-Ven acá, Ganchuelo: ¿están puestas las postas?

-Sí -dijo la guía, que Ganchuelo era su nombre-: tres centinelas quedan avizorando, y no hay que temer que nos cojan de sobresalto.

-Volviendo, pues, a nuestro propósito -dijo Monipodio-, querría saber, hijos, lo que sabéis, para daros el oficio y ejercicio conforme a vuestra inclinación y habilidad.

-Yo -respondió Rinconete- sé un poquito de floreo de Vilhán; entiéndeseme el retén; tengo buena vista para el humillo; juego bien de la sola, de las cuatro y de las ocho; no se me va por pies el raspadillo, verrugueta y el colmillo; éntrome por la boca de lobo como por mi casa, y atreveríame a hacer un tercio de chanza mejor que un tercio de Nápoles, y a dar un astillazo al más pintado mejor que dos reales prestados.

-Principios son -dijo Monipodio-, pero todas ésas son flores de cantueso viejas, y tan usadas que no hay principiante que no las sepa, y sólo sirven para alguno que sea tan blanco que se deje matar de media noche abajo; pero andará el tiempo y vernos hemos: que, asentando sobre ese fundamento media docena de liciones, yo espero en Dios que habéis de salir oficial famoso, y aun quizá maestro.

-Todo será para servir a vuesa merced y a los señores cofrades -res-pondió Rinconete.

-Y vos, Cortadillo, ¿qué sabéis? -preguntó Monipodio.

-Yo -respondió Cortadillo- sé la treta que dicen mete dos y saca cinco, y sé dar tiento a una faldriquera con mucha puntualidad y destreza.

-¿Sabéis más? -dijo Monipodio.

-No, por mis grandes pecados -respondió Cortadillo.

-No os aflijáis, hijo -replicó Monipodio-, que a puerto y a escuela habéis llegado donde ni os anegaréis ni dejaréis de salir muy bien aprovechado en todo aquello que más os conviniere. Y en esto del ánimo, ¿cómo os va, hijos?

-¿Cómo nos ha de ir -respondió Rinconete- sino muy bien? Ánimo tenemos para acometer cualquiera empresa de las que tocaren a nuestro arte y ejercicio.

-Está bien -replicó Monipodio-, pero querría yo que también le tuviésedes para sufrir, si fuese menester, media docena de ansias sin desplegar los labios y sin decir esta boca es mía.

-Ya sabemos aquí -dijo Cortadillo-, señor Monipodio, qué quiere decir ansias, y para todo tenemos ánimo; porque no somos tan ignorantes que no se nos alcance que lo que dice la lengua paga la gorja; y harta merced le hace el cielo al hombre atrevido, por no darle otro título, que le deja en su lengua su vida o su muerte, ¡como si tuviese más letras un no que un sí!

-¡Alto, no es menester más! -dijo a esta sazón Monipodio-. Digo que sola esa razón me convence, me obliga, me persuade y me fuerza a que desde luego asentéis por cofrades mayores y que se os sobrelleve el año del noviciado.

-Yo soy dese parecer -dijo uno de los bravos.

Y a una voz lo confirmaron todos los presentes, que toda la plática habían estado escuchando, y pidieron a Monipodio que desde luego les concediese y permitiese gozar de las inmunidades de su cofradía, porque su presencia agradable y su buena plática lo merecía todo. Él respondió que, por dalles contento a todos, desde aquel punto se las concedía, y advirtiéndoles que las estimasen en mucho, porque eran no pagar media nata del primer hurto que hiciesen; no hacer oficios menores en todo aquel año, conviene a saber: no llevar recaudo de ningún hermano mayor a la cárcel, ni a la casa, de parte de sus contribuyentes; piar el turco puro; hacer banquete cuando, como y adonde quisieren, sin pedir licencia a su mayoral; entrar a la parte, desde luego, con lo que entrujasen los hermanos mayores, como uno dellos, y otras cosas que ellos tuvieron por merced señaladísima, y los demás, con palabras muy comedidas, las agradecieron mucho.

Estando en esto, entró un muchacho corriendo y desalentado, y dijo:

-El alguacil de los vagabundos viene encaminado a esta casa, pero no trae consigo gurullada.

-Nadie se alborote -dijo Monipodio-, que es amigo y nunca viene por nuestro daño. Sosiéguense, que yo le saldré a hablar.

Todos se sosegaron, que ya estaban algo sobresaltados, y Monipodio salió a la puerta, donde halló al alguacil, con el cual estuvo hablando un rato, y luego volvió a entrar Monipodio y preguntó:

-¿A quién le cupo hoy la plaza de San Salvador?

-A mí -dijo el de la guía.

-Pues ¿cómo -dijo Monipodio- no se me ha manifestado una bolsilla de ámbar que esta mañana en aquel paraje dio al traste con quince escudos de oro y dos reales de a dos y no sé cuántos cuartos?

-Verdad es -dijo la guía- que hoy faltó esa bolsa, pero yo no la he tomado, ni puedo imaginar quién la tomase.

-¡No hay levas conmigo! -replicó Monipodio-. ¡La bolsa ha de parecer, porque la pide el alguacil, que es amigo y nos hace mil placeres al año!

Tornó a jurar el mozo que no sabía della. Comenzóse a encolerizar Monipodio, de manera que parecía que fuego vivo lanzaba por los ojos, diciendo:

-¡Nadie se burle con quebrantar la más mínima cosa de nuestra orden, que le costará la vida! Manifiéstese la cica; y si se encubre por no pagar los derechos, yo le daré enteramente lo que le toca y pondré lo demás de mi casa; porque en todas maneras ha de ir contento el alguacil.

Tornó de nuevo a jurar el mozo y a maldecirse, diciendo que él no había tomado tal bolsa ni vístola de sus ojos; todo lo cual fue poner más fuego a la cólera de Monipodio, y dar ocasión a que toda la junta se alborotase, viendo que se rompían sus estatutos y buenas ordenanzas.

Viendo Rinconete, pues, tanta disensión y alboroto, parecióle que sería bien sosegalle y dar contento a su mayor, que reventaba de rabia; y, aconsejándose con su amigo Cortadillo, con parecer de entrambos, sacó la bolsa del sacristán y dijo:

-Cese toda cuestión, mis señores, que ésta es la bolsa, sin faltarle nada de lo que el alguacil manifiesta; que hoy mi camarada Cortadillo le dio alcance, con un pañuelo que al mismo dueño se le quitó por añadidura.

Luego sacó Cortadillo el pañizuelo y lo puso de manifiesto; viendo lo cual, Monipodio dijo:

-Cortadillo el Bueno, que con este título y renombre ha de quedar de aquí adelante, se quede con el pañuelo y a mi cuenta se quede la satisfación deste servicio; y la bolsa se ha de llevar el alguacil, que es de un sacristán pariente suyo, y conviene que se cumpla aquel refrán que dice: "No es mucho que a quien te da la gallina entera, tú des una pierna della". Más disimula este buen alguacil en un día que nosotros le podremos ni solemos dar en ciento.

De común consentimiento aprobaron todos la hidalguía de los dos modernos y la sentencia y parecer de su mayoral, el cual salió a dar la bolsa al alguacil; y Cortadillo se quedó confirmado con el renombre de Bueno, bien como si fuera don Alonso Pérez de Guzmán el Bueno, que arrojó el cuchillo por los muros de Tarifa para degollar a su único hijo.

Al volver, que volvió, Monipodio, entraron con él dos mozas, afeitados los rostros, llenos de color los labios y de albayalde los pechos, cubiertas con medios mantos de anascote, llenas de desenfado y desvergüenza: señales claras por donde, en viéndolas Rinconete y Cortadillo, conocieron que eran de la casa llana; y no se engañaron en nada. Y, así como entraron, se fueron con los brazos abiertos, la una a Chiquiznaque y la otra a Maniferro, que éstos eran los nombres de los dos bravos; y el de Maniferro era porque traía una mano de hierro, en lugar de otra que le habían cortado por justicia. Ellos las abrazaron con grande regocijo, y les preguntaron si traían algo con que mojar la canal maestra.

-Pues, ¿había de faltar, diestro mío? -respondió la una, que se llamaba la Gananciosa-. No tardará mucho a venir Silbatillo, tu trainel, con la canasta de colar atestada de lo que Dios ha sido servido.

Y así fue verdad, porque al instante entró un muchacho con una canasta de colar cubierta con una sábana.

Alegráronse todos con la entrada de Silbato, y al momento mandó sacar Monipodio una de las esteras de enea que estaban en el aposento, y tenderla en medio del patio. Y ordenó, asimismo, que todos se sentasen a la redonda; porque, en cortando la cólera, se trataría de lo que mas conviniese. A esto, dijo la vieja que había rezado a la imagen:

-Hijo Monipodio, yo no estoy para fiestas, porque tengo un vaguido de cabeza, dos días ha, que me trae loca; y más, que antes que sea mediodía tengo de ir a cumplir mis devociones y poner mis candelicas a Nuestra Señora de las Aguas y al Santo Crucifijo de Santo Agustín, que no lo dejaría de hacer si nevase y ventiscase. A lo que he venido es que anoche el Renegado y Centopiés llevaron a mi casa una canasta de colar, algo mayor que la presente, llena de ropa blanca; y en Dios y en ni ánima que venía con su cernada y todo, que los pobretes no debieron de tener lugar de quitalla, y venían sudando la gota tan gorda, que era una compasión verlos entrar ijadeando y corriendo agua de sus rostros, que parecían unos angelicos. Dijéronme que iban en seguimiento de un ganadero que había pesado ciertos carneros en la Carnicería, por ver si le podían dar un tiento en un grandísimo gato de reales que llevaba. No desembanastaron ni contaron la ropa, fiados en la entereza de mi conciencia; y así me cumpla Dios mis buenos deseos y nos libre a todos de poder de justicia, que no he tocado a la canasta, y que se está tan entera como cuando nació.

-Todo se le cree, señora madre -respondió Monipodio-, y estése así la canasta, que yo iré allá, a boca de sorna, y haré cala y cata de lo que tiene, y daré a cada uno lo que le tocare, bien y fielmente, como tengo de costumbre.

-Sea como vos lo ordenáredes, hijo -respondió la vieja-; y, porque se me hace tarde, dadme un traguillo, si tenéis, para consolar este estómago, que tan desmayado anda de contino.

-Y ¡qué tal lo beberéis, madre mía! -dijo a esta sazón la Escalanta, que así se llamaba la compañera de la Gananciosa.

Y, descubriendo la canasta, se manifestó una bota a modo de cuero, con hasta dos arrobas de vino, y un corcho que podría caber sosegadamente y sin apremio hasta una azumbre; y, llenándole la Escalanta, se le puso en las manos a la devotísima vieja, la cual, tomándole con ambas manos y habiéndole soplado un poco de espuma, dijo:

-Mucho echaste, hija Escalanta, pero Dios dará fuerzas para todo.

Y, aplicándosele a los labios, de un tirón, sin tomar aliento, lo trasegó del corcho al estómago, y acabó diciendo:

-De Guadalcanal es, y aun tiene un es no es de yeso el señorico. Dios te consuele, hija, que así me has consolado; sino que temo que me ha de hacer mal, porque no me he desayunado.

-No hará, madre -respondió Monipodio-, porque es trasañejo.

-Así lo espero yo en la Virgen -respondió la Vieja.

Y añadió:

-Mirad, niñas, si tenéis acaso algún cuarto para comprar las candelicas de mi devoción, porque, con la priesa y gana que tenía de venir a traer las nuevas de la canasta, se me olvidó en casa la escarcela.

-Yo sí tengo, señora Pipota -(que éste era el nombre de la buena vieja) respondió la Gananciosa-; tome, ahí le doy dos cuartos: del uno le ruego que compre una para mí, y se la ponga al señor San Miguel; y si puede comprar dos, ponga la otra al señor San Blas, que son mis abogados. Quisiera que pusiera otra a la señora Santa Lucía, que, por lo de los ojos, también le tengo devoción, pero no tengo trocado; mas otro día habrá donde se cumpla con todos.

-Muy bien harás, hija, y mira no seas miserable; que es de mucha importancia llevar la persona las candelas delante de sí antes que se muera, y no aguardar a que las pongan los herederos o albaceas.

-Bien dice la madre Pipota -dijo la Escalanta.

Y, echando mano a la bolsa, le dio otro cuarto y le encargó que pusiese otras dos candelicas a los santos que a ella le pareciesen que eran de los más aprovechados y agradecidos. Con esto, se fue la Pipota, diciéndoles:

-Holgaos, hijos, ahora que tenéis tiempo; que vendrá la vejez y lloraréis en ella los ratos que perdistes en la mocedad, como yo los lloro; y encomendadme a Dios en vuestras oraciones, que yo voy a hacer lo mismo por mí y por vosotros, porque Él nos libre y conserve en nuestro trato peligroso, sin sobresaltos de justicia.

Y con esto, se fue.

Ida la vieja, se sentaron todos alrededor de la estera, y la Gananciosa tendió la sábana por manteles; y lo primero que sacó de la cesta fue un grande haz de rábanos y hasta dos docenas de naranjas y limones, y luego una cazuela grande llena de tajadas de bacallao frito. Manifestó luego medio queso de Flandes, y una olla de famosas aceitunas, y un plato de camarones, y gran cantidad de cangrejos, con su llamativo de alcaparrones ahogados en pimientos, y tres hogazas blanquísimas de Gandul. Serían los del almuerzo hasta catorce, y ninguno dellos dejó de sacar su cuchillo de cachas amarillas, si no fue Rinconete, que sacó su media espada. A los dos viejos de bayeta y a la guía tocó el escanciar con el corcho de colmena. Mas, apenas habían comenzado a dar asalto a las naranjas, cuando les dio a todos gran sobresalto los golpes que dieron a la puerta. Mandóles Monipodio que se sosegasen, y, entrando en la sala baja y descolgando un broquel, puesto mano a la espada, llegó a la puerta y con voz hueca y espantosa preguntó:

-¿Quién llama?

Respondieron de fuera:

-Yo soy, que no es nadie, señor Monipodio: Tagarete soy, centinela desta mañana, y vengo a decir que viene aquí Juliana la Cariharta, toda desgreñada y llorosa, que parece haberle sucedido algún desastre.

En esto llegó la que decía, sollozando, y, sintiéndola Monipodio, abrió la puerta, y mandó a Tagarete que se volviese a su posta y que de allí adelante avisase lo que viese con menos estruendo y ruido. Él dijo que así lo haría. Entró la Cariharta, que era una moza del jaez de las otras y del mismo oficio. Venía descabellada y la cara llena de tolondrones, y, así como entró en el patio, se cayó en el suelo desmayada. Acudieron a socorrerla la Gananciosa y la Escalanta, y, desabrochándola el pecho, la hallaron toda denegrida y como magullada. Echáronle agua en el rostro, y ella volvió en sí, diciendo a voces:

-¡La justicia de Dios y del Rey venga sobre aquel ladrón desuellacaras, sobre aquel cobarde bajamanero, sobre aquel pícaro lendroso, que le he quitado más veces de la horca que tiene pelos en las barbas! ¡Desdichada de mí! ¡Mirad por quién he perdido y gastado mi mocedad y la flor de mis años, sino por un bellaco desalmado, facinoroso e incorregible!

-Sosiégate, Cariharta -dijo a esta sazón Monipodio-, que aquí estoy yo que te haré justicia. Cuéntanos tu agravio, que más estarás tú en contarle que yo en hacerte vengada; dime si has habido algo con tu respecto; que si así es y quieres venganza, no has menester más que boquear.

-¿Qué respecto? -respondió Juliana-. Respectada me vea yo en los infiernos, si más lo fuere de aquel león con las ovejas y cordero con los hombres. ¿Con aquél había yo de comer más pan a manteles, ni yacer en uno? Primero me vea yo comida de adivas estas carnes, que me ha parado de la manera que ahora veréis.

Y, alzándose al instante las faldas hasta la rodilla, y aun un poco más, las descubrió llenas de cardenales.

-Desta manera -prosiguió- me ha parado aquel ingrato del Repolido, debiéndome más que a la madre que le parió. Y ¿por qué pensáis que lo ha hecho? ¡Montas, que le di yo ocasión para ello! No, por cierto, no lo hizo más sino porque, estando jugando y perdiendo, me envió a pedir con Cabrillas, su trainel, treinta reales, y no le envié más de veinte y cuatro, que el trabajo y afán con que yo los había ganado ruego yo a los cielos que vaya en descuento de mis pecados. Y, en pago desta cortesía y buena obra, creyendo él que yo le sisaba algo de la cuenta que él allá en su imaginación había hecho de lo que yo podía tener, esta mañana me sacó al campo, detrás de la Güerta del Rey, y allí, entre unos olivares, me desnudó, y con la petrina, sin escusar ni recoger los hierros, que en malos grillos y hierros le vea yo, me dio tantos azotes que me dejó por muerta. De la cual verdadera historia son buenos testigos estos cardenales que miráis.

Aquí tornó a levantar las voces, aquí volvió a pedir justicia, y aquí se la prometió de nuevo Monipodio y todos los bravos que allí estaban. La Gananciosa tomó la mano a consolalla, diciéndole que ella diera de muy buena gana una de las mejores preseas que tenía porque le hubiera pasado otro tanto con su querido.

-Porque quiero -dijo- que sepas, hermana Cariharta, si no lo sabes, que a lo que se quiere bien se castiga; y cuando estos bellacones nos dan, y azotan y acocean, entonces nos adoran; si no, confiésame una verdad, por tu vida: después que te hubo Repolido castigado y brumado, ¿no te hizo alguna caricia?

-¿Cómo una? -respondió la llorosa-. Cien mil me hizo, y diera él un dedo de la mano porque me fuera con él a su posada; y aun me parece que casi se le saltaron las lágrimas de los ojos después de haberme molido.

-No hay dudar en eso -replicó la Gananciosa-. Y lloraría de pena de ver cuál te había puesto; que en estos tales hombres, y en tales casos, no han cometido la culpa cuando les viene el arrepentimiento; y tú verás, hermana, si no viene a buscarte antes que de aquí nos vamos, y a pedirte perdón de todo lo pasado, rindiéndosete como un cordero.

-En verdad -respondió Monipodio- que no ha de entrar por estas puertas el cobarde envesado, si primero no hace una manifiesta penitencia del cometido delito. ¿Las manos había él de ser osado ponerlas en el rostro de la Cariharta, ni en sus carnes, siendo persona que puede competir en limpieza y ganancia con la misma Gananciosa que está delante, que no lo puedo más encarecer?

-¡Ay! -dijo a esta sazón la Juliana-. No diga vuesa merced, señor Monipodio, mal de aquel maldito, que con cuán malo es, le quiero más que a las telas de mi corazón, y hanme vuelto el alma al cuerpo las razones que en su abono me ha dicho mi amiga la Gananciosa, y en verdad que estoy por ir a buscarle.

-Eso no harás tú por mi consejo -replicó la Gananciosa-, porque se estenderá y ensanchará y hará tretas en ti como en cuerpo muerto. Sosiégate, hermana, que antes de mucho le verás venir tan arrepentido como he dicho; y si no viniere, escribirémosle un papel en coplas que le amargue.

-Eso sí -dijo la Cariharta-, que tengo mil cosas que escribirle.

-Yo seré el secretario cuando sea menester -dijo Monipodio-; y, aunque no soy nada poeta, todavía, si el hombre se arremanga, se atreverá a hacer dos millares de coplas en daca las pajas, y, cuando no salieren como deben, yo tengo un barbero amigo, gran poeta, que nos hinchirá las medidas a todas horas; y en la de agora acabemos lo que teníamos comenzado del almuerzo, que después todo se andará.

Fue contenta la Juliana de obedecer a su mayor; y así, todos volvieron a su gaudeamus, y en poco espacio vieron el fondo de la canasta y las heces del cuero. Los viejos bebieron sine fine; los mozos adunia; las señoras, los quiries. Los viejos pidieron licencia para irse. Diósela luego Monipodio, encargándoles viniesen a dar noticia con toda puntualidad de todo aquello que viesen ser útil y conveniente a la comunidad. Respondieron que ellos se lo tenían bien en cuidado y fuéronse.

Rinconete, que de suyo era curioso, pidiendo primero perdón y licencia, preguntó a Monipodio que de qué servían en la cofradía dos personajes tan canos, tan graves y apersonados. A lo cual respondió Monipodio que aquéllos, en su germanía y manera de hablar, se llamaban avispones, y que servían de andar de día por toda la ciudad avispando en qué casas se podía dar tiento de noche, y en seguir los que sacaban dinero de la Contratación o Casa de la Moneda, para ver dónde lo llevaban, y aun dónde lo ponían; y, en sabiéndolo, tanteaban la groseza del muro de la tal casa y diseñaban el lugar más conveniente para hacer los guzpátaros -que son agujeros- para facilitar la entrada. En resolución, dijo que era la gente de más o de tanto provecho que había en su hermandad, y que de todo aquello que por su industria se hurtaba llevaban el quinto, como Su Majestad de los tesoros; y que, con todo esto, eran hombres de mucha verdad, y muy honrados, y de buena vida y fama, temerosos de Dios y de sus conciencias, que cada día oían misa con estraña devoción.

-Y hay dellos tan comedidos, especialmente estos dos que de aquí se van agora, que se contentan con mucho menos de lo que por nuestros aranceles les toca. Otros dos que hay son palanquines, los cuales, como por momentos mudan casas, saben las entradas y salidas de todas las de la ciudad, y cuáles pueden ser de provecho y cuáles no.

-Todo me parece de perlas -dijo Rinconete-, y querría ser de algún provecho a tan famosa cofradía.

-Siempre favorece el cielo a los buenos deseos -dijo Monipodio.

Estando en esta plática, llamaron a la puerta; salió Monipodio a ver quién era, y, preguntándolo, respondieron:

-Abra voacé, sor Monipodio, que el Repolido soy.

Oyó esta voz Cariharta y, alzando al cielo la suya, dijo:

-No le abra vuesa merced, señor Monipodio; no le abra a ese marinero de Tarpeya, a este tigre de Ocaña.

No dejó por esto Monipodio de abrir a Repolido; pero, viendo la Cariharta que le abría, se levantó corriendo y se entró en la sala de los broqueles, y, cerrando tras sí la puerta, desde dentro, a grandes voces decía:

-Quítenmele de delante a ese gesto de por demás, a ese verdugo de inocentes, asombrador de palomas duendas.

Maniferro y Chiquiznaque tenían a Repolido, que en todas maneras quería entrar donde la Cariharta estaba; pero, como no le dejaban, decía desde afuera:

-¡No haya más, enojada mía; por tu vida que te sosiegues, ansí te veas casada!

-¿Casada yo, malino? -respondió la Cariharta-. ¡Mirá en qué tecla toca! ¡Ya quisieras tú que lo fuera contigo, y antes lo sería yo con una sotomía de muerte que contigo!

-¡Ea, boba -replicó Repolido-, acabemos ya, que es tarde, y mire no se ensanche por verme hablar tan manso y venir tan rendido; porque, ¡vive el Dador!, si se me sube la cólera al campanario, que sea peor la recaída que la caída! Humíllese, y humillémonos todos, y no demos de comer al diablo.

-Y aun de cenar le daría yo -dijo la Cariharta-, porque te llevase donde nunca más mis ojos te viesen.

-¿No os digo yo? -dijo Repolido-. ¡Por Dios que voy oliendo, señora trinquete, que lo tengo de echar todo a doce, aunque nunca se venda!

A esto dijo Monipodio:

-En mi presencia no ha de haber demasías: la Cariharta saldrá, no por amenazas, sino por amor mío, y todo se hará bien; que las riñas entre los que bien se quieren son causa de mayor gusto cuando se hacen las paces. ¡Ah Juliana! ¡Ah niña! ¡Ah Cariharta mía! Sal acá fuera por mi amor, que yo haré que el Repolido te pida perdón de rodillas.

-Como él eso haga -dijo la Escalanta-, todas seremos en su favor y en rogar a Juliana salga acá fuera.

-Si esto ha de ir por vía de rendimiento que güela a menoscabo de la persona -dijo el Repolido-, no me rendiré a un ejército formado de esguízaros; mas si es por vía de que la Cariharta gusta dello, no digo yo hincarme de rodillas, pero un clavo me hincaré por la frente en su servicio.

Riyéronse desto Chiquiznaque y Maniferro, de lo cual se enojó tanto el Repolido, pensando que hacían burla dél, que dijo con muestras de infinita cólera:

-Cualquiera que se ríe o se pensare reír de lo que la Cariharta, o contra mí, o yo contra ella hemos dicho o dijéremos, digo que miente y mentirá todas las veces que se ríe, o lo pensare, como ya he dicho.

Miráronse Chiquiznaque y Maniferro de tan mal garbo y talle, que advirtió Monipodio que pararía en un gran mal si no lo remediaba; y así, poniéndose luego en medio dellos, dijo:

-No pase más adelante, caballeros; cesen aquí palabras mayores, y deshágan se entre los dientes; y, pues las que se han dicho no llegan a la cintura, nadie las tome por sí.

-Bien seguros estamos -respondió Chiquiznaque- que no se dijeron ni dirán semejantes monitorios por nosotros; que, si se hubiera imaginado que se decían, en manos estaba el pandero que lo supiera bien tañer.

-También tenemos acá pandero, sor Chiquiznaque -replicó el Repolido-, y también, si fuere menester, sabremos tocar los cascabeles, y ya he dicho que el que se huelga, miente; y quien otra cosa pensare, sígame, que con un palmo de espada menos hará el hombre que sea lo dicho dicho.

Y, diciendo esto, se iba a salir por la puerta afuera. Estábalo escuchando la Cariharta, y, cuando sintió que se iba enojado, salió diciendo:

-¡Ténganle no se vaya, que hará de las suyas! ¿No veen que va enojado, y es un Judas Macarelo en esto de la valentía? ¡Vuelve acá, valentón del mundo y de mis ojos!

Y, cerrando con él, le asió fuertemente de la capa, y, acudiendo también Monipodio, le detuvieron. Chiquiznaque y Maniferro no sabían si enojarse o si no, y estuviéronse quedos esperando lo que Repolido haría; el cual, viéndose rogar de la Cariharta y de Monipodio, volvió diciendo:

-Nunca los amigos han de dar enojo a los amigos, ni hacer burla de los amigos, y más cuando veen que se enojan los amigos.

-No hay aquí amigo -respondió Maniferro- que quiera enojar ni hacer burla de otro amigo; y, pues todos somos amigos, dense las manos los amigos.

A esto dijo Monipodio:

-Todos voacedes han hablado como buenos amigos, y como tales amigos se den las manos de amigos.

Diéronselas luego, y la Escalanta, quitándose un chapín, comenzó a tañer en él como en un pandero; la Gananciosa tomó una escoba de palma nueva, que allí se halló acaso, y, rascándola, hizo un son que, aunque ronco y áspero, se concertaba con el del chapín. Monipodio rompió un plato y hizo dos tejoletas, que, puestas entre los dedos y repicadas con gran ligereza, llevaba el contrapunto al chapín y a la escoba.

Espantáronse Rinconete y Cortadillo de la nueva invención de la escoba, porque hasta entonces nunca la habían visto. Conociólo Maniferro y díjoles:

-¿Admíranse de la escoba? Pues bien hacen, pues música más presta y más sin pesadumbre, ni más barata, no se ha inventado en el mundo; y en verdad que oí decir el otro día a un estudiante que ni el Negrofeo, que sacó a la Arauz del infierno; ni el Marión, que subió sobre el delfín y salió del mar como si viniera caballero sobre una mula de alquiler; ni el otro gran músico que hizo una ciudad que tenía cien puertas y otros tantos postigos, nunca inventaron mejor género de música, tan fácil de deprender, tan mañera de tocar, tan sin trastes, clavijas ni cuerdas, y tan sin necesidad de templarse; y aun voto a tal, que dicen que la inventó un galán desta ciudad, que se pica de ser un Héctor en la música.

-Eso creo yo muy bien -respondió Rinconete-, pero escuchemos lo que quieren cantar nuestros músicos, que parece que la Gananciosa ha escupido, señal de que quiere cantar.

Y así era la verdad, porque Monipodio le había rogado que cantase algunas seguidillas de las que se usaban; mas la que comenzó primero fue la Escalanta, y con voz sutil y quebradiza cantó lo siguiente:
Por un sevillano, rufo a lo valón,
tengo socarrado todo el corazón.

Siguió la Gananciosa cantando:
Por un morenico de color verde,
¿cuál es la fogosa que no se pierde?

Y luego Monipodio, dándose gran priesa al meneo de sus tejoletas, dijo:
Riñen dos amantes, hácese la paz:
si el enojo es grande, es el gusto más.

No quiso la Cariharta pasar su gusto en silencio, porque, tomando otro chapín, se metió en danza, y acompañó a las demás diciendo:
Detente, enojado, no me azotes más;
que si bien lo miras, a tus carnes das.

-Cántese a lo llano -dijo a esta sazón Repolido-, y no se toquen estorias pasadas, que no hay para qué: lo pasado sea pasado, y tómese otra vereda, y basta.

Talle llevaban de no acabar tan presto el comenzado cántico, si no sintieran que llamaban a la puerta apriesa; y con ella salió Monipodio a ver quién era, y la centinela le dijo cómo al cabo de la calle había asomado el alcalde de la justicia, y que delante dél venían el Tordillo y el Cernícalo, corchetes neutrales. Oyéronlo los de dentro, y alborotáronse todos de manera que la Cariharta y la Escalanta se calzaron sus chapines al revés, dejó la escoba la Gananciosa, Monipodio sus tejoletas, y quedó en turbado silencio toda la música, enmudeció Chiquiznaque, pasmóse Repolido y suspendióse Maniferro; y todos, cuál por una y cuál por otra parte, desaparecieron, subiéndose a las azoteas y tejados, para escaparse y pasar por ellos a otra calle. Nunca ha disparado arcabuz a deshora, ni trueno repentino espantó así a banda de descuidadas palomas, como puso en alboroto y espanto a toda aquella recogida compañía y buena gente la nueva de la venida del alcalde de la justicia. Los dos novicios, Rinconete y Cortadillo, no sabían qué hacerse, y estuviéronse quedos, esperando ver en qué paraba aquella repentina borrasca, que no paró en más de volver la centinela a decir que el alcalde se había pasado de largo, sin dar muestra ni resabio de mala sospecha alguna.

Y, estando diciendo esto a Monipodio, llegó un caballero mozo a la puerta, vestido, como se suele decir, de barrio; Monipodio le entró consigo, y mandó llamar a Chiquiznaque, a Maniferro y al Repolido, y que de los demás no bajase alguno. Como se habían quedado en el patio, Rinconete y Cortadillo pudieron oír toda la plática que pasó Monipodio con el caballero recién venido, el cual dijo a Monipodio que por qué se había hecho tan mal lo que le había encomendado. Monipodio respondió que aún no sabía lo que se había hecho; pero que allí estaba el oficial a cuyo cargo estaba su negocio, y que él daría muy buena cuenta de sí.

Bajó en esto Chiquiznaque, y preguntóle Monipodio si había cum-plido con la obra que se le encomendó de la cuchillada de a catorce.

-¿Cuál? -respondió Chiquiznaque-. ¿Es la de aquel mercader de la Encrucijada?

-Ésa es -dijo el caballero.

-Pues lo que en eso pasa -respondió Chiquiznaque- es que yo le aguardé anoche a la puerta de su casa, y él vino antes de la oración; lleguéme cerca dél, marquéle el rostro con la vista, y vi que le tenía tan pequeño que era imposible de toda imposibilidad caber en él cuchillada de catorce puntos; y, hallándome imposibilitado de poder cumplir lo prometido y de hacer lo que llevaba en mi destruición...

-Instrucción querrá vuesa merced decir -dijo el caballero-, que no destruición.

-Eso quise decir -respondió Chiquiznaque-. Digo que, viendo que en la estrecheza y poca cantidad de aquel rostro no cabían los puntos propuestos, porque no fuese mi ida en balde, di la cuchillada a un lacayo suyo, que a buen seguro que la pueden poner por mayor de marca.

-Más quisiera -dijo el caballero- que se la hubiera dado al amo una de a siete, que al criado la de a catorce. En efeto, conmigo no se ha cumplido como era razón, pero no importa; poca mella me harán los treinta ducados que dejé en señal. Beso a vuesas mercedes las manos.

Y, diciendo esto, se quitó el sombrero y volvió las espaldas para irse; pero Monipodio le asió de la capa de mezcla que traía puesta, diciéndole:

-Voacé se detenga y cumpla su palabra, pues nosotros hemos cumplido la nuestra con mucha honra y con mucha ventaja: veinte ducados faltan, y no ha de salir de aquí voacé sin darlos, o prendas que lo valgan.

-Pues, ¿a esto llama vuesa merced cumplimiento de palabra -respondió el caballero-: dar la cuchillada al mozo, habiéndose de dar al amo?

-¡Qué bien está en la cuenta el señor! -dijo Chiquiznaque-. Bien parece que no se acuerda de aquel refrán que dice: "Quien bien quiere a Beltrán, bien quiere a su can".

-¿Pues en qué modo puede venir aquí a propósito ese refrán? -re-plicó el caballero.

-¿Pues no es lo mismo -prosiguió Chiquiznaque- decir: "Quien mal quiere a Beltrán, mal quiere a su can"? Y así, Beltrán es el mercader, voacé le quiere mal, su lacayo es su can; y dando al can se da a Beltrán, y la deuda queda líquida y trae aparejada ejecución; por eso no hay más sino pagar luego sin apercebimiento de remate.

-Eso juro yo bien -añadió Monipodio-, y de la boca me quitaste, Chiquiznaque amigo, todo cuanto aquí has dicho; y así, voacé, señor galán, no se meta en puntillos con sus servidores y amigos, sino tome mi consejo y pague luego lo trabajado; y si fuere servido que se le dé otra al amo, de la cantidad que pueda llevar su rostro, haga cuenta que ya se la están curando.

-Como eso sea -respondió el galán-, de muy entera voluntad y gana pagaré la una y la otra por entero.

-No dude en esto -dijo Monipodio- más que en ser cristiano; que Chiquiznaque se la dará pintiparada, de manera que parezca que allí se le nació.

-Pues con esa seguridad y promesa -respondió el caballero-, recíbase esta cadena en prendas de los veinte ducados atrasados y de cuarenta que ofrezco por la venidera cuchillada. Pesa mil reales, y podría ser que se quedase rematada, porque traigo entre ojos que serán menester otros catorce puntos antes de mucho.

Quitóse, en esto, una cadena de vueltas menudas del cuello y diósela a Monipodio, que al color y al peso bien vio que no era de alquimia. Monipodio la recibió con mucho contento y cortesía, porque era en estremo bien criado; la ejecución quedó a cargo de Chiquiznaque, que sólo tomó término de aquella noche. Fuese muy satisfecho el caballero, y luego Monipodio llamó a todos los ausentes y azorados. Bajaron todos, y, poniéndose Monipodio en medio dellos, sacó un libro de memoria que traía en la capilla de la capa y dióselo a Rinconete que leyese, porque él no sabía leer. Abrióle Rinconete, y en la primera hoja vio que decía:

MEMORIA DE LAS CUCHILLADAS
QUE SE HAN DE DAR ESTA SEMANA

La primera, al mercader de la encrucijada: vale cincuenta escudos. Están recebidos treinta a buena cuenta. Secutor, Chiquiznaque.

-No creo que hay otra, hijo -dijo Monipodio-; pasá adelante y mirá donde dice: MEMORIA DE PALOS.

Volvió la hoja Rinconete, y vio que en otra estaba escrito:

MEMORIA DE PALOS

Y más abajo decía:

Al bodegonero de la Alfalfa, doce palos de mayor cuantía a escudo cada uno. Están dados a buena cuenta ocho. El término, seis días. Secutor, Maniferro.

-Bien podía borrarse esa partida -dijo Maniferro-, porque esta noche traeré finiquito della.

-¿Hay más, hijo? -dijo Monipodio.

-Sí, otra -respondió Rinconete-, que dice así:

Al sastre corcovado que por mal nombre se llama el Silguero, seis palos de mayor cuantía, a pedimiento de la dama que dejó la gargantilla. Secutor, el Desmochado.

-Maravillado estoy -dijo Monipodio- cómo todavía está esa partida en ser. Sin duda alguna debe de estar mal dispuesto el Desmochado, pues son dos días pasados del término y no ha dado puntada en esta obra.

-Yo le topé ayer -dijo Maniferro-, y me dijo que por haber estado retirado por enfermo el Corcovado no había cumplido con su débito.

-Eso creo yo bien -dijo Monipodio-, porque tengo por tan buen oficial al Desmochado, que, si no fuera por tan justo impedimento, ya él hubiera dado al cabo con mayores empresas. ¿Hay más, mocito?

-No señor -respondió Rinconete.

-Pues pasad adelante -dijo Monipodio-, y mirad donde dice: MEMORIAL DE AGRAVIOS COMUNES.

Pasó adelante Rinconete, y en otra hoja halló escrito:

MEMORIAL DE AGRAVIOS COMUNES.
CONVIENE A SABER: REDOMAZOS, UNTOS DE MIERA, CLAVAZÓN DE SAMBENITOS Y CUERNOS, MATRACAS, ESPANTOS, ALBOROTOS Y CUCHILLADAS FINGIDAS, PUBLICACIÓN DE NIBELOS, ETC.

-¿Qué dice más abajo? -dijo Monipodio.

-Dice -dijo Rinconete-:
Unto de miera en la casa...

-No se lea la casa, que ya yo sé dónde es -respondió Monipodio-, y yo soy el tuáutem y esecutor desa niñería, y están dados a buena cuenta cuatro escudos, y el principal es ocho.

-Así es la verdad -dijo Rinconete-, que todo eso está aquí escrito; y aun más abajo dice:
Clavazón de cuernos.

-Tampoco se lea -dijo Monipodio- la casa, ni adónde; que basta que se les haga el agravio, sin que se diga en público; que es gran cargo de conciencia. A lo menos, más querría yo clavar cien cuernos y otros tantos sambenitos, como se me pagase mi trabajo, que decillo sola una vez, aunque fuese a la madre que me parió.

-El esecutor desto es -dijo Rinconete- el Narigueta.

-Ya está eso hecho y pagado -dijo Monipodio-. Mirad si hay más, que si mal no me acuerdo, ha de haber ahí un espanto de veinte escudos; está dada la mitad, y el esecutor es la comunidad toda, y el término es todo el mes en que estamos; y cumpliráse al pie de la letra, sin que falte una tilde, y será una de las mejores cosas que hayan sucedido en esta ciudad de muchos tiempos a esta parte. Dadme el libro, mancebo, que yo sé que no hay más, y sé también que anda muy flaco el oficio; pero tras este tiempo vendrá otro y habrá que hacer más de lo que quisiéremos; que no se mueve la hoja sin la voluntad de Dios, y no hemos de hacer nosotros que se vengue nadie por fuerza; cuanto más, que cada uno en su causa suele ser valiente y no quiere pagar las hechuras de la obra que él se puede hacer por sus manos.

-Así es -dijo a esto el Repolido-. Pero mire vuesa merced, señor Monipodio, lo que nos ordena y manda, que se va haciendo tarde y va entrando el calor más que de paso.

-Lo que se ha de hacer -respondió Monipodio- es que todos se vayan a sus puestos, y nadie se mude hasta el domingo, que nos juntaremos en este mismo lugar y se repartirá todo lo que hubiere caído, sin agraviar a nadie. A Rinconete el Bueno y a Cortadillo se les da por distrito, hasta el domingo, desde la Torre del Oro, por defuera de la ciudad, hasta el postigo del Alcázar, donde se puede trabajar a sentadillas con sus flores; que yo he visto a otros, de menos habilidad que ellos, salir cada día con más de veinte reales en menudos, amén de la plata, con una baraja sola, y ésa con cuatro naipes menos. Este districto os enseñará Ganchoso; y, aunque os estendáis hasta San Sebastián y San Telmo, importa poco, puesto que es justicia mera mista que nadie se entre en pertenencia de nadie.

Besáronle la mano los dos por la merced que se les hacía, y ofreciéronse a hacer su oficio bien y fielmente, con toda diligencia y recato.

Sacó, en esto, Monipodio un papel doblado de la capilla de la capa, donde estaba la lista de los cofrades, y dijo a Rinconete que pusiese allí su nombre y el de Cortadillo; mas, porque no había tintero, le dio el papel para que lo llevase, y en el primer boticario los escribiese, poniendo: Rinconete y Cortadillo, cofrades: noviciado, ninguno; Rinconete, floreo; Cortadillo, bajón"; y el día, mes y año, callando padres y patria.

Estando en esto, entró uno de los viejos avispones y dijo:

-Vengo a decir a vuesas mercedes cómo agora, agora, topé en Gradas a Lobillo el de Málaga, y díceme que viene mejorado en su arte de tal manera, que con naipe limpio quitará el dinero al mismo Satanás; y que por venir maltratado no viene luego a registrarse y a dar la sólita obediencia; pero que el domingo será aquí sin falta.

-Siempre se me asentó a mí -dijo Monipodio- que este Lobillo había de ser único en su arte, porque tiene las mejores y más acomodadas manos para ello que se pueden desear; que, para ser uno buen oficial en su oficio, tanto ha menester los buenos instrumentos con que le ejercita, como el ingenio con que le aprende.

-También topé -dijo el viejo- en una casa de posadas, en la calle de Tintores, al Judío, en hábito de clérigo, que se ha ido a posar allí por tener noticia que dos peruleros viven en la misma casa, y querría ver si pudiese trabar juego con ellos, aunque fuese de poca cantidad, que de allí podría venir a mucha. Dice también que el domingo no faltará de la junta y dará cuenta de su persona.

-Ese Judío también -dijo Monipodio- es gran sacre y tiene gran conocimiento. Días ha que no le he visto, y no lo hace bien. Pues a fe que si no se enmienda, que yo le deshaga la corona; que no tiene más órdenes el ladrón que las tiene el turco, ni sabe más latín que mi madre. ¿Hay más de nuevo?

-No -dijo el viejo-; a lo menos que yo sepa.

-Pues sea en buen hora -dijo Monipodio-. Voacedes tomen esta miseria -y repartió entre todos hasta cuarenta reales-, y el domingo no falte nadie, que no faltará nada de lo corrido.

Todos le volvieron las gracias. Tornáronse a abrazar Repolido y la Cariharta, la Escalanta con Maniferro y la Gananciosa con Chiquiznaque, concertando que aquella noche, después de haber alzado de obra en la casa, se viesen en la de la Pipota, donde también dijo que iría Monipodio, al registro de la canasta de colar, y que luego había de ir a cumplir y borrar la partida de la miera. Abrazó a Rinconete y a Cortadillo, y, echándolos su bendición, los despidió, encargándoles que no tuviesen jamás posada cierta ni de asiento, porque así convenía a la salud de todos. Acompañólos Ganchoso hasta enseñarles sus puestos, acordándoles que no faltasen el domingo, porque, a lo que creía y pensaba, Monipodio había de leer una lición de posición acerca de las cosas concernientes a su arte. Con esto, se fue, dejando a los dos compañeros admirados de lo que habían visto.

Era Rinconete, aunque muchacho, de muy buen entendimiento, y tenía un buen natural; y, como había andado con su padre en el ejercicio de las bulas, sabía algo de buen lenguaje, y dábale gran risa pensar en los vocablos que había oído a Monipodio y a los demás de su compañía y bendita comunidad, y más cuando por decir per modum sufragii había dicho per modo de naufragio; y que sacaban el estupendo, por decir estipendio, de lo que se garbeaba; y cuando la Cariharta dijo que era Repolido como un marinero de Tarpeya y un tigre de Ocaña, por decir Hircania, con otras mil impertinencias (especialmente le cayó en gracia cuando dijo que el trabajo que había pasado en ganar los veinte y cuatro reales lo recibiese el cielo en descuento de sus pecados) a éstas y a otras peores semejantes; y, sobre todo, le admiraba la seguridad que tenían y la confianza de irse al cielo con no faltar a sus devociones, estando tan llenos de hurtos, y de homicidios y de ofensas a Dios. Y reíase de la otra buena vieja de la Pipota, que dejaba la canasta de colar hurtada, guardada en su casa y se iba a poner las candelillas de cera a las imágenes, y con ello pensaba irse al cielo calzada y vestida. No menos le suspendía la obediencia y respecto que todos tenían a Monipodio, siendo un hombre bárbaro, rústico y desalmado. Consideraba lo que había leído en su libro de memoria y los ejercicios en que todos se ocupaban. Finalmente, exageraba cuán descuidada justicia había en aquella tan famosa ciudad de Sevilla, pues casi al descubierto vivía en ella gente tan perniciosa y tan contraria a la misma naturaleza; y propuso en sí de aconsejar a su compañero no durasen mucho en aquella vida tan perdida y tan mala, tan inquieta, y tan libre y disoluta. Pero, con todo esto, llevado de sus pocos años y de su poca esperiencia, pasó con ella adelante algunos meses, en los cuales le sucedieron cosas que piden más luenga escritura; y así, se deja para otra ocasión contar su vida y milagros, con los de su maestro Monipodio, y otros sucesos de aquéllos de la infame academia, que todos serán de grande consideración y que podrán servir de ejemplo y aviso a los que las leyeren.

La española inglesa

Entre los despojos que los ingleses llevaron de la ciudad de Cádiz, Clotaldo, un caballero inglés capitán de una escuadra de navíos, llevó a Londres a una niña de edad de siete años, poco más o menos, y esto contra la voluntad y sabiduría del conde de Leste, que con gran diligencia hizo buscar a la niña para volvérsela a sus padres, que ante él se quejaron de la falta de su hija, pidiéndole que pues se contentaba con las haciendas, y dejaba libres a las personas, no fuesen ellos tan desdichados; que ya que quedaban pobres, no quedasen sin su hija, que era la lumbre de sus ojos y la más hermosa criatura que había en toda la ciudad. Mandó el conde echar bando por toda su armada que so pena de la vida, devolviese la niña cualquiera que la tuviese, mas ningunas penas ni temores fueron bastantes a que Clotaldo le obedeciese, que la tenía escondida en su nave, aficionado, aunque christianamente, a la incomparable hermosura de Isabel, que así se llamaba la niña. Finalmente, sus padres se quedaron sin ella, tristes y desconsolados, y Clotaldo, alegre sobre modo, llegó a Londres y entregó por riquísimo despojo a su mujer a la hermosa niña.

Quiso la buena suerte que todos los de la casa de Clotaldo eran cathólicos secretos, aunque en lo público mostraban seguir la opinión de su reina. Tenía Clotaldo un hijo llamado Ricaredo, de edad de doce años, enseñado de sus padres a amar y temer a Dios, y a estar muy entero en las verdades de la fe cathólica. Catalina, la mujer de Clotaldo, noble christiana, y prudente señora, tomó tanto amor a Isabel, que como si fuera su hija la criaba, regalaba, e industriaba. Y la niña era de tan buen natural, que con facilidad aprendía todo cuanto le enseñaban.

Con el tiempo, y con los regalos, fue olvidando los que sus padres verdaderos le habían hecho; pero no tanto que dejase de acordarse y suspirar por ellos muchas veces; y aunque iba aprendiendo la lengua inglesa, no perdía la española, porque Clotaldo tenía cuidado de traerle a casa secretamente españoles que hablasen con ella. Desta manera, sin olvidar la suya, como está dicho, hablaba la lengua inglesa como si hubiera nacido en Londres. Después de haberle enseñado todas las cosas de labor, que puede y debe saber una doncella bien nacida, la enseñaron a leer y escribir, más que medianamente. Pero en lo que tuvo extremo fue en tañer todos los instrumentos que a una mujer son lícitos; y esto con toda perfección de música, acompañándola con una voz que le dio el cielo, tan extremada que encantaba cuando cantaba.

Todas estas gracias, adqueridas y puestas sobre la natural suya, poco a poco fueron encendiendo el pecho de Ricaredo, a quien ella, como a hijo de su señor, quería y servía; al principio le salteó amor con un modo de agradarse y complacerse de ver la sin igual belleza de Isabel, y de considerar sus infinitas virtudes y gracias, amándola como si fuera su hermana, sin que sus deseos saliesen de los términos honrados y virtuosos. Pero como fue creciendo Isabel, que ya cuando Ricaredo ardía tenía doce años, aquella benevolencia primera, y aquella complacencia y agrado de mirarla, se volvió en ardentísimos deseos de gozarla y de poseerla; no porque aspirase a esto por otros medios que por los de ser su esposo. Pues de la incomparable honestidad de Isabela, (que así la llamaban ellos) no se podía esperar otra cosa, ni aun él quisiera esperarla, aunque pudiera, porque la noble condición suya y la estimación en que a Isabela tenía, no consentían que ningún mal pensamiento echase raíces en su alma. Mil veces determinó manifestar su voluntad a sus padres, y otras tantas no aprobó su determinación, porque él sabía que le tenían dedicado para ser esposo de una muy rica y principal doncella escocesa, asimismo secreta christiana como ellos; y estaba claro, según él decía, que no habían de querer dar a una esclava (si este nombre se podía dar a Isabela) lo que ya tenían concertado de dar a una señora; y así perplejo y pensativo, sin saber qué camino tomar para venir al fin de su buen deseo, pasaba una vida tal que le puso a punto de perderla. Pero pareciéndole ser gran cobardía dejarse morir, sin intentar algún género de remedio a su dolencia, se animó y esforzó a declarar su intento a Isabela.

Andaban todos los de casa tristes y alborotados por la enfermedad de Ricaredo, que de todos era querido, y de sus padres con el extremo posible; así por no tener otro como porque lo merecía su mucha virtud, y su gran valor, y entendimiento. No le acertaban los médicos la enfermedad, ni él osaba, ni quería, descubrírsela. En fin, puesto en romper por las dificultades que él se imaginaba, un día que entró Isabela a servirle, viéndola sola, con desmayada voz y lengua turbada, le dijo:

—Hermosa Isabela, tu valor, tu mucha virtud y grande hermosura me tienen como me ves, si no quieres que deje la vida en manos de las mayores penas que pueden imaginarse, responda el tuyo a mi buen deseo, que no es otro que el de recebirte por mi esposa a hurto de mis padres, de los cuales temo que por no conocer lo que yo conozco que mereces, me han de negar el bien que tanto me importa. Si me das la palabra de ser mía, yo te la doy desde luego, como verdadero y cathólico christiano, de ser tuyo. Que, puesto que no llegue a gozarte, como no llegaré, hasta que con bendición de la Iglesia y de mis padres sea, aquel imaginar que con seguridad eres mía será bastante a darme salud, y a mantenerme alegre y contento hasta que llegue el felice punto que deseo.

En tanto que esto dijo Ricaredo, estuvo escuchándole Isabela con los ojos bajos, mostrando en aquel punto que su honestidad se igualaba a su hermosura, y a su mucha discreción su recato. Y así, viendo que Ricaredo callaba, honesta, hermosa y discreta, le respondió desta suerte:

—Después que quiso el rigor o la clemencia del cielo (que no sé a cuál destos extremos lo atribuya) quitarme a mis padres, señor Ricaredo, y darme a los vuestros, agradecida a las infinitas mercedes que me han hecho, determiné que jamás mi voluntad saliese de la suya; y así, sin ella, tendría no por buena, sino por mala, fortuna la inestimable merced que queréis hacerme. Si con su sabiduría fuere yo tan venturosa que os merezca, desde aquí os ofrezco la voluntad que ellos me dieren, y en tanto que esto se dilatare, o no fuere, entretengan vuestros deseos el saber que los míos serán eternos y limpios, en desearos el bien que el cielo puede daros.

Aquí puso silencio Isabela a sus honestas y discretas razones, y allí comenzó la salud de Ricaredo, y comenzaron a revivir las esperanzas de sus padres, que en su enfermedad muertas estaban. Despidiéronse los dos cortésmente; él con lágrimas en los ojos, ella con admiración en el alma de ver tan rendida a su amor la de Ricaredo. El cual, levantado del lecho, al parecer de sus padres por milagro, no quiso tenerles más tiempo ocultos sus pensamientos. Y así, un día se los manifestó a su madre, diciéndole en el fin de su plática, que fue larga, que si no le casaban con Isabela que el negársela y darle la muerte era todo una misma cosa.

Con tales razones, con tales encarecimientos subió al cielo las virtudes de Isabela, Ricaredo, que le pareció a su madre que Isabela era la engañada en llevar a su hijo por esposo. Dio buenas esperanzas a su hijo de disponer a su padre a que con gusto viniese en lo que ya ella también venía. Y así fue, que diciendo a su marido las mismas razones que a ella había dicho su hijo, con facilidad le movió a querer lo que tanto su hijo deseaba, fabricando excusas que impidiesen el casamiento que casi tenía concertado con la doncella de Escocia.

A esta razón tenía Isabela catorce y Ricaredo veinte años; y en esta tan verde y tan florida edad, su mucha discreción y conocida prudencia los hacía ancianos. Cuatro días faltaban, para llegarse aquel en el cual sus padres de Ricaredo querían que su hijo inclinase el cuello al yugo santo del matrimonio, teniéndose por prudentes y dichosísimos de haber escogido a su prisionera por su hija, teniendo en más la dote de sus virtudes que la mucha riqueza que con la escocesa se les ofrecía. Las galas estaban ya a punto, los parientes y los amigos convidados, y no faltaba otra cosa sino hacer a la reina sabidora de aquel concierto, porque sin su voluntad y consentimiento entre los de ilustre sangre no se efectúa casamiento alguno, pero no dudaron de la licencia; y así, se detuvieron en pedirla. Digo pues, que estando todo en este estado, cuando faltaban los cuatro días hasta el de la boda, una tarde turbó su regocijo un ministro de la reina que dio un recaudo a Clotaldo que su majestad mandaba que otro día por la mañana llevasen a su presencia a su prisionera, la española de Cádiz. Respondióle Clotaldo, que de muy buena gana haría lo que su majestad le mandaba. Fuese el ministro, y dejó llenos los pechos de todos de turbación, de sobresalto y miedo.

—¡Ay —decía la señora Catalina—, si sabe la reina que yo he criado a esta niña a la cathólica, y de aquí viene a inferir que todos los desta casa somos christianos! pues si la reina le pregunta, qué es lo que ha aprendido en ocho años que hace que es prisionera, ¿qué ha de responder la cuitada que no nos condene, por más discreción que tenga?

Oyendo lo cual Isabela, le dijo:

—No le dé pena alguna, señora mía, ese temor, que yo confío en el cielo que me ha de dar palabras en aquel instante, por su divina misericordia, que no sólo no os condenen, sino que redunden en provecho vuestro.

Temblaba Ricardo, casi como adivino de algún mal suceso. Clotaldo buscaba modos que pudiesen dar ánimo a su mucho temor y no los hallaba, sino en la mucha confianza que en Dios tenía, y en la prudencia de Isabela, a quien encomendó mucho, que por todas las vías que pudiese, excusase de condenallos por cathólicos, que puesto que estaban promptos con el espíritu a recebir martirio, toda vía la carne enferma rehusaba su amarga carrera. Una y muchas veces le aseguró Isabela estuviesen seguros que por su causa no sucedería lo que temían y sospechaban porque, aunque ella entonces no sabía lo que había de responder a las preguntas que en tal caso le hiciesen, tenía tan viva y cierta esperanza que había de responder de modo que, como otra vez había dicho, sus respuestas les sirviesen de abono.

Discurrieron aquella noche en muchas cosas, especialmente en que si la reina supiera que eran cathólicos, no les enviara recaudo tan manso, por donde se podía inferir que sólo querría ver a Isabela, cuya sin igual hermosura y habilidades habría llegado a sus oídos, como a todos los de la ciudad. Pero ya en no habérsela presentado se hallaban culpados; de la cual culpa hallaron sería bien disculparse, con decir que desde el punto que entró en su poder, la escogieron y señalaron para esposa de su hijo Ricaredo. Pero también en esto se culpaban por haber hecho el casamiento sin licencia de la reina, aunque esta culpa no les pareció digna de gran castigo. Con esto, se consolaron, y acordaron que Isabela no fuese vestida humildemente como prisionera, sino como esposa, pues ya lo era de tan principal esposo como su hijo.

Resueltos en esto, otro día vistieron a Isabela a la española, con una saya entera de raso verde acuchillada y forrada en rica tela de oro, tomadas las cuchilladas con unas eses de perlas, y toda ella bordada de riquísimas perlas; collar y cintura de diamantes, y con abanico, a modo de las señoras damas españolas. Sus mismos cabellos, que eran muchos, rubios y largos, entretejidos y sembrados de diamantes y perlas, le servían de tocado. Con este adorno riquísimo, y con su gallarda disposición y milagrosa belleza, se mostró aquel día a Londres sobre una hermosa carroza, llevando colgados de su vista las almas y los ojos de cuantos la miraban. Iban con ella Clotaldo y su mujer, y Ricaredo, en la carroza, y a caballo muchos ilustres parientes suyos. Toda esta honra quiso hacer Clotaldo a su prisionera, por obligar a la reina la tratase como a esposa de su hijo.

Llegados pues a palacio, y a una gran sala donde la reina estaba, entró por ella Isabela, dando de sí la más hermosa muestra que pudo caber en una imaginación. Era la sala grande y espaciosa, y a dos pasos se quedó el acompañamiento y se adelantó Isabela; y como quedó sola, pareció lo mismo que parece la estrella, o exalación, que por la región del fuego en serena y sosegada noche, suele moverse, o bien ansí como rayo del sol, que al salir del día, por entre dos montañas se descubre. Todo esto pareció, y aun cometa, que pronosticó el incendio de más de un alma de los que allí estaban, a quien amor abrasó con los rayos de los hermosos soles de Isabela. La cual llena de humildad y cortesía, se fue a poner de hinojos ante la reina y, en lengua inglesa, le dijo:

—Dé, vuestra majestad, las manos a esta su sierva, que desde hoy más se tendrá por señora, pues ha sido tan venturosa que ha llegado a ver la grandeza vuestra.

Estúvola la reina mirando por un buen espacio sin hablarle palabra, pareciéndole, como después dijo a su camarera, que tenía delante un cielo estrellado, cuyas estrellas eran las muchas perlas y diamantes que Isabela traía; su bello rostro y sus ojos el sol y la luna, y toda ella una nueva maravilla de hermosura. Las damas que estaban con la reina, quisieran hacerse todas ojos, porque no les quedase cosa por mirar en Isabela. Cuál acababa la viveza de sus ojos, cuál la color del rostro, cuál la gallardía del cuerpo, y cuál la dulzura de la habla. Y tal hubo, que de pura envidia, dijo:

—Buena es la española, pero no me contenta el traje.

Después que pasó algún tanto la suspensión de la reina, haciendo levantar a Isabela le dijo:

—Habladme en español, doncella, que yo le entiendo bien, y gustaré dello. —Y volviéndose a Clotaldo dijo—: Clotaldo, agravio me habéis hecho en tenerme este tesoro tantos años hace encubierto, mas él es tal que os haya movido a codicia. Obligado estáis a restituírmele, porque de derecho es mío.

—Señora —respondió Clotaldo—, mucha verdad es lo que v. majestad dice; confieso mi culpa, si lo es haber guardado este tesoro a que estuviese en la perfección que convenía, para aparecer ante los ojos de V. M., y aora que lo está, pensaba traerle mejorado, pidiendo licencia a V. M. para que Isabela fuese esposa de mi hijo Ricaredo, y daros, alta majestad, en los dos todo cuanto puedo daros.

—Hasta el nombre me contenta —respondió la reina—; no le faltaba más, sino llamarse Isabela la española, para que no me quedase nada de perfección que desear en ella. Pero advertid, Clotaldo, que sé que sin mi licencia la teníades prometida a vuestro hijo.

—Así es verdad, señora —respondió Clotaldo—, pero fue en confianza, que los muchos y relevados servicios, que yo y mis pasados tenemos hechos a esta corona, alcanzarían de V. M. otras mercedes más dificultosas que las desta licencia, cuanto más, que aún no está desposado mi hijo.

—Ni lo estará —dijo la reina— con Isabela, hasta que por sí mismo lo merezca. Quiero decir, que no quiero que para esto le aprovechen vuestros servicios, ni los de sus pasados, él por sí mismo se ha de disponer a servirme y a merecer por sí esta prenda, que ya la estimo como si fuese mi hija.

Apenas oyó esta última palabra Isabela, cuando se volvió a hincar de rodillas ante la reina, diciéndole en lengua castellana:

—Las desgracias que tales descuentos traen, serenísima señora, antes se han de tener por dichas que por desventuras.Ya V. M. me ha dado nombre de hija; sobre tal prenda ¿qué males podré temer, o qué bienes no podré esperar?

Con tanta gracia y donaire decía cuanto decía Isabela, que la reina se le aficionó en extremo, y mandó que se quedase en su servicio. Y se la entregó a una gran señora, su camarera mayor, para que la enseñase el modo de vivir suyo. Ricaredo, que se vio quitar la vida, en quitarle a Isabela, estuvo a pique de perder el juicio; y así, temblando y con sobresalto, se fue a poner de rodillas ante la reina, a quien dijo:

—Para servir yo a v. majestad no es menester incitarme con otros premios que con aquellos que mis padres y mis pasados han alcanzado por haber servido a sus reyes. Pero, pues v. majestad gusta que yo la sirva con nuevos deseos y pretensiones, querría saber en qué modo y en qué ejercicio podré mostrar que cumplo con la obligación en que v. majestad me pone.

—Dos navíos —respondió la reina— están para partirse en corso, de los cuales he hecho general al barón de Lansac. Del uno dellos os hago a vos capitán, porque la sangre de donde venís me asegura que ha de suplir la falta de vuestros años. Y advertid a la merced que os hago, pues os doy ocasión en ella a que correspondiendo a quien sois, sirviendo a vuestra reina, mostréis el valor de vuestro ingenio y de vuestra persona, y alcancéis el mejor premio que a mi parecer vos mismo podéis acertar a desearos. Yo misma os seré guarda de Isabela, aunque ella da muestras que su honestidad será su más verdadera guarda. ¡Id con Dios! que, pues vais enamorado, como imagino, grandes cosas me prometo de vuestras hazañas. Felice fuera el rey batallador que tuviera en su ejército diez mil soldados amantes que esperaran que el premio de sus victorias había de ser gozar de sus amadas. Levantaos, Ricaredo, y mirad si tenéis o queréis decir algo a Isabela, porque mañana ha de ser vuestra partida.

Besó las manos a la reina, estimando en mucho la merced que le hacía, y luego se fue a hincar de rodillas ante Isabela, y queriéndola hablar, no pudo porque se le puso un nudo en la garganta que le ató la lengua y las lágrimas acudieron a los ojos, y él acudió a disimularlas lo más que le fue posible; pero con todo esto, no se pudieron encubrir a los ojos de la reina, pues dijo:

—No os afrentéis, Ricaredo, de llorar, ni os tengáis en menos por haber dado en este trance tan tiernas muestras de vuestro corazón, que una cosa es pelear con los enemigos y otra despedirse de quien bien se quiere. Abrazad, Isabela, a Ricaredo y dadle vuestra bendición, que bien lo merece su sentimiento.

Isabela, que estaba suspensa y atónita de ver la humildad y dolor de Ricaredo, que como a su esposo le amaba, no entendió lo que la reina le mandaba, antes comenzó a derramar lágrimas, tan sin pensar lo que hacía, y tan sesga y tan sin movimiento alguno que no parecía, sino que lloraba una estatua de alabastro. Estos afectos de los dos amantes, tan tiernos y tan enamorados, hicieron verter lágrimas a muchos de los circunstantes, y sin hablar más palabra Ricaredo, y sin le haber hablado alguna a Isabela, haciendo Clotaldo, y los que con él venían, reverencia a la reina, se salieron de la sala llenos de compasión, de despecho, y de lágrimas.

Quedó Isabela como huérfana que acaba de enterrar sus padres y con temor que la nueva señora quisiese que mudase de costumbres en que la primera la había criado. En fin, se quedó, y de allí a dos días Ricaredo se hizo a la vela, combatido, entre otros muchos, de dos pensamientos que le tenían fuera de sí. Era el uno considerar que le convenía hacer hazañas que le hiciesen merecedor de Isabela, y el otro que no podía hacer ninguna si había de responder a su cathólico intento que le impedía no desenvainar la espada contra cathólicos; y si no la desembainaba había de ser notado de christiano, o de cobarde, y todo esto redundaba en perjuicio de su vida y en obstáculo de su pretensión. Pero, en fin determinó posponer al gusto de enamorado el que tenía de ser cathólico, y en su corazón pedía al cielo le deparase ocasiones donde, con ser valiente, cumpliese con ser christiano, dejando a su reina satisfecha, y a Isabela merecida.

Seis días navegaron los dos navíos con próspero viento, siguiendo la derrota de las islas Terceras, paraje donde nunca faltan o naves portuguesas de las Indias Orientales o algunas derrotadas de las Occidentales. Y al cabo de los seis días, les dio de costado un recísimo viento, que en el mar Océano tiene otro nombre que en el Mediterráneo donde se llama «Mediodía». El cual viento fue tan durable y tan recio que, sin dejarles tomar las islas, les fue forzoso correr a España; y junto a su costa, a la boca del estrecho de Gibraltar, descubrieron tres navíos: uno poderoso y grande y los dos pequeños. Arribó la nave de Ricaredo a su capitán para saber de su general si quería embestir a los tres navíos que se descubrían. Y antes que a ella llegase, vio poner sobre la gavia mayor un estandarte negro. Y llegándose más cerca, oyó que tocaban en la nave clarines y trompetas roncas, señales claras o que el general era muerto o alguna otra principal persona de la nave.

Con este sobresalto llegaron a poderse hablar, que no lo habían hecho después que salieron del puerto. Dieron voces de la nave capitana, diciendo que el capitán Ricaredo pasase a ella porque el general la noche antes había muerto de una apoplejía. Todos se entristecieron sino fue Ricaredo, que le alegró; no por el daño de su general, sino por ver que quedaba él libre para mandar en los dos navíos, que así fue la orden de la reina, que faltando el general, lo fuese Ricaredo. El cual con presteza se pasó a la capitana, donde halló que unos lloraban por el general muerto y otros se alegraban con el vivo. Finalmente, los unos y los otros le dieron luego la obediencia, y le aclamaron por su general con breves ceremonias; no dando lugar a otra cosa de los tres navíos que habían descubierto. Los cuales, desviándose del grande, a las dos naves se venían.

Luego conocieron ser galeras, y turquescas, por las medias lunas que en las banderas traían, de que recibió gran gusto Ricaredo, pareciéndole que aquella presa, si el cielo se la concediese, sería de consideración, sin haber ofendido a ningún cathólico. Las dos galeras turquescas llegaron a reconocer los navíos ingleses, los cuales no traían insignias de Inglaterra, sino de España, por desmentir a quien llegase a reconocellos, y no los tuviese por navíos de corsarios. Creyeron los turcos ser naves derrotadas de las Indias, y que con facilidad las rendirían. Fuéronse entrando poco a poco, y de industria los dejó llegar Ricaredo, hasta tenerlos a gusto de su artillería, la cual mandó disparar a tan buen tiempo que con cinco balas dio en la mitad de una de las galeras con tanta furia que la abrió por medio toda. Dio luego a la banda y comenzó a irse a pique, sin poderse remediar. La otra galera, viendo tan mal suceso, con mucha priesa le dio cabo y le llevó a poner debajo del costado del gran navío. Pero Ricaredo, que tenía los suyos prestos y ligeros, y que salían y entraban como si tuvieran remos, mandando cargar de nuevo toda la artillería, los fue siguiendo hasta la nave, lloviendo sobre ellos infinidad de balas.

Los de la galera abierta, así como llegaron a la nave, la desampararon, y con priesa y celeridad procuraban acogerse a la nave. Lo cual visto por Ricaredo, y que la galera sana se ocupaba con la rendida, cargó sobre ella con sus dos navíos, y sin dejarla rodear, ni valerse de los remos, la puso en estrecho; que los turcos se aprovecharon ansimismo del refugio de acogerse a la nave, no para defenderse en ella, sino para escapar las vidas por entonces.

Los christianos, de quien venían armadas las galeras, arrancando las branzas y rompiendo las cadenas, mezclados con los turcos, también se acogieron a la nave. Y como iban subiendo por su costado, con la arcabucería de los navíos, los iban tirando como a blanco; a los turcos no más, que a los christianos mandó Ricaredo que nadie los tirase. Desta manera casi todos los más turcos fueron muertos, y los que en la nave entraron por los christianos que con ellos se mezclaron, aprovechándose de sus mismas armas, fueron hechos pedazos; que la fuerza de los valientes, cuando caen, se pasa a la flaqueza de los que se levantan. Y así, con el calor que les daba a los christianos pensó que los navíos ingleses eran españoles, hicieron por su libertad maravillas.

Finalmente, habiendo muerto casi todos los turcos, algunos españoles se pusieron a borde del navío, y a grandes voces llamaron a los que pensaban ser españoles que entrasen a gozar el premio del vencimiento. Preguntóles Ricaredo en español que qué navío era aquél. Respondiéronle que era una nave que venía de la India de Portugal, cargada de especería, y con tantas perlas y diamantes que valía más de un millón de oro, y que con tormenta había arribado a aquella parte, toda destruida y sin artillería por haberla echado a la mar; la gente enferma y casi muerta de sed y de hambre; y que aquellas dos galeras, que eran del corsario Arnautemamí, el día antes la habían rendido, sin haberse puesto en defensa. Y que, a lo que habían oído decir, por no poder pasar tanta riqueza a sus dos bajeles, le llevaban a jorro para meterla en el río de Larache, que estaba allí cerca. Ricaredo les respondió que si ellos pensaban que aquellos dos navíos eran españoles, se engañaban; que no eran sino de la señora reina de Inglaterra, cuya nueva dio que pensar y que temer a los que la oyeron, pensando, como era razón que pensasen, que de un lazo habían caído en otro. Pero Ricaredo les dijo que no temiesen algún daño, y que estuviesen ciertos de su libertad con tal que no se pusiesen en defensa.

—Ni es posible ponernos en ella —respondieron—, porque, como se ha dicho, este navío no tiene artillería, ni nosotros armas; así que, nos es forzoso acudir a la gentileza, y liberalidad de vuestro general. Pues será justo que quien nos ha librado del insufrible cautiverio de los turcos, lleve adelante tan gran merced y beneficio, pues le podrá hacer famoso en todas las partes, que serán infinitas, donde llegare la nueva desta memorable victoria y de su liberalidad, más de nosotros esperada que temida.

No le precieron mal a Ricaredo las razones del español. Y llamando a consejo a los de su navío, les preguntó cómo haría para enviar a todos los christianos a España sin ponerse a peligro de algún siniestro suceso, si el ser tantos les daba ánimo para levantarse. Pareceres hubo que los hiciese pasar uno a uno a su navío, y así como fuesen entrando, debajo de cubierta, matarle; y desta manera, matarlos a todos y llevar la gran nave a Londres sin temor ni cuidado alguno.

A eso respondió Ricaredo:

—Pues que Dios nos ha hecho tan gran merced, en darnos tanta riqueza, no quiero corresponderle con ánimo cruel y desagradecido, ni es bien que lo que puedo remediar con la industria, lo remedie con la espada.Y así, soy de parecer que ningún christiano cathólico muera; no porque los quiero bien, sino porque me quiero a mí muy bien, y querría que esta hazaña de hoy, ni a mí, ni a vosotros, que en ella me habéis sido compañeros, nos diese mezclado con el nombre de valientes, el renombre de crueles; porque nunca dijo bien la crueldad con la valentía. Lo que se ha de hacer es que toda la artillería de un navío destos se ha de pasar a la gran nave portuguesa, sin dejar en el navío otras armas, ni otra cosa más del bastimento; y no alejando la nave de nuestra gente la llevaremos a Inglaterra, y los españoles se irán a España.

Nadie osó contradecir lo que Ricaredo había propuesto; y algunos le tuvieron por valiente y magnánimo, y de buen entendimiento; otros le juzgaron en sus corazones por más cathólico que debía.

Resuelto, pues, en esto, Ricaredo pasó con cincuenta arcabuceros a la nave portuguesa, todos en alerta, y con las cuerdas encendidas. Halló en la nave casi trescientas personas de las que habían escapado de las galeras. Pidió luego el registro de la nave, y respondióle aquel mismo que desde el borde le habló la vez primera que el registro le había tomado el corsario de los bajeles, que con ellos se había ahogado.

Al instante, puso el torno en orden y, acostando su segundo bajel a la gran nave, con maravillosa presteza y con fuerza de fortísimos cabrestantes, pasaron la artillería del pequeño bajel a la mayor nave. Luego, haciendo una breve plática a los christianos, les mandó pasar al bajel desembarazado, donde hallaron bastimento en abundancia, para más de un mes y para más gente. Y así, como se iban embarcando, dio a cada uno cuatro escudos de oro españoles que hizo traer de su navío, para remediar en parte su necesidad cuando llegasen a tierra, que estaba tan cerca que las altas montañas de Abila y Calpe desde allí se parecían.

Todos le dieron infinitas gracias, por la merced que les hacía. Y el último que se iba a embarcar, fue aquel que por los demás había hablado, el cual le dijo:

—Por más ventura tuviera, valeroso caballero, que me llevaras contigo a Inglaterra, que no me enviaras a España; porque aunque es mi patria, y no habrá sino seis días que della partí, no he de hallar en ella otra cosa que no sea de ocasiones de tristezas y soledades mías. Sabrás, señor, que en la pérdida de Cádiz, que sucedió habrá quince años, perdí una hija que los ingleses debieron de llevar a Inglaterra, y con ella perdí el descanso de mi vejez y la luz de mis ojos; que después que no la vieron nunca han visto cosa que de su gusto sea. El grave descontento en que me dejó su pérdida, y la de la hacienda, que también me faltó, me pusieron de manera que ni más quise, ni más pude, ejercitar la mercancía, cuyo trato me había puesto en opinión de ser el más rico mercader de toda la ciudad. Y así era la verdad, pues fuera del crédito que pasaba de muchos centenares de millares de escudos, valía mi hacienda, dentro de las puertas de mi casa más de cincuenta mil ducados, todo lo perdí, y no hubiera perdido nada como no hubiera perdido a mi hija. Tras esta general desgracia, y tan particular mía, acudió la necesidad a fatigarme, hasta tanto que no pudiéndola resistir, mi mujer y yo, que es aquella triste que allí está sentada, determinamos irnos a las Indias, común refugio de los pobres generosos. Y habiéndonos embarcado en un navío de aviso seis días hace, a la salida de Cádiz, dieron con el navío estos dos bajeles de corsarios y nos cautivaron; donde se renovó nuestra desgracia y se confirmó nuestra desventura; y fuera mayor, si los corsarios no hubieran tomado aquella nave portuguesa que los entretuvo, hasta haber sucedido lo que él había visto.

Preguntóle Ricaredo, cómo se llamaba su hija. Respondióle, que Isabel. Con esto, acabó de confirmarse Ricaredo en lo que ya había sospechado, que era que el que se lo contaba era el padre de su querida Isabela. Y sin darle algunas nuevas della, le dijo que de muy buena gana llevaría a él y a su mujer a Londres, donde podría ser que hallasen nuevas de la que deseaban.

Hízolos pasar luego a su capitana; poniendo marineros y guardas bastantes en la nao portuguesa. Aquella noche alzaron velas y se dieron priesa a apartarse de las costas de España porque el navío de los cautivos libres... entre los cuales también iban hasta veinte turcos, a quien también Ricaredo dio libertad, por mostrar que más por su buena condición y generoso ánimo se mostraba liberal que por forzarle amor que a los cathólicos tuviese. Rogó a los españoles que en la primera ocasión que se ofreciese diesen entera libertad a los turcos, que ansimismo se le mostraron agradecidos.

El viento, que daba señales de ser próspero y largo, comenzó a calmar un tanto, cuya calma levantó gran tormenta de temor en los ingleses que culpaban a Ricaredo y a su liberalidad, diciéndole que los libres podían dar aviso en España de aquel suceso; y que si a caso había galeones de armada en el puerto, podían salir en su busca y ponerlos en aprieto, y en término de perderse. Bien conocía Ricaredo que tenían razón; pero venciéndolos a todos con buenas razones, los sosegó. Pero más los quietó el viento, que volvió a refrescar de modo que, dándole todas las velas, sin tener necesidad de amainallas, ni aun de templallas, dentro de nueve días se hallaron a la vista de Londres, y cuando en él, victoriosos volvieron, habría treinta días que dél faltaban.

No quiso Ricaredo entrar en el puerto con muestras de alegría, por la muerte de su general; y así, mezcló las señales alegres con las triste; unas veces sonaban clarines regocijados, otras trompetas roncas; unas tocaban los atambores alegres y sobresaltadas armas, a quien con señas tristes y lamentables respondían los pífaros; de una gavia colgaba, puesta al revés, una bandera de medias lunas sembrada, en otra se veía un luengo estandarte de tafetán negro, cuyas puntas besaban el agua. Finalmente, con estos tan contrarios extremos, entró en el río de Londres con su navío, porque la nave no tuvo fondo en él que la sufriese; y así, se quedó en la mar a lo largo.

Estas tan contrarias muestras y señales tenían suspenso el infinito pueblo que desde la ribera les miraba. Bien conocieron por algunas insignias que aquel navío menor era la capitana del barón de Lansac, mas no podían alcanzar, cómo el otro navío se hubiese cambiado con aquella poderosa nave que en la mar se quedaba. Pero sacólos desta duda el haber saltado en el esquife, armado de todas armas, ricas y resplandecientes, el valeroso Ricaredo, que, a pie, sin esperar otro acompañamiento que aquel de un innumerable vulgo que le seguía, se fue a palacio; donde ya la reina, puesta a unos corredores, estaba esperando le trujesen la nueva de los navíos, estaba con la reina con las otras damas Isabela, vestida a la inglesa, y parecía también como a la castellana. Antes que Ricaredo llegase, llegó otro que dio las nuevas a la reina, de cómo Ricaredo venía. Alborozóse Isabela, oyendo el nombre de Ricaredo, y en aquel instante temió y esperó malos y buenos sucesos de su venida.

Era Ricaredo alto de cuerpo, gentilhombre y bien proporcionado. Y, como venía armado de peto, espaldar, gola y brazaletes, y escarcelas, con unas armas milanesas de once vistas, grabadas y doradas, parecía en extremo bien a cuantos le miraban. No le cubría la cabeza morrión alguno, sino un sombrero de gran falda de color leonado con mucha diversidad de plumas terciadas a la valona, la espada ancha, los tiros ricos, las calzas a la esguízara. Con este adorno, y con el paso brioso que llevaba, algunos hubo que le compararon a Marte, dios de las batallas; y otros, llevados de la hermosura de su rostro, dicen que le compararon a Venus, que para hacer alguna burla a Marte, de aquel modo se había disfrazado. En fin, él llegó ante la reina; puesto de rodillas, le dijo:

—Alta majestad, en fuerza de vuestra ventura, y en consecución de mi deseo, después de haber muerto de una apoplejía el general de Lansac, quedando yo en su lugar, merced a la liberalidad vuestra, me deparó la suerte dos galeras turquescas que llevaban remolcando aquella gran nave que allí se parece. Acometíla; pelearon vuestros soldados, como siempre; echáronse a fondo los bajeles de los corsarios. En el uno de los nuestros, en vuestro real nombre di libertad a los christianos que del poder de los turcos escaparon. Sólo truje conmigo a un hombre y a una mujer españoles, que por su gusto quisieron venir a ver la grandeza vuestra. Aquella nave es de las que vienen de la India de Portugal. La cual por tormenta vino a dar en poder de los turcos, que con poco trabajo, o por mejor decir, sin ninguno la rindieren y, según dijeron algunos portugueses de los que en ella venían, pasa de un millón de oro el valor de la especería y otras mercancías de perlas y diamantes que en ella vienen. A ninguna cosa se ha tocado, ni los turcos habían llegado a ella, porque todo lo dedicó el cielo, y yo lo mandé guardar, para vuestra majestad, que con una joya sola que se me dé, quedaré en deuda de otras diez naves; la cual joya ya vuestra majestad me la tiene prometida, que es a mi buena Isabela. Con ella quedaré rico y premiado, no sólo deste servicio, cual él se sea, que a vuestra majestad he hecho, sino de otros muchos que pienso hacer por pagar alguna parte del todo, casi infinito, que en esta joya vuestra majestad me ofrece.

—Levantaos, Ricaredo —respondió la reina—, y creedme, que si por precio os hubiera de dar a Isabela, según yo la estimo, no la pudiérades pagar ni con lo que trae esa nave, ni con lo que quede en las Indias. Dóyosla, porque os la prometí, y porque ella es digna de vos, y vos lo sois della. Vuestro valor sólo la merece. Si vos habéis guardado las joyas de la nave para mí, yo os he guardado la joya vuestra para vos; y aunque os parezca que no hago mucho en volveros lo que es vuestro, yo sé que os hago mucha merced en ello, que las prendas que se compran a deseos y tienen su estimación en el alma del comprador, aquello valen; que vale una alma, que no hay precio en la tierra con que apreciella. Isabela es vuestra. Veisla allí. Cuando quisiéredes, podéis tomar su entera posesión, y creo será con su gusto, porque es discreta y sabrá ponderar la amistad que le hacéis, que no la quiero llamar meced, sino amistad, porque me quiero alzar con el nombre de que yo sola puedo hacerle mercedes. Idos a descansar y venidme a ver mañana, que quiero más particularmente oír vuestras hazañas. Y traedme esos dos que decís, que de su voluntad han querido venir a verme, que se lo quiero agradecer.

Besóle las manos Ricaredo por las muchas mercedes que le hacía. Entróse la reina en una sala, y las damas rodearon a Ricaredo; y una dellas, que había tomado grande amistad con Isabela, llamada la señora Tansi, tenida por la más discreta, desenvuelta y graciosa de todas, dijo a Ricaredo:

—¡Qué es esto! señor Ricaredo ¿qué armas son éstas? ¿pensábades por ventura que veníades a pelear con vuestros enemigos? Pues en verdad que aquí todas somos vuestras amigas, si no es la señora Isabela que, como española, está obligada a no teneros buena voluntad.

—Acuérdese ella, señora Tansi, de tenerme alguna, que como yo esté en su memoria —dijo Ricaredo—, yo sé que la voluntad será buena, pues no puede caber en su mucho valor y entendimiento, y rara hermosura, la fealdad de ser desagradecida.

A lo cual respondió Isabela:

—Señor Ricaredo, pues he de ser vuestra, a vos está tomar de mí toda la satisfacción que quisiéredes para recompensaros de las alabanzas que me habéis dado y de las mercedes que pensáis hacerme.

Estas y otras honestas razones pasó Ricaredo con Isabela y con las damas, entre las cuales había una doncella de pequeña edad, la cual no hizo sino mirar a Ricaredo mientras allí estuvo. Alzábale las escarcelas por ver qué traía debajo dellas; tentábale la espada; y con simplicidad de niña, quería que las armas le sirviesen de espejo, llegándose a mirar de muy cerca en ellas; y cuando se hubo ido, volviéndose a las damas, dijo:

—Ahora, señoras, yo imagino que debe de ser cosa hermosísima la guerra, pues aun entre mujeres parecen bien los hombres armados.

—Y ¡cómo si parece! —respondió la señora Tansi. Si no, mirad a Ricaredo, que no parece sino que el sol se ha bajado a la tierra. ¿Y en aquel hábito va caminando por la calle?

Rieron todas del dicho de la doncella y de la disparatada semejanza de Tansi. Y no faltaron murmuradores, que tuvieron por impertinencia el haber venido armado Ricaredo a palacio; puesto que halló disculpa en otros, que dijeron que, como soldado, lo pudo hacer, para mostrar su gallarda bizarría. Fue Ricaredo de sus padres, amigos, parientes y conocidas con muestras de entrañable amor recebido. Aquella noche se hicieron generales alegrías en Londres por su buen suceso.

Ya los padres de Isabela estaban en casa de Clotaldo, a quien Ricaredo había dicho quién eran; pero que no les diesen nueva ninguna de Isabela hasta que él mismo se la diese. Este aviso tuvo la señora Catalina, su madre, y todos los criados y criadas de su casa. Aquella misma noche, con muchos bajeles, lanchas y barcos, y con no menos ojos que lo miraban, se comenzó a descargar la gran nave; que en ocho días no acabó de dar la mucha pimienta y otras riquísimas mercaderías que en su vientre encerradas tenía.

El día que siguió a esta noche, fue Ricaredo a palacio, llevando consigo al padre y madre de Isabela, vestidos de nuevo a la inglesa, diciéndoles que la reina quería verlos. Llegaron todos donde la reina estaba en medio de sus damas, esperando a Ricaredo, a quien quiso lisonjear y favorecer, con tener junto a sí a Isabela, vestida con aquel mismo vestido que llevó la vez primera, mostrándose no menos hermosa ahora que entonces. Los padres de Isabela quedaron admirados y suspensos, de ver tanta grandeza y bizarría junta. Pusieron los ojos en Isabela y no la conocieron, aunque el corazón, presagio del bien que tan cerca tenían, les comenzó a saltar en el pecho, no con sobresalto que les entristeciese, sino con un no sé qué de gusto, que ellos no acertaban a entendelle. No consintió la reina, que Ricaredo estuviese de rodillas ante ella; antes le hizo levantar y sentar en una silla rasa, que para sólo esto allí puesta tenían, inusitada merced para la altiva condición de la reina. Y alguno dijo a otro:

—Ricaredo no se sienta hoy sobre la silla que le han dado, sino sobre la pimienta que él trujo.

Otro acudió, y dijo:

—Ahora se verifica lo que comúnmente se dice, que dádivas quebrantan peñas. Pues las que ha traído Ricaredo han ablandado el duro corazón de nuestra reina.

Otro acudió, y dijo:

—Ahora que está tan bien ensillado, más de dos se atreverán a correrle.

En efecto, de aquella nueva honra que la reina hizo a Ricaredo, tomó ocasión la envidia para nacer en muchos pechos de aquellos que mirándole estaban. Porque no hay merced que el príncipe haga a su privado, que no sea una lanza que atraviesa el corazón del envidioso. Quiso la reina saber de Ricaredo menudamente, cómo había pasado la batalla con los bajeles de los corsarios; él la contó de nuevo, atribuyendo la victoria a Dios, y a los brazos valerosos de sus soldados, encareciéndolos a todos juntos y particularizando algunos hechos de algunos que más que los otros se habían señalado, con que obligó a la reina a hacer a todos merced, y en particular a los particulares; y cuando llegó a decir la libertad que en nombre de su majestad, había dado a los turcos y christianos, dijo:

—Aquella mujer y aquel hombre que allí están —señalando a los padres de Isabela— son los que dije ayer a V.M.; que con deseo de ver vuestra grandeza, encarecidamente me pidieran los trujese conmigo; ellos son de Cádiz y, de lo que ellos me han contado, y de lo que en ellos he visto y notado, sé que son gente principal y de valor. Mandóles la reina que se llegasen cerca. Alzó los ojos Isabela a mirar los que decían ser españoles, y más de Cádiz, con deseo de saber si por ventura conocían a sus padres. Ansí como Isabela alzó los ojos, los puso en ella su madre, y detuvo el paso para mirarla más atentamente, y en la memoria de Isabela se comenzaron a despertar unas confusas noticias que le querían dar a entender que en otro tiempo ella había visto a aquella mujer que delante tenía. Su padre estaba en la misma confusión, sin osar determinarse a dar crédito a la verdad que sus ojos le mostraban. Ricaredo estaba atentísimo a ver los afectos, y los movimientos que hacían las tres dudosas y perplejas almas, que tan confusas estaban entre el sí y el no de conocerse. Conoció la reina la suspensión de entrambos, y aun el desasosiego de Isabela, porque la vio trasudar y levantar las manos muchas veces a componerse el cabello. En esto, deseaba Isabela que hablase la que pensaba ser su madre, quizá los oídos la sacarían de la duda en que sus ojos la habían puesto. La reina dijo a Isabela que en lengua española dijese a aquella mujer y a aquel hombre que le dijesen qué causa les había movido a no querer gozar de la libertad que Ricaredo les había dado, siendo la libertad la cosa más amada, no sólo de la gente de razón, más aún de los animales que carecen della.

Todo esto preguntó Isabela a su madre. La cual, sin responderle palabra, desatentadamente y medio tropezando, se llegó a Isabela, y sin mirar a respecto, temores, ni miramientos cortesanos, alzó la mano a la oreja derecha de Isabela, y descubrió un lunar negro que allí tenía, la cual señal acabó de certificar su sospecha. Y viendo claramente ser Isabela su hija, abrazándose con ella, dio una gran voz, diciendo:

—¡Oh hija de mi corazón! ¡Oh prenda cara del alma mía! —Y sin poder pasar adelante se cayó desmayada en los brazos de Isabela.

Su padre, no menos tierno que prudente, dio muestras de su sentimiento no con otras palabras que con derramar lágrimas que sesgamente su venerable rostro y barbas le bañaron. Juntó Isabela su rostro con el de su madre, y volviendo los ojos a su padre, de tal manera le miró que le dio a entender el gusto y el descontento que de verlos allí su alma tenía. La reina admirada de tal suceso, dijo a Ricaredo:

—Yo pienso, Ricaredo, que en vuestra discreción se han ordenado estas vistas y no se os diga que han sido acertadas, pues sabemos que así suele matar una súbita alegría, como mata una tristeza.

Y diciendo esto se volvió a Isabela y la apartó de su madre, la cual, habiéndole echado agua en el rostro volvió en sí, y estando un poco más en su acuerdo, puesto de rodillas delante de la reina, le dijo:

—Perdone, vuestra majestad, mi atrevimiento, que no es mucho perder los sentidos con la alegría del hallazgo desta amada prenda.

Respondióle la reina que tenía razón, sirviéndole de intérprete, para que lo entendiese, Isabela. La cual, de la manera que se ha contado, conoció a sus padres y sus padres a ella, a los cuales mandó la reina quedar en palacio para que de espacio pudiesen ver y hablar a su hija y regocijarse con ella. De lo cual Ricaredo se holgó mucho, y de nuevo pidió a la reina le cumpliese la palabra que le había dado, de dársela, si es que a caso la merecía; y de no merecerla, le suplicaba desde luego le mandase ocupar en cosas que le hiciesen digno de alcanzar lo que deseaba.

Bien entendió la reina que estaba Ricaredo satisfecho de sí mismo, y de su mucho valor, que no había necesidad de nuevas pruebas para calificarle; y así, le dijo que de allí a cuatro días le entregaría a Isabela, haciendo a los dos la honra que a ella fuese posible.

Con esto se despidió Ricaredo, contentísimo con la esperanza propincua que llevaba de tener en su poder a Isabela sin sobresalto de perderla, que es el último deseo de los amantes.

Corrió el tiempo, y no con la ligereza que él quisiera; que los que viven con esperanzas de promesas venideras, siempre imaginan que no vuela el tiempo sino que anda sobre los pies de la pereza misma. Pero en fin llegó el día, no donde pensó Ricaredo poner fin a sus deseos, sino de hallar en Isabela gracias nuevas que le moviesen a quererla más, si más pudiese.

Mas en aquel breve tiempo, donde él pensaba que la nave de su buena fortuna corría con próspero viento hacia el deseado puerto, la contraria suerte levantó en su mar tal tormenta, que mil veces temió anegarle. Es, pues, el caso que la camarera mayor de la reina, a cuyo cargo estaba Isabela, tenía un hijo de edad de veinte y dos años llamado el conde Arnesto. Hacíanle la grandeza de su estado, la alteza de su sangre, el mucho favor que su madre con la reina tenía... Hacíanle, digo, estas cosas más de lo justo arrogante, altivo y confiado.

Este Arnesto, pues, se enamoró de Isabela tan encendidamente que en la luz de los ojos de Isabela tenía abrasada el alma. Y aunque en el tiempo que Ricaredo había estado aunsente con algunas señales le había descubierto su deseo, nunca de Isabela fue admitido. Y puesto que la repugnancia y los desdenes en los principios de los amores suelen hacer desistir de la empresa a los enamorados, en Arnesto obraron lo contrario los muchos y conocidos desdendes que le dio Isabela, porque con su celo ardía, y con su honestidad se abrasaba. Y como vio que Ricaredo, según el parecer de la reina, tenía merecida a Isabela y que en tan poco tiempo se la había de entregar por mujer, quiso desesperarse; pero antes que llegase a tan infame y tan cobarde remedio, habló a su madre, diciéndole que pidiese a la reina le diese a Isabela por esposa; donde no, que pensase que la muerte estaba llamando a las puertas de su vida. Quedó la camarera admirada de las razones de su hijo, y como conocía la aspereza de su arrojada condición, y la tenacidad con que se le pegaban los deseos en el alma, temió que sus amores habían de parar en algún infelice suceso. Con todo eso, como madre, a quien es natural desear y procurar el bien de sus hijos, prometió al suyo de hablar a la reina, no con esperanza de alcanzar della el imposible de romper su palabra, sino por no dejar de intentar, como en salir desasuciada, los últimos remedios.

Y estando aquella mañana Isabela vestida, por orden de la reina, tan ricamente que no se atreve la pluma a contarlo, y habiéndole echado la misma reina al cuello una sarta de perlas de las mejores que traía la nave, que las apreciaron en veinte mil ducados, y puéstole un anillo de un diamante que se apreció en seis mil escudos, y estando alborozadas las damas, por la fiesta que esperaban del cercano desposorio, entró la camarera mayor a la reina y de rodillas le suplicó que suspendiese el desposorio de Isabela por otros dos días, que con esta merced sola que su majestad le hiciese, se tendría por satisfecha y pagada de todas las mercedes, que por sus servicios merecía y esperaba.

Quiso saber la reina primero, por qué le pedía con tanto ahínco aquella suspensión que tan derechamente iba contra la palabra que tenía dada a Ricaredo. Pero no se la quiso dar la camarera, hasta que le hubo otorgado, que haría lo que le pedía. Tanto deseo tenía la reina de saber la causa de aquella demanda, y así, después que la camarera alcanzó lo que por entonces deseaba, contó a la reina los amores de su hijo y cómo temía que si no le daban por mujer a Isabela, o se había de desesperar, o hacer algún hecho escandaloso. Y que si había pedido aquellos dos días, era por dar lugar a que su majestad pensase qué medio sería a propósito, y conveniente, para dar a su hijo remedio.

La reina respondió que si su real palabra no estuviera de por medio, que ella hallara salida a tan cerrado laberinto, pero que no la quebrantaría, ni defraudaría las esperanzas de Ricaredo por todo el interés del mundo. Esta respuesta dio la camarera a su hijo, el cual, sin detenerse un punto, ardiendo en amor y en celos, se armó de todas armas y, sobre un fuerte y hermoso caballo, se presentó ante la casa de Clotaldo, y a grandes voces pidió que se asomase Ricaredo a la ventana. El cual a aquella sazón estaba vestido de galas de desposado y a punto para ir a palacio con el acompañamiento que tal acto requería; mas habiendo oído las voces y siéndole dicho, quien las daba y del modo que venía, con algún sobresalto, se asomó a una ventana. Y como le vio Arnesto, dijo:

—Ricaredo, estáme atento a lo que decirte quiero. La reina, mi señora, te mandó fueses a servirla y a hacer hazañas, que te hiciesen merecedor de la sin par Isabela. Tu fuiste y volviste, cargadas las naves de oro, con el cual piensas haber comprado y merecido a Isabela; y aunque la reina, mi señora, te la ha prometido, ha sido creyendo que no hay ninguno en su corte, que mejor que tú la sirva, ni quien con mejor título merezca a Isabela; y en esto bien podrá ser, se haya engañado. Y así, llegándome a esta opinión, que yo tengo por verdad averiguada, digo que ni tú has hecho cosas tales que te hagan merecer a Isabela, ni ninguna podrás hacer que a tanto bien te levanten, y en razón de que no la mereces, si quisieres contradecirme, te desafío a todo trance de muerte.

Calló el conde, y desta manera le respondió Ricaredo:

—En ninguna manera me toca salir a vuestro desafío, señor conde, porque yo confieso no sólo que no merezco a Isabela, sino que no la merece ninguno de los que hoy viven en el mundo; así que confesando yo lo que vos decís, otra vez digo, que no me toca vuestro desafío. Pero yo le acepto por el atrevimiento que habéis tenido en desafiarme.

Con esto se quitó de la ventana y pidió apriesa sus armas. Alborotáronse sus parientes y todos aquellos que para ir a palacio habían venido a acompañarle. De la mucha gente que había visto al conde Arnesto armado, y le había oído las voces del desafío, no faltó quien lo fue a contar a la reina; la cual mandó al capitán de su guarda, que fuese a prender al conde. El capitán se dio tanta priesa, que llegó a tiempo que ya Ricaredo salía de su casa, armado con las armas con que se había desembarcado, puesto sobre un hermoso caballo. Cuando el conde vio al capitán, luego imaginó a lo que venía, y determinó de no dejar prenderse, y alzando la voz contra Ricaredo, dijo:

—Ya ves, Ricaredo, el impedimento que nos viene. Si tuvieres gana de castigarme, tú me buscarás; y por la que yo tengo de castigarte, también te buscaré. Y pues dos que se buscan fácilmente se hallan, dejemos para entonces la ejecución de nuestros deseos.

—Soy contento —respondió Ricaredo.

En esto llegó el capitán con toda su guarda y dijo al conde que fuese preso en nombre de su majestad. Respondió el conde, que sí daba, pero no para que le llevasen a otra parte, que a la presencia de la reina. Contentóse con esto el capitán, y cogiéndole en medio de la guarda, le llevó a palacio ante la reina, la cual ya de su camarera estaba informada del amor grande que su hijo tenía a Isabela, y con lágrimas había suplicado a la reina perdonase al conde, que como mozo y enamorado, a mayores yerros estaba sujeto. Llegó Arnesto ante la reina; la cual, sin entrar con él en razones, le mandó quitar la espada y que le llevasen preso a una torre.

Todas estas cosas atormentaban el corazón de Isabela y de sus padres, que tan presto veían turbado el mar de su sosiego. Aconsejó la camarera a la reina que para sosegar el mal que podía suceder entre su parentela y la de Ricaredo, que se quitase la causa de por medio, que era Isabela, enviándola a España, y así cesarían los efectos, que debían de temerse. Añadiendo a estas razones, decir que Isabela era cathólica, y tan christiana que ninguna de sus persuasiones, que habían sido muchas, la habían podido torcer en nada de su cathólico intento. A lo cual respondió la reina, que por eso la estimaba en más, pues tan bien sabía guardar la ley que sus padres la habían enseñado. Y que en lo de enviarla a España no tratase, porque su hermosa presencia y sus muchas gracias y virtudes le daban mucho gusto, y que, sin duda, si no aquel día, otro, se la había de dar por esposa a Ricaredo, como se lo tenía prometido.

Con esta resolución de la reina, quedó la camarera tan desconsolada, que no le replicó palabra. Y, pareciéndole lo que ya le había parecido, que si no era quitando a Isabela de por medio, no había de haber medio alguno que la rigurosa condición de su hijo ablandase, ni redujese a tener paz con Ricaredo, determinó de hacer una de las mayores crueldades que pudo caber jamás en pensamiento de mujer principal, y tanto como ella lo era. Y fue su determinación matar con tósigo a Isabela; y, como por la mayor parte sea la condición de las mujeres ser prestas y determinadas, aquella misma tarde atosigó a Isabela en una conserva que le dio, forzándola que la tomase por ser buena contra las ansias de corazón que sentía. Poco espacio pasó después de haberla tomado, cuando a Isabela se le comenzó a hinchar la lengua y la garganta, y a ponérsele denegridos los labios y a enronquecérsele la voz, turbársele los ojos y apretársele el pecho; todas conocidas señales de haberle dado veneno.

Acudieron las damas a la reina, contándole lo que pasaba y certificándole que la camarera había hecho aquel mal recaudo. No fue menester mucho, para que la reina lo creyese; y así, fue a ver a Isabela que ya casi estaba expirando. Mandó llamar la reina con priesa a sus médicos, y en tanto que tardaban, la hizo dar cantidad de polvos de unicornio, con otros muchos antídotos, que los grandes príncipes suelen tener prevenidos para semejantes necesidades. Vinieron los médicos, y esforzaron los remedios, y pidieron a la reina que hiciese decir a la camarera qué género de veneno le había dado, porque no se dudaba que otra persona alguna si no ella la hubiese avenenado. Ella lo descubrió, y con esta noticia los médicos aplicaron tantos remedios, y tan eficaces, que con ellos, y con el ayuda de Dios, quedó Isabela con vida o alomenos con esperanza de tenerla.

Mandó la reina prender a su camarera y encerrarla en un aposento estrecho de palacio, con intención de castigarla, como su delito merecía. Puesto que ella se disculpaba, diciendo que en matar a Isabela hacía sacrificio al cielo, quitando de la tierra a una cathólica y, con ella, la ocasión de las pendencias de su hijo.

Estas tristes nuevas, oídas de Ricaredo, le pusieron en términos de perder el juicio, tales eran las cosas que hacía y las lastimeras razones con que se quejaba. Finalmente, Isabela no perdió la vida; que el quedar con ella, la naturaleza lo comutó en dejarla sin cejas, pestañas y sin cabello, el rostro hinchado, la tez perdida, los cueros levantados, y los ojos lagrimosos. Finalmente, quedó tan fea que como hasta allí había parecido un milagro de hermosura, entonces parecía un monstruo de fealdad. Por mayor desgracia tenían los que la conocían, haber quedado de aquella manera que si la hubiera muerto el veneno. Con todo esto Ricaredo se la pidió a la reina, y le suplicó que se la dejase llevar a su casa, porque el amor que la tenía pasaba del cuerpo al alma; y que si Isabela había perdido su belleza, no podía haber perdido sus infinitas virtudes.

—Así es —dijo la reina—, lleváosla, Ricaredo, y haced cuenta que lleváis una riquísima joya encerrada en una caja de madera tosca. Dios sabe si quisiera dárosla como me la entregastes, pero pues no es posible, perdonadme; quizá el castigo que diere a la cometedora de tal delito, satisfará en algo el deseo de la venganza.

Muchas cosas dijo Ricaredo a la reina, disculpando a la camarera, y suplicándola que la perdonase; pues las disculpas que daba eran bastantes para perdonar mayores insultos. Finalmente, le entregaron a Isabela y a sus padres, y Ricaredo los llevó a su casa, digo a la de sus padres. A las ricas perlas y al diamante, añadió otras joyas la reina, y otros vestidos, tales, que descubrieron el mucho amor que a Isabela tenía; la cual duró dos meses en su fealdad, sin dar indicio alguno de poder reducirse a su primera hermosura; pero al cabo de este tiempo comenzó a caérsele el cuero y a descubrírsele su hermosa tez.

En este tiempo los padres de Ricaredo, pareciéndoles no ser posible que Isabela en sí volviese, determinaron enviar por la doncella de Escocia, con quien primero que con Isabela tenían concertado de casar a Ricaredo, y esto sin que él lo supiese, no dudando que la hermosura presente de la nueva esposa hiciese olvidar a su hijo la ya pasada de Isabela, a la cual pensaban enviar a España con sus padres, dándoles tanto haber y riquezas, que recompensasen sus pasadas pérdidas. No pasó mes y medio cuando, sin sabiduría de Ricaredo, la nueva esposa se le entró por las puertas, acompañada como quien ella era, y tan hermosa que después de la Isabela que solía ser, no había otra tan bella en toda Londres.

Sobresaltóse Ricaredo con la improvisa vista de la doncella, y temió que el sobresalto de su venida había de acabar la vida a Isabela. Y así, para templar este temor, se fue al lecho donde Isabela estaba, y hallóla en compañía de sus padres, delante de los cuales dijo:

—Isabela de mi alma, mis padres con el grande amor que me tienen aún no bien enterados del mucho que yo te tengo, han traído a casa una doncella escocesa, con quien ellos tenían concertado de casarme, antes que yo conociese lo que vales; y esto, a lo que creo, con intención que la mucha belleza desta doncella borre de mi alma la tuya que en ella estampada tengo. Yo, Isabela, desde el punto que te quise, fue con otro amor de aquel que tiene su fin y paradero en el cumplimiento del sensual apetito; que puesto que tu corporal hermosura me cautivó los sentido; tus infinitas virtudes me aprisionaron el alma de manera que si hermosa te quise, fea te adoro. Y para confirmar esta verdad, dame esa mano. —Y dándole ella la derecha y asiéndola él con la suya, prosiguió diciendo—: Por la fe cathólica que mis christianos padres me enseñaron, la cual si no está en la entereza que se requiere, por aquella fe juro que guarda el pontífice romano, que es la que yo en mi corazón confieso, creo y tengo, y por el verdadero Dios que nos está oyendo, te prometo ¡oh Isabela mitad de mi alma! de ser tu esposo, y lo soy desde luego si tú quieres levantarme a la alteza de ser tuyo.

Quedó suspensa Isabela con las razones de Ricaredo, y sus padres atónitos y pasmados. Ella no supo qué decir, ni hacer otra cosa que besar muchas veces la mano de Ricaredo, y decirle, con voz mezclada con lágrimas, que ella le aceptaba por suyo y se entregaba por su esclava. Besóla Ricaredo en el rostro feo, no habiendo tenido jamás atrevimiento de llegarse a él, cuando hermoso. Los padres de Isabela solemnizaron con tiernas y muchas lágrimas las fiestas del desposorio. Ricaredo les dijo que él dilataría el casamiento de la escocesa, que ya estaba en casa, del modo que después verían; y cuando su padre los quisiese enviar a España a todos tres, no lo rehusasen, sino que se fuesen y le aguardasen en Cádiz, o en Sevilla, dos años, dentro de los cuales les daba su palabra de ser con ellos si el cielo tanto tiempo le concedía de vida. Y que si deste término pasase, tuviese por cosa certísima que algún grande impedimento, o la muerte, que era lo más cierto, se había opuesto a su camino. Isabela le respondió que no solos dos años le aguardaría, sino todos aquellos de su vida hasta estar enterada que él no la tenía; porque en el punto que esto supiese, sería el mismo de su muerte.

Con estas tiernas palabras se renovaron las lágrimas en todos, y Ricaredo salió a decir a sus padres como en ninguna manera se casaría, ni daría la mano a su esposa la escocesa, sin haber primero ido a Roma a asegurar su conciencia. Tales razones supo decir a ellos, y a los parientes que habían venido con Clisterna, que así se llamaba la escocesa, que como todos eran cathólicos fácilmente las creyeron. Y Clisterna se contentó de quedar en casa de su suegro hasta que Ricaredo volviese; el cual pidió de término un año. ?

Esto ansí puesto y concertado, Clotaldo dijo a Ricaredo como determinaba enviar a España a Isabela y a sus padres, si la reina le daba licencia; quizá los aires de la patria apresurarían y facilitarían la salud que ya comenzaba a tener. Ricaredo, por no dar indicio de sus designios, respondió tibiamente a su padre que hiciese lo que mejor le pareciese. Sólo le suplicó que no quitase a Isabela ninguna cosa de las riquezas que la reina le había dado. Prometióselo Clotaldo, y aquel mismo día fue a pedir licencia a la reina, así para casar a su hijo con Clisterna, como para enviar a Isabela y a sus padres a España. De todo se contentó la reina, y tuvo por acertada la determinación de Clotaldo. Y aquel mismo día, sin acuerdo de letrados, y sin poner a su camarera en tela de juicio, la condenó en que no sirviese más su oficio, y en diez mil escudos de oro para Isabela; y al conde Arnesto, por el desafío, le desterró por seis años de Inglaterra.

No pasaron cuatro días, cuando ya Arnesto se puso a punto de salir a cumplir su destierro, y los dineros estuvieron juntos. La reina llamó a un mercader rico que habitaba en Londres, y era francés, el cual tenía correspondencia en Francia, Italia y España. Al cual entregó los diez mil escudos, y le pidió cédulas para que se los entregasen al padre de Isabela en Sevilla, o en otra playa de España. El mercader, descontados sus intereses y ganancias, dijo a la reina que las daría ciertas y seguras para Sevilla sobre otro mercader francés, su correspondiente, en esta forma: que él escribiría a París, para que allí se hiciesen las cédulas, por otro correspondiente suyo, a causa que rezasen las fechas de Francia, y no de Inglaterra, por el contrabando de la comunicación de los dos reinos, y que bastaba llevar una letra de aviso suya sin fecha, con sus contraseñas, para que luego diese el dinero el mercader de Sevilla, que ya estaría avisado del de París.

En resolución, la reina tomó tales seguridades del mercader que no dudó de no ser cierta la partida. Y no contenta con esto, mandó llamar a un patrón de una nave flamenca, que estaba para partirse otro día a Francia, a sólo tomar en algún puerto della testimonio para poder entrar en España, a título de partir de Francia y no de Inglaterra; al cual pidió encarecidamente llevase en su nave a Isabela y a sus padres, y con toda seguridad y buen tratamiento los pusiese en un puerto de España, el primero a donde llegase. El patrón que deseaba contentar a la reina, dijo, que sí haría, y que los pondría en Lisboa, Cádiz o Sevilla. Tomados, pues, los recaudos del mercader, envió la reina a decir a Clotaldo, no quitase a Isabela todo lo que ella le había dado, así de joyas como de vestidos.

Otro día vino Isabela, y sus padres, a despedirse de la reina, que los recibió con mucho amor. Dioles la reina la carta del mercader y otras muchas dádivas, así de dineros como de otras cosas de regalo para el viaje. Con tales razones se lo agradeció Isabela, que de nuevo dejó obligada a la reina para hacerle siempre mercedes. Despidióse de las damas, las cuales, como ya estaba fea, no quisieron que se partiera, viéndose libres de la envidia que a su hermosura tenían, y contentas de gozar de sus gracias y discreciones. Abrazó la reina a los tres, y encomendándolos a la buena ventura y al patrón de la nave, y pidiendo a Isabela la avisase de su buena llegada a España, y siempre de su salud, por la vía del mercader francés, se despidió de Isabela y de sus padres; los cuales, aquella misma tarde, se embarcaron, no sin lágrimas de Clotaldo y de su mujer, y de todos los de su casa, de quien era en todo extremo bien querida. No se halló a esta despedida presente Ricaredo, que por no dar muestras de tiernos sentimientos, aquel día hizo que con unos amigos suyos le llevasen a caza.

Los regalos que la señora Catalina dio a Isabela para el viaje fueron muchos; los abrazos infinitos; las lágrimas en abundancia; las encomiendas de que la escribiese, sin número; y los agradecimientos de Isabela y de sus padres correspondieron a todo, de suerte que, aunque llorando, los dejaron satisfechos.

Aquella noche se hizo el bajel a la vela, y habiendo con próspero viento tocado en Francia y tomado en ella los recaudos necesarios, para poder entrar en España, de allí a treinta días entró por la barra de Cádiz, donde se desembarcaron Isabela y sus padres. Y siendo conocidos de todos los de la ciudad, los recibieron con muestras de mucho contento. Recibieron mil parabienes del hallazgo de Isabela y de la libertad que habían alcanzado, ansí de los moros, que los habían cautivado, habiendo sabido todo su suceso de los cautivos a que dio libertad la liberalidad de Ricaredo, como de la que habían alcanzado de los ingleses.

Ya Isabela en este tiempo comenzaba a dar grandes esperanzas de volver a cobrar su primera hermosura. Poco más de un mes estuvieron en Cádiz, restaurando los trabajos de la navegación, y luego se fueron a Sevilla por ver si salía cierta la paga de los diez mil ducados que, librados sobre el mercader francés, traían. Dos días después de llegar a Sevilla le buscaron, y le hallaron; y le dieron la carta del mercader francés de la ciudad de Londres. Él la reconoció, y dijo que hasta que de París le viniesen las letras y carta de aviso no podía dar el dinero; pero que por momentos aguardaba el aviso.

Los padres de Isabela alquilaron una casa principal, frontero de santa Paula, por ocasión que estaba monja en aquel santo monasterio una sobrina suya, única y extremada en la voz. Y así, por tenerla cerca, como por haber dicho Isabela a Ricaredo que, si viniese a buscarla la hallaría en Sevilla, y le diría su casa su prima la monja de santa Paula, y que para conocella no había menester más de preguntar por la monja que tenía la mejor voz en el monasterio, porque estas señas no se le podían olividar.

Otros cuarenta días tardaron de venir los avisos de París; y a dos días que llegaron, el mercader francés entregó los diez mil ducados a Isabela, y ella a sus padres. Y con ellos, y con algunos más que hicieron vendiendo algunas de las muchas joyas de Isabela, volvió su padre a ejercitar su oficio de mercader, no sin admiración de los que sabían sus grandes pérdidas. En fin, en pocos meses fue restaurando su perdido crédito, y la belleza de Isabela volvió a su ser primero, de tal manera, que en hablando de hermosas, todos daban el lauro a la española inglesa, que tanto por este nombre, como por su hermosura, era de toda la ciudad conocida.

Por la orden del mercader francés de Sevilla, escribieron Isabela y sus padres a la reina de Inglaterra su llegada, con los agradecimientos y sumisiones que requerían las muchas mercedes della recebidas. Asimismo, escribieron a Clotaldo y a su señora Catalina, llamándolos Isabela padres, y sus padres señores. De la reina no tuvieron respuesta, pero de Clotaldo y de su mujer sí, donde les daban el parabién de la llegada a salvo, y los avisaban como su hijo Ricaredo, otro día después que ellos se hicieron a la vela, se había partido a Francia, y de allí a otras partes donde le convenía a ir para seguridad de su conciencia, añadiendo a éstas, otras razones y cosas de mucho amor y de muchos ofrecimientos. A la cual carta, respondieron con otra no menos cortés y amorosa que agradecida. Luego imaginó Isabela que el haber dejado Ricaredo a Inglaterra sería para venirla a buscar a España; y alentada con esta esperanza vivía la más contenta del mundo, y procuraba vivir de manera que cuando Ricaredo llegase a Sevilla, antes le diese en los oídos la fama de sus virtudes que el conocimiento de su casa.

Pocas o ninguna vez salía de su casa, si no para el monasterio; no ganaba otros jubileos, que aquellos que en el monasterio se ganaban. Desde su casa, y desde su oratorio, andaba con el pensamiento los viernes de cuaresma la santísima estación de la cruz, y los siete venideros del espíritu santo. Jamás visitó el río, ni pasó a Triana, ni vio el común regocijo en el campo de Tablada y puerta de Jerez el día, se le hace claro, de san Sebastián, celebrado de tanta gente, que apenas se puede reducir a número. Finalmente, no vio regocijo público, ni otra fiesta en Sevilla; todo lo libraba en su recogimiento, y en sus oraciones y buenos deseos, esperando a Ricaredo. Este su gran retraimiento tenía abrasados y encendidos los deseos, no sólo de los pisaverdes del barrio, sino de todos aquellos que una vez la hubiesen visto. De aquí nacieron músicas de noche en su calle, carreras de día; deste no dejar verse, y desearlo muchos, crecieron las alhajas de las terceras que prometieron mostrarse primas y únicas en solicitar a Isabela. Y no faltó quien se quiso aprovechar de lo que llaman hechizos, que no son sino embustes y disparates. Pero a todo esto, estaba Isabela como roca en mitad del mar, que la tocan, pero no la mueven las olas ni los vientos.

Año y medio era ya pasado cuando la esperanza propincua de los dos años por Ricaredo prometidos comenzó, con más ahinco que hasta allí, a fatigar el corazón de Isabela. Y cuando ya le parecía que su esposo llegaba y que le tenía ante los ojos, y le preguntaba qué impedimentos le habían detenido tanto, cuando ya llegaban a sus oídos las disculpas de su esposo, y cuando ya ella le perdonaba y le abrazaba y, como a mitad de su alma le recebía, llegó a sus manos una carta de la señora Catalina, fecha en Londres cincuenta días había.

Venía en lengua inglesa, pero leyéndola en español, vio que así decía:

Hija de mi alma, bien conociste a Guillarte, el paje de Ricaredo. Éste se fue con él al viaje, que por otra te avisé, que Ricaredo a Francia, y a otras partes, había hecho el segundo día de tu partida. Pues este mismo Guillarte, a cabo de diez y seis meses que no habíamos sabido de mi hijo, entró ayer por nuestra puerta con nuevas que el conde Arnesto había muerto a traición en Francia a Ricaredo. Considera, hija, cuál quedaríamos su padre y yo, y su esposa, con tales nuevas; tales, digo, que aún no nos dejaron poner en duda nuestra desventura. Lo que Clotaldo y yo te rogamos otra vez, hija de mi alma, es que encomiendes muy de veras a Dios la alma de Ricaredo, que bien merece este beneficio el que tanto te quiso, como tú sabes. También pedirás a nuestro Señor nos dé a nosotros paciencia y buena muerte, a quien nosotros también pediremos y suplicaremos te dé a ti, y a tus padres largos años de vida.

Por la letra, y por la firma, no le quedó que dudar a Isabela, para no creer la muerte de su esposo. Conocía muy bien al paje Guillarte y sabía que era verdadero y que de suyo no habría querido, ni tenía para qué fingir aquella muerte, ni menos su madre, la señora Catalina la habría fingido, por no importarle nada enviarle nuevas de tanta tristeza. Finalmente, ningún discurso que hizo, ninguna cosa que imaginó, le pudo quitar del pensamiento no ser verdadera la nueva de su desventura.

Acabada de leer la carta, sin derramar lágrimas, ni dar señales de doloroso sentimiento, con sesgo rostro y, al parecer, con sosegado pecho, se levantó de un estrado donde estaba sentada y se entró en un oratorio; y hincándose de rodillas ante la imagen de un devoto crucifijo hizo voto de ser monja, pues lo podía ser teniéndose por viuda. Sus padres disimularon, y encubrieron con discreción, la pena que les había dado la triste nueva, por poder consolar a Isabela en la amarga pena que sentía; la cual casi como satisfecha de su dolor, templándole con la santa y christiana resolución que había tomado, ella consolaba a sus padres. A los cuales, descubrió su intento y ellos le aconsejaron que no le pusiese en ejecución hasta que pasasen los dos años que Ricaredo había puesto por término de su venida, que con esto se confirmaría la verdad de la muerte de Ricaredo, y ella con más seguridad podía mudar de estado. Ansí lo hizo Isabela, y los seis meses y medio que quedaban, para cumplirse los dos años, los pasó en ejercicios de religiosa y en concertar la entrada del monasterio, habiendo elegido el de santa Paula donde estaba su prima.

Pasóse el término de los dos años, y llegóse el día de tomar el hábito, cuya nueva se extendió por la ciudad, y de los que conocían de vista a Isabela, y de aquellos que por sola su fama, se llevó el monasterio. Y la poca distancia que dél a la casa de Isabela había, y convidando su padre a sus amigos, y aquéllos a otros, hicieron a Isabela uno de los más honrados acompañamientos, que en semejantes actos se había visto en Sevilla. Hallóse en él el asistente, y el provisor de la Iglesia, y vicario del arzobispo, con todas las señoras y señores de título, que había en la ciudad. Tal era el deseo que en todos había de ver el sol de la hermosura de Isabela, que tantos meses se les había eclipsado. Y como es costumbre de las doncellas que van a tomar el hábito ir lo posible galanas y bien compuestas, como quien en aquel punto echa el resto de la bizarría, y se descarta della.

Quiso Isabela ponerse lo más bizarra que le fue posible. Y así, se vistió con aquel vestido mismo que llevó cuando fue a ver la reina de Inglaterra, que ya se ha dicho cuán rico y cuán vistoso era. Salieron a luz las perlas, y el famoso diamante, con el collar y cintura que asimismo era de mucho valor. Con este adorno, y con su gallardía, dando ocasión para que todos alabasen a Dios en ella, salió Isabela de su casa a pie, que el estar tan cerca el monasterio excusó los coches y carrozas. El concurso de la gente fue tanto, que les pesó de no haber entrado en los coches, que no les daban lugar de llegar al monasterio. Unos bendecían a sus padres; otros al cielo que de tanta hermosura la había dotado; unos se empinaban por verla; otros, habiendola visto una vez, corrían adelante por verla otra. Y el que más solícito se mostró en esto, y tanto que muchos echaron de ver en ello fue un hombre vestido en hábito de los que vienen rescatados de cautivos, con una insignia de la Trinidad en el pecho, en señal que han sido rescatados por la limosna de sus redemptores. Este cautivo, pues, al tiempo que ya Isabela tenía un pie dentro de la portería del convento, donde habían salido a recebirla como es uso, la priora y las monjas con la cruz, a grandes voces dijo:

—¡Detente, Isabela, detente! que mientras yo fuere vivo, no puedes tú ser religiosa.

A estas voces, Isabela y sus padres volvieron los ojos y vieron que, hendiendo por toda la gente, hacia ellos venía aquel cautivo; que habiéndosele caído un bonete azul redondo, que en la cabeza traía, descubrió una confusa madeja de cabellos de oro ensortijados, y un rostro como el carmín y como la nieve, colorado y blanco; señales que luego le hicieron conocer y juzgar por extranjero de todos. En efecto, cayendo y levantando, llegó donde Isabela estaba, y asiéndola de la mano le dijo:

—¿Conócesme, Isabela? Mira que yo soy Ricaredo, tu esposo.

—Sí, conozco —dijo Isabela—, si ya no eres fantasma, que viene a turbar mi reposo.

Sus padres le asieron, y atentamente le miraron; y, en resolución, conocieron ser Ricaredo el cautivo. El cual, con lágrimas en los ojos, hincando las rodillas delante de Isabela, le suplicó que no impidiese la extrañeza del traje en que estaba su buen conocimiento, ni estorbase su baja fortuna, que ella no correspondiese a la palabra que entre los dos se habían dado.

Isabela, a pesar de la impresión que en su memoria había hecho la carta de su madre de Ricaredo, dándole nuevas de su muerte, quiso dar más crédito a sus ojos, y a la verdad que presente tenía. Y así abrazándose con el cautivo, le dijo:

—Vos, sin duda, señor mío, sois aquel que sólo podrá impedir mi christiana determinación; vos, señor, sois sin duda la mitad de mi alma, pues sois mi verdadero esposo; estampado os tengo en mi memoria, y guardado en mi alma. Las nuevas que de vuestra muerte me escribió mi señora, y vuestra madre, ya que no me quitaron la vida, me hicieron escoger la de la religión, que en este punto quería entrar a vivir en ella. Mas, pues Dios con tan justo impedimento muestra querer otra cosa, ni podemos, ni conviene, que por mi parte, se impida. Venid, señor, a la casa de mis padres, que es vuestra, y allí os entregaré mi posesión por los términos que pide nuestra santa fe cathólica.

Todas estas razones oyeron los circunstantes, y el asistente, y vicario, y provisor del arzobispo, y de oírlas se admiraron y suspendieron. Y quisieron que luego se les dijese que qué historia era aquella, qué extranjero aquél y de qué casamiento trataban. A todo lo cual respondió el padre de Isabela diciendo que aquella historia pedía otro lugar, y algún término para decirse. Y así, suplicaba a todos aquellos que quisiesen saberla, diesen la vuelta a su casa, pues estaba tan cerca; que allí se la contarían de modo que con la verdad quedasen satisfechos y, con la grandeza y extrañeza de aquel suceso, admirados. En esto, uno de los presentes alzó la voz, diciendo:

—Señores, este mancebo es un gran corsario inglés, que yo le conozco; y es aquel que, habrá poco más de dos años, tomó a los corsarios de Argel la nave de Portugal que venía de las Indias. No hay duda, sino que es él; que yo le conozco porque él me dio libertad y dineros, para venirme a España; y no sólo a mí, sino a otros trescientos cautivos.

Con estas razones se alborotó la gente y se avivó el deseo que todos tenían de saber y ver la claridad de tan intrincadas cosas. Finalmente, la gente más principal, con el asistente y aquellos dos señores eclesiásticos, volvieron a acompañar a Isabela a su casa, dejando a las monjas tristes, confusas y llorando por lo que perdían en tener en su compañía a la hermosa Isabela. La cual, estando en su casa, en una gran sala della, hizo que aquellos señores se sentasen; y, aunque Ricaredo quiso tomar la mano en contar su historia, toda vía le pareció que era mejor fiarlo de la lengua y discreción de Isabela, y no de la suya, que no muy expertamente hablaba la lengua castellana.

Callaron todos los presentes, y teniendo las almas pendientes de las razones de Isabela, ella así comenzó su cuento. El cual le reduzco yo a que dijo todo aquello que desde el día que Clotaldo la robó en Cádiz, hasta que entró y volvió a él le había sucedido; contando, asimismo, la batalla que Ricaredo había tenido con los turcos, la liberalidad que había usado con los christianos, la palabra que entrambos a dos se habían dado de ser marido y mujer, la promesa de los dos años, las nuevas que había tenido de su muerte, tan ciertas a su parecer que la pusieron en el término que habían visto de ser religiosa; engrandeció la liberalidad de la reina, la christiandad de Ricaredo y de sus padres, y acabó con decir que dijese Ricaredo lo que le había sucedido después que salió de Londres, hasta el punto presente, donde le veían con hábito de cautivo y con una señal de haber sido rescatado por limosna.

—Así es —dijo Ricaredo—, y en breves razones sumaré los inmensos trabajos míos. Después que me partí de Londres, por excusar el casamiento que no podía hacer con Clisterna, aquella doncella escocesa cathólica con quien ha dicho Isabela que mis padres me querían casar, llevando en mi compañía a Guillarte, aquel paje que mi madre escribe que llevó a Londres las nuevas de mi muerte, atravesando por Francia, llegué a Roma donde se alegró mi alma y se fortaleció mi fe. Besé los pies al sumo pontífice; confesé mis pecados con el mayor penitenciero; absolvióme dellos, y diome los recaudos necesarios que diesen fe de mi confesión y penitencia, y de la reducción que había hecho a nuestra universal madre la Iglesia. Hecho esto, visité los lugares tan santos como innumerables que hay en aquella ciudad santa. Y de dos mil escudos que tenía en oro, di los mil y seiscientos a un cambio que me los libró en esta ciudad, sobre un tal Roqui florentín. Con los cuatrocientos que me quedaron, con intención de venir a España, me partí para Génova donde había tenido nuevas que estaban dos galeras de aquella señoría de partida para España.

»Llegué con Guillarte mi criado a un lugar que se llama Aquapendente que, viniendo de Roma a Florencia es el último que tiene el papa, y en una hostería, o posada, donde me apeé, hallé al conde Arnesto, mi mortal enemigo, que con cuatro criados, disfrazado y encubierto, más por ser curioso que por ser cathólico, entiendo, que iba a Roma. Creí sin duda que no me había conocido. Encerréme en un aposento con mi criado, y estuve con cuidado y con determinación de mudarme a otra posada en cerrando la noche. No lo hice ansí porque el descuido grande que no sé que tenían el conde y sus criados me aseguró que no me habían conocido. Cené en mi aposento, cerré la puerta, aprecibí mi espada, encomendéme a Dios, y no quise acostarme.

»Durmióse mi criado y yo, sobre una silla, me quedé medio dormido; mas poco después de la media noche, me despertaron para hacerme dormir el eterno sueño. Cuatro pistoletes, como después supe, dispararon contra mí el conde y sus criados, y dejándome por muerto. Teniendo ya a punto los caballos, se fueron, diciendo al huésped de la posada que me enterrase, porque era hombre principal, y con esto se fueron.

»Mi criado, según dijo después el huésped, despertó al ruido y con el miedo se arrojó por una ventana que caía a un patio y, diciendo: «¡Desventurado de mí, que han muerto a mi señor!», se salió del mesón. Y debió de ser con tal miedo que no debió de parar hasta Londres, pues él fue el que llevó las nuevas de mi muerte.

»Subieron los de la hostería y halláronme atravesado con cuatro balas y con muchos perdigones, pero todas por partes que de ninguna fue mortal la herida. Pedí confesión y todos los sacramentos, como cathólico christiano; diéronmelos; curáronme; y no estuve para ponerme en camino en dos meses. Al cabo de los cuales, vine a Génova, donde no hallé otro pasaje, sino en dos falugas que fletamos yo y otros dos principales españoles; la una para que fuese delante descubriendo y la otra donde nosotros fuésemos.

»Con esta seguridad nos embarcamos, navegando tierra a tierra con intención de no engolfarnos. Pero llegando a un paraje que llaman las Tres Marías, que es en la costa de Francia, yendo nuestra primera faluga descubriendo, a deshora salieron de una cala dos galeotas turquescas. Y, tomándonos la una la mar y la otra la tierra, cuando íbamos a embestir en ella, nos cortaron el camino y nos cautivaron. En entrando en la galeota nos desnudaron, hasta dejarnos en carnes; despojaron las falugas de cuanto llevaban, y dejáronlas embestir en tierra, sin echallas a fondo, diciendo que aquéllas les servirían otra vez de traer otra galima, que con este nombre llaman ellos a los despojos que de los christianos toman.

»Bien se me podrá creer si digo, que sentí en el alma mi cautiverio, y sobre todo la pérdida de los recaudos de Roma, donde en una caja de lata los traía, con la cédula de los mil y seiscientos ducados. Mas, la buena suerte quiso que viniese a manos de un christiano cautivo español, que las guardó; que si vinieran a poder de los turcos, por lo menos había de dar por mi rescate lo que rezaba la cédula, que ellos averiguaran cúya era.

»Trujéronnos a Argel, donde hallé que estaban rescatando los padres de la santísima Trinidad. Hablélos; díjeles quién era; y movidos de caridad, aunque yo era extranjero, me rescataron en esta forma: que dieron por mí trescientos ducados, los ciento luego, y los doscientos cuando volviese el bajel de la limosna a rescatar al padre de la Redempción, que se quedaba en Argel, empeñado en cuatro mil ducados; que había gastado más de los que traía. Porque a toda esta misericordia y liberalidad se extiende la caridad destos padres, que dan su libertad por la ajena y se quedan cautivos por rescatar los cautivos.

»Por añadidura del bien de mi libertad, hallé la caja perdida con los recaudos y la cédula. Mostrésela al bendito padre que me había rescatado, y ofrecíle quinientos ducados más de los de mi rescate, para ayuda de su empeño. Casi un año se tardó en volver la nave de la limosna, y lo que en este año me pasó, a poderlo contar ahora, fuera otra nueva historia. Sólo diré que fui conocido de uno de los veinte turcos que di libertad, con los demás christianos ya referidos; y fue tan agradecido y tan hombre de bien que no quiso descubrirme; porque a conocerme los turcos, por aquel que había echado a fondo sus dos bajeles y quitádoles de las manos la gran nave de la India, o me presentaran al gran turco, o me quitaran la vida; y de presentarme al gran señor redundara no tener libertad en mi vida. Finalmente, el padre redemptor vino a España conmigo, y con otros cincuenta christianos rescatados. En Valencia hicimos la procesión general, y desde allí cada uno se partió donde más le plugo con las insignias de su libertad, que son estos habiticos.

»Hoy llegué a esta ciudad con tanto deseo de ver a Isabela mi esposa que sin detenerme a otra cosa, pregunté por este monasterio donde me habían de dar nuevas de mi esposa; lo que en él me ha sucedido ya se ha visto. Lo que queda por ver son estos recaudos para que se pueda tener por verdadera mi historia, que tiene tanto de milagrosa como de verdadera.

Y luego, en diciendo esto, sacó de una caja de lata los recaudos que decía, y se los puso en manos del provisor, que los vio junto con el señor asistente, y no halló en ellos cosa que le hiciese dudar de la verdad que Ricaredo había contado.

Y para más confirmación della, ordenó el cielo, que se hallase presente a todo esto el mercader florentín, sobre quien venía la cédula de los mil y seiscientos ducados, el cual pidió que le mostrasen la cédula. Y mostrándosela, la reconoció y la aceptó para luego, porque él muchos meses había, que tenía aviso desta partida.

Todo esto fue añadir admiración a admiración, y espanto a espanto. Ricaredo dijo que de nuevo ofrecía los quinientos ducados que había prometido. Abrazó el asistente a Ricaredo y a sus padres de Isabela, y a ella, ofreciéndoseles a todos con corteses razones. Lo mismo hicieron los dos señores eclesiásticos; y rogaron a Isabela que pusiese toda aquella historia por escrito, para que le leyese su señor el arzobispo; y ella lo prometió.

El grande silencio, que todos los circunstantes habían tenido, escuchando el extraño caso, se rompió en dar alabanzas a Dios por sus grandes maravillas y dando, desde el mayor hasta el más pequeño, el parabién a Isabel, a Ricaredo y a sus padres, los dejaron. Y ellos suplicaron al asistente que honrase sus bodas, que de allí a ocho días pensaban hacerlas. Holgó de hacerlo así el asistente; y de allí a ocho días, acompañado de los más principales de la ciudad, se halló en ellas.

Por estos rodeos, y por estas circunstancias, los padres de Isabela cobraron su hija y restauraron su hacienda; y ella, favorecida del cielo y ayudada de sus muchas virtudes, a despecho de tantos inconvenientes, halló marido tan principal como Ricaredo, en cuya compañía se piensa que aún hoy vive en las casas que alquilaron frontero de santa Paula. Que después, las compraron de los herederos de un hidalgo burgalés, que se llamaba Hernando de Cifuentes.

Esta novela nos podría enseñar cuánto puede la virtud, y cuánto la hermosura, pues son bastantes juntas, y cada una de por sí, a enamorar aun hasta los mismos enemigos, y de cómo sabe el cielo sacar, de las mayores adversidades nuestras, nuestros mayores provechos.

El licenciado Vidriera

Paseándose dos caballeros estudiantes por las riberas de Tormes, hallaron en ellas, debajo de un árbol durmiendo, a un muchacho de hasta edad de once años, vestido como labrador. Mandaron a un criado que le despertase; despertó y preguntáronle de adónde era y qué hacía durmiendo en aquella soledad. A lo cual el muchacho respondió que el nombre de su tierra se le había olvidado, y que iba a la ciudad de Salamanca a buscar un amo a quien servir, por sólo que le diese estudio. Preguntáronle si sabía leer; respondió que sí, y escribir también.

-Desa manera -dijo uno de los caballeros-, no es por falta de memoria habérsete olvidado el nombre de tu patria.

-Sea por lo que fuere -respondió el muchacho-; que ni el della ni del de mis padres sabrá ninguno hasta que yo pueda honrarlos a ellos y a ella.

-Pues, ¿de qué suerte los piensas honrar? -preguntó el otro caballero.

-Con mis estudios -respondió el muchacho-, siendo famoso por ellos; porque yo he oído decir que de los hombres se hacen los obispos.

Esta respuesta movió a los dos caballeros a que le recibiesen y llevasen consigo, como lo hicieron, dándole estudio de la manera que se usa dar en aquella universidad a los criados que sirven. Dijo el muchacho que se llamaba Tomás Rodaja, de donde infirieron sus amos, por el nombre y por el vestido, que debía de ser hijo de algún labrador pobre. A pocos días le vistieron de negro, y a pocas semanas dio Tomás muestras de tener raro ingenio, sirviendo a sus amos con tanta fidelidad, puntualidad y diligencia que, con no faltar un punto a sus estudios, parecía que sólo se ocupaba en servirlos. Y, como el buen servir del siervo mueve la voluntad del señor a tratarle bien, ya Tomás Rodaja no era criado de sus amos, sino su compañero.

Finalmente, en ocho años que estuvo con ellos, se hizo tan famoso en la universidad, por su buen ingenio y notable habilidad, que de todo género de gentes era estimado y querido. Su principal estudio fue de leyes; pero en lo que más se mostraba era en letras humanas; y tenía tan feliz memoria que era cosa de espanto, e ilustrábala tanto con su buen entendimiento, que no era menos famoso por él que por ella.

Sucedió que se llegó el tiempo que sus amos acabaron sus estudios y se fueron a su lugar, que era una de las mejores ciudades de la Andalucía. Lleváronse consigo a Tomás, y estuvo con ellos algunos días; pero, como le fatigasen los deseos de volver a sus estudios y a Salamanca (que enhechiza la voluntad de volver a ella a todos los que de la apacibilidad de su vivienda han gustado), pidió a sus amos licencia para volverse. Ellos, corteses y liberales, se la dieron, acomodándole de suerte que con lo que le dieron se pudiera sustentar tres años.

Sucedió que se llegó el tiempo que sus amos acabaron sus estudios y se fueron a su lugar, que era una de las mejores ciudades de la Andalucía. Lleváronse consigo a Tomás, y estuvo con ellos algunos días; pero, como le fatigasen los deseos de volver a sus estudios y a Salamanca (que enhechiza la voluntad de volver a ella a todos los que de la apacibilidad de su vivienda han gustado), pidió a sus amos licencia para volverse. Ellos, corteses y liberales, se la dieron, acomodándole de suerte que con lo que le dieron se pudiera sustentar tres años.

Despidióse dellos, mostrando en sus palabras su agradecimiento, y salió de Málaga (que ésta era la patria de sus señores); y, al bajar de la cuesta de la Zambra, camino de Antequera, se topó con un gentilhombre a caballo, vestido bizarramente de camino, con dos criados también a caballo. Juntóse con él y supo cómo llevaba su mismo viaje. Hicieron camarada, departieron de diversas cosas, y a pocos lances dio Tomás muestras de su raro ingenio, y el caballero las dio de su bizarría y cortesano trato, y dijo que era capitán de infantería por Su Majestad, y que su alférez estaba haciendo la compañía en tierra de Salamanca.

Alabó la vida de la soldadesca; pintóle muy al vivo la belleza de la ciudad de Nápoles, las holguras de Palermo, la abundancia de Milán, los festines de Lombardía, las espléndidas comidas de las hosterías; dibujóle dulce y puntualmente el aconcha, patrón; pasa acá, manigoldo; venga la macarela, li polastri e li macarroni. Puso las alabanzas en el cielo de la vida libre del soldado y de la libertad de Italia; pero no le dijo nada del frío de las centinelas, del peligro de los asaltos, del espanto de las batallas, de la hambre de los cercos, de la ruina de la minas, con otras cosas deste jaez, que algunos las toman y tienen por añadiduras del peso de la soldadesca, y son la carga principal della. En resolución, tantas cosas le dijo, y tan bien dichas, que la discreción de nuestro Tomás Rodaja comenzó a titubear y la voluntad a aficionarse a aquella vida, que tan cerca tiene la muerte.

El capitán, que don Diego de Valdivia se llamaba, contentísimo de la buena presencia, ingenio y desenvoltura de Tomás, le rogó que se fuese con él a Italia, si quería, por curiosidad de verla; que él le ofrecía su mesa y aun, si fuese necesario, su bandera, porque su alférez la había de dejar presto.

Poco fue menester para que Tomás tuviese el envite, haciendo consigo en un instante un breve discurso de que sería bueno ver a Italia y Flandes y otras diversas tierras y países, pues las luengas peregrinaciones hacen a los hombres discretos; y que en esto, a lo más largo, podía gastar tres o cuatro años, que, añadidos a los pocos que él tenía, no serían tantos que impidiesen volver a sus estudios. Y, como si todo hubiera de suceder a la medida de su gusto, dijo al capitán que era contento de irse con él a Italia; pero había de ser condición que no se había de sentar debajo de bandera, ni poner en lista de soldado, por no obligarse a seguir su bandera; y, aunque el capitán le dijo que no importaba ponerse en lista, que ansí gozaría de los socorros y pagas que a la compañía se diesen, porque él le daría licencia todas las veces que se la pidiese.

-Eso sería -dijo Tomás- ir contra mi conciencia y contra la del señor capitán; y así, más quiero ir suelto que obligado.

-Conciencia tan escrupulosa -dijo don Diego-, más es de religioso que de soldado; pero, comoquiera que sea, ya somos camaradas.

Llegaron aquella noche a Antequera, y en pocos días y grandes jornadas se pusieron donde estaba la compañía, ya acabada de hacer, y que comenzaba a marchar la vuelta de Cartagena, alojándose ella y otras cuatro por los lugares que le venían a mano. Allí notó Tomás la autoridad de los comisarios, la incomodidad de algunos capitanes, la solicitud de los aposentadores, la industria y cuenta de los pagadores, las quejas de los pueblos, el rescatar de las boletas, las insolencias de los bisoños, las pendencias de los huéspedes, el pedir bagajes más de los necesarios, y, finalmente, la necesidad casi precisa de hacer todo aquello que notaba y mal le parecía.

Habíase vestido Tomás de papagayo, renunciando los hábitos de estudiante, y púsose a lo de Dios es Cristo, como se suele decir. Los muchos libros que tenía los redujo a unas Horas de Nuestra Señora y un Garcilaso sin comento, que en las dos faldriqueras llevaba. Llegaron más presto de lo que quisieran a Cartagena, porque la vida de los alojamientos es ancha y varia, y cada día se topan cosas nuevas y gustosas.

Allí se embarcaron en cuatro galeras de Nápoles, y allí notó también Tomás Rodaja la extraña vida de aquellas marítimas casas, adonde lo más del tiempo maltratan las chinches, roban los forzados, enfadan los marineros, destruyen los ratones y fatigan las maretas. Pusiéronle temor las grandes borrascas y tormentas, especialmente en el golfo de León, que tuvieron dos; que la una los echó en Córcega y la otra los volvió a Tolón, en Francia. En fin, trasnochados, mojados y con ojeras, llegaron a la hermosa y bellísima ciudad de Génova; y, desembarcándose en su recogido mandrache, después de haber visitado una iglesia, dio el capitán con todas sus camaradas en una hostería, donde pusieron en olvido todas las borrascas pasadas con el presente gaudeamus.

Allí conocieron la suavidad del Treviano, el valor del Montefrascón, la fuerza del Asperino, la generosidad de los dos griegos Candia y Soma, la grandeza del de las Cinco Viñas, la dulzura y apacibilidad de la señora Guarnacha, la rusticidad de la Chéntola, sin que entre todos estos señores osase parecer la bajeza del Romanesco. Y, habiendo hecho el huésped la reseña de tantos y tan diferentes vinos, se ofreció de hacer parecer allí, sin usar de tropelía, ni como pintados en mapa, sino real y verdaderamente, a Madrigal, Coca, Alaejos, y a la imperial más que Real Ciudad, recámara del dios de la risa; ofreció a Esquivias, a Alanís, a Cazalla, Guadalcanal y la Membrilla, sin que se le olvidase de Rivadavia y de Descargamaría. Finalmente, más vinos nombró el huésped, y más les dio, que pudo tener en sus bodegas el mismo Baco.

Admiráronle también al buen Tomás los rubios cabellos de las ginovesas, y la gentileza y gallarda disposición de los hombres; la admirable belleza de la ciudad, que en aquellas peñas parece que tiene las casas engastadas como diamantes en oro. Otro día se desembarcaron todas las compañías que habían de ir al Piamonte; pero no quiso Tomás hacer este viaje, sino irse desde allí por tierra a Roma y a Nápoles, como lo hizo, quedando de volver por la gran Venecia y por Loreto a Milán y al Piamonte, donde dijo don Diego de Valdivia que le hallaría si ya no los hubiesen llevado a Flandes, según se decía.

Despidióse Tomás del capitán de allí a dos días, y en cinco llegó a Florencia, habiendo visto primero a Luca, ciudad pequeña, pero muy bien hecha, y en la que, mejor que en otras partes de Italia, son bien vistos y agasajados los españoles. Contentóle Florencia en extremo, así por su agradable asiento como por su limpieza, suntuosos edificios, fresco río y apacibles calles. Estuvo en ella cuatro días, y luego se partió a Roma, reina de las ciudades y señora del mundo. Visitó sus templos, adoró sus reliquias y admiró su grandeza; y, así como por las uñas del león se viene en conocimiento de su grandeza y ferocidad, así él sacó la de Roma por sus despedazados mármoles, medias y enteras estatuas, por sus rotos arcos y derribadas termas, por sus magníficos pórticos y anfiteatros grandes; por su famoso y santo río, que siempre llena sus márgenes de agua y las beatifica con las infinitas reliquias de cuerpos de mártires que en ellas tuvieron sepultura; por sus puentes, que parece que se están mirando unas a otras, que con sólo el nombre cobran autoridad sobre todas las de las otras ciudades del mundo: la vía Apia, la Flaminia, la Julia, con otras deste jaez. Pues no le admiraba menos la división de sus montes dentro de sí misma: el Celio, el Quirinal y el Vaticano, con los otros cuatro, cuyos nombres manifiestan la grandeza y majestad romana. Notó también la autoridad del Colegio de los Cardenales, la majestad del Sumo Pontífice, el concurso y variedad de gentes y naciones. Todo lo miró, y notó y puso en su punto. Y, habiendo andado la estación de las siete iglesias, y confesádose con un penitenciario, y besado el pie a Su Santidad, lleno de agnusdeis y cuentas, determinó irse a Nápoles; y, por ser tiempo de mutación, malo y dañoso para todos los que en él entran o salen de Roma, como hayan caminado por tierra, se fue por mar a Nápoles, donde a la admiración que traía de haber visto a Roma añadió la que le causó ver a Nápoles, ciudad, a su parecer y al de todos cuantos la han visto, la mejor de Europa y aun de todo el mundo.

Desde allí se fue a Sicilia, y vio a Palermo, y después a Micina; de Palermo le pareció bien el asiento y belleza, y de Micina, el puerto, y de toda la isla, la abundancia, por quien propiamente y con verdad es llamada granero de Italia. Volvióse a Nápoles y a Roma, y de allí fue a Nuestra Señora de Loreto, en cuyo santo templo no vio paredes ni murallas, porque todas estaban cubiertas de muletas, de mortajas, de cadenas, de grillos, de esposas, de cabelleras, de medios bultos de cera y de pinturas y retablos, que daban manifiesto indicio de las innumerables mercedes que muchos habían recebido de la mano de Dios, por intercesión de su divina Madre, que aquella sacrosanta imagen suya quiso engrandecer y autorizar con muchedumbre de milagros, en recompensa de la devoción que le tienen aquellos que con semejantes doseles tienen adornados los muros de su casa. Vio el mismo aposento y estancia donde se relató la más alta embajada y de más importancia que vieron y no entendieron todos los cielos, y todos los ángeles y todos los moradores de las moradas sempiternas.

Desde allí, embarcándose en Ancona, fue a Venecia, ciudad que, a no haber nacido Colón en el mundo, no tuviera en él semejante: merced al cielo y al gran Hernando Cortés, que conquistó la gran Méjico, para que la gran Venecia tuviese en alguna manera quien se le opusiese. Estas dos famosas ciudades se parecen en las calles, que son todas de agua: la de Europa, admiración del mundo antiguo; la de América, espanto del mundo nuevo. Parecióle que su riqueza era infinita, su gobierno prudente, su sitio inexpugnable, su abundancia mucha, sus contornos alegres, y, finalmente, toda ella en sí y en sus partes digna de la fama que de su valor por todas las partes del orbe se extiende, dando causa de acreditar más esta verdad la máquina de su famoso Arsenal, que es el lugar donde se fabrican las galeras, con otros bajeles que no tienen número.

Por poco fueran los de Calipso los regalos y pasatiempos que halló nuestro curioso en Venecia, pues casi le hacían olvidar de su primer intento. Pero, habiendo estado un mes en ella, por Ferrara, Parma y Plasencia volvió a Milán, oficina de Vulcano, ojeriza del reino de Francia; ciudad, en fin, de quien se dice que puede decir y hacer, haciéndola magnífica la grandeza suya y de su templo y su maravillosa abundancia de todas las cosas a la vida humana necesarias. Desde allí se fue a Aste, y llegó a tiempo que otro día marchaba el tercio a Flandes.

Fue muy bien recibido de su amigo el capitán, y en su compañía y camarada pasó a Flandes, y llegó a Amberes, ciudad no menos para maravillar que las que había visto en Italia. Vio a Gante, y a Bruselas, y vio que todo el país se disponía a tomar las armas, para salir en campaña el verano siguiente.

Y, habiendo cumplido con el deseo que le movió a ver lo que había visto, determinó volverse a España y a Salamanca a acabar sus estudios; y como lo pensó lo puso luego por obra, con pesar grandísimo de su camarada, que le rogó, al tiempo del despedirse, le avisase de su salud, llegada y suceso. Prometióselo ansí como lo pedía, y, por Francia, volvió a España, sin haber visto a París, por estar puesta en armas. En fin, llegó a Salamanca, donde fue bien recibido de sus amigos, y, con la comodidad que ellos le hicieron, prosiguió sus estudios hasta graduarse de licenciado en leyes.

Sucedió que en este tiempo llegó a aquella ciudad una dama de todo rumbo y manejo. Acudieron luego a la añagaza y reclamo todos los pájaros del lugar, sin quedar vademécum que no la visitase. Dijéronle a Tomás que aquella dama decía que había estado en Italia y en Flandes, y, por ver si la conocía, fue a visitarla, de cuya visita y vista quedó ella enamorada de Tomás. Y él, sin echar de ver en ello, si no era por fuerza y llevado de otros, no quería entrar en su casa. Finalmente, ella le descubrió su voluntad y le ofreció su hacienda. Pero, como él atendía más a sus libros que a otros pasatiempos, en ninguna manera respondía al gusto de la señora; la cual, viéndose desdeñada y, a su parecer, aborrecida y que por medios ordinarios y comunes no podía conquistar la roca de la voluntad de Tomás, acordó de buscar otros modos, a su parecer más eficaces y bastantes para salir con el cumplimiento de sus deseos. Y así, aconsejada de una morisca, en un membrillo toledano dio a Tomás unos destos que llaman hechizos, creyendo que le daba cosa que le forzase la voluntad a quererla: como si hubiese en el mundo yerbas, encantos ni palabras suficientes a forzar el libre albedrío; y así, las que dan estas bebidas o comidas amatorias se llaman beneficios; porque no es otra cosa lo que hacen sino dar veneno a quien las toma, como lo tiene mostrado la experiencia en muchas y diversas ocasiones.

Comió en tan mal punto Tomás el membrillo, que al momento comenzó a herir de pie y de mano como si tuviera alferecía, y sin volver en sí estuvo muchas horas, al cabo de las cuales volvió como atontado, y dijo con lengua turbada y tartamuda que un membrillo que había comido le había muerto, y declaró quién se le había dado. La justicia, que tuvo noticia del caso, fue a buscar la malhechora; pero ya ella, viendo el mal suceso, se había puesto en cobro y no pareció jamás.

Seis meses estuvo en la cama Tomás, en los cuales se secó y se puso, como suele decirse, en los huesos, y mostraba tener turbados todos los sentidos. Y, aunque le hicieron los remedios posibles, sólo le sanaron la enfermedad del cuerpo, pero no de lo del entendimiento, porque quedó sano, y loco de la más estraña locura que entre las locuras hasta entonces se había visto. Imaginóse el desdichado que era todo hecho de vidrio, y con esta imaginación, cuando alguno se llegaba a él, daba terribles voces pidiendo y suplicando con palabras y razones concertadas que no se le acercasen, porque le quebrarían; que real y verdaderamente él no era como los otros hombres: que todo era de vidrio de pies a cabeza.

Para sacarle desta estraña imaginación, muchos, sin atender a sus voces y rogativas, arremetieron a él y le abrazaron, diciéndole que advirtiese y mirase cómo no se quebraba. Pero lo que se granjeaba en esto era que el pobre se echaba en el suelo dando mil gritos, y luego le tomaba un desmayo del cual no volvía en sí en cuatro horas; y cuando volvía, era renovando las plegarias y rogativas de que otra vez no le llegasen. Decía que le hablasen desde lejos y le preguntasen lo que quisiesen, porque a todo les respondería con más entendimiento, por ser hombre de vidrio y no de carne: que el vidrio, por ser de materia sutil y delicada, obraba por ella el alma con más promptitud y eficacia que no por la del cuerpo, pesada y terrestre.

Quisieron algunos experimentar si era verdad lo que decía; y así, le preguntaron muchas y difíciles cosas, a las cuales respondió espontáneamente con grandísima agudeza de ingenio: cosa que causó admiración a los más letrados de la Universidad y a los profesores de la medicina y filosofía, viendo que en un sujeto donde se contenía tan extraordinaria locura como era el pensar que fuese de vidrio, se encerrase tan grande entendimiento que respondiese a toda pregunta con propiedad y agudeza.

Pidió Tomás le diesen alguna funda donde pusiese aquel vaso quebradizo de su cuerpo, porque al vestirse algún vestido estrecho no se quebrase; y así, le dieron una ropa parda y una camisa muy ancha, que él se vistió con mucho tiento y se ciñó con una cuerda de algodón. No quiso calzarse zapatos en ninguna manera, y el orden que tuvo para que le diesen de comer, sin que a él llegasen, fue poner en la punta de una vara una vasera de orinal, en la cual le ponían alguna cosa de fruta de las que la sazón del tiempo ofrecía. Carne ni pescado, no lo quería; no bebía sino en fuente o en río, y esto con las manos; cuando andaba por las calles iba por la mitad dellas, mirando a los tejados, temeroso no le cayese alguna teja encima y le quebrase. Los veranos dormía en el campo al cielo abierto, y los inviernos se metía en algún mesón, y en el pajar se enterraba hasta la garganta, diciendo que aquélla era la más propia y más segura cama que podían tener los hombres de vidrio. Cuando tronaba, temblaba como un azogado, y se salía al campo y no entraba en poblado hasta haber pasado la tempestad.

Tuviéronle encerrado sus amigos mucho tiempo; pero, viendo que su desgracia pasaba adelante, determinaron de condecender con lo que él les pedía, que era le dejasen andar libre; y así, le dejaron, y él salió por la ciudad, causando admiración y lástima a todos los que le conocían.

Cercáronle luego los muchachos; pero él con la vara los detenía, y les rogaba le hablasen apartados, porque no se quebrase; que, por ser hombre de vidrio, era muy tierno y quebradizo. Los muchachos, que son la más traviesa generación del mundo, a despecho de sus ruegos y voces, le comenzaron a tirar trapos, y aun piedras, por ver si era de vidrio, como él decía. Pero él daba tantas voces y hacía tales estremos, que movía a los hombres a que riñesen y castigasen a los muchachos porque no le tirasen.

Mas un día que le fatigaron mucho se volvió a ellos, diciendo:

-¿Qué me queréis, muchachos, porfiados como moscas, sucios como chinches, atrevidos como pulgas? ¿Soy yo, por ventura, el monte Testacho de Roma, para que me tiréis tantos tiestos y tejas?

Por oírle reñir y responder a todos, le seguían siempre muchos, y los muchachos tomaron y tuvieron por mejor partido antes oílle que tiralle.

Pasando, pues, una vez por la ropería de Salamanca, le dijo una ropera:

-En mi ánima, señor Licenciado, que me pesa de su desgracia; pero, ¿qué haré, que no puedo llorar?

Él se volvió a ella, y muy mesurado le dijo:

-Filiae Hierusalem, plorate super vos et super filios vestros.

Entendió el marido de la ropera la malicia del dicho y díjole:

-Hermano licenciado Vidriera (que así decía él que se llamaba), más tenéis de bellaco que de loco.

-No se me da un ardite -respondió él-, como no tenga nada de necio.

Pasando un día por la casa llana y venta común, vio que estaban a la puerta della muchas de sus moradoras, y dijo que eran bagajes del ejército de Satanás que estaban alojados en el mesón del infierno.

Preguntóle uno que qué consejo o consuelo daría a un amigo suyo que estaba muy triste porque su mujer se le había ido con otro.

A lo cual respondió:

-Dile que dé gracias a Dios por haber permitido le llevasen de casa a su enemigo.

-Luego, ¿no irá a buscarla? -dijo el otro.

-¡Ni por pienso! -replicó Vidriera-; porque sería el hallarla hallar un perpetuo y verdadero testigo de su deshonra.

-Ya que eso sea así -dijo el mismo-, ¿qué haré yo para tener paz con mi mujer?

Respondióle:

-Dale lo que hubiere menester; déjala que mande a todos los de su casa, pero no sufras que ella te mande a ti.

Díjole un muchacho:

-Señor licenciado Vidriera, yo me quiero desgarrar de mi padre porque me azota muchas veces.

Y respondióle:

-Advierte, niño, que los azotes que los padres dan a los hijos honran, y los del verdugo afrentan.

Estando a la puerta de una iglesia, vio que entraba en ella un labrador de los que siempre blasonan de cristianos viejos, y detrás dél venía uno que no estaba en tan buena opinión como el primero; y el Licenciado dio grandes voces al labrador, diciendo:

-Esperad, Domingo, a que pase el Sábado.

De los maestros de escuela decía que eran dichosos, pues trataban siempre con ángeles; y que fueran dichosísimos si los angelitos no fueran mocosos.

Otro le preguntó que qué le parecía de las alcahuetas. Respondió que no lo eran las apartadas, sino las vecinas.

Las nuevas de su locura y de sus respuestas y dichos se estendió por toda Castilla; y, llegando a noticia de un príncipe, o señor, que estaba en la Corte, quiso enviar por él, y encargóselo a un caballero amigo suyo, que estaba en Salamanca, que se lo enviase; y, topándole el caballero un día, le dijo:

-Sepa el señor licenciado Vidriera que un gran personaje de la Corte le quiere ver y envía por él.

A lo cual respondió:

-Vuesa merced me escuse con ese señor, que yo no soy bueno para palacio, porque tengo vergüenza y no sé lisonjear.

Con todo esto, el caballero le envió a la Corte, y para traerle usaron con él desta invención: pusiéronle en unas árg[u]enas de paja, como aquéllas donde llevan el vidrio, igualando los tercios con piedras, y entre paja puestos algunos vidrios, porque se diese a entender que como vaso de vidrio le llevaban. Llegó a Valladolid; entró de noche y desembanastáronle en la casa del señor que había enviado por él, de quien fue muy bien recebido, diciéndole:
-Sea muy bien venido el señor licenciado Vidriera. ¿Cómo ha ido en el camino? ¿Cómo va de salud?
A lo cual respondió:
-Ningún camino hay malo, como se acabe, si no es el que va a la horca. De salud estoy neutral, porque están encontrados mis pulsos con mi celebro.
Otro día, habiendo visto en muchas alcándaras muchos neblíes y azores y otros pájaros de volatería, dijo que la caza de altanería era digna de príncipes y de grandes señores; pero que advirtiesen que con ella echaba el gusto censo sobre el provecho a más de dos mil por uno.
La caza de liebres dijo que era muy gustosa, y más cuando se cazaba con galgos prestados.
El caballero gustó de su locura y dejóle salir por la ciudad, debajo del amparo y guarda de un hombre que tuviese cuenta que los muchachos no le hiciesen mal; de los cuales y de toda la Corte fue conocido en seis días, y a cada paso, en cada calle y en cualquiera esquina, respondía a todas las preguntas que le hacían; entre las cuales le preguntó un estudiante si era poeta, porque le parecía que tenía ingenio para todo.
A lo cual respondió:
-Hasta ahora no he sido tan necio ni tan venturoso.
-No entiendo eso de necio y venturoso -dijo el estudiante.
Y respondió Vidriera:
-No he sido tan necio que diese en poeta malo, ni tan venturoso que haya merecido serlo bueno.
Preguntóle otro estudiante que en qué estimación tenía a los poetas. Respondió que a la ciencia, en mucha; pero que a los poetas, en ninguna. Replicáronle que por qué decía aquello. Respondió que del infinito número de poetas que había, eran tan pocos los buenos, que casi no hacían número; y así, como si no hubiese poetas, no los estimaba; pero que admiraba y reverenciaba la ciencia de la poesía porque encerraba en sí todas las demás ciencias: porque de todas se sirve, de todas se adorna, y pule y saca a luz sus maravillosas obras, con que llena el mundo de provecho, de deleite y de maravilla.
Añadió más:
-Yo bien sé en lo que se debe estimar un buen poeta, porque se me acuerda de aquellos versos de Ovidio que dicen:
Cum ducum fuerant olim Regnumque poeta:
premiaque antiqui magna tulere chori.
Sanctaque maiestas, et erat venerabile nomen
vatibus; et large sape dabantur opes.
»Y menos se me olvida la alta calidad de los poetas, pues los llama Platón intérpretes de los dioses, y dellos dice Ovidio:
Est Deus in nobis, agitante calescimus illo.
»Y también dice:
At sacri vates, et Divum cura vocamus.
»Esto se dice de los buenos poetas; que de los malos, de los churrulleros, ¿qué se ha de decir, sino que son la idiotez y la arrogancia del mundo?
Y añadió más:
-¡Qué es ver a un poeta destos de la primera impresión cuando quiere decir un soneto a otros que le rodean, las salvas que les hace diciendo: *Vuesas mercedes escuchen un sonetillo que anoche a cierta ocasión hice, que, a mi parecer, aunque no vale nada, tiene un no sé qué de bonito!* Y en esto tuerce los labios, pone en arco las cejas y se rasca la

faldriquera, y de entre otros mil papeles mugrientos y medio rotos, donde queda otro millar de sonetos, saca el que quiere relatar, y al fin le dice con tono melifluo y alfeñicado. Y si acaso los que le escuchan, de socarrones o de ignorantes, no se le alaban, dice: *O vuesas mercedes no han entendido el soneto, o yo no le he sabido decir; y así, será bien recitarle otra vez y que vuesas mercedes le presten más atención, porque en verdad en verdad que el soneto lo merece.* Y vuelve como primero a recitarle con nuevos ademanes y nuevas pausas. Pues, ¿qué es verlos censurar los unos a los otros? ¿Qué diré del ladrar que hacen los cachorros y modernos a los mastinazos antiguos y graves? ¿Y qué de los que murmuran de algunos ilustres y excelentes sujetos, donde resplandece la verdadera luz de la poesía; que, tomándola por alivio y entretenimiento de sus muchas y graves ocupaciones, muestran la divinidad de sus ingenios y la alteza de sus conceptos, a despecho y pesar del circunspecto ignorante que juzga de lo que no sabe y aborrece lo que no entiende, y del que quiere que se estime y tenga en precio la necedad que se sienta debajo de doseles y la ignorancia que se arrima a los sitiales?

Otra vez le preguntaron qué era la causa de que los poetas, por la mayor parte, eran pobres. Respondió que porque ellos querían, pues estaba en su mano ser ricos, si se sabían aprovechar de la ocasión que por momentos traían entre las manos, que eran las de sus damas, que todas eran riquísimas en estremo, pues tenían los cabellos de oro, la frente de plata bruñida, los ojos de verdes esmeraldas, los dientes de marfil, los labios de coral y la garganta de cristal transparente, y que lo que lloraban eran líquidas perlas; y más, que lo que sus plantas pisaban, por dura y estéril tierra que fuese, al momento producía jazmines y rosas; y que su aliento era de puro ámbar, almizcle y algalia; y que todas estas cosas eran señales y muestras de su mucha riqueza. Estas y otras cosas decía de los malos poetas, que de los buenos siempre dijo bien y los levantó sobre el cuerno de la luna.

Vio un día en la acera de San Francisco unas figuras pintadas de mala mano, y dijo que los buenos pintores imitaban a naturaleza, pero que los malos la vomitaban.

Arrimóse un día con grandísimo tiento, porque no se quebrase, a la tienda de un librero, y díjole:

-Este oficio me contentara mucho si no fuera por una falta que tiene.

Preguntóle el librero se la dijese. Respondióle:

-Los melindres que hacen cuando compran un privilegio de un libro, y de la burla que hacen a su autor si acaso le imprime a su costa; pues, en lugar de mil y quinientos, imprimen tres mil libros, y, cuando el autor piensa que se venden los suyos, se despachan los ajenos.

Acaeció este mismo día que pasaron por la plaza seis azotados; y, diciendo el pregón: "Al primero, por ladrón", dio grandes voces a los que estaban delante dél, diciéndoles:

-¡Apartaos, hermanos, no comience aquella cuenta por alguno de vosotros!

Y cuando el pregonero llegó a decir: "Al trasero...", dijo:

-Aquel debe de ser el fiador de los muchachos.

Un muchacho le dijo:

-Hermano Vidriera, mañana sacan a azotar a una alcagüeta.

Respondióle:

-Si dijeras que sacaban a azotar a un alcagüete, entendiera que sacaban a azotar un coche.

Hallóse allí uno destos que llevan sillas de manos, y díjole:

-De nosotros, Licenciado, ¿no tenéis qué decir?

-No -respondió Vidriera-, sino que sabe cada uno de vosotros más pecados que un confesor; más es con esta diferencia: que el confesor los sabe para tenerlos secretos, y vosotros para publicarlos por las tabernas.

Oyó esto un mozo de mulas, porque de todo género de gente le estaba escuchando contino, y díjole:

-De nosotros, señor Redoma, poco o nada hay que decir, porque somos gente de bien y necesaria en la república.

A lo cual respondió Vidriera:

-La honra del amo descubre la del criado. Según esto, mira a quién sirves y verás cuán honrado eres: mozos sois vosotros de la más ruin canalla que sustenta la tierra. Una vez, cuando no era de vidrio, caminé una jornada en una mula de alquiler tal, que le conté ciento y veinte y una tachas, todas capitales y enemigas del género humano. Todos los mozos de mulas tienen su punta de rufianes, su punta de cacos, y su es no es de truhanes. Si sus amos (que así llaman ellos a los que llevan en sus mulas) son boquimuelles, hacen más suertes en ellos que las que echaron en esta ciudad los años pasados: si son estranjeros, los roban; si estudiantes, los maldicen; y si religiosos, los reniegan; y si soldados, los tiemblan. Estos, y los marineros y carreteros y arrieros, tienen un modo de vivir extraordinario y sólo para ellos: el carretero pasa lo más de la vida en espacio de vara y media de lugar, que poco más debe de haber del yugo de las mulas a la boca del carro; canta la mitad del tiempo y la otra mitad reniega; y en decir: "Háganse a zaga" se les pasa otra parte; y si acaso les queda por sacar alguna rueda de algún atolladero, más se ayudan de dos pésetes que de tres mulas. Los marineros son gente gentil, inurbana, que no sabe otro lenguaje que el que se usa en los navíos; en la bonanza son diligentes y en la borrasca perezosos; en la tormenta mandan muchos y obedecen pocos; su Dios es su arca y su rancho, y su pasatiempo ver mareados a los pasajeros. Los arrieros son gente que ha hecho divorcio con las sábanas y se ha casado con las enjalmas; son tan diligentes y presurosos que, a trueco de no perder la jornada, perderán el alma; su música es la del mortero; su salsa, la hambre; sus maitines, levantarse a dar sus piensos; y sus misas, no oír ninguna.

Cuando esto decía, estaba a la puerta de un boticario, y, volviéndose al dueño, le dijo:

-Vuesa merced tiene un saludable oficio, si no fuese tan enemigo de sus candiles.

-¿En qué modo soy enemigo de mis candiles? -preguntó el boticario.

Y respondió Vidriera:

-Esto digo porque, en faltando cualquiera aceite, la suple la del candil que está más a mano; y aún tiene otra cosa este oficio bastante a quitar el crédito al más acertado médico del mundo.

Preguntándole por qué, respondió que había boticario que, por no decir que faltaba en su botica lo que recetaba el médico, por las cosas que le faltaban ponía otras que a su parecer tenían la misma virtud y calidad, no siendo así; y con esto, la medicina mal compuesta obraba al revés de lo que había de obrar la bien ordenada.

Preguntóle entonces uno que qué sentía de los médicos, y respondió esto:

-Honora medicum propter necessitatem, etenim creavit eum Altissimus. A Deo enim est omnis medela, et a rege accipiet donationem. Disciplina medici exaltavit caput illius, et in conspectu magnatum collaudabitur. Altissimus de terra creavit medicinam, et vir prudens non ab[h]orre-bit illam. Esto dice -dijo- el Eclesiástico de la medicina y de los buenos médicos, y de los malos se podría decir todo al revés, porque no hay gente más dañosa a la república que ellos. El juez nos puede torcer o dilatar la justicia; el letrado, sustentar por su interés nuestra injusta demanda; el mercader, chuparnos la hacienda; finalmente, todas las personas con quien de necesidad tratamos nos pueden hacer algún daño; pero quitarnos la vida, sin quedar sujetos al temor del castigo, ninguno. Sólo los médicos nos pueden matar y nos matan sin temor y a pie quedo, sin desenvainar otra espada que la de un récipe. Y no hay descubrirse sus delictos, porque al momento los meten debajo de la tierra. Acuérdaseme que cuando yo era hombre de carne, y no de vidrio como agora soy, que a un médico destos de segunda clase le despidió un enfermo por curarse con otro, y el primero, de allí a cuatro días, acertó a pasar por la botica donde receptaba el segundo, y preguntó al boticario que cómo le iba al enfermo que él había dejado, y que si le había receptado alguna purga el otro médico. El boticario le respondió que allí tenía una recepta de purga que el día siguiente había de tomar el enfermo. Dijo que se la mostrase, y vio que al fin della estaba escrito:

Sumat dilúculo; y dijo: *Todo lo que lleva esta purga me contenta, si no es este dilúculo, porque es húmido demasiadamente.*

Por estas y otras cosas que decía de todos los oficios, se andaban tras él, sin hacerle mal y sin dejarle sosegar; pero, con todo esto, no se pudiera defender de los muchachos si su guardián no le defendiera. Preguntóle uno qué haría para no tener envidia a nadie. Respondióle:

-Duerme; que todo el tiempo que durmieres serás igual al que envidias.

Otro le preguntó qué remedio tendría para salir con una comisión que había dos años que la pretendía. Y díjole:

-Parte a caballo y a la mira de quien la lleva, y acompáñale hasta salir de la ciudad, y así saldrás con ella.

Pasó acaso una vez por delante donde él estaba un juez de comisión que iba de camino a una causa criminal, y llevaba mucha gente consigo y dos alguaciles; preguntó quién era, y, como se lo dijeron, dijo:

-Yo apostaré que lleva aquel juez víboras en el seno, pistoletes en la cinta y rayos en las manos, para destruir todo lo que alcanzare su comisión. Yo me acuerdo haber tenido un amigo que, en una comisión criminal que tuvo, dio una sentencia tan exorbitante, que excedía en muchos quilates a la culpa de los delincuentes. Preguntéle que por qué había dado aquella tan cruel sentencia y hecho tan manifiesta injusticia. Respondióme que pensaba otorgar la apelación, y que con esto dejaba campo abierto a los señores del Consejo para mostrar su misericordia, moderando y poniendo aquella su rigurosa sentencia en su punto y debida proporción. Yo le respondí que mejor fuera haberla dado de manera que les quitara de aquel trabajo, pues con esto le tuvieran a él por juez recto y acertado.

En la rueda de la mucha gente que, como se ha dicho, siempre le estaba oyendo, estaba un conocido suyo en hábito de letrado, al cual otro le llamó Señor Licenciado; y, sabiendo Vidriera que el tal a quien llamaron licenciado no tenía ni aun título de bachiller, le dijo:

-Guardaos, compadre, no encuentren con vuestro título los frailes de la redempción de cautivos, que os le llevarán por mostrenco.

A lo cual dijo el amigo:

-Tratémonos bien, señor Vidriera, pues ya sabéis vos que soy hombre de altas y de profundas letras.

Respondióle Vidriera:

-Ya yo sé que sois un Tántalo en ellas, porque se os van por altas y no las alcanzáis de profundas.

Estando una vez arrimado a la tienda de un sastre, viole que estaba mano sobre mano, y díjole:

-Sin duda, señor maeso, que estáis en camino de salvación.

-¿En qué lo veis? -preguntó el sastre.

-¿En qué lo veo? -respondió Vidriera-. Véolo en que, pues no tenéis qué hacer, no tendréis ocasión de mentir.

Y añadió:

-Desdichado del sastre que no miente y cose las fiestas; cosa maravillosa es que casi en todos los deste oficio apenas se hallará uno que haga un vestido justo, habiendo tantos que los hagan pecadores.

De los zapateros decía que jamás hacían, conforme a su parecer, zapato malo; porque si al que se le calzaban venía estrecho y apretado, le decían que así había de ser, por ser de galanes calzar justo, y que en trayéndolos dos horas vendrían más anchos que alpargates; y si le venían anchos, decían que así habían de venir, por amor de la gota.

Un muchacho agudo que escribía en un oficio de Provincia le apretaba mucho con preguntas y demandas, y le traía nuevas de lo que en la ciudad pasaba, porque sobre todo discantaba y a todo respondía. Éste le dijo una vez:

-Vidriera, esta noche se murió en la cárcel un banco que estaba condenado ahorcar.

A lo cual respondió:

-Él hizo bien a darse priesa a morir antes que el verdugo se sentara sobre él.

En la acera de San Francisco estaba un corro de ginoveses; y, pasando por allí, uno dellos le llamó, diciéndole:

-Lléguese acá el señor Vidriera y cuéntenos un cuento.

Él respondió:

-No quiero, porque no me le paséis a Génova.

Topó una vez a una tendera que llevaba delante de sí una hija suya muy fea, pero muy llena de dijes, de galas y de perlas; y díjole a la madre:

-Muy bien habéis hecho en empedralla, porque se pueda pasear.

De los pasteleros dijo que había muchos años que jugaban a la dobladilla, sin que les llevasen [a] la pena, porque habían hecho el pastel de a dos de a cuatro, el de a cuatro de a ocho, y el de a ocho de a medio real, por sólo su albedrío y beneplácito.

De los titereros decía mil males: decía que era gente vagamunda y que trataba con indecencia de las cosas divinas, porque con las figuras que mostraban en sus retratos volvían la devoción en risa, y que les acontecía envasar en un costal todas o las más figuras del Testamento Viejo y Nuevo y sentarse sobre él a comer y beber en los bodegones y tabernas. En resolución, decía que se maravillaba de cómo quien podía no les ponía perpetuo silencio en sus retablos, o los desterraba del reino.

Acertó a pasar una vez por donde él estaba un comediante vestido como un príncipe, y, en viéndole, dijo:

-Yo me acuerdo haber visto a éste salir al teatro enharinado el rostro y vestido un zamarro del revés; y, con todo esto, a cada paso fuera del tablado, jura a fe de hijodalgo.

-Débelo de ser -respondió uno-, porque hay muchos comediantes que son muy bien nacidos y hijosdalgo.

-Así será verdad -replicó Vidriera-, pero lo que menos ha menester la farsa es personas bien nacidas; galanes sí, gentileshombres y de espeditas lenguas. También sé decir dellos que en el sudor de su cara ganan su pan con inllevable trabajo, tomando contino de memoria, hechos perpetuos gitanos, de lugar en lugar y de mesón en venta, desvelándose en contentar a otros, porque en el gusto ajeno consiste su bien propio. Tienen más, que con su oficio no engañan a nadie, pues por momentos sacan su mercaduría a pública plaza, al juicio y a la vista de todos. El trabajo de los autores es increíble, y su cuidado, extraordinario, y han de ganar mucho para que al cabo del año no salgan tan empeñados, que les sea forzoso hacer pleito de acreedores. Y, con todo esto, son necesarios en la república, como lo son las florestas, las alamedas y las vistas de recreación, y como lo son las cosas que honestamente recrean.

Decía que había sido opinión de un amigo suyo que el que servía a una comedianta, en sola una servía a muchas damas juntas, como era a una reina, a una ninfa, a una diosa, a una fregona, a una pastora, y muchas veces caía la suerte en que serviese en ella a un paje y a un lacayo: que todas estas y más figuras suele hacer una farsanta.

Preguntóle uno que cuál había sido el más dichoso del mundo. Respondió que Nemo; porque Nemo novit Patrem, Nemo sine crimine vivit, Nemo sua sorte contentus, Nemo ascendit in coelum.

De los diestros dijo una vez que eran maestros de una ciencia o arte que cuando la habían menester no la sabían, y que tocaban algo en presumptuosos, pues querían reducir a demostraciones matemáticas, que son infalibles, los movimientos y pensamientos coléricos de sus contrarios. Con los que se teñían las barbas tenía particular enemistad; y, riñendo una vez delante dél dos hombres, que el uno era portugués, éste dijo al castellano, asiéndose de las barbas, que tenía muy teñidas:

-¡Por istas barbas que teño no rostro...!

A lo cual acudió Vidriera:

-¡Ollay, home, naon digáis teño, sino tiño!

Otro traía las barbas jaspeadas y de muchas colores, culpa de la mala tinta; a quien dijo Vidriera que tenía las barbas de muladar overo. A otro, que traía las barbas por mitad blancas y negras, por haberse descuidado, y los cañones crecidos, le dijo que procurase de no porfiar ni reñir con nadie, porque estaba aparejado a que le dijesen que mentía por la mitad de la barba.

Una vez contó que una doncella discreta y bien entendida, por acudir a la voluntad de sus padres, dio el sí de casarse con un viejo todo cano, el cual la noche antes del día del desposorio se fue, no al río Jordán, como dicen las viejas, sino a la redomilla del agua fuerte y plata, con que renovó de manera su barba, que la acostó de nieve y la levantó de pez. Llegóse la hora de darse las manos, y la doncella conoció por la pinta y por la tinta la figura, y dijo a sus padres que le diesen el mismo esposo que ellos le habían mostrado, que no quería otro. Ellos le dijeron que aquel que tenía delante era el mismo que le habían mostrado y dado por esposo. Ella replicó que no era, y trujo testigos cómo el que sus padres le dieron era un hombre grave y lleno de canas; y que, pues el presente no las tenía, no era él, y se llamaba a engaño. Atúvose a esto, corrióse el teñido y deshízose el casamiento.

Con las dueñas tenía la misma ojeriza que con los escabecha-dos: decía maravillas de su permafoy, de las mortajas de sus tocas, de sus muchos melindres, de sus escrúpulos y de su extraordinaria miseria. Amohinábanle sus flaquezas de estómago, su vaguidos de cabeza, su modo de hablar, con más repulgos que sus tocas; y, finalmente, su inutilidad y sus vainillas.

Uno le dijo:

-¿Qué es esto, señor licenciado, que os he oído decir mal de muchos oficios y jamás lo habéis dicho de los escribanos, habiendo tanto que decir?

A lo cual respondió:

-Aunque de vidrio, no soy tan frágil que me deje ir con la corriente del vulgo, las más veces engañado. Paréceme a mí que la gramática de los murmuradores y el la, la, la de los que cantan son los escribanos; porque, así como no se puede pasar a otras ciencias, si no es por la puerta de la gramática, y como el músico primero murmura que canta, así, los maldicientes, por donde comienzan a mostrar la malignidad de sus lenguas es por decir mal de los escribanos y alguaciles y de los otros ministros de la justicia, siendo un oficio el del escribano sin el cual andaría la verdad por el mundo a sombra de tejados, corrida y maltratada; y así, dice el Eclesiástico: In manu Dei potestas hominis est, et super faciem scribe imponet honorem. Es el escribano persona pública, y el oficio del juez no se puede ejercitar cómodamente sin el suyo. Los escribanos han de ser libres, y no esclavos, ni hijos de esclavos: legítimos, no bastardos ni de ninguna mala raza nacidos. Juran de secreto fidelidad y que no harán escritura usuraria; que ni amistad ni enemistad, provecho o daño les moverá a no hacer su oficio con buena y cristiana conciencia. Pues si este oficio tantas buenas partes requiere, ¿por qué se ha de pensar que de más de veinte mil escribanos que hay en España se lleve el diablo la cosecha, como si fuesen cepas de su majuelo? No lo quiero creer, ni es bien que ninguno lo crea; porque, finalmente, digo que es la gente más necesaria que había en las repúblicas bien ordenadas, y que si llevaban demasiados derechos, también hacían demasiados tuertos, y que destos dos estremos podía resultar un medio que les hiciese mirar por el virote.

De los alguaciles dijo que no era mucho que tuviesen algunos enemigos, siendo su oficio, o prenderte, o sacarte la hacienda de casa, o tenerte en la suya en guarda y comer a tu costa. Tachaba la negligencia e ignorancia de los procuradores y solicitadores, comparándolos a los médicos, los cuales, que sane o no sane el enfermo, ellos llevan su propina, y los procuradores y solicitadores, lo mismo, salgan o no salgan con el pleito que ayudan.

Preguntóle uno cuál era la mejor tierra. Respondió que la temprana y agradecida. Replicó el otro:

-No pregunto eso, sino que cuál es mejor lugar: ¿Valladolid o Madrid?

Y respondió:

-De Madrid, los estremos; de Valladolid, los medios.

-No lo entiendo -repitió el que se lo preguntaba.

Y dijo:

-De Madrid, cielo y suelo; de Valladolid, los entresuelos.

Oyó Vidriera que dijo un hombre a otro que, así como había entrado en Valladolid, había caído su mujer muy enferma, porque la había probado la tierra.

A lo cual dijo Vidriera:

-Mejor fuera que se la hubiera comido, si acaso es celosa.

De los músicos y de los correos de a pie decía que tenían las esperanzas y las suertes limitadas, porque los unos la acababan con llegar a serlo de a caballo, y los otros con alcanzar a ser músicos del rey. De las damas que llaman cortesanas decía que todas, o las más, tenían más de corteses que de sanas.

Estando un día en una iglesia vio que traían a enterrar a un viejo, a bautizar a un niño y a velar una mujer, todo a un mismo tiempo, y dijo que los templos eran campos de batalla, donde los viejos acaban, los niños vencen y las mujeres triunfan.

Picábale una vez una avispa en el cuello, y no se la osaba sacudir por no quebrarse; pero, con todo eso, se quejaba. Preguntóle uno que cómo sentía aquella avispa, si era su cuerpo de vidrio. Y respondió que aquella avispa debía de ser murmuradora, y que las lenguas y picos de los murmuradores eran bastantes a desmoronar cuerpos de bronce, no que de vidrio.

Pasando acaso un religioso muy gordo por donde él estaba, dijo uno de sus oyentes:

-De hético no se puede mover el padre.

Enojóse Vidriera, y dijo:

-Nadie se olvide de lo que dice el Espíritu Santo: Nolite tangere christos meos.

Y, subiéndose más en cólera, dijo que mirasen en ello, y verían que de muchos santos que de pocos años a esta parte había canonizado la Iglesia y puesto en el número de los bienaventurados, ninguno se llamaba el capitán don Fulano, ni el secretario don Tal de don Tales, ni el Conde, Marqués o Duque de tal parte, sino fray Diego, fray Jacinto, fray Raimundo, todos frailes y religiosos; porque las religiones son los Aranjueces del cielo, cuyos frutos, de ordinario, se ponen en la mesa de Dios.

Decía que las lenguas de los murmuradores eran como las plumas del águila: que roen y menoscaban todas las de las otras aves que a ellas se juntan. De los gariteros y tahúres decía milagros: decía que los gariteros eran públicos prevaricadores, porque, en sacando el barato del que iba haciendo suertes, deseaban que perdiese y pasase el naipe adelante, porque el contrario las hiciese y él cobrase sus derechos. Alababa mucho la paciencia de un tahúr, que estaba toda una noche jugando y perdiendo, y con ser de condición colérico y endemoniado, a trueco de que su contrario no se alzase, no descosía la boca, y sufría lo que un mártir de Barrabás. Alababa también las conciencias de algunos honrados gariteros que ni por imaginación consentían que en su casa se jugase otros juegos que polla y cientos; y con esto, a fuego lento, sin temor y nota de malsines, sacaban al cabo del mes más barato que los que consentían los juegos de estocada, del reparolo, siete y llevar, y pinta en la del pu[n]to.

En resolución, él decía tales cosas que, si no fuera por los grandes gritos que daba cuando le tocaban o a él se arrimaban, por el hábito que traía, por la estrecheza de su comida, por el modo con que bebía, por el no querer dormir sino al cielo abierto en el verano y el invierno en los pajares, como queda dicho, con que daba tan claras señales de su locura, ninguno pudiera creer sino que era uno de los más cuerdos del mundo.

Dos años o poco más duró en esta enfermedad, porque un religioso de la Orden de San Jerónimo, que tenía gracia y ciencia particular en hacer que los mudos entendiesen y en cierta manera hablasen, y en curar locos, tomó a su cargo de curar a Vidriera, movido de caridad; y le curó y sanó, y volvió a su primer juicio, entendimiento y discurso. Y, así como le vio sano, le vistió como letrado y le hizo volver a la Corte, adonde, con dar tantas muestras de cuerdo como las había dado de loco, podía usar su oficio y hacerse famoso por él.

Hízolo así; y, llamándose el licenciado Rueda, y no Rodaja, volvió a la Corte, donde, apenas hubo entrado, cuando fue conocido de los muchachos; mas, como le vieron en tan diferente hábito del que solía, no le osaron dar grita ni hacer preguntas; pero seguíanle y decían unos a otros:

-¿Éste no es el loco Vidriera? ¡A fe que es él! Ya viene cuerdo. Pero tan bien puede ser loco bien vestido como mal vestido; preguntémosle algo, y salgamos desta confusión.

Todo esto oía el licenciado y callaba, y iba más confuso y más corrido que cuando estaba sin juicio.

Pasó el conocimiento de los muchachos a los hombres; y, antes que el licenciado llegase al patio de los Consejos, llevaba tras de sí más de docientas personas de todas suertes. Con este acompañamiento, que era más que de un catedrático, llegó al patio, donde le acabaron de circundar cuantos en él estaban. Él, viéndose con tanta turba a la redonda, alzó la voz y dijo:

-Señores, yo soy el licenciado Vidriera, pero no el que solía: soy ahora el licenciado Rueda; sucesos y desgracias que acontecen en el mundo, por permisión del cielo, me quitaron el juicio, y las misericordias de Dios me le han vuelto. Por las cosas que dicen que dije cuando loco, podéis considerar las que diré y haré cuando cuerdo. Yo soy graduado en leyes por Salamanca, adonde estudié con pobreza y adonde llevé segundo en licencias: de do se puede inferir que más la virtud que el favor me dio el grado que tengo. Aquí he venido a este gran mar de la Corte para abogar y ganar la vida; pero si no me dejáis, habré venido a bogar y granjear la muerte. Por amor de Dios que no hagáis que el seguirme sea perseguirme, y que lo que alcancé por loco, que es el sustento, lo pierda por cuerdo. Lo que solíades preguntarme en las plazas, preguntádmelo ahora en mi casa, y veréis que el que os respondía bien, según dicen, de improviso, os responderá mejor de pensado.

Escucháronle todos y dejáronle algunos. Volvióse a su posada con poco menos acompañamiento que había llevado.

Salió otro día y fue lo mismo; hizo otro sermón y no sirvió de nada. Perdía mucho y no ganaba cosa; y, viéndose morir de hambre, determinó de dejar la Corte y volverse a Flandes, donde pensaba valerse de las fuerzas de su brazo, pues no se podía valer de las de su ingenio.

Y, poniéndolo en efeto, dijo al salir de la Corte:

-¡Oh Corte, que alargas las esperanzas de los atrevidos pretendientes, y acortas las de los virtuosos encogidos, sustentas abundantemente a los truhanes desvergonzados y matas de hambre a los discretos vergonzosos!

Esto dijo y se fue a Flandes, donde la vida que había comenzado a eternizar por las letras la acabó de eternizar por las armas, en compañía de su buen amigo el capitán Valdivia, dejando fama en su muerte de prudente y valentísimo soldado.

La fuerza de la sangre

Una noche de las calurosas del verano, volvían de recrearse del río en Toledo un anciano hidalgo con su mujer, un niño pequeño, una hija de edad de diez y seis años y una criada. La noche era clara; la hora, las once; el camino, solo, y el paso, tardo, por no pagar con cansancio la pensión que traen consigo las holguras que en el río o en la vega se toman en Toledo.

Con la seguridad que promete la mucha justicia y bien inclinada gente de aquella ciudad, venía el buen hidalgo con su honrada familia, lejos de pensar en desastre que sucederles pudiese. Pero, como las más de las desdichas que vienen no se piensan, contra todo su pensamiento, les sucedió una que les turbó la holgura y les dio que llorar muchos años.

Hasta veinte y dos tendría un caballero de aquella ciudad a quien la riqueza, la sangre ilustre, la inclinación torcida, la libertad demasiada y las compañías libres, le hacían hacer cosas y tener atrevimientos que desdecían de su calidad y le daban renombre de atrevido. Este caballero, pues (que por ahora, por buenos respectos, encubriendo su nombre, le llamaremos con el de Rodolfo), con otros cuatro amigos suyos, todos mozos, todos alegres y todos insolentes, bajaba por la misma cuesta que el hidalgo subía.

Encontráronse los dos escuadrones: el de las ovejas con el de los lobos; y, con deshonesta desenvoltura, Rodolfo y sus camaradas, cubiertos los rostros, miraron los de la madre, y de la hija y de la criada. Alborotóse el viejo y reprochóles y afeóles su atrevimiento. Ellos le respondieron con muecas y burla, y, sin desmandarse a más, pasaron adelante. Pero la mucha hermosura del rostro que había visto Rodolfo, que era el de Leocadia, que así quieren que se llamase la hija del hidalgo, comenzó de tal manera a imprimírsele en la memoria, que le llevó tras sí la voluntad y despertó en él un deseo de gozarla a pesar de todos los inconvenientes que sucederle pudiesen. Y en un instante comunicó su pensamiento con sus camaradas, y en otro instante se resolvieron de volver y robarla, por dar gusto a Rodolfo; que siempre los ricos que dan en liberales hallan quien canonice sus desafueros y califique por buenos sus malos gustos. Y así, el nacer el mal propósito, el comunicarle y el aprobarle y el determinarse de robar a Leocadia y el robarla, casi todo fue en un punto.

Pusiéronse los pañizuelos en los rostros, y, desenvainadas las espadas, volvieron, y a pocos pasos alcanzaron a los que no habían acabado de dar gracias a Dios, que de las manos de aquellos atrevidos les había librado.

Arremetió Rodolfo con Leocadia, y, cogiéndola en brazos, dio a huir con ella, la cual no tuvo fuerzas para defenderse, y el sobresalto le quitó la voz para quejarse, y aun la luz de los ojos, pues, desmayada y sin sentido, ni vio quién la llevaba, ni adónde la llevaban. Dio voces su padre, gritó su madre, lloró su hermanico, arañóse la criada; pero ni las voces fueron oídas, ni los gritos escuchados, ni movió a compasión el llanto, ni los araños fueron de provecho alguno, porque todo lo cubría la soledad del lugar y el callado silencio de la noche, y las crueles entrañas de los malhechores.

Finalmente, alegres se fueron los unos y tristes se quedaron los otros. Rodolfo llegó a su casa sin impedimento alguno, y los padres de Leocadia llegaron a la suya lastimados, afligidos y desesperados: ciegos, sin los ojos de su hija, que eran la lumbre de los suyos; solos, porque Leocadia era su dulce y agradable compañía; confusos, sin saber si sería bien dar noticia de su desgracia a la justicia, temerosos no fuesen ellos el principal instrumento de publicar su deshonra. Veíanse necesitados de favor, como hidalgos pobres. No sabían de quién quejarse, sino de su corta ventura. Rodolfo, en tanto, sagaz y astuto, tenía ya en su casa y en su aposento a Leocadia; a la cual, puesto que sintió que iba desmayada cuando la llevaba, la había cubierto los ojos con un pañuelo, porque no viese las calles por donde la llevaba, ni la casa ni el aposento donde estaba; en el cual, sin ser visto de nadie, a causa que él tenía un cuarto aparte en la casa de su padre, que aún vivía, y tenía de su estancia la llave y las de todo el cuarto (inadvertencia de padres que quieren tener sus hijos recogidos), antes que de su desmayo volviese Leocadia, había cumplido su deseo Rodolfo; que los ímpetus no castos de la mocedad pocas veces o ninguna reparan en comodidades y requisitos que más los inciten y levanten. Ciego de la luz del entendimiento, a escuras robó la mejor prenda de Leocadia; y, como los pecados de la sensualidad por la mayor parte no tiran más allá la barra del término del cumplimiento dellos, quisiera luego Rodolfo que de allí se desapareciera Leocadia, y le vino a la imaginación de ponella en la calle, así desmayada como estaba. Y, yéndolo a poner en obra, sintió que volvía en sí, diciendo:

-¿Adónde estoy, desdichada? ¿Qué escuridad es ésta, qué tinieblas me rodean? ¿Estoy en el limbo de mi inocencia o en el infierno de mis culpas? ¡Jesús!, ¿quién me toca? ¿Yo en cama, yo lastimada? ¿Escúchasme, madre y señora mía? ¿Óyesme, querido padre? ¡Ay sin ventura de mí!, que bien advierto que mis padres no me escuchan y que mis enemigos me tocan; venturosa sería yo si esta escuridad durase para siempre, sin que mis ojos volviesen a ver la luz del mundo, y que este lugar donde ahora estoy, cualquiera que él se fuese, sirviese de sepultura a mi honra, pues es mejor la deshonra que se ignora que la honra que está puesta en opinión de las gentes. Ya me acuerdo (¡que nunca yo me acordara!) que ha poco que venía en la compañía de mis padres; ya me acuerdo que me saltearon, ya me imagino y veo que no es bien que me vean las gentes. ¡Oh tú, cualquiera que seas, que aquí estás conmigo (y en esto tenía asido de las manos a Rodolfo), si es que tu alma admite género de ruego alguno, te ruego que, ya que has triunfado de mi fama, triunfes también de mi vida! ¡Quítamela al momento, que no es bien que la tenga la que no tiene honra! ¡Mira que el rigor de la crueldad que has usado conmigo en ofenderme se templará con la piedad que usarás en matarme; y así, en un mismo punto, vendrás a ser cruel y piadoso!

Confuso dejaron las razones de Leocadia a Rodolfo; y, como mozo poco experimentado, ni sabía qué decir ni qué hacer, cuyo silencio admiraba más a Leocadia, la cual con las manos procuraba desengañarse si era fantasma o sombra la que con ella estaba. Pero, como tocaba cuerpo y se le acordaba de la fuerza que se le había hecho, viniendo con sus padres, caía en la verdad del cuento de su desgracia. Y con este pensamiento tornó a añudar las razones que los muchos sollozos y suspiros habían interrumpido, diciendo:

-Atrevido mancebo, que de poca edad hacen tus hechos que te juzgue, yo te perdono la ofensa que me has hecho con sólo que me prometas y jures que, como la has cubierto con esta escuridad, la cubrirás con perpetuo silencio sin decirla a nadie. Poca recompensa te pido de tan grande agravio, pero para mí será la mayor que yo sabré pedirte ni tú querrás darme. Advierte en que yo nunca he visto tu rostro, ni quiero vértele; porque, ya que se me acuerde de mi ofensa, no quiero acordarme de mi ofensor ni guardar en la memoria la imagen del autor de mi daño. Entre mí y el cielo pasarán mis quejas, sin querer que las oiga el mundo, el cual no juzga por los sucesos las cosas, sino conforme a él se le asienta en la estimación. No sé cómo te digo estas verdades, que se suelen fundar en la experiencia de muchos casos y en el discurso de muchos años, no llegando los míos a diez y siete; por do me doy a entender que de una misma manera ata y desata la lengua del afligido: unas veces exagerando su mal, para que se le crean, otras veces no diciéndole, porque no se le remedien. De cualquiera manera, que yo calle o hable, creo que he de moverte a que me creas o que me remedies, pues el no creerme será ignorancia, y el no remediarme, imposible de tener algún alivio. No quiero desesperarme, porque te costará poco el dármele; y es éste: mira, no aguardes ni confíes que el discurso del tiempo temple la justa saña que contra ti tengo, ni quieras amontonar los agravios: mientras menos me gozares, y habiéndome ya gozado, menos se encenderán tus malos deseos. Haz cuenta que me ofendiste por accidente, sin dar lugar a ningún buen discurso; yo la haré de que no nací en el mundo, o que si nací, fue para ser desdichada. Ponme luego en la calle, o a lo menos junto a la iglesia mayor, porque desde allí bien sabré volverme a mi casa; pero también has de jurar de no seguirme, ni saberla, ni preguntarme el nombre de mis padres, ni el mío, ni de mis parientes, que, a ser tan ricos como nobles, no fueran en mí tan desdichados. Respóndeme a esto; y si temes que te pueda conocer en la habla, hágote saber que, fuera de mi padre y de mi confesor, no he hablado con hombre alguno en mi vida, y a pocos he oído hablar con tanta comunicación que pueda distinguirles por el sonido de la habla.

La respuesta que dio Rodolfo a las discretas razones de la lastimada Leocadia no fue otra que abrazarla, dando muestras que quería volver a confirmar en él su gusto y en ella su deshonra. Lo cual visto por Leocadia, con más fuerzas de las que su tierna edad prometían, se defendió con los pies, con las manos, con los dientes y con la lengua, diciéndole:

-Haz cuenta, traidor y desalmado hombre, quienquiera que seas, que los despojos que de mí has llevado son los que podiste tomar de un tronco o de una coluna sin sentido, cuyo vencimiento y triunfo ha de redundar en tu infamia y menosprecio. Pero el que ahora pretendes no le has de alcanzar sino con mi muerte. Desmayada me pisaste y aniquilaste; mas, ahora que tengo bríos, antes podrás matarme que vencerme: que si ahora, despierta, sin resistencia concediese con tu abominable gusto, podrías imaginar que mi desmayo fue fingido cuando te atreviste a destruirme.

Finalmente, tan gallarda y porfiadamente se resistió Leocadia, que las fuerzas y los deseos de Rodolfo se enflaquecieron; y, como la insolencia que con Leocadia había usado no tuvo otro principio que de un ímpetu lascivo, del cual nunca nace el verdadero amor, que permanece, en lugar del ímpetu, que se pasa, queda, si no el arrepentimiento, a lo menos una tibia voluntad de segundalle. Frío, pues, y cansado Rodolfo, sin hablar palabra alguna, dejó a Leocadia en su cama y en su casa; y, cerrando el aposento, se fue a buscar a sus camaradas para aconsejarse con ellos de lo que hacer debía.

Sintió Leocadia que quedaba sola y encerrada; y, levantándose del lecho, anduvo todo el aposento, tentando las paredes con las manos, por ver si hallaba puerta por do irse o ventana por do arrojarse. Halló la puerta, pero bien cerrada, y topó una ventana que pudo abrir, por donde entró el resplandor de la luna, tan claro, que pudo distinguir Leocadia las colores de unos damascos que el aposento adornaban. Vio que era dorada la cama, y tan ricamente compuesta que más parecía lecho de príncipe que de algún particular caballero. Contó las sillas y los escritorios; notó la parte donde la puerta estaba, y, aunque vio pendientes de las paredes algunas tablas, no pudo alcanzar a ver las pinturas que contenían. La ventana era grande, guarnecida y guardada de una gruesa reja; la vista caía a un jardín que también se cerraba con paredes altas; dificultades que se opusieron a la intención que de arrojarse a la calle tenía. Todo lo que vio y notó de la capacidad y ricos adornos de aquella estancia le dio a entender que el dueño della debía de ser hombre principal y rico, y no comoquiera, sino aventajadamente. En un escritorio, que estaba junto a la ventana, vio un crucifijo pequeño, todo de plata, el cual tomó y se le puso en la manga de la ropa, no por devoción ni por hurto, sino llevada de un discreto designio suyo. Hecho esto, cerró la ventana como antes estaba y volvióse al lecho, esperando qué fin tendría el mal principio de su suceso.

No habría pasado, a su parecer, media hora, cuando sintió abrir la puerta del aposento y que a ella se llegó una persona; y, sin hablarle palabra, con un pañuelo le vendó los ojos, y tomándola del brazo la sacó fuera de la estancia, y sintió que volvía a cerrar la puerta. Esta persona era Rodolfo, el cual, aunque había ido a buscar a sus camaradas, no quiso hallarlas, pareciéndole que no le estaba bien hacer testigos de lo que con aquella doncella había pasado; antes, se resolvió en decirles que, arrepentido del mal hecho y movido de sus lágrimas, la había dejado en la mitad del camino. Con este acuerdo volvió tan presto a poner a Leocadia junto a la iglesia mayor, como ella se lo había pedido, antes que amaneciese y el día le estorbase de echalla, y le forzase a tenerla en su aposento hasta la noche venidera, en el cual espacio de tiempo ni él quería volver a usar de sus fuerzas ni dar ocasión a ser conocido. Llevóla, pues, hasta la plaza que llaman de Ayuntamiento; y allí, en voz trocada y en lengua medio portuguesa y castellana, le dijo que seguramente podía irse a su casa, porque de nadie sería seguida; y, antes que ella tuviese lugar de quitarse el pañuelo, ya él se había puesto en parte donde no pudiese ser visto.

Quedó sola Leocadia, quitóse la venda, reconoció el lugar donde la dejaron. Miró a todas partes, no vio a persona; pero, sospechosa que desde lejos la siguiesen, a cada paso se detenía, dándolos hacia su casa, que no muy lejos de allí estaba. Y, por desmentir las espías, si acaso la seguían, se entró en una casa que halló abierta, y de allí a poco se fue a la suya, donde halló a sus padres atónitos y sin desnudarse, y aun sin tener pensamiento de tomar descanso alguno.

Cuando la vieron, corrieron a ella con brazos abiertos, y con lágrimas en los ojos la recibieron. Leocadia, llena de sobresalto y alboroto, hizo a sus padres que se tirasen con ella aparte, como lo hicieron; y allí, en breves palabras, les dio cuenta de todo su desastrado suceso, con todas la circunstancias dél y de la ninguna noticia que traía del salteador y robador de su honra. Díjoles lo que había visto en el teatro donde se representó la tragedia de su desventura: la ventana, el jardín, la reja, los escritorios, la cama, los damascos; y a lo último les mostró el crucifijo que había traído, ante cuya imagen se renovaron las lágrimas, se hicieron deprecaciones, se pidieron venganzas y desearon milagrosos castigos. Dijo ansimismo que, aunque ella no deseaba venir en conocimiento de su ofensor, que si a sus padres les parecía ser bien conocelle, que por medio de aquella imagen podrían, haciendo que los sacristanes dijesen en los púlpitos de todas las parroquias de la ciudad, que el que hubiese perdido tal imagen la hallaría en poder del religioso que ellos señalasen; y que ansí, sabiendo el dueño de la imagen, se sabría la casa y aun la persona de su enemigo.

A esto replicó el padre:

-Bien habías dicho, hija, si la malicia ordinaria no se opusiera a tu discreto discurso, pues está claro que esta imagen hoy, en este día, se ha de echar menos en el aposento que dices, y el dueño della ha de tener por cierto que la persona que con él estuvo se la llevó; y, de llegar a su noticia que la tiene algún religioso, antes ha de servir de conocer quién se la dio al tal que la tiene, que no de declarar el dueño que la perdió, porque puede hacer que venga por ella otro a quien el dueño haya dado las señas. Y, siendo esto ansí, antes quedaremos confusos que informados; puesto que podamos usar del mismo artificio que sospechamos, dándola al religioso por tercera persona. Lo que has de hacer, hija, es guardarla y encomendarte a ella; que, pues ella fue testigo de tu desgracia, permitirá que haya juez que vuelva por tu justicia. Y advierte, hija, que más lastima una onza de deshonra pública que una arroba de infamia secreta. Y, pues puedes vivir honrada con Dios en público, no te pene de estar deshonrada contigo en secreto: la verdadera deshonra está en el pecado, y la verdadera honra en la virtud; con el dicho, con el deseo y con la obra se ofende a Dios; y, pues tú, ni en dicho, ni en pensamiento, ni en hecho le has ofendido, tente por honrada, que yo por tal te tendré, sin que jamás te mire sino como verdadero padre tuyo.

Con estas prudentes razones consoló su padre a Leocadia, y, abrazándola de nuevo su madre, procuró también consolarla. Ella gimió y lloró de nuevo, y se redujo a cubrir la cabeza, como dicen, y a vivir recogidamente debajo del amparo de sus padres, con vestido tan honesto como pobre.

Rodolfo, en tanto, vuelto a su casa, echando menos la imagen del crucifijo, imaginó quién podía haberla llevado; pero no se le dio nada, y, como rico, no hizo cuenta dello, ni sus padres se la pidieron cuando de allí a tres días, que él se partió a Italia, entregó por cuenta a una camarera de su madre todo lo que en el aposento dejaba.

Muchos días había que tenía Rodolfo determinado de pasar a Italia; y su padre, que había estado en ella, se lo persuadía, diciéndole que no eran caballeros los que solamente lo eran en su patria, que era menester serlo también en las ajenas. Por estas y otras razones, se dispuso la voluntad de Rodolfo de cumplir la de su padre, el cual le dio crédito de muchos dineros para Barcelona, Génova, Roma y Nápoles; y él, con dos de sus camaradas, se partió luego, goloso de lo que había oído decir a algunos soldados de la abundancia de las hosterías de Italia y Francia, y de la libertad que en los alojamientos tenían los españoles. Sonábale bien aquel Eco li buoni polastri, picioni, presuto e salcicie, con otros nombres deste jaez, de quien los soldados se acuerdan cuando de aquellas partes vienen a éstas y pasan por la estrecheza e incomodidades de las ventas y mesones de España. Finalmente, él se fue con tan poca memoria de lo que con Leocadia le había sucedido, como si nunca hubiera pasado.

Ella, en este entretanto, pasaba la vida en casa de sus padres con el recogimiento posible, sin dejar verse de persona alguna, temerosa que su desgracia se la habían de leer en la frente. Pero a pocos meses vio serle forzoso hacer por fuerza lo que hasta allí de grado hacía. Vio que le convenía vivir retirada y escondida, porque se sintió preñada: suceso por el cual las en algún tanto olvidadas lágrimas volvieron a sus ojos, y los suspiros y lamentos comenzaron de nuevo a herir los vientos, sin ser parte la discreción de su buena madre a consolalla. Voló el tiempo, y llegóse el punto del parto, y con tanto secreto, que aun no se osó fiar de la partera; usurpando este oficio la madre, dio a la luz del mundo un niño de los hermosos que pudieran imaginarse. Con el mismo recato y secreto que había nacido, le llevaron a una aldea, donde se crió cuatro años, al cabo de los cuales, con nombre de sobrino, le trujo su abuela a su casa, donde se criaba, si no muy rica, a lo menos muy virtuosamente.

Era el niño (a quien pusieron nombre Luis, por llamarse así su abuelo), de rostro hermoso, de condición mansa, de ingenio agudo, y, en todas las acciones que en aquella edad tierna podía hacer, daba señales de ser de algún noble padre engendrado; y de tal manera su gracia, belleza y discreción enamoraron a sus abuelos, que vinieron a tener por dicha la desdicha de su hija por haberles dado tal nieto. Cuando iba por la calle, llovían sobre él millares de bendiciones: unos bendecían su hermosura, otros la madre que lo había parido, éstos el padre que le engendró, aquellos a quien tan bien criado le criaba. Con este aplauso de los que le conocían y no conocían, llegó el niño a la edad de siete años, en la cual ya sabía leer latín y romance y escribir formada y muy buena letra; porque la intención de sus abuelos era hacerle virtuoso y sabio, ya que no le podían hacer rico; como si la sabiduría y la virtud no fuesen las riquezas sobre quien no tienen jurisdicción los ladrones, ni la que llaman Fortuna.

Sucedió, pues, que un día que el niño fue con un recaudo de su abuela a una parienta suya, acertó a pasar por una calle donde había carrera de caballeros. Púsose a mirar, y, por mejorarse de puesto, pasó de una parte a otra, a tiempo que no pudo huir de ser atropellado de un caballo, a cuyo dueño no fue posible detenerle en la furia de su carrera. Pasó por encima dél, y dejóle como muerto, tendido en el suelo, derramando mucha sangre de la cabeza. Apenas esto hubo sucedido, cuando un caballero anciano que estaba mirando la carrera, con no vista ligereza se arrojó de su caballo y fue donde estaba el niño; y, quitándole de los brazos de uno que ya le tenía, le puso en los suyos, y, sin tener cuenta con sus canas ni con su autoridad, que era mucha, a paso largo se fue a su casa, ordenando a sus criados que le dejasen y fuesen a buscar un cirujano que al niño curase. Muchos caballeros le siguieron, lastimados de la desgracia de tan hermoso niño, porque luego salió la voz que el atropellado era Luisico, el sobrino del tal caballero, nombrando a su abuelo. Esta voz corrió de boca en boca hasta que llegó a los oídos de sus abuelos y de su encubierta madre; los cuales, certificados bien del caso, como desatinados y locos, salieron a buscar a su querido; y por ser tan conocido y tan principal el caballero que le había llevado, muchos de los que encontraron les dijeron su casa, a la cual llegaron a tiempo que ya estaba el niño en poder del cirujano.

El caballero y su mujer, dueños de la casa, pidieron a los que pensaron ser sus padres que no llorasen ni alzasen la voz a quejarse, porque no le sería al niño de ningún provecho. El cirujano, que era famoso, habiéndole curado con grandísimo tiento y maestría, dijo que no era tan mortal la herida como él al principio había temido. En la mitad de la cura volvió

Luis a su acuerdo, que hasta allí había estado sin él, y alegróse en ver a sus tíos, los cuales le preguntaron llorando que cómo se sentía. Respondió que bueno, sino que le dolía mucho el cuerpo y la cabeza. Mandó el médico que no hablasen con él, sino que le dejasen reposar. Hízose ansí, y su abuelo comenzó a agradecer al señor de la casa la gran caridad que con su sobrino había usado. A lo cual respondió el caballero que no tenía qué agradecelle, porque le hacía saber que, cuando vio al niño caído y atropellado, le pareció que había visto el rostro de un hijo suyo, a quien él quería tiernamente, y que esto le movió a tomarle en sus brazos y traerle a su casa, donde estaría todo el tiempo que la cura durase, con el regalo que fuese posible y necesario. Su mujer, que era una noble señora, dijo lo mismo y hizo aun más encarecidas promesas.

Admirados quedaron de tanta cristiandad los abuelos, pero la madre quedó más admirada; porque, habiendo con las nuevas del cirujano sosegádose algún tanto su alborotado espíritu, miró atentamente el aposento donde su hijo estaba, y claramente, por muchas señales, conoció que aquella era la estancia donde se había dado fin a su honra y principio a su desventura; y, aunque no estaba adornada de los damascos que entonces tenía, conoció la disposición della, vio la ventana de la reja que caía al jardín; y, por estar cerrada a causa del herido, preguntó si aquella ventana respondía a algún jardín, y fuele respondido que sí; pero lo que más conoció fue que aquélla era la misma cama que tenía por tumba de su sepultura; y más, que el propio escritorio, sobre el cual estaba la imagen que había traído, se estaba en el mismo lugar.

Finalmente, sacaron a luz la verdad de todas sus sospechas los escalones, que ella había contado cuando la sacaron del aposento tapados los ojos (digo los escalones que había desde allí a la calle, que con advertencia discreta contó). Y, cuando volvió a su casa, dejando a su hijo, los volvió a contar y halló cabal el número. Y, confiriendo unas señales con otras, de todo punto certificó por verdadera su imaginación, de la cual dio por estenso cuenta a su madre, que, como discreta, se informó si el caballero donde su nieto estaba había tenido o tenía algún hijo. Y halló que el que llamamos Rodolfo lo era, y que estaba en Italia; y, tanteando el tiempo que le dijeron que había faltado de España, vio que eran los mismos siete años que el nieto tenía.

Dio aviso de todo esto a su marido, y entre los dos y su hija acordaron de esperar lo que Dios hacía del herido, el cual dentro de quince días estuvo fuera de peligro y a los treinta se levantó; en todo el cual tiempo fue visitado de la madre y de la abuela, y regalado de los dueños de la casa como si fuera su mismo hijo. Y algunas veces, hablando con Leocadia doña Estefanía, que así se llamaba la mujer del caballero, le decía que aquel niño parecía tanto a un hijo suyo que estaba en Italia, que ninguna vez le miraba que no le pareciese ver a su hijo delante. Destas razones tomó ocasión de decirle una vez, que se halló sola con ella, las que con acuerdo de sus padres había determinado de decille, que fueron éstas o otras semejantes:

-El día, señora, que mis padres oyeron decir que su sobrino estaba tan malparado, creyeron y pensaron que se les había cerrado el cielo y caído todo el mundo a cuestas. Imaginaron que ya les faltaba la lumbre de sus ojos y el báculo de su vejez, faltándoles este sobrino, a quien ellos quieren con amor de tal manera, que con muchas ventajas excede al que suelen tener otros padres a sus hijos. Mas, como decirse suele, que cuando Dios da la llaga da la medicina, la halló el niño en esta casa, y yo en ella el acuerdo de unas memorias que no las podré olvidar mientras la vida me durare. Yo, señora, soy noble porque mis padres lo son y lo han sido todos mis antepasados, que, con una medianía de los bienes de fortuna, han sustentado su honra felizmente dondequiera que han vivido.

Admirada y suspensa estaba doña Estefanía, escuchando las razones de Leocadia, y no podía creer, aunque lo veía, que tanta discreción pudiese encerrarse en tan pocos años, puesto que, a su parecer, la juzgaba por de veinte, poco más a menos. Y, sin decirle ni replicarle palabra, esperó todas las que quiso decirle, que fueron aquellas que bastaron para contarle la travesura de su hijo, la deshonra suya, el robo, el cubrirle los ojos, el traerla a aquel aposento, las señales en que había conocido ser aquel mismo que sospechaba. Para cuya confirmación sacó del pecho la imagen del crucifijo que había llevado, a quien dijo:

-Tú, Señor, que fuiste testigo de la fuerza que se me hizo, sé juez de la enmienda que se me debe hacer. De encima de aquel escritorio te llevé con propósito de acordarte siempre mi agravio, no para pedirte venganza dél, que no la pretendo, sino para rogarte me dieses algún consuelo con que llevar en paciencia mi desgracia.

»Este niño, señora, con quien habéis mostrado el estremo de vuestra caridad, es vuestro verdadero nieto. Permisión fue del cielo el haberle atropellado, para que, trayéndole a vuestra casa, hallase yo en ella, como espero que he de hallar, si no el remedio que mejor convenga, y cuando no con mi desventura, a lo menos el medio con que pueda sobrellevalla.

Diciendo esto, abrazada con el crucifijo, cayó desmayada en los brazos de Estefanía, la cual, en fin, como mujer y noble, en quien la compasión y misericordia suele ser tan natural como la crueldad en el hombre, apenas vio el desmayo de Leocadia, cuando juntó su rostro con el suyo, derramando sobre él tantas lágrimas que no fue menester esparcirle otra agua encima para que Leocadia en sí volviese.

Estando las dos desta manera, acertó a entrar el caballero marido de Estefanía, que traía a Luisico de la mano; y, viendo el llanto de Estefanía y el desmayo de Leocadia, preguntó a gran priesa le dijesen la causa de do procedía. El niño abrazaba a su madre por su prima y a su abuela por su bienhechora, y asimismo preguntaba por qué lloraban.

-Grandes cosas, señor, hay que deciros -respondió Estefanía a su marido-, cuyo remate se acabará con deciros que hagáis cuenta que esta desmayada es hija vuestra y este niño vuestro nieto. Esta verdad que os digo me ha dicho esta niña, y la ha confirmado y confirma el rostro deste niño, en el cual entrambos habemos visto el de nuestro hijo.

-Si más no os declaráis, señora, yo no os entiendo -replicó el caballero.

En esto volvió en sí Leocadia, y, abrazada del crucifijo, parecía estar convertida en un mar de llanto. Todo lo cual tenía puesto en gran confusión al caballero, de la cual salió contándole su mujer todo aquello que Leocadia le había contado; y él lo creyó, por divina permisión del cielo, como si con muchos y verdaderos testigos se lo hubieran probado. Consoló y abrazó a Leocadia, besó a su nieto, y aquel mismo día despacharon un correo a Nápoles, avisando a su hijo se viniese luego, porque le tenían concertado casamiento con una mujer hermosa sobremanera y tal cual para él convenía. No consintieron que Leocadia ni su hijo volviesen más a la casa de sus padres, los cuales, contentísimos del buen suceso de su hija, daban sin cesar infinitas gracias a Dios por ello.

Llegó el correo a Nápoles, y Rodolfo, con la golosina de gozar tan hermosa mujer como su padre le significaba, de allí a dos días que recibió la carta, ofreciéndosele ocasión de cuatro galeras que estaban a punto de venir a España, se embarcó en ellas con sus dos camaradas, que aún no le habían dejado, y con próspero suceso en doce días llegó a Barcelona, y de allí, por la posta, en otros siete se puso en Toledo y entró en casa de su padre, tan galán y tan bizarro, que los etremos de la gala y de la bizarría estaban en él todos juntos.

Alegráronse sus padres con la salud y bienvenida de su hijo. Suspendióse Leocadia, que de parte escondida le miraba, por no salir de la traza y orden que doña Estefanía le había dado. Las camaradas de Rodolfo quisieran irse a sus casas luego, pero no lo consintió Estefanía por haberlos menester para su designio. Estaba cerca la noche cuando Rodolfo llegó, y, en tanto que se aderezaba la cena, Estefanía llamó aparte las camaradas de su hijo, creyendo, sin duda alguna, que ellos debían de ser los dos de los tres que Leocadia había dicho que iban con Rodolfo la noche que la robaron, y con grandes ruegos les pidió le dijesen si se acordaban que su hijo había robado a una mujer tal noche, tanto años había; porque el saber la verdad desto importaba la honra y el sosiego de todos sus parientes. Y con tales y tantos encarecimientos se lo supo rogar, y de tal manera les asegurar que de descubrir este robo no les podía suceder daño alguno, que ellos tuvieron por bien de confesar ser verdad que una noche de verano, yendo ellos dos y otro amigo con Rodolfo, robaron en la misma que ella señalaba a una muchacha, y que Rodolfo se había venido con ella, mientras ellos detenían a la gente de su familia, que con voces la querían defender, y que otro día les había dicho Rodolfo que la había llevado a su casa; y sólo esto era lo que podían responder a lo que les preguntaban.

La confesión destos dos fue echar la llave a todas las dudas que en tal caso le podían ofrecer; y así, determinó de llevar al cabo su buen pensamiento, que fue éste: poco antes que se sentasen a cenar, se entró en un aposento a solas su madre con Rodolfo, y, poniéndole un retrato en las manos, le dijo:

-Yo quiero, Rodolfo hijo, darte una gustosa cena con mostrarte a tu esposa: éste es su verdadero retrato, pero quiérote advertir que lo que le falta de belleza le sobra de virtud; es noble y discreta y medianamente rica, y, pues tu padre y yo te la hemos escogido, asegúrate que es la que te conviene.

Atentamente miró Rodolfo el retrato, y dijo:

-Si los pintores, que ordinariamente suelen ser pródigos de la hermosura con los rostros que retratan, lo han sido también con éste, sin duda creo que el original debe de ser la misma fealdad. A la fe, señora y madre mía, justo es y bueno que los hijos obedezcan a sus padres en cuanto les mandaren; pero también es conveniente, y mejor, que los padres den a sus hijos el estado de que más gustaren. Y, pues el del matrimonio es nudo que no le desata sino la muerte, bien será que sus lazos sean iguales y de unos mismos hilos fabricados. La virtud, la nobleza, la discreción y los bienes de la fortuna bien pueden alegrar el entendimiento de aquel a quien le cupieron en suerte con su esposa; pero que la fealdad della alegre los ojos del esposo, paréceme imposible. Mozo soy, pero bien se me entiende que se compadece con el sacramento del matrimonio el justo y debido deleite que los casados gozan, y que si él falta, cojea el matrimonio y desdice de su segunda intención. Pues pensar que un rostro feo, que se ha de tener a todas horas delante de los ojos, en la sala, en la mesa y en la cama, pueda deleitar, otra vez digo que lo tengo por casi imposible. Por vida de vuesa merced, madre mía, que me dé compañera que me entretenga y no enfade; porque, sin torcer a una o a otra parte, igualmente y por camino derecho llevemos ambos a dos el yugo donde el cielo nos pusiere. Si esta señora es noble, discreta y rica, como vuesa merced dice, no le faltará esposo que sea de diferente humor que el mío: unos hay que buscan nobleza, otros discreción, otros dineros y otros hermosura; y yo soy destos últimos. Porque la nobleza, gracias al cielo y a mis pasados y a mis padres, que me la dejaron por herencia; discreción, como una mujer no sea necia, tonta o boba, bástale que ni por aguda despunte ni por boba no aproveche; de las riquezas, también las de mis padres me hacen no estar temeroso de venir a ser pobre. La hermosura busco, la belleza quiero, no con otra dote que con la de la honestidad y buenas costumbres; que si esto trae mi esposa, yo serviré a Dios con gusto y daré buena vejez a mis padres.

Contentísima quedó su madre de las razones de Rodolfo, por haber conocido por ellas que iba saliendo bien con su designio. Respondióle que ella procuraría casarle conforme su deseo, que no tuviese pena alguna, que era fácil deshacerse los conciertos que de casarle con aquella señora estaban hechos. Agradecióselo Rodolfo, y, por ser llegada la hora de cenar, se fueron a la mesa. Y, habiéndose ya sentado a ella el padre y la madre, Rodolfo y sus dos camaradas, dijo doña Estefanía al descuido:

-¡Pecadora de mí, y qué bien que trato a mi huéspeda! Andad vos -dijo a un criado-, decid a la señora doña Leocadia que, sin entrar en cuentas con su mucha honestidad, nos venga a honrar esta mesa, que los que a ella están todos son mis hijos y sus servidores.

Todo esto era traza suya, y de todo lo que había de hacer estaba avisada y advertida Leocadia. Poco tardó en salir Leocadia y dar de sí la improvisa y más hermosa muestra que pudo dar jamás compuesta y natural hermosura.

Venía vestida, por ser invierno, de una saya entera de terciopelo negro, llovida de botones de oro y perlas, cintura y collar de diamantes. Sus mismos cabellos, que eran luengos y no demasiadamente rubios, le servían de adorno y tocas, cuya invención de lazos y rizos y vislumbres de diamantes que con ellas se entretejían, turbaban la luz de los ojos que los miraban. Era Leocadia de gentil disposición y brío; traía de la mano a su hijo, y delante della venían dos doncellas, alumbrándola con dos velas de cera en dos candeleros de plata. Levantáronse todos a hacerla reverencia, como si fuera a alguna cosa del cielo que allí milagrosamente se había aparecido. Ninguno de los que allí estaban embebecidos mirándola parece que, de atónitos, no acertaron a decirle palabra. Leocadia, con airosa gracia y discreta crianza, se humilló a todos; y, tomándola de la mano Estefanía la sentó junto a sí, frontero de Rodolfo. Al niño sentaron junto a su abuelo.

Rodolfo, que desde más cerca miraba la incomparable belleza de Leocadia, decía entre sí: *Si la mitad desta hermosura tuviera la que mi madre me tiene escogida por esposa, tuviérame yo por el más dichoso hombre del mundo. ¡Válame Dios! ¿Qué es esto que veo? ¿Es por ventura algún ángel humano el que estoy mirando?* Y en esto, se le iba entrando por los ojos a tomar posesión de su alma la hermosa imagen de Leocadia, la cual, en tanto que la cena venía, viendo también tan cerca de sí al que ya quería más que a la luz de los ojos, con que alguna vez a hurto le miraba, comenzó a revolver en su imaginación lo que con Rodolfo había pasado. Comenzaron a enflaquecerse en su alma las esperanzas que de ser su esposo su madre le había dado, temiendo que a la cortedad de su ventura habían de corresponder las promesas de su madre. Consideraba cuán cerca estaba de ser dichosa o sin dicha para siempre. Y fue la consideración tan intensa y los pensamientos tan revueltos, que le apretaron el corazón de manera que comenzó a sudar y a perderse de color en un punto, sobreviniéndole un desmayo que le forzó a reclinar la cabeza en los brazos de doña Estefanía, que, como ansí la vio, con turbación la recibió en ellos.

Sobresaltáronse todos, y, dejando la mesa, acudieron a remediarla. Pero el que dio más muestras de sentirlo fue Rodolfo, pues por llegar presto a ella tropezó y cayó dos veces. Ni por desabrocharla ni echarla agua en el rostro volvía en sí; antes, el levantado pecho y el pulso, que no se le hallaban, iban dando precisas señales de su muerte; y las criadas y criados de casa, como menos considerados, dieron voces y la publicaron por muerta. Estas amargas nuevas llegaron a los oídos de los padres de Leocadia, que para más gustosa ocasión los tenía doña Estefanía escondidos. Los cuales, con el cura de la parroquia, que ansimismo con ellos estaba, rompiendo el orden de Estefanía, salieron a la sala.

Llegó el cura presto, por ver si por algunas señales daba indicios de arrepentirse de sus pecados, para absolverla dellos; y donde pensó hallar un desmayado halló dos, porque ya estaba Rodolfo, puesto el rostro sobre el pecho de Leocadia. Diole su madre lugar que a ella llegase, como a cosa que había de ser suya; pero, cuando vio que también estaba sin sentido, estuvo a pique de perder el suyo, y le perdiera si no viera que Rodolfo tornaba en sí, como volvió, corrido de que le hubiesen visto hacer tan estremados estremos.

Pero su madre, casi como adivina de lo que su hijo sentía, le dijo:

-No te corras, hijo, de los estremos que has hecho, sino córrete de los que no hicieres cuando sepas lo que no quiero tenerte más encubierto, puesto que pensaba dejarlo hasta más alegre coyuntura. Has de saber, hijo de mi alma, que esta desmayada que en los brazos tengo es tu verdadera esposa: llamo verdadera porque yo y tu padre te la teníamos escogida, que la del retrato es falsa.

Cuando esto oyó Rodolfo, llevado de su amoroso y encendido deseo, y quitándole el nombre de esposo todos los estorbos que la honestidad y decencia del lugar le podían poner, se abalanzó al rostro de Leocadia, y, juntando su boca con la della, estaba como esperando que se le saliese el alma para darle acogida en la suya. Pero, cuando más las lágrimas de todos por lástima crecían, y por dolor las voces se aumentaban, y los cabellos y barbas de la madre y padre de Leocadia arrancados venían a menos, y los gritos de su hijo penetraban los cielos, volvió en sí Leocadia, y con su vuelta volvió la alegría y el contento que de los pechos de los circunstantes se había ausentado.

Hallóse Leocadia entre los brazos de Rodolfo, y quisiera con honesta fuerza desasirse dellos; pero él le dijo:

-No, señora, no ha de ser ansí. No es bien que punéis por apartaros de los brazos de aquel que os tiene en el alma.

A esta razón acabó de todo en todo de cobrar Leocadia sus sentidos, y acabó doña Estefanía de no llevar más adelante su determinación primera, diciendo al cura que luego luego desposase a su hijo con Leocadia. Él lo hizo ansí, que por haber sucedido este caso en tiempo cuando con sola la voluntad de los contrayentes, sin las diligencias y prevenciones justas y santas que ahora se usan, quedaba hecho el matrimonio, no hubo dificultad que impidiese el desposorio. El cual hecho, déjese a otra pluma y a otro ingenio más delicado que el mío el contar la alegría universal de todos los que en él se hallaron: los abrazos que los padres de Leocadia dieron a Rodolfo, las gracias que dieron al cielo y a sus padres, los ofrecimientos de las partes, la admiración de las camaradas de Rodolfo, que tan impensadamente vieron la misma noche de su llegada tan hermoso desposorio, y más cuando supieron, por contarlo delante de todos doña Estefanía, que Leocadia era la doncella que en su compañía su hijo había robado, de que no menos suspenso quedó Rodolfo. Y, por certificarse más de aquella verdad, preguntó a Leocadia le dijese alguna señal por donde viniese en conocimiento entero de lo que no dudaba, por parecerles que sus padres lo tendrían bien averiguado. Ella respondió:

-Cuando yo recordé y volví en mí de otro desmayo, me hallé, señor, en vuestros brazos sin honra; pero yo lo doy por bien empleado, pues, al volver del que ahora he tenido, ansimismo me hallé en los brazos de entonces, pero honrada. Y si esta señal no basta, baste la de una imagen de un crucifijo que nadie os la pudo hurtar sino yo, si es que por la mañana le echastes menos y si es el mismo que tiene mi señora.

-Vos lo sois de mi alma, y lo seréis los años que Dios ordenare, bien mío.

Y, abrazándola de nuevo, de nuevo volvieron las bendiciones y parabienes que les dieron.

Vino la cena, y vinieron músicos que para esto estaban prevenidos. Viose Rodolfo a sí mismo en el espejo del rostro de su hijo; lloraron sus cuatro abuelos de gusto; no quedó rincón en toda la casa que no fuese visitado del júbilo, del contento y de la alegría. Y, aunque la noche volaba con sus ligeras y negras alas, le parecía a Rodolfo que iba y caminaba no con alas, sino con muletas: tan grande era el deseo de verse a solas con su querida esposa.

Llegóse, en fin, la hora deseada, porque no hay fin que no le tenga. Fuéronse a acostar todos, quedó toda la casa sepultada en silencio, en el cual no quedará la verdad deste cuento, pues no lo consentirán los muchos hijos y la ilustre descendencia que en Toledo dejaron, y agora viven, estos dos venturosos desposados, que muchos y felices años gozaron de sí mismos, de sus hijos y de sus nietos, permitido todo por el cielo y por la fuerza de la sangre, que vio derramada en el suelo el valeroso, ilustre y cristiano abuelo de Luisico.

El celoso extremeño

No ha muchos años que de un lugar de Extremadura salió un hidalgo, nacido de padres nobles, el cual, como un otro Pródigo, por diversas partes de España, Italia y Flandes anduvo gastando así los años como la hacienda; y, al fin de muchas peregrinaciones, muertos ya sus padres y gastado su patrimonio, vino a parar a la gran ciudad de Sevilla, donde halló ocasión muy bastante para acabar de consumir lo poco que le quedaba. Viéndose, pues, tan falto de dineros, y aun no con muchos amigos, se acogió al remedio a que otros muchos perdidos en aquella ciudad se acogen, que es el pasarse a las Indias, refugio y amparo de los desesperados de España, iglesia de los alzados, salvoconduto de los homicidas, pala y cubierta de los jugadores (a quien llaman ciertos los peritos en el arte), añagaza general de mujeres libres, engaño común de muchos y remedio particular de pocos. En fin, llegado el tiempo en que una flota se partía para Tierrafirme, acomodándose con el almirante della, aderezó su matalotaje y su mortaja de esparto; y, embarcándose en Cádiz, echando la bendición a España, zarpó la flota, y con general alegría dieron las velas al viento, que blando y próspero soplaba, el cual en pocas horas les encubrió la tierra y les descubrió las anchas y espaciosas llanuras del gran padre de las aguas, el mar Océano.

Iba nuestro pasajero pensativo, revolviendo en su memoria los muchos y diversos peligros que en los años de su peregrinación había pasado, y el mal gobierno que en todo el discurso de su vida había tenido; y sacaba de la cuenta que a sí mismo se iba tomando una firme resolución de mudar manera de vida, y de tener otro estilo en guardar la hacienda que Dios fuese servido de darle, y de proceder con más recato que hasta allí con las mujeres.

La flota estaba como en calma cuando pasaba consigo esta tormenta Felipo de Carrizales, que éste es el nombre del que ha dado materia a nuestra novela. Tornó a soplar el viento, impeliendo con tanta fuerza los navíos, que no dejó a nadie en sus asientos; y así, le fue forzoso a Carrizales dejar sus imaginaciones, y dejarse llevar de solos los cuidados que el viaje le ofrecía; el cual viaje fue tan próspero que, sin recebir algún revés ni contraste, llegaron al puerto de Cartagena. Y, por concluir con todo lo que no hace a nuestro propósito, digo que la edad que tenía Filipo cuando pasó a las Indias sería de cuarenta y ocho años; y en veinte que en ellas estuvo, ayudado de su industria y diligencia, alcanzó a tener más de ciento y cincuenta mil pesos ensayados.

Viéndose, pues, rico y próspero, tocado del natural deseo que todos tienen de volver a su patria, pospuestos grandes intereses que se le ofrecían, dejando el Pirú, donde había granjeado tanta hacienda, trayéndola toda en barras de oro y plata, y registrada, por quitar inconvenientes, se volvió a España. Desembarcó en Sanlúcar; llegó a Sevilla, tan lleno de años como de riquezas; sacó sus partidas sin zozobras; buscó sus amigos: hallólos todos muertos; quiso partirse a su tierra, aunque ya había tenido nuevas que ningún pariente le había dejado la muerte. Y si cuando iba a Indias, pobre y menesteroso, le iban combatiendo muchos pensamientos, sin dejarle sosegar un punto en mitad de las ondas del mar, no menos ahora en el sosiego de la tierra le combatían, aunque por diferente causa: que si entonces no dormía por pobre, ahora no podía sosegar de rico; que tan pesada carga es la riqueza al que no está usado a tenerla ni sabe usar della, como lo es la pobreza al que continuo la tiene. Cuidados acarrea el oro y cuidados la falta dél; pero los unos se remedian con alcanzar alguna mediana cantidad, y los otros se aumentan mientras más parte se alcanzan.

Contemplaba Carrizales en sus barras, no por miserable, porque en algunos años que fue soldado aprendió a ser liberal, sino en lo que había de hacer dellas, a causa que tenerlas en ser era cosa infrutuosa, y tenerlas en casa, cebo para los codiciosos y despertador para los ladrones.

Habíase muerto en él la gana de volver al inquieto trato de las mercancías, y parecíale que, conforme a los años que tenía, le sobraban dineros para pasar la vida, y quisiera pasarla en su tierra y dar en ella su hacienda a tributo, pasando en ella los años de su vejez en quietud y sosiego, dando a Dios lo que podía, pues había dado al mundo más de lo que debía. Por otra parte, consideraba que la estrecheza de su patria era mucha y la gente muy pobre, y que el irse a vivir a ella era ponerse por blanco de todas las importunidades que los pobres suelen dar al rico que tienen por vecino, y más cuando no hay otro en el lugar a quien acudir con sus miserias. Quisiera tener a quien dejar sus bienes después de sus días, y con este deseo tomaba el pulso a su fortaleza, y parecíale que aún podía llevar la carga del matrimonio; y, en viniéndole este pensamiento, le sobresaltaba un tan gran miedo, que así se le desbarataba y deshacía como hace a la niebla el viento; porque de su natural condición era el más celoso hombre del mundo, aun sin estar casado, pues con sólo la imaginación de serlo le comenzaban a ofender los celos, a fatigar las sospechas y a sobresaltar las imaginaciones; y esto con tanta eficacia y vehemencia, que de todo en todo propuso de no casarse.

Y, estando resuelto en esto, y no lo estando en lo que había de hacer de su vida, quiso su suerte que, pasando un día por una calle, alzase los ojos y viese a una ventana puesta una doncella, al parecer de edad de trece a catorce años, de tan agradable rostro y tan hermosa que, sin ser poderoso para defenderse, el buen viejo Carrizales rindió la flaqueza de sus muchos años a los pocos de Leonora, que así era el nombre de la hermosa doncella. Y luego, sin más detenerse, comenzó a hacer un gran montón de discursos; y, hablando consigo mismo, decía:

-Esta muchacha es hermosa, y a lo que muestra la presencia desta casa, no debe de ser rica; ella es niña, sus pocos años pueden asegurar mis sospechas; casarme he con ella; encerraréla y haréla a mis mañas, y con esto no tendrá otra condición que aquella que yo le enseñare. Y no soy tan viejo que pueda perder la esperanza de tener hijos que me hereden. De que tenga dote o no, no hay para qué hacer caso, pues el cielo me dio para todos; y los ricos no han de buscar en sus matrimonios hacienda, sino gusto: que el gusto alarga la vida, y los disgustos entre los casados la acortan. Alto, pues: echada está la suerte, y ésta es la que el cielo quiere que yo tenga.

Y así hecho este soliloquio, no una vez, sino ciento, al cabo de algunos días habló con los padres de Leonora, y supo como, aunque pobres, eran nobles; y, dándoles cuenta de su intención y de la calidad de su persona y hacienda, les rogó le diesen por mujer a su hija. Ellos le pidieron tiempo para informarse de lo que decía, y que él también le tendría para enterarse ser verdad lo que de su nobleza le habían dicho. Despidiéronse, informáronse las partes, y hallaron ser ansí lo que entrambos dijeron; y, finalmente, Leonora quedó por esposa de Carrizales, habiéndola dotado primero en veinte mil ducados: tal estaba de abrasado el pecho del celoso viejo. El cual, apenas dio el sí de esposo, cuando de golpe le embistió un tropel de rabiosos celos, y comenzó sin causa alguna a temblar y a tener mayores cuidados que jamás había tenido. Y la primera muestra que dio de su condición celosa fue no querer que sastre alguno tomase la medida a su esposa de los muchos vestidos que pensaba hacerle; y así, anduvo mirando cuál otra mujer tendría, poco más a menos, el talle y cuerpo de Leonora, y halló una pobre, a cuya medida hizo hacer una ropa, y, probándosela su esposa, halló que le venía bien; y por aquella medida hizo los demás vestidos, que fueron tantos y tan ricos, que los padres de la desposada se tuvieron por más que dichosos en haber acertado con tan buen yerno, para remedio suyo y de su hija. La niña estaba asombrada de ver tantas galas, a causa que las que ella en su vida se había puesto no pasaban de una saya de raja y una ropilla de tafetán.

La segunda señal que dio Filipo fue no querer juntarse con su esposa hasta tenerla puesta casa aparte, la cual aderezó en esta forma: compró una en doce mil ducados, en un barrio principal de la ciudad, que tenía agua de pie y jardín con muchos naranjos; cerró todas las ventanas que miraban a la calle y dioles vista al cielo, y lo mismo hizo de todas las otras de casa. En el portal de la calle, que en Sevilla llaman casapuerta, hizo una caballeriza para una mula, y encima della un pajar y apartamiento donde estuviese el que había de curar della, que fue un negro viejo y eunuco; levantó las paredes de las azoteas de tal manera, que el que entraba en la casa había de mirar al cielo por línea recta, sin que pudiesen ver otra cosa; hizo torno que de la casapuerta respondía al patio.

Compró un rico menaje para adornar la casa, de modo que por tapicerías, estrados y doseles ricos mostraba ser de un gran señor. Compró, asimismo, cuatro esclavas blancas, y herrólas en el rostro, y otras dos negras bozales. Concertóse con un despensero que le trujese y comprase de comer, con condición que no durmiese en casa ni entrase en ella sino hasta el torno, por el cual había de dar lo que trujese. Hecho esto, dio parte de su hacienda a censo, situada en diversas y buenas partes, otra puso en el banco, y quedóse con alguna, para lo que se le ofreciese. Hizo, asimismo, llave maestra para toda la casa, y encerró en ella todo lo que suele comprarse en junto y en sus sazones, para la provisión de todo el año; y, teniéndolo todo así aderezado y compuesto, se fue a casa de sus suegros y pidió a su mujer, que se la entregaron no con pocas lágrimas, porque les pareció que la llevaban a la sepultura.

La tierna Leonora aún no sabía lo que la había acontecido; y así, llorando con sus padres, les pidió su bendición, y, despidiéndose dellos, rodeada de sus esclavas y criadas, asida de la mano de su marido, se vino a su casa; y, en entrando en ella, les hizo Carrizales un sermón a todas, encargándoles la guarda de Leonora y que por ninguna vía ni en ningún modo dejasen entrar a nadie de la segunda puerta adentro, aunque fuese al negro eunuco. Y a quien más encargó la guarda y regalo de Leonora fue a una dueña de mucha prudencia y gravedad, que recibió como para aya de Leonora, y para que fuese superintendente de todo lo que en la casa se hiciese, y para que mandase a las esclavas y a otras dos doncellas de la misma edad de Leonora, que para que se entretuviese con las de sus mismos años asimismo había recebido. Prometióles que las trataría y regalaría a todas de manera que no sintiesen su encerramiento, y que los días de fiesta, todos, sin faltar ninguno, irían a oír misa; pero tan de mañana, que apenas tuviese la luz lugar de verlas. Prometiéronle las criadas y esclavas de hacer todo aquello que les mandaba, sin pesadumbre, con prompta voluntad y buen ánimo. Y la nueva esposa, encogiendo los hombros, bajó la cabeza y dijo que ella no tenía otra voluntad que la de su esposo y señor, a quien estaba siempre obediente.

Hecha esta prevención y recogido el buen extremeño en su casa, comenzó a gozar como pudo los frutos del matrimonio, los cuales a Leonora, como no tenía experiencia de otros, ni eran gustosos ni desabridos; y así, pasaba el tiempo con su dueña, doncellas y esclavas, y ellas, por pasarle mejor, dieron en ser golosas, y pocos días se pasaban sin hacer mil cosas a quien la miel y el azúcar hacen sabrosas. Sobrábales para esto en grande abundancia lo que habían menester, y no menos sobraba en su amo la voluntad de dárselo, pareciéndole que con ello las tenía entretenidas y ocupadas, sin tener lugar donde ponerse a pensar en su encerramiento.

Leonora andaba a lo igual con sus criadas, y se entretenía en lo mismo que ellas, y aun dio con su simplicidad en hacer muñecas y en otras niñerías, que mostraban la llaneza de su condición y la terneza de sus años; todo lo cual era de grandísima satisfacción para el celoso marido, pareciéndole que había acertado a escoger la vida mejor que se la supo imaginar, y que por ninguna vía la industria ni la malicia humana podía perturbar su sosiego. Y así, sólo se desvelaba en traer regalos a su esposa y en acordarle le pidiese todos cuantos le viniesen al pensamiento, que de todos sería servida. Los días que iba a misa, que, como está dicho, era entre dos luces, venían sus padres y en la iglesia hablaban a su hija, delante de su marido, el cual les daba tantas dádivas que, aunque tenían lástima a su hija por la estrecheza en que vivía, la templaban con las muchas dádivas que Carrizales, su liberal yerno, les daba.

Levantábase de mañana y aguardaba a que el despensero viniese, a quien de la noche antes, por una cédula que ponían en el torno, le avisaban lo que había de traer otro día; y, en viniendo el despensero, salía de casa Carrizales, las más veces a pie, dejando cerradas las dos puertas, la de la calle y la de en medio, y entre las dos quedaba el negro. Íbase a sus negocios, que eran pocos, y con brevedad daba la vuelta; y, encerrándose, se entretenía en regalar a su esposa y acariciar a sus criadas, que todas le querían bien, por ser de condición llana y agradable, y, sobre todo, por mostrarse tan liberal con todas.

Desta manera pasaron un año de noviciado y hicieron profesión en aquella vida, determinándose de llevarla hasta el fin de las suyas: y así fuera si el sagaz perturbador del género humano no lo estorbara, como ahora oiréis.

Dígame ahora el que se tuviere por más discreto y recatado qué más prevenciones para su seguridad podía haber hecho el anciano Felipo, pues aun no consintió que dentro de su casa hubiese algún animal que fuese varón. A los ratones della jamás los persiguió gato, ni en ella se oyó ladrido de perro: todos eran del género femenino. De día pensaba, de noche no dormía; él era la ronda y centinela de su casa y el Argos de lo que bien quería. Jamás entró hombre de la puerta adentro del patio. Con sus amigos negociaba en la calle. Las figuras de los paños que sus salas y cuadras adornaban, todas eran hembras, flores y boscajes. Toda su casa olía a honestidad, recogimiento y recato: aun hasta en las consejas que en las largas noches del invierno en la chimenea sus criadas contaban, por estar él presente, en ninguna ningún género de lascivia se descubría. La plata de las canas del viejo, a los ojos de Leonora, parecían cabellos de oro puro, porque el amor primero que las doncellas tienen se les imprime en el alma como el sello en la cera. Su demasiada guarda le parecía advertido recato: pensaba y creía que lo que ella pasaba pasaban todas las recién casadas. No se desmandaban sus pensamientos a salir de las paredes de su casa, ni su voluntad deseaba otra cosa más de aquella que la de su marido quería; sólo los días que iba a misa veía las calles, y esto era tan de mañana que, si no era al volver de la iglesia, no había luz para mirallas.

No se vio monasterio tan cerrado, ni monjas más recogidas, ni manzanas de oro tan guardadas; y con todo esto, no pudo en ninguna manera prevenir ni escusar de caer en lo que recelaba; a lo menos, en pensar que había caído.

Hay en Sevilla un género de gente ociosa y holgazana, a quien comúnmente suelen llamar gente de barrio. Éstos son los hijos de vecino de cada colación, y de los más ricos della; gente baldía, atildada y meliflua, de la cual y de su traje y manera de vivir, de su condición y de las leyes que guardan entre sí, había mucho que decir; pero por buenos respectos se deja.

Uno destos galanes, pues, que entre ellos es llamado virote (mozo soltero, que a los recién casados llaman mantones), asestó a mirar la casa del recatado Carrizales; y, viéndola siempre cerrada, le tomó gana de saber quién vivía dentro; y con tanto ahínco y curiosidad hizo la diligencia, que de todo en todo vino a saber lo que deseaba. Supo la condición del viejo, la hermosura de su esposa y el modo que tenía en guardarla; todo lo cual le encendió el deseo de ver si sería posible expunar, por fuerza o por industria, fortaleza tan guardada. Y, comunicándolo con dos virotes y un mantón, sus amigos, acordaron que se pusiese por obra; que nunca para tales obras faltan consejeros y ayudadores.

Dificultaban el modo que se tendría para intentar tan dificultosa hazaña; y, habiendo entrado en bureo muchas veces, convinieron en esto: que, fingiendo Loaysa, que así se llamaba el virote, que iba fuera de la ciudad por algunos días, se quitase de los ojos de sus amigos, como lo hizo; y, hecho esto, se puso unos calzones de lienzo limpio y camisa limpia; pero encima se puso unos vestidos tan rotos y remendados, que ningún pobre en toda la ciudad los traía tan astrosos. Quitóse un poco de barba que tenía, cubrióse un ojo con un parche, vendóse una pierna estrechamente, y, arrimándose a dos muletas, se convirtió en un pobre tullido: tal, que el más verdadero estropeado no se le igualaba.

Con este talle se ponía cada noche a la oración a la puerta de la casa de Carrizales, que ya estaba cerrada, quedando el negro, que Luis se llamaba, cerrado entre las dos puertas. Puesto allí Loaysa, sacaba una guitarrilla algo grasienta y falta de algunas cuerdas, y, como él era algo músico, comenzaba a tañer algunos sones alegres y regocijados, mudando la voz por no ser conocido. Con esto, se daba priesa a cantar romances de moros y moras, a la loquesca, con tanta gracia, que cuantos pasaban por la calle se ponían a escucharle; y siempre, en tanto que cantaba, estaba rodeado de muchachos; y Luis, el negro, poniendo los oídos por entre las puertas, estaba colgado de la música del virote, y diera un brazo por poder abrir la puerta y escucharle más a su placer: tal es la inclinación que los negros tienen a ser músicos. Y, cuando Loaysa quería que los que le escuchaban le dejasen, dejaba de cantar y recogía su guitarra, y, acogiéndose a sus muletas, se iba.

Cuatro o cinco veces había dado música al negro (que por solo él la daba), pareciéndole que, por donde se había de comenzar a desmoronar aquel edificio, había y debía ser por el negro; y no le salió vano su pensamiento, porque, llegándose una noche, como solía, a la puerta, comenzó a templar su guitarra, y sintió que el negro estaba ya atento; y, llegándose al quicio de la puerta, con voz baja, dijo:

-¿Será posible, Luis, darme un poco de agua, que perezco de sed y no puedo cantar?

-No -dijo el negro-, porque no tengo la llave desta puerta, ni hay agujero por donde pueda dárosla.

-Pues, ¿quién tiene la llave? -preguntó Loaysa.

-Mi amo -respondió el negro-, que es el más celoso hombre del mundo. Y si él supiese que yo estoy ahora aquí hablando con nadie, no sería más mi vida. Pero, ¿quién sois vos que me pedís el agua?

-Yo -respondió Loaysa- soy un pobre estropeado de una pierna, que gano mi vida pidiendo por Dios a la buena gente; y, juntamente con esto, enseño a tañer a algunos morenos y a otra gente pobre; y ya tengo tres negros, esclavos de tres veinticuatros, a quien he enseñado de modo que pueden cantar y tañer en cualquier baile y en cualquier taberna, y me lo han pagado muy rebién.

-Harto mejor os lo pagara yo -dijo Luis- a tener lugar de tomar lición; pero no es posible, a causa que mi amo, en saliendo por la mañana, cierra la puerta de la calle, y cuando vuelve hace lo mismo, dejándome emparedado entre dos puertas.

-¡Por Dios!, Luis -replicó Loaysa, que ya sabía el nombre del negro-, que si vos diésedes traza a que yo entrase algunas noches a daros lición, en menos de quince días os sacaría tan diestro en la guitarra, que pudiésedes tañer sin vergüenza alguna en cualquiera esquina; porque os hago saber que tengo grandísima gracia en el enseñar, y más, que he oído decir que vos tenéis muy buena habilidad; y, a lo que siento y puedo juzgar por el órgano de la voz, que es atiplada, debéis de cantar muy bien.

-No canto mal -respondió el negro-; pero, ¿qué aprovecha?, pues no sé tonada alguna, si no es la de La Estrella de Venus y la de Por un verde prado, y aquélla que ahora se usa que dice:

A los hierros de una reja
la turbada mano asida...

-Todas ésas son aire -dijo Loaysa- para las que yo os podría enseñar, porque sé todas las del moro Abindarráez, con las de su dama Jarifa, y todas las que se cantan de la historia del gran sofí Tomunibeyo, con las de la zarabanda a lo divino, que son tales, que hacen pasmar a los mismos portugueses; y esto enseño con tales modos y con tanta facilidad que, aunque no os deis priesa a aprender, apenas habréis comido tres o cuatro moyos de sal, cuando ya os veáis músico corriente y moliente en todo género de guitarra.

A esto suspiró el negro y dijo:

-¿Qué aprovecha todo eso, si no sé cómo meteros en casa?

-Buen remedio -dijo Loaysa-: procurad vos tomar las llaves a vuestro amo, y yo os daré un pedazo de cera, donde las imprimiréis de manera que queden señaladas las guardas en la cera; que, por la afición que os he tomado, yo haré que un cerrajero amigo mío haga las llaves, y así podré entrar dentro de noche y enseñaros mejor que al Preste Juan de las Indias, porque veo ser gran lástima que se pierda una tal voz como la vuestra, faltándole el arrimo de la guitarra; que quiero que sepáis, hermano Luis, que la mejor voz del mundo pierde de sus quilates cuando no se acompaña con el instrumento, ora sea de guitarra o clavicímbano, de órganos o de arpa; pero el que más a vuestra voz le conviene es el instrumento de la guitarra, por ser el más mañero y menos costoso de los instrumentos.

-Bien me parece eso -replicó el negro-; pero no puede ser, pues jamás entran las llaves en mi poder, ni mi amo las suelta de la mano de día, y de noche duermen debajo de su almohada.

-Pues haced otra cosa, Luis -dijo Loaysa-, si es que tenéis gana de ser músico consumado; que si no la tenéis, no hay para qué cansarme en aconsejaros.

-¡Y cómo si tengo gana! -replicó Luis-. Y tanta, que ninguna cosa dejaré de hacer, como sea posible salir con ella, a trueco de salir con ser músico.

-Pues ansí es -dijo el virote-, yo os daré por entre estas puertas, haciendo vos lugar quitando alguna tierra del quicio; digo que os daré unas tenazas y un martillo, con que podáis de noche quitar los clavos de la cerradura de loba con mucha facilidad, y con la misma volveremos a poner la chapa, de modo que no se eche de ver que ha sido desclavada; y, estando yo dentro, encerrado con vos en vuestro pajar, o adonde dormís, me daré tal priesa a lo que tengo de hacer, que vos veáis aun más de lo que os he dicho, con aprovechamiento de mi persona y aumento de vuestra suficiencia. Y de lo que hubiéremos de comer no tengáis cuidado, que yo llevaré matalotaje para entrambos y para más de ocho días; que discípulos tengo yo y amigos que no me dejarán mal pasar.

-De la comida -replicó el negro- no habrá de qué temer, que, con la ración que me da mi amo y con los relieves que me dan las esclavas, sobrará comida para otros dos. Venga ese martillo y tenazas que decís, que yo haré por junto a este quicio lugar por donde quepa, y le volveré a cubrir y tapar con barro; que, puesto que dé algunos golpes en quitar la chapa, mi amo duerme tan lejos desta puerta, que será milagro, o gran desgracia nuestra, si los oye.

-Pues, a la mano de Dios -dijo Loaysa-: que de aquí a dos días tendréis, Luis, todo lo necesario para poner en ejecución nuestro virtuoso propósito; y advertid en no comer cosas flemosas, porque no hacen ningún provecho, sino mucho daño a la voz.

-Ninguna cosa me enronquece tanto -respondió el negro- como el vino, pero no me lo quitaré yo por todas cuantas voces tiene el suelo.

-No digo tal -dijo Loaysa-, ni Dios tal permita. Bebed, hijo Luis, bebed, y buen provecho os haga, que el vino que se bebe con medida jamás fue causa de daño alguno.

-Con medida lo bebo -replicó el negro-: aquí tengo un jarro que cabe una azumbre justa y cabal; éste me llenan las esclavas, sin que mi amo lo sepa, y el despensero, a solapo, me trae una botilla, que también cabe justas dos azumbres, con que se suplen las faltas del jarro.

-Digo -dijo Loaysa- que tal sea mi vida como eso me parece, porque la seca garganta ni gruñe ni canta.

-Andad con Dios -dijo el negro-; pero mirad que no dejéis de venir a cantar aquí las noches que tardáredes en traer lo que habéis de hacer para entrar acá dentro, que ya me comen los dedos por verlos puestos en la guitarra.

-Y ¡cómo si vendré! -replicó Loaysa-. Y aun con tonadicas nuevas.

-Eso pido -dijo Luis-; y ahora no me dejéis de cantar algo, porque me vaya a acostar con gusto; y, en lo de la paga, entienda el señor pobre que le he de pagar mejor que un rico.

-No reparo en eso -dijo Loaysa-; que, según yo os enseñaré, así me pagaréis, y por ahora escuchad esta tonadilla, que cuando esté dentro veréis milagros.

-Sea en buen hora -respondió el negro.

Y, acabado este largo coloquio, cantó Loaysa un romancito agudo, con que dejó al negro tan contento y satisfecho, que ya no veía la hora de abrir la puerta.

Apenas se quitó Loaysa de la puerta, cuando, con más ligereza que el traer de sus muletas prometía, se fue a dar cuenta a sus consejeros de su buen comienzo, adivino del buen fin que por él esperaba. Hallólos y contó lo que con el negro dejaba concertado, y otro día hallaron los instrumentos, tales que rompían cualquier clavo como si fuera de palo.

No se descuidó el virote de volver a dar música al negro, ni menos tuvo descuido el negro en hacer el agujero por donde cupiese lo que su maestro le diese, cubriéndolo de manera que, a no ser mirado con malicia y sospechosamente, no se podía caer en el agujero.

La segunda noche le dio los instrumentos Loaysa, y Luis probó sus fuerzas; y, casi sin poner alguna, se halló rompidos los clavos y con la chapa de la cerradura en las manos: abrió la puerta y recogió dentro a su Orfeo y maestro; y, cuando le vio con sus dos muletas, y tan andrajoso y tan fajada su pierna, quedó admirado. No llevaba Loaysa el parche en el ojo, por no ser necesario, y, así como entró, abrazó a su buen discípulo y le besó en el rostro, y luego le puso una gran bota de vino en las manos, y una caja de conserva y otras cosas dulces, de que llevaba unas alforjas bien proveídas. Y, dejando las muletas, como si no tuviera mal alguno, comenzó a hacer cabriolas, de lo cual se admiró más el negro, a quien Loaysa dijo:

-Sabed, hermano Luis, que mi cojera y estropeamiento no nace de enfermedad, sino de industria, con la cual gano de comer pidiendo por amor de Dios, y ayudándome della y de mi música paso la mejor vida del mundo, en el cual todos aquellos que no fueren industriosos y tracistas morirán de hambre; y esto lo veréis en el discurso de nuestra amistad.

-Ello dirá -respondió el negro-; pero demos orden de volver esta chapa a su lugar, de modo que no se eche de ver su mudanza.

-En buen hora -dijo Loaysa.

Y, sacando clavos de sus alforjas, asentaron la cerradura de suerte que estaba tan bien como de antes, de lo cual quedó contentísimo el negro; y, subiéndose Loaysa al aposento que en el pajar tenía el negro, se acomodó lo mejor que pudo.

Encendió luego Luis un torzal de cera y, sin más aguardar, sacó su guitarra Loaysa; y, tocándola baja y suavemente, suspendió al pobre negro de manera que estaba fuera de sí escuchándole. Habiendo tocado un poco, sacó de nuevo colación y diola a su discípulo; y, aunque con dulce, bebió con tan buen talante de la bota, que le dejó más fuera de sentido que la música. Pasado esto, ordenó que luego tomase lición Luis, y, como el pobre negro tenía cuatro dedos de vino sobre los sesos, no acertaba traste; y, con todo eso, le hizo creer Loaysa que ya sabía por lo menos dos tonadas; y era lo bueno que el negro se lo creía, y en toda la noche no hizo otra cosa que tañer con la guitarra destemplada y sin las cuerdas necesarias.

Durmieron lo poco que de la noche les quedaba, y, a obra de las seis de la mañana, bajó Carrizales y abrió la puerta de en medio, y también la de la calle, y estuvo esperando al despensero, el cual vino de allí a un poco, y, dando por el torno la comida se volvió a ir, y llamó al negro, que bajase a tomar cebada para la mula y su ración; y, en tomándola, se fue el viejo Carrizales, dejando cerradas ambas puertas, sin echar de ver lo que en la de la calle se había hecho, de que no poco se alegraron maestro y discípulo.

Apenas salió el amo de casa, cuando el negro arrebató la guitarra y comenzó a tocar de tal manera que todas las criadas le oyeron, y por el torno le preguntaron:

-¿Qué es esto, Luis? ¿De cuándo acá tienes tú guitarra, o quién te la ha dado?

-¿Quién me la ha dado? -respondió Luis-. El mejor músico que hay en el mundo, y el que me ha de enseñar en menos de seis días más de seis mil sones.

-Y ¿dónde está ese músico? -preguntó la dueña.

-No está muy lejos de aquí -respondió el negro-; y si no fuera por vergüenza y por el temor que tengo a mi señor, quizá os le enseñara luego, y a fe que os holgásedes de verle.

-Y ¿adónde puede él estar que nosotras le podamos ver -replicó la dueña-, si en esta casa jamás entró otro hombre que nuestro dueño?

-Ahora bien -dijo el negro-, no os quiero decir nada hasta que veáis lo que yo sé y él me ha enseñado en el breve tiempo que he dicho.

-Por cierto -dijo la dueña- que, si no es algún demonio el que te ha de enseñar, que yo no sé quién te pueda sacar músico con tanta brevedad.

-Andad -dijo el negro-, que lo oiréis y lo veréis algún día.

-No puede ser eso -dijo otra doncella-, porque no tenemos ventanas a la calle para poder ver ni oír a nadie.

-Bien está -dijo el negro-; que para todo hay remedio si no es para escusar la muerte; y más si vosotras sabéis o queréis callar.

-¡Y cómo que callaremos, hermano Luis! -dijo una de las esclavas-. Callaremos más que si fuésemos mudas; porque te prometo, amigo, que me muero por oír una buena voz, que después que aquí nos emparedaron, ni aun el canto de los pájaros habemos oído.

Todas estas pláticas estaba escuchando Loaysa con grandísimo contento, pareciéndole que todas se encaminaban a la consecución de su gusto, y que la buena suerte había tomado la mano en guiarlas a la medida de su voluntad.

Despidiéronse las criadas con prometerles el negro que, cuando menos se pensasen, las llamaría a oír una muy buena voz; y, con temor que su amo volviese y le hallase hablando con ellas, las dejó y se recogió a su estancia y clausura. Quisiera tomar lición, pero no se atrevió a tocar de día, porque su amo no le oyese, el cual vino de allí a poco espacio, y, cerrando las puertas según su costumbre, se encerró en casa. Y, al dar aquel día de comer por el torno al negro, dijo Luis a una negra que se lo daba, que aquella noche, después de dormido su amo, bajasen todas al torno a oír la voz que les había prometido, sin falta alguna. Verdad es que antes que dijese esto había pedido con muchos ruegos a su maestro fuese contento de cantar y tañer aquella noche al torno, porque él pudiese cumplir la palabra que había dado de hacer oír a las criadas una voz estremada, asegurándole que sería en estremo regalado de todas ellas. Algo se hizo de rogar el maestro de hacer lo que él más deseaba; pero al fin dijo que haría lo que su buen discípulo pedía, sólo por darle gusto, sin otro interés alguno. Abrazóle el negro y diole un beso en el carrillo, en señal del contento que le había causado la merced prometida; y aquel día dio de comer a Loaysa tan bien como si comiera en su casa, y aun quizá mejor, pues pudiera ser que en su casa le faltara.

Llegóse la noche, y en la mitad della, o poco menos, comenzaron a cecear en el torno, y luego entendió Luis que era la cáfila, que había llegado; y, llamando a su maestro, bajaron del pajar, con la guitarra bien encordada y mejor templada. Preguntó Luis quién y cuántas eran las que escuchaban. Respondiéronle que todas, sino su señora, que quedaba durmiendo con su marido, de que le pesó a Loaysa; pero, con todo eso, quiso dar principio a su disignio y contentar a su discípulo; y, tocando mansamente la guitarra, tales sones hizo que dejó admirado al negro y suspenso el rebaño de las mujeres que le escuchaba.

Pues, ¿qué diré de lo que ellas sintieron cuando le oyeron tocar el Pésame dello y acabar con el endemoniado son de la zarabanda, nuevo entonces en España? No quedó vieja por bailar, ni moza que no se hiciese pedazos, todo a la sorda y con silencio estraño, poniendo centinelas y espías que avisasen si el viejo despertaba. Cantó asimismo Loaysa coplillas de la seguida, con que acabó de echar el sello al gusto de las escuchantes, que ahincadamente pidieron al negro les dijese quién era tan milagroso músico. El negro les dijo que era un pobre mendigante: el más galán y gentil hombre que había en toda la pobrería de Sevilla. Rogáronle que hiciese de suerte que ellas le viesen, y que no le dejase ir en quince días de casa, que ellas le regalarían muy bien y darían cuanto hubiese menester. Preguntáronle qué modo había tenido para meterle en casa. A esto no les respondió palabra; a lo demás dijo que, para poderle ver, hiciesen un agujero pequeño en el torno, que después lo taparían con cera; y que, a lo de tenerle en casa, que él lo procuraría.

Hablólas también Loaysa, ofreciéndoseles a su servicio, con tan buenas razones, que ellas echaron de ver que no salían de ingenio de pobre mendigante. Rogáronle que otra noche viniese al mismo puesto; que ellas harían con su señora que bajase a escucharle, a pesar del ligero sueño de su señor, cuya ligereza no nacía de sus muchos años, sino de sus muchos celos. A lo cual dijo Loaysa que si ellas gustaban de oírle sin sobresalto del viejo, que él les daría unos polvos que le echasen en el vino, que le harían dormir con pesado sueño más tiempo del ordinario.

-¡Jesús, valme -dijo una de las doncellas-, y si eso fuese verdad, qué buena ventura se nos habría entrado por las puertas, sin sentillo y sin merecello! No serían ellos polvos de sueño para él, sino polvos de vida para todas nosotras y para la pobre de mi señora Leonora, su mujer, que no la deja a sol ni a sombra, ni la pierde de vista un solo momento. ¡Ay, señor mío de mi alma, traiga esos polvos: así Dios le dé todo el bien que desea! Vaya y no tarde; tráigalos, señor mío, que yo me ofrezco a mezclarlos en el vino y a ser la escanciadora; y pluguiese a Dios que durmiese el viejo tres días con sus noches, que otros tantos tendríamos nosotras de gloria.

-Pues yo los traíré -dijo Loaysa-; y son tales, que no hacen otro mal ni daño a quien los toma si no es provocarle a sueño pesadísimo.

Todas le rogaron que los trujese con brevedad, y, quedando de hacer otra noche con una barrena el agujero en el torno, y de traer a su señora para que le viese y oyese, se despidieron; y el negro, aunque era casi el alba, quiso tomar lición, la cual le dio Loaysa, y le hizo entender que no había mejor oído que el suyo en cuantos discípulos tenía: y no sabía el pobre negro, ni lo supo jamás, hacer un cruzado.

Tenían los amigos de Loaysa cuidado de venir de noche a escuchar por entre las puertas de la calle, y ver si su amigo les decía algo, o si había menester alguna cosa; y, haciendo una señal que dejaron concertada, conoció Loaysa que estaban a la puerta, y por el agujero del quicio les dio breve cuenta del buen término en que estaba su negocio, pidiéndoles encarecidamente buscasen alguna cosa que provocase a sueño, para dárselo a Carrizales; que él había oído decir que había unos polvos para este efeto. Dijéronle que tenían un médico amigo que les daría el mejor remedio que supiese, si es que le había; y, animándole a proseguir la empresa y prometiéndole de volver la noche siguiente con todo recaudo, apriesa se despidieron.

Vino la noche, y la banda de las palomas acudió al reclamo de la guitarra. Con ellas vino la simple Leonora, temerosa y temblando de que no despertase su marido; que, aunque ella, vencida deste temor, no había querido venir, tantas cosas le dijeron sus criadas, especialmente la dueña, de la suavidad de la música y de la gallarda disposición del músico pobre (que, sin haberle visto, le alababa y le subía sobre Absalón y sobre Orfeo), que la pobre señora, convencida y persuadida dellas, hubo de hacer lo que no tenía ni tuviera jamás en voluntad. Lo primero que hicieron fue barrenar el torno para ver al músico, el cual no estaba ya en hábitos de pobre, sino con unos calzones grandes de tafetán leonado, anchos a la marinesca; un jubón de lo mismo con trencillas de oro, y una montera de raso de la misma color, con cuello almidonado con grandes puntas y encaje; que de todo vino proveído en las alforjas, imaginando que se había de ver en ocasión que le conviniese mudar de traje.

Era mozo y de gentil disposición y buen parecer; y, como había tanto tiempo que todas tenían hecha la vista a mirar al viejo de su amo, parecióles que miraban a un ángel. Poníase una al agujero para verle, y luego otra; y porque le pudiesen ver mejor, andaba el negro paseándole el cuerpo de arriba abajo con el torzal de cera encendido. Y, después que todas le hubieron visto, hasta las negras bozales, tomó Loaysa la guitarra, y cantó aquella noche tan estremadamente, que las acabó de dejar suspensas y atónitas a todas, así a la vieja como a las mozas; y todas rogaron a Luis diese orden y traza cómo el señor su maestro entrase allá dentro, para oírle y verle de más cerca, y no tan por brújula como por el agujero, y sin el sobresalto de estar tan apartadas de su señor, que podía cogerlas de sobresalto y con el hurto en las manos; lo cual no sucedería ansí si le tuviesen escondido dentro.

A esto contradijo su señora con muchas veras, diciendo que no se hiciese la tal cosa ni la tal entrada, porque le pesaría en el alma, pues desde allí le podían ver y oír a su salvo y sin peligro de su honra.

-¿Qué honra? -dijo la dueña-. ¡El Rey tiene harta! Estése vuesa merced encerrada con su Matusalén y déjenos a nosotras holgar como pudiéremos. Cuanto más, que este señor parece tan honrado que no querrá otra cosa de nosotras más de lo que nosotras quisiéremos.

-Yo, señoras mías -dijo a esto Loaysa-, no vine aquí sino con intención de servir a todas vuesas mercedes con el alma y con la vida, condolido de su no vista clausura y de los ratos que en este estrecho género de vida se pierden. Hombre soy yo, por vida de mi padre, tan sencillo, tan manso y de tan buena condición, y tan obediente, que no haré más de aquello que se me mandare; y si cualquiera de vuesas mercedes dijere: *Maestro, siéntese aquí; maestro, pásese allí; echaos acá, pasaos acullá*, así lo haré, como el más doméstico y enseñado perro que salta por el Rey de Francia.

-Si eso ha de ser así -dijo la ignorante Leonora-, ¿qué medio se dará para que entre acá dentro el señor maeso?

-Bueno -dijo Loaysa-: vuesas mercedes pugnen por sacar en cera la llave desta puerta de en medio, que yo haré que mañana en la noche venga hecha otra, tal que nos pueda servir.

-En sacar esa llave -dijo una doncella-, se sacan las de toda la casa, porque es llave maestra.

-No por eso será peor -replicó Loaysa.

-Así es verdad -dijo Leonora-; pero ha de jurar este señor, primero, que no ha de hacer otra cosa cuando esté acá dentro sino cantar y tañer cuando se lo mandaren, y que ha de estar encerrado y quedito donde le pusiéremos.

-Sí juro -dijo Loaysa.

-No vale nada ese juramento -respondió Leonora-; que ha de jurar por vida de su padre, y ha de jurar la cruz y besalla que lo veamos todas.

-Por vida de mi padre juro, -dijo Loaysa-, y por esta señal de cruz, que la beso con mi boca sucia.

Y, haciendo la cruz con dos dedos, la besó tres veces.

Esto hecho, dijo otra de las doncellas:

-Mire, señor, que no se le olvide aquello de los polvos, que es el tuáutem de todo.

Con esto cesó la plática de aquella noche, quedando todos muy contentos del concierto. Y la suerte, que de bien en mejor encaminaba los negocios de Loaysa, trujo a aquellas horas, que eran dos después de la medianoche, por la calle a sus amigos; los cuales, haciendo la señal acostumbrada, que era tocar una trompa de París, Loaysa los habló y les dio cuenta del término en que estaba su pretensión, y les pidió si traían los polvos o otra cosa, como se la había pedido, para que Carrizales durmiese. Díjoles, asimismo, lo de la llave maestra. Ellos le dijeron que los polvos, o un ungüento, vendría la siguiente noche, de tal virtud que, untados los pulsos y las sienes con él, causaba un sueño profundo, sin que dél se pudiese despertar en dos días, si no era lavándose con vinagre todas las partes que se habían untado; y que se les diese la llave en cera, que asimismo la harían hacer con facilidad. Con esto se despidieron, y Loaysa y su discípulo durmieron lo poco que de la noche les quedaba, esperando Loaysa con gran deseo la venidera, por ver si se le cumplía la palabra prometida de la llave. Y, puesto que el tiempo parece tardío y perezoso a los que en él esperan, en fin, corre a las parejas con el mismo pensamiento, y llega el término que quiere, porque nunca para ni sosiega.

Vino, pues, la noche y la hora acostumbrada de acudir al torno, donde vinieron todas las criadas de casa, grandes y chicas, negras y blancas, porque todas estaban deseosas de ver dentro de su serrallo al señor músico; pero no vino Leonora, y, preguntando Loaysa por ella, le respondieron que estaba acostada con su velado, el cual tenía cerrada la puerta del aposento donde dormía con llave, y después de haber cerrado se la ponía debajo de la almohada; y que su señora les había dicho que, en durmiéndose el viejo, haría por tomarle la llave maestra y sacarla en cera, que ya llevaba preparada y blanda, y que de allí a un poco habían de ir a requerirla por una gatera.

Maravillado quedó Loaysa del recato del viejo, pero no por esto se le desmayó el deseo. Y, estando en esto, oyó la trompa de París; acudió al puesto; halló a sus amigos, que le dieron un botecico de ungüento de la propiedad que le habían significado; tomólo Loaysa y díjoles que esperasen un poco, que les daría la muestra de la llave; volvióse al torno y dijo a la dueña, que era la que con más ahínco mostraba desear su entrada, que se lo llevase a la señora Leonora, diciéndole la propiedad que tenía, y que procurase untar a su marido con tal tiento, que no lo sintiese, y que vería maravillas. Hízolo así la dueña, y, llegándose a la gatera, halló que estaba Leonora esperando tendida en el suelo de largo a largo, puesto el rostro en la gatera. Llegó la dueña, y, tendiéndose de la misma manera, puso la boca en el oído de su señora, y con voz baja le dijo que traía el ungüento y de la manera que había de probar su virtud. Ella tomó el ungüento, y respondió a la dueña como en ninguna manera podía tomar la llave a su marido, porque no la tenía debajo de la almohada, como solía, sino entre los dos colchones y casi debajo de la mitad de su cuerpo; pero que dijese al maeso que si el ungüento obraba como él decía, con facilidad sacarían la llave todas las veces que quisiesen, y ansí no sería necesario sacarla en cera. Dijo que fuese a decirlo luego y volviese a ver lo que el ungüento obraba, porque luego luego le pensaba untar a su velado.

Bajó la dueña a decirlo al maeso Loaysa, y él despidió a sus amigos, que esperando la llave estaban. Temblando y pasito, y casi sin osar despedir el aliento de la boca, llegó Leonora a untar los pulsos del celoso marido, y asimismo le untó las ventanas de las narices; y cuando a ellas le llegó, le parecía que se estremecía, y ella quedó mortal, pareciéndole que la había cogido en el hurto. En efeto, como mejor pudo, le acabó de untar todos los lugares que le dijeron ser necesarios, que fue lo mismo que haberle embalsamado para la sepultura.

Poco espacio tardó el alopiado ungüento en dar manifiestas señales de su virtud, porque luego comenzó a dar el viejo tan grandes ronquidos, que se pudieran oír en la calle: música, a los oídos de su esposa, más acordada que la del maeso de su negro. Y, aún mal segura de lo que veía, se llegó a él y le estremeció un poco, y luego más, y luego otro poquito más, por ver si despertaba; y a tanto se atrevió, que le volvió de una parte a otra sin que despertase. Como vio esto, se fue a la gatera de la puerta y, con voz no tan baja como la primera, llamó a la dueña, que allí la estaba esperando, y le dijo:

-Dame albricias, hermana, que Carrizales duerme más que un muerto.

-Pues, ¿a qué aguardas a tomar la llave, señora? -dijo la dueña-. Mira que está el músico aguardándola más ha de una hora.

-Espera, hermana, que ya voy por ella -respondió Leonora.

Y, volviendo a la cama, metió la mano por entre los colchones y sacó la llave de en medio dellos sin que el viejo lo sintiese; y, tomándola en sus manos, comenzó a dar brincos de contento, y sin más esperar abrió la puerta y la presentó a la dueña, que la recibió con la mayor alegría del mundo.

Mandó Leonora que fuese a abrir al músico, y que le trujese a los corredores, porque ella no osaba quitarse de allí, por lo que podía suceder; pero que, ante todas cosas, hiciese que de nuevo ratificase el juramento que había hecho de no hacer más de lo que ellas le ordenasen, y que, si no le quisiese confirmar y hacer de nuevo, en ninguna manera le abriesen.

-Así será -dijo la dueña-; y a fe que no ha de entrar si primero no jura y rejura y besa la cruz seis veces.

-No le pongas tasa -dijo Leonora-: bésela él y sean las veces que quisiere; pero mira que jure la vida de sus padres y por todo aquello que bien quiere, porque con esto estaremos seguras y nos hartaremos de oírle cantar y tañer, que en mi ánima que lo hace delicadamente; y anda, no te detengas más, porque no se nos pase la noche en pláticas.

Alzóse las faldas la buena dueña, y con no vista ligereza se puso en el torno, donde estaba toda la gente de casa esperándola; y, habiéndoles mostrado la llave que traía, fue tanto el contento de todas, que la alzaron en peso, como a catredático, diciendo: ¡*Viva, viva!*; y más, cuando les dijo que no había necesidad de contrahacer la llave, porque, según el untado viejo dormía, bien se podían aprovechar de la de casa todas las veces que la quisiesen.

-¡Ea, pues, amiga -dijo una de las doncellas-, ábrase esa puerta y entre este señor, que ha mucho que aguarda, y démonos un verde de música que no haya más que ver!

-Más ha de haber que ver -replicó la dueña-; que le hemos de tomar juramento, como la otra noche.

-Él es tan bueno -dijo una de las esclavas-, que no reparará en juramentos.

Abrió en esto la dueña la puerta, y, teniéndola entreabierta, llamó a Loaysa, que todo lo había estado escuchando por el agujero del torno; el cual, llegándose a la puerta, quiso entrarse de golpe; mas, poniéndole la dueña la mano en el pecho, le dijo:

-Sabrá vuesa merced, señor mío, que, en Dios y en mi conciencia, todas las que estamos dentro de las puertas desta casa somos doncellas como las madres que nos parieron, excepto mi señora; y, aunque yo debo de parecer de cuarenta años, no teniendo treinta cumplidos, porque les faltan dos meses y medio, también lo soy, mal pecado; y si acaso parezco vieja, corrimientos, trabajos y desabrimientos echan un cero a los años, y a veces dos, según se les antoja. Y, siendo esto ansí, como lo es, no sería razón que, a trueco de oír dos, o tres, o cuatro cantares, nos pusiésemos a perder tanta virginidad como aquí se encierra; porque hasta esta negra, que se llama Guiomar, es doncella. Así que, señor de mi corazón, vuesa merced nos ha de hacer, primero que entre en nuestro reino, un muy solene juramento de que no ha de hacer más de lo que nosotras le ordenáremos; y si le parece que es mucho lo que se le pide, considere que es mucho más lo que se aventura. Y si es que vuesa merced viene con buena intención, poco le ha de doler el jurar, que al buen pagador no le duelen prendas.

-Bien y rebién ha dicho la señora Marialonso -dijo una de las doncellas-; en fin, como persona discreta y que está en las cosas como se debe; y si es que el señor no quiere jurar, no entre acá dentro.

A esto dijo Guiomar, la negra, que no era muy ladina:

-Por mí, mas que nunca jura, entre con todo diablo; que, aunque más jura, si acá estás, todo olvida.

Oyó con gran sosiego Loaysa la arenga de la señora Marialonso, y con grave reposo y autoridad respondió:

-Por cierto, señoras hermanas y compañeras mías, que nunca mi intento fue, es, ni será otro que daros gusto y contento en cuanto mis fuerzas alcanzaren; y así, no se me hará cuesta arriba este juramento que me piden; pero quisiera yo que se fiara algo de mi palabra, porque dada de tal persona como yo soy, era lo mismo que hacer una obligación guarentigia; y quiero hacer saber a vuesa merced que debajo del sayal hay ál, y que debajo de mala capa suele estar un buen bebedor. Mas, para que todas estén seguras de mi buen deseo, determino de jurar como católico y buen varón; y así, juro por la intemerata eficacia, donde más santa y largamente se contiene, y por las entradas y salidas del santo Líbano monte, y por todo aquello que en su prohemio encierra la verdadera historia de Carlomagno, con la muerte del gigante Fierabrás, de no salir ni pasar del juramento hecho y del mandamiento de la más mínima y desechada destas señoras, so pena que si otra cosa hiciere o quisierse hacer, desde ahora para entonces y desde entonces para ahora, lo doy por nulo y no hecho ni valedero.

Aquí llegaba con su juramento el buen Loaysa, cuando una de las dos doncellas, que con atención le había estado escuchando, dio una gran voz diciendo:

-¡Este sí que es juramento para enternecer las piedras! ¡Mal haya yo si más quiero que jures, pues con sólo lo jurado podías entrar en la misma sima de Cabra!

Y, asiéndole de los gregüescos, le metió dentro, y luego todas las demás se le pusieron a la redonda. Luego fue una a dar las nuevas a su señora, la cual estaba haciendo centinela al sueño de su esposo; y, cuando la mensajera le dijo que ya subía el músico, se alegró y se turbó en un punto, y preguntó si había jurado. Respondióle que sí, y con la más nueva forma de juramento que en su vida había visto.

-Pues si ha jurado -dijo Leonora-, asido le tenemos. ¡Oh, qué avisada que anduve en hacelle que jurase!

En esto, llegó toda la caterva junta, y el músico en medio, alumbrándolos el negro y Guiomar la negra. Y, viendo Loaysa a Leonora, hizo muestras de arrojársele a los pies para besarle las manos. Ella, callando y por señas, le hizo levantar, y todas estaban como mudas, sin osar hablar, temerosas que su señor las oyese; lo cual considerado por Loaysa, les dijo que bien podían hablar alto, porque el ungüento con que estaba untado su señor tenía tal virtud que, fuera de quitar la vida, ponía a un hombre como muerto.

-Así lo creo yo -dijo Leonora-; que si así no fuera, ya él hubiera despertado veinte veces, según le hacen de sueño ligero sus muchas indisposiciones; pero, después que le unté, ronca como un animal.

-Pues eso es así -dijo la dueña-, vámonos a aquella sala frontera, donde podremos oír cantar aquí al señor y regocijarnos un poco.

-Vamos -dijo Leonora-; pero quédese aquí Guiomar por guarda, que nos avise si Carrizales despierta.

A lo cual respondió Guiomar:

-¡Yo, negra, quedo; blancas, van. Dios perdone a todas!

Quedóse la negra; fuéronse a la sala, donde había un rico estrado, y, cogiendo al señor en medio, se sentaron todas. Y, tomando la buena Marialonso una vela, comenzó a mirar de arriba abajo al bueno del músico, y una decía: *¡Ay, qué copete que tiene tan lindo y tan rizado!* Otra: *¡Ay, qué blancura de dientes! ¡Mal año para piñones mondados, que más blancos ni más lindos sean!* Otra: *¡Ay, qué ojos tan grandes y tan rasgados! Y, por el siglo de mi madre, que son verdes; que no parecen sino que son de esmeraldas!* Ésta alababa la boca, aquélla los pies, y todas juntas hicieron dél una menuda anatomía y pepitoria. Sola Leonora callaba y le miraba, y le iba pareciendo de mejor talle que su velado.

En esto, la dueña tomó la guitarra, que tenía el negro, y se la puso en las manos de Loaysa, rogándole que la tocase y que cantase unas coplillas que entonces andaban muy validas en Sevilla, que decían:
Madre, la mi madre,
guardas me ponéis.
Cumplióle Loaysa su deseo. Levantáronse todas y se comenzaron a hacer pedazos bailando. Sabía la dueña las coplas, y cantólas con más gusto que buena voz; y fueron éstas:
Madre, la mi madre,
guardas me ponéis;
que si yo no me guardo,
no me guardaréis.

Dicen que está escrito,
y con gran razón,
ser la privación
causa de apetito;
crece en infinito
encerrado amor;
por eso es mejor
que no me encerréis;
que si yo, ...
Si la voluntad
por sí no se guarda,
no la harán guarda

miedo o calidad;
romperá, en verdad,
por la misma muerte,
hasta hallar la suerte
que vos no entendéis;
que si yo, ...
Quien tiene costumbre
de ser amorosa,
como mariposa
se irá tras su lumbre,
aunque muchedumbre
de guardas le pongan,
y aunque más propongan
de hacer lo que hacéis;
que si yo, ...
Es de tal manera
la fuerza amorosa,
que a la más hermosa
la vuelve en quimera;
el pecho de cera,
de fuego la gana,
las manos de lana,
de fieltro los pies;
que si yo no me guardo,
mal me guardaréis.

Al fin llegaban de su canto y baile el corro de las mozas, guiado por la buena dueña, cuando llegó Guiomar, la centinela, toda turbada, hiriendo de pie y de mano como si tuviera alferecía; y, con voz entre ronca y baja, dijo:

-¡Despierto señor, señora; y, señora, despierto señor, y levantas y viene!

Quien ha visto banda de palomas estar comiendo en el campo, sin miedo, lo que ajenas manos sembraron, que al furioso estrépito de disparada escopeta se azora y levanta, y, olvidada del pasto, confusa y atónita, cruza por los aires, tal se imagine que quedó la banda y corro de las bailadoras, pasmadas y temerosas, oyendo la no esperada nueva que Guiomar había traído; y, procurando cada una su disculpa y todas juntas su remedio, cuál por una y cuál por otra parte, se fueron a esconder por los desvanes y rincones de la casa, dejando solo al músico; el cual, dejando la guitarra y el canto, lleno de turbación, no sabía qué hacerse.

Torcía Leonora sus hermosas manos; abofeteábase el rostro, aunque blandamente, la señora Marialonso. En fin, todo era confusión, sobresalto y miedo. Pero la dueña, como más astuta y reportada, dio orden que Loaysa se entrase en un aposento suyo, y que ella y su señora se quedarían en la sala, que no faltaría escusa que dar a su señor si allí las hallase.

Escondióse luego Loaysa, y la dueña se puso atenta a escuchar si su amo venía; y, no sintiendo rumor alguno, cobró ánimo, y poco a poco, paso ante paso, se fue llegando al aposento donde su señor dormía y oyó que roncaba como primero; y, asegurada de que dormía, alzó las faldas y volvió corriendo a pedir albricias a su señora del sueño de su amo, la cual se las mandó de muy entera voluntad.

No quiso la buena dueña perder la coyuntura que la suerte le ofrecía de gozar, primero que todas, las gracias que ésta se imaginaba que debía tener el músico; y así, diciéndole a Leonora que esperase en la sala, en tanto que iba a llamarlo, la dejó y se entró donde él estaba, no menos confuso que pensativo, esperando las nuevas de lo que hacía el viejo untado. Maldecía la falsedad del ungüento, y quejábase de la credulidad de sus amigos y del poco advertimiento que había tenido en no hacer primero la experiencia en otro antes de hacerla en Carrizales.

En esto, llegó la dueña y le aseguró que el viejo dormía a más y mejor; sosegó el pecho y estuvo atento a muchas palabras amorosas que Marialonso le dijo, de las cuales coligió la mala intención suya, y propuso en sí de ponerla por anzuelo para pescar a su señora. Y, estando los dos en sus pláticas, las demás criadas, que estaban escondidas por diversas partes de la casa, una de aquí y otra de allí, volvieron a ver si era verdad que su amo había despertado; y, viendo que todo estaba sepultado en silencio, llegaron a la sala donde habían dejado a su señora, de la cual supieron el sueño de su amo; y, preguntándole por el músico y por la dueña, les dijo dónde estaban, y todas, con el mismo silencio que habían traído, se llegaron a escuchar por entre las puertas lo que entrambos trataban.

No faltó de la junta Guiomar, la negra; el negro sí, porque, así como oyó que su amo había despertado, se abrazó con su guitarra y se fue a esconder en su pajar, y, cubierto con la manta de su pobre cama, sudaba y trasudaba de miedo; y, con todo eso, no dejaba de tentar las cuerdas de la guitarra: tanta era (encomendado él sea a Satanás) la afición que tenía a la música.

Entreoyeron las mozas los requiebros de la vieja, y cada una le dijo el nombre de las Pascuas: ninguna la llamó vieja que no fuese con su epítecto y adjetivo de hechicera y de barbuda, de antojadiza y de otros que por buen respecto se callan; pero lo que más risa causara a quien entonces las oyera eran las razones de Guiomar, la negra, que por ser portuguesa y no muy ladina, era extraña la gracia con que la vituperaba. En efeto, la conclusión de la plática de los dos fue que él condecendería con la voluntad della, cuando ella primero le entregase a toda su voluntad a su señora.

Cuesta arriba se le hizo a la dueña ofrecer lo que el músico pedía; pero, a trueco de cumplir el deseo que ya se le había apoderado del alma y de los huesos y médulas del cuerpo, le prometiera los imposibles que pudieran imaginarse. Dejóle y salió a hablar a su señora; y, como vio su puerta rodeada de todas las criadas, les dijo que se recogiesen a sus aposentos, que otra noche habría lugar para gozar con menos o con ningún sobresalto del músico, que ya aquella noche el alboroto les había aguado el gusto.

Bien entendieron todas que la vieja se quería quedar sola, pero no pudieron dejar de obedecerla, porque las mandaba a todas. Fuéronse las criadas y ella acudió a la sala a persuadir a Leonora acudiese a la voluntad de Loaysa, con una larga y tan concertada arenga, que pareció que de muchos días la tenía estudiada. Encarecióle su gentileza, su valor, su donaire y sus muchas gracias. Pintóle de cuánto más gusto le serían los abrazos del amante mozo que los del marido viejo, asegurándole el secreto y la duración del deleite, con otras cosas semejantes a éstas, que el demonio le puso en la lengua, llenas de colores retóricos, tan demostrativos y eficaces, que movieran no sólo el corazón tierno y poco advertido de la simple e incauta Leonora, sino el de un endurecido mármol. ¡Oh dueñas, nacidas y usadas en el mundo para perdición de mil recatadas y buenas intenciones! ¡Oh, luengas y repulgadas tocas, escogidas para autorizar las salas y los estrados de señoras principales, y cuán al revés de lo que debíades usáis de vuestro casi ya forzoso oficio! En fin, tanto dijo la dueña, tanto persuadió la dueña, que Leonora se rindió, Leonora se engañó y Leonora se perdió, dando en tierra con todas las prevenciones del discreto Carrizales, que dormía el sueño de la muerte de su honra.

Tomó Marialonso por la mano a su señora, y, casi por fuerza, preñados de lágrimas los ojos, la llevó donde Loaysa estaba; y, echándoles la bendición con una risa falsa de demonio, cerrando tras sí la puerta, los dejó encerrados, y ella se puso a dormir en el estrado, o, por mejor decir, a esperar su contento de recudida. Pero, como el desvelo de las pasadas noches la venciese, se quedó dormida en el estrado.

Bueno fuera en esta sazón preguntar a Carrizales, a no saber que dormía, que adónde estaban sus advertidos recatos, sus recelos, sus advertimientos, sus persuasiones, los altos muros de su casa, el no haber entrado en ella, ni aun en sombra, alguien que tuviese nombre de varón, el torno estrecho, las gruesas paredes, las ventanas sin luz, el encerramiento notable, la gran dote en que a Leonora había dotado, los regalos continuos que la hacía, el buen tratamiento de sus criadas y esclavas; el no faltar un punto a todo aquello que él imaginaba que habían menester, que podían desear,... Pero ya queda dicho que no había que preguntárselo, porque dormía más de aquello que fuera menester; y si él lo oyera y acaso respondiera, no podía dar mejor respuesta que encoger los hombros y enarcar las cejas y decir: *¡Todo aqueso derribó por los fundamentos la astucia, a lo que yo creo, de un mozo holgazán y vicioso, y la malicia de una falsa dueña, con la inadvertencia de una muchacha rogada y persuadida!* Libre Dios a cada uno de tales enemigos, contra los cuales no hay escudo de prudencia que defienda ni espada de recato que corte.

Pero, con todo esto, el valor de Leonora fue tal, que, en el tiempo que más le convenía, le mostró contra las fuerzas villanas de su astuto engañador, pues no fueron bastantes a vencerla, y él se cansó en balde, y ella quedó vencedora y entrambos dormidos. Y, en esto, ordenó el cielo que, a pesar del ungüento, Carrizales despertase, y, como tenía de costumbre, tentó la cama por todas partes; y, no hallando en ella a su querida esposa, saltó de la cama despavorido y atónito, con más ligereza y denuedo que sus muchos años prometían. Y cuando en el aposento no halló a su esposa, y le vio abierto y que le faltaba la llave de entre los colchones, pensó perder el juicio. Pero, reportándose un poco, salió al corredor, y de allí, andando pie ante pie por no ser sentido, llegó a la sala donde la dueña dormía; y, viéndola sola, sin Leonora, fue al aposento de la dueña, y, abriendo la puerta muy quedo, vio lo que nunca quisiera haber visto, vio lo que diera por bien empleado no tener ojos para verlo: vio a Leonora en brazos de Loaysa, durmiendo tan a sueño suelto como si en ellos obrara la virtud del ungüento y no en el celoso anciano.

Sin pulsos quedó Carrizales con la amarga vista de lo que miraba; la voz se le pegó a la garganta, los brazos se le cayeron de desmayo, y quedó hecho una estatua de mármol frío; y, aunque la cólera hizo su natural oficio, avivándole los casi muertos espíritus, pudo tanto el dolor, que no le dejó tomar aliento. Y, con todo eso, tomara la venganza que aquella grande maldad requería si se hallara con armas para poder tomarla; y así, determinó volverse a su aposento a tomar una daga y volver a sacar las manchas de su honra con sangre de sus dos enemigos, y aun con toda aquella de toda la gente de su casa. Con esta determinación honrosa y necesaria volvió, con el mismo silencio y recato que había venido, a su estancia, donde le apretó el corazón tanto el dolor y la angustia que, sin ser poderoso a otra cosa, se dejó caer desmayado sobre el lecho.

Llegóse en esto el día, y cogió a los nuevos adúlteros enlazados en la red de sus brazos. Despertó Marialonso y quiso acudir por lo que, a su parecer, le tocaba; pero, viendo que era tarde, quiso dejarlo para la venidera noche. Alborotóse Leonora, viendo tan entrado el día, y maldijo su descuido y el de la maldita dueña; y las dos, con sobresaltados pasos, fueron donde estaba su esposo, rogando entre dientes al cielo que le hallasen todavía roncando; y, cuando le vieron encima de la cama callando, creyeron que todavía obraba la untura, pues dormía, y con gran regocijo se abrazaron la una a la otra. Llegóse Leonora a su marido, y asiéndole de un brazo le volvió de un lado a otro, por ver si despertaba sin ponerles en necesidad de lavarle con vinagre, como decían era menester para que en sí volviese. Pero con el movimiento volvió Carrizales de su desmayo, y, dando un profundo suspiro, con una voz lamentable y desmayada dijo:

-¡Desdichado de mí, y a qué tristes términos me ha traído mi fortuna!

No entendió bien Leonora lo que dijo su esposo; mas, como le vio despierto y que hablaba, admirada de ver que la virtud del ungüento no duraba tanto como habían significado, se llegó a él, y, poniendo su rostro con el suyo, teniéndole estrechamente abrazado, le dijo:

-¿Qué tenéis, señor mío, que me parece que os estáis quejando?

Oyó la voz de la dulce enemiga suya el desdichado viejo, y, abriendo los ojos desencajadamente, como atónito y embelesado, los puso en ella, y con grande ahínco, sin mover pestaña, la estuvo mirando una gran pieza, al cabo de la cual le dijo:

-Hacedme placer, señora, que luego luego enviéis a llamar a vuestros padres de mi parte, porque siento no sé qué en el corazón que me da grandísima fatiga, y temo que brevemente me ha de quitar la vida, y querríalos ver antes que me muriese.

Sin duda creyó Leonora ser verdad lo que su marido le decía, pensando antes que la fortaleza del ungüento, y no lo que había visto, le tenía en aquel trance; y, respondiéndole que haría lo que la mandaba, mandó al negro que luego al punto fuese a llamar a sus padres, y, abrazándose con su esposo, le hacía las mayores caricias que jamás le había hecho, preguntándole qué era lo que sentía, con tan tiernas y amorosas palabras, como si fuera la cosa del mundo que más amaba. Él la miraba con el embelesamiento que se ha dicho, siéndole cada palabra o caricia que le hacía una lanzada que le atravesaba el alma.

Ya la dueña había dicho a la gente de casa y a Loaysa la enfermedad de su amo, encareciéndoles que debía de ser de momento, pues se le había olvidado de mandar cerrar las puertas de la calle cuando el negro salió a llamar a los padres de su señora; de la cual embajada asimismo se admiraron, por no haber entrado ninguno dellos en aquella casa después que casaron a su hija.

En fin, todos andaban callados y suspensos, no dando en la verdad de la causa de la indisposición de su amo; el cual, de rato en rato, tan profunda y dolorosamente suspiraba, que con cada suspiro parecía arrancársele el alma.

Lloraba Leonora por verle de aquella suerte, y reíase él con una risa de persona que estaba fuera de sí, considerando la falsedad de sus lágrimas.

En esto, llegaron los padres de Leonora, y, como hallaron la puerta de la calle y la del patio abiertas y la casa sepultada en silencio y sola, quedaron admirados y con no pequeño sobresalto. Fueron al aposento de su yerno y halláronle, como se ha dicho, siempre clavados los ojos en su esposa, a la cual tenía asida de las manos, derramando los dos muchas lágrimas: ella, con no más ocasión de verlas derramar a su esposo; él, por ver cuán fingidamente ella las derramaba.

Así como sus padres entraron, habló Carrizales, y dijo:

-Siéntense aquí vuesas mercedes, y todos los demás dejen desocupado este aposento, y sólo quede la señora Marialonso.

Hiciéronlo así; y, quedando solos los cinco, sin esperar que otro hablase, con sosegada voz, limpiándose los ojos, desta manera dijo Carrizales:

-Bien seguro estoy, padres y señores míos, que no será menester traeros testigos para que me creáis una verdad que quiero deciros. Bien se os debe acordar (que no es posible se os haya caído de la memoria) con cuánto amor, con cuán buenas entrañas, hace hoy un año, un mes, cinco días y nueve horas que me entregastes a vuestra querida hija por legítima mujer mía. También sabéis con cuánta liberalidad la doté, pues fue tal la dote, que más de tres de su misma calidad se pudieran casar con opinión de ricas. Asimismo, se os debe acordar la diligencia que puse en vestirla y adornarla de todo aquello que ella se acertó a desear y yo alcancé a saber que le convenía. Ni más ni menos habéis visto, señores, cómo, llevado de mi natural condición y temeroso del mal de que, sin duda, he de morir, y experimentado por mi mucha edad en los estraños y varios acaescimientos del mundo, quise guardar esta joya, que yo escogí y vosotros me distes, con el mayor recato que me fue posible. Alcé las murallas desta casa, quité la vista a las ventanas de la calle, doblé las cerraduras de las puertas, púsele torno como a monasterio; desterré perpetuamente della todo aquello que sombra o nombre de varón tuviese. Dile criadas y esclavas que la sirviesen, ni les negué a ellas ni a ella cuanto quisieron pedirme; hícela mi igual, comuniquéle mis más secretos pensamientos, entreguéla toda mi hacienda. Todas éstas eran obras para que, si bien lo considerara, yo viviera seguro de gozar sin sobresalto lo que tanto me había costado y ella procurara no darme ocasión a que ningún género de temor celoso entrara en mi pensamiento. Mas, como no se puede prevenir con diligencia humana el castigo que la voluntad divina quiere dar a los que en ella no ponen del todo en todo sus deseos y esperanzas, no es mucho que yo quede defraudado en las mías, y que yo mismo haya sido el fabricador del veneno que me va quitando la vida. Pero, porque veo la suspensión en que todos estáis, colgados de las palabras de mi boca, quiero concluir los largos preámbulos desta plática con deciros en una palabra lo que no es posible decirse en millares dellas. Digo, pues, señores, que todo lo que he dicho y hecho ha parado en que esta madrugada hallé a ésta, nacida en el mundo para perdición de mi sosiego y fin de mi vida (y esto, señalando a su esposa), en los brazos de un gallardo mancebo, que en la estancia desta pestífera dueña ahora está encerrado.

Apenas acabó estas últimas palabras Carrizales, cuando a Leonora se le cubrió el corazón, y en las mismas rodillas de su marido se cayó desmayada. Perdió la color Marialonso, y a las gargantas de los padres de Leonora se les atravesó un nudo que no les dejaba hablar palabra. Pero, prosiguiendo adelante Carrizales, dijo:

-La venganza que pienso tomar desta afrenta no es, ni ha de ser, de las que ordinariamente suelen tomarse, pues quiero que, así como yo fui estremado en lo que hice, así sea la venganza que tomaré, tomándola de mí mismo como del más culpado en este delito; que debiera considerar que mal podían estar ni compadecerse en uno los quince años desta muchacha con los casi ochenta míos. Yo fui el que, como el gusano de seda, me fabriqué la casa donde muriese, y a ti no te culpo, ¡oh niña mal aconsejada! (y, diciendo esto, se inclinó y besó el rostro de la desmayada Leonora). No te culpo, digo, porque persuasiones de viejas taimadas y requiebros de mozos enamorados fácilmente vencen y triunfan del poco ingenio que los pocos años encierran. Mas, porque todo el mundo vea el valor de los quilates de la voluntad y fe con que te quise, en este último trance de mi vida quiero mostrarlo de modo que quede en el mundo por ejemplo, si no de bondad, al menos de simplicidad jamás oída ni vista; y así, quiero que se traiga luego aquí un escribano, para hacer de nuevo mi testamento, en el cual mandaré doblar la dote a Leonora y le rogaré que, después de mis días, que serán bien breves, disponga su voluntad, pues lo podrá hacer sin fuerza, a casarse con aquel mozo, a quien nunca ofendieron las canas deste lastimado viejo; y así verá que, si viviendo jamás salí un punto de lo que pude pensar ser su gusto, en la muerte hago lo mismo, y quiero que le tenga con el que ella debe de querer tanto. La demás hacienda mandaré a otras obras pías; y a vosotros, señores míos, dejaré con que podáis vivir honradamente lo que de la vida os queda. La venida del escribano sea luego, porque la pasión que tengo me aprieta de manera que, a más andar, me va acortando los pasos de la vida.

Esto dicho, le sobrevino un terrible desmayo, y se dejó caer tan junto de Leonora, que se juntaron los rostros: ¡estraño y triste espectáculo para los padres, que a su querida hija y a su amado yerno miraban! No quiso la mala dueña esperar a las reprehensiones que pensó le darían los padres de su señora; y así, se salió del aposento y fue a decir a Loaysa todo lo que pasaba, aconsejándole que luego al punto se fuese de aquella casa, que ella tendría cuidado de avisarle con el negro lo que sucediese, pues ya no había puertas ni llaves que lo impidiesen. Admiróse Loaysa con tales nuevas, y, tomando el consejo, volvió a vestirse como pobre, y fuese a dar cuenta a sus amigos del estraño y nunca visto suceso de sus amores.

En tanto, pues, que los dos estaban transportados, el padre de Leonora envió a llamar a un escribano amigo suyo, el cual vino a tiempo que ya habían vuelto hija y yerno en su acuerdo. Hizo Carrizales su testamento en la manera que había dicho, sin declarar el yerro de Leonora, más de que por buenos respectos le pedía y rogaba se casase, si acaso él muriese, con aquel mancebo que él la había dicho en secreto. Cuando esto oyó Leonora, se arrojó a los pies de su marido y, saltándole el corazón en el pecho, le dijo:

-Vivid vos muchos años, mi señor y mi bien todo, que, puesto caso que no estáis obligado a creerme ninguna cosa de las que os dijere, sabed que no os he ofendido sino con el pensamiento. Y, comenzando a disculparse y a contar por extenso la verdad del caso, no pudo mover la lengua y volvió a desmayarse. Abrazóla así desmayada el lastimado viejo; abrazáronla sus padres; lloraron todos tan amargamente, que obligaron y aun forzaron a que en ellas les acompañase el escribano que hacía el testamento, en el cual dejó de comer a todas las criadas de casa, horras las esclavas y el negro, y a la falsa de Marialonso no le mandó otra cosa que la paga de su salario; mas, sea lo que fuere, el dolor le apretó de manera que al seteno día le llevaron a la sepultura.

Quedó Leonora viuda, llorosa y rica; y cuando Loaysa esperaba que cumpliese lo que ya él sabía que su marido en su testamento dejaba mandado, vio que dentro de una semana se entró monja en uno de los más recogidos monasterios de la ciudad. Él, despechado y casi corrido, se pasó a las Indias. Quedaron los padres de Leonora tristísimos, aunque se consolaron con lo que su yerno les había dejado y mandado por su testamento. Las criadas se consolaron con lo mismo, y las esclavas y esclavo con la libertad; y la malvada de la dueña, pobre y defraudada de todos sus malos pensamientos.

Y yo quedé con el deseo de llegar al fin deste suceso: ejemplo y espejo de lo poco que hay que fiar de llaves, tornos y paredes cuando queda la voluntad libre; y de lo menos que hay que confiar de verdes y pocos años, si les andan al oído exhortaciones destas dueñas de monjil negro y tendido, y tocas blancas y luengas. Sólo no sé qué fue la causa que Leonora no puso más ahínco en desculparse, y dar a entender a su celoso marido cuán limpia y sin ofensa había quedado en aquel suceso; pero la turbación le ató la lengua, y la priesa que se dio a morir su marido no dio lugar a su disculpa.

La ilustre fregona

En Burgos, ciudad ilustre y famosa, no ha muchos años que en ella vivían dos caballeros principales y ricos: el uno se llamaba don Diego de Carriazo y el otro don Juan de Avendaño. El don Diego tuvo un hijo, a quien llamó de su mismo nombre, y el don Juan otro, a quien puso don Tomás de Avendaño. A estos dos caballeros mozos, como quien han de ser las principales personas deste cuento, por escusar y ahorrar letras, les llamaremos con solos los nombres de Carriazo y de Avendaño.

Trece años, o poco más, tendría Carriazo cuando, llevado de una inclinación picaresca, sin forzarle a ello algún mal tratamiento que sus padres le hiciesen, sólo por su gusto y antojo, se desgarró, como dicen los muchachos, de casa de sus padres, y se fue por ese mundo adelante, tan contento de la vida libre, que, en la mitad de las incomodidades y miserias que trae consigo, no echaba menos la abundancia de la casa de su padre, ni el andar a pie le cansaba, ni el frío le ofendía, ni el calor le enfadaba. Para él todos los tiempos del año le eran dulce y templada primavera; tan bien dormía en parvas como en colchones; con tanto gusto se soterraba en un pajar de un mesón, como si se acostara entre dos sábanas de holanda. Finalmente, él salió tan bien con el asumpto de pícaro, que pudiera leer cátedra en la facultad al famoso de Alfarache.

En tres años que tardó en parecer y volver a su casa, aprendió a jugar a la taba en Madrid, y al rentoy en las Ventillas de Toledo, y a presa y pinta en pie en las barbacanas de Sevilla; pero, con serle anejo a este género de vida la miseria y estrecheza, mostraba Carriazo ser un príncipe en sus cosas: a tiro de escopeta, en mil señales, descubría ser bien nacido, porque era generoso y bien partido con sus camaradas. Visitaba pocas veces las ermitas de Baco, y, aunque bebía vino, era tan poco que nunca pudo entrar en el número de los que llaman desgraciados, que, con alguna cosa que beban demasiada, luego se les pone el rostro como si se le hubiesen jalbegado con bermellón y almagre. En fin, en Carriazo vio el mundo un pícaro virtuoso, limpio, bien criado y más que medianamente discreto. Pasó por todos los grados de pícaro hasta que se graduó de maestro en las almadrabas de Zahara, donde es el finibusterrae de la picaresca.

¡Oh pícaros de cocina, sucios, gordos y lucios; pobres fingidos, tullidos falsos, cicateruelos de Zocodover y de la plaza de Madrid, vistosos oracioneros, esportilleros de Sevilla, mandilejos de la hampa, con toda la caterva inumerable que se encierra debajo deste nombre pícaro!, bajad el toldo, amainad el brío, no os llaméis pícaros si no habéis cursado dos cursos en la academia de la pesca de los atunes. ¡Allí, allí, que está en su centro el trabajo junto con la poltronería! Allí está la suciedad limpia, la gordura rolliza, la hambre prompta, la hartura abundante, sin disfraz el vicio, el juego siempre, las pendencias por momentos, las muertes por puntos, las pullas a cada paso, los bailes como en bodas, las seguidillas como en estampa, los romances con estribos, la poesía sin acciones. Aquí se canta, allí se reniega, acullá se riñe, acá se juega, y por todo se hurta. Allí campea la libertad y luce el trabajo; allí van o envían muchos padres principales a buscar a sus hijos y los hallan; y tanto sienten sacarlos de aquella vida como si los llevaran a dar la muerte.

Pero toda esta dulzura que he pintado tiene un amargo acíbar que la amarga, y es no poder dormir sueño seguro, sin el temor de que en un instante los trasladan de Zahara a Berbería. Por esto, las noches se recogen a unas torres de la marina, y tienen sus atajadores y centinelas, en confianza de cuyos ojos cierran ellos los suyos, puesto que tal vez ha sucedido que centinelas y atajadores, pícaros, mayorales, barcos y redes, con toda la turbamulta que allí se ocupa, han anochecido en España y amanecido en Tetuán. Pero no fue parte este temor para que nuestro Carriazo dejase de acudir allí tres veranos a darse buen tiempo. El último verano le dijo tan bien la suerte, que ganó a los naipes cerca de setecientos reales, con los cuales quiso vestirse y volverse a Burgos, y a los ojos de su madre, que habían derramado por él muchas lágrimas. Despidióse de sus amigos, que los tenía muchos y muy buenos; prometióles que el verano siguiente sería con ellos, si enfermedad o muerte no lo estorbase. Dejó con ellos la mitad de su alma, y todos sus deseos entregó a aquellas secas arenas, que a él le parecían más frescas y verdes que los Campos Elíseos. Y, por estar ya acostumbrado de caminar a pie, tomó el camino en la mano, y sobre dos alpargates, se llegó desde Zahara hasta Valladolid cantando Tres ánades, madre.

Estúvose allí quince días para reformar la color del rostro, sacándola de mulata a flamenca, y para trastejarse y sacarse del borrador de pícaro y ponerse en limpio de caballero. Todo esto hizo según y como le dieron comodidad quinientos reales con que llegó a Valladolid; y aun dellos reservó ciento para alquilar una mula y un mozo, con que se presentó a sus padres honrado y contento. Ellos le recibieron con mucha alegría, y todos sus amigos y parientes vinieron a darles el parabién de la buena venida del señor don Diego de Carriazo, su hijo. Es de advertir que, en su peregrinación, don Diego mudó el nombre de Carriazo en el de Urdiales, y con este nombre se hizo llamar de los que el suyo no sabían.

Entre los que vinieron a ver el recién llegado, fueron don Juan de Avendaño y su hijo don Tomás, con quien Carriazo, por ser ambos de una misma edad y vecinos, trabó y confirmó una amistad estrechísima. Contó Carriazo a sus padres y a todos mil magníficas y luengas mentiras de cosas que le habían sucedido en los tres años de su ausencia; pero nunca tocó, ni por pienso, en las almadrabas, puesto que en ellas tenía de contino puesta la imaginación: especialmente cuando vio que se llegaba el tiempo donde había prometido a sus amigos la vuelta. Ni le entretenía la caza, en que su padre le ocupaba, ni los muchos, honestos y gustosos convites que en aquella ciudad se usan le daban gusto: todo pasatiempo le cansaba, y a todos los mayores que se le ofrecían anteponía el que había recebido en las almadrabas.

Avendaño, su amigo, viéndole muchas veces melancólico e imaginativo, fiado en su amistad, se atrevió a preguntarle la causa, y se obligó a remediarla, si pudiese y fuese menester, con su sangre misma. No quiso Carriazo tenérsela encubierta, por no hacer agravio a la grande amistad que profesaban; y así, le contó punto por punto la vida de la jábega, y cómo todas sus tristezas y pensamientos nacían del deseo que tenía de volver a ella; pintósela de modo que Avendaño, cuando le acabó de oír, antes alabó que vituperó su gusto.

En fin, el de la plática fue disponer Carriazo la voluntad de Avendaño de manera que determinó de irse con él a gozar un verano de aquella felicísima vida que le había descrito, de lo cual quedó sobremodo contento Carriazo, por parecerle que había ganado un testigo de abono que calificase su baja determinación. Trazaron, ansimismo, de juntar todo el dinero que pudiesen; y el mejor modo que hallaron fue que de allí a dos meses había de ir Avendaño a Salamanca, donde por su gusto tres años había estado estudiando las lenguas griega y latina, y su padre quería que pasase adelante y estudiase la facultad que él quisiese, y que del dinero que le diese habría para lo que deseaban.

En este tiempo, propuso Carriazo a su padre que tenía voluntad de irse con Avendaño a estudiar a Salamanca. Vino su padre con tanto gusto en ello que, hablando al de Avendaño, ordenaron de ponerles juntos casa en Salamanca, con todos los requisitos que pedían ser hijos suyos.

Llegóse el tiempo de la partida; proveyéronles de dineros y enviaron con ellos un ayo que los gobernase, que tenía más de hombre de bien que de discreto. Los padres dieron documentos a sus hijos de lo que habían de hacer y de cómo se habían de gobernar para salir aprovechados en la virtud y en las ciencias, que es el fruto que todo estudiante debe pretender sacar de sus trabajos y vigilias, principalmente los bien nacidos. Mostráronse los hijos humildes y obedientes; lloraron las madres; recibieron la bendición de todos; pusiéronse en camino con mulas propias y con dos criados de casa, amén del ayo, que se había dejado crecer la barba porque diese autoridad a su cargo.

En llegando a la ciudad de Valladolid, dijeron al ayo que querían estarse en aquel lugar dos días para verle, porque nunca le habían visto ni estado en él. Reprehendiólos mucho el ayo, severa y ásperamente, la estada, diciéndoles que los que iban a estudiar con tanta priesa como ellos no se habían de detener una hora a mirar niñerías, cuanto más dos días, y que él formaría escrúpulo si los dejaba detener un solo punto, y que se partiesen luego, y si no, que sobre eso, morena.

Hasta aquí se estendía la habilidad del señor ayo, o mayordomo, como más nos diere gusto llamarle. Los mancebitos, que tenían ya hecho su agosto y su vendimia, pues habían ya robado cuatrocientos escudos de oro que llevaba su mayor, dijeron que sólo los dejase aquel día, en el cual querían ir a ver la fuente de Argales, que la comenzaban a conducir a la ciudad por grandes y espaciosos acueductos. En efeto, aunque con dolor de su ánima, les dio licencia, porque él quisiera escusar el gasto de aquella noche y hacerle en Valdeastillas, y repartir las diez y ocho leguas que hay desde Valdeastillas a Salamanca en dos días, y no las veinte y dos que hay desde Valladolid; pero, como uno piensa el bayo y otro el que le ensilla, todo le sucedió al revés de lo que él quisiera.

Los mancebos, con solo un criado y a caballo en dos muy buenas y caseras mulas, salieron a ver la fuente de Argales, famosa por su antigüedad y sus aguas, a despecho del Caño Dorado y de la reverenda Priora, con paz sea dicho de Leganitos y de la estremadísima fuente Castellana, en cuya competencia pueden callar Corpa y la Pizarra de la Mancha. Llegaron a Argales, y cuando creyó el criado que sacaba Avendaño de las bolsas del cojín alguna cosa con que beber, vio que sacó una carta cerrada, diciéndole que luego al punto volviese a la ciudad y se la diese a su ayo, y que en dándosela les esperase en la puerta del Campo.

Obedeció el criado, tomó la carta, volvió a la ciudad, y ellos volvieron las riendas y aquella noche durmieron en Mojados, y de allí a dos días en Madrid; y en otros cuatro se vendieron las mulas en pública plaza, y hubo quien les fiase por seis escudos de prometido, y aun quien les diese el dinero en oro por sus cabales. Vistiéronse a lo payo, con capotillos de dos haldas, zahones o zaragüelles y medias de paño pardo. Ropero hubo que por la mañana les compró sus vestidos y a la noche los había mudado de manera que no los conociera la propia madre que los había parido. Puestos, pues, a la ligera y del modo que Avendaño quiso y supo, se pusieron en camino de Toledo ad pedem literae y sin espadas; que también el ropero, aunque no atañía a su menester, se las había comprado.

Dejémoslos ir, por ahora, pues van contentos y alegres, y volvamos a contar lo que el ayo hizo cuando abrió la carta que el criado le llevó y halló que decía desta manera:

Vuesa merced será servido, señor Pedro Alonso, de tener paciencia y dar la vuelta a Burgos, donde dirá a nuestros padres que, habiendo nosotros sus hijos, con madura consideración, considerado cuán más propias son de los caballeros las armas que las letras, habemos determinado de trocar a Salamanca por Bruselas y a España por Flandes. Los cuatrocientos escudos llevamos; las mulas pensamos vender. Nuestra hidalga intención y el largo camino es bastante disculpa de nuestro yerro, aunque nadie le juzgará por tal si no es cobarde. Nuestra partida es ahora; la vuelta será cuando Dios fuere servido, el cual guarde a vuesa merced como puede y estos sus menores discípulos deseamos.

De la fuente de Argales, puesto ya el pie en el estribo para caminar a Flandes.

Carriazo y Avendaño.

Quedó Pedro Alonso suspenso en leyendo la epístola y acudió presto a su valija, y el hallarla vacía le acabó de confirmar la verdad de la carta; y luego al punto, en la mula que le había quedado, se partió a Burgos a dar las nuevas a sus amos con toda presteza, porque con ella pusiesen remedio y diesen traza de alcanzar a sus hijos. Pero destas cosas no dice nada el autor desta novela, porque, así como dejó puesto a caballo a Pedro Alonso, volvió a contar de lo que les sucedió a Avendaño y a Carriazo a la entrada de Illescas, diciendo que al entrar de la puerta de la villa encontraron dos mozos de mulas, al parecer andaluces, en calzones de lienzo anchos, jubones acuchillados de anjeo, sus coletos de ante, dagas de ganchos y espadas sin tiros; al parecer, el uno venía de Sevilla y el otro iba a ella. El que iba estaba diciendo al otro:

-Si no fueran mis amos tan adelante, todavía me detuviera algo más a preguntarte mil cosas que deseo saber, porque me has maravillado mucho con lo que has contado de que el conde ha ahorcado a Alonso Genís y a Ribera, sin querer otorgarles la apelación.

-¡Oh pecador de mí! -replicó el sevillano-. Armóles el conde zancadilla y cogiólos debajo de su jurisdición, que eran soldados, y por contrabando se aprovechó dellos, sin que la Audiencia se los pudiese quitar. Sábete, amigo, que tiene un Bercebú en el cuerpo este conde de Puñonrostro, que nos mete los dedos de su puño en el alma. Barrida está Sevilla y diez leguas a la redonda de jácaros; no para ladrón en sus contornos. Todos le temen como al fuego, aunque ya se suena que dejará presto el cargo de Asistente, porque no tiene condición para verse a cada paso en dimes ni diretes con los señores de la Audiencia.

-¡Vivan ellos mil años -dijo el que iba a Sevilla-, que son padres de los miserables y amparo de los desdichados! ¡Cuántos pobretes están mascando barro no más de por la cólera de un juez absoluto, de un corregidor, o mal informado o bien apasionado! Más veen muchos ojos que dos: no se apodera tan presto el veneno de la injusticia de muchos corazones como se apodera de uno solo.

-Predicador te has vuelto -dijo el de Sevilla-, y, según llevas la retahíla, no acabarás tan presto, y yo no te puedo aguardar; y esta noche no vayas a posar donde sueles, sino en la posada del Sevillano, porque verás en ella la más hermosa fregona que se sabe. Marinilla, la de la venta Tejada, es asco en su comparación; no te digo más sino que hay fama que el hijo del Corregidor bebe los vientos por ella. Uno desos mis amos que allá van jura que, al volver que vuelva al Andalucía, se ha de estar dos meses en Toledo y en la misma posada, sólo por hartarse de mirarla. Ya le dejo yo en señal un pellizco, y me llevo en contracambio un gran torniscón. Es dura como un mármol, y zahareña como villana de Sayago, y áspera como una ortiga; pero tiene una cara de pascua y un rostro de buen año: en una mejilla tiene el sol y en la otra la luna; la una es hecha de rosas y la otra de claveles, y en entrambas hay también azucenas y jazmines. No te digo más, sino que la veas, y verás que no te he dicho nada, según lo que te pudiera decir, acerca de su hermosura. En las dos mulas rucias que sabes que tengo mías, la dotara de buena gana, si me la quisieran dar por mujer; pero yo sé que no me la darán, que es joya para un arcipreste o para un conde. Y otra vez torno a decir que allá lo verás. Y adiós, que me mudo.

Con esto se despidieron los dos mozos de mulas, cuya plática y conversación dejó mudos a los dos amigos que escuchado la habían, especialmente Avendaño, en quien la simple relación que el mozo de mulas había hecho de la hermosura de la fregona despertó en él un intenso deseo de verla. También le despertó en Carriazo; pero no de manera que no desease más llegar a sus almadrabas que detenerse a ver las pirámides de Egipto, o otra de las siete maravillas, o todas juntas.

En repetir las palabras de los mozos, y en remedar y contrahacer el modo y los ademanes con que las decían, entretuvieron el camino hasta Toledo; y luego, siendo la guía Carriazo, que ya otra vez había estado en aquella ciudad, bajando por la Sangre de Cristo, dieron con la posada del Sevillano; pero no se atrevieron a pedirla allí, porque su traje no lo pedía.

Era ya anochecido, y, aunque Carriazo importunaba a Avendaño que fuesen a otra parte a buscar posada, no le pudo quitar de la puerta de la del Sevillano, esperando si acaso parecía la tan celebrada fregona. Entrábase la noche y la fregona no salía; desesperábase Carriazo, y Avendaño se estaba quedo; el cual, por salir con su intención, con escusa de preguntar por unos caballeros de Burgos que iban a la ciudad de Sevilla, se entró hasta el patio de la posada; y, apenas hubo entrado, cuando de una sala que en el patio estaba vio salir una moza, al parecer de quince años, poco más o menos, vestida como labradora, con una vela encendida en un candelero.

No puso Avendaño los ojos en el vestido y traje de la moza, sino en su rostro, que le parecía ver en él los que suelen pintar de los ángeles. Quedó suspenso y atónito de su hermosura, y no acertó a preguntarle nada: tal era su suspensión y embelesamiento. La moza, viendo aquel hombre delante de sí, le dijo:

-¿Qué busca, hermano? ¿Es por ventura criado de alguno de los huéspedes de casa?

-No soy criado de ninguno, sino vuestro -respondió Avendaño, todo lleno de turbación y sobresalto.

La moza, que de aquel modo se vio responder, dijo:

-Vaya, hermano, norabuena, que las que servimos no hemos menester criados.

Y, llamando a su señor, le dijo:

-Mire, señor, lo que busca este mancebo.

Salió su amo y preguntóle qué buscaba. Él respondió que a unos caballeros de Burgos que iban a Sevilla, uno de los cuales era su señor, el cual le había enviado delante por Alcalá de Henares, donde había de hacer un negocio que les importaba; y que junto con esto le mandó que se viniese a Toledo y le esperase en la posada del Sevillano, donde vendría a apearse; y que pensaba que llegaría aquella noche o otro día a más tardar. Tan buen color dio Avendaño a su mentira, que a la cuenta del huésped pasó por verdad, pues le dijo:

-Quédese, amigo, en la posada, que aquí podrá esperar a su señor hasta que venga.

-Muchas mercedes, señor huésped -respondió Avendaño-; y mande vuesa merced que se me dé un aposento para mí y un compañero que viene conmigo, que está allí fuera, que dineros traemos para pagarlo tan bien como otro.

-En buen hora -respondió el huésped.

Y, volviéndose a la moza, dijo:

-Costancica, di a Argüello que lleve a estos galanes al aposento del rincón y que les eche sábanas limpias.

-Sí haré, señor -respondió Costanza, que así se llamaba la doncella.

Y, haciendo una reverencia a su amo, se les quitó delante, cuya ausencia fue para Avendaño lo que suele ser al caminante ponerse el sol y sobrevenir la noche lóbrega y escura. Con todo esto, salió a dar cuenta a Carriazo de lo que había visto y de lo que dejaba negociado; el cual por mil señales conoció cómo su amigo venía herido de la amorosa pestilencia; pero no le quiso decir nada por entonces, hasta ver si lo merecía la causa de quien nacían las extraordinarias alabanzas y grandes hipérboles con que la belleza de Costanza sobre los mismos cielos levantaba.

Entraron, en fin, en la posada, y la Argüello, que era una mujer de hasta cuarenta y cinco años, superintendente de las camas y aderezo de los aposentos, los llevó a uno que ni era de caballeros ni de criados, sino de gente que podía hacer medio entre los dos estremos. Pidieron de cenar; respondióles Argüello que en aquella posada no daban de comer a nadie, puesto que guisaban y aderezaban lo que los huéspedes traían de fuera comprado; pero que bodegones y casas de estado había cerca, donde sin escrúpulo de conciencia podían ir a cenar lo que quisiesen.

Tomaron los dos el consejo de Argüello, y dieron con sus cuerpos en un bodego, donde Carriazo cenó lo que le dieron y Avendaño lo que con él llevaba: que fueron pensamientos e imaginaciones. Lo poco o nada que Avendaño comía admiraba mucho a Carriazo. Por enterarse del todo de los pensamientos de su amigo, al volverse a la posada, le dijo:

-Conviene que mañana madruguemos, porque antes que entre la calor estemos ya en Orgaz.

-No estoy en eso -respondió Avendaño-, porque pienso antes que desta ciudad me parta ver lo que dicen que hay famoso en ella, como es el Sagrario, el artificio de Juanelo, las Vistillas de San Agustín, la Huerta del Rey y la Vega.

-Norabuena -respondió Carriazo-: eso en dos días se podrá ver.

-En verdad que lo he de tomar de espacio, que no vamos a Roma a alcanzar alguna vacante.

-¡Ta, ta! -replicó Carriazo-. A mí me maten, amigo, si no estáis vos con más deseo de quedaros en Toledo que de seguir nuestra comenzada romería.

-Así es la verdad -respondió Avendaño-; y tan imposible será apartarme de ver el rostro desta doncella, como no es posible ir al cielo sin buenas obras.

-¡Gallardo encarecimiento -dijo Carriazo- y determinación digna de un tan generoso pecho como el vuestro! ¡Bien cuadra un don Tomás de Avendaño, hijo de don Juan de Avendaño (caballero, lo que es bueno; rico, lo que basta; mozo, lo que alegra; discreto, lo que admira), con enamorado y perdido por una fregona que sirve en el mesón del Sevillano!

-Lo mismo me parece a mí que es -respondió Avendaño- considerar un don Diego de Carriazo, hijo del mismo, caballero del hábito de Alcántara el padre, y el hijo a pique de heredarle con su mayorazgo, no menos gentil en el cuerpo que en el ánimo, y con todos estos generosos atributos, verle enamorado, ¿de quién, si pensáis? ¿De la reina Ginebra? No, por cierto, sino de la almadraba de Zahara, que es más fea, a lo que creo, que un miedo de santo Antón.

-¡Pata es la traviesa, amigo! -respondió Carriazo-; por los filos que te herí me has muerto; quédese aquí nuestra pendencia, y vámonos a dormir, y amanecerá Dios y medraremos.

-Mira, Carriazo, hasta ahora no has visto a Costanza; en viéndola, te doy licencia para que me digas todas las injurias o reprehensiones que quisieres.

-Ya sé yo en qué ha de parar esto -dijo Carriazo.

-¿En qué? -replicó Avendaño.

-En que yo me iré con mi almadraba, y tú te quedarás con tu fregona -dijo Carriazo.

-No seré yo tan venturoso -dijo Avendaño.

-Ni yo tan necio -respondió Carriazo- que, por seguir tu mal gusto, deje de conseguir el bueno mío.

En estas pláticas llegaron a la posada, y aun se les pasó en otras semejantes la mitad de la noche. Y, habiendo dormido, a su parecer, poco más de una hora, los despertó el son de muchas chirimías que en la calle sonaban. Sentáronse en la cama y estuvieron atentos, y dijo Carriazo:

-Apostaré que es ya de día y que debe de hacerse alguna fiesta en un monasterio de Nuestra Señora del Carmen que esta aquí cerca, y por eso tocan estas chirimías.

-No es eso -respondió Avendaño-, porque no ha tanto que dormimos que pueda ser ya de día.

Estando en esto, sintieron llamar a la puerta de su aposento, y, preguntando quién llamaba, respondieron de fuera diciendo:

-Mancebos, si queréis oír una brava música, levantaos y asomaos a una reja que sale a la calle, que está en aquella sala frontera, que no hay nadie en ella.

Levantáronse los dos, y cuando abrieron no hallaron persona ni supieron quién les había dado el aviso; mas, porque oyeron el son de una arpa, creyeron ser verdad la música; y así en camisa, como se hallaron, se fueron a la sala, donde ya estaban otros tres o cuatro huéspedes puestos a las rejas; hallaron lugar, y de allí a poco, al son de la arpa y de una vihuela, con maravillosa voz, oyeron cantar este soneto, que no se le pasó de la memoria a Avendaño:

Raro, humilde sujeto, que levantas
a tan excelsa cumbre la belleza,
que en ella se excedió naturaleza
a sí misma, y al cielo la adelantas;
si hablas, o si ríes, o si cantas,
si muestras mansedumbre o aspereza
(efecto sólo de tu gentileza),
las potencias del alma nos encantas.
Para que pueda ser más conocida

la sin par hermosura que contienes
y la alta honestidad de que blasonas,
deja el servir, pues debes ser servida
de cuantos ven sus manos y sus sienes
resplandecer por cetros y coronas.

No fue menester que nadie les dijese a los dos que aquella música se daba por Costanza, pues bien claro lo había descubierto el soneto, que sonó de tal manera en los oídos de Avendaño, que diera por bien empleado, por no haberle oído, haber nacido sordo y estarlo todos los días de la vida que le quedaba, a causa que desde aquel punto la comenzó a tener tan mala como quien se halló traspasado el corazón de la rigurosa lanza de los celos. Y era lo peor que no sabía de quién debía o podía tenerlos. Pero presto le sacó deste cuidado uno de los que a la reja estaban, diciendo:

-¡Que tan simple sea este hijo del corregidor, que se ande dando músicas a una fregona...! Verdad es que ella es de las más hermosas muchachas que yo he visto, y he visto muchas; mas no por esto había de solicitarla con tanta publicidad.

A lo cual añadió otro de los de la reja:

-Pues en verdad que he oído yo decir por cosa muy cierta que así hace ella cuenta dél como si no fuese nadie: apostaré que se está ella agora durmiendo a sueño suelto detrás de la cama de su ama, donde dicen que duerme, sin acordársele de músicas ni canciones.

-Así es la verdad -replicó el otro-, porque es la más honesta doncella que se sabe; y es maravilla que, con estar en esta casa de tanto tráfago y donde hay cada día gente nueva, y andar por todos los aposentos, no se sabe della el menor desmán del mundo.

Con esto que oyó, Avendaño tornó a revivir y a cobrar aliento para poder escuchar otras muchas cosas, que al son de diversos instrumentos los músicos cantaron, todas encaminadas a Costanza, la cual, como dijo el huésped, se estaba durmiendo sin ningún cuidado.

Por venir el día, se fueron los músicos, despidiéndose con las chirimías. Avendaño y Carriazo se volvieron a su aposento, donde durmió el que pudo hasta la mañana, la cual venida, se levantaron los dos, entrambos con deseo de ver a Costanza; pero el deseo del uno era deseo curioso, y el del otro deseo enamorado. Pero a entrambos se los cumplió Costanza, saliendo de la sala de su amo tan hermosa, que a los dos les pareció que todas cuantas alabanzas le había dado el mozo de mulas eran cortas y de ningún encarecimiento.

Su vestido era una saya y corpiños de paño verde, con unos ribetes del mismo paño. Los corpiños eran bajos, pero la camisa alta, plegado el cuello, con un cabezón labrado de seda negra, puesta una gargantilla de estrellas de azabache sobre un pedazo de una coluna de alabastro, que no era menos blanca su garganta; ceñida con un cordón de San Francisco, y de una cinta pendiente, al lado derecho, un gran manojo de llaves. No traía chinelas, sino zapatos de dos suelas, colorados, con unas calzas que no se le parecían sino cuanto por un perfil mostraban también ser coloradas. Traía tranzados los cabellos con unas cintas blancas de hiladillo; pero tan largo el tranzado, que por las espaldas le pasaba de la cintura; el color salía de castaño y tocaba en rubio; pero, al parecer, tan limpio, tan igual y tan peinado, que ninguno, aunque fuera de hebras de oro, se le pudiera comparar. Pendíanle de las orejas dos calabacillas de vidrio que parecían perlas; los mismos cabellos le servían de garbín y de tocas.

Cuando salió de la sala se persignó y santiguó, y con mucha devoción y sosiego hizo una profunda reverencia a una imagen de Nuestra Señora que en una de las paredes del patio estaba colgada; y, alzando los ojos, vio a los dos, que mirándola estaban, y, apenas los hubo visto, cuando se retiró y volvió a entrar en la sala, desde la cual dio voces a Argüello que se levantase.

Resta ahora por decir qué es lo que le pareció a Carriazo de la hermosura de Costanza, que de lo que le pareció a Avendaño ya está dicho, cuando la vio la vez primera. No digo más, sino que a Carriazo le pareció tan bien como a su compañero, pero enamoróle mucho menos; y tan menos, que quisiera no anochecer en la posada, sino partirse luego para sus almadrabas.

En esto, a las voces de Costanza salió a los corredores la Argüello, con otras dos mocetonas, también criadas de casa, de quien se dice que eran gallegas; y el haber tantas lo requería la mucha gente que acude a la posada del Sevillano, que es una de las mejores y más frecuentadas que hay en Toledo. Acudieron también los mozos de los huéspedes a pedir cebada; salió el huésped de casa a dársela, maldiciendo a sus mozas, que por ellas se le había ido un mozo que la solía dar con muy buena cuenta y razón, sin que le hubiese hecho menos, a su parecer, un solo grano. Avendaño, que oyó esto, dijo:

-No se fatigue, señor huésped, déme el libro de la cuenta, que los días que hubiere de estar aquí yo la tendré tan buena en dar la cebada y paja que pidieren, que no eche menos al mozo que dice que se le ha ido.

-En verdad que os lo agradezca, mancebo -respondió el huésped-, porque yo no puedo atender a esto, que tengo otras muchas cosas a que acudir fuera de casa. Bajad; daros he el libro, y mirad que estos mozos de mulas son el mismo diablo y hacen trampantojos un celemín de cebada con menos conciencia que si fuese de paja.

Bajó al patio Avendaño y entregóse en el libro, y comenzó a despachar celemines como agua, y a asentarlos por tan buena orden que el huésped, que lo estaba mirando, quedó contento; y tanto, que dijo:

-Pluguiese a Dios que vuestro amo no viniese y que a vos os diese gana de quedaros en casa, que a fe que otro gallo os cantase, porque el mozo que se me fue vino a mi casa, habrá ocho meses, roto y flaco, y ahora lleva dos pares de vestidos muy buenos y va gordo como una nutria. Porque quiero que sepáis, hijo, que en esta casa hay muchos provechos, amén de los salarios.

-Si yo me quedase -replicó Avendaño- no repararía mucho en la ganancia; que con cualquiera cosa me contentaría a trueco de estar en esta ciudad, que me dicen que es la mejor de España.

-A lo menos -respondió el huésped- es de las mejores y más abundantes que hay en ella; mas otra cosa nos falta ahora, que es buscar quien vaya por agua al río; que también se me fue otro mozo que, con un asno que tengo famoso, me tenía rebosando las tinajas y hecha un lago de agua la casa. Y una de las causas por que los mozos de mulas se huelgan de traer sus amos a mi posada es por la abundancia de agua que hallan siempre en ella; porque no llevan su ganado al río, sino dentro de casa beben las cabalgaduras en grandes barreños.

Todo esto estaba oyendo Carriazo; el cual, viendo que ya Avendaño estaba acomodado y con oficio en casa, no quiso él quedarse a buenas noches; y más, que consideró el gran gusto que haría a Avendaño si le seguía el humor; y así, dijo al huésped:

-Venga el asno, señor huésped, que tan bien sabré yo cinchalle y cargalle, como sabe mi compañero asentar en el libro su mercancía.

-Sí -dijo Avendaño-, mi compañero Lope Asturiano servirá de traer agua como un príncipe, y yo le fío.

La Argüello, que estaba atenta desde el corredor a todas estas pláticas, oyendo decir a Avendaño que él fiaba a su compañero, dijo:

-Dígame, gentilhombre, ¿y quién le ha de fiar a él? Que en verdad que me parece que más necesidad tiene de ser fiado que de ser fiador.

-Calla, Argüello -dijo el huésped-, no te metas donde no te llaman; yo los fío a entrambos, y, por vida de vosotras, que no tengáis dares ni tomares con los mozos de casa, que por vosotras se me van todos.

-Pues qué -dijo otra moza-, ¿ya se quedan en casa estos mancebos? Para mi santiguada, que si yo fuera camino con ellos, que nunca les fiara la bota.

-Déjese de chocarrerías, señora Gallega -respondió el huésped-, y haga su hacienda, y no se entremeta con los mozos, que la moleré a palos.

-¡Por cierto, sí! -replicó la Gallega-. ¡Mirad qué joyas para codiciallas! Pues en verdad que no me ha hallado el señor mi amo tan juguetona con los mozos de la casa, ni de fuera, para tenerme en la mala piñón que me tiene: ellos son bellacos y se van cuando se les antoja, sin que nosotras les demos ocasión alguna. ¡Bonica gente es ella, por cierto, para tener necesidad de apetites que les inciten a dar un madrugón a sus amos cuando menos se percatan!

-Mucho habláis, Gallega hermana -respondió su amo-; punto en boca, y atended a lo que tenéis a vuestro cargo.

Ya en esto tenía Carriazo enjaezado el asno; y, subiendo en él de un brinco, se encaminó al río, dejando a Avendaño muy alegre de haber visto su gallarda resolución.

He aquí: tenemos ya -en buena hora se cuente- a Avendaño hecho mozo del mesón, con nombre de Tomás Pedro, que así dijo que se llamaba, y a Carriazo, con el de Lope Asturiano, hecho aguador: transformaciones dignas de anteponerse a las del narigudo poeta.

A malas penas acabó de entender la Argüello que los dos se quedaban en casa, cuando hizo designio sobre el Asturiano, y le marcó por suyo, determinándose a regalarle de suerte que, aunque él fuese de condición esquiva y retirada, le volviese más blando que un guante. El mismo discurso hizo la Gallega melindrosa sobre Avendaño; y, como las dos, por trato y conversación, y por dormir juntas, fuesen grandes amigas, al punto declaró la una a la otra su determinación amorosa, y desde aquella noche determinaron de dar principio a la conquista de sus dos desapasionados amantes. Pero lo primero que advirtieron fue en que les habían de pedir que no las habían de pedir celos por cosas que las viesen hacer de sus personas, porque mal pueden regalar las mozas a los de dentro si no hacen tributarios a los de fuera de casa. *Callad, hermanos -decían ellas (como si los tuvieran presentes y fueran ya sus verdaderos mancebos o amancebados)-; callad y tapaos los ojos, y dejad tocar el pandero a quien sabe y que guíe la danza quien la entiende, y no habrá par de canónigos en esta ciudad más regalados que vosotros lo seréis destas tributarias vuestras.*

Estas y otras razones desta sustancia y jaez dijeron la Gallega y la Argüello; y, en tanto, caminaba nuestro buen Lope Asturiano la vuelta del río, por la cuesta del Carmen, puestos los pensamientos en sus almadrabas y en la súbita mutación de su estado. O ya fuese por esto, o porque la suerte así lo ordenase, en un paso estrecho, al bajar de la cuesta, encontró con un asno de un aguador que subía cargado; y, como él descendía y su asno era gallardo, bien dispuesto y poco trabajado, tal encuentro dio al cansado y flaco que subía, que dio con él en el suelo; y, por haberse quebrado los cántaros, se derramó también el agua, por cuya desgracia el aguador antiguo, despechado y lleno de cólera, arremetió al aguador moderno, que aún se estaba caballero; y, antes que se desenvolviese y hubiese apeado, le había pegado y asentado una docena de palos tales, que no le supieron bien al Asturiano.

Apeóse, en fin; pero con tan malas entrañas, que arremetió a su enemigo, y, asiéndole con ambas manos por la garganta, dio con él en el suelo; y tal golpe dio con la cabeza sobre una piedra, que se la abrió por dos partes, saliendo tanta sangre que pensó que le había muerto.

Otros muchos aguadores que allí venían, como vieron a su compañero tan malparado, arremetieron a Lope, y tuviéronle asido fuertemente, gritando:

-¡Justicia, justicia; que este aguador ha muerto a un hombre!

Y, a vuelta destas razones y gritos, le molían a mojicones y a palos. Otros acudieron al caído, y vieron que tenía hendida la cabeza y que casi estaba espirando. Subieron las voces de boca en boca por la cuesta arriba, y en la plaza del Carmen dieron en los oídos de un alguacil; el cual, con dos corchetes, con más ligereza que si volara, se puso en el lugar de la pendencia, a tiempo que ya el herido estaba atravesado sobre su asno, y el de Lope asido, y Lope rodeado de más de veinte aguadores, que no le dejaban rodear, antes le brumaban las costillas de manera que más se pudiera temer de su vida que de la del herido, según menudeaban sobre él los puños y las varas aquellos vengadores de la ajena injuria.

Llegó el alguacil, apartó la gente, entregó a sus corchetes al Asturiano, y antecogiendo a su asno y al herido sobre el suyo, dio con ellos en la cárcel, acompañado de tanta gente y de tantos muchachos que le seguían, que apenas podía hender por las calles.

Al rumor de la gente, salió Tomás Pedro y su amo a la puerta de casa, a ver de qué procedía tanta grita, y descubrieron a Lope entre los dos corchetes, lleno de sangre el rostro y la boca; miró luego por su asno el huésped, y viole en poder de otro corchete que ya se les había juntado. Preguntó la causa de aquellas prisiones; fuele respondida la verdad del suceso; pesóle por su asno, temiendo que le había de perder, o a lo menos hacer más costas por cobrarle que él valía.

Tomás Pedro siguió a su compañero, sin que le dejasen llegar a hablarle una palabra: tanta era la gente que lo impedía, y el recato de los corchetes y del alguacil que le llevaba. Finalmente, no le dejó hasta verle poner en la cárcel, y en un calabozo, con dos pares de grillos, y al herido en la enfermería, donde se halló a verle curar, y vio que la herida era peligrosa, y mucho, y lo mismo dijo el cirujano.

El alguacil se llevó a su casa los dos asnos, y más cinco reales de a ocho que los corchetes habían quitado a Lope.

Volvióse a la posada lleno de confusión y de tristeza; halló al que ya tenía por amo con no menos pesadumbre que él traía, a quien dijo de la manera que quedaba su compañero, y del peligro de muerte en que estaba el herido, y del suceso de su asno. Díjole más: que a su desgracia se le había añadido otra de no menor fastidio; y era que un grande amigo de su señor le había encontrado en el camino, y le había dicho que su señor, por ir muy de priesa y ahorrar dos leguas de camino, desde Madrid había pasado por la barca de Azeca, y que aquella noche dormía en Orgaz; y que le había dado doce escudos que le diese, con orden de que se fuese a Sevilla, donde le esperaba.

-Pero no puede ser así -añadió Tomás-, pues no será razón que yo deje a mi amigo y camarada en la cárcel y en tanto peligro. Mi amo me podrá perdonar por ahora; cuanto más, que él es tan bueno y honrado, que dará por bien cualquier falta que le hiciere, a trueco que no la haga a mi camarada. Vuesa merced, señor amo, me la haga de tomar este dinero y acudir a este negocio; y, en tanto que esto se gasta, yo escribiré a mi señor lo que pasa, y sé que me enviará dineros que basten a sacarnos de cualquier peligro.

Abrió los ojos de un palmo el huésped, alegre de ver que, en parte, iba saneando la pérdida de su asno. Tomó el dinero y consoló a Tomás, diciéndole que él tenía personas en Toledo de tal calidad, que valían mucho con la justicia: especialmente una señora monja, parienta del Corregidor, que le mandaba con el pie; y que una lavandera del monasterio de la tal monja tenía una hija que era grandísima amiga de una hermana de un fraile muy familiar y conocido del confesor de la dicha monja, la cual lavandera lavaba la ropa en casa. *Y, como ésta pida a su hija, que sí pedirá, hable a la hermana del fraile que hable a su hermano que hable al confesor, y el confesor a la monja y la monja guste de dar un billete (que será cosa fácil) para el corregidor, donde le pida encarecidamente mire por el negocio de Tomás, sin duda alguna se podrá esperar buen suceso. Y esto ha de ser con tal que el aguador no muera, y con que no falte ungüento para untar a todos los ministros de la justicia, porque si no están untados, gruñen más que carretas de bueyes.*

En gracia le cayó a Tomás los ofrecimientos del favor que su amo le había hecho, y los infinitos y revueltos arcaduces por donde le había derivado; y, aunque conoció que antes lo había dicho de socarrón que de inocente, con todo eso, le agradeció su buen ánimo y le entregó el dinero, con promesa que no faltaría mucho más, según él tenía la confianza en su señor, como ya le había dicho.

La Argüello, que vio atraillado a su nuevo cuyo, acudió luego a la cárcel a llevarle de comer; mas no se le dejaron ver, de que ella volvió muy sentida y malcontenta; pero no por esto disistió de su buen propósito.

En resolución, dentro de quince días estuvo fuera de peligro el herido, y a los veinte declaró el cirujano que estaba del todo sano; y ya en este tiempo había dado traza Tomás cómo le viniesen cincuenta escudos de Sevilla, y, sacándolos él de su seno, se los entregó al huésped con cartas y cédula fingida de su amo; y, como al huésped le iba poco en averiguar la verdad de aquella correspondencia, cogía el dinero, que por ser en escudos de oro le alegraba mucho.

Por seis ducados se apartó de la querella el herido; en diez, y en el asno y las costas, sentenciaron al Asturiano. Salió de la cárcel, pero no quiso volver a estar con su compañero, dándole por disculpa que en los días que había estado preso le había visitado la Argüello y requerídole de amores: cosa para él de tanta molestia y enfado, que antes se dejara ahorcar que corresponder con el deseo de tan mala hembra; que lo que pensaba hacer era, ya que él estaba determinado de seguir y pasar adelante con su propósito, comprar un asno y usar el oficio de aguador en tanto que estuviesen en Toledo; que, con aquella cubierta, no sería juzgado ni preso por vagamundo, y que, con sola una carga de agua, se podía andar todo el día por la ciudad a sus anchuras, mirando bobas.

-Antes mirarás hermosas que bobas en esta ciudad, que tiene fama de tener las más discretas mujeres de España, y que andan a una su discreción con su hermosura; y si no, míralo por Costancica, de cuyas sobras de belleza puede enriquecer no sólo a las hermosas desta ciudad, sino a las de todo el mundo.

-Paso, señor Tomás -replicó Lope-: vámonos poquito a poquito en esto de las alabanzas de la señora fregona, si no quiere que, como le tengo por loco, le tenga por hereje.

-¿Fregona has llamado a Costanza, hermano Lope? -respondió Tomás-. Dios te lo perdone y te traiga a verdadero conocimiento de tu yerro.

-Pues ¿no es fregona? -replicó el Asturiano.

-Hasta ahora le tengo por ver fregar el primer plato.

-No importa -dijo Lope- no haberle visto fregar el primer plato, si le has visto fregar el segundo y aun el centésimo.

-Yo te digo, hermano -replicó Tomás-, que ella no friega ni entiende en otra cosa que en su labor, y en ser guarda de la plata labrada que hay en casa, que es mucha.

-Pues ¿cómo la llaman por toda la ciudad -dijo Lope- la fregona ilustre, si es que no friega? Mas sin duda debe de ser que, como friega plata, y no loza, la dan nombre de ilustre. Pero, dejando esto aparte, dime, Tomás: ¿en qué estado están tus esperanzas?

-En el de perdición -respondió Tomás-, porque, en todos estos días que has estado preso, nunca la he podido hablar una palabra, y, a muchas que los huéspedes le dicen, con ninguna otra cosa responde que con bajar los ojos y no desplegar los labios; tal es su honestidad y su recato, que no menos enamora con su recogimiento que con su hermosura. Lo que me trae alcanzado de paciencia es saber que el hijo del corregidor, que es mozo brioso y algo atrevido, muere por ella y la solicita con músicas; que pocas noches se pasan sin dársela, y tan al descubierto, que en lo que cantan la nombran, la alaban y la solenizan. Pero ella no las oye, ni desde que anochece hasta la mañana no sale del aposento de su ama, escudo que no deja que me pase el corazón la dura saeta de los celos.

-Pues ¿qué piensas hacer con el imposible que se te ofrece en la conquista desta Porcia, desta Minerva y desta nueva Penélope, que en figura de doncella y de fregona te enamora, te acobarda y te desvanece?

-Haz la burla que de mí quisieres, amigo Lope, que yo sé que estoy enamorado del más hermoso rostro que pudo formar naturaleza, y de la más incomparable honestidad que ahora se puede usar en el mundo. Costanza se llama, y no Porcia, Minerva o Penélope; en un mesón sirve, que no lo puedo negar, pero, ¿qué puedo yo hacer, si me parece que el destino con oculta fuerza me inclina, y la elección con claro discurso me mueve a que la adore? Mira, amigo: no sé cómo te diga -prosiguió Tomás- de la manera con que amor el bajo sujeto desta fregona, que tú llamas, me le encumbra y levanta tan alto, que viéndole no le vea, y conociéndole le desconozca. No es posible que, aunque lo procuro, pueda un breve término contemplar, si así se puede decir, en la bajeza de su estado, porque luego acuden a borrarme este pensamiento su belleza, su donaire, su sosiego, su honestidad y recogimiento, y me dan a entender que, debajo de aquella rústica corteza, debe de estar encerrada y escondida alguna mina de gran valor y de merecimiento grande. Finalmente, sea lo que se fuere, yo la quiero bien; y no con aquel amor vulgar con que a otras he querido, sino con amor tan limpio, que no se estiende a más que a servir y a procurar que ella me quiera, pagándome con honesta voluntad lo que a la mía, también honesta, se debe.

A este punto, dio una gran voz el Asturiano y, como exclamando, dijo:

-¡Oh amor platónico! ¡Oh fregona ilustre! ¡Oh felicísimos tiempos los nuestros, donde vemos que la belleza enamora sin malicia, la honestidad enciende sin que abrase, el donaire da gusto sin que incite, la bajeza del estado humilde obliga y fuerza a que le suban sobre la rueda de la que llaman Fortuna! ¡Oh pobres atunes míos, que os pasáis este año sin ser visitados deste tan enamorado y aficionado vuestro! Pero el que viene yo haré la enmienda, de manera que no se quejen de mí los mayorales de las mis deseadas almadrabas.

A esto dijo Tomás:

-Ya veo, Asturiano, cuán al descubierto te burlas de mí. Lo que podías hacer es irte norabuena a tu pesquería, que yo me quedaré en mi caza, y aquí me hallarás a la vuelta. Si quisieres llevarte contigo el dinero que te toca, luego te lo daré; y ve en paz, y cada uno siga la senda por donde su destino le guiare.

-Por más discreto te tenía -replicó Lope-; y ¿tú no vees que lo que digo es burlando? Pero, ya que sé que tú hablas de veras, de veras te serviré en todo aquello que fuere de tu gusto. Una cosa sola te pido, en recompensa de las muchas que pienso hacer en tu servicio: y es que no me pongas en ocasión de que la Argüello me requiebre ni solicite; porque antes romperé con tu amistad que ponerme a peligro de tener la suya. Vive Dios, amigo, que habla más que un relator y que le huele el aliento a rasuras desde una legua: todos los dientes de arriba son postizos, y tengo para mí que los cabellos son cabellera; y, para adobar y suplir estas faltas, después que me descubrió su mal pensamiento, ha dado en afeitarse con albayalde, y así se jalbega el rostro, que no parece sino mascarón de yeso puro.

-Todo eso es verdad -replicó Tomás-, y no es tan mala la Gallega que a mí me martiriza. Lo que se podrá hacer es que esta noche sola estés en la posada, y mañana comprarás el asno que dices y buscarás dónde estar; y así huirás los encuentros de Argüello, y yo quedaré sujeto a los de la Gallega y a los irreparables de los rayos de la vista de mi Costanza.

En esto se convinieron los dos amigos y se fueron a la posada, adonde de la Argüello fue con muestras de mucho amor recebido el Asturiano. Aquella noche hubo un baile a la puerta de la posada, de muchos mozos de mulas que en ella y en las convecinas había. El que tocó la guitarra fue el Asturiano; las bailadoras, amén de las dos gallegas y de la Argüello, fueron otras tres mozas de otra posada. Juntáronse muchos embozados, con más deseo de ver a Costanza que el baile, pero ella no pareció ni salió a verle, con que dejó burlados muchos deseos.

De tal manera tocaba la guitarra Lope, que decían que la hacía hablar. Pidiéronle las mozas, y con más ahínco la Argüello, que cantase algún romance; él dijo que, como ellas le bailasen al modo como se canta y baila en las comedias, que le cantaría, y que, para que no lo errasen, que hiciesen todo aquello que él dijese cantando y no otra cosa.

Había entre los mozos de mulas bailarines, y entre las mozas ni más ni menos. Mondó el pecho Lope, escupiendo dos veces, en el cual tiempo pensó lo que diría; y, como era de presto, fácil y lindo ingenio, con una felicísima corriente, de improviso comenzó a cantar desta manera:

Salga la hermosa Argüello,
moza una vez, y no más;
y, haciendo una reverencia,

dé dos pasos hacia atrás.
De la mano la arrebate
el que llaman Barrabás:
andaluz mozo de mulas,
canónigo del Compás
De las dos mozas gallegas
que en esta posada están,
salga la más carigorda
en cuerpo y sin delantal.
Engarráfela Torote,
y todos cuatro a la par,
con mudanzas y meneos,
den principio a un contrapás.

Todo lo que iba cantando el Asturiano hicieron al pie de la letra ellos y ellas; mas, cuando llegó a decir que diesen principio a un contrapás, respondió Barrabás, que así le llamaban por mal nombre al bailarín mozo de mulas:

-Hermano músico, mire lo que canta y no moteje a naide de mal vestido, porque aquí no hay naide con trapos, y cada uno se viste como Dios le ayuda.

El huésped, que oyó la ignorancia del mozo, le dijo:

-Hermano mozo, contrapás es un baile extranjero, y no motejo de mal vestidos.

-Si eso es -replicó el mozo-, no hay para qué nos metan en dibujos: toquen sus zarabandas, chaconas y folías al uso, y escudillen como quisieren, que aquí hay presonas que les sabrán llenar las medidas hasta el gollete.

El Asturiano, sin replicar palabra, prosiguió su canto diciendo:

Entren, pues, todas las ninfas
y los ninfos que han de entrar,
que el baile de la chacona
es más ancho que la mar.
Requieran las castañetas
y bájense a refregar
las manos por esa arena
o tierra del muladar.
Todos lo han hecho muy bien,
no tengo qué les rectar;
santígüense, y den al diablo
dos higas de su higueral.
Escupan al hideputa
por que nos deje holgar,
puesto que de la chacona
nunca se suele apartar.
Cambio el son, divina Argüello,
más bella que un hospital;
pues eres mi nueva musa,
tu favor me quieras dar.
El baile de la chacona
encierra la vida bona.
Hállase allí el ejercicio
que la salud acomoda,
sacudiendo de los miembros
a la pereza poltrona.
Bulle la risa en el pecho

de quien baila y de quien toca,
del que mira y del que escucha
baile y música sonora. Vierten azogue los pies,
derrítese la persona
y con gusto de sus dueños
las mulillas se descorchan.
El brío y la ligereza
en los viejos se remoza,
y en los mancebos se ensalza
y sobremodo se entona.
Que el baile de la chacona
encierra la vida bona.
¡Qué de veces ha intentado
aquesta noble señora,
con la alegre zarabanda,
el pésame y perra mora,
entrarse por los resquicios
de las casas religiosas
a inquietar la honestidad
que en las santas celdas mora!
¡Cuántas fue vituperada
de los mismos que la adoran!
Porque imagina el lascivo
y al que es necio se le antoja,
Que el baile de chacona
encierra la vida bona.
Esta indiana amulatada,
de quien la fama pregona
que ha hecho más sacrilegios
e insultos que hizo Aroba;
ésta, a quien es tributaria
la turba de las fregonas,
la caterva de los pajes
y de lacayos las tropas,
dice, jura y no revienta,
que, a pesar de la persona
del soberbio zambapalo,
ella es la flor de la olla,
y que sola la chacona
encierra la vida bona.

En tanto que Lope cantaba, se hacían rajas bailando la turbamulta de los mulantes y fregatrices del baile, que llegaban a doce; y, en tanto que Lope se acomodaba a pasar adelante cantando otras cosas de más tomo, sustancia y consideración de las cantadas, uno de los muchos embozados que el baile miraban dijo, sin quitarse el embozo:

-¡Calla, borracho! ¡Calla, cuero! ¡Calla, odrina, poeta de viejo, músico falso!

Tras esto, acudieron otros, diciéndole tantas injurias y muecas, que Lope tuvo por bien de callar; pero los mozos de mulas lo tuvieron tan mal, que si no fuera por el huésped, que con buenas razones los sosegó, allí fuera la de Mazagatos; y aun con todo eso, no dejaran de menear las manos si a aquel instante no llegara la justicia y los hiciera recoger a todos.

Apenas se habían retirado, cuando llegó a los oídos de todos los que en el barrio despiertos estaban una voz de un hombre que, sentado sobre una piedra, frontero de la posada del

Sevillano, cantaba con tan maravillosa y suave armonía, que los dejó suspensos y les obligó a que le escuchasen hasta el fin. Pero el que más atento estuvo fue Tomás Pedro, como aquel a quien más le tocaba, no sólo el oír la música, sino entender la letra, que para él no fue oír canciones, sino cartas de excomunión que le acongojaban el alma; porque lo que el músico cantó fue este romance:

¿Dónde estás, que no pareces,
esfera de la hermosura,
belleza a la vida humana
de divina compostura?
Cielo impíreo, donde amor
tiene su estancia segura;
primer moble, que arrebata
tras sí todas las venturas;
lugar cristalino, donde
transparentes aguas puras
enfrían de amor las llamas,
las acrecientan y apuran;
nuevo hermoso firmamento,
donde dos estrellas juntas,
sin tomar la luz prestada,
al cielo y al suelo alumbran;
alegría que se opone
a las tristezas confusas
del padre que da a sus hijos
en su vientre sepultura;
humildad que se resiste
de la alteza con que encumbran
el gran Jove, a quien influye
su benignidad, que es mucha.
Red invisible y sutil,
que pone en prisiones duras
al adúltero guerrero
que de las batallas triunfa;
cuarto cielo y sol segundo,
que el primero deja a escuras
cuando acaso deja verse:
que el verle es caso y ventura;
grave embajador, que hablas
con tan estraña cordura,
que persuades callando,
aún más de lo que procuras;
del segundo cielo tienes
no más que la hermosura,
y del primero, no más
que el resplandor de la luna;
esta esfera sois, Costanza,
puesta, por corta fortuna,
en lugar que, por indigno,
vuestras venturas deslumbra.
Fabricad vos vuestra suerte,
consintiendo se reduzga

la entereza a trato al uso,
la esquividad a blandura.
Con esto veréis, señora,
que envidian vuestra fortuna
las soberbias por linaje;
las grandes por hermosura.
Si queréis ahorrar camino,
la más rica y la más pura
voluntad en mí os ofrezco
que vio amor en alma alguna.

El acabar estos últimos versos y el llegar volando dos medios ladrillos fue todo uno; que, si como dieron junto a los pies del músico le dieran en mitad de la cabeza, con facilidad le sacaran de los cascos la música y la poesía. Asombróse el pobre, y dio a correr por aquella cuesta arriba con tanta priesa, que no le alcanzara un galgo. ¡Infelice estado de los músicos, murciégalos y lechuzos, siempre sujetos a semejantes lluvias y desmanes!

A todos los que escuchado habían la voz del apedreado, les pareció bien; pero a quien mejor, fue a Tomás Pedro, que admiró la voz y el romance; mas quisiera él que de otra que Costanza naciera la ocasión de tantas músicas, puesto que a sus oídos jamás llegó ninguna. Contrario deste parecer fue Barrabás, el mozo de mulas, que también estuvo atento a la música; porque, así como vio huir al músico, dijo:

-¡Allá irás, mentecato, trovador de Judas, que pulgas te coman los ojos! Y ¿quién diablos te enseñó a cantar a una fregona cosas de esferas y de cielos, llamándola lunes y martes, y de ruedas de fortuna? Dijérasla, noramala para ti y para quien le hubiere parecido bien tu trova, que es tiesa como un espárrago, entonada como un plumaje, blanca como una leche, honesta como un fraile novicio, melindrosa y zahareña como una mula de alquiler, y más dura que un pedazo de argamasa; que, como esto le dijeras, ella lo entendiera y se holgara; pero llamarla embajador, y red, y moble, y alteza y bajeza, más es para decirlo a un niño de la dotrina que a una fregona. Verdaderamente que hay poetas en el mundo que escriben trovas que no hay diablo que las entienda. Yo, a lo menos, aunque soy Barrabás, éstas que ha cantado este músico de ninguna manera las entrevo: ¡miren qué hará Costancica! Pero ella lo hace mejor; que se está en su cama haciendo burla del mismo Preste Juan de las Indias. Este músico, a lo menos, no es de los del hijo del Corregidor, que aquéllos son muchos, y una vez que otra se dejan entender; pero éste, ¡voto a tal que me deja mohíno!

Todos los que escucharon a Barrabás recibieron gran gusto, y tuvieron su censura y parecer por muy acertado.

Con esto, se acostaron todos; y, apenas estaba sosegada la gente, cuando sintió Lope que llamaban a la puerta de su aposento muy paso. Y, preguntando quién llamaba, fuele respondido con voz baja:

-La Argüello y la Gallega somos: ábrannos que nos morimos de frío.

-Pues en verdad -respondió Lope- que estamos en la mitad de los caniculares.

-Déjate de gracias, Lope -replicó la Gallega-: levántate y abre, que venimos hechas unas archiduquesas.

-¿Archiduquesas y a tal hora? -respondió Lope-. No creo en ellas; antes entiendo que sois brujas, o unas grandísimas bellacas: idos de ahí luego; si no, por vida de..., hago juramento que si me levanto, que con los hierros de mi pretina os tengo de poner las posaderas como unas amapolas.

Ellas, que se vieron responder tan acerbamente, y tan fuera de aquello que primero se imaginaron, temieron la furia del Asturiano; y, defraudadas sus esperanzas y borrados sus designios, se volvieron tristes y malaventuradas a sus lechos; aunque, antes de apartarse de la puerta, dijo la Argüello, poniendo los hocicos por el agujero de la llave:

-No es la miel para la boca del asno.

Y con esto, como si hubiera dicho una gran sentencia y tomado una justa venganza, se volvió, como se ha dicho, a su triste cama.

Lope, que sintió que se habían vuelto, dijo a Tomás Pedro, que estaba despierto:

-Mirad, Tomás: ponedme vos a pelear con dos gigantes, y en ocasión que me sea forzoso desquijarar por vuestro servicio media docena o una de leones, que yo lo haré con más facilidad que beber una taza de vino; pero que me pongáis en necesidad que me tome a brazo partido con la Argüello, no lo consentiré si me asaetean. ¡Mirad qué doncellas de Dinamarca nos había ofrecido la suerte esta noche! Ahora bien, amanecerá Dios y medraremos.

-Ya te he dicho, amigo -respondió Tomás-, que puedes hacer tu gusto, o ya en irte a tu romería, o ya en comprar el asno y hacerte aguador, como tienes determinado.

-En lo de ser aguador me afirmo -respondió Lope-. Y durmamos lo poco que queda hasta venir el día, que tengo esta cabeza mayor que una cuba, y no estoy para ponerme ahora a departir contigo.

Durmiéronse; vino el día, levantáronse, y acudió Tomás a dar cebada y Lope se fue al mercado de las bestias, que es allí junto, a comprar un asno que fuese tal como bueno.

Sucedió, pues, que Tomás, llevado de sus pensamientos y de la comodidad que le daba la soledad de las siestas, había compuesto en algunas unos versos amorosos y escrítolos en el mismo libro do tenía la cuenta de la cebada, con intención de sacarlos aparte en limpio y romper o borrar aquellas hojas. Pero, antes que esto hiciese, estando él fuera de casa y habiéndose dejado el libro sobre el cajón de la cebada, le tomó su amo, y, abriéndole para ver cómo estaba la cuenta, dio con los versos, que leídos le turbaron y sobresaltaron. Fuese con ellos a su mujer, y, antes que se los leyese, llamó a Costanza; y, con grandes encarecimientos, mezclados con amenazas, le dijo le dijese si Tomás Pedro, el mozo de la cebada, la había dicho algún requiebro, o alguna palabra descompuesta o que diese indicio de tenerla afición. Costanza juró que la primera palabra, en aquella o en otra materia alguna, estaba aún por hablarla, y que jamás, ni aun con los ojos, le había dado muestras de pensamiento malo alguno.

Creyéronla sus amos, por estar acostumbrados a oírla siempre decir verdad en todo cuanto le preguntaban. Dijéronla que se fuese de allí, y el huésped dijo a su mujer:

-No sé qué me diga desto. Habréis de saber, señora, que Tomás tiene escritas en este libro de la cebada unas coplas que me ponen mala espina que está enamorado de Costancica.

-Veamos las coplas -respondió la mujer-, que yo os diré lo que en eso debe de haber.

-Así será, sin duda alguna -replicó su marido-; que, como sois poeta, luego daréis en su sentido.

-No soy poeta -respondió la mujer-, pero ya sabéis vos que tengo buen entendimiento y que sé rezar en latín las cuatro oraciones.

-Mejor haríades de rezallas en romance: que ya os dijo vuestro tío el clérigo que decíades mil gazafatones cuando rezábades en latín y que no rezábades nada.

-Esa flecha, de la ahijada de su sobrina ha salido, que está envidiosa de verme tomar las Horas de latín en la mano y irme por ellas como por viña vendimiada.

-Sea como vos quisiéredes -respondió el huésped-. Estad atenta, que las coplas son éstas:

¿Quién de amor venturas halla?
El que calla.
¿Quién triunfa de su aspereza?
La firmeza.
¿Quién da alcance a su alegría?
La porfía.
Dese modo, bien podría
esperar dichosa palma
si en esta empresa mi alma

calla, está firme y porfía.
¿Con quién se sustenta amor?
Con favor.
¿Y con qué mengua su furia?
Con la injuria.
¿Antes con desdenes crece?
Desfallece.
Claro en esto se parece
que mi amor será inmortal,
pues la causa de mi mal
ni injuria ni favorece.
Quien desespera, ¿qué espera?
Muerte entera.
Pues, ¿qué muerte el mal remedia?
La que es media.
Luego, ¿bien será morir?
Mejor sufrir.
Porque se suele decir,
y esta verdad se reciba,
que tras la tormenta esquiva
suele la calma venir.
¿Descubriré mi pasión?
En ocasión.
¿Y si jamás se me da?
Sí hará.
Llegará la muerte en tanto.
Llegue a tanto
tu limpia fe y esperanza,
que, en sabiéndolo Costanza,
convierta en risa tu llanto.

-¿Hay más? -dijo la huéspeda.

-No -respondió el marido-; pero, ¿qué os parece destos versos?

-Lo primero -dijo ella-, es menester averiguar si son de Tomás.

-En eso no hay que poner duda -replicó el marido-, porque la letra de la cuenta de la cebada y la de las coplas toda es una, sin que se pueda negar.

-Mirad, marido -dijo la huéspeda-: a lo que yo veo, puesto que las coplas nombran a Costancica, por donde se puede pensar que se hicieron para ella, no por eso lo habemos de afirmar nosotros por verdad, como si se los viéramos escribir; cuanto más, que otras Costanzas que la nuestra hay en el mundo; pero, ya que sea por ésta, ahí no le dice nada que la deshonre ni la pide cosa que le importe. Estemos a la mira y avisemos a la muchacha, que si él está enamorado della, a buen seguro que él haga más coplas y que procure dárselas.

-¿No sería mejor -dijo el marido- quitarnos desos cuidados y echarle de casa?

-Eso -respondió la huéspeda- en vuestra mano está; pero en verdad que, según vos decís, el mozo sirve de manera que sería conciencia el despedille por tan liviana ocasión.

-Ahora bien -dijo el marido-, estaremos alerta, como vos decís, y el tiempo nos dirá lo que habemos de hacer.

Quedaron en esto, y tornó a poner el huésped el libro donde le había hallado. Volvió Tomás ansioso a buscar su libro, hallóle, y porque no le diese otro sobresalto, trasladó las coplas y rasgó aquellas hojas, y propuso de aventurarse a descubrir su deseo a Costanza en la primera ocasión que se le ofreciese. Pero, como ella andaba siempre sobre los estribos de su honestidad y recato, a ninguno daba lugar de miralla, cuanto más de ponerse a pláticas con ella; y, como había tanta gente y tantos ojos de ordinario en la posada, aumentaba más la dificultad de hablarla, de que se desesperaba el pobre enamorado.

Mas, habiendo salido aquel día Costanza con una toca ceñida por las mejillas, y dicho a quien se lo preguntó que por qué se la había puesto, que tenía un gran dolor de muelas, Tomás, a quien sus deseos avivaban el entendimiento, en un instante discurrió lo que sería bueno que hiciese, y dijo:

-Señora Costanza, yo le daré una oración en escrito, que a dos veces que la rece se le quitará como con la mano su dolor.

-Norabuena -respondió Costanza-; que yo la rezaré, porque sé leer.

-Ha de ser con condición -dijo Tomás- que no la ha de mostrar a nadie, porque la estimo en mucho, y no será bien que por saberla muchos se menosprecie.

-Yo le prometo -dijo Costanza-, Tomás, que no la dé a nadie; y démela luego, porque me fatiga mucho el dolor.

-Yo la trasladaré de la memoria -respondió Tomás- y luego se la daré.

Estas fueron las primeras razones que Tomás dijo a Costanza, y Costanza a Tomás, en todo el tiempo que había que estaba en casa, que ya pasaban de veinte y cuatro días. Retiróse Tomás y escribió la oración, y tuvo lugar de dársela a Costanza sin que nadie lo viese; y ella, con mucho gusto y más devoción, se entró en un aposento a solas, y abriendo el papel vio que decía desta manera:

Señora de mi alma:

Yo soy un caballero natural de Burgos; si alcanzo de días a mi padre, heredo un mayorazgo de seis mil ducados de renta. A la fama de vuestra hermosura, que por muchas leguas se estiende, dejé mi patria, mudé vestido, y en el traje que me veis vine a servir a vuestro dueño; si vos lo quisiéredes ser mío, por los medios que más a vuestra honestidad convengan, mirad qué pruebas queréis que haga para enteraros desta verdad; y, enterada en ella, siendo gusto vuestro, seré vuestro esposo y me tendré por el más bien afortunado del mundo. Sólo, por ahora, os pido que no echéis tan enamorados y limpios pensamientos como los míos en la calle; que si vuestro dueño los sabe y no los cree, me condenará a destierro de vuestra presencia, que sería lo mismo que condenarme a muerte. Dejadme, señora, que os vea hasta que me creáis, considerando que no merece el riguroso castigo de no veros el que no ha cometido otra culpa que adoraros. Con los ojos podréis responderme, a hurto de los muchos que siempre os están mirando; que ellos son tales, que airados matan y piadosos resucitan.

En tanto que Tomás entendió que Costanza se había ido a leer su papel, le estuvo palpitanto el corazón, temiendo y esperando, o ya la sentencia de su muerte o la restauración de su vida. Salió en esto Costanza, tan hermosa, aunque rebozada, que si pudiera recibir aumento su hermosura con algún accidente, se pudiera juzgar que el sobresalto de haber visto en el papel de Tomás otra cosa tan lejos de la que pensaba había acrecentado su belleza. Salió con el papel entre las manos hecho menudas piezas, y dijo a Tomás, que apenas se podía tener en pie:

-Hermano Tomás, ésta tu oración más parece hechicería y embuste que oración santa; y así, yo no la quiero creer ni usar della, y por eso la he rasgado, porque no la vea nadie que sea más crédula que yo. Aprende otras oraciones más fáciles, porque ésta será imposible que te sea de provecho.

En diciendo esto, se entró con su ama, y Tomás quedó suspenso, pero algo consolado, viendo que en solo el pecho de Costanza quedaba el secreto de su deseo; pareciéndole que, pues no había dado cuenta dél a su amo, por lo menos no estaba en peligro de que le echasen de casa. Parecióle que en el primero paso que había dado en su pretensión había atropellado por mil montes de inconvenientes, y que, en las cosas grandes y dudosas, la mayor dificultad está en los principios.

En tanto que esto sucedió en la posada, andaba el Asturiano comprando el asno donde los vendían; y, aunque halló muchos, ninguno le satisfizo, puesto que un gitano anduvo muy solícito por encajalle uno que más caminaba por el azogue que le había echado en los oídos que por ligereza suya; pero lo que contentaba con el paso desagradaba con el cuerpo, que era muy pequeño y no del grandor y talle que Lope quería, que le buscaba suficiente para llevarle a él por añadidura, ora fuesen vacíos o llenos los cántaros.

Llegóse a él en esto un mozo y díjole al oído:

-Galán, si busca bestia cómoda para el oficio de aguador, yo tengo un asno aquí cerca, en un prado, que no le hay mejor ni mayor en la ciudad; y aconséjole que no compre bestia de gitanos, porque, aunque parezcan sanas y buenas, todas son falsas y llenas de dolamas; si quiere comprar la que le conviene, véngase conmigo y calle la boca.

Creyóle el Asturiano y díjole que le guiase adonde estaba el asno que tanto encarecía. Fuéronse los dos mano a mano, como dicen, hasta que llegaron a la Huerta del Rey, donde a la sombra de una azuda hallaron muchos aguadores, cuyos asnos pacían en un prado que allí cerca estaba. Mostró el vendedor su asno, tal que le hinchó el ojo al Asturiano, y de todos los que allí estaban fue alabado el asno de fuerte, de caminador y comedor sobremanera. Hicieron su concierto, y, sin otra seguridad ni información, siendo corredores y medianeros los demás aguadores, dio diez y seis ducados por el asno, con todos los adherentes del oficio.

Hizo la paga real en escudos de oro. Diéronle el parabién de la compra y de la entrada en el oficio, y certificáronle que había comprado un asno dichosísimo, porque el dueño que le dejaba, sin que se le mancase ni matase, había ganado con él en menos tiempo de un año, después de haberse sustentado a él y al asno honradamente, dos pares de vestidos y más aquellos diez y seis ducados, con que pensaba volver a su tierra, donde le tenían concertado un casamiento con una media parienta suya.

Amén de los corredores del asno, estaban otros cuatro aguadores jugando a la primera, tendidos en el suelo, sirviéndoles de bufete la tierra y de sobremesa sus capas. Púsose el Asturiano a mirarlos y vio que no jugaban como aguadores, sino como arcedianos, porque tenía de resto cada uno más de cien reales en cuartos y en plata. Llegó una mano de echar todos el resto, y si uno no diera partido a otro, él hiciera mesa gallega. Finalmente, a los dos en aquel resto se les acabó el dinero y se levantaron; viendo lo cual el vendedor del asno, dijo que si hubiera cuarto, que él jugara, porque era enemigo de jugar en tercio. El Asturiano, que era de propiedad del azúcar, que jamás gastó menestra, como dice el italiano, dijo que él haría cuarto. Sentáronse luego, anduvo la cosa de buena manera; y, queriendo jugar antes el dinero que el tiempo, en poco rato perdió Lope seis escudos que tenía; y, viéndose sin blanca, dijo que si le querían jugar el asno, que él le jugaría. Acetáronle el envite, y hizo de resto un cuarto del asno, diciendo que por cuartos quería jugarle. Díjole tan mal, que en cuatro restos consecutivamente perdió los cuatro cuartos del asno, y ganóselos el mismo que se le había vendido; y, levantándose para volverse a entregarse en él, dijo el Asturiano que advirtiesen que él solamente había jugado los cuatro cuartos del asno, pero la cola, que se la diesen y se le llevasen norabuena.

Causóles risa a todos la demanda de la cola, y hubo letrados que fueron de parecer que no tenía razón en lo que pedía, diciendo que cuando se vende un carnero o otra res alguna no se saca ni quita la cola, que con uno de los cuartos traseros ha de ir forzosamente. A lo cual replicó Lope que los carneros de Berbería ordinariamente tienen cinco cuartos, y que el quinto es de la cola; y, cuando los tales carneros se cuartean, tanto vale la cola como cualquier cuarto; y que a lo de ir la cola junto con la res que se vende viva y no se cuartea, que lo concedía; pero que la suya no fue vendida, sino jugada, y que nunca su intención fue jugar la cola, y que al punto se la volviesen luego con todo lo a ella anejo y concerniente, que era desde la punta del celebro, contada la osamenta del espinazo, donde ella tomaba principio y decendía, hasta parar en los últimos pelos della.

-Dadme vos -dijo uno- que ello sea así como decís y que os la den como la pedís, y sentaos junto a lo que del asno queda.

-¡Pues así es! -replicó Lope-. Venga mi cola; si no, por Dios que no me lleven el asno si bien viniesen por él cuantos aguadores hay en el mundo; y no piensen que por ser tantos los que aquí están me han de hacer superchería, porque soy yo un hombre que me sabré llegar a otro hombre y meterle dos palmos de daga por las tripas sin que sepa de quién, por dónde o cómo le vino; y más, que no quiero que me paguen la cola rata por cantidad, sino que quiero que me la den en ser y la corten del asno como tengo dicho.

Al ganancioso y a los demás les pareció no ser bien llevar aquel negocio por fuerza, porque juzgaron ser de tal brío el Asturiano, que no consentiría que se la hiciesen; el cual, como estaba hecho al trato de las almadrabas, donde se ejercita todo género de rumbo y jácara y de extraordinarios juramentos y boatos, voleó allí el capelo y empuñó un puñal que debajo del capotillo traía, y púsose en tal postura, que infundió temor y respecto en toda aquella aguadora compañía. Finalmente, uno dellos, que parecía de más razón y discurso, los concertó en que se echase la cola contra un cuarto del asno a una quínola o a dos y pasante. Fueron contentos, ganó la quínola Lope; picóse el otro, echó el otro cuarto, y a otras tres manos quedó sin asno. Quiso jugar el dinero; no quería Lope, pero tanto le porfiaron todos, que lo hubo de hacer, con que hizo el viaje del desposado, dejándole sin un solo maravedí; y fue tanta la pesadumbre que desto recibió el perdidoso, que se arrojó en el suelo y comenzó a darse de calabazadas por la tierra. Lope, como bien nacido y como liberal y compasivo, le levantó y le volvió todo el dinero que le había ganado y los diez y seis ducados del asno, y aun de los que él tenía repartió con los circunstantes, cuya estraña liberalidad pasmó a todos; y si fueran los tiempos y las ocasiones del Tamorlán, le alzaran por rey de los aguadores.

Con grande acompañamiento volvió Lope a la ciudad, donde contó a Tomás lo sucedido, y Tomás asimismo le dio cuenta de sus buenos sucesos. No quedó taberna, ni bodegón, ni junta de pícaros donde no se supiese el juego del asno, el esquite por la cola y el brío y la liberalidad del Asturiano. Pero, como la mala bestia del vulgo, por la mayor parte, es mala, maldita y maldiciente, no tomó de memoria la liberalidad, brío y buenas partes del gran Lope, sino solamente la cola. Y así, apenas hubo andado dos días por la ciudad echando agua, cuando se vio señalar de muchos con el dedo, que decían: *Este es el aguador de la cola*. Estuvieron los muchachos atentos, supieron el caso; y, no había asomado Lope por la entrada de cualquiera calle, cuando por toda ella le gritaban, quién de aquí y quién de allí: *¡Asturiano, daca la cola! ¡Daca la cola, Asturiano!* Lope, que se vio asaetear de tantas lenguas y con tantas voces, dio en callar, creyendo que en su mucho silencio se anegara tanta insolencia. Mas ni por ésas, pues mientras más callaba, más los muchachos gritaban; y así, probó a mudar su paciencia en cólera, y apeándose del asno dio a palos tras los muchachos, que fue afinar el polvorín y ponerle fuego, y fue otro cortar las cabezas de la serpiente, pues en lugar de una que quitaba, apaleando a algún muchacho, nacían en el mismo instante, no otras siete, sino setecientas, que con mayor ahínco y menudeo le pedían la cola. Finalmente, tuvo por bien de retirarse a una posada que había tomado fuera de la de su compañero, por huir de la Argüello, y de estarse en ella hasta que la influencia de aquel mal planeta pasase, y se borrase de la memoria de los muchachos aquella demanda mala de la cola que le pedían.

Seis días se pasaron sin que saliese de casa, si no era de noche, que iba a ver a Tomás y a preguntarle del estado en que se hallaba; el cual le contó que, después que había dado el papel a Costanza, nunca más había podido hablarla una sola palabra; y que le parecía que andaba más recatada que solía, puesto que una vez tuvo lugar de llegar a hablarla, y, viéndolo ella, le había dicho antes que llegase: *Tomás, no me duele nada; y así, ni tengo necesidad de tus palabras ni de tus oraciones: conténtate que no te acuso a la Inquisición, y no te canses*; pero que estas razones las dijo sin mostrar ira en los ojos ni otro desabrimiento que pudiera dar indicio de reguridad alguna. Lope le contó a él la priesa que le daban los muchachos, pidiéndole la cola porque él había pedido la de su asno, con que hizo el famoso esquite. Aconsejóle Tomás que no saliese de casa, a lo menos sobre el asno, y que si saliese, fuese por calles solas y apartadas; y que, cuando esto no bastase, bastaría dejar el oficio, último remedio de poner fin a tan poco honesta demanda. Preguntóle Lope si había acudido más la Gallega. Tomás dijo que no, pero que no dejaba de sobornarle la voluntad con regalos y presentes de lo que hurtaba en la cocina a los huéspedes. Retiróse con esto a su posada Lope, con determinación de no salir della en otros seis días, a lo menos con el asno.

Las once serían de la noche cuando, de improviso y sin pensarlo, vieron entrar en la posada muchas varas de justicia, y al cabo el Corregidor. Alborotóse el huésped y aun los huéspedes; porque, así como los cometas cuando se muestran siempre causan temores de desgracias e infortunios, ni más ni menos la justicia, cuando de repente y de tropel se entra en una casa, sobresalta y atemoriza hasta las conciencias no culpadas. Entróse el Corregidor en una sala y llamó al huésped de casa, el cual vino temblando a ver lo que el señor Corregidor quería. Y, así como le vio el Corregidor, le preguntó con mucha gravedad:

-¿Sois vos el huésped?

-Sí señor -respondió él-, para lo que vuesa merced me quisiere mandar.

Mandó el Corregidor que saliesen de la sala todos los que en ella estaban, y que le dejasen solo con el huésped. Hiciéronlo así; y, quedándose solos, dijo el Corregidor al huésped:

-Huésped, ¿qué gente de servicio tenéis en esta vuestra posada?

-Señor -respondió él-, tengo dos mozas gallegas, y una ama y un mozo que tiene cuenta con dar la cebada y paja.

-¿No más? -replicó el Corregidor.

-No señor -respondió el huésped.

-Pues decidme, huésped -dijo el Corregidor-, ¿dónde está una muchacha que dicen que sirve en esta casa, tan hermosa que por toda la ciudad la llaman la ilustre fregona; y aun me han llegado a decir que mi hijo don Periquito es su enamorado, y que no hay noche que no le da músicas?

-Señor -respondió el huésped-, esa fregona ilustre que dicen es verdad que está en esta casa, pero ni es mi criada ni deja de serlo.

-No entiendo lo que decís, huésped, en eso de ser y no ser vuestra criada la fregona.

-Yo he dicho bien -añadió el huésped-; y si vuesa merced me da licencia, le diré lo que hay en esto, lo cual jamás he dicho a persona alguna.

-Primero quiero ver a la fregona que saber otra cosa; llamadla acá -dijo el Corregidor.

Asomóse el huésped a la puerta de la sala y dijo:

-¡Oíslo, señora: haced que entre aquí Costancica!

Cuando la huéspeda oyó que el Corregidor llamaba a Costanza, turbóse y comenzó a torcerse las manos, diciendo:

-¡Ay desdichada de mí! ¡El Corregidor a Costanza y a solas! Algún gran mal debe de haber sucedido, que la hermosura desta muchacha trae encantados los hombres.

Costanza, que lo oía, dijo:

-Señora, no se congoje, que yo iré a ver lo que el señor Corregidor quiere; y si algún mal hubiere sucedido, esté segura vuesa merced que no tendré yo la culpa.

Y, en esto, sin aguardar que otra vez la llamasen, tomó una vela encendida sobre un candelero de plata, y, con más vergüenza que temor, fue donde el Corregidor estaba.

Así como el Corregidor la vio, mandó al huésped que cerrase la puerta de la sala; lo cual hecho, el Corregidor se levantó, y, tomando el candelero que Costanza traía, llegándole la luz al rostro, la anduvo mirando toda de arriba abajo; y, como Costanza estaba con sobresalto, habíasele encendido la color del rostro, y estaba tan hermosa y tan honesta, que al Corregidor le pareció que estaba mirando la hermosura de un ángel en la tierra; y, después de haberla bien mirado, dijo:

-Huésped, ésta no es joya para estar en el bajo engaste de un mesón; desde aquí digo que mi hijo Periquito es discreto, pues tan bien ha sabido emplear sus pensamientos. Digo, doncella, que no solamente os pueden y deben llamar ilustre, sino ilustrísima; pero estos títulos no habían de caer sobre el nombre de fregona, sino sobre el de una duquesa.

-No es fregona, señor -dijo el huésped-, que no sirve de otra cosa en casa que de traer las llaves de la plata, que por la bondad de Dios tengo alguna, con que se sirven los huéspedes honrados que a esta posada vienen.

-Con todo eso -dijo el Corregidor-, digo, huésped, que ni es decente ni conviene que esta doncella esté en un mesón. ¿Es parienta vuestra, por ventura?

-Ni es mi parienta ni es mi criada; y si vuesa merced gustare de saber quién es, como ella no esté delante, oirá vuesa merced cosas que, juntamente con darle gusto, le admiren.

-Sí gustaré -dijo el Corregidor-; y sálgase Costancica allá fuera, y prométase de mí lo que de su mismo padre pudiera prometerse; que su mucha honestidad y hermosura obligan a que todos los que la vieren se ofrezcan a su servicio.

No respondió palabra Costanza, sino con mucha mesura hizo una profunda reverencia al Corregidor y salióse de la sala; y halló a su ama desalada esperándola, para saber della qué era lo que el Corregidor la quería. Ella le contó lo que había pasado, y cómo su señor quedaba con él para contalle no sé qué cosas que no quería que ella las oyese. No acabó de sosegarse la huéspeda, y siempre estuvo rezando hasta que se fue el Corregidor y vio salir libre a su marido; el cual, en tanto que estuvo con el Corregidor, le dijo:

-«Hoy hacen, señor, según mi cuenta, quince años, un mes y cuatro días que llegó a esta posada una señora en hábito de peregrina, en una litera, acompañada de cuatro criados de a caballo y de dos dueñas y una doncella, que en un coche venían. Traía asimismo dos acémilas cubiertas con dos ricos reposteros, y cargadas con una rica cama y con aderezos de cocina. Finalmente, el aparato era principal y la peregrina representaba ser una gran señora; y, aunque en la edad mostraba ser de cuarenta o pocos más años, no por eso dejaba de parecer hermosa en todo estremo. Venía enferma y descolorida, y tan fatigada que mandó que luego luego le hiciesen la cama, y en esta misma sala se la hicieron sus criados. Preguntáronme cuál era el médico de más fama desta ciudad. Díjeles que el doctor de la Fuente. Fueron luego por él, y él vino luego; comunicó a solas con él su enfermedad; y lo que de su plática resultó fue que mandó el médico que se le hiciese la cama en otra parte y en lugar donde no le diesen ningún ruido. Al momento la mudaron a otro aposento que está aquí arriba apartado, y con la comodidad que el doctor pedía. Ninguno de los criados entraban donde su señora, y solas las dos dueñas y la doncella la servían.

»Yo y mi mujer preguntamos a los criados quién era la tal señora y cómo se llamaba, de adónde venía y adónde iba; si era casada, viuda o doncella, y por qué causa se vestía aquel hábito de peregrina. A todas estas preguntas, que le hicimos una y muchas veces, no hubo alguno que nos respondiese otra cosa sino que aquella peregrina era una señora principal y rica de Castilla la Vieja, y que era viuda y que no tenía hijos que la heredasen; y que, porque había algunos meses que estaba enferma de hidropesía, había ofrecido de ir a Nuestra Señora de Guadalupe en romería, por la cual promesa iba en aquel hábito. En cuanto a decir su nombre, traían orden de no llamarla sino la señora peregrina.

»Esto supimos por entonces; pero a cabo de tres días que, por enferma, la señora peregrina se estaba en casa, una de las dueñas nos llamó a mí y a mi mujer de su parte; fuimos a ver lo que quería, y, a puerta cerrada y delante de sus criadas, casi con lágrimas en los ojos, nos dijo, creo que estas mismas razones: *Señores míos, los cielos me son testigos que sin culpa mía me hallo en el riguroso trance que ahora os diré. Yo estoy preñada, y tan cerca del parto, que ya los dolores me van apretando. Ninguno de los criados que vienen conmigo saben mi necesidad ni desgracia; a estas mis mujeres ni he podido ni he querido encubrírselo. Por huir de los maliciosos ojos de mi tierra, y porque esta hora no me tomase en ella, hice voto de ir a Nuestra Señora de Guadalupe; ella debe de haber sido servida que en esta vuestra casa me tome el parto; a vosotros está ahora el remediarme y acudirme, con el secreto que merece la que su honra pone en vuestras manos. La paga de la merced que me hiciéredes, que así quiero llamarla, si no respondiere al gran beneficio que espero, responderá, a lo menos, a dar muestra de una voluntad muy agradecida; y quiero que comiencen a dar muestras de mi voluntad estos ducientos escudos de oro que van en este bolsillo.* Y, sacando debajo de la almohada de la cama un bolsillo de aguja, de oro y verde, se le puso en las manos de mi mujer; la cual, como simple y sin mirar lo que hacía, porque estaba suspensa y colgada de la peregrina, tomó el bolsillo, sin responderle palabra de agradecimiento ni de comedimiento alguno. Yo me acuerdo que le dije que no era menester nada de aquello: que no éramos personas que por interés, más que por caridad, nos movíamos a hacer bien cuando se ofrecía. Ella prosiguió, diciendo: *Es menester, amigos, que busquéis donde llevar lo que pariere luego luego, buscando también mentiras que decir a quien lo entregáredes; que por ahora será en la ciudad, y después quiero que se lleve a una aldea. De lo que después se hubiere de hacer, siendo Dios servido de alumbrarme y de llevarme a cumplir mi voto, cuando de Guadalupe vuelva lo sabréis, porque el tiempo me habrá dado lugar de que piense y escoja lo mejor que me convenga. Partera no la he menester, ni la quiero: que otros partos más honrados que he tenido me aseguran que, con sola la ayuda destas mis criadas, facilitaré sus dificultades y ahorraré de un testigo más de mis sucesos.*

»Aquí dio fin a su razonamiento la lastimada peregrina y principio a un copioso llanto, que en parte fue consolado por las muchas y buenas razones que mi mujer, ya vuelta en más acuerdo, le dijo. Finalmente, yo salí luego a buscar donde llevar lo que pariese, a cualquier hora que fuese; y, entre las doce y la una de aquella misma noche, cuando toda la gente de casa estaba entregada al sueño, la buena señora parió una niña, la más hermosa que mis ojos hasta entonces habían visto, que es esta misma que vuesa merced acaba de ver ahora. Ni la madre se quejó en el parto ni la hija nació llorando: en todos había sosiego y silencio maravilloso, y tal cual convenía para el secreto de aquel estraño caso. Otros seis días estuvo en la cama, y en todos ellos venía el médico a visitarla, pero no porque ella le hubiese declarado de qué procedía su mal; y las medicinas que le ordenaba nunca las puso en ejecución, porque sólo pretendió engañar a sus criados con la visita del médico. Todo esto me dijo ella misma, después que se vio fuera de peligro, y a los ochos días se levantó con el mismo bulto, o con otro que se parecía a aquel con que se había echado.

»Fue a su romería y volvió de allí a veinte días, ya casi sana, porque poco a poco se iba quitando del artificio con que después de parida se mostraba hidrópica. Cuando volvió, estaba ya la niña dada a criar por mi orden, con nombre de mi sobrina, en una aldea dos leguas de aquí. En el bautismo se le puso por nombre Costanza, que así lo dejó ordenado su madre; la cual, contenta de lo que yo había hecho, al tiempo de despedirse me dio una cadena de oro, que hasta agora tengo, de la cual quitó seis trozos, los cuales dijo que traería la persona que por la niña viniese. También cortó un blanco pergamino a vueltas y a ondas, a la traza y manera como cuando se enclavijan las manos y en los dedos se escribiese alguna cosa, que estando enclavijados los dedos se puede leer, y después de apartadas las manos queda dividida la razón, porque se dividen las letras; que, en volviendo a enclavijar los dedos, se juntan y corresponden de manera que se pueden leer continuadamente: digo que el un pergamino sirve de alma del otro, y encajados se leerán, y divididos no es posible, si no es adivinando la mitad del pergamino; y casi toda la cadena quedó en mi poder, y todo lo tengo, esperando el contraseño hasta ahora, puesto que ella me dijo que dentro de dos años enviaría por su hija, encargándome que la criase no como quien ella era, sino del modo que se suele criar una labradora. Encargóme también que si por algún suceso no le fuese posible enviar tan presto por su hija, que, aunque creciese y llegase a tener entendimiento, no la dijese del modo que había nacido, y que la perdonase el no decirme su nombre ni quién era, que lo guardaba para otra ocasión más importante. En resolución, dándome otros cuatrocientos escudos de oro y abrazando a mi mujer con tiernas lágrimas, se partió, dejándonos admirados de su discreción, valor, hermosura y recato.

»Costanza se crió en el aldea dos años, y luego la truje conmigo, y siempre la he traído en hábito de labradora, como su madre me lo dejó mandado. Quince años, un mes y cuatro días ha que aguardo a quien ha de venir por ella, y la mucha tardanza me ha consumido la esperanza de ver esta venida; y si en este año en que estamos no vienen, tengo determinado de prohijalla y darle toda mi hacienda, que vale más de seis mil ducados, Dios sea bendito.

»Resta ahora, señor Corregidor, decir a vuesa merced, si es posible que yo sepa decirlas, las bondades y las virtudes de Costancica. Ella, lo primero y principal, es devotísima de Nuestra Señora: confiesa y comulga cada mes; sabe escribir y leer; no hay mayor randera en Toledo; canta a la almohadilla como unos ángeles; en ser honesta no hay quien la iguale. Pues en lo que toca a ser hermosa, ya vuesa merced lo ha visto. El señor don Pedro, hijo de vuesa merced, en su vida la ha hablado; bien es verdad que de cuando en cuando le da alguna música, que ella jamás escucha. Muchos señores, y de título, han posado en esta posada, y aposta, por hartarse de verla, han detenido su camino muchos días; pero yo sé bien que no habrá ninguno que con verdad se pueda alabar que ella le haya dado lugar de decirle una palabra sola ni acompañada.» Esta es, señor, la verdadera historia de la ilustre fregona, que no friega, en la cual no he salido de la verdad un punto.

Calló el huésped y tardó un gran rato el Corregidor en hablarle: tan suspenso le tenía el suceso que el huésped le había contado. En fin, le dijo que le trujese allí la cadena y el pergamino, que quería verlo. Fue el huésped por ello, y, trayéndoselo, vio que era así como le había dicho; la cadena era de trozos, curiosamente labrada; en el pergamino estaban escritas, una debajo de otra, en el espacio que había de hinchir el vacío de la otra mitad, estas letras: E T E L S N V D D R; por las cuales letras vio ser forzoso que se juntasen con las de la mitad del otro pergamino para poder ser entendidas. Tuvo por discreta la señal del conocimiento, y juzgó por muy rica a la señora peregrina que tal cadena había dejado al huésped; y, teniendo en pensamiento de sacar de aquella posada la hermosa muchacha cuando hubiese concertado un monasterio donde llevarla, por entonces se contentó de llevar sólo el pergamino, encargando al huésped que si acaso viniesen por Costanza, le avisase y diese noticia de quién era el que por ella venía, antes que le mostrase la cadena, que dejaba en su poder. Con esto se fue tan admirado del cuento y suceso de la ilustre fregona como de su incomparable hermosura.

Todo el tiempo que gastó el huésped en estar con el Corregidor, y el que ocupó Costanza cuando la llamaron, estuvo Tomás fuera de sí, combatida el alma de mil varios pensamientos, sin acertar jamás con ninguno de su gusto; pero cuando vio que el Corregidor se iba y que Costanza se quedaba, respiró su espíritu y volviéronle los pulsos, que ya casi desamparado le tenían. No osó preguntar al huésped lo que el Corregidor quería, ni el huésped lo dijo a nadie sino a su mujer, con que ella también volvió en sí, dando gracias a Dios que de tan grande sobresalto la había librado.

El día siguiente, cerca de la una, entraron en la posada, con cuatro hombres de a caballo, dos caballeros ancianos de venerables presencias, habiendo primero preguntado uno de dos mozos que a pie con ellos venían si era aquélla la posada del Sevillano; y, habiéndole respondido que sí, se entraron todos en ella. Apeáronse los cuatro y fueron a apear a los dos ancianos: señal por do se conoció que aquellos dos eran señores de los seis. Salió Costanza con su acostumbrada gentileza a ver los nuevos huéspedes, y, apenas la hubo visto uno de los dos ancianos, cuando dijo al otro:

-Yo creo, señor don Juan, que hemos hallado todo aquello que venimos a buscar.

Tomás, que acudió a dar recado a las cabalgaduras, conoció luego a dos criados de su padre, y luego conoció a su padre y al padre de Carriazo, que eran los dos ancianos a quien los demás respectaban; y, aunque se admiró de su venida, consideró que debían de ir a buscar a él y a Carriazo a las almadrabas: que no habría faltado quien les hubiese dicho que en ellas, y no en Flandes, los hallarían. Pero no se atrevió a dejarse conocer en aquel traje; antes, aventurándolo todo, puesta la mano en el rostro, pasó por delante dellos, y fue a buscar a Costanza, y quiso la buena suerte que la hallase sola; y, apriesa y con lengua turbada, temeroso que ella no le daría lugar para decirle nada, le dijo:

-Costanza, uno destos dos caballeros ancianos que aquí han llegado ahora es mi padre, que es aquel que oyeres llamar don Juan de Avendaño; infórmate de sus criados si tiene un hijo que se llama don Tomás de Avendaño, que soy yo, y de aquí podrás ir coligiendo y averiguando que te he dicho verdad en cuanto a la calidad de mi persona, y que te la diré en cuanto de mi parte te tengo ofrecido; y quédate a Dios, que hasta que ellos se vayan no pienso volver a esta casa.

No le respondió nada Costanza, ni él aguardó a que le respondiese; sino, volviéndose a salir, cubierto como había entrado, se fue a dar cuenta a Carriazo de cómo sus padres estaban en la posada. Dio voces el huésped a Tomás que viniese a dar cebada; pero, como no pareció, diola él mismo. Uno de los dos ancianos llamó aparte a una de las dos mozas gallegas, y preguntóle cómo se llamaba aquella muchacha hermosa que habían visto, y que si era hija o parienta del huésped o huéspeda de casa. La Gallega le respondió:

-La moza se llama Costanza; ni es parienta del huésped ni de la huéspeda, ni sé lo que es; sólo digo que la doy a la mala landre, que no sé qué tiene que no deja hacer baza a ninguna de las mozas que estamos en esta casa. ¡Pues en verdad que tenemos nuestras faciones como Dios nos las puso! No entra huésped que no pregunte luego quién es la hermosa, y que no diga: *Bonita es, bien parece, a fe que no es mala; mal año para las más pintadas; nunca peor me la depare la fortuna.* Y a nosotras no hay quien nos diga: ¿*Qué tenéis ahí, diablos, o mujeres, o lo que sois?*

-Luego esta niña, a esa cuenta -replicó el caballero-, debe de dejarse manosear y requebrar de los huéspedes.

-¡Sí! -respondió la Gallega-: ¡tenedle el pie al herrar! ¡Bonita es la niña para eso! Par Dios, señor, si ella se dejara mirar siquiera, manara en oro; es más áspera que un erizo; es una tragaavemarías; labrando está todo el día y rezando. Para el día que ha de hacer milagros quisiera yo tener un cuento de renta. Mi ama dice que trae un silencio pegado a las carnes; ¡tome qué, mi padre!

Contentísimo el caballero de lo que había oído a la Gallega, sin esperar a que le quitasen las espuelas, llamó al huésped; y, retirándose con él aparte en una sala, le dijo:

-Yo, señor huésped, vengo a quitaros una prenda mía que ha algunos años que tenéis en vuestro poder; para quitárosla os traigo mil escudos de oro, y estos trozos de cadena y este pergamino.

Y, diciendo esto, sacó los seis de la señal de la cadena que él tenía.

Asimismo conoció el pergamino, y, alegre sobremanera con el ofrecimiento de los mil escudos, respondió:

-Señor, la prenda que queréis quitar está en casa; pero no están en ella la cadena ni el pergamino con que se ha de hacer la prueba de la verdad que yo creo que vuesa merced trata; y así, le suplico tenga paciencia, que yo vuelvo luego.

Y al momento fue a avisar al Corregidor de lo que pasaba, y de cómo estaban dos caballeros en su posada que venían por Costanza.

Acababa de comer el Corregidor, y, con el deseo que tenía de ver el fin de aquella historia, subió luego a caballo y vino a la posada del Sevillano, llevando consigo el pergamino de la muestra. Y, apenas hubo visto a los dos caballeros cuando, abiertos los brazos, fue a abrazar al uno, diciendo:

-¡Válame Dios! ¿Qué buena venida es ésta, señor don Juan de Avendaño, primo y señor mío?

El caballero le abrazó asimismo, diciéndole:

-Sin duda, señor primo, habrá sido buena mi venida, pues os veo, y con la salud que siempre os deseo. Abrazad, primo, a este caballero, que es el señor don Diego de Carriazo, gran señor y amigo mío.

-Ya conozco al señor don Diego -respondió el Corregidor-, y le soy muy servidor.

Y, abrazándose los dos, después de haberse recebido con grande amor y grandes cortesías, se entraron en una sala, donde se quedaron solos con el huésped, el cual ya tenía consigo la cadena, y dijo:

-Ya el señor Corregidor sabe a lo que vuesa merced viene, señor don Diego de Carriazo; vuesa merced saque los trozos que faltan a esta cadena, y el señor Corregidor sacará el pergamino que está en su poder, y hagamos la prueba que ha tantos años que espero a que se haga.

-Desa manera -respondió don Diego-, no habrá necesidad de dar cuenta de nuevo al señor Corregidor de nuestra venida, pues bien se verá que ha sido a lo que vos, señor huésped, habréis dicho.

-Algo me ha dicho; pero mucho me quedó por saber. El pergamino, hele aquí.

Sacó don Diego el otro, y juntando las dos partes se hicieron una, y a las letras del que tenía el huésped, que, como se ha dicho, eran ETELSNVDDR, respondían en el otro pergamino éstas: SASAEALERAEA, que todas juntas decían: ESTA ES LA SEÑAL VERDADERA. Cotejáronse luego los trozos de la cadena y hallaron ser las señas verdaderas.

-¡Esto está hecho! -dijo el Corregidor-. Resta ahora saber, si es posible, quién son los padres desta hermosísima prenda.

-El padre -respondió don Diego- yo lo soy; la madre ya no vive: basta saber que fue tan principal que pudiera yo ser su criado. Y, porque como se encubre su nombre no se encubra su fama, ni se culpe lo que en ella parece manifiesto error y culpa conocida, se ha de saber que la madre desta prenda, siendo viuda de un gran caballero, se retiró a vivir a una aldea suya; y allí, con recato y con honestidad grandísima, pasaba con sus criados y vasallos una vida sosegada y quieta. Ordenó la suerte que un día, yendo yo a caza por el término de su lugar, quise visitarla, y era la hora de siesta cuando llegué a su alcázar: que así se puede llamar su gran casa; dejé el caballo a un criado mío; subí sin topar a nadie hasta el mismo aposento donde ella estaba durmiendo la siesta sobre un estrado negro. Era por estremo hermosa, y el silencio, la soledad, la ocasión, despertaron en mí un deseo más atrevido que honesto; y, sin ponerme a hacer discretos discursos, cerré tras mí la puerta, y, llegándome a ella, la desperté; y, teniéndola asida fuertemente, le dije: *Vuesa merced, señora mía, no grite, que las voces que diere serán pregoneras de su deshonra: nadie me ha visto entrar en este aposento; que mi suerte, para que la tenga bonísima en gozaros, ha llovido sueño en todos vuestros criados, y cuando ellos acudan a vuestras voces no podrán más que quitarme la vida, y esto ha de ser en vuestro mismos brazos, y no por mi muerte dejará de quedar en opinión vuestra fama.* Finalmente, yo la gocé contra su voluntad y a pura fuerza mía: ella, cansada, rendida y turbada, o no pudo o no quiso hablarme palabra, y yo, dejándola como atontada y suspensa, me volví a salir por los mismos pasos donde había entrado, y me vine a la aldea de otro amigo mío, que estaba dos leguas de la suya. Esta señora se mudó de aquel lugar a otro, y, sin que yo jamás la viese, ni lo procurase, se pasaron dos años, al cabo de los cuales supe que era muerta; y podrá haber veinte días que, con grandes encarecimientos, escribiéndome que era cosa que me importaba en ella el contento y la honra, me envió a llamar un mayordomo desta señora. Fui a ver lo que me quería, bien lejos de pensar en lo que me dijo; halléle a punto de muerte, y, por abreviar razones, en muy breves me dijo cómo al tiempo que murió su señora le dijo todo lo que conmigo le había sucedido, y cómo había quedado preñada de aquella fuerza; y que, por encubrir el bulto, había venido en romería a Nuestra Señora de Guadalupe, y cómo había parido en esta casa una niña, que se había de llamar Costanza. Diome las señas con que la hallaría, que fueron las que habéis visto de la cadena y pergamino. Y diome ansimismo treinta mil escudos de oro, que su señora dejó para casar a su hija. Díjome ansimismo que el no habérmelos dado luego, como su señora había muerto, ni declarádome lo que ella encomendó a su confianza y secreto, había sido por pura codicia y por poderse aprovechar de aquel dinero; pero que ya que estaba a punto de ir a dar cuenta a Dios, por descargo de su conciencia me daba el dinero y me avisaba adónde y cómo había de hallar mi hija. Recebí el dinero y las señales, y, dando cuenta desto al señor don Juan de Avendaño, nos pusimos en camino desta ciudad.

A estas razones llegaba don Diego, cuando oyeron que en la puerta de la calle decían a grandes voces:

-Díganle a Tomás Pedro, el mozo de la cebada, cómo llevan a su amigo el Asturiano preso; que acuda a la cárcel, que allí le espera.

A la voz de cárcel y de preso, dijo el Corregidor que entrase el preso y el alguacil que le llevaba. Dijeron al alguacil que el Corregidor, que estaba allí, le mandaba entrar con el preso; y así lo hubo de hacer.

Venía el Asturiano todos los dientes bañados en sangre, y muy malparado y muy bien asido del alguacil; y, así como entró en la sala, conoció a su padre y al de Avendaño. Turbóse, y, por no ser conocido, con un paño, como que se limpiaba la sangre, se cubrió el rostro. Preguntó el Corregidor que qué había hecho aquel mozo, que tan malparado le llevaban. Respondió el alguacil que aquel mozo era un aguador que le llamaban el Asturiano, a quien los muchachos por las calles decían: "¡Daca la cola, Asturiano: daca la cola!"; y luego, en breves palabras, contó la causa porque le pedían la tal cola, de que no riyeron poco todos. Dijo más: que, saliendo por la puente de Alcántara, dándole los muchachos priesa con la demanda de la cola, se había apeado del asno, y, dando tras todos, alcanzó a uno, a quien dejaba medio muerto a palos; y que, queriéndole prender, se había resistido, y que por eso iba tan malparado.

Mandó el Corregidor que se descubriese el rostro; y, porfiando a no querer descubrirse, llegó el alguacil y quitóle el pañuelo, y al punto le conoció su padre, y dijo todo alterado:

-Hijo don Diego, ¿cómo estás desta manera? ¿Qué traje es éste? ¿Aún no se te han olvidado tus picardías?

Hincó las rodillas Carriazo y fuese a poner a los pies de su padre, que, con lágrimas en los ojos, le tuvo abrazado un buen espacio. Don Juan de Avendaño, como sabía que don Diego había venido con don Tomás, su hijo, preguntóle por él, a lo cual respondió que don Tomás de Avendaño era el mozo que daba cebada y paja en aquella posada. Con esto que el Asturiano dijo se acabó de apoderar la admiración en todos los presentes, y mandó el Corregidor al huésped que trujese allí al mozo de la cebada.

-Yo creo que no está en casa -respondió el huésped-, pero yo le buscaré.

Y así, fue a buscalle.

Preguntó don Diego a Carriazo que qué transformaciones eran aquéllas, y qué les había movido a ser él el aguador y don Tomás mozo de mesón. A lo cual respondió Carriazo que no podía satisfacer a aquellas preguntas tan en público; que él respondería a solas.

Estaba Tomás Pedro escondido en su aposento, para ver desde allí, sin ser visto, lo que hacían su padre y el de Carriazo. Teníale suspenso la venida del Corregidor y el alboroto que en toda la casa andaba. No faltó quien le dijese al huésped como estaba allí escondido; subió por él, y más por fuerza que por grado le hizo bajar; y aun no bajara si el mismo Corregidor no saliera al patio y le llamara por su nombre, diciendo:

-Baje vuesa merced, señor pariente, que aquí no le aguardan osos ni leones.

Bajó Tomás, y, con los ojos bajos y sumisión grande, se hincó de rodillas ante su padre, el cual le abrazó con grandísimo contento, a fuer del que tuvo el padre del Hijo Pródigo cuando le cobró de perdido.

Ya en esto había venido un coche del Corregidor, para volver en él, pues la gran fiesta no permitía volver a caballo. Hizo llamar a Costanza, y, tomándola de la mano, se la presentó a su padre, diciendo:

-Recebid, señor don Diego, esta prenda y estimalda por la más rica que acertárades a desear. Y vos, hermosa doncella, besad la mano a vuestro padre y dad gracias a Dios, que con tan honrado suceso ha enmedado, subido y mejorado la bajeza de vuestro estado.

Costanza, que no sabía ni imaginaba lo que le había acontecido, toda turbada y temblando, no supo hacer otra cosa que hincarse de rodillas ante su padre; y, tomándole las manos, se las comenzó a besar tiernamente, bañándoselas con infinitas lágrimas que por sus hermosísimos ojos derramaba.

En tanto que esto pasaba, había persuadido el Corregidor a su primo don Juan que se viniesen todos con él a su casa; y, aunque don Juan lo rehusaba, fueron tantas las persuasiones del Corregidor, que lo hubo de conceder; y así, entraron en el coche todos. Pero, cuando dijo el Corregidor a Costanza que entrase también en el coche, se le anubló el corazón, y ella y la huéspeda se asieron una a otra y comenzaron a hacer tan amargo llanto, que quebraba los corazones de cuantos le escuchaban. Decía la huéspeda:

-¿Cómo es esto, hija de mi corazón, que te vas y me dejas? ¿Cómo tienes ánimo de dejar a esta madre, que con tanto amor te ha criado?

Costanza lloraba y la respondía con no menos tiernas palabras. Pero el Corregidor, enternecido, mandó que asimismo la huéspeda entrase en el coche, y que no se apartase de su hija, pues por tal la tenía, hasta que saliese de Toledo. Así, la huéspeda y todos entraron en el coche, y fueron a casa del Corregidor, donde fueron bien recebidos de su mujer, que era una principal señora. Comieron regalada y sumptuosamente, y después de comer contó Carriazo a su padre cómo por amores de Costanza don Tomás se había puesto a servir en el mesón, y que estaba enamorado de tal manera della, que, sin que le hubiera descubierto ser tan principal, como era siendo su hija, la tomara por mujer en el estado de fregona. Vistió luego la mujer del Corregidor a Costanza con unos vestidos de una hija que tenía de la misma edad y cuerpo de Costanza; y si parecía hermosa con los de labradora, con los cortesanos parecía cosa del cielo: tan bien la cuadraban, que daba a entender que desde que nació había sido señora y usado los mejores trajes que el uso trae consigo.

Pero, entre tantos alegres, no pudo faltar un triste, que fue don Pedro, el hijo del Corregidor, que luego se imaginó que Costanza no había de ser suya; y así fue la verdad, porque, entre el Corregidor y don Diego de Carriazo y don Juan de Avendaño, se concertaron en que don Tomás se casase con Costanza, dándole su padre los treinta mil escudos que su madre le había dejado, y el aguador don Diego de Carriazo casase con la hija del Corregidor, y don Pedro, el hijo del Corregidor, con una hija de don Juan de Avendaño; que su padre se ofrecía a traer dispensación del parentesco.

Desta manera quedaron todos contentos, alegres y satisfechos, y la nueva de los casamientos y de la ventura de la fregona ilustre se estendió por la ciudad; y acudía infinita gente a ver a Costanza en el nuevo hábito, en el cual tan señora se mostraba como se ha dicho. Vieron al mozo de la cebada, Tomás Pedro, vuelto en don Tomás de Avendaño y vestido como señor; notaron que Lope Asturiano era muy gentilhombre después que había mudado vestido y dejado el asno y las aguaderas; pero, con todo eso, no faltaba quien, en el medio de su pompa, cuando iba por la calle, no le pidiese la cola.

Un mes se estuvieron en Toledo, al cabo del cual se volvieron a Burgos don Diego de Carriazo y su mujer, su padre, y Costanza con su marido don Tomás, y el hijo del Corregidor, que quiso ir a ver su parienta y esposa. Quedó el Sevillano rico con los mil escudos y con muchas joyas que Costanza dio a su señora; que siempre con este nombre llamaba a la que la había criado.

Dio ocasión la historia de la fregona ilustre a que los poetas del dorado Tajo ejercitasen sus plumas en solenizar y en alabar la sin par hermosura de Costanza, la cual aún vive en compañía de su buen mozo de mesón; y Carriazo, ni más ni menos, con tres hijos, que, sin tomar el estilo del padre ni acordarse si hay almadrabas en el mundo, hoy están todos estudiando en Salamanca; y su padre, apenas vee algún asno de aguador, cuando se le representa y viene a la memoria el que tuvo en Toledo; y teme que, cuando menos se cate, ha de remanecer en alguna sátira el "¡Daca la cola, Asturiano! ¡Asturiano, daca la cola!"

Las dos doncellas

Cinco leguas de la ciudad de Sevilla, está un lugar que se llama Castiblanco; y, en uno de muchos mesones que tiene, a la hora que anochecía, entró un caminante sobre un hermoso cuartago, estranjero. No traía criado alguno, y, sin esperar que le tuviesen el estribo, se arrojó de la silla con gran ligereza.

Acudió luego el huésped, que era hombre diligente y de recado; mas no fue tan presto que no estuviese ya el caminante sentado en un poyo que en el portal había, desabrochándose muy apriesa los botones del pecho, y luego dejó caer los brazos a una y a otra parte, dando manifiesto indicio de desmayarse. La huéspeda, que era caritativa, se llegó a él, y, rociándole con agua el rostro, le hizo volver en su acuerdo, y él, dando muestras que le había pesado de que así le hubiesen visto, se volvió a abrochar, pidiendo que le diesen luego un aposento donde se recogiese, y que, si fuese posible, fuese solo.

Díjole la huéspeda que no había más de uno en toda la casa, y que tenía dos camas, y que era forzoso, si algún huésped acudiese, acomodarle en la una. A lo cual respondió el caminante que él pagaría los dos lechos, viniese o no huésped alguno; y, sacando un escudo de oro, se le dio a la huéspeda, con condición que a nadie diese el lecho vacío.

No se descontentó la huéspeda de la paga; antes, se ofreció de hacer lo que le pedía, aunque el mismo deán de Sevilla llegase aquella noche a su casa. Preguntóle si quería cenar, y respondió que no; mas que sólo quería que se tuviese gran cuidado con su cuartago. Pidió la llave del aposento, y, llevando consigo unas bolsas grandes de cuero, se entró en él y cerró tras sí la puerta con llave, y aun, a lo que después pareció, arrimó a ella dos sillas.

Apenas se hubo encerrado, cuando se juntaron a consejo el huésped y la huéspeda, y el mozo que daba la cebada, y otros dos vecinos que acaso allí se hallaron; y todos trataron de la grande hermosura y gallarda disposición del nuevo huésped, concluyendo que jamás tal belleza habían visto.

Tanteáronle la edad y se resolvieron que tendría de diez y seis a diez y siete años. Fueron y vinieron y dieron y tomaron, como suele decirse, sobre qué podía haber sido la causa del desmayo que le dio; pero, como no la alcanzaron, quedáronse con la admiración de su gentileza.

Fuéronse los vecinos a sus casas, y el huésped a pensar el cuartago, y la huéspeda a aderezar algo de cenar por si otros huéspedes viniesen. Y no tardó mucho cuando entró otro de poca más edad que el primero y no de menos gallardía; y, apenas le hubo visto la huéspeda, cuando dijo:

-¡Válame Dios!, ¿y qué es esto? ¿Vienen, por ventura, esta noche a posar ángeles a mi casa?

-¿Por qué dice eso la señora huéspeda? -dijo el caballero.

-No lo digo por nada, señor -respondió la mesonera-; sólo digo que vuesa merced no se apee, porque no tengo cama que darle, que dos que tenía las ha tomado un caballero que está en aquel aposento, y me las ha pagado entrambas, aunque no había menester más de la una sola, porque nadie le entre en el aposento; y, es que debe de gustar de la soledad; y, en Dios y en mi ánima que no sé yo por qué, que no tiene él cara ni disposición para esconderse, sino para que todo el mundo le vea y le bendiga.

-¿Tan lindo es, señora huéspeda? -replicó el caballero.

-¡Y cómo si es lindo! -dijo ella-; y aun más que relindo.

-Ten aquí, mozo -dijo a esta sazón el caballero-; que, aunque duerma en el suelo tengo de ver hombre tan alabado.

Y, dando el estribo a un mozo de mulas que con él venía, se apeó y hizo que le diesen luego de cenar, y así fue hecho. Y, estando cenando, entró un alguacil del pueblo (como de ordinario en los lugares pequeños se usa) y sentóse a conversación con el caballero en tanto que cenaba; y no dejó, entre razón y razón, de echar abajo tres cubiletes de vino, y de roer una pechuga y una cadera de perdiz que le dio el caballero. Y todo se lo pagó el alguacil con preguntarle nuevas de la Corte y de las guerras de Flandes y bajada del Turco, no olvidándose de los sucesos del Trasilvano, que Nuestro Señor guarde.

El caballero cenaba y callaba, porque no venía de parte que le pudiese satisfacer a sus preguntas. Ya en esto, había acabado el mesonero de dar recado al cuartago, y sentóse a hacer tercio en la conversación y a probar de su mismo vino no menos tragos que el alguacil; y a cada trago que envasaba volvía y derribaba la cabeza sobre el hombro izquierdo, y alababa el vino, que le ponía en las nubes, aunque no se atrevía a dejarle mucho en ellas por que no se aguase. De lance en lance, volvieron a las alabanzas del huésped encerrado, y contaron de su desmayo y encerramiento, y de que no había querido cenar cosa alguna. Ponderaron el aparato de las bolsas, y la bondad del cuartago y del vestido vistoso que de camino traía: todo lo cual requería no venir sin mozo que le sirviese. Todas estas exageraciones pusieron nuevo deseo de verle, y rogó al mesonero hiciese de modo como él entrase a dormir en la otra cama y le daría un escudo de oro. Y, puesto que la codicia del dinero acabó con la voluntad del mesonero de dársela, halló ser imposible, a causa que estaba cerrado por de dentro y no se atrevía a despertar al que dentro dormía, y que también tenía pagados los dos lechos. Todo lo cual facilitó el alguacil diciendo:

-Lo que se podrá hacer es que yo llamaré a la puerta, diciendo que soy la justicia, que por mandado del señor alcalde traigo a aposentar a este caballero a este mesón, y que, no habiendo otra cama, se le manda dar aquélla. A lo cual ha de replicar el huésped que se le hace agravio, porque ya está alquilada y no es razón quitarla al que la tiene. Con esto quedará el mesonero desculpado y vuesa merced conseguirá su intento.

A todos les pareció bien la traza del alguacil, y por ella le dio el deseoso cuatro reales.

Púsose luego por obra; y, en resolución, mostrando gran sentimiento, el primer huésped abrió a la justicia, y el segundo, pidiéndole perdón del agravio que al parecer se le había hecho, se fue a acostar en el lecho desocupado. Pero ni el otro le respondió palabra, ni menos se dejó ver el rostro, porque apenas hubo abierto cuando se fue a su cama, y, vuelta la cara a la pared, por no responder, hizo que dormía. El otro se acostó, esperando cumplir por la mañana su deseo, cuando se levantasen.

Eran las noches de las perezosas y largas de diciembre, y el frío y el cansancio del camino forzaba a procurar pasarlas con reposo; pero, como no le tenía el huésped primero, a poco más de la media noche, comenzó a suspirar tan amargamente que con cada suspiro parecía despedírsele el alma; y fue de tal manera que, aunque el segundo dormía, hubo de despertar al lastimero son del que se quejaba. Y, admirado de los sollozos con que acompañaba los suspiros, atentamente se puso a escuchar lo que al parecer entre sí murmuraba. Estaba la sala escura y las camas bien desviadas; pero no por esto dejó de oír, entre otras razones, éstas, que, con voz debilitada y flaca, el lastimado huésped primero decía:

-¡Ay sin ventura! ¿Adónde me lleva la fuerza incontrastable de mis hados? ¿Qué camino es el mío, o qué salida espero tener del intricado laberinto donde me hallo? ¡Ay pocos y mal experimentados años, incapaces de toda buena consideración y consejo! ¿Qué fin ha de tener esta no sabida peregrinación mía? ¡Ay honra menospreciada; ay amor mal agradecido; ay respectos de honrados padres y parientes atropellados, y ay de mí una y mil veces, que tan a rienda suelta me dejé llevar de mi deseos! ¡Oh palabras fingidas, que tan de veras me obligastes a que con obras os respondiese! Pero, ¿de quién me quejo, cuitada? ¿Yo no soy la que quise engañarme? ¿No soy yo la que tomó el cuchillo con sus misma manos, con que corté y eché por tierra mi crédito, con el que de mi valor tenían mis ancianos padres? ¡Oh fementido Marco Antonio! ¿Cómo es posible que en las dulces palabras que me decías viniese mezclada la hiel de tus descortesías y desdenes? ¿Adónde estás, ingrato; adónde te fuiste, desconocido? Respóndeme, que te hablo; espérame, que te sigo; susténtame, que descaezco; págame, que me debes; socórreme, pues por tantas vías te tengo obligado.

Calló, en diciendo esto, dando muestra en los ayes y suspiros que no dejaban los ojos de derramar tiernas lágrimas. Todo lo cual, con sosegado silencio, estuvo escuchando el segundo huésped, coligiendo por las razones que había oído que, sin duda alguna, era mujer la que se quejaba: cosa que le avivó más el deseo de conocella, y estuvo muchas veces determinado de irse a la cama de la que creía ser mujer; y hubiéralo hecho si en aquella sazón no le sintiera levantar: y, abriendo la puerta de la sala, dio voces al huésped de casa que le ensillase el cuartago, porque quería partirse. A lo cual, al cabo de un buen rato que el mesonero se dejó llamar, le respondió que se sosegase, porque aún no era pasada la media noche, y que la escuridad era tanta, que sería temeridad ponerse en camino. Quietóse con esto, y, volviendo a cerrar la puerta, se arrojó en la cama de golpe, dando un recio suspiro.

Parecióle al que escuchaba que sería bien hablarle y ofrecerle para su remedio lo que de su parte podía, por obligarle con esto a que se descubriese y su lastimera historia le contase; y así le dijo:

-Por cierto, señor gentilhombre, que si los suspiros que habéis dado y las palabras que habéis dicho no me hubieran movido a condolerme del mal de que os quejáis, entendiera que carecía de natural sentimiento, o que mi alma era de piedra y mi pecho de bronce duro; y si esta compasión que os tengo y el presupuesto que en mí ha nacido de poner mi vida por vuestro remedio, si es que vuestro mal le tiene, merece alguna cortesía en recompensa, ruégoos que la uséis conmigo declarándome, sin encubrirme cosa, la causa de vuestro dolor.

-Si él no me hubiera sacado de sentido -respondió el que se quejaba-, bien debiera yo de acordarme que no estaba solo en este aposento, y así hubiera puesto más freno a mi lengua y más tregua a mis suspiros; pero, en pago de haberme faltado la memoria en parte donde tanto me importaba tenerla, quiero hacer lo que me pedís, porque, renovando la amarga historia de mis desgracias, podría ser que el nuevo sentimiento me acabase. Mas, si queréis que haga lo que me pedís, habéisme de prometer, por la fe que me habéis mostrado en el ofrecimiento que me habéis hecho y por quien vos sois (que, a lo que en vuestras palabras mostráis, prometéis mucho), que, por cosas que de mí oyáis en lo que os dijere, no os habéis de mover de vuestro lecho ni venir al mío, ni preguntarme más de aquello que yo quisiere deciros; porque si al contrario desto hiciéredes, en el punto que os sienta mover, con una espada que a la cabecera tengo, me pasaré el pecho.

Esotro, que mil imposibles prometiera por saber lo que tanto deseaba, le respondió que no saldría un punto de lo que le había pedido, afirmándoselo con mil juramentos.

-Con ese seguro, pues -dijo el primero-, yo haré lo que hasta ahora no he hecho, que es dar cuenta de mi vida a nadie; y así, escuchad: «Habéis de saber, señor, que yo, que en esta posada entré, como sin duda os habrán dicho, en traje de varón, soy una desdichada doncella: a lo menos una que lo fue no ha ocho días y lo dejó de ser por inadvertida y loca, y por creerse de palabras compuestas y afeitadas de fementidos hombres. Mi nombre es Teodosia; mi patria, un principal lugar desta Andalucía, cuyo nombre callo (porque no os importa a vos tanto el saberlo como a mí el encubrirlo); mis padres son nobles y más que medianamente ricos, los cuales tuvieron un hijo y una hija: él para descanso y honra suya, y ella para todo lo contrario. A él enviaron a estudiar a Salamanca; a mí me tenían en su casa, adonde me criaban con el recogimiento y recato que su virtud y nobleza pedían; y yo, sin pesadumbre alguna, siempre les fui obediente, ajustando mi voluntad a la suya sin discrepar un solo punto, hasta que mi suerte menguada, o mi mucha demasía, me ofreció a los ojos un hijo de un vecino nuestro, más rico que mis padres y tan noble como ellos.

»La primera vez que le miré no sentí otra cosa que fuese más de una complacencia de haberle visto; y no fue mucho, porque su gala, gentileza, rostro y costumbres eran de los alabados y estimados del pueblo, con su rara discreción y cortesía. Pero, ¿de qué me sirve alabar a mi enemigo ni ir alargando con razones el suceso tan desgraciado mío, o, por mejor decir, el principio de mi locura? Digo, en fin, que él me vio una y muchas veces desde una ventana que frontero de otra mía estaba. Desde allí, a lo que me pareció, me envió el alma por los ojos; y los míos, con otra manera de contento que el primero, gustaron de miralle, y aun me forzaron a que creyese que eran puras verdades cuanto en sus ademanes y en su rostro leía. Fue la vista la intercesora y medianera de la habla, la habla de declarar su deseo, su deseo de encender el mío y de dar fe al suyo. Llegóse a todo esto las promesas, los juramentos, las lágrimas, los suspiros y todo aquello que, a mi parecer, puede hacer un firme amador para dar a entender la entereza de su voluntad y la firmeza de su pecho. Y en mí, desdichada (que jamás en semejantes ocasiones y trances me había visto), cada palabra era un tiro de artillería que derribaba parte de la fortaleza de mi honra; cada lágrima era un fuego en que se abrasaba mi honestidad; cada suspiro, un furioso viento que el incendio aumentaba, de tal suerte que acabó de consumir la virtud que hasta entonces aún no había sido tocada; y, finalmente, con la promesa de ser mi esposo, a pesar de sus padres, que para otra le guardaban, di con todo mi recogimiento en tierra; y, sin saber cómo, me entregué en su poder a hurto de mis padres, sin tener otro testigo de mi desatino que un paje de Marco Antonio, que éste es el nombre del inquietador de mi sosiego. Y, apenas hubo tomado de mí la posesión que quiso, cuando de allí a dos días desapareció del pueblo, sin que sus padres ni otra persona alguna supiesen decir ni imaginar dónde había ido.

»Cual yo quedé, dígalo quien tuviere poder para decirlo, que yo no sé ni supe más de sentillo. Castigué mis cabellos, como si ellos tuvieran la culpa de mi yerro; matiricé mi rostro, por parecerme que él había dado toda la ocasión a mi desventura; maldije mi suerte, acusé mi presta determinación, derramé muchas e infinitas lágrimas, vime casi ahogada entre ellas y entre los suspiros que de mi lastimado pecho salían; quejéme en silencio al cielo, discurrí con la imaginación, por ver si descubría algún camino o senda a mi remedio, y la que hallé fue vestirme en hábito de hombre y ausentarme de la casa de mis padres, y irme a buscar a este segundo engañador Eneas, a este cruel y fementido Vireno, a este defraudador de mis buenos pensamientos y legítimas y bien fundadas esperanzas.

»Y así, sin ahondar mucho en mis discursos, ofreciéndome la ocasión un vestido de camino de mi hermano y un cuartago de mi padre, que yo ensillé, una noche escurísima me salí de casa con intención de ir a Salamanca, donde, según después se dijo, creían que Marco Antonio podía haber venido, porque también es estudiante y camarada del hermano mío que os he dicho. No dejé, asimismo de sacar cantidad de dineros en oro para todo aquello que en mi impensado viaje pueda sucederme. Y lo que más me fatiga es que mis padres me han de seguir y hallar por las señas del vestido y del cuartago que traigo; y, cuando esto no tema, temo a mi hermano, que está en Salamanca, del cual, si soy conocida, ya se puede entender el peligro en que está puesta mi vida; porque, aunque él escuche mis disculpas, el menor punto de su honor pasa a cuantas yo pudiere darle.

»Con todo esto, mi principal determinación es, aunque pierda la vida, buscar al desalmado de mi esposo: que no puede negar el serlo sin que le desmientan las prendas que dejó en mi poder, que son una sortija de diamantes con unas cifras que dicen:

ES MARCO ANTONIO ESPOSO DE TEODOSIA.

Si le hallo, sabré dél qué halló en mí que tan presto le movió a dejarme; y, en resolución, haré que me cumpla la palabra y fe prometida, o le quitaré la vida, mostrándome tan presta a la venganza como fui fácil al dejar agraviarme; porque la nobleza de la sangre que mis padres me han dado va despertando en mí bríos que me prometen o ya remedio, o ya venganza de mi agravio.» Esta es, señor caballero, la verdadera y desdichada historia que deseábades saber, la cual será bastante disculpa de los suspiros y palabras que os despertaron. Lo que os ruego y suplico es que, ya que no podáis darme remedio, a lo menos me déis consejo con que pueda huir los peligros que me contrastan, y templar el temor que tengo de ser hallada, y facilitar los modos que he de usar para conseguir lo que tanto deseo y he menester.

Un gran espacio de tiempo estuvo sin responder palabra el que había estado escuchando la historia de la enamorada Teodosia; y tanto, que ella pensó que estaba dormido y que ninguna cosa le había oído; y, para certificarse de lo que sospechaba, le dijo:

-¿Dormís, señor? Y no sería malo que durmiésedes, porque el apasionado que cuenta sus desdichas a quien no las siente, bien es que causen en quien las escucha más sueño que lástima.

-No duermo -respondió el caballero-; antes, estoy tan despierto y siento tanto vuestra desventura, que no sé si diga que en el mismo grado me aprieta y duele que a vos misma; y por esta causa el consejo que me pedís, no sólo ha de parar en aconsejaros, sino en ayudaros con todo aquello que mis fuerzas alcanzaren; que, puesto que en el modo que habéis tenido en contarme vuestro suceso se ha mostrado el raro entendimiento de que sois dotada, y que conforme a esto os debió de engañar más vuestra voluntad rendida que las persuasiones de Marco Antonio, todavía quiero tomar por disculpa de vuestro yerro vuestros pocos años, en los cuales no cabe tener experiencia de los muchos engaños de los hombres. Sosegad, señora, y dormid, si podéis, lo poco que debe de quedar de la noche; que, en viniendo el día, nos aconsejaremos los dos y veremos qué salida se podrá dar a vuestro remedio.

Agradecióselo Teodosia lo mejor que supo, y procuró reposar un rato por dar lugar a que el caballero durmiese, el cual no fue posible sosegar un punto; antes, comenzó a volcarse por la cama y a suspirar de manera que le fue forzoso a Teodosia preguntarle qué era lo que sentía, que si era alguna pasión a quien ella pudiese remediar, lo haría con la voluntad misma que él a ella se le había ofrecido. A esto respondió el caballero:

-Puesto que sois vos, señora, la que causa el desasosiego que en mí habéis sentido, no sois vos la que podáis remedialle; que, a serlo, no tuviera yo pena alguna.

No pudo entender Teodosia adónde se encaminaban aquellas confusas razones; pero todavía sospechó que alguna pasión amorosa le fatigaba, y aun pensó ser ella la causa; y era de sospechar y de pensar, pues la comodidad del aposento, la soledad y la escuridad, y el saber que era mujer, no fuera mucho haber despertado en él algún mal pensamiento. Y, temerosa desto, se vistió con grande priesa y con mucho silencio, y se ciñó su espada y daga; y, de aquella manera, sentada sobre la cama, estuvo esperando el día, que de allí a poco espacio dio señal de su venida, con la luz que entraba por los muchos lugares y entradas que tienen los aposentos de los mesones y ventas. Y lo mismo que Teodosia había hecho el caballero; y, apenas vio estrellado el aposento con la luz del día, cuando se levantó de la cama diciendo:

-Levantaos, señora Teodosia, que yo quiero acompañaros en esta jornada, y no dejaros de mi lado hasta que como legítimo esposo tengáis en el vuestro a Marco Antonio, o que él o yo perdamos las vidas; y aquí veréis la obligación y voluntad en que me ha puesto vuestra desgracia.

Y, diciendo esto, abrió las ventanas y puertas del aposento.

Estaba Teodosia deseando ver la claridad, para ver con la luz qué talle y parecer tenía aquel con quien había estado hablando toda la noche. Mas, cuando le miró y le conoció, quisiera que jamás hubiera amanecido, sino que allí en perpetua noche se le hubieran cerrado los ojos; porque, apenas hubo el caballero vuelto los ojos a mirarla (que también deseaba verla), cuando ella conoció que era su hermano, de quien tanto se temía, a cuya vista casi perdió la de sus ojos, y quedó suspensa y muda y sin color en el rostro; pero, sacando del temor esfuerzo y del peligro discreción, echando mano a la daga, la tomó por la punta y se fue a hincar de rodillas delante de su hermano, diciendo con voz turbada y temerosa:

-Toma, señor y querido hermano mío, y haz con este hierro el castigo del que he cometido, satisfaciendo tu enojo, que para tan grande culpa como la mía no es bien que ninguna misericordia me valga. Yo confieso mi pecado, y no quiero que me sirva de disculpa mi arrepentimiento: sólo te suplico que la pena sea de suerte que se estienda a quitarme la vida y no la honra; que, puesto que yo la he puesto en manifiesto peligro, ausentándome de casa de mis padres, todavía quedará en opinión si el castigo que me dieres fuere secreto.

Mirábala su hermano, y, aunque la soltura de su atrevimiento le incitaba a la venganza, las palabras tan tiernas y tan eficaces con que manifestaba su culpa le ablandaron de tal suerte las entrañas, que, con rostro agradable y semblante pacífico, la levantó del suelo y la consoló lo mejor que pudo y supo, diciéndole, entre otras razones, que por no hallar castigo igual a su locura le suspendía por entonces; y, así por esto como por parecerle que aún no había cerrado la fortuna de todo en todo las puertas a su remedio, quería antes procurárscle por todas las vías posibles, que no tomar venganza del agravio que de su mucha liviandad en él redundaba.

Con estas razones volvió Teodosia a cobrar los perdidos espíritus; tornó la color a su rostro y revivieron sus casi muertas esperanzas. No quiso más don Rafael (que así se llamaba su hermano) tratarle de su suceso: sólo le dijo que mudase el nombre de Teodosia en Teodoro y que diesen luego la vuelta a Salamanca los dos juntos a buscar a Marco Antonio, puesto que él imaginaba que no estaba en ella, porque siendo su camarada le hubiera hablado; aunque podía ser que el agravio que le había hecho le enmudeciese y le quitase la gana de verle. Remitióse el nuevo Teodoro a lo que su hermano quiso. Entró en esto el huésped, al cual ordenaron que les diese algo de almorzar, porque querían partise luego.

Entre tanto que el mozo de mulas ensillaba y el almuerzo venía, entró en el mesón un hidalgo que venía de camino, que de don Rafael fue conocido luego. Conocíale también Teodoro, y no osó salir del aposento por no ser visto. Abrazáronse los dos, y preguntó don Rafael al recién venido qué nuevas había en su lugar. A lo cual respondió que él venía del Puerto de Santa María, adonde dejaba cuatro galeras de partida para Nápoles, y que en ellas había visto embarcado a Marco Antonio Adorno, el hijo de don Leonardo Adorno; con las cuales nuevas se holgó don Rafael, pareciéndole que, pues tan sin pensar había sabido nuevas de lo que tanto le importaba, era señal que tendría buen fin su suceso. Rogóle a su amigo que trocase con el cuartago de su padre (que él muy bien conocía) la mula que él traía, no diciéndole que venía, sino que iba a Salamanca, y que no quería llevar tan buen cuartago en tan largo camino. El otro, que era comedido y amigo suyo, se contentó del trueco y se encargó de dar el cuartago a su padre. Almorzaron juntos, y Teodoro solo; y, llegado el punto de partirse, el amigo tomó el camino de Cazalla, donde tenía una rica heredad.

No partió don Rafael con él, que por hurtarle el cuerpo le dijo que le convenía volver aquel día a Sevilla; y, así como le vio ido, estando en orden las cabalgaduras, hecha la cuenta y pagado al huésped, diciendo adiós, se salieron de la posada, dejando admirados a cuantos en ella quedaban de su hermosura y gentil disposición, que no tenía para hombre menor gracia, brío y compostura don Rafael que su hermana belleza y donaire.

Luego en saliendo, contó don Rafael a su hermana las nuevas que de Marco Antonio le habían dado, y que le parecía que con la diligencia posible caminasen la vuelta de Barcelona, donde de ordinario suelen parar algún día las galeras que pasan a Italia o vienen a España, y que si no hubiesen llegado, podían esperarlas, y allí sin duda hallarían a Marco Antonio. Su hermana le dijo que hiciese todo aquello que mejor le pareciese, porque ella no tenía más voluntad que la suya.

Dijo don Rafael al mozo de mulas que consigo llevaba que tuviese paciencia, porque le convenía pasar a Barcelona, asegurándole la paga a todo su contento del tiempo que con él anduviese. El mozo, que era de los alegres del oficio y que conocía que don Rafael era liberal, respondió que hasta el cabo del mundo le acompañaría y serviría. Preguntó don Rafael a su hermana qué dineros llevaba. Respondió que no los tenía contados, y que no sabía más de que en el escritorio de su padre había metido la mano siete o ocho veces y sacádola llena de escudos de oro; y, según aquello, imaginó don Rafael que podía llevar hasta quinientos escudos, que con otros docientos que él tenía y una cadena de oro que llevaba, le pareció no ir muy desacomodado; y más, persuadiéndose que había de hallar en Barcelona a Marco Antonio.

Con esto, se dieron priesa a caminar sin perder jornada, y, sin acaescerles desmán o impedimento alguno, llegaron a dos leguas de un lugar que está nueve de Barcelona, que se llama Igualada. Habían sabido en el camino cómo un caballero, que pasaba por embajador a Roma, estaba en Barcelona esperando las galeras, que aún no habían llegado, nueva que les dio mucho contento. Con este gusto caminaron hasta entrar en un bosquecillo que en el camino estaba, del cual vieron salir un hombre corriendo y mirando atrás, como espantado. Púsosele don Rafael delante, diciéndole:

-¿Por qué huís, buen hombre, o qué cosa os ha acontecido, que con muestras de tanto miedo os hace parecer tan ligero?

-¿No queréis que corra apriesa y con miedo -respondió el hombre-, si por milagro me he escapado de una compañía de bandoleros que queda en ese bosque?

-¡Malo! -dijo el mozo de mulas-. ¡Malo, vive Dios! ¿Bandoleritos a estas horas? Para mi santiguada, que ellos nos pongan como nuevos.

-No os congojéis, hermano -replicó el del bosque-, que ya los bandoleros se han ido y han dejado atados a los árboles deste bosque más de treinta pasajeros, dejándolos en camisa; a sólo un hombre dejaron libre para que desatase a los demás después que ellos hubiesen traspuesto una montañuela que le dieron por señal.

-Si eso es -dijo Calvete, que así se llamaba el mozo de mulas-, seguros podemos pasar, a causa que al lugar donde los bandoleros hacen el salto no vuelven por algunos días, y puedo asegurar esto como aquel que ha dado dos veces en sus manos y sabe de molde su usanza y costumbres.

-Así es -dijo el hombre.

Lo cual oído por don Rafael, determinó pasar adelante; y no anduvieron mucho cuando dieron en los atados, que pasaban de cuarenta, que los estaba desatando el que dejaron suelto. Era estraño espectáculo el verlos: unos desnudos del todo, otros vestidos con los vestidos astrosos de los bandoleros; unos llorando de verse robados, otros riendo de ver los estraños trajes de los otros; éste contaba por menudo lo que le llevaban, aquél decía que le pesaba más de una caja de agnus que de Roma traía que de otras infinitas cosas que llevaban. En fin, todo cuanto allí pasaba eran llantos y gemidos de los miserables despojados. Todo lo cual miraban, no sin mucho dolor, los dos hermanos, dando gracias al cielo que de tan grande y tan cercano peligro los había librado. Pero lo que más compasión les puso, especialmente a Teodoro, fue ver al tronco de una encina atado un muchacho de edad al parecer de diez y seis años, con sola la camisa y unos calzones de lienzo, pero tan hermoso de rostro que forzaba y movía a todos que le mirasen.

Apeóse Teodoro a desatarle, y él le agradeció con muy corteses razones el beneficio; y, por hacérsele mayor, pidió a Calvete, el mozo de mulas, le prestase su capa hasta que en el primer lugar comprasen otra para aquel gentil mancebo. Diola Calvete, y Teodoro cubrió con ella al mozo, preguntándole de dónde era, de dónde venía y adónde caminaba.

A todo esto estaba presente don Rafael, y el mozo respondió que era del Andalucía y de un lugar que, en nombrándole, vieron que no distaba del suyo sino dos leguas. Dijo que venía de Sevilla, y que su designio era pasar a Italia a probar ventura en el ejercicio de las armas, como otros muchos españoles acostumbraban; pero que la suerte suya había salido azar con el mal encuentro de los bandoleros, que le llevaban una buena cantidad de dineros, y tales vestidos, que no se compraran tan buenos con trecientos escudos; pero que, con todo eso, pensaba proseguir su camino, porque no venía de casta que se le había de helar al primer mal suceso el calor de su fervoroso deseo.

Las buenas razones del mozo, junto con haber oído que era tan cerca de su lugar, y más con la carta de recomendación que en su hermosura traía, pusieron voluntad en los dos hermanos de favorecerle en cuanto pudiesen. Y, repartiendo entre los que más necesidad, a su parecer, tenían algunos dineros, especialmente entre frailes y clérigos, que había más de ocho, hicieron que subiese el mancebo en la mula de Calvete; y, sin detenerse más, en poco espacio se pusieron en Igualada, donde supieron que las galeras el día antes habían llegado a Barcelona, y que de allí a dos días se partirían, si antes no les forzaba la poca seguridad de la playa.

Estas nuevas hicieron que la mañana siguiente madrugasen antes que el sol, puesto que aquella noche no la durmieron toda, sino con más sobresalto de los dos hermanos que ellos se pensaron, causado de que, estando a la mesa, y con ellos el mancebo que habían desatado, Teodoro puso ahincadamente los ojos en su rostro, y, mirándole algo curiosamente, le pareció que tenía las orejas horadadas; y, en esto y en un mirar vergonzoso que tenía, sospechó que debía de ser mujer, y deseaba acabar de cenar para certificarse a solas de su sospecha. Y entre la cena le preguntó don Rafael que cúyo hijo era, porque él conocía toda la gente principal de su lugar, si era aquel que había dicho. A lo cual respondió el mancebo que era hijo de don Enrique de Cárdenas, caballero bien conocido. A esto dijo don Rafael que él conocía bien a don Enrique de Cárdenas, pero que sabía y tenía por cierto que no tenía hijo alguno; mas que si lo había dicho por no descubrir sus padres, que no importaba y que nunca más se lo preguntaría.

-Verdad es -replicó el mozo- que don Enrique no tiene hijos, pero tiénelos un hermano suyo que se llama don Sancho.

-Ése tampoco -respondió don Rafael- tiene hijos, sino una hija sola, y aun dicen que es de las más hermosas doncellas que hay en la Andalucía, y esto no lo sé más de por fama; que, aunque muchas veces he estado en su lugar, jamás la he visto.

-Todo lo que, señor, decís es verdad -respondió el mancebo-, que don Sancho no tiene más de una hija, pero no tan hermosa como su fama dice; y si yo dije que era hijo de don Enrique, fue porque me tuviésedes, señores, en algo, pues no lo soy sino de un mayordomo de don Sancho, que ha muchos años que le sirve, y yo nací en su casa; y, por cierto enojo que di a mi padre, habiéndole tomado buena cantidad de dineros, quise venirme a Italia, como os he dicho, y seguir el camino de la guerra, por quien vienen, según he visto, a hacerse ilustres aun los de escuro linaje.

Todas estas razones y el modo con que las decía notaba atentamente Teodoro, y siempre se iba confirmando en su sospecha.

Acabóse la cena, alzaron los manteles; y, en tanto que don Rafael se desnudaba, habiéndole dicho lo que del mancebo sospechaba, con su parecer y licencia se apartó con el mancebo a un balcón de una ancha ventana que a la calle salía, y, en él puestos los dos de pechos, Teodoro así comenzó a hablar con el mozo:

-Quisiera, señor Francisco -que así había dicho él que se llamaba-, haberos hecho tantas buenas obras, que os obligaran a no negarme cualquiera cosa que pudiera o quisiera pediros; pero el poco tiempo que ha que os conozco no ha dado lugar a ello. Podría ser que en el que está por venir conociésedes lo que merece mi deseo, y si al que ahora tengo no gustáredes de satisfacer, no por eso dejaré de ser vuestro servidor, como lo soy también, que antes que os le descubra sepáis que, aunque tengo tan pocos años como los vuestros, tengo más experiencia de las cosas del mundo que ellos prometen, pues con ella he venido a sospechar que vos no sois varón, como vuestro traje lo muestra, sino mujer, y tan bien nacida como vuestra hermosura publica, y quizá tan desdichada como lo da a entender la mudanza del traje, pues jamás tales mudanzas son por bien de quien las hace. Si es verdad lo que sospecho, decídmelo, que os juro, por la fe de caballero que profeso, de ayudaros y serviros en todo aquello que pudiere. De que no seáis mujer no me lo podéis negar, pues por las ventanas de vuestras orejas se vee esta verdad bien clara; y habéis andado descuidada en no cerrar y disimular esos agujeros con alguna cera encarnada, que pudiera ser que otro tan curioso como yo, y no tan honrado, sacara a luz lo que vos tan mal habéis sabido encubrir. Digo que no dudéis de decirme quién sois, con presupuesto que os ofrezco mi ayuda; yo os aseguro el secreto que quisiéredes que tenga.

Con grande atención estaba el mancebo escuchando lo que Teodoro le decía; y, viendo que ya callaba, antes que le respondiese palabra, le tomó las manos y, llegándoselas a la boca, se las besó por fuerza, y aun se las bañó con gran cantidad de lágrimas que de sus hermosos ojos derramaba; cuyo estraño sentimiento le causó en Teodoro de manera que no pudo dejar de acompañarle en ellas (propia y natural condición de mujeres principales, enternecerse de los sentimientos y trabajos ajenos); pero, después que con dificultad retiró sus manos de la boca del mancebo, estuvo atenta a ver lo que le respondía; el cual, dando un profundo gemido, acompañado de muchos suspiros, dijo:

-No quiero ni puedo negaros, señor, que vuestra sospecha no haya sido verdadera: mujer soy, y la más desdichada que echaron al mundo las mujeres, y, pues las obras que me habéis hecho y los ofrecimientos que me hacéis me obligan a obedeceros en cuanto me mandáredes, escuchad, que yo os diré quién soy, si ya no os cansa oír ajenas desventuras.

-En ellas viva yo siempre -replicó Teodoro- si no llegue el gusto de saberlas a la pena que me darán el ser vuestras, que ya las voy sintiendo como propias mías.

Y, tornándole a abrazar y a hacer nuevos y verdaderos ofrecimientos, el mancebo, algo más sosegado, comenzó a decir estas razones:

-«En lo que toca a mi patria, la verdad he dicho; en lo que toca a mis padres, no la dije, porque don Enrique no lo es, sino mi tío, y su hermano don Sancho mi padre: que yo soy la hija desventurada que vuestro hermano dice que don Sancho tiene tan celebrada de hermosa, cuyo engaño y desengaño se echa de ver en la ninguna hermosura que tengo. Mi nombre es Leocadia; la ocasión de la mudanza de mi traje oiréis ahora.

»Dos leguas de mi lugar está otro de los más ricos y nobles de la Andalucía, en el cual vive un principal caballero que trae su origen de los nobles y antiguos Adornos de Génova. Éste tiene un hijo que, si no es que la fama se adelanta en sus alabanzas, como en las mías, es de los gentiles hombres que desearse pueden. Éste, pues, así por la vecindad de los lugares como por ser aficionado al ejercicio de la caza, como mi padre, algunas veces venía a mi casa y en ella se estaba cinco o seis días; que todos, y aun parte de las noches, él y mi padre las pasaban en el campo. Desta ocasión tomó la fortuna, o el amor, o mi poca advertencia, la que fue bastante para derribarme de la alteza de mis buenos pensamientos a la bajeza del estado en que me veo, pues, habiendo mirado, más de aquello que fuera lícito a una recatada doncella, la gentileza y discreción de Marco Antonio, y considerado la calidad de su linaje y la mucha cantidad de los bienes que llaman de fortuna que su padre tenía, me pareció que si le alcanzaba por esposo, era toda la felicidad que podía caber en mi deseo. Con este pensamiento le comencé a mirar con más cuidado, y debió de ser sin duda con más descuido, pues él vino a caer en que yo le miraba, y no quiso ni le fue menester al traidor otra entrada para entrarse en el secreto de mi pecho y robarme las mejores prendas de mi alma.

»Mas no sé para qué me pongo a contaros, señor, punto por punto las menudencias de mis amores, pues hacen tan poco al caso, sino deciros de una vez lo que él con muchas de solicitud granjeó conmigo: que fue que, habiéndome dado su fe y palabra, debajo de grandes y, a mi parecer, firmes y cristianos juramentos de ser mi esposo, me ofrecí a que hiciese de mí todo lo que quisiese. Pero, aún no bien satisfecha de sus juramentos y palabras, porque no se las llevase el viento, hice que las escribiese en una cédula, que él me dio firmada de su nombre, con tantas circunstancias y fuerzas escrita que me satisfizo. Recebida la cédula, di traza cómo una noche viniese de su lugar al mío y entrase por las paredes de un jardín a mi aposento, donde sin sobresalto alguno podía coger el fruto que para él solo estaba destinado. Llegóse, en fin, la noche por mí tan deseada...»

Hasta este punto había estado callando Teodoro, teniendo pendiente el alma de las palabras de Leocadia, que con cada una dellas le traspasaba el alma, especialmente cuando oyó el nombre de Marco Antonio y vio la peregrina hermosura de Leocadia, y consideró la grandeza de su valor con la de su rara discreción: que bien lo mostraba en el modo de contar su historia. Mas, cuando llegó a decir: *Llegó la noche por mí deseada*, estuvo por perder la paciencia, y, sin poder hacer otra cosa, le salteó la razón, diciendo:

-Y bien; así como llegó esa felicísima noche, ¿qué hizo? ¿Entró, por dicha? ¿Gozástele? ¿Confirmó de nuevo la cédula? ¿Quedó contento en haber alcanzado de vos lo que decís que era suyo? ¿Súpolo vuestro padre, o en qué pararon tan honestos y sabios principios?

-Pararon -dijo Leocadia- en ponerme de la manera que veis, porque no le gocé, ni me gozó, ni vino al concierto señalado.

Respiró con estas razones Teodosia y detuvo los espíritus, que poco a poco la iban dejando, estimulados y apretados de la rabiosa pestilencia de los celos, que a más andar se le iban entrando por los huesos y médulas, para tomar entera posesión de su paciencia; mas no la dejó tan libre que no volviese a escuchar con sobresalto lo que Leocadia prosiguió diciendo:

-«No solamente no vino, pero de allí a ocho días supe por nueva cierta que se había ausentado de su pueblo y llevado de casa de sus padres a una doncella de su lugar, hija de un principal caballero, llamada Teodosia: doncella de estremada hermosura y de rara discreción; y por ser de tan nobles padres se supo en mi pueblo el robo, y luego llegó a mis oídos, y con él la fría y temida lanza de los celos, que me pasó el corazón y me abrasó el alma en fuego tal, que en él se hizo ceniza mi honra y se consumió mi crédito, se secó mi paciencia y se acabó mi cordura. ¡Ay de mí, desdichada!, que luego se me figuró en la imaginación Teodosia más hermosa que el sol y más discreta que la discreción misma, y, sobre todo, más venturosa que yo, sin ventura. Leí luego las razones de la cédula, vílas firmes y valederas y que no podían faltar en la fe que publicaban; y, aunque a ellas, como a cosa sagrada, se acogiera mi esperanza, en cayendo en la cuenta de la sospechosa compañía que Marco Antonio llevaba consigo, daba con todas ellas en el suelo. Maltraté mi rostro, arranqué mis cabellos, maldije mi suerte; y lo que más sentía era no poder hacer estos sacrificios a todas horas, por la forzosa presencia de mi padre.

»En fin, por acabar de quejarme sin impedimento, o por acabar la vida, que es lo más cierto, determiné dejar la casa de mi padre. Y, como para poner por obra un mal pensamiento parece que la ocasión facilita y allana todos los inconvenientes, sin temer alguno, hurté a un paje de mi padre sus vestidos y a mi padre mucha cantidad de dineros; y una noche, cubierta con su negra capa, salí de casa y a pie caminé algunas leguas y llegué a un lugar que se llama Osuna, y, acomodándome en un carro, de allí a dos días entré en Sevilla: que fue haber entrado en la seguridad posible para no ser hallada, aunque me buscasen. Allí compré otros vestidos y una mula, y, con unos caballeros que venían a Barcelona con priesa, por no perder la comodidad de unas galeras que pasaban a Italia, caminé hasta ayer, que me sucedió lo que ya habréis sabido de los bandoleros, que me quitaron cuanto traía , y entre otras cosas la joya que sustentaba mi salud y aliviaba la carga de mis trabajos, que fue la cédula de Marco Antonio, que pensaba con ella pasar a Italia, y, hallando a Marco Antonio, presentársela por testigo de su poca fe, y a mí por abono de mi mucha firmeza, y hacer de suerte que me cumpliese la promesa. Pero, juntamente con esto, he considerado que con facilidad negará las palabras que en un papel están escritas el que niega las obligaciones que debían estar grabadas en el alma, que claro está que si él tiene en su compañía a la sin par Teodosia, no ha de querer mirar a la desdichada Leocadia; aunque con todo esto pienso morir, o ponerme en la presencia de los dos, para que mi vista les turbe su sosiego. No piense aquella enemiga de mi descanso gozar tan a poca costa lo que es mío; yo la buscaré, yo la hallaré, y yo la quitaré la vida si puedo.»

-Pues ¿qué culpa tiene Teodosia -dijo Teodoro-, si ella quizá también fue engañada de Marco Antonio, como vos, señora Leocadia, lo habéis sido?

-¿Puede ser eso así -dijo Leocadia-, si se la llevó consigo? Y, estando juntos los que bien se quieren, ¿qué engaño puede haber? Ninguno, por cierto: ellos están contentos, pues están juntos, ora estén, como suele decirse, en los remotos y abrasados desiertos de Libia o en los solos y apartados de la helada Scitia. Ella le goza, sin duda, sea donde fuere, y ella sola ha de pagar lo que he sentido hasta que le halle.

-Podía ser que os engañásedes -replico Teodosia-; que yo conozco muy bien a esa enemiga vuestra que decís y sé de su condición y recogimiento: que nunca ella se aventuraría a dejar la casa de sus padres, ni acudir a la voluntad de Marco Antonio; y, cuando lo hubiese hecho, no conociéndoos ni sabiendo cosa alguna de lo que con él teníades, no os agravió en nada, y donde no hay agravio no viene bien la venganza.

-Del recogimiento -dijo Leocadia- no hay que tratarme; que tan recogida y tan honesta era yo como cuantas doncellas hallarse pudieran, y con todo eso hice lo que habéis oído. De que él la llevase no hay duda, y de que ella no me haya agraviado, mirándolo sin pasión, yo lo confieso. Mas el dolor que siento de los celos me la representa en la memoria bien así como espada que atravesada tengo por mitad de las entrañas, y no es mucho que, como a instrumento que tanto me lastima, le procure arrancar dellas y hacerle pedazos; cuanto más, que prudencia es apartar de nosotros las cosas que nos dañan, y es natural cosa aborrecer las que nos hacen mal y aquellas que nos estorban el bien.

-Sea como vos decís, señora Leocadia -respondió Teodosia-; que, así como veo que la pasión que sentís no os deja hacer más acertados discursos, veo que no estáis en tiempo de admitir consejos saludables. De mí os sé decir lo que ya os he dicho, que os he de ayudar y favorecer en todo aquello que fuere justo y yo pudiere; y lo mismo os prometo de mi hermano, que su natural condición y nobleza no le dejarán hacer otra cosa. Nuestro camino es a Italia; si gustáredes venir con nosotros, ya poco más a menos sabéis el trato de nuestra compañía. Lo que os ruego es me deis licencia que diga a mi hermano lo que sé de vuestra hacienda, para que os trate con el comedimiento y respecto que se os debe, y para que se obligue a mirar por vos como es razón. Junto con esto, me parece no ser bien que mudéis de traje; y si en este pueblo hay comodidad de vestiros, por la mañana os compraré los vestidos mejores que hubiere y que más os convengan, y, en lo demás de vuestras pretensiones, dejad el cuidado al tiempo, que es gran maestro de dar y hallar remedio a los casos más desesperados.

Agradeció Leocadia a Teodosia, que ella pensaba ser Teodoro, sus muchos ofrecimientos, y diole licencia de decir a su hermano todo lo que quisiese, suplicándole que no la desamparase, pues veía a cuántos peligros estaba puesta si por mujer fuese conocida. Con esto, se despidieron y se fueron a acostar: Teodosia al aposento de su hermano y Leocadia a otro que junto dél estaba.

No se había aún dormido don Rafael, esperando a su hermana, por saber lo que le había pasado con el que pensaba ser mujer; y, en entrando, antes que se acostase, se lo preguntó; la cual, punto por punto, le contó todo cuanto Leocadia le había dicho: cúya hija era, sus amores, la cédula de Marco Antonio y la intención que llevaba. Admiróse don Rafael y dijo a su hermana:

-Si ella es la que dice, séos decir, hermana, que es de las más principales de su lugar, y una de las más nobles señoras de toda la Andalucía. Su padre es bien conocido del nuestro, y la fama que ella tenía de hermosa corresponde muy bien a lo que ahora vemos en su rostro. Y lo que desto me parece es que debemos andar con recato, de manera que ella no hable primero con Marco Antonio que nosotros; que me da algún cuidado la cédula que dice que le hizo, puesto que la haya perdido; pero sosegaos y acostaos, hermana, que para todo se buscará remedio.

Hizo Teodosia lo que su hermano la mandaba en cuanto al acostarse, mas en lo de sosegarse no fue en su mano, que ya tenía tomada posesión de su alma la rabiosa enfermedad de los celos. ¡Oh, cuánto más de lo que ella era se le representaba en la imaginación la hermosura de Leocadia y la deslealtad de Marco Antonio! ¡Oh, cuántas veces leía o fingía leer la cédula que la había dado! ¡Qué de palabras y razones la añadía, que la hacían cierta y de mucho efecto! ¡Cuántas veces no creyó que se le había perdido, y cuántas imaginó que sin ella Marco Antonio no dejara de cumplir su promesa, sin acordarse de lo que a ella estaba obligado!

Pasósele en esto la mayor parte de la noche sin dormir sueño. Y no la pasó con más descanso don Rafael, su hermano; porque, así como oyó decir quién era Leocadia, así se le abrasó el corazón en su amores, como si de mucho antes para el mismo efeto la hubiera comunicado; que esta fuerza tiene la hermosura, que en un punto, en un momento, lleva tras sí el deseo de quien la mira y la conoce; y, cuando descubre o promete alguna vía de alcanzarse y gozarse, enciende con poderosa vehemencia el alma de quien la contempla: bien así del modo y facilidad con que se enciende la seca y dispuesta pólvora con cualquiera centella que la toca.

No la imaginaba atada al árbol, ni vestida en el roto traje de varón, sino en el suyo de mujer y en casa de sus padres, ricos y de tan principal y rico linaje como ellos eran. No detenía ni quería detener el pensamiento en la causa que la había traído a que la conociese. Deseaba que el día llegase para proseguir su jornada y buscar a Marco Antonio, no tanto para hacerle su cuñado como para estorbar que no fuese marido de Leocadia; y ya le tenían el amor y el celo de manera que tomara por buen partido ver a su hermana sin el remedio que le procuraba, y a Marco Antonio sin vida, a trueco de no verse sin esperanza de alcanzar a Leocadia; la cual esperanza ya le iba prometiendo felice suceso en su deseo, o ya por el camino de la fuerza, o por el de los regalos y buenas obras, pues para todo le daba lugar el tiempo y la ocasión.

Con esto que él a sí mismo se prometía, se sosegó algún tanto; y de allí a poco se dejó venir el día, y ellos dejaron las camas; y, llamando don Rafael al huésped, le preguntó si había comodidad en aquel pueblo para vestir a un paje a quien los bandoleros habían desnudado. El huésped dijo que él tenía un vestido razonable que vender; trújole y vínole bien a Leocadia; pagóle don Rafael, y ella se le vistió y se ciñó una espada y una daga, con tanto donaire y brío que, en aquel mismo traje, suspendió los sentidos de don Rafael y dobló los celos en Teodosia. Ensilló Calvete, y a las ocho del día partieron para Barcelona, sin querer subir por entonces al famoso monasterio de Monserrat, dejándolo para cuando Dios fuese servido de volverlos con más sosiego a su patria.

No se podrá contar buenamente los pensamientos que los dos hermanos llevaban, ni con cuán diferentes ánimos los dos iban mirando a Leocadia, deseándola Teodosia la muerte y don Rafael la vida, entrambos celosos y apasionados. Teodosia buscando tachas que ponerla, por no desmayar en su esperanza; don Rafael hallándole perfecciones, que de punto en punto le obligaban a más amarla. Con todo esto, no se descuidaron de darse priesa, de modo que llegaron a Barcelona poco antes que el sol se pusiese.

Admiróles el hermoso sitio de la ciudad y la estimaron por flor de las bellas ciudades del mundo, honra de España, temor y espanto de los circunvecinos y apartados enemigos, regalo y delicia de sus moradores, amparo de los estranjeros, escuela de la caballería, ejemplo de lealtad y satisfación de todo aquello que de una grande, famosa, rica y bien fundada ciudad puede pedir un discreto y curioso deseo.

En entrando en ella, oyeron grandísimo ruido, y vieron correr gran tropel de gente con grande alboroto; y, preguntando la causa de aquel ruido y movimiento, les respondieron que la gente de las galeras que estaban en la playa se había revuelto y trabado con la de la ciudad. Oyendo lo cual, don Rafael quiso ir a ver lo que pasaba, aunque Calvete le dijo que no lo hiciese, por no ser cordura irse a meter en un manifiesto peligro; que él sabía bien cuán mal libraban los que en tales pendencias se metían, que eran ordinarias en aquella ciudad cuando a ella llegaban galeras. No fue bastante el buen consejo de Calvete para estorbar a don Rafael la ida; y así, le siguieron todos. Y, en llegando a la marina, vieron muchas espadas fuera de las vainas y mucha gente acuchillándose sin piedad alguna. Con todo esto, sin apearse, llegaron tan cerca, que distintamente veían los rostros de los que peleaban, porque aún no era puesto el sol.

Era infinita la gente que de la ciudad acudía, y mucha la que de las galeras se desembarcaba, puesto que el que las traía a cargo, que era un caballero valenciano llamado don Pedro Viqué, desde la popa de la galera capitana amenazaba a los que se habían embarcado en los esquifes para ir a socorrer a los suyos. Mas, viendo que no aprovechaban sus voces ni sus amenazas, hizo volver las proas de las galeras a la ciudad y disparar una pieza sin bala (señal de que si no se apartasen, otra no iría sin ella).

En esto, estaba don Rafael atentamente mirando la cruel y bien trabada riña, y vio y notó que de parte de los que más se señalaban de las galeras lo hacía gallardamente un mancebo de hasta veinte y dos o pocos más años, vestido de verde, con un sombrero de la misma color adornado con un rico trencillo, al parecer de diamantes; la destreza con que el mozo se combatía y la bizarría del vestido hacía que volviesen a mirarle todos cuantos la pendencia miraban; y de tal manera le miraron los ojos de Teodosia y de Leocadia, que ambas a un mismo punto y tiempo dijeron:

-¡Válame Dios: o yo no tengo ojos, o aquel de lo verde es Marco Antonio!

Y, en diciendo esto, con gran ligereza saltaron de las mulas, y, poniendo mano a sus dagas y espadas, sin temor alguno se entraron por mitad de la turba y se pusieron la una a un lado y la otra al otro de Marco Antonio (que él era el mancebo de lo verde que se ha dicho).

-No temáis -dijo así como llegó Leocadia-, señor Marco Antonio, que a vuestro lado tenéis quien os hará escudo con su propia vida por defender la vuestra.

-¿Quién lo duda? -replicó Teodosia-, estando yo aquí?

Don Rafael, que vio y oyó lo que pasaba, las siguió asimismo y se puso de su parte. Marco Antonio, ocupado en ofender y defenderse, no advirtió en las razones que las dos le dijeron; antes, cebado en la pelea, hacía cosas al parecer increíbles. Pero, como la gente de la ciudad por momentos crecía, fueles forzoso a los de las galeras retirarse hasta meterse en el agua. Retirábase Marco Antonio de mala gana, y a su mismo compás se iban retirando a sus lados las dos valientes y nuevas Bradamante y Marfisa, o Hipólita y Pantasilea.

En esto, vino un caballero catalán de la famosa familia de los Cardonas, sobre un poderoso caballo, y, poniéndose en medio de las dos partes, hacía retirar los de la ciudad, los cuales le tuvieron respecto en conociéndole. Pero algunos desde lejos tiraban piedras a los que ya se iban acogiendo al agua; y quiso la mala suerte que una acertase en la sien a Marco Antonio, con tanta furia que dio con él en el agua, que ya le daba a la rodilla; y, apenas Leocadia le vio caído, cuando se abrazó con él y le sostuvo en sus brazos, y lo mismo hizo Teodosia. Estaba don Rafael un poco desviado, defendiéndose de las infinitas piedras que sobre él llovían, y, queriendo acudir al remedio de su alma y al de su hermana y cuñado, el caballero catalán se le puso delante, diciéndole:

-Sosegaos, señor, por lo que debéis a buen soldado, y hacedme merced de poneros a mi lado, que yo os libraré de la insolencia y demasía deste desmandado vulgo.

-¡Ah, señor! -respondió don Rafael-; ¡dejadme pasar, que veo en gran peligro puestas las cosas que en esta vida más quiero!.

Dejóle pasar el caballero, mas no llegó tan a tiempo que ya no hubiesen recogido en el esquife de la galera capitana a Marco Antonio y a Leocadia, que jamás le dejó de los brazos; y, queriéndose embarcar con ellos Teodosia, o ya fuese por estar cansada, o por la pena de haber visto herido a Marco Antonio, o por ver que se iba con él su mayor enemiga, no tuvo fuerzas para subir en el esquife; y sin duda cayera desmayada en el agua si su hermano no llegara a tiempo de socorrerla, el cual no sintió menor pena, de ver que con Marco Antonio se iba Leocadia, que su hermana había sentido (que ya también él había conocido a Marco Antonio). El caballero catalán, aficionado de la gentil presencia de don Rafael y de su hermana (que por hombre tenía), los llamó desde la orilla y les rogó que con él se viniesen; y ellos, forzados de la necesidad y temerosos de que la gente, que aún no estaba pacífica, les hiciese algún agravio, hubieron de aceptar la oferta que se les hacía.

El caballero se apeó, y, tomándolos a su lado, con la espada desnuda pasó por medio de la turba alborotada, rogándoles que se retirasen; y así lo hicieron. Miró don Rafael a todas partes por ver si vería a Calvete con las mulas y no le vio, a causa que él, así como ellos se apearon, las antecogió y se fue a un mesón donde solía posar otras veces.

Llegó el caballero a su casa, que era una de las principales de la ciudad, y preguntando a don Rafael en cuál galera venía, le respondió que en ninguna, pues había llegado a la ciudad al mismo punto que se comenzaba la pendencia, y que, por haber conocido en ella al caballero que llevaron herido de la pedrada en el esquife, se había puesto en aquel peligro, y que le suplicaba diese orden como sacasen a tierra al herido, que en ello le importaba el contento y la vida.

-Eso haré yo de buena gana -dijo el caballero-, y sé que me le dará seguramente el general, que es principal caballero y pariente mío.

Y, sin detenerse más, volvió a la galera y halló que estaban curando a Marco Antonio, y la herida que tenía era peligrosa, por ser en la sien izquierda y decir el cirujano ser de peligro; alcanzó con el general se le diese para curarle en tierra, y, puesto con gran tiento en el esquife, le sacaron, sin quererle dejar Leocadia, que se embarcó con él como en seguimiento del norte de su esperanza. En llegando a tierra, hizo el caballero traer de su casa una silla de manos donde le llevasen. En tanto que esto pasaba, había enviado don Rafael a buscar a Calvete, que en el mesón estaba con cuidado de saber lo que la suerte había hecho de sus amos; y cuando supo que estaban buenos, se alegró en estremo y vino adonde don Rafael estaba.

En esto, llegaron el señor de la casa, Marco Antonio y Leocadia, y a todos alojó en ella con mucho amor y magnificiencia. Ordenó luego como se llamase un cirujano famoso de la ciudad para que de nuevo curase a Marco Antonio. Vino, pero no quiso curarle hasta otro día, diciendo que siempre los cirujanos de los ejércitos y armadas eran muy experimentados, por los muchos heridos que a cada paso tenían entre las manos, y así, no convenía curarle hasta otro día. Lo que ordenó fue le pusiesen en un aposento abrigado, donde le dejasen sosegar.

Llegó en aquel instante el cirujano de las galeras y dio cuenta al de la ciudad de la herida, y de cómo la había curado y del peligro que de la vida, a su parecer, tenía el herido, con lo cual se acabó de enterar el de la ciudad que estaba bien curado; y ansimismo, según la relación que se le había hecho, exageró el peligro de Marco Antonio.

Oyeron esto Leocadia y Teodosia con aquel sentimiento que si oyeran la sentencia de su muerte; mas, por no dar muestras de su dolor, le reprimieron y callaron, y Leocadia determinó de hacer lo que le pareció convenir para satisfación de su honra. Y fue que, así como se fueron los cirujanos, se entró en el aposento de Marco Antonio, y, delante del señor de la casa, de don Rafael, Teodosia y de otras personas, se llegó a la cabecera del herido, y, asiéndole de la mano, le dijo estas razones:

-No estáis en tiempo, señor Marco Antonio Adorno, en que se puedan ni deban gastar con vos muchas palabras; y así, sólo querría que me oyésedes algunas que convienen, si no para la salud de vuestro cuerpo, convendrán para la de vuestra alma; y para decíroslas es menester que me deis licencia y me advirtáis si estáis con sujeto de escucharme; que no sería razón que, habiendo yo procurado desde el punto que os conocí no salir de vuestro gusto, en este instante, que le tengo por el postrero, seros causa de pesadumbre.

A estas razones abrió Marco Antonio los ojos y los puso atentamente en el rostro de Leocadia, y, habiéndola casi conocido, más por el órgano de la voz que por la vista, con voz debilitada y doliente le dijo:

-Decid, señor, lo que quisiéredes, que no estoy tan al cabo que no pueda escucharos, ni esa voz me es tan desagradable que me cause fastidio el oírla.

Atentísima estaba a todo este coloquio Teodosia, y cada palabra que Leocadia decía era una aguda saeta que le atravesaba el corazón, y aun el alma de don Rafael, que asimismo la escuchaba. Y, prosiguiendo Leocadia, dijo:

-Si el golpe de la cabeza, o, por mejor decir, el que a mí me han dado en el alma, no os ha llevado, señor Marco Antonio, de la memoria la imagen de aquella que poco tiempo ha que vos decíades ser vuestra gloria y vuestro cielo, bien os debéis acordar quién fue Leocadia, y cuál fue la palabra que le distes firmada en una cédula de vuestra mano y letra; ni se os habrá olvidado el valor de sus padres, la entereza de su recato y honestidad y la obligación en que le estáis, por haber acudido a vuestro gusto en todo lo que quisistes. Si esto no se os ha olvidado, aunque me veáis en este traje tan diferente, conoceréis con facilidad que yo soy Leocadia, que, temerosa que nuevos accidentes y nuevas ocasiones no me quitasen lo que tan justamente es mío, así como supe que de vuestro lugar os habíades partido, atropellando por infinitos inconvenientes, determiné seguiros en este hábito, con intención de buscaros por todas las partes de la tierra hasta hallaros. De lo cual no os debéis maravillar, si es que alguna vez habéis sentido hasta dónde llegan las fuezas de un amor verdadero y la rabia de una mujer engañada. Algunos trabajos he pasado en esta mi demanda, todos los cuales los juzgo y tengo por descanso, con el descuento que han traído de veros; que, puesto que estéis de la manera que estáis, si fuere Dios servido de llevaros désta a mejor vida, con hacer lo que debéis a quien sois antes de la partida, me juzgaré por más que dichosa, prometiéndoos, como os prometo, de darme tal vida después de vuestra muerte, que bien poco tiempo se pase sin que os siga en esta última y forzosa jornada. Y así, os ruego primeramente por Dios, a quien mis deseos y intentos van encaminados, luego por vos, que debéis mucho a ser quien sois, últimamente por mí, a quien debéis más que a otra persona del mundo, que aquí luego me recibáis por vuestra legítima esposa, no permitiendo haga la justicia lo que con tantas veras y obligaciones la razón os persuade.

No dijo más Leocadia, y todos los que en la sala estaban guardaron un maravilloso silencio en tanto que estuvo hablando, y con el mismo silencio esperaban la respuesta de Marco Antonio, que fue ésta:

-No puedo negar, señora, el conoceros, que vuestra voz y vuestro rostro no consentirán que lo niegue. Tampoco puedo negar lo mucho que os debo ni el gran valor de vuestros padres, junto con vuestra incomparable honestidad y recogimiento. Ni os tengo ni os tendré en menos por lo que habéis hecho en venirme a buscar en traje tan diferente del vuestro; antes, por esto os estimo y estimaré en el mayor grado que ser pueda; pero, pues mi corta suerte me ha traído a término, como vos decís, que creo que será el postrero de mi vida, y son los semejantes trances los apurados de las verdades, quiero deciros una verdad que, si no os fuere ahora de gusto, podría ser que después os fuese de provecho. Confieso, hermosa Leocadia, que os quise bien y me quisistes, y juntamente con esto confieso que la cédula que os hice fue más por cumplir con vuestro deseo que con el mío; porque, antes que la firmase, con muchos días, tenía entregada mi voluntad y mi alma a otra doncella de mi mismo lugar, que vos bien conocéis, llamada Teodosia, hija de tan nobles padres como los vuestros; y si a vos os di cédula firmada de mi mano, a ella le di la mano firmada y acreditada con tales obras y testigos, que quedé imposibilitado de dar mi libertad a otra persona en el mundo. Los amores que con vos tuve fueron de pasatiempo, sin que dellos alcanzase otra cosa sino las flores que vos sabéis, las cuales no os ofendieron ni pueden ofender en cosa alguna. Lo que con Teodosia me pasó fue alcanzar el fruto que ella pudo darme y yo quise que me diese, con fe y seguro de ser su esposo, como lo soy. Y si a ella y a vos os dejé en un mismo tiempo, a vos suspensa y engañada, y a ella temerosa y, a su parecer, sin honra, hícelo con poco discurso y con juicio de mozo, como lo soy, creyendo que todas aquellas cosas eran de poca importancia, y que las podía hacer sin escrúpulo alguno, con otros pensamientos que entonces me vinieron y solicitaron lo que quería hacer, que fue venirme a Italia y emplear en ella algunos de los años de mi juventud, y después volver a ver lo que Dios había hecho de vos y de mi verdadera esposa. Mas, doliéndose de mí el cielo, sin duda creo que ha permitido ponerme de la manera que me veis, para que, confesando estas verdades, nacidas de mis muchas culpas, pague en esta vida lo que debo, y vos quedéis desengañada y libre para hacer lo que mejor os pareciere. Y si en algún tiempo Teodosia supiere mi muerte, sabrá de vos y de los que están presentes cómo en la muerte le cumplí la palabra que le di en la vida. Y si en el poco tiempo que de ella me queda, señora Leocadia, os puedo servir en algo, decídmelo; que, como no sea recebiros por esposa, pues no puedo, ninguna otra cosa dejaré de hacer que a mí sea posible por daros gusto.

En tanto que Marco Antonio decía estas razones, tenía la cabeza sobre el codo, y en acabándolas dejó caer el brazo, dando muestras que se desmayaba. Acudió luego don Rafael y, abrazándole estrechamente, le dijo:

-Volved en vos, señor mío, y abrazad a vuestro amigo y a vuestro hermano, pues vos queréis que lo sea. Conoced a don Rafael, vues-tro camarada, que será el verdadero testigo de vuestra voluntad y de la merced que a su hermana queréis hacer con admitirla por vuestra.

Volvió en sí Marco Antonio y al momento conoció a don Rafael, y, abrazándole estrechamente y besándole en el rostro, le dijo:

-Ahora digo, hermano y señor mío, que la suma alegría que he recebido en veros no puede traer menos descuento que un pesar grandísimo; pues se dice que tras el gusto se sigue la tristeza; pero yo daré por bien empleada cualquiera que me viniere, a trueco de haber gustado del contento de veros.

-Pues yo os le quiero hacer más cumplido -replicó don Rafael- con presentaros esta joya, que es vuestra amada esposa.

Y, buscando a Teodosia, la halló llorando detrás de toda la gente, suspensa y atónita entre el pesar y la alegría por lo que veía y por lo que había oído decir. Asióla su hermano de la mano, y ella, sin hacer resistencia, se dejó llevar donde él quiso; que fue ante Marco Antonio, que la conoció y se abrazó con ella, llorando los dos tiernas y amorosas lágrimas.

Admirados quedaron cuantos en la sala estaban, viendo tan estraño acontecimiento. Mirábanse unos a otros sin hablar palabra, esperando en qué habían de parar aquellas cosas. Mas la desengañada y sin ventura Leocadia, que vio por sus ojos lo que Marco Antonio hacía, y vio al que pensaba ser hermano de don Rafael en brazos del que tenía por su esposo, viendo junto con esto burlados sus deseos y perdidas sus esperanzas, se hurtó de los ojos de todos (que atentos estaban mirando lo que el enfermo hacía con el paje que abrazado tenía) y se salió de la sala o aposento , y en un instante se puso en la calle, con intención de irse desesperada por el mundo o adonde gentes no la viesen; mas, apenas había llegado a la calle, cuando don Rafael la echó menos, y, como si le faltara el alma, preguntó por ella, y nadie le supo dar razón dónde se había ido. Y así, sin esperar más, desesperado salió a buscarla, y acudió adonde le dijeron que posaba Calvete, por si había ido allá a procurar alguna cabalgadura en que irse; y, no hallándola allí, andaba como loco por las calles buscándola y de unas partes a otras; y, pensando si por ventura se había vuelto a las galeras, llegó a la marina, y un poco antes que llegase oyó que a grandes voces llamaban desde tierra el esquife de la capitana, y conoció que quien las daba era la hermosa Leocadia, la cual, recelosa de algún desmán, sintiendo pasos a sus espaldas, empuñó la espada y esperó apercebida que llegase don Rafael, a quien ella luego conoció, y le pesó de que la hubiese hallado, y más en parte tan sola; que ya ella había entendido, por más de una muestra que don Rafael le había dado, que no la quería mal, sino tan bien que tomara por buen partido que Marco Antonio la quisiera otro tanto.

¿Con qué razones podré yo decir ahora las que don Rafael dijo a Leocadia, declarándole su alma, que fueron tantas y tales que no me atrevo a escribirlas? Mas, pues es forzoso decir algunas, las que entre otras le dijo fueron éstas:

-Si con la ventura que me falta me faltase ahora, ¡oh hermosa Leocadia!, el atrevimiento de descubriros los secretos de mi alma, quedaría enterrada en los senos del perpetuo olvido la más enamorada y honesta voluntad que ha nacido ni puede nacer en un enamorado pecho. Pero, por no hacer este agravio a mi justo deseo (véngame lo que viniere), quiero, señora, que advirtáis, si es que os da lugar vuestro arrebatado pensamiento, que en ninguna cosa se me aventaja Marco Antonio, si no es en el bien de ser de vos querido. Mi linaje es tan bueno como el suyo, y en los bienes que llaman de fortuna no me hace mucha ventaja; en los de naturaleza no conviene que me alabe, y más si a los ojos vuestros no son de estima. Todo esto digo, apasionada señora, porque toméis el remedio y el medio que la suerte os ofrece en el estremo de vuestra desgracia. Ya veis que Marco Antonio no puede ser vuestro porque el cielo le hizo de mi hermana, y el mismo cielo, que hoy os ha quitado a Marco Antonio, os quiere hacer recompensa conmigo, que no deseo otro bien en esta vida que entregarme por esposo vuestro. Mirad que el buen suceso está llamando a las puertas del malo que hasta ahora habéis tenido, y no penséis que el atrevimiento que habéis mostrado en buscar a Marco Antonio ha de ser parte para que no os estime y tenga en lo que mereciérades, si nunca le hubiérades tenido, que en la hora que quiero y determino igualarme con vos, eligiéndoos por perpetua señora mía, en aquella misma se me ha de olvidar, y ya se me ha olvidado, todo cuanto en esto he sabido y visto; que bien sé que las fuerzas que a mí me han forzado a que tan de rondón y a rienda suelta me disponga a adoraros y a entregarme por vuestro, esas mismas os han traído a vos al estado en que estáis, y así no habrá necesidad de buscar disculpa donde no ha habido yerro alguno.

Callando estuvo Leocadia a todo cuanto don Rafael le dijo, sino que de cuando en cuando daba unos profundos suspiros, salidos de lo íntimo de sus entrañas. Tuvo atrevimiento don Rafael de tomarle una mano, y ella no tuvo esfuerzo para estorbárselo; y así, besándosela muchas veces, le decía:

-Acabad, señora de mi alma, de serlo del todo a vista destos estrellados cielos que nos cubren, y deste sosegado mar que nos escucha, y destas bañadas arenas que nos sustentan. Dadme ya el sí, que sin duda conviene tanto a vuestra honra como a mi contento. Vuélvoos a decir que soy caballero, como vos sabéis, y rico, y que os quiero bien (que es lo que más habéis de estimar), y que en cambio de hallaros sola y en traje que desdice mucho del de vuestra honra, lejos de la casa de vuestros padres y parientes, sin persona que os acuda a lo que menester hubiéredes y sin esperanza de alcanzar lo que buscábades, podéis volver a vuestra patria en vuestro propio, honrado y verdadero traje, acompañada de tan buen esposo como el que vos supistes escogeros; rica, contenta, estimada y servida, y aun loada de todos aquellos a cuya noticia llegaren los sucesos de vuestra historia. Si esto es así, como lo es, no sé en qué estáis dudando; acabad (que otra vez os lo digo) de levantarme del suelo de mi miseria al cielo de mereceros, que en ello haréis por vos misma, y cumpliréis con las leyes de la cortesía y del buen conocimiento, mostrándoos en un mismo punto agradecida y discreta.

-Ea, pues -dijo a esta sazón la dudosa Leocadia-, pues así lo ha ordenado el cielo, y no es en mi mano ni en la de viviente alguno oponerse a lo que él determinado tiene, hágase lo que él quiere y vos queréis, señor mío; y sabe el mismo cielo con la vergüenza que vengo a condecender con vuestra voluntad, no porque no entienda lo mucho que en obedeceros gano, sino porque temo que, en cumpliendo vuestro gusto, me habéis de mirar con otros ojos de los que quizá hasta agora, mirándome, os han engañado. Mas sea como fuere, que, en fin, el nombre de ser mujer legítima de don Rafael de Villavicencio no se podía perder, y con este título solo viviré contenta. Y si las costumbres que en mí viéredes, después de ser vuestra, fueren parte para que me estiméis en algo, daré al cielo las gracias de haberme traído por tan estraños rodeos y por tantos males a los bienes de ser vuestra. Dadme, señor don Rafael, la mano de ser mío, y veis aquí os la doy de ser vuestra, y sirvan de testigos los que vos decís: el cielo, la mar, las arenas y este silencio, sólo interrumpido de mis suspiros y de vuestros ruegos.

Diciendo esto, se dejó abrazar y le dio la mano, y don Rafael le dio la suya, celebrando el noturno y nuevo desposorio solas las lágrimas que el contento, a pesar de la pasada tristeza, sacaba de sus ojos. Luego se volvieron a casa del caballero, que estaba con grandísima pena de su falta; y lo mismo tenían Marco Antonio y Teodosia, los cuales ya por mano de clérigo estaban desposados, que a persuasión de Teodosia (temerosa que algún contrario acidente no le turbase el bien que había hallado), el caballero envió luego por quien los desposase; de modo que, cuando don Rafael y Leocadia entraron y don Rafael contó lo que con Leocadia le había sucedido, así les aumentó el gozo como si ellos fueran sus cercanos parientes, que es condición natural y propia de la nobleza catalana saber ser amigos y favorecer a los estranjeros que dellos tienen necesidad alguna.

El sacerdote, que presente estaba, ordenó que Leocadia mudase el hábito y se vistiese en el suyo; y el caballero acudió a ello con presteza, vistiendo a las dos de dos ricos vestidos de su mujer, que era una principal señora, del linaje de los Granolleques, famoso y antiguo en aquel reino. Avisó al cirujano, quien por caridad se dolía del herido, como hablaba mucho y no le dejaban solo, el cual vino y ordenó lo que primero: que fue que le dejasen en silencio. Pero Dios, que así lo tenía ordenado, tomando por medio e instrumento de sus obras (cuando a nuestros ojos quiere hacer alguna maravilla) lo que la misma naturaleza no alcanza, ordenó que el alegría y poco silencio que Marco Antonio había guardado fuese parte para mejorarle, de manera que otro día, cuando le curaron, le hallaron fuera de peligro; y de allí a catorce se levantó tan sano que, sin temor alguno, se pudo poner en camino.

Es de saber que en el tiempo que Marco Antonio estuvo en el lecho hizo voto, si Dios le sanase, de ir en romería a pie a Santiago de Galicia, en cuya promesa le acompañaron don Rafael, Leocadia y Teodosia, y aun Calvete, el mozo de mulas (obra pocas veces usada de los de oficios semejantes). Pero la bondad y llaneza que había conocido en don Rafael le obligó a no dejarle hasta que volviese a su tierra; y, viendo que habían de ir a pie como peregrinos, envió las mulas a Salamanca, con la que era de don Rafael, que no faltó con quien enviarlas.

Llegóse, pues, el día de la partida, y, acomodados de sus esclavinas y de todo lo necesario, se despidieron del liberal caballero que tanto les había favorecido y agasajado, cuyo nombre era don Sancho de Cardona, ilustrísimo por sangre y famoso por su persona. Ofreciéronsele todos de guardar perpetuamente ellos y sus decendientes (a quien se lo dejarían mandado), la memoria de las mercedes tan singulares dél recebidas, para agradecelles siquiera, ya que no pudiesen servirlas. Don Sancho los abrazó a todos, diciéndoles que de su natural condición nacía hacer aquellas obras, o otras que fuesen buenas, a todos los que conocía o imaginaba ser hidalgos castellanos.

Reiteráronse dos veces los abrazos, y con alegría mezclada con algún sentimiento triste se despidieron; y, caminando con la comodidad que permitía la delicadeza de las dos nuevas peregrinas, en tres días llegaron a Monserrat; y, estando allí otros tantos, haciendo lo que a buenos y católicos cristianos debían, con el mismo espacio volvieron a su camino, y sin sucederles revés ni desmán alguno llegaron a Santiago. Y, después de cumplir su voto con la mayor devoción que pudieron, no quisieron dejar el hábito de peregrinos hasta entrar en sus casas, a las cuales llegaron poco a poco, descansados y contentos; mas, antes que llegasen, estando a vista del lugar de Leocadia (que, como se ha dicho, era una legua del de Teodosia), desde encima de un recuesto los descubrieron a entrambos, sin poder encubrir las lágrimas que el contento de verlos les trujo a los ojos, a lo menos a las dos desposadas, que con su vista renovaron la memoria de los pasados sucesos.

Descubríase desde la parte donde estaban un ancho valle que los dos pueblos dividía, en el cual vieron, a la sombra de un olivo, un dispuesto caballero sobre un poderoso caballo, con una blanquísima adarga en el brazo izquierdo, y una gruesa y larga lanza terciada en el derecho; y, mirándole con atención, vieron que asimismo por entre unos olivares venían otros dos caballeros con las mismas armas y con el mismo donaire y apostura, y de allí a poco vieron que se juntaron todos tres; y, habiendo estado un pequeño espacio juntos, se apartaron, y uno de los que a lo último habían venido, se apartó con el que estaba primero debajo del olivo; los cuales, poniendo las espuelas a los caballos, arremetieron el uno al otro con muestras de ser mortales enemigos, comenzando a tirarse bravos y diestros botes de lanza, ya hurtando los golpes, ya recogiéndolos en las adargas con tanta destreza que daban bien a entender ser maestros en aquel ejercicio. El tercero los estaba mirando sin moverse de un lugar; mas, no pudiendo don Rafael sufrir estar tan lejos, mirando aquella tan reñida y singular batalla, a todo correr bajó del recuesto, siguiéndole su hermana y su esposa, y en poco espacio se puso junto a los dos combatientes, a tiempo que ya los dos caballeros andaban algo heridos; y, habiéndosele caído al uno el sombrero y con él un casco de acero, al volver el rostro conoció don Rafael ser su padre, y Marco Antonio conoció que el otro era el suyo. Leocadia, que con atención había mirado al que no se combatía, conoció que era el padre que la había engendrado, de cuya vista todos cuatro suspensos, atónitos y fuera de sí quedaron; pero, dando el sobresalto lugar al discurso de la razón, los dos cuñados, sin detenerse, se pusieron en medio de los que peleaban, diciendo a voces:

-No más, caballeros, no más, que los que esto os piden y suplican son vuestros propios hijos. Yo soy Marco Antonio, padre y señor mío -decía Marco Antonio-; yo soy aquel por quien, a lo que imagino, están vuestras canas venerables puestas en este riguroso trance. Templad la furia y arrojad la lanza, o volvedla contra otro enemigo, que el que tenéis delante ya de hoy más ha de ser vuestro hermano.

Casi estas mismas razones decía don Rafael a su padre, a las cuales se detuvieron los caballeros, y atentamente se pusieron a mirar a los que se las decían; y volviendo la cabeza vieron que don Enrique, el padre de Leocadia, se había apeado y estaba abrazado con el que pensaban ser peregrino; y era que Leocadia se había llegado a él, y, dándosele a conocer, le rogó que pusiese en paz a los que se combatían, contándole en breves razones cómo don Rafael era su esposo y Marco Antonio lo era de Teodosia.

Oyendo esto su padre, se apeó, y la tenía abrazada, como se ha dicho; pero, dejándola, acudió a ponerlos en paz, aunque no fue menester, pues ya los dos habían conocido a sus hijos y estaban en el suelo, teniéndolos abrazados, llorando todos lágrimas de amor y de contento nacidas. Juntáronse todos y volvieron a mirar a sus hijos, y no sabían qué decirse. Atentábanles los cuerpos, por ver si eran fantásticos, que su IMPROVIsa llegada esta y otras sospechas engendraba; pero, desengañados algún tanto, volvieron a las lágrimas y a los abrazos.

Y en esto, asomó por el mismo valle gran cantidad de gente armada, de a pie y de a caballo, los cuales venían a defender al caballero de su lugar; pero, como llegaron y los vieron abrazados de aquellos peregrinos, y preñados los ojos de lágrimas, se apearon y admiraron, estando suspensos, hasta tanto que don Enrique les dijo brevemente lo que Leocadia su hija le había contado.

Todos fueron a abrazar a los peregrinos, con muestras de contento tales que no se pueden encarecer. Don Rafael de nuevo contó a todos, con la brevedad que el tiempo requería, todo el suceso de sus amores, y de cómo venía casado con Leocadia, y su hermana Teodosia con Marco Antonio: nuevas que de nuevo causaron nueva alegría. Luego, de los mismos caballos de la gente que llegó al socorro tomaron los que hubieron menester para los cinco peregrinos, y acordaron de irse al lugar de Marco Antonio, ofreciéndoles su padre de hacer allí las bodas de todos; y con este parecer se partieron, y algunos de los que se habían hallado presentes se adelantaron a pedir albricias a los parientes y amigos de los desposados.

En el camino supieron don Rafael y Marco Antonio la causa de aquella pendencia, que fue que el padre de Teodosia y el de Leocadia habían desafiado al padre de Marco Antonio, en razón de que él había sido sabidor de los engaños de su hijo; y, habiendo venido los dos y hallándole solo, no quisieron combatirse con alguna ventaja, sino uno a uno, como caballeros, cuya pendencia parara en la muerte de uno o en la de entrambos si ellos no hubieran llegado.

Dieron gracias a Dios los cuatro peregrinos del suceso felice. Y otro día después que llegaron, con real y espléndida magnificencia y sumptuoso gasto, hizo celebrar el padre de Marco Antonio las bodas de su hijo y Teodosia y las de don Rafael y de Leocadia. Los cuales luengos y felices años vivieron en compañía de sus esposas, dejando de sí ilustre generación y decendencia, que hasta hoy dura en estos dos lugares, que son de los mejores de la Andalucía, y si no se nombran es por guardar el decoro a las dos doncellas, a quien quizá las lenguas maldicientes, o neciamente escrupulosas, les harán cargo de la ligereza de sus deseos y del súbito mudar de trajes; a los cuales ruego que no se arrojen a vituperar semejantes libertades, hasta que miren en sí, si alguna vez han sido tocados destas que llaman flechas de Cupido; que en efeto es una fuerza, si así se puede llamar, incontrastable, que hace el apetito a la razón.

Calvete, el mozo de mulas, se quedó con la que don Rafael había enviado a Salamanca, y con otras muchas dádivas que los dos desposados le dieron; y los poetas de aquel tiempo tuvieron ocasión donde emplear sus plumas, exagerando la hermosura y los sucesos de las dos tan atrevidas cuanto honestas doncellas, sujeto principal deste estraño suceso.

La señora Cornelia

Don Antonio de Isunza y don Juan de Gamboa, caballeros principales, de una edad misma, muy discretos y grandes amigos, siendo estudiantes en Salamanca, determinaron de dejar sus estudios por irse á Flándes, llevados del hervor de la sangre moza y del deseo, como decirse suele, de ver mundo, y por parecerles que el ejercicio de las armas, aunque arma y dice bien á todos, principalmente asienta y dice mejor en los bien nacidos y de ilustre sangre.

Llegáron pues á Flándes á tiempo que estaban las cosas en paz, ó en conciertos, y tratos de tenerla presto. Recibiéron en Ambéres cartas de sus padres, donde les escribiéron el grande enojo que habian recebido, por haber dejado sus estudios sin avisárselo, para que hubieran venido con la comodidad que pedia el ser quien eran. Finalmente, conociendo la pesadumbre de sus padres, acordáron de volverse á España, pues no habia que hacer en Flándes; pero, antes de volverse, quisiéron ver todas las mas famosas ciudades de Italia; y, habiéndolas visto todas, paráron en Bolonia, y, admirados de los estudios de aquella insigne universidad, quisiéron en ella proseguir los suyos. Diéron noticia de su intento á sus padres, de que se holgáron infinito, y lo mostráron con proveerles magníficamente, y de modo, que mostrasen en su tratamiento quienes eran, y que padres tenian: y, desde el primero día que saliéron á las escuelas, fuéron conocidos de todos por caballeros, galanes, discretos y bien criados.

Tendria don Antonio hasta veinte y cuatro años, y don Juan no pasaba de veinte y seis; y adornaban esta buena edad con ser muy gentiles hombres, músicos, poetas, diestros y valientes; partes que los hacian amables y bien queridos de cuantos los comunicaban.

Tuviéron luego muchos amigos asi estudiantes Españoles, de los muchos que en aquella universidad cursaban, como de los mismos de la ciudad, y de los extrangeros: mostrábanse con todos liberales, y comedidos, y muy agenos de la arrogancia que dicen que suelen tener los Españoles; y, como eran mozos y alegres, no se disgustaban de tener noticia de las hermosas de la ciudad; y, aunque habia muchas señoras doncellas, y casadas con gran fama de ser honestas y hermosas, á todas se aventajaba la señora Cornelia Bentibolli, de la antigua y generosa familia de los Bentibollis, que un tiempo fuéron señores de Bolonia.

Era Cornelia hermosísima en estremo, y estaba debajo de la guarda y amparo de Lorenzo Bentibolli, su hermano, honradísimo y valiente caballero, huérfanos de padre y madre: que, aunque los dejáron solos, los dejáron ricos y la riqueza es grande alivio de horfandad.

Era el recato de Cornelia tanto, y la solicitud de su hermano tanta en guardarla, que ni ella se dejaba ver ni su hermano consentia que la viesen. Esta fama traia deseosos á don Juan y a don Antonio de verla, aunque fuera en la iglesia; pero el trabajo que en ello pusiéron, fué en balde: y el deseo, por la imposibilidad, cuchillo de la esperanza, fué menguando; y asi con solo el amor de sus estudios y el entretenimiento de algunas honestas mocedades, pasaban una vida tan alegre como honrada: pocas veces salian de noche, y si salian, iban juntos, y bien armados.

Sucedió pues que, habiendo de salir una noche, dijo don Antonio á don Juan, que el se queria quedar á rezar ciertas devociones, que se fuese, que luego le seguiria. No hay paraque, dijo don Juan, que yo os aguardaré, y si no saliéremos esta noche, importa poco. No por vida vuestra, replicó don Antonio, salid á coger el aire, que yo seré luego con vos, si es que vais por donde solemos ir. Haced vuestro gusto, dijo don Juan, quedaos en buena hora, y si saliéredes, las mismas estaciones andaré esta noche que las pasadas.

Fuése don Juan y quedóse don Antonio. Era la noche entre oscura, y la hora, las once; y, habiendo andado dos ó tres calles, y viéndose solo, y que no tenia con quien hablar, determinó volverse á casa, y poniéndolo en efecto, al pasar por una calle que tenia portales sustentados en mármoles, oyó que de una puerta le ceceaban. La escuridad de la noche, y la que causaban los portales, no le dejaban atinar al ceceo. Detúvose un poco, estuvo atento, y vio entreabrir una puerta: llegóse á ella, y oyó una voz baja que dijo: sois por ventura Fabio? Don Juan, por si ó por no, respondió: sí. Pues tomad, respondiéron de dentro, y ponedlo en cobro, y volved luego, que importa.

Alargó la mano don Juan, y topó un bulto, y queriéndolo tomar, vió que era menester las dos manos, y asi le hubo de asir con entrambas; y, apenas se le dejáron en ellas, cuando le cerráron la puerta, y él se halló cargado en la calle y sin saber de que. Pero casi luego comenzó á llorar una criatura, al parecer recien nacida, a cuyo lloro quedó don Juan confuso y suspenso, sin saber que hacerse ni que corte dar en aquel caso; porque, en volver á llamar á la puerta, le pareció que podia correr peligro aquella cuya era la criatura, y en dejarla allí, la criatura misma; pues el llevarla á su casa, no tenia en ella quien la remediase, ni él conocía en toda la ciudad persona adonde poder llevarla: pero, viendo que le habian dicho que la pusiese en cobro, y que volviese luego, determinó de traerla á su casa, y dejarla en poder de una ama que les servía, y volver luego á ver si era menester su favor en alguna cosa, puesto que bien habia visto que le habian tenido por otro, y que habia sido error darle á él la criatura.

Finalmente sin hacer mas discursos se vino á casa con ella á tiempo que ya don Antonio no estaba en ella: entróse en un aposento, y llamó al ama, descubrió la criatura, y vió que era la mas hermosa, que jamas hubiese visto: los paños en que venia envuelta, mostraban ser de ricos padres nacida, desenvolvióla el ama, y halláron que era varón.

-Menester es -dijo don Juan- dar de mamar a este niño, y ha de ser desta manera: que vos, ama, le habéis de quitar estas ricas mantillas y ponerle otras más humildes, y, sin decir que yo le he traído, la habéis de llevar en casa de una partera, que las tales siempre suelen dar recado y remedio a semejantes necesidades. Llevaréis dineros con que la dejéis satisfecha y daréisle los padres que quisiéredes, para encubrir la verdad de haberlo yo traído.

Respondió el ama que así lo haría, y don Juan, con la priesa que pudo, volvió a ver si le ceceaban otra vez; pero, un poco antes que llegase a la casa adonde le habían llamado, oyó gran ruido de espadas, como de mucha gente que se acuchillaba. Estuvo atento y no sintió palabra alguna; la herrería era a la sorda, y, a la luz de las centellas que las piedras heridas de las espadas levantaban, casi pudo ver que eran muchos los que a uno solo acometían, y confirmóse en esta verdad oyendo decir:

-¡Ah traidores, que sois muchos, y yo solo! Pero con todo eso no os ha de valer vuestra superchería.

Oyendo y viendo lo cual don Juan, llevado de su valeroso corazón, en dos brincos se puso al lado, y, metiendo mano a la espada y a un broquel que llevaba, dijo al que defendía, en lengua italiana, por no ser conocido por español:

-No temáis, que socorro os ha venido que no os faltará hasta perder la vida; menead los puños, que traidores pueden poco, aunque sean muchos.

A estas razones respondió uno de los contrarios:

-Mientes, que aquí no hay ningún traidor; que el querer cobrar la honra perdida, a toda demasía da licencia.

No le habló más palabras, porque no les daba lugar a ello la priesa que se daban a herirse los enemigos, que al parecer de don Juan debían de ser seis. Apretaron tanto a su compañero, que de dos estocadas que le dieron a un tiempo en los pechos dieron con él en tierra. Don Juan creyó que le habían muerto, y, con ligereza y valor estraño, se puso delante de todos y los hizo arredrar a fuerza de una lluvia de cuchilladas y estocadas. Pero no fuera bastante su diligencia para ofender y defenderse, si no le ayudara la buena suerte con hacer que los vecinos de la calle sacasen lumbres a las ventanas y a grandes voces llamasen a la justicia: lo cual visto por los contrarios, dejaron la calle, y, a espaldas vueltas, se ausentaron.

Ya en esto, se había levantado el caído, porque las estocadas hallaron un peto como de diamante en que toparon. Habíasele caído a don Juan el sombrero en la refriega, y buscándole, halló otro que se puso acaso, sin mirar si era el suyo o no. El caído se llegó a él y le dijo:

-Señor caballero, quienquiera que seáis, yo confieso que os debo la vida que tengo, la cual, con lo que valgo y puedo, gastaré a vuestro servicio. Hacedme merced de decirme quién sois y vuestro nombre, para que yo sepa a quién tengo de mostrarme agradecido.

A lo cual respondió don Juan:

-No quiero ser descortés, ya que soy desinteresado. Por hacer, señor, lo que me pedís, y por daros gusto solamente, os digo que soy un caballero español y estudiante en esta ciudad; si el nombre os importara saberlo, os le dijera; mas, por si acaso os quisiéredes servir de mí en otra cosa, sabed que me llamo don Juan de Gamboa.

-Mucha merced me habéis hecho -respondió el caído-; pero yo, señor don Juan de Gamboa, no quiero deciros quién soy ni mi nombre, porque he de gustar mucho de que lo sepáis de otro que de mí, y yo tendré cuidado de que os hagan sabidor dello.

Habíale preguntado primero don Juan si estaba herido, porque le había visto dar dos grandes estocadas, y habíale respondido que un famoso peto que traía puesto, después de Dios, le había defendido; pero que, con todo eso, sus enemigos le acabaran si él no se hallara a su lado. En esto, vieron venir hacia ellos un bulto de gente, y don Juan dijo:

-Si éstos son los enemigos que vuelven, apercebíos, señor, y haced como quien sois.

-A lo que yo creo, no son enemigos, sino amigos los que aquí vienen.

Y así fue la verdad, porque los que llegaron, que fueron ocho hombres, rodearon al caído y hablaron con él pocas palabras, pero tan calladas y secretas que don Juan no las pudo oír. Volvió luego el defendido a don Juan y díjole:

-A no haber venido estos amigos, en ninguna manera, señor don Juan, os dejara hasta que acabárades de ponerme en salvo; pero ahora os suplico con todo encarecimiento que os vais y me dejéis, que me importa.

Hablando esto, se tentó la cabeza y vio que estaba sin sombrero, y, volviéndose a los que habían venido, pidió que le diesen un sombrero, que se le había caído el suyo. Apenas lo hubo dicho, cuando don Juan le puso el que había hallado en la cabeza. Tentóle el caído y, volviéndosele a don Juan, dijo:

-Este sombrero no es mío; por vida del señor don Juan, que se le lleve por trofeo desta refriega; y guárdele, que creo que es conocido.

Diéronle otro sombrero al defendido, y don Juan, por cumplir lo que le había pedido, pasando otros algunos, aunque breves, comedimientos, le dejó sin saber quién era, y se vino a su casa, sin querer llegar a la puerta donde le habían dado la criatura, por parecerle que todo el barrio estaba despierto y alborotado con la pendencia.

Sucedió, pues, que, volviéndose a su posada, en la mitad del camino encontró con don Antonio de Isunza, su camarada; y, conociéndose, dijo don Antonio:

-Volved conmigo, don Juan, hasta aquí arriba, y en el camino os contaré un estraño cuento que me ha sucedido, que no le habréis oído tal en toda vuestra vida.

-Como esos cuentos os podré contar yo -respondió don Juan-; pero vamos donde queréis y contadme el vuestro.

Guió don Antonio y dijo:

-«Habéis de saber que, poco más de una hora después que salistes de casa, salí a buscaros, y no treinta pasos de aquí vi venir, casi a encontrarme, un bulto negro de persona, que venía muy aguijando; y, llegándose cerca, conocí ser mujer en el hábito largo, la cual, con voz interrumpida de sollozos y de suspiros, me dijo: *¿Por ventura, señor, sois estranjero o de la ciudad? Estranjero soy y español*, respondí yo. Y ella: *Gracias al cielo, que no quiere que muera sin sacramentos. ¿Venís herida, señora -repliqué yo-, o traéis algún mal de muerte?. Podría ser que el que traigo lo fuese, si presto no se me da remedio; por la cortesía que siempre suele reinar en los de vuestra nación, os suplico, señor español, que me saquéis destas calles y me llevéis a vuestra posada con la mayor priesa que pudiéredes; que allá, si* *gustáredes dello, sabréis el mal que llevo y quién soy, aunque sea a costa de mi crédito.* Oyendo lo cual, pareciéndome que tenía necesidad de lo que pedía, sin replicarla más, la así de la mano y por calles desviadas la llevé a la posada. Abrióme Santisteban el paje, hícele que se retirase, y sin que él la viese la llevé a mi estancia, y ella en entrando se arrojó encima de mi lecho desmayada. Lleguéme a ella y descubríla el rostro, que con el manto traía cubierto, y descubrí en él la mayor belleza que humanos ojos han visto; será a mi parecer de edad de diez y ocho años, antes menos que más. Quedé suspenso de ver tal estremo de belleza; acudí a echarle un poco de agua en el rostro, con que volvió en sí suspirando tiernamente, y lo primero que me dijo fue: *¿Conocéisme, señor? No -respondí yo-, ni es bien que yo haya tenido ventura de haber conocido tanta hermosura. Desdichada de aquella -respondió ella- a quien se la da el cielo para mayor desgracia suya; pero, señor, no es tiempo éste de alabar hermosuras, sino de remediar desdichas. Por quien sois, que me dejéis aquí encerrada y no permitáis que ninguno me vea, y volved luego al mismo lugar que me topastes y mirad si riñe alguna gente, y no favorezcáis a ninguno de los que riñeren, sino poned paz, que cualquier daño de las partes ha de resultar en acrecentar el mío.* Déjola encerrada y vengo a poner en paz esta pendencia.»

-¿Tenéis más que decir, don Antonio? -preguntó don Juan.

-¿Pues no os parece que he dicho harto? -respondió don Antonio-. Pues he dicho que tengo debajo de llave y en mi aposento la mayor belleza que humanos ojos han visto.

-El caso es estraño, sin duda -dijo don Juan-, pero oíd el mío.

Y luego le contó todo lo que le había sucedido, y cómo la criatura que le habían dado estaba en casa en poder de su ama, y la orden que le había dejado de mudarle las ricas mantillas en pobres y de llevarle adonde le criasen o a lo menos socorriesen la presente necesidad. Y dijo más: que la pendencia que él venía a buscar ya era acabada y puesta en paz, que él se había hallado en ella; y que, a lo que él imaginaba, todos los de la riña debían de ser gentes de prendas y de gran valor.

Quedaron entrambos admirados del suceso de cada uno y con priesa se volvieron a la posada, por ver lo que había menester la encerrada. En el camino dijo don Antonio a don Juan que él había prometido a aquella señora que no la dejaría ver de nadie, ni entraría en aquel aposento sino él solo, en tanto que ella no gustase de otra cosa.

-No importa nada -respondió don Juan-, que no faltará orden para verla, que ya lo deseo en estremo, según me la habéis alabado de hermosa.

Llegaron en esto, y, a la luz que sacó uno de tres pajes que tenían, alzó los ojos don Antonio al sombrero que don Juan traía, y viole resplandeciente de diamantes; quitósele, y vio que las luces salían de muchos que en un cintillo riquísimo traía. Miráronle y remiráronle entrambos, y concluyeron que, si todos eran finos, como parecían, valía más de doce mil ducados. Aquí acabaron de conocer ser gente principal la de la pendencia, especialmente el socorrido de don Juan, de quien se acordó haberle dicho que trujese el sombrero y le guardase, porque era conocido. Mandaron retirar los pajes y don Antonio abrió su aposento, y halló a la señora sentada en la cama, con la mano en la mejilla, derramando tiernas lágrimas. Don Juan, con el deseo que tenía de verla, se asomó a la puerta tanto cuanto pudo entrar la cabeza, y al punto la lumbre de los diamantes dio en los ojos de la que lloraba, y, alzándolos, dijo:

-Entrad, señor duque, entrad; ¿para qué me queréis dar con tanta escaseza el bien de vuestra vista?

A esto dijo don Antonio:

-Aquí, señora, no hay ningún duque que se escuse de veros.

-¿Cómo no? -replicó ella-. El que allí se asomó ahora es el duque de Ferrara, que mal le puede encubrir la riqueza de su sombrero.

-En verdad, señora, que el sombrero que vistes no le trae ningún duque; y si queréis desengañaros con ver quién le trae, dadle licencia que entre.

-Entre enhorabuena -dijo ella-, aunque si no fuese el duque, mis desdichas serían mayores.

Todas estas razones había oído don Juan, y, viendo que tenía licencia de entrar, con el sombrero en la mano entró en el aposento, y, así como se le puso delante y ella conoció no ser quien decía el del rico sombrero, con voz turbada y lengua presurosa, dijo:

-¡Ay, desdichada de mí! Señor mío, decidme luego, sin tenerme más suspensa: ¿conocéis el dueño dese sombrero? ¿Dónde le dejastes o cómo vino a vuestro poder? ¿Es vivo por ventura, o son ésas las nuevas que me envía de su muerte? ¡Ay, bien mío!, ¿qué sucesos son éstos? ¡Aquí veo tus prendas, aquí me veo sin ti encerrada y en poder que, a no saber que es de gentileshombres españoles, el temor de perder mi honestidad me hubiera quitado la vida!

-Sosegaos señora -dijo don Juan-, que ni el dueño deste sombrero es muerto ni estáis en parte donde se os ha de hacer agravio alguno, sino servíros con cuanto las fuerzas nuestras alcanzaren, hasta poner las vidas por defenderos y ampararos; que no es bien que os salga vana la fe que tenéis de la bondad de los españoles; y, pues nosotros lo somos y principales (que aquí viene bien ésta que parece arrogancia), estad segura que se os guardará el decoro que vuestra presencia merece.

-Así lo creo yo -respondió ella-; pero con todo eso, decidme, señor: ¿cómo vino a vuestro poder ese rico sombrero, o adónde está su dueño, que, por lo menos, es Alfonso de Este, duque de Ferrara?

Entonces don Juan, por no tenerla más suspensa, le contó cómo le había hallado en una pendencia, y en ella había favorecido y ayudado a un caballero que, por lo que ella decía, sin duda debía de ser el duque de Ferrara, y que en la pendencia había perdido el sombrero y hallado aquél, y que aquel caballero le había dicho que le guardase, que era conocido, y que la refriega se había concluido sin quedar herido el caballero ni él tampoco; y que, después de acabada, había llegado gente que al parecer debían de ser criados o amigos del que él pensaba ser el duque, el cual le había pedido le dejase y se viniese, *mostrándose muy agradecido al favor que yo le había dado.*

-De manera, señora mía, que este rico sombrero vino a mi poder por la manera que os he dicho, y su dueño, si es el duque, como vos decís, no ha una hora que le dejé bueno, sano y salvo; sea esta verdad parte para vuestro consuelo, si es que le tendréis con saber del buen estado del duque.

-Para que sepáis, señores, si tengo razón y causa para preguntar por él, estadme atentos y escuchad la, no sé si diga, mi desdichada historia.

Todo el tiempo en que esto pasó le entretuvo el ama en paladear al niño con miel y en mudarle las mantillas de ricas en pobres; y, ya que lo tuvo todo aderezado, quiso llevarla en casa de una partera, como don Juan se lo dejó ordenado, y, al pasar con ella por junto a la estancia donde estaba la que quería comenzar su historia, lloró la criatura de modo que lo sintió la señora; y, levantándose en pie, púsose atentamente a escuchar, y oyó más distintamente el llanto de la criatura y dijo:

-Señores míos, ¿qué criatura es aquella, que parece recién nacida?

Don Juan respondió:

-Es un niño que esta noche nos han echado a la puerta de casa y va el ama a buscar quién le dé de mamar.

-Tráiganmele aquí, por amor de Dios -dijo la señora-, que yo haré esa caridad a los hijos ajenos, pues no quiere el cielo que la haga con los propios.

Llamó don Juan al ama y tomóle el niño, y entrósele a la que le pedía y púsosele en los brazos, diciendo:

-Veis aquí, señora, el presente que nos han hecho esta noche; y no ha sido éste el primero, que pocos meses se pasan que no hallamos a los quicios de nuestras puertas semejantes hallazgos.

Tomóle ella en los brazos y miróle atentamente, así el rostro como los pobres aunque limpios paños en que venía envuelto, y luego, sin poder tener las lágrimas, se echó la toca de la cabeza encima de los pechos, para poder dar con honestidad de mamar a la criatura, y, aplicándosela a ellos, juntó su rostro con el suyo, y con la leche le sustentaba y con las lágrimas le bañaba el rostro; y desta manera estuvo sin levantar el suyo tanto espacio cuanto el niño no quiso dejar el pecho. En este espacio guardaban todos cuatro silencio; el niño mamaba, pero no era ansí, porque las recién paridas no pueden dar el pecho; y así, cayendo en la cuenta la que se lo daba, se le volvió a don Juan, diciendo:

-En balde me he mostrado caritativa: bien parezco nueva en estos casos. Haced, señor, que a este niño le paladeen con un poco de miel, y no consintáis que a estas horas le lleven por las calles. Dejad llegar el día, y antes que le lleven vuélvanmele a traer, que me consuelo en verle.

Volvió el niño don Juan al ama y ordenóle le entretuviese hasta el día, y que le pusiese las ricas mantillas con que le había traído, y que no le llevase sin primero decírselo. Y volviendo a entrar, y estando los tres solos, la hermosa dijo:

-Si queréis que hable, dadme primero algo que coma, que me desmayo, y tengo bastante ocasión para ello.

Acudió prestamente don Antonio a un escritorio y sacó dél muchas conservas, y de algunas comió la desmayada, y bebió un vidrio de agua fría, con que volvió en sí; y, algo sosegada, dijo:

-Sentaos, señores, y escuchadme.

Hiciéronlo ansí, y ella, recogiéndose encima del lecho y abrigándose bien con las faldas del vestido, dejó descolgar por las espaldas un velo que en la cabeza traía, dejando el rostro esento y descubierto, mostrando en él el mismo de la luna, o, por mejor decir, del mismo sol, cuando más hermoso y más claro se muestra. Llovíanle líquidas perlas de los ojos, y limpiábaselas con un lienzo blanquísimo y con unas manos tales, que entre ellas y el lienzo fuera de buen juicio el que supiera diferenciar la blancura. Finalmente, después de haber dado muchos suspiros y después de haber procurado sosegar algún tanto el pecho, con voz algo doliente y turbada, dijo:

-«Yo, señores, soy aquella que muchas veces habréis, sin duda alguna, oído nombrar por ahí, porque la fama de mi belleza, tal cual ella es, pocas lenguas hay que no la publiquen. Soy, en efeto, Cornelia Bentibolli, hermana de Lorenzo Bentibolli, que con deciros esto quizá habré dicho dos verdades: la una, de mi nobleza; la otra, de mi hermosura. De pequeña edad quedé huérfana de padre y madre, en poder de mi hermano, el cual desde niña puso en mi guarda al recato mismo, puesto que más confiaba de mi honrada condición que de la solicitud que ponía en guardarme.

»Finalmente, entre paredes y entre soledades, acompañadas no más que de mis criadas, fui creciendo, y juntamente conmigo crecía la fama de mi gentileza, sacada en público de los criados y de aquellos que en secreto me trataban y de un retrato que mi hermano mandó hacer a un famoso pintor, para que, como él decía, no quedase sin mí el mundo, ya que el cielo a mejor vida me llevase. Pero todo esto fuera poca parte para apresurar mi perdición si no sucediera venir el duque de Ferrara a ser padrino de unas bodas de una prima mía, donde me llevó mi hermano con sana intención y por honra de mi parienta. Allí miré y fui vista; allí, según creo, rendí corazones, avasallé voluntades: allí sentí que daban gusto las alabanzas, aunque fuesen dadas por lisonjeras lenguas; allí, finalmente, vi al duque y él me vio a mí, de cuya vista ha resultado verme ahora como me veo. No os quiero decir, señores, porque sería proceder en infinito, los términos, las trazas, y los modos por donde el duque y yo venimos a conseguir, al cabo de dos años, los deseos que en aquellas bodas nacieron, porque ni guardas, ni recatos, ni honrosas amonestaciones, ni otra humana diligencia fue bastante para estorbar el juntarnos: que en fin hubo de ser debajo de la palabra que él me dio de ser mi esposo, porque sin ella fuera imposible rendir la roca de la valerosa y honrada presunción mía. Mil veces le dije que públicamente me pidiese a mi hermano, pues no era posible que me negase; y que no había que dar disculpas al vulgo de la culpa que le pondrían de la desigualdad de nuestro casamiento, pues no desmentía en nada la nobleza del linaje Bentibolli a la suya Estense. A esto me respondió con escusas, que yo las tuve por bastantes y necesarias, y, confiada como rendida, creí como enamorada y entreguéme de toda mi voluntad a la suya por intercesión de una criada mía, más blanda a las dádivas y promesas del duque que lo que debía a la confianza que de su fidelidad mi hermano hacía.

»En resolución, a cabo de pocos días, me sentí preñada; y, antes que mis vestidos manifestasen mis libertades, por no darles otro nombre, me fingí enferma y melancólica, y hice con mi hermano me trujese en casa de aquella mi prima de quien había sido padrino el duque. Allí le hice saber en el término en que estaba, y el peligro que me amenazaba y la poca seguridad que tenía de mi vida, por tener barruntos de que mi hermano sospechaba mi desenvoltura. Quedó de acuerdo entre los dos que en entrando en el mes mayor se lo avisase: que él vendría por mí con otros amigos suyos y me llevaría a Ferrara, donde en la sazón que esperaba se casaría públicamente conmigo.

»Esta noche en que estamos fue la del concierto de su venida, y esta misma noche, estándole esperando, sentí pasar a mi hermano con otros muchos hombres, al parecer armados, según les crujían las armas, de cuyo sobresalto de improviso me sobrevino el parto, y en un instante parí un hermoso niño. Aquella criada mía, sabidora y medianera de mis hechos, que estaba ya prevenida para el caso, envolvió la criatura en otros paños que no los que tiene la que a vuestra puerta echaron; y, saliendo a la puerta de la calle, la dio, a lo que ella dijo, a un criado del duque. Yo, desde allí a un poco, acomodándome lo mejor que pude, según la presente necesidad, salí de la casa, creyendo que estaba en la calle el duque, y no le debiera hacer hasta que él llegara a la puerta; mas el miedo que me había puesto la cuadrilla armada de mi hermano, creyendo que ya esgrimía su espada sobre mi cuello, no me dejó hacer otro mejor discurso; y así, desatentada y loca, salí donde me sucedió lo que me habéis visto; y, aunque me veo sin hijo y sin esposo y con temor de peores sucesos, doy gracias al cielo, que me ha traído a vuestro poder, de quien me prometo todo aquello que de la cortesía española puedo prometerme, y más de la vuestra, que la sabréis realzar por ser tan nobles como parecéis.»

Diciendo esto, se dejó caer del todo encima del lecho, y, acudiendo los dos a ver si se desmayaba, vieron que no, sino que amargamente lloraba, y díjole don Juan:

-Si hasta aquí, hermosa señora, yo y don Antonio, mi camarada, os teníamos compasión y lástima por ser mujer, ahora, que sabemos vuestra calidad, la lástima y compasión pasa a ser obligación precisa de serviros. Cobrad ánimo y no desmayéis; y, aunque no acostumbrada a semejantes casos, tanto más mostraréis quién sois cuanto más con paciencia supiéredes llevarlos. Creed, señora, que imagino que estos tan estraños sucesos han de tener un felice fin: que no han de permitir los cielos que tanta belleza se goce mal y tan honestos pensamientos se malogren. Acostaos, señora, y curad de vuestra persona, que lo habéis menester; que aquí entrará una criada nuestra que os sirva, de quien podéis hacer la misma confianza que de nuestras personas: tan bien sabrá tener en silencio vuestras desgracias como acudir a vuestras necesidades.

-Tal es la que tengo, que a cosas más dificultosas me obliga -res-pondió ella-. Entre, señor, quien vos quisiéredes, que, encaminada por vuestra parte, no puedo dejar de tenerla muy buena en la que menester hubiere; pero, con todo eso, os suplico que no me vean más que vuestra criada.

-Así será -respondió don Antonio.

Y dejándola sola se salieron, y don Juan dijo al ama que entrase dentro y llevase la criatura con los ricos paños, si se los había puesto. El ama dijo que sí, y que ya estaba de la misma manera que él la había traído. Entró el ama, advertida de lo que había de responder a lo que acerca de aquella criatura la señora que hallaría allí dentro le preguntase.

En viéndola Cornelia, le dijo:

-Vengáis en buen hora, amiga mía; dadme esa criatura y llegadme aquí esa vela.

Hízolo así el ama, y, tomando el niño Cornelia en sus brazos, se turbó toda y le miró ahincadamente, y dijo al ama:

-Decidme, señora, ¿este niño y el que me trajistes o me trujeron poco ha es todo uno?

-Sí señora -respondió el ama.

-Pues ¿cómo trae tan trocadas las mantillas? -replicó Cornelia-. En verdad, amiga, que me parece o que éstas son otras mantillas, o que ésta no es la misma criatura.

-Todo podía ser -respondió el ama.

-Pecadora de mí -dijo Cornelia-, ¿cómo todo podía ser? ¿Cómo es esto, ama mía?; que el corazón me revienta en el pecho hasta saber este trueco. Decídmelo, amiga, por todo aquello que bien queréis. Digo que me digáis de dónde habéis habido estas tan ricas mantillas, porque os hago saber que son mías, si la vista no me miente o la memoria no se acuerda. Con estas mismas o otras semejantes entregué yo a mi doncella la prenda querida de mi alma: ¿quién se las quitó? ¡Ay, desdichada! Y ¿quién las trujo aquí? ¡Ay, sin ventura!

Don Juan y don Antonio, que todas estas quejas escuchaban, no quisieron que más adelante pasase en ellas, ni permitieron que el engaño de las trocadas mantillas más la tuviese en pena; y así, entraron, y don Juan le dijo:

-Esas mantillas y ese niño son cosa vuestra, señora Cornelia.

Y luego le contó punto por punto cómo él había sido la persona a quien su doncella había dado el niño, y de cómo le había traído a casa, con la orden que había dado al ama del trueco de las mantillas y la ocasión por que lo había hecho; aunque, después que le contó su parto, siempre tuvo por cierto que aquél era su hijo, y que si no se lo había dicho, había sido porque, tras el sobresalto del estar en duda de conocerle, sobreviniese la alegría de haberle conocido.

Allí fueron infinitas las lágrimas de alegría de Cornelia, infinitos los besos que dio a su hijo, infinitas las gracias que rindió a sus favorecedores, llamándolos ángeles humanos de su guarda y otros títulos que de su agradecimiento daban notoria muestra. Dejáronla con el ama, encomendándola mirase por ella y la sirviese cuanto fuese posible, advirtiéndola en el término en que estaba, para que acudiese a su remedio, pues ella, por ser mujer, sabía más de aquel menester que no ellos.

Con esto, se fueron a reposar lo que faltaba de la noche, con intención de no entrar en el aposento de Cornelia si no fuese o que ella los llamase o a necesidad precisa. Vino el día y el ama trujo a quien secretamente y a escuras diese de mamar al niño, y ellos preguntaron por Cornelia. Dijo el ama que reposaba un poco. Fuéronse a las escuelas, y pasaron por la calle de la pendencia y por la casa de donde había salido Cornelia, por ver si era ya pública su falta o si se hacían corrillos della; pero en ningún modo sintieron ni oyeron cosa ni de la riña ni de la ausencia de Cornelia. Con esto, oídas sus lecciones, se volvieron a su posada.

Llamólos Cornelia con el ama, a quien respondieron que tenían determinado de no poner los pies en su aposento, para que con más decoro se guardase el que a su honestidad se debía; pero ella replicó con lágrimas y con ruegos que entrasen a verla, que aquél era el decoro más conveniente, si no para su remedio, a lo menos para su consuelo. Hiciéronlo así, y ella los recibió con rostro alegre y con mucha cortesía; pidióles le hiciesen merced de salir por la ciudad y ver si oían algunas nuevas de su atrevimiento. Respondiéronle que ya estaba hecha aquella diligencia con toda curiosidad, pero que no se decía nada.

En esto, llegó un paje, de tres que tenían, a la puerta del aposento, y desde fuera dijo:

-A la puerta está un caballero con dos criados que dice se llama Lorenzo Bentibolli, y busca a mi señor don Juan de Gamboa.

A este recado cerró Cornelia ambos puños y se los puso en la boca, y por entre ellos salió la voz baja y temerosa, y dijo:

-¡Mi hermano, señores; mi hermano es ése! Sin duda debe de haber sabido que estoy aquí, y viene a quitarme la vida. ¡Socorro, señores, y amparo!

-Sosegaos, señora -le dijo don Antonio-, que en parte estáis y en poder de quien no os dejará hacer el menor agravio del mundo. Acudid vos, señor don Juan, y mirad lo que quiere ese caballero, y yo me quedaré aquí a defender, si menester fuere, a Cornelia.

Don Juan, sin mudar semblante, bajó abajo, y luego don Antonio hizo traer dos pistoletes armados, y mandó a los pajes que tomasen sus espadas y estuviesen apercebidos.

El ama, viendo aquellas prevenciones, temblaba; Cornelia, temerosa de algún mal suceso, tremía; solos don Antonio y don Juan estaban en sí y muy bien puestos en lo que habían de hacer. En la puerta de la calle halló don Juan a don Lorenzo, el cual, en viendo a don Juan, le dijo:

-Suplico a V. S. -que ésta es la merced de Italia- me haga merced de venirse conmigo a aquella iglesia que está allí frontero, que tengo un negocio que comunicar con V. S. en que me va la vida y la honra.

-De muy buena gana -r espondió don Juan-: vamos, señor, donde quisiéredes.

Dicho esto, mano a mano se fueron a la iglesia; y, sentándose en un escaño y en parte donde no pudiesen ser oídos, Lorenzo habló primero y dijo:

-«Yo, señor español, soy Lorenzo Bentibolli, si no de los más ricos, de los más principales desta ciudad. Ser esta verdad tan notoria servirá de disculpa del alabarme yo propio. Quedé huérfano algunos años ha, y quedó en mi poder una mi hermana: tan hermosa, que a no tocarme tanto quizá os la alabara de manera que me faltaran encarecimientos por no poder ningunos corresponder del todo a su belleza. Ser yo honrado y ella muchacha y hermosa me hacían andar solícito en guardarla; pero todas mis prevenciones y diligencias las ha defraudado la voluntad arrojada de mi hermana Cornelia, que éste es su nombre.

»Finalmente, por acortar, por no cansaros, éste que pudiera ser cuento largo, digo que el duque de Ferrara, Alfonso de Este, con ojos de lince venció a los de Argos, derribó y triunfo de mi industria venciendo a mi hermana, y anoche me la llevó y sacó de casa de una parienta nuestra, y aun dicen que recién parida. Anoche lo supe y anoche le salí a buscar, y creo que le hallé y acuchillé; pero fue socorrido de algún ángel, que no consintió que con su sangre sacase la mancha de mi agravio. Hame dicho mi parienta, que es la que todo esto me ha dicho, que el duque engañó a mi hermana, debajo de palabra de recebirla por mujer. Esto yo no lo creo, por ser desigual el matrimonio en cuanto a los bienes de fortuna, que en los de naturaleza el mundo sabe la calidad de los Bentibollis de Bolonia. Lo que creo es que él se atuvo a lo que se atienen los poderosos que quieren atropellar una doncella temerosa y recatada, poniéndole a la vista el dulce nombre de esposo, haciéndola creer que por ciertos respectos no se desposa luego: mentiras aparentes de verdades, pero falsas y malintencionadas.» Pero sea lo que fuere, yo me veo sin hermana y sin honra, puesto que todo esto hasta agora por mi parte lo tengo puesto debajo de la llave del silencio, y no he querido contar a nadie este agravio hasta ver si le puedo remediar y satisfacer en alguna manera; que las infamias mejor es que se presuman y sospechen que no que se sepan de cierto y distintamente, que entre el sí y el no de la duda, cada uno puede inclinarse a la parte que más quisiere, y cada una tendrá sus valedores. Finalmente, yo tengo determinado de ir a Ferrara y pedir al mismo duque la satisfación de mi ofensa, y si la negare, desafiarle sobre el caso; y esto no ha de ser con escuadrones de gente, pues no los puedo ni formar ni sustentar, sino de persona a persona, para lo cual querría el ayuda de la vuestra y que me acompañásedes en este camino, confiado en que lo haréis por ser español y caballero, como ya estoy informado; y por no dar cuenta a ningún pariente ni amigo mío, de quien no espero sino consejos y disuasiones, y de vos puedo esperar los que sean buenos y honrosos, aunque rompan por cualquier peligro. Vos, señor, me habéis de hacer merced de venir conmigo, que, llevando un español a mi lado, y tal como vos me parecéis, haré cuenta que llevo en mi guarda los ejércitos de Jerjes. Mucho os pido, pero a más obliga la deuda de responder a lo que la fama de vuestra nación pregona.

-No más, señor Lorenzo -dijo a esta sazón don Juan (que hasta allí, sin interrumpirle palabra, le había estado escuchando)-, no más, que desde aquí me constituyo por vuestro defensor y consejero, y tomo a mi cargo la satisfación o venganza de vuestro agravio; y esto no sólo por ser español, sino por ser caballero y serlo vos tan principal como habéis dicho, y como yo sé y como todo el mundo sabe. Mirad cuándo queréis que sea nuestra partida; y sería mejor que fuese luego, porque el hierro se ha de labrar mientras estuviere encendido, y el ardor de la cólera acrecienta el ánimo, y la injuria reciente despierta la venganza.

Levantóse Lorenzo y abrazó apretadamente a don Juan, y dijo:

-A tan generoso pecho como el vuestro, señor don Juan, no es menester moverle con ponerle otro interés delante que el de la honra que ha de ganar en este hecho, la cual desde aquí os la doy si salimos felicemente deste caso, y por añadidura os ofrezco cuanto tengo, puedo y valgo. La ida quiero que sea mañana, porque hoy pueda prevenir lo necesario para ella.

-Bien me parece -dijo don Juan-; y dadme licencia, señor Lorenzo, que yo pueda dar cuenta deste hecho a un caballero, camarada mía, de cuyo valor y silencio os podéis prometer harto más que del mío.

-Pues vos, señor don Juan, según decís, habéis tomado mi honra a vuestro cargo, disponed della como quisiéredes, y decid della lo que quisiéredes y a quien quisiéredes, cuanto más que camarada vuestra, ¿quién puede ser que muy bueno no sea?

Con esto se abrazaron y despidieron, quedando que otro día por la mañana le enviaría a llamar para que fuera de la ciudad se pusiesen a caballo y siguiesen disfrazados su jornada.

Volvió don Juan, y dio cuenta a don Antonio y a Cornelia de lo que con Lorenzo había pasado y el concierto que quedaba hecho.

-¡Válame Dios! -dijo Cornelia-; grande es, señor, vuestra cortesía y grande vuestra confianza. ¿Cómo, y tan presto os habéis arrojado a emprender una hazaña llena de inconvenientes? ¿Y qué sabéis vos, señor, si os lleva mi hermano a Ferrara o a otra parte? Pero dondequiera que os llevare, bien podéis hacer cuenta que va con vos la fidelidad misma, aunque yo, como desdichada, en los átomos del sol tropiezo, de cualquier sombra temo; y ¿no queréis que tema, si está puesta en la respuesta del duque mi vida o mi muerte, y qué sé yo si responderá tan atentamente que la cólera de mi hermano se contenga en los límites de su discreción? Y, cuando salga, ¿paréceos que tiene flaco enemigo? Y ¿no os parece que los días que tardáredes he de quedar colgada, temerosa y suspensa, esperando las dulces o amargas nuevas del suceso? ¿Quiero yo tan poco al duque o a mi hermano que de cualquiera de los dos no tema las desgracias y las sienta en el alma?

-Mucho discurrís y mucho teméis, señora Cornelia -dijo don Juan-; pero dad lugar entre tantos miedos a la esperanza y fiad en Dios, en mi industria y buen deseo, que habéis de ver con toda felicidad cumplido el vuestro. La ida de Ferrara no se escusa, ni el dejar de ayudar yo a vuestro hermano tampoco. Hasta agora no sabemos la intención del duque, ni tampoco si él sabe vuestra falta; y todo esto se ha de saber de su boca, y nadie se lo podrá preguntar como yo. Y entended, señora Cornelia, que la salud y contento de vuestro hermano y el del duque llevo puestos en las niñas de mis ojos: yo miraré por ellos como por ellas.

-Si así os da del cielo, señor don Juan -respondió Cornelia-, poder para remediar como gracia para consolar, en medio destos mis trabajos me cuento por bien afortunada. Ya querría veros ir y volver, por más que el temor me aflija en vuestra ausencia o la esperanza me suspenda.

Don Antonio aprobó la determinación de don Juan y le alabó la buena correspondencia que en él había hallado la confianza de Lorenzo Bentibolli. Díjole más: que él quería ir a acompañarlos, por lo que podía suceder.

-Eso no -dijo don Juan-: así porque no será bien que la señora Cornelia quede sola, como porque no piense el señor Lorenzo que me quiero valer de esfuerzos ajenos.

-El mío es el vuestro mismo -replicó don Antonio-; y así, aunque sea desconocido y desde lejos, os tengo de seguir, que la señora Cornelia sé que gustará dello, y no queda tan sola que le falte quien la sirva, la guarde y acompañe.

A lo cual Cornelia dijo:

-Gran consuelo será para mí, señores, si sé que vais juntos, o a lo menos de modo que os favorezcáis el uno al otro si el caso lo pidiere; y, pues al que vais a mí se me semeja ser de peligro, hacedme merced, señores, de llevar estas reliquias con vosotros.

Y, diciendo esto, sacó del seno una cruz de diamantes de inestimable valor y un agnus de oro tan rico como la cruz. Miraron los dos las ricas joyas, y apreciáronlas aún más que lo que habían apreciado el cintillo; pero volviéronselas, no queriendo tomarlas en ninguna manera, diciendo que ellos llevarían reliquias consigo, si no tan bien adornadas, a lo menos en su calidad tan buenas. Pesóle a Cornelia el no aceptarlas, pero al fin hubo de estar a lo que ellos querían.

El ama tenía gran cuidado de regalar a Cornelia, y, sabiendo la partida de sus amos (de que le dieron cuenta, pero no a lo que iban ni adónde iban), se encargó de mirar por la señora, cuyo nombre aún no sabía, de manera que sus mercedes no hiciesen falta. Otro día, bien de mañana, ya estaba Lorenzo a la puerta, y don Juan de camino con el sombrero del cintillo, a quien adornó de plumas negras y amarillas, y cubrió el cintillo con una toquilla negra. Despidióse de Cornelia, la cual, imaginando que tenía a su hermano tan cerca, estaba tan temerosa que no acertó a decir palabra a los dos, que della se despidieron.

Salió primero don Juan, y con Lorenzo se fue fuera de la ciudad, y en una huerta algo desviada hallaron dos muy buenos caballos, con dos mozos que de diestro los tenían. Subieron en ellos y, los mozos delante, por sendas y caminos desusados caminaron a Ferrara. Don Antonio sobre un cuartago suyo, y otro vestido y disimulado, los seguía, pero parecióle que se recataban dél, especialmente Lorenzo; y así, acordó de seguir el camino derecho de Ferrara, con seguridad que allí los encontraría.

Apenas hubieron salido de la ciudad, cuando Cornelia dio cuenta al ama de todos sus sucesos, y de cómo aquel niño era suyo y del duque de Ferrara, con todos los puntos que hasta aquí se han contado tocantes a su historia, no encubriéndole cómo el viaje que llevaban sus señores era a Ferrara, acompañando a su hermano, que iba a desafiar al duque Alfonso. Oyendo lo cual el ama (como si el demonio se lo mandara, para intricar, estorbar o dilatar el remedio de Cornelia), dijo:

-¡Ay señora de mi alma! ¿Y todas esas cosas han pasado por vos y estáisos aquí descuidada y a pierna tendida? O no tenéis alma, o tenéisla tan desmazalada que no siente. ¿Cómo, y pensáis vos por ventura que vuestro hermano va a Ferrara? No lo penséis, sino pensad y creed que ha querido llevar a mis amos de aquí y ausentarlos desta casa para volver a ella y quitaros la vida, que lo podrá hacer como quien bebe un jarro de agua. Mirá debajo de qué guarda y amparo quedamos, sino en la de tres pajes, que harto tienen ellos que hacer en rascarse la sarna de que están llenos que en meterse en dibujos; a lo menos, de mí sé decir que no tendré ánimo para esperar el suceso y ruina que a esta casa amenaza. ¡El señor Lorenzo, italiano, y que se fíe de españoles, y les pida favor y ayuda; para mi ojo si tal crea! -y diose ella misma una higa-; si vos, hija mía, quisiésedes tomar mi consejo, yo os le daría tal que os luciese.

Pasmada, atónita y confusa estaba Cornelia oyendo las razones del ama, que las decía con tanto ahínco y con tantas muestras de temor, que le pareció ser todo verdad lo que le decía, y quizá estaban muertos don Juan y don Antonio, y que su hermano entraba por aquellas puertas y la cosía a puñaladas; y así, le dijo:

-¿Y qué consejo me daríades vos, amiga, que fuese saludable y que previniese la sobrestante desventura?

-Y cómo que le daré, tal y tan bueno que no pueda mejorarse -dijo el ama-. Yo, señora, he servido a un piovano; a un cura, digo, de una aldea que está dos millas de Ferrara; es una persona santa y buena, y que hará por mí todo lo que yo le pidiere, porque me tiene obligación más que de amo. Vámonos allá, que yo buscaré quien nos lleve luego, y la que viene a dar de mamar al niño es mujer pobre y se irá con nosotras al cabo del mundo. Y ya, señora, que presupongamos que has de ser hallada, mejor será que te hallen en casa de un sacerdote de misa, viejo y honrado, que en poder de dos estudiantes, mozos y españoles; que los tales, como yo soy buen testigo, no desechan ripio. Y agora, señora, como estás mala, te han guardado respeto; pero si sanas y convaleces en su poder, Dios lo podrá remediar, porque en verdad que si a mí no me hubieran guardado mis repulsas, desdenes y enterezas, ya hubieran dado conmigo y con mi honra al traste; porque no es todo oro lo que en ellos reluce: uno dicen y otro piensan; pero hanlo habido conmigo, que soy taimada y sé dó me aprieta el zapato; y sobre todo soy bien nacida, que soy de los Cribelos de Milán, y tengo el punto de la honra diez millas más allá de las nubes. Y en esto se podrá echar de ver, señora mía, las calamidades que por mí han pasado, pues con ser quien soy, he venido a ser masara de españoles, a quien ellos llaman ama; aunque a la verdad no tengo de qué quejarme de mis amos, porque son unos benditos, como no estén enojados, y en esto parecen vizcaínos, como ellos dicen que lo son. Pero quizá para consigo serán gallegos, que es otra nación, según es fama, algo menos puntual y bien mirada que la vizcaína.

En efeto, tantas y tales razones le dijo, que la pobre Cornelia se dispuso a seguir su parecer; y así, en menos de cuatro horas, disponiéndolo el ama y consintiéndolo ella, se vieron dentro de una carroza las dos y la ama del niño, y, sin ser sentidas de los pajes, se pusieron en camino para la aldea del cura; y todo esto se hizo a persuasión del ama y con sus dineros, porque había poco que la habían pagado sus señores un año de su sueldo, y así no fue menester empeñar una joya que Cornelia le daba. Y, como habían oído decir a don Juan que él y su hermano no habían de seguir el camino derecho de Ferrara, sino por sendas apartadas, quisieron ellas seguir el derecho, y poco a poco, por no encontrarse con ellos; y el dueño de la carroza se acomodó al paso de la voluntad de ellas porque le pagaron al gusto de la suya.

Dejémoslas ir, que ellas van tan atrevidas como bien encaminadas, y sepamos qué les sucedió a don Juan de Gamboa y al señor Lorenzo Bentibolli; de los cuales se dice que en el camino supieron que el duque no estaba en Ferrara, sino en Bolonia. Y así, dejando el rodeo que llevaban, se vinieron al camino real, o a la estrada maestra, como allá se dice, considerando que aquélla había de traer el duque cuando de Bolonia volviese. Y, a poco espacio que en ella habían entrado, habiendo tendido la vista hacia Bolonia por ver si por él alguno venía, vieron un tropel de gente de a caballo; y entonces dijo don Juan a Lorenzo que se desviase del camino, porque si acaso entre aquella gente viniese el duque, le quería hablar allí antes que se encerrase en Ferrara, que estaba poco distante. Hízolo así Lorenzo, y aprobó el parecer de don Juan.

Así como se apartó Lorenzo, quitó don Juan la toquilla que encubría el rico cintillo, y esto no sin falta de discreto discurso, como él después lo dijo. En esto, llegó la tropa de los caminantes, y entre ellos venía una mujer sobre una pía, vestida de camino y el rostro cubierto con una mascarilla, o por mejor encubrirse, o por guardarse del sol y del aire. Paró el caballo don Juan en medio del camino, y estuvo con el rostro descubierto a que llegasen los caminantes; y, en llegando cerca, el talle, el brío, el poderoso caballo, la bizarría del vestido y las luces de los diamantes llevaron tras sí los ojos de cuantos allí venían: especialmente los del duque de Ferrara, que era uno dellos, el cual, como puso los ojos en el cintillo, luego se dio a entender que el que le traía era don Juan de Gamboa, el que le había librado en la pendencia; y tan de veras aprehendió esta verdad que, sin hacer otro discurso, arremetió su caballo hacia don Juan diciendo:

-No creo que me engañaré en nada, señor caballero, si os llamo don Juan de Gamboa, que vuestra gallarda disposición y el adorno dese capelo me lo están diciendo.

-Así es la verdad -respondió don Juan-, porque jamás supe ni quise encubrir mi nombre; pero decidme, señor, quién sois, por que yo no caiga en alguna descortesía.

-Eso será imposible -respondió el duque-, que para mí tengo que no podéis ser descortés en ningún caso. Con todo eso os digo, señor don Juan, que yo soy el duque de Ferrara y el que está obligado a serviros todos los días de su vida, pues no ha cuatro noches que vos se la distes.

No acabó de decir esto el duque cuando don Juan, con estraña ligereza, saltó del caballo y acudió a besar los pies del duque; pero, por presto que llegó, ya el duque estaba fuera de la silla, de modo que le acabó de apear en brazos don Juan. El señor Lorenzo, que desde algo lejos miraba estas ceremonias, no pensando que lo eran de cortesía, sino de cólera, arremetió su caballo; pero en la mitad del repelón le detuvo, porque vio abrazados muy estrechamente al duque y a don Juan, que ya había conocido al duque. El duque, por cima de los hombros de don Juan, miró a Lorenzo y conocióle, de cuyo conocimiento algún tanto se sobresaltó, y así como estaba abrazado preguntó a don Juan si Lorenzo Bentibolli, que allí estaba, venía con él o no. A lo cual don Juan respondió:

-Apartémonos algo de aquí y contaréle a Vuestra Excelencia grandes cosas.

Hízolo así el duque y don Juan le dijo:

-Señor, Lorenzo Bentibolli, que allí veis, tiene una queja de vos no pequeña: dice que habrá cuatro noches que le sacastes a su hermana, la señora Cornelia, de casa de una prima suya, y que la habéis engañado y deshonrado, y quiere saber de vos qué satisfación le pensáis hacer, para que él vea lo que le conviene. Pidióme que fuese su valedor y medianero; yo se lo ofrecí, porque, por los barruntos que él me dio de la pendencia, conocí que vos, señor, érades el dueño deste cintillo, que por liberalidad y cortesía vuestra quisistes que fuese mío; y, viendo que ninguno podía hacer vuestras partes mejor que yo, como ya he dicho, le ofrecí mi ayuda. Querría yo agora, señor, me dijésedes lo que sabéis acerca deste caso y si es verdad lo que Lorenzo dice.

-¡Ay amigo! -respondió el duque-, es tan verdad que no me atrevería a negarla aunque quisiese; yo no he engañado ni sacado a Cornelia, aunque sé que falta de la casa que dice; no la he engañado, porque la tengo por mi esposa; no la he sacado, porque no sé della; si públicamente no celebré mis desposorios, fue porque aguardaba que mi madre (que está ya en lo último) pasase désta a mejor vida, que tiene deseo que sea mi esposa la señora Livia, hija del duque de Mantua, y por otros inconvenientes quizá más eficaces que los dichos, y no conviene que ahora se digan. Lo que pasa es que la noche que me socorristes la había de traer a Ferrara, porque estaba ya en el mes de dar a luz la prenda que ordenó el cielo que en ella depositase; o ya fuese por la riña, o ya por mi descuido, cuando llegué a su casa hallé que salía della la secretaria de nuestros conciertos. Preguntéle por Cornelia, díjome que ya había salido, y que aquella noche había parido un niño, el más bello del mundo, y que se le había dado a un Fabio, mi criado. La doncella es aquella que allí viene; el Fabio está aquí, y el niño y Cornelia no parecen. Yo he estado estos dos días en Bolonia, esperando y escudriñando oír algunas nuevas de Cornelia, pero no he sentido nada.

-Dese modo, señor -dijo don Juan-, cuando Cornelia y vuestro hijo pareciesen, ¿no negaréis ser vuestra esposa y él vuestro hijo?

-No, por cierto; porque, aunque me precio de caballero, más me precio de cristiano; y más, que Cornelia es tal que merece ser señora de un reino. Pareciese ella, y viva o muera mi madre, que el mundo sabrá que si supe ser amante, supe la fe que di en secreto guardarla en público.

-Luego, ¿bien diréis -dijo don Juan- lo que a mí me habéis dicho a vuestro hermano el señor Lorenzo?

-Antes me pesa -respondió el duque- de que tarde tanto en saberlo.

Al instante hizo don Juan de señas a Lorenzo, que se apease y viniese donde ellos estaban, como lo hizo, bien ajeno de pensar la buena nueva que le esperaba. Adelantóse el duque a recebirle con los brazos abiertos, y la primera palabra que le dijo fue llamarle hermano. Apenas supo Lorenzo responder a salutación tan amorosa ni a tan cortés recibimiento; y, estando así suspenso, antes que hablase palabra, don Juan le dijo:

-El duque, señor Lorenzo, confiesa la conversación secreta que ha tenido con vuestra hermana, la señora Cornelia. Confiesa asimismo que es su legítima esposa, y que, como lo dice aquí, lo dirá públicamente cuando se ofreciere. Concede, asimismo, que fue ha cuatro noches a sacarla de casa de su prima para traerla a Ferrara y aguardar coyuntura de celebrar sus bodas, que las ha dilatado por justísimas causas que me ha dicho. Dice, asimismo, la pendencia que con vos tuvo, y que cuando fue por Cornelia encontró con Sulpicia, su doncella, que es aquella mujer que allí viene, de quien supo que Cornelia no había una hora que había parido, y que ella dio la criatura a un criado del duque, y que luego Cornelia, creyendo que estaba allí el duque, había salido de casa medrosa, porque imaginaba que ya vos, señor Lorenzo, sabíades sus tratos. Sulpicia no dio el niño al criado del duque, sino a otro en su cambio. Cornelia no parece, él se culpa de todo, y dice que, cada y cuando que la señora Cornelia parezca, la recebirá como a su verdadera esposa. Mirad, señor Lorenzo, si hay más que decir ni más que desear si no es el hallazgo de las dos tan ricas como desgraciadas prendas.

A esto respondió el señor Lorenzo, arrojándose a los pies del duque, que porfiaba por levantarlo:

-De vuestra cristiandad y grandeza, serenísimo señor y hermano mío, no podíamos mi hermana y yo esperar menor bien del que a entrambos nos hacéis: a ella, en igualarla con vos, y a mí, en ponerme en el número de vuestro.

Ya en esto se le arrasaban los ojos de lágrimas, y al duque lo mismo, enternecidos, el uno, con la pérdida de su esposa, y el otro, con el hallazgo de tan buen cuñado; pero consideraron que parecía flaqueza dar muestras con lágrimas de tanto sentimiento, las reprimieron y volvieron a encerrar en los ojos, y los de don Juan, alegres, casi les pedían las albricias de haber parecido Cornelia y su hijo, pues los dejaba en su misma casa.

En esto estaban, cuando se descubrió don Antonio de Isunza, que fue conocido de don Juan en el cuartago desde algo lejos; pero cuando llegó cerca se paró y vio los caballos de don Juan y de Lorenzo, que los mozos tenían de diestro y acullá desviados. Conoció a don Juan y a Lorenzo, pero no al duque, y no sabía qué hacerse, si llegaría o no adonde don Juan estaba. Llegándose a los criados del duque, les preguntó si conocían aquel caballero que con los otros dos estaba, señalando al duque. Fuele respondido ser el duque de Ferrara, con que quedó más confuso y menos sin saber qué hacerse, pero sacóle de su perplejidad don Juan, llamándole por su nombre. Apeóse don Antonio, viendo que todos estaban a pie, y llegóse a ellos; recibióle el duque con mucha cortesía, porque don Juan le dijo que era su camarada. Finalmente, don Juan contó a don Antonio todo lo que con el duque le había sucedido hasta que él llego. Alegróse en estremo don Antonio, y dijo a don Juan:

-¿Por qué, señor don Juan, no acabáis de poner la alegría y el contento destos señores en su punto, pidiendo las albricias del hallazgo de la señora Cornelia y de su hijo?

-Si vos no llegárades, señor don Antonio, yo las pidiera; pero pedidlas vos, que yo seguro que os las den de muy buena gana.

Como el duque y Lorenzo oyeron tratar del hallazgo de Cornelia y de albricias, preguntaron qué era aquello.

-¿Qué ha de ser -respondió don Antonio- sino que yo quiero hacer un personaje en esta trágica comedia, y ha de ser el que pide las albricias del hallazgo de la señora Cornelia y de su hijo, que quedan en mi casa?

Y luego les contó punto por punto todo lo que hasta aquí se ha dicho, de lo cual el duque y el señor Lorenzo recibieron tanto placer y gusto, que don Lorenzo se abrazó con don Juan y el duque con don Antonio. El duque prometió todo su estado en albricias, y el señor Lorenzo su hacienda, su vida y su alma. Llamaron a la doncella que entregó a don Juan la criatura, la cual, habiendo conocido a Lorenzo, estaba temblando. Preguntáronle si conocería al hombre a quien había dado el niño; dijo que no, sino que ella le había preguntado si era Fabio, y él había respondido que sí, y con esta buena fe se le había entregado.

-Así es la verdad -respondió don Juan-; y vos, señora, cerrastes la puerta luego, y me dijistes que la pusiese en cobro y diese luego la vuelta.

-Así es, señor -respondió la doncella llorando.

Y el duque dijo:

-Ya no son menester lágrimas aquí, sino júbilos y fiestas. El caso es que yo no tengo de entrar en Ferrara, sino dar la vuelta luego a Bolonia, porque todos estos contentos son en sombra hasta que los haga verdaderos la vista de Cornelia.

Y sin más decir, de común consentimiento, dieron la vuelta a Bolonia.

Adelantóse don Antonio para apercebir a Cornelia, por no sobresaltarla con la improvisa llegada del duque y de su hermano; pero, como no la halló ni los pajes le supieron decir nuevas della, quedó el más triste y confuso hombre del mundo; y, como vio que faltaba el ama, imaginó que por su industria faltaba Cornelia. Los pajes le dijeron que faltó el ama el mismo día que ellos habían faltado, y que la Cornelia por quien preguntaba nunca ellos la vieron. Fuera de sí quedó don Antonio con el no pensado caso, temiendo que quizá el duque los tendría por mentirosos o embusteros, o quizá imaginaría otras peores cosas que redundasen en perjuicio de su honra y del buen crédito de Cornelia. En esta imaginación estaba, cuando entraron el duque, y don Juan y Lorenzo, que por calles desusadas y encubiertas, dejando la demás gente fuera de la ciudad, llegaron a la casa de don Juan, y hallaron a don Antonio sentado en una silla, con la mano en la mejilla y con una color de muerto.

Preguntóle don Juan qué mal tenía y adónde estaba Cornelia.

Respondió don Antonio:

-¿Qué mal queréis que no tenga? Pues Cornelia no parece, que con el ama que le dejamos para su compañía, el mismo día que de aquí faltamos, faltó ella.

Poco le faltó al duque para espirar, y a Lorenzo para desesperarse, oyendo tales nuevas. Finalmente, todos quedaron turbados, suspensos e imaginativos. En esto, se llegó un paje a don Antonio y al oído le dijo:

-Señor, Santisteban, el paje del señor don Juan, desde el día que vuesas mercedes se fueron, tiene una mujer muy bonita encerrada en su aposento, y yo creo que se llama Cornelia, que así la he oído llamar.

Alborotóse de nuevo don Antonio, y más quisiera que no hubiera parecido Cornelia, que sin duda pensó que era la que el paje tenía escondida, que no que la hallaran en tal lugar. Con todo eso no dijo nada, sino callando se fue al aposento del paje, y halló cerrada la puerta y que el paje no estaba en casa. Llegóse a la puerta y dijo con voz baja:

-Abrid, señora Cornelia, y salid a recebir a vuestro hermano y al duque vuestro esposo, que vienen a buscaros.

Respondiéronle de dentro:

-¿Hacen burla de mí? Pues en verdad que no soy tan fea ni tan desechada que no podían buscarme duques y condes, y eso se merece la presona que trata con pajes.

Por las cuales palabra entendió don Antonio que no era Cornelia la que respondía. Estando en esto, vino Santisteban el paje, y acudió luego a su aposento, y, hallando allí a don Antonio, que pedía que le trujesen las llaves que había en casa, por ver si alguna hacía a la puerta, el paje, hincado de rodillas y con la llave en la mano, le dijo:

-El ausencia de vuesas mercedes, y mi bellaquería, por mejor decir, me hizo traer una mujer estas tres noches a estar conmigo. Suplico a vuesa merced, señor don Antonio de Isunza, así oiga buenas nuevas de España, que si no lo sabe mi señor don Juan de Gamboa que no se lo diga, que yo la echaré al momento.

-Y ¿cómo se llama la tal mujer? -preguntó don Antonio.

-Llámase Cornelia -respondió el paje.

El paje que había descubierto la celada, que no era muy amigo de Santisteban, ni se sabe si simplemente o con malicia, bajó donde estaban el duque, don Juan y Lorenzo, diciendo:

-Tómame el paje, por Dios, que le han hecho gormar a la señora Cornelia; escondidita la tenía; a buen seguro que no quisiera él que hubieran venido los señores para alargar más el gaudeamus tres o cuatro días más.

Oyó esto Lorenzo y preguntóle:

-¿Qué es lo que decís, gentilhombre? ¿Dónde está Cornelia?

-Arriba -respondió el paje.

Apenas oyó esto el duque, cuando como un rayo subió la escalera arriba a ver a Cornelia, que imaginó que había parecido, y dio luego con el aposento donde estaba don Antonio, y, entrando, dijo:

-¿Dónde está Cornelia, adónde está la vida de la vida mía?

-Aquí está Cornelia -respondió una mujer que estaba envuelta en una sábana de la cama y cubierto el rostro, y prosiguió diciendo-: ¡Válamos Dios! ¿Es éste algún buey de hurto? ¿Es cosa nueva dormir una mujer con un paje, para hacer tantos milagrones?

Lorenzo, que estaba presente, con despecho y cólera tiró de un cabo de la sábana y descubrió una mujer moza y no de mal parecer, la cual, de vergüenza, se puso las manos delante del rostro y acudió a tomar sus vestidos, que le servían de almohada, porque la cama no la tenía, y en ellos vieron que debía de ser alguna pícara de las perdidas del mundo.

Preguntóle el duque que si era verdad que se llamaba Cornelia; respondió que sí y que tenía muy honrados parientes en la ciudad, y que nadie dijese "desta agua no beberé". Quedó tan corrido el duque, que casi estuvo por pensar si hacían los españoles burla dél; pero, por no dar lugar a tan mala sospecha, volvió las espaldas, y, sin hablar palabra, siguiéndole Lorenzo, subieron en sus caballos y se fueron, dejando a don Juan y a don Antonio harto más corridos que ellos iban; y determinaron de hacer las diligencias posibles y aun imposibles en buscar a Cornelia, y satisfacer al duque de su verdad y buen deseo. Despidieron a Santisteban por atrevido, y echaron a la pícara Cornelia, y en aquel punto se les vino a la memoria que se les había olvidado de decir al duque las joyas del agnus y la cruz de diamantes que Cornelia les había ofrecido, pues con estas señas creería que Cornelia había estado en su poder y que si faltaba, no había estado en su mano. Salieron a decirle esto, pero no le hallaron en casa de Lorenzo, donde creyeron que estaría. A Lorenzo sí, el cual les dijo que, sin detenerse un punto, se había vuelto a Ferrara, dejándole orden de buscar a su hermana.

Dijéronle lo que iban a decirle, pero Lorenzo les dijo que el duque iba muy satisfecho de su buen proceder, y que entrambos habían echado la falta de Cornelia a su mucho miedo, y que Dios sería servido de que pareciese, pues no había de haber tragado la tierra al niño y al ama y a ella. Con esto se consolaron todos y no quisieron hacer la inquisición de buscalla por bandos públicos, sino por diligencias secretas, pues de nadie sino de su prima se sabía su falta; y entre los que no sabían la intención del duque correría riesgo el crédito de su hermana si la pregonasen, y ser gran trabajo andar satisfaciendo a cada uno de las sospechas que una vehemente presumpción les infunde.

Siguió su viaje el duque, y la buena suerte, que iba disponiendo su ventura, hizo que llegase a la aldea del cura, donde ya estaban Cornelia, el niño y su ama y la consejera; y ellas le habían dado cuenta de su vida y pedídole consejo de lo que harían.

Era el cura grande amigo del duque, en cuya casa, acomodada a lo de clérigo rico y curioso, solía el duque venirse desde Ferrara muchas veces, y desde allí salía a caza, porque gustaba mucho, así de la curiosidad del cura como de su donaire, que le tenía en cuanto decía y hacía. No se alborotó por ver al duque en su casa, porque, como se ha dicho, no era la vez primera; pero descontentóle verle venir triste, porque luego echó de ver que con alguna pasión traía ocupado el ánimo.

Entreoyó Cornelia que el duque de Ferrara estaba allí y turbóse en estremo, por no saber con qué intención venía; torcíase las manos y andaba de una parte a otra, como persona fuera de sentido. Quisiera hablar Cornelia al cura, pero estaba entreteniendo al duque y no tenía lugar de hablarle.

El duque le dijo:

-Yo vengo, padre mío, tristísimo, y no quiero hoy entrar en Ferrara, sino ser vuestro huésped; decid a los que vienen conmigo que pasen a Ferrara y que sólo se quede Fabio.

Hízolo así el buen cura, y luego fue a dar orden cómo regalar y servir al duque; y con esta ocasión le pudo hablar Cornelia, la cual, tomándole de las manos, le dijo:

-¡Ay, padre y señor mío! Y ¿qué es lo que quiere el duque? Por amor de Dios, señor, que le dé algún toque en mi negocio, y procure descubrir y tomar algún indicio de su intención; en efeto, guíelo como mejor le pareciere y su mucha discreción le aconsejare.

A esto le respondió el cura:

-El duque viene triste; hasta agora no me ha dicha la causa. Lo que se ha de hacer es que luego se aderece ese niño muy bien, y ponedle, señora, las joyas todas que tuviéredes, principalmente las que os hubiere dado el duque, y dejadme hacer, que yo espero en el cielo que hemos de tener hoy un buen día.

Abrazóle Cornelia y besóle la mano, y retiróse a aderezar y componer el niño. El cura salió a entretener al duque en tanto que se hacía hora de comer, y en el discurso de su plática preguntó el cura al duque si era posible saberse la causa de su melancolía, porque sin duda de una legua se echaba de ver que estaba triste.

-Padre -respondió el duque-, claro está que las tristezas del corazón salen al rostro; en los ojos se lee la relación de lo que está en el alma, y lo que peor es, que por ahora no puedo comunicar mi tristeza con nadie.

-Pues en verdad, señor -respondió el cura-, que si estuviérades para ver cosas de gusto, que os enseñara yo una, que tengo para mí que os le causara y grande.

-Simple sería -respondió el duque- aquél que, ofreciéndole el alivio de su mal, no quisiese recebirle. Por vida mía, padre, que me mostréis eso que decís, que debe de ser alguna de vuestras curiosidades, que para mí son todas de grandísimo gusto.

Levantóse el cura y fue donde estaba Cornelia, que ya tenía adornado a su hijo y puéstole las ricas joyas de la cruz y del agnus, con otras tres piezas preciosísimas, todas dadas del duque a Cornelia; y, tomando al niño entre sus brazos, salió adonde el duque estaba, y, diciéndole que se levantase y se llegase a la claridad de una ventana, quitó al niño de sus brazos y le puso en los del duque, el cual, cuando miró y reconoció las joyas y vio que eran las mismas que él había dado a Cornelia, quedó atónito; y, mirando ahincadamente al niño, le pareció que miraba su mismo retrato, y lleno de admiración preguntó al cura cúya era aquella criatura, que en su adorno y aderezo parecía hijo de algún príncipe.

-No sé -respondió el cura-; sólo sé que habrá no sé cuántas noches que aquí me le trujo un caballero de Bolonia, y me encargó mirase por él y le criase, que era hijo de un valeroso padre y de una principal y hermosísima madre. También vino con el caballero una mujer para dar leche al niño, a quien he yo preguntado si sabe algo de los padres desta criatura, y responde que no sabe palabra; y en verdad que si la madre es tan hermosa como el ama, que debe de ser la más hermosa mujer de Italia.

-¿No la veríamos? -preguntó el duque.

-Sí, por cierto -respondió el cura-; veníos, señor, conmigo, que si os suspende el adorno y la belleza desa criatura, como creo que os ha suspendido, el mismo efeto entiendo que ha de hacer la vista de su ama.

Quísole tomar la criatura el cura al duque, pero él no la quiso dejar, antes la apretó en sus brazos y le dio muchos besos. Adelantóse el cura un poco, y dijo a Cornelia que saliese sin turbación alguna a recebir al duque. Hízolo así Cornelia, y con el sobresalto le salieron tales colores al rostro, que sobre el modo mortal la hermosearon. Pasmóse el duque cuando la vio, y ella, arrojándose a sus pies, se los quiso besar. El duque, sin hablar palabra, dio el niño al cura, y, volviendo las espaldas, se salió con gran priesa del aposento. Lo cual visto por Cornelia, volviéndose al cura, dijo:

-¡Ay señor mío! ¿Si se ha espantado el duque de verme? ¿Si me tiene aborrecida? ¿Si le he parecido fea? ¿Si se le han olvidado las obligaciones que me tiene? ¿No me hablará siquiera una palabra? ¿Tanto le cansaba ya su hijo que así le arrojó de sus brazos?

A todo lo cual no respondía palabra el cura, admirado de la huida del duque, que así le pareció, que fuese huida antes que otra cosa; y no fue sino que salió a llamar a Fabio y decirle:

-Corre, Fabio amigo, y a toda diligencia vuelve a Bolonia y di que al momento Lorenzo Bentibolli y los dos caballeros españoles, don Juan de Gamboa y don Antonio de Isunza, sin poner escusa alguna, vengan luego a esta aldea. Mira, amigo, que vueles y no te vengas sin ellos, que me importa la vida el verlos.

No fue perezoso Fabio, que luego puso en efeto el mandamiento de su señor.

El duque volvió luego a donde Cornelia estaba derramando hermosas lágrimas. Cogióla el duque en sus brazos y, añadiendo lágrimas a lágrimas, mil veces le bebió el aliento de la boca, teniéndoles el contento atadas las lenguas. Y así, en silencio honesto y amoroso, se gozaban los dos felices amantes y esposos verdaderos.

El ama del niño y la Cribela, por lo menos como ella decía, que por entre las puertas de otro aposento habían estado mirando lo que entre el duque y Cornelia pasaba, de gozo se daban de calabazadas por las paredes, que no parecía sino que habían perdido el juicio. El cura daba mil besos al niño, que tenía en sus brazos, y, con la mano derecha, que desocupó, no se hartaba de echar bendiciones a los dos abrazados señores. El ama del cura, que no se había hallado presente al grave caso por estar ocupada aderezando la comida, cuando la tuvo en su punto, entró a llamarlos que se sentasen a la mesa. Esto apartó los estrechos abrazos, y el duque desembarazó al cura del niño y le tomó en sus brazos, y en ellos le tuvo todo el tiempo que duró la limpia y bien sazonada, más que sumptuosa comida; y, en tanto que comían, dio cuenta Cornelia de todo lo que le había sucedido hasta venir a aquella casa por consejo de la ama de los dos caballeros españoles, que la habían servido, amparado y guardado con el más honesto y puntual decoro que pudiera imaginarse. El duque le contó asimismo a ella todo lo que por él había pasado hasta aquel punto. Halláronse presentes las dos amas, y hallaron en el duque grandes ofrecimientos y promesas. En todos se renovó el gusto con el felice fin del suceso, y sólo esperaban a colmarle y a ponerle en el estado mejor que acertara a desearse con la venida de Lorenzo, de don Juan y don Antonio, los cuales de allí a tres días vinieron desalados y deseosos por saber si alguna nueva sabía el duque de Cornelia; que Fabio, que los fue a llamar, no les pudo decir ninguna cosa de su hallazgo, pues no la sabía.

Salíólos a recebir el duque una sala antes de donde estaba Cornelia, y esto sin muestras de contento alguno, de que los recién venidos se entristecieron. Hízolos sentar el duque, y él se sentó con ellos, y, encaminando su plática a Lorenzo, le dijo:

-Bien sabéis, señor Lorenzo Bentibolli, que yo jamás engañé a vuestra hermana, de lo que es buen testigo el cielo y mi conciencia. Sabéis asimismo la diligencia con que la he buscado y el deseo que he tenido de hallarla para casarme con ella, como se lo tengo prometido. Ella no parece y mi palabra no ha de ser eterna. Yo soy mozo, y no tan experto en las cosas del mundo, que no me deje llevar de las que me ofrece el deleite a cada paso. La misma afición que me hizo prometer ser esposo de Cornelia me llevó también a dar antes que a ella palabra de matrimonio a una labradora desta aldea, a quien pensaba dejar burlada por acudir al valor de Cornelia, aunque no acudiera a lo que la conciencia me pedía, que no fuera pequeña muestra de amor. Pero, pues nadie se casa con mujer que no parece, ni es cosa puesta en razón que nadie busque la mujer que le deja, por no hallar la prenda que le aborrece, digo que veáis, señor Lorenzo, qué satisfación puedo daros del agravio que no os hice, pues jamás tuve intención de hacérosle, y luego quiero que me deis licencia para cumplir mi primera palabra y desposarme con la labradora, que ya está dentro desta casa.

En tanto que el duque esto decía, el rostro de Lorenzo se iba mudando de mil colores, y no acertaba a estar sentado de una manera en la silla: señales claras que la cólera le iba tomando posesión de todos sus sentidos. Lo mismo pasaba por don Juan y por don Antonio, que luego propusieron de no dejar salir al duque con su intención aunque le quitasen la vida. Leyendo, pues, el duque en sus rostros sus intenciones, dijo:

-Sosegaos, señor Lorenzo, que, antes que me respondáis palabra, quiero que la hermosura que veréis en la que quiero recebir por mi esposa os obligue a darme la licencia que os pido; porque es tal y tan estremada, que de mayores yerros será disculpa.

Esto dicho, se levantó y entró donde Cornelia estaba riquísimamente adornada, con todas la joyas que el niño tenía y muchas más. Cuando el duque volvió las espaldas, se levantó don Juan, y, puestas ambas manos en los dos brazos de la silla donde estaba sentado Lorenzo, al oído le dijo:

-Por Santiago de Galicia, señor Lorenzo, y por la fe de cristiano y de caballero que tengo, que así deje yo salir con su intención al duque como volverme moro. ¡Aquí, aquí y en mis manos ha de dejar la vida, o ha de cumplir la palabra que a la señora Cornelia, vuestra hermana, tiene dada, o a lo menos nos ha de dar tiempo de buscarla, y hasta que de cierto se sepa que es muerta, él no ha de casarse!

-Yo estoy dese parecer mismo -respondió Lorenzo.

-Pues del mismo estará mi camarada don Antonio -replicó don Juan.

En esto, entró por la sala adelante Cornelia, en medio del cura y del duque, que la traía de la mano, detrás de los cuales venían Sulpicia, la doncella de Cornelia, que el duque había enviado por ella a Ferrara, y las dos amas, del niño y la de los caballeros.

Cuando Lorenzo vio a su hermana, y la acabó de rafigurar y conocer, que al principio la imposibilidad, a su parecer, de tal suceso no le dejaba enterar en la verdad, tropezando en sus mismos pies, fue a arrojarse a los del duque, que le levantó y le puso en los brazos de su hermana; quiero decir que su hermana le abrazó con las muestras de alegría posibles. Don Juan y don Antonio dijeron al duque que había sido la más discreta y más sabrosa burla del mundo. El duque tomó al niño, que Sulpicia traía, y dándosele a Lorenzo le dijo:

-Recebid, señor hermano, a vuestro sobrino y mi hijo, y ved si queréis darme licencia que me case con esta labradora, que es la primera a quien he dado palabra de casamiento.

Sería nunca acabar contar lo que respondió Lorenzo, lo que preguntó don Juan, lo que sintió don Antonio, el regocijo del cura, la alegría del Sulpicia, el contento de la consejera, el júbilo del ama, la admiración de Fabio y, finalmente, el general contento de todos.

Luego el cura los desposó, siendo su padrino don Juan de Gamboa; y entre todos se dio traza que aquellos desposorios estuviesen secretos, hasta ver en qué paraba la enfermedad que tenía muy al cabo a la duquesa su madre, y que en tanto la señora Cornelia se volviese a Bolonia con su hermano. Todo se hizo así; la duquesa murió, Cornelia entró en Ferrara, alegrando al mundo con su vista, los lutos se volvieron en galas, las amas quedaron ricas, Sulpicia por mujer de Fabio, don Antonio y don Juan contentísimos de haber servido en algo al duque, el cual les ofreció dos primas suyas por mujeres con riquísima dote. Ellos dijeron que los caballeros de la nación vizcaína por la mayor parte se casaban en su patria; y que no por menosprecio, pues no era posible, sino por cumplir su loable costumbre y la voluntad de sus padres, que ya los debían de tener casados, no aceptaban tan ilustre ofrecimiento.

El duque admitió su disculpa, y, por modos honestos y honrosos, y buscando ocasiones lícitas, les envió muchos presentes a Bolonia, y algunos tan ricos y enviados a tan buena sazón y coyuntura, que, aunque pudieran no admitirse, por no parecer que recebían paga, el tiempo en que llegaban lo facilitaba todo: especialmente los que les envió al tiempo de su partida para España, y los que les dio cuando fueron a Ferrara a despedirse dél; ya hallaron a Cornelia con otras dos criaturas hembras, y al duque más enamorado que nunca. La duquesa dio la cruz de diamantes a don Juan y el agnus a don Antonio, que, sin ser poderosos a hacer otra cosa, las recibieron.

Llegaron a España y a su tierra, adonde se casaron con ricas, principales y hermosas mujeres, y siempre tuvieron correspondencia con el duque y la duquesa y con el señor Lorenzo Bentibolli, con grandísimo gusto de todos.

El casamiento engañoso

Salía del hospital de la Resurrección, que está en Valladolid fuera de la puerta del Campo, un soldado que por servirle su espada de báculo y por la flaqueza de sus piernas y amarillez de su rostro mostraba bien claro que aunque no era el tiempo muy caluroso debía de haber sudado en veinte días todo el humor que quizá granjeó en una hora. Iba haciendo pinitos y dando traspiés como convaleciente, y al entrar por la puerta de la ciudad vio que hacia él venía un su amigo a quien no había visto en más de seis meses, el cual, santiguándose como si viera alguna mala visión, llegándose a él le dijo:

–¿Qué es esto, señor alférez Campuzano? ¿es posible que está vuesa merced en esta tierra? ¡Cómo quién soy, que le hacía en Flandes, antes terciando allá la pica que arrastrando aquí la espada! ¡Qué color! ¡qué flaqueza es ésa!

A lo cual respondió Campuzano:

–A lo [de] si estoy en esta tierra o no, señor licenciado Peralta, el verme en ella le responde; a las demás preguntas no tengo que decir sino que salgo de aquel hospital de sudar catorce cargas de bubas que me echó a cuestas una mujer que escogí por mía, que non debiera.

–Luego ¿casóse vuesa merced? –replicó Peralta.

–Sí, señor –respondió Campuzano.

–Sería por amores –dijo Peralta–, y tales casamientos traen consigo aparejada la ejecución del arrepentimiento.

–No sabré decir si fue por amores –respondió el alférez–, aunque sabré afirmar que fue por dolores, pues de mi casamiento, o cansa miento, saqué tantos en el cuerpo y en el alma que los del cuerpo para entretenerlos me cuestan cuarenta sudores y los del alma no hallo remedio para aliviarlos siquiera. Pero porque no estoy para tener largas pláticas en la calle, v. m. me perdone, que otro día con más comodidad le daré cuenta de mis sucesos, que son los más nuevos y peregrinos que v. m. habrá oído en todos los días de su vida.

–No ha de ser así –dijo el licenciado–, sino que quiero que venga conmigo a mi posada y allí haremos penitencia juntos, que la olla es muy de enfermo, y aunque está tasada para dos, un pastel suplirá con mi criado, y si la convalecencia lo sufre unas lonjas de jamón de Rute nos harán la salva y sobre todo la buena voluntad con que lo ofrezco, no sólo esta vez sino todas las que v. m. quisiere.

Agradecióselo Campuzano y aceptó el convite y los ofrecimientos. Fueron a San Llorente, oyeron misa, llevóle Peralta a su casa, diole lo prometido y ofrecióséle de nuevo, y pidióle en acabando de comer le contase los sucesos que tanto le había encarecido. No se hizo de rogar Campuzano, antes comenzó a decir desta manera:

–Bien se acordará v. m., señor licenciado Peralta, cómo yo hacía en esta ciudad camarada con el capitán Pedro de Herrera (que ahora está en Flandes).

–Bien me acuerdo –respondió Peralta.

–Pues, un día –prosiguió Campuzano– que acabábamos de comer en aquella posada de la Solana donde vivíamos, entraron dos mujeres de gentil parecer con dos criadas. La una se puso a hablar con el capitán en pie, arrimados a una ventana; y la otra se sentó en una silla junto a mí, derribado el manto hasta la barba, sin dejar ver el rostro más de aquello que concedía la raridad del manto. Y aunque le supliqué que por cortesía me hiciese merced de descubrirse, no fue posible acabarlo con ella, cosa que me encendió más el deseo de verla. Y para acrecentarle más (o ya fuese de industria acaso) sacó la señora una muy blanca mano con muy buenas sortijas. Estaba yo entonces bizarrísimo, con aquella gran cadena que v. m. debió de conocerme, el sombrero con plumas y cintillo, el vestido de colores a fuer de soldado, y tan gallardo a los ojos de mi locura que me daba a entender que las podía matar en el aire. Con todo esto le rogué que se descubriese, a lo que ella me respondió: "No seáis importuno. Casa tengo, haced a un paje que me siga que aunque yo soy más honrada de lo que promete esta respuesta, toda vía a trueco de ver si responde vuestra discreción a vuestra gallardía, holgaré de que me veáis."

Beséle las manos por la grande merced que me hacía, en pago de la cual le prometí montes de oro. Acabó el capitán su plática; ellas se fueron; siguiólas un criado mío. Díjome el capitán que lo que la dama le quería era que le llevase unas cartas a Flandes a otro capitán, que decía ser su primo, aunque él sabía que no era, sino su galán.

Yo quedé abrasado con las manos de nieve que había visto y muerto por el rostro que deseaba ver. Y así otro día, guiándome mi criado, dióseme libre entrada; hallé una casa muy bien aderezada y una mujer de hasta treinta años a quien conocí por las manos. No era hermosa en extremo, pero éralo de suerte que podía enamorar comunicada, porque te nía un tono de habla tan suave que se entraba por los oídos en el alma. Pasé con ella luengos y amorosos coloquios; blasoné, hendí, rajé, ofrecí, prometí e hice todas las demonstraciones que me pareció ser necesarias para hacerme bien quisto con ella. Pero como ella estaba hecha a oír semejantes o mayores ofrecimientos y razones, parecía que les daba atento oído antes que crédito alguno. Finalmente, nuestra plática se pasó en flores cuatro días que continué en visitalla sin que llegase a coger el fruto que deseaba.

En el tiempo que la visité, siempre hallé la casa desembarazada, sin que viese visiones en ella de parientes fingidos ni de amigos verdaderos; servíala una moza más taimada que simple. Finalmente, tratando mis amores como soldado que está en víspera de mudar, apuré a mi señora doña Estefanía de Caicedo (que éste es el nombre de la que así me tiene) y respondióme: "Señor alferez Campuzano, simplicidad sería si yo quisiese venderme a vuestra merced por santa. Pecadora he sido y aún aora lo soy, pero no de manera que los vecinos me murmuren, ni los apartados me noten. Ni de mis padres, ni de otro pariente heredé hacienda alguna, y con todo esto vale el menaje de mi casa bien validos dos mil y quinientos escudos; y éstos en cosas que, puestas en almoneda, lo que se tardare en ponellas se tardará en convertirse en dineros. Con esta hacienda busco marido a quien entregarme y a quien tener obediencia, a quien juntamente con la enmienda de mi vida le entregaré una increíble solicitud de regalarle y servirle; porque no tiene príncipe cocinero más goloso ni que mejor sepa dar el punto a los guisados que le sé dar yo cuando mostrando ser casera me quiero poner a ello. Sé ser mayordomo en casa, moza en la cocina y señora en la sala. En efe[c]to, sé mandar, y sé hacer que me obedezcan. No desperdicio nada y allego mucho; mi real no vale menos, sino mucho más, cuando se gasta por mi orden. La ropa blanca que tengo, que es mucha y muy buena, no se sacó de tiendas ni lenceros, estos pulgares y los de mis criadas la hilaron; y si pudiera tejerse en casa, se tejiera. Digo estas alabanzas mías porque no acarrean vituperio cuando es forzosa la necesidad de decirlas. Finalmente, quiero decir que yo busco marido que me ampare, me mande y me honre, y no galán que me sirva y me vitupere. Si vuesa merced gustare de aceptar la prenda que se le ofrece, aquí estoy moliente y corriente, sujeta a todo aquello que vuesa merced ordenare, sin andar en venta, que es lo mismo andar en lenguas de casamenteros, y no hay ninguno tan bueno para concertar el todo como las mismas partes."

Yo que tenía entonces el juicio no en la cabeza sino en los carcañares, haciéndoseme el deleite en aquel punto mayor de lo que en la imaginación le pintaba y ofreciéndoseme tan a la vista la cantidad de hacienda que ya la contemplaba en dineros convertida, sin hacer otros discursos de aquellos a que daba lugar el gusto, que me tenía echados grillos al entendimiento, le dije que yo era el venturoso y bien afortunado en haberme dado el cielo casi por milagro tal compañera para hacerla señora de mi voluntad y de mi hacienda, que no era tan poca que no valiese, con aquella cadena que traía al cuello y con otras joyuelas que tenía en casa y con deshacerme de algunas galas de soldado, más de dos mil ducados, que juntos con los dos mil y quinientos suyos eran suficiente cantidad para retirarnos a vivir a una aldea de donde yo era natural y adonde tenía algunas raíces; hacienda tal, que sobrellevada con el dinero, vendiendo los frutos a su tiempo, nos podía dar una vida alegre y descansada. En resolución, aquella vez se concertó nuestro desposorio y se dio traza como los dos hiciésemos información de solteros, y en los tres días de fiesta que vinieron luego juntos en una pascua se hicieron las amonestaciones, y al cuarto día nos desposamos, hallándose presentes al desposorio dos amigos míos y un mancebo que ella dijo ser primo suyo, a quien yo me ofrecí por pariente con palabras de mucho comedimiento, como lo habían sido todas las que hasta enton ces a mi nueva esposa había dado, con intención tan torcida y traidora que la quiero callar; porque aunque estoy diciendo verdades no son verdades de confesión que no pueden dejar de decirse.

Mudó mi criado el baúl de la posada a casa de mi mujer; encerré en él delante della mi magnífica cadena; mostréle otras tres o cuatro si no tan grandes de mejor hechura, con otros tres o cuatro cintillos de diversas suertes; hícele patentes mis galas y mis plumas y entreguéle para el gasto de casa hasta cuatrocientos reales que tenía. Seis días gocé del pan de la boda, espaciándome en casa como el yerno ruin en la del suegro rico. Pisé ricas alhombras, ahajé sábanas de holanda, alumbrábame con candeleros de plata; almorzaba en la cama, levantábame a las once, comía a las doce y a las dos sesteaba en e l estrado, bailábanme doña Estefanía y la moza el agua delante. Mi mozo, que hasta allí le había conocido perezoso y lerdo, se había vuelto un corzo. El rato que doña Estefanía faltaba de mi lado le habían de hallar en la cocina toda solícita en ordenar guisados que me despertasen el gusto y me avivasen el apetito. Mis camisas, cuellos y pañuelos eran un nuevo Aranjuez de flores, según olían, bañados en la agua de ángeles y de azahar que sobre ellos se derramaba. Pasáronse estos días volando, como se pasan los años que están debajo de la jurisdicción del tiempo; en los cuales días, por verme tan regalado y tan bien servido, iba mudando en buena la mala intención con que aquel negocio había comenzado. Al cabo de los cuales, una mañana (que aún estaba con doña Estefanía en la cama) llamaron con grandes golpes a la puerta de la calle. Asomóse la moza a la ventana, y quitándose al momento, dijo:

"¡Oh, que sea ella la bien venida! ¿han visto y cómo ha venido más presto de lo que escribió el otro día?"

"¿Quién es la que ha venido, moza?", le pregunté.

"¿Quién? –respondió ella–. Es mi señora doña Clementa Bueso, y viene con ella el señor don Lope Meléndez de Almendárez, con otros dos criados y Hortigosa la dueña que llevó consigo."

"Corre, moza ¡bien haya yo! y ábrelos –dijo a este punto doña Estefanía– y vos, señor, por mi amor, que no os alborotéis ni respondáis por mí a ninguna cosa que contra mí oyéredes."

"Pues ¿quién ha de deciros cosa que os ofenda, y más estando yo delante? Decidme qué gente es ésta que me parece que os ha alborotado su venida."

"No tengo lugar de responderos –dijo doña Estefanía–, sólo sabed que todo lo que aquí pasare es fingido y que tira a cierto designio y efe[c]to que después sabréis."

Y aunque quisiera replicarle a esto, no me dio lugar la señora doña Clementa Bueso, que se entró en la sala vestida de raso verde prensado con muchos pasamanos de oro, capotillo de lo mismo y con la misma guarnición, sombrero con plumas verdes, blancas y encarnadas, y con rico cintillo de oro, y con un delgado velo cubierta la mitad del rostro. Entró con ella el señor don Lope Meléndez de Almendárez, no menos bizarro que ricame te vestido de camino. La dueña Hortigosa fue la primera que habló, diciendo:

"¡Jesús! ¿qué es esto? ¿ocupado el lecho de mi señora doña Clementa, y más con ocupación de hombre? Milagros veo hoy en esta casa; a fe que se ha ido bien del pie a la mano la señora doña Estefanía fiada en la amistad de mi señora."

"Yo te lo prometo, Hortigosa –replicó doña Clementa–, pero yo me tengo la culpa, que jamás escarmiente yo en tomar amigas que no lo saben ser, si no es cuando les viene a cuento."

>>A todo lo cual respondió doña Estefanía:

"No reciba vuesa merced pesadumbre, mi señora doña Clementa Bueso, y entienda que no sin misterio ve lo que ve en esta su casa, que cuando lo sepa yo sé que quedaré desculpada y vuesa merced sin ninguna queja.

>>En esto ya me había puesto yo en calzas y en jubón; y tomándome doña Estefanía por la mano me llevó a otro aposento, y allí me dijo que aquella su amiga quería hacer una burla a aquel don Lope que venía con ella, con quien pretendía casarse. Y que la burla era darle a entender que aquella casa y cuanto estaba en ella era todo suyo, de lo cual pensaba hacerle carta de dote, y que hecho el casamiento se le d aba poco que se descubriese el engaño, fiada en el grande amor que el don Lope la tenía, y luego se me volverá lo que es mío y no se le tendrá a mal a ella, ni a otra mujer alguna, de que procure buscar marido honrado, aunque sea por medio de cualquier embuste.

Yo le respondí que era grande extremo de amistad el que quería hacer, y que primero se mirase bien en ello, porque después podría ser tener necesidad de valerse de la justicia para cobrar su hacienda. Pero ella me respondió con tantas razones, representando tantas obligaciones que la obligaban a servir a doña Clementa, aun en cosas de más importancia, que mal de mi grado y con remordimiento de mi juicio, hube de condescender con el gusto de doña Estefanía, asegurándome ella que solos ocho días podía durar el embuste, los cuales estaríamos en casa de otra amiga suya.

Acabámonos de vestir ella y yo y luego, entrándose a despedir de la señora doña Clementa Bueso y del señor don Lope Meléndez de Almendárez, hizo a mi criado que se cargase el baúl y que la siguiese, a quien yo también seguí, sin despedirme de nadie. Paró doña Estefanía en casa de una amiga suya y antes que entrásemos dentro estuvo un buen espacio hablando con ella, al cabo del cual salió una moza y dijo que entrásemos yo y mi criado. Llevónos a un aposento estrecho, en el cual había dos camas tan juntas que parecían una, a causa que no había espacio que las dividiese y las sábanas de entrambas se besaban.

>>En efecto, allí estuvimos seis días y en todos ellos no se pasó hora que no tuviésemos pendencia diciéndole la necedad que había hecho en haber dejado su casa y su hacienda, aunqu e fuera a su misma madre. En esto iba yo y venía por momentos, tanto que la huéspeda de casa un día que doña Estefanía dijo que iba a ver en qué término estaba su negocio quiso saber de mí qué era la causa que me movía a reñir tanto con ella, y qué cosa había hecho que tanto se la afeaba, diciéndole que había sido necedad notoria más que amistad perfe[c]ta. Contéle todo el cuento, y cuando llegué a decir que me había casado con doña Estefanía y la dote que trujo, y la simplicidad que había hecho en dejar su casa y hacienda a doña Clementa, aunque fuese con tan sana intención como era alcanzar tan principal marido como don Lope, se comenzó a santiguar y a hacerse cruces con tanta priesa y con tanto "¡Jesús, Jesús, de la mala hembra!" que me puso en gran turbación, y al fin me dijo:

"Señor alférez, no sé si voy contra mi conciencia en descubriros lo que me parece que también la cargaría si lo callase; pero a Dios y a ventura, sea lo que fuere, ¡viva la verdad y muera la mentira! La verdad es que doña Clementa Bueso es la verdadera señora de la casa y de la hacienda de que os hicieron la dote; la mentira es todo cuanto os ha dicho doña Estefanía, que ni ella tiene casa, ni hacienda, ni otro vestido del que trae puesto. Y el haber tenido lugar y espacio para hacer este embuste, fue que doña Clementa fue a visitar unos parientes suyos a la ciudad de Plasencia, y de allí fue a tener novenas en nuestra Señora de Guadalupe. Y en este entretanto, dejó en su casa a doña Estefanía que mirase por ella porque, en efecto, son grandes amigas; aunque bien mirado no hay que culpar a la pobre señora, pues ha sabido granjear a una tal persona como la del señor alférez por marido."

>>Aquí dio fin a su plática y yo di principio a desesperarme, y sin duda lo hiciera, si tantico se descuidara el ángel de mi guarda en socorrerme, acudiendo a decirme en el corazón que mirase que era cristiano, y que el mayor pecado de los hombres era el de la desesperación, por ser pecado de demonios. Esta consideración o buena inspiración me confortó algo, pero

no tanto que dejase de tomar mi capa y espada y salir a buscar a doña Estefanía con prosupuesto de hacer en ella un ejemplar castigo. Pero la suerte, que no sabré decir si mis cosas empeoraba o mejoraba, ordenó que en ninguna parte donde pensé hallar a doña Estefanía la hallase. Fuime a San Llorente, encomendéme a nuestra Señora, sentéme sobre un escaño y con la pesadumbre me tomó un sueño tan pesado que no despertara tan presto si no me despertaran. Fui lleno de pensamientos y congojas a casa de doña Clementa, y halléla con tanto reposo como señora de su casa. No le osé decir nada porque estaba el señor don Lope delante; volví en casa de mi huéspeda, que me dijo haber contado a doña Estefanía cómo yo sabía toda su maraña y embuste, y que ella le preguntó qué semblante había yo mostrado con tal nueva, y que le había respondido que muy malo, y que a su parecer había salido yo con mala intención y peor determinación a buscarla. Díjome, finalmente, que doña Estefanía se había llevado cuanto en el baúl tenía sin dejarme en él sino un solo vestido de camino.

>>¡Aquí fue ello! Aquí me tuvo de nuevo Dios de su mano. Fui a ver mi baúl, y halléle abierto y como sepultura que esperaba cuerpo difunto, y a buena razón había de ser el mío si yo tuviera entendimiento para saber sentir y ponderar tamaña desgracia.

—Bien grande fue –dijo a esta sazón el licenciado Peralta– haberse llevado doña Estefanía tanta cadena y tanto cintillo, que como suele decirse, todos los duelos, etc.

—Ninguna pena me dio esa falta –respondió el alférez– pues también podré decir: Pensóse don Simueque que me engañaba con su hija la tuerta, y por el Dío contrahecho soy de un lado.

—No sé a qué propósito pueda vuesa merced decir eso –respondió Peralta.

—El propósito es –respondió el alférez– de que toda aquella balumba y aparato de cadenas, cintillos y brincos podía valer hasta diez o doce escudos.

—Eso no es posible –replicó el licenciado– porque la que el señor alférez traía al cuello mostraba pesar más de do[s]cientos ducados.

—Así fuera –respondió el alférez– si la verdad respondiera al parecer; pero como no es todo oro lo que reluce; las cadenas, cintillos, joyas y brincos con sólo ser de alquimia se contentaron, pero estaban tan bien hechas, que sólo el toque o el fuego podía descubrir su malicia.

—Desa manera –dijo el licenciado– entre vuesa merced y la señora Estefanía pata es la traviesa.

—¡Y tan pata –respondió el alférez– que podemos volver a barajar! pero el daño está, señor licenciado, en que ella se podrá deshacer de mis cadenas y yo no de la falsía de su término; y en efe[c]to, mal que me pese es prenda mía.

—Dad gracias a Dios, señor Campuzano –dijo Peralta–, que fue prenda con pies y que se os ha ido, y que no estáis obligado a buscarla.

—Así es –respondió el alférez–, pero con todo eso, sin que la busque, la hallo siempre en la imaginación y adonde quiere que estoy tengo mi afrenta presente.

—No sé qué responderos –dijo Peralta– si no es traeros a la memoria dos versos de Petrarca, que dicen:
Ché qui prende dicleto di far fiode,
Non si de lamentar si altri l'ingana.
Que responden en nuestro castellano: "Que el que tiene costumbre y gusto de engañar a otro no se debe quejar cuando es engañado."

—Yo no me quejo –respondió el alférez– sino lastímome que el culpado no por conocer su culpa deja de sentir la pena del castigo. Bien veo que quise engañar y fui engañado porque me hirieron por mis propios filos; pero no puedo tener tan a raya el sentimiento que no me queje de mí mismo. Finalmente, por venir a lo que hace más al caso a mi historia (que este nombre se le puede dar al cuento de mis sucesos) digo que supe que se había llevado a doña Estefanía el primo que dije que se halló a nuestros desposorios, el cual de luengos tiempos atrás era su amigo a todo ruedo. No quise buscarla, por no hallar el mal que me faltaba. Mudé posada, y mudé el pelo dentro de pocos días; porque comenzaron a pelárseme las cejas y las pestañas, y poco a poco me dejaron los cabellos, y antes de edad me hice calvo, dándome una enfermedad que llaman lupicia, y por otro nombre más claro, la pelarela. Halléme verdaderamente hecho pelón porque ni tenía barbas que peinar, ni dineros que gastar. Fue la enfermedad caminando al paso de mi necesidad, y como la pobreza atropella a la honra y a u nos lleva a la horca y a otros al hospital y a otros les hace entrar por las puertas de sus enemigos con ruegos y sumisiones, que es una de las mayores miserias que puede suceder a un desdichado, por no gastar en curarme los vestidos, que me habían de cubrir y honrar en salud, llegado el tiempo en que se dan los sudores en el hospital de la Resurrección, me entré en él, donde he tomado cuarenta sudores. Dicen que quedaré sano si me guardo; espada tengo, lo demás Dios le remedie.

Ofreciósele de nuevo al licenciado, admirándose de las cosas que le había contado.

–Pues de poco se maravilla vuesa merced, señor Peralta –dijo el alférez– que otros sucesos me quedan por decir que exceden a toda imaginación, pues van fuera de todos los términos de natura leza. No quiera vuesa merced saber más sino que son de suerte que doy por bien empleadas todas mis desgracias por haber sido parte de haberme puesto en el hospital donde vi lo que aora diré, que es lo que aora, ni nunca, vuesa merced podrá creer, ni habrá persona en el mundo persona que lo crea.

Todos estos preámbulos y encarecimientos que el alférez hacía antes de contar lo que había visto, encendían el deseo de Peralta de manera que con no menores encarecimientos le pidió que luego luego le dijese las maravillas que le quedaban por decir.

–Ya ¿vuesa merced habrá visto –dijo el alférez– dos perros que con dos lanternas andan de noche con los hermanos de la capacha alumbrándoles cuando piden limosna?

–Sí, he visto –respondió Peralta.

–También habrá visto u oído vuesa merced –dijo el alférez– lo que dellos se cuenta que si acaso echan limosna de las ventanas y se cae en el suelo, ellos acuden luego a alumbrar y a buscar lo que se cae y se paran delante de las ventanas donde saben que tienen costumbre de darles limosna. Y con ir allí con tanta mansedumbre que más parecen corderos que perros, en el hospital son unos leones guardando la casa con grande cuidado y vigilancia.

–Yo he oído decir –dijo Peralta– que todo es así, pero eso no me puede ni debe causar maravilla.

–Pues lo que aora diré dellos es razón que la cause y que, sin hacerse cruces, ni alegar imposibles ni dificultades, vuesa merced se acomode a creerlo. Y es que yo oí y casi vi con mis ojos, a estos dos per ros, que el uno se llama Cipión y el otro Berganza, estar una noche, que fue la penúltima que acabé de sudar, echados detrás de mi cama en unas esteras viejas, y a la mitad de aquella noche, estando a escuras y desvelado, pensando en mis pasados sucesos y presentes desgracias, oí hablar allí junto, y estuve con atento oído escuchando por ver si podía venir en conocimiento de los que hablaban y de lo que hablaban. Y a poco rato vine a co nocer, por lo que hablaban los que hablaban y eran los dos perros, Cipión y Berganza.

Apenas acabó de decir esto Campuzano, cuando levantándose el licenciado dijo:

–Vuesa merced quede mucho en buen[h]ora, señor Campuzano, que hasta aquí estaba en duda si creería o no lo que de su casamiento me había contado, y esto que aora me cuenta de que oyó hablar los perros me ha hecho declarar por la parte de no creelle ninguna cosa. ¡Por amor de Dios! señor alférez, que no cuente estos disparates a persona alguna, si ya no fuere a quien sea tan su amigo como yo.

–No me tenga vuesa merced por tan ignorante –replicó Campuzano– que no entienda que si no es por milagro no pueden hablar los animales; que bien sé que si los tordos, picazas y papagayos hablan, no son sino las palabras que aprenden y toman de memoria, y por tener la lengua estos animales cómoda para poder pronunciarlas; mas no por esto pueden hablar y responder con discurso concertado como estos perros hablaron. Y, así, muchas veces después que los oí yo mismo no he querido dar crédito a mí mismo y he querido tener por cosa soñada lo que realmente estando despierto con todos mis cinco sentidos, tales cuales nuestro Señor fue servido de dármelos, oí, escuché, noté y finalmente escribí, sin faltar palabra, por su concierto; de donde se puede tomar indicio bastante que mueva y persuada a creer esta verdad que digo. Las cosas de que trataron fueron grandes y diferentes, y más para ser tratadas por varones sabios que para ser dichas por bocas de perros. Así que, pues yo no las pude inventar de mío a mi pesar y contra mi opinión vengo a creer que no soñaba y que los perros hablaban.

—¡Cuerpo de mí! —replicó el licenciado—. Si se nos ha vuelto el tiempo de Maricastaña cuando hablaban las calabazas; o el de Isopo cuando departía el gallo con la zorra y unos animales con otros.

—Uno dellos sería yo, y el mayor —replicó el alférez—, si creyese que ese tiempo ha vuelto. Y aún también lo sería, si dejase de creer lo que oí y lo que vi, y lo que m e atreveré a jurar con juramento que obligue y aun fuerce a que lo crea la misma incredulidad. Pero puesto caso que me haya engañado y que mi verdad sea sueño y el porfiarla disparate, ¿no se holgará vuesa merced, señor Peralta, de ver escritas en un coloquio las cosas que estos perros, o sean quien fueren, hablaron?

—Como vuesa merced —replicó el licenciado— no se canse más en persuadirme que oyó hablar a los perros, de muy buena gana oiré ese coloquio, que por ser escrito y notado del bueno ingenio del señor alférez ya le juzgo por bueno.

—Pues hay en esto otra cosa —dijo el alférez— que como yo estaba tan atento y tenía delicado el juicio, delicada, sotil y desocupada la memoria (merced a las muchas pasas y almendras que había comido) todo lo tomé de coro, y casi por las mismas palabras que había oído lo escribí otro día, sin buscar colores retóricas para adornarlo, ni qué añadir ni quitar para hacerle gustoso. No fue una noche sola la plática, que fueron dos consecutivamente, aunque yo no tengo escrita más de una, que es la vida de Berganza, y la del compañero Cipión pienso escribir (que fue la que se contó la noche segunda) cuando viere o que ésta se crea o alomenos no se desprecie. El coloquio traigo en el seno; púselo en forma de coloquio por ahorrar de "dijo Cipión", "respondió Berganza", que suele alargar la escritura.

Y en diciendo esto, sacó del pecho un cartapacio y le puso en las manos del licenciado, el cual le tomó riéndose y como haciendo burla de todo lo que había oído y de lo que pensaba leer.

—Yo me recuesto —dijo el alférez— en esta silla en tanto que vuesa merced lee, si quiere, esos sueños o disparates que no tienen otra cosa de bueno si no es el poderlos dejar cuando enfaden.

—Haga vuesa merced su gusto —dijo Peralta—, que yo con brevedad me despediré desta lectura.

Recostóse el alférez, abrió el licenciado el cartapacio, y en el principio vio que estaba puesto este título:

NOVELA Y COLOQUIO QUE PASÓ ENTRE
CIPIÓN Y BERGANZA,
PERROS DEL HOSPITAL DE LA RESURECCIÓN
QUE ESTÁ EN LA CIUDAD DE VALLADOLID,
FUERA DE LA PUERTA DEL CAMPO,
A QUIEN COMÚNMENTE LLAMAN LOS PERROS
DE MAHUDES

CIPIÓN Y BERGANZA o EL COLOQUIO DE LOS PERROS
Novela y coloquio que pasó entre Cipión y Berganza, perros del Hospital de la Resurrección, que está en la Ciudad de Valladolid, fuera de la puerta del campo, a quien comúnmente llaman «Los perros de Mahude».

CIPIÓN.—Berganza amigo, dejemos esta noche el Hospital en guarda de la confianza y retirémonos a esta soledad y entre estas esteras, donde podremos gozar sin ser sentidos desta no vista merced que el cielo en un mismo punto a los dos nos ha hecho.

BERGANZA.—Cipión hermano, óyote hablar y sé que te hablo, y no puedo creerlo, por parecerme que el hablar nosotros pasa de los términos de naturaleza.

CIPIÓN.—Así es la verdad, Berganza; y viene a ser mayor este milagro en que no solamente hablamos, sino en que hablamos con discurso, como si fuéramos capaces de razón, estando tan sin ella que la diferencia que hay del animal bruto al hombre es ser el hombre animal racional, y el bruto, irracional.

BERGANZA.—Todo lo que dices, Cipión, entiendo, y el decirlo tú y entenderlo yo me causa nueva admiración y nueva maravilla. Bien es verdad que, en el discurso de mi vida, diversas y muchas veces he oído decir grandes prerrogativas nuestras: tanto, que parece que algunos han querido sentir que tenemos un natural distinto, tan vivo y tan agudo en muchas cosas, que da indicios y señales de faltar poco para mostrar que tenemos un no sé qué de entendimiento capaz de discurso.

CIPIÓN.—Lo que yo he oído alabar y encarecer es nuestra mucha memoria, el agradecimiento y gran fidelidad nuestra; tanto, que nos suelen pintar por símbolo de la amistad; y así, habrás visto (si has mirado en ello) que en las sepulturas de alabastro, donde suelen estar las figuras de los que allí están enterrados, cuando son marido y mujer, ponen entre los dos, a los pies, una figura de perro, en señal que se guardaron en la vida amistad y fidelidad inviolable.

BERGANZA.—Bien sé que ha habido perros tan agradecidos que se han arrojado con los cuerpos difuntos de sus amos en la misma sepultura. Otros han estado sobre las sepulturas donde estaban enterrados sus señores sin apartarse dellas, sin comer, hasta que se les acababa la vida. Sé también que, después del elefante, el perro tiene el primer lugar de parecer que tiene entendimiento; luego, el caballo, y el último, la jimia.

CIPIÓN.—Ansí es, pero bien confesarás que ni has visto ni oído decir jamás que haya hablado ningún elefante, perro, caballo o mona; por donde me doy a entender que este nuestro hablar tan de improviso cae debajo del número de aquellas cosas que llaman portentos, las cuales, cuando se muestran y parecen, tiene averiguado la experiencia que alguna calamidad grande amenaza a las gentes.

BERGANZA.—Desa manera, no haré yo mucho en tener por señal portentosa lo que oí decir los días pasados a un estudiante, pasando por Alcalá de Henares.

CIPIÓN.—¿Qué le oíste decir?

BERGANZA.—Que de cinco mil estudiantes que cursaban aquel año en la Universidad, los dos mil oían Medicina.

CIPIÓN.—Pues, ¿qué vienes a inferir deso?

BERGANZA.—Infiero, o que estos dos mil médicos han de tener enfermos que curar (que sería harta plaga y mala ventura), o ellos se han de morir de hambre.

CIPIÓN.—Pero, sea lo que fuere, nosotros hablamos, sea portento o no; que lo que el cielo tiene ordenado que suceda, no hay diligencia ni sabiduría humana que lo pueda prevenir; y así, no hay para qué ponernos a disputar nosotros cómo o por qué hablamos; mejor será que este buen día, o buena noche, la metamos en nuestra casa; y, pues la tenemos tan buena en estas esteras y no sabemos cuánto durará esta nuestra ventura, sepamos aprovecharnos della y hablemos toda esta noche, sin dar lugar al sueño que nos impida este gusto, de mí por largos tiempos deseado.

BERGANZA.—Y aun de mí, que desde que tuve fuerzas para roer un hueso tuve deseo de hablar, para decir cosas que depositaba en la memoria; y allí, de antiguas y muchas, o se enmohecían o se me olvidaban. Empero, ahora, que tan sin pensarlo me veo enriquecido deste divino don de la habla, pienso gozarle y aprovecharme dél lo más que pudiere, dándome priesa a decir todo aquello que se me acordare, aunque sea atropellada y confusamente, porque no sé cuándo me volverán a pedir este bien, que por prestado tengo.

CIPIÓN.—Sea ésta la manera, Berganza amigo: que esta noche me cuentes tu vida y los trances por donde has venido al punto en que ahora te hallas, y si mañana en la noche estuviéremos con habla, yo te contaré la mía; porque mejor será gastar el tiempo en contar las propias que en procurar saber las ajenas vidas.

BERGANZA.—Siempre, Cipión, te he tenido por discreto y por amigo; y ahora más que nunca, pues como amigo quieres decirme tus sucesos y saber los míos, y como discreto has repartido el tiempo donde podamos manifestallos. Pero advierte primero si nos oye alguno.

CIPIÓN.—Ninguno, a lo que creo, puesto que aquí cerca está un soldado tomando sudores; pero en esta sazón más estará para dormir que para ponerse a escuchar a nadie.

BERGANZA.—Pues si puedo hablar con ese seguro, escucha; y si te cansare lo que te fuere diciendo, o me reprehende o manda que calle.

CIPIÓN.—Habla hasta que amanezca, o hasta que seamos sentidos; que yo te escucharé de muy buena gana, sin impedirte sino cuando viere ser necesario.

BERGANZA.—«Paréceme que la primera vez que vi el sol fue en Sevilla y en su Matadero, que está fuera de la Puerta de la Carne; por donde imaginara (si no fuera por lo que después te diré) que mis padres debieron de ser alanos de aquellos que crían los ministros de aquella confusión, a quien llaman jiferos. El primero que conocí por amo fue uno llamado Nicolás el Romo, mozo robusto, doblado y colérico, como lo son todos aquellos que ejercitan la jifería. Este tal Nicolás me enseñaba a mí y a otros cachorros a que, en compañía de alanos viejos, arremetiésemos a los toros y les hiciésemos presa de las orejas. Con mucha facilidad salí un águila en esto.»

CIPIÓN.—No me maravillo, Berganza; que, como el hacer mal viene de natural cosecha, fácilmente se aprende el hacerle.

BERGANZA.—¿Qué te diría, Cipión hermano, de lo que vi en aquel Matadero y de las cosas exorbitantes que en él pasan? Primero, has de presuponer que todos cuantos en él trabajan, desde el menor hasta el mayor, es gente ancha de conciencia, desalmada, sin temer al Rey ni a su justicia; los más, amancebados; son aves de rapiña carniceras: mantiénense ellos y sus amigas de lo que hurtan. Todas las mañanas que son días de carne, antes que amanezca, están en el Matadero gran cantidad de mujercillas y muchachos, todos con talegas, que, viniendo vacías, vuelven llenas de pedazos de carne, y las criadas con criadillas y lomos medio enteros. No hay res alguna que se mate de quien no lleve esta gente diezmos y primicias de lo más sabroso y bien parado. Y, como en Sevilla no hay obligado de la carne, cada uno puede traer la que quisiere; y la que primero se mata, o es la mejor, o la de más baja postura, y con este concierto hay siempre mucha abundancia. Los dueños se encomiendan a esta buena gente que he dicho, no para que no les hurten (que esto es imposible), sino para que se moderen en las tajadas y socaliñas que hacen en las reses muertas, que las escamondan y podan como si fuesen sauces o parras. Pero ninguna cosa me admiraba más ni me parecía peor que el ver que estos jiferos con la misma facilidad matan a un hombre que a una vaca; por quítame allá esa paja, a dos por tres meten un cuchillo de cachas amarillas por la barriga de una persona, como si acocotasen un toro. Por maravilla se pasa día sin pendencias y sin heridas, y a veces sin muertes; todos se pican de valientes, y aun tienen sus puntas de rufianes; no hay ninguno que no tenga su ángel de guarda en la plaza de San Francisco, granjeado con lomos y lenguas de vaca. Finalmente, oí decir a un hombre discreto que tres cosas tenía el Rey por ganar en Sevilla: la calle de la Caza, la Costanilla y el Matadero.

CIPIÓN.—Si en contar las condiciones de los amos que has tenido y las faltas de sus oficios te has de estar, amigo Berganza, tanto como esta vez, menester será pedir al cielo nos conceda la habla siquiera por un año, y aun temo que, al paso que llevas, no llegarás a la mitad de tu historia. Y quiérote advertir de una cosa, de la cual verás la experiencia cuando te cuente los sucesos de mi vida; y es que los cuentos unos encierran y tienen la gracia en ellos mismos, otros en el modo de contarlos (quiero decir que algunos hay que, aunque se cuenten sin preámbulos y ornamentos de palabras, dan contento); otros hay que es menester vestirlos de palabras, y con demostraciones del rostro y de las manos, y con mudar la voz, se hacen algo de nonada, y de flojos y desmayados se vuelven agudos y gustosos; y no se te olvide este advertimiento, para aprovecharte dél en lo que te queda por decir.

BERGANZA.—Yo lo haré así, si pudiere y si me da lugar la grande tentación que tengo de hablar; aunque me parece que con grandísima dificultad me podré ir a la mano.

CIPIÓN.—Vete a la lengua, que en ella consisten los mayores daños de la humana vida.

BERGANZA.—«Digo, pues, que mi amo me enseñó a llevar una espuerta en la boca y a defenderla de quien quitármela quisiese. Enseñóme también la casa de su amiga, y con esto se escusó la venida de su criada al Matadero, porque yo le llevaba las madrugadas lo que él había hurtado las noches. Y un día que, entre dos luces, iba yo diligente a llevarle la porción, oí que me llamaban por mi nombre desde una ventana; alcé los ojos y vi una moza hermosa en estremo; detúveme un poco, y ella bajó a la puerta de la calle, y me tornó a llamar. Lleguéme a ella, como si fuera a ver lo que me quería, que no fue otra cosa que quitarme lo que llevaba en la cesta y ponerme en su lugar un chapín viejo. Entonces dije entre mí: *La carne se ha ido a la carne*. Díjome la moza, en habiéndome quitado la carne: *Andad Gavilán, o como os llamáis, y decid a Nicolás el Romo, vuestro amo, que no se fíe de animales, y que del lobo un pelo, y ése de la espuerta.* Bien pudiera yo volver a quitar lo que me quitó, pero no quise, por no poner mi boca jifera y sucia en aquellas manos limpias y blancas.»

CIPIÓN.—Hiciste muy bien, por ser prerrogativa de la hermosura que siempre se le tenga respecto.

BERGANZA.—«Así lo hice yo; y así, me volví a mi amo sin la porción y con el chapín. Parecióle que volví presto, vio el chapín, imaginó la burla, sacó uno de cachas y tiróme una puñalada que, a no desviarme, nunca tú oyeras ahora este cuento, ni aun otros muchos que pienso contarte. Puse pies en polvorosa, y, tomando el camino en las manos y en los pies, por detrás de San Bernardo, me fui por aquellos campos de Dios adonde la fortuna quisiese llevarme.

»Aquella noche dormí al cielo abierto, y otro día me deparó la suerte un hato o rebaño de ovejas y carneros. Así como le vi, creí que había hallado en él el centro de mi reposo, pareciéndome ser propio y natural oficio de los perros guardar ganado, que es obra donde se encierra una virtud grande, como es amparar y defender de los poderosos y soberbios los humildes y los que poco pueden. Apenas me hubo visto uno de tres pastores que el ganado guardaban, cuando diciendo ¡To, to! me llamó; y yo, que otra cosa no deseaba, me llegué a él bajando la cabeza y meneando la cola. Trújome la mano por el lomo, abrióme la boca, escupióme en ella, miróme las presas, conoció mi edad, y dijo a otros pastores que yo tenía todas las señales de ser perro de casta. Llegó a este instante el señor del ganado sobre una yegua rucia a la jineta, con lanza y adarga: que más parecía atajador de la costa que señor de ganado. Preguntó el pastor: *¿Qué perro es éste, que tiene señales de ser bueno? Bien lo puede vuesa merced creer —respondió el pastor—, que yo le he cotejado bien y no hay señal en él que no muestre y prometa que ha de ser un gran perro. Agora se llegó aquí y no sé cúyo sea, aunque sé que no es de los rebaños de la redonda. Pues así es —respondió el* *señor—, ponle luego el collar de Leoncillo, el perro que se murió, y denle la ración que a los demás, y acaríciale, porque tome cariño al hato y se quede en él.* En diciendo esto, se fue; y el pastor me puso luego al cuello unas carlancas llenas de puntas de acero, habiéndome dado primero en un dornajo gran cantidad de sopas en leche. Y, asimismo, me puso nombre, y me llamó Barcino.

»Vime harto y contento con el segundo amo y con el nuevo oficio; mostréme solícito y diligente en la guarda del rebaño, sin apartarme dél sino las siestas, que me iba a pasarlas o ya a la sombra de algún árbol, o de algún ribazo o peña, o a la de alguna mata, a la margen de algún arroyo de los muchos que por allí corrían. Y estas horas de mi sosiego no las pasaba ociosas, porque en ellas ocupaba la memoria en acordarme de muchas cosas, especialmente en la vida que había tenido en el Matadero, y en la que tenía mi amo y todos los como él, que están sujetos a cumplir los gustos impertinentes de sus amigas.»

¡Oh, qué de cosas te pudiera decir ahora de las que aprendí en la escuela de aquella jifera dama de mi amo! Pero habrélas de callar, porque no me tengas por largo y por murmurador.

CIPIÓN.—Por haber oído decir que dijo un gran poeta de los antiguos que era difícil cosa el no escribir sátiras, consentiré que murmures un poco de luz y no de sangre; quiero decir que señales y no hieras ni des mate a ninguno en cosa señalada: que no es buena la murmuración, aunque haga reír a muchos, si mata a uno; y si puedes agradar sin ella, te tendré por muy discreto.

BERGANZA.—Yo tomaré tu consejo, y esperaré con gran deseo que llegue el tiempo en que me cuentes tus sucesos; que de quien tan bien sabe conocer y enmendar los defetos que tengo en contar los míos, bien se puede esperar que contará los suyos de manera que enseñen y deleiten a un mismo punto.

«Pero, anudando el roto hilo de mi cuento, digo que en aquel silencio y soledad de mis siestas, entre otras cosas, consideraba que no debía de ser verdad lo que había oído contar de la vida de los pastores; a lo menos, de aquellos que la dama de mi amo leía en unos libros cuando yo iba a su casa, que todos trataban de pastores y pastoras, diciendo que se les pasaba toda la vida cantando y tañendo con gaitas, zampoñas, rabeles y chirumbelas, y con otros instrumentos extraordinarios. Deteníame a oírla leer, y leía cómo el pastor de Anfriso cantaba estremada y divinamente, alabando a la sin par Belisarda, sin haber en todos los montes de Arcadia árbol en cuyo tronco no se hubiese sentado a cantar, desde que salía el sol en los brazos de la Aurora hasta que se ponía en los de Tetis; y aun después de haber tendido la negra noche por la faz de la tierra sus negras y escuras alas, él no cesaba de sus bien cantadas y mejor lloradas quejas. No se le quedaba entre renglones el pastor Elicio, más enamorado que atrevido, de quien decía que, sin atender a sus amores ni a su ganado, se entraba en los cuidados ajenos. Decía también que el gran pastor de Fílida, único pintor de un retrato, había sido más confiado que dichoso. De los desmayos de Sireno y arrepentimiento de Diana decía que daba gracias a Dios y a la sabia Felicia, que con su agua encantada deshizo aquella máquina de enredos y aclaró aquel laberinto de dificultades. Acordábame de otros muchos libros que deste jaez la había oído leer, pero no eran dignos de traerlos a la memoria.»

CIPIÓN.—Aprovechándote vas, Berganza, de mi aviso: murmura, pica y pasa, y sea tu intención limpia, aunque la lengua no lo parezca.

BERGANZA.—En estas materias nunca tropieza la lengua si no cae primero la intención; pero si acaso por descuido o por malicia murmurare, responderé a quien me reprehendiere lo que respondió Mauleón, poeta tonto y académico de burla de la Academia de los Imitadores, a uno que le preguntó que qué quería decir Deum de Deo; y respondió que "dé donde diere".

CIPIÓN.—Esa fue respuesta de un simple; pero tú, si eres discreto o lo quieres ser, nunca has de decir cosa de que debas dar disculpa. Di adelante.

BERGANZA.—«Digo que todos los pensamientos que he dicho, y muchos más, me causaron ver los diferentes tratos y ejercicios que mis pastores, y todos los demás de aquella marina, tenían de aquellos que había oído leer que tenían los pastores de los libros; porque si los míos cantaban, no eran canciones acordadas y bien compuestas, sino un "Cata el lobo dó va, Juanica" y otras cosas semejantes; y esto no al son de chirumbelas, rabeles o gaitas, sino al que hacía el dar un cayado con otro o al de algunas tejuelas puestas entre los dedos; y no con voces delicadas, sonoras y admirables, sino con voces roncas, que, solas o juntas, parecía, no que cantaban, sino que gritaban o gruñían. Lo más del día se les pasaba espulgándose o remendando sus abarcas; ni entre ellos se nombraban Amarilis, Fílidas, Galateas y Dianas, ni había Lisardos, Lausos, Jacintos ni Riselos; todos eran Antones, Domingos, Pablos o Llorentes; por donde vine a entender lo que pienso que deben de creer todos: que todos aquellos libros son cosas soñadas y bien escritas para entretenimiento de los ociosos, y no verdad alguna; que, a serlo, entre mis pastores hubiera alguna reliquia de aquella felicísima vida, y de aquellos amenos prados, espaciosas selvas, sagrados montes, hermosos jardines, arroyos claros y cristalinas fuentes, y de aquellos tan honestos cuanto bien declarados requiebros, y de aquel desmayarse aquí el pastor, allí la pastora, acullá resonar la zampoña del uno, acá el caramillo del otro.»

CIPIÓN.—Basta, Berganza; vuelve a tu senda y camina.

BERGANZA.—Agradézcotelo, Cipión amigo; porque si no me avisaras, de manera se me iba calentando la boca, que no parara hasta pintarte un libro entero destos que me tenían engañado; pero tiempo vendrá en que lo diga todo con mejores razones y con mejor discurso que ahora.

CIPIÓN.—Mírate a los pies y desharás la rueda, Berganza; quiero decir que mires que eres un animal que carece de razón, y si ahora muestras tener alguna, ya hemos averiguado entre los dos ser cosa sobrenatural y jamás vista.

BERGANZA.—Eso fuera ansí si yo estuviera en mi primera ignorancia; mas ahora que me ha venido a la memoria lo que te había de haber dicho al principio de nuestra plática, no sólo no me maravillo de lo que hablo, pero espántome de lo que dejo de hablar.

CIPIÓN.—Pues ¿ahora no puedes decir lo que ahora se te acuerda?

BERGANZA.—Es una cierta historia que me pasó con una grande hechicera, discípula de la Camacha de Montilla.

CIPIÓN.—Digo que me la cuentes antes que pases más adelante en el cuento de tu vida.

BERGANZA.— Eso no haré yo, por cierto, hasta su tiempo: ten paciencia y escucha por su orden mis sucesos, que así te darán más gusto, si ya no te fatiga querer saber los medios antes de los principios.

CIPIÓN.—Sé breve, y cuenta lo que quisieres y como quisieres.

BERGANZA.—«Digo, pues, que yo me hallaba bien con el oficio de guardar ganado, por parecerme que comía el pan de mi sudor y trabajo, y que la ociosidad, raíz y madre de todos los vicios, no tenía que ver conmigo, a causa que si los días holgaba, las noches no dormía, dándonos asaltos a menudo y tocándonos a arma los lobos; y, apenas me habían dicho los pastores ¡al lobo, Barcino!, cuando acudía, primero que los otros perros, a la parte que me señalaban que estaba el lobo: corría los valles, escudriñaba los montes, desentrañaba las selvas, saltaba barrancos, cruzaba caminos, y a la mañana volvía al hato, sin haber hallado lobo ni rastro dél, anhelando, cansado, hecho pedazos y los pies abiertos de los garranchos; y hallaba en el hato, o ya una oveja muerta, o un carnero degollado y medio comido del lobo. Desesperábame de ver de cuán poco servía mi mucho cuidado y diligencia. Venía el señor del ganado; salían los pastores a recibirle con las pieles de la res muerta; culpaba a los pastores por negligentes, y mandaba castigar a los perros por perezosos: llovían sobre nosotros palos, y sobre ellos reprehensiones; y así, viéndome un día castigado sin culpa, y que mi cuidado, ligereza y braveza no eran de provecho para coger el lobo, determiné de mudar estilo, no desviándome a buscarle, como tenía de costumbre, lejos del rebaño, sino estarme junto a él; que, pues el lobo allí venía, allí sería más cierta la presa.

»Cada semana nos tocaban a rebato, y en una escurísima noche tuve yo vista para ver los lobos, de quien era imposible que el ganado se guardase. Agachéme detrás de una mata, pasaron los perros, mis compañeros, adelante, y desde allí oteé, y vi que dos pastores asieron de un carnero de los mejores del aprisco, y le mataron de manera que verdaderamente pareció a la mañana que había sido su verdugo el lobo. Pasméme, quedé suspenso cuando vi que los pastores eran los lobos y que despedazaban el ganado los mismos que le habían de guardar. Al punto, hacían saber a su amo la presa del lobo, dábanle el pellejo y parte de la carne, y comíanse ellos lo más y lo mejor. Volvía a reñirles el señor, y volvía también el castigo de los perros. No había lobos, menguaba el rebaño; quisiera yo descubrillo, hallábame mudo. Todo lo cual me traía lleno de admiración y de congoja. *¡Válame Dios!* —decía entre mí—, *¿quién podrá remediar esta maldad? ¿Quién será poderoso a dar a entender que la defensa ofende, que las centinelas duermen, que la confianza roba y el que os guarda os mata?*»

CIPIÓN.—Y decías muy bien, Berganza, porque no hay mayor ni más sotil ladrón que el doméstico, y así, mueren muchos más de los confiados que de los recatados; pero el daño está en que es imposible que puedan pasar bien las gentes en el mundo si no se fía y se confía. Mas quédese aquí esto, que no quiero que parezcamos predicadores. Pasa adelante.

BERGANZA.—«Paso adelante, y digo que determiné dejar aquel oficio, aunque parecía tan bueno, y escoger otro donde por hacerle bien, ya que no fuese remunerado, no fuese castigado. Volvíme a Sevilla, y entré a servir a un mercader muy rico.»

CIPIÓN.—¿Qué modo tenías para entrar con amo? Porque, según lo que se usa, con gran dificultad el día de hoy halla un hombre de bien señor a quien servir. Muy diferentes son los señores de la tierra del Señor del cielo: aquéllos, para recebir un criado, primero le espulgan el linaje, examinan la habilidad, le marcan la apostura, y aun quieren saber los vestidos que tiene; pero, para entrar a servir a Dios, el más pobre es más rico; el más humilde, de mejor linaje; y, con sólo que se disponga con limpieza de corazón a querer servirle, luego le manda poner en el libro de sus gajes, señalándoselos tan aventajados que, de muchos y de grandes, apenas pueden caber en su deseo.

BERGANZA.—Todo eso es predicar, Cipión amigo.

CIPIÓN.—Así me lo parece a mí, y así, callo.

BERGANZA.—A lo que me preguntaste del orden que tenía para entrar con amo, digo que ya tú sabes que la humildad es la basa y fundamento de todas virtudes, y que sin ella no hay alguna que lo sea. Ella allana inconvenientes, vence dificultades, y es un medio que siempre a gloriosos fines nos conduce; de los enemigos hace amigos, templa la cólera de los airados y menoscaba la arrogancia de los soberbios; es madre de la modestia y hermana de la templanza; en fin, con ella no pueden atravesar triunfo que les sea de provecho los vicios, porque en su blandura y mansedumbre se embotan y despuntan las flechas de los pecados.

«Désta, pues, me aprovechaba yo cuando quería entrar a servir en alguna casa, habiendo primero considerado y mirado muy bien ser casa que pudiese mantener y donde pudiese entrar un perro grande. Luego arrimábame a la puerta, y cuando, a mi parecer, entraba algún forastero, le ladraba, y cuando venía el señor bajaba la cabeza y, moviendo la cola, me iba a él, y con la lengua le limpiaba los zapatos. Si me echaban a palos, sufríalos, y con la misma mansedumbre volvía a hacer halagos al que me apaleaba, que ninguno segundaba, viendo mi porfía y mi noble término. Desta manera, a dos porfías me quedaba en casa: servía bien, queríanme luego bien, y nadie me despidió, si no era que yo me despidiese, o, por mejor decir, me fuese; y tal vez hallé amo que éste fuera el día que yo estuviera en su casa, si la contraria suerte no me hubiera perseguido.»

CIPIÓN.—De la misma manera que has contado entraba yo con los amos que tuve, y parece que nos leímos los pensamientos.

BERGANZA.—Como en esas cosas nos hemos encontrado, si no me engaño, y yo te las diré a su tiempo, como tengo prometido; y ahora escucha lo que me sucedió después que dejé el ganado en poder de aquellos perdidos.

«Volvíme a Sevilla, como dije, que es amparo de pobres y refugio de desechados, que en su grandeza no sólo caben los pequeños, pero no se echan de ver los grandes. Arriméme a la puerta de una gran casa de un mercader, hice mis acostumbradas diligencias, y a pocos lances me quedé en ella. Recibiéronme para tenerme atado detrás de la puerta de día y suelto de noche; servía con gran cuidado y diligencia; ladraba a los forasteros y gruñía a los que no eran muy conocidos; no dormía de noche, visitando los corrales, subiendo a los terrados, hecho universal centinela de la mía y de las casas ajenas. Agradóse tanto mi amo de mi buen servicio, que mandó que me tratasen bien y me diesen ración de pan y los huesos que se levantasen o arrojasen de su mesa, con las sobras de la cocina, a lo que yo me mostraba agradecido, dando infinitos saltos cuando veía a mi amo, especialmente cuando venía de fuera; que eran tantas las muestras de regocijo que daba y tantos los saltos, que mi amo ordenó que me desatasen y me dejasen andar suelto de día y de noche. Como me vi suelto, corrí a él, rodeéle todo, sin osar llegarle con las manos, acordándome de la fábula de Isopo, cuando aquel asno, tan asno que quiso hacer a su señor las mismas caricias que le hacía una perrilla regalada suya, que le granjearon ser molido a palos. Parecióme que en esta fábula se nos dio a entender que las gracias y donaires de algunos no están bien en otros.»

Apode el truhán, juegue de manos y voltee el histrión, rebuzne el pícaro, imite el canto de los pájaros y los diversos gestos y acciones de los animales y los hombres el hombre bajo que se hubiere dado a ello, y no lo quiera hacer el hombre principal, a quien ninguna habilidad déstas le puede dar crédito ni nombre honroso.

CIPIÓN.—Basta; adelante, Berganza, que ya estás entendido.

BERGANZA.—¡Ojalá que como tú me entiendes me entendiesen aquellos por quien lo digo; que no sé qué tengo de buen natural, que me pesa infinito cuando veo que un caballero se hace chocarrero y se precia que sabe jugar los cubiletes y las agallas, y que no hay quien como él sepa bailar la chacona! Un caballero conozco yo que se alababa que, a ruegos de un sacristán, había cortado de papel treinta y dos florones para poner en un monumento sobre paños negros, y destas cortaduras hizo tanto caudal, que así llevaba a sus amigos a verlas como si los llevara a ver las banderas y despojos de enemigos que sobre la sepultura de sus padres y abuelos estaban puestas.

«Este mercader, pues, tenía dos hijos, el uno de doce y el otro de hasta catorce años, los cuales estudiaban gramática en el estudio de la Compañía de Jesús; iban con autoridad, con ayo y con pajes, que les llevaban los libros y aquel que llaman vademécum. El verlos ir con tanto aparato, en sillas si hacía sol, en coche si llovía, me hizo considerar y reparar en la mucha llaneza con que su padre iba a la Lonja a negociar sus negocios, porque no llevaba otro criado que un negro, y algunas veces se desmandaba a ir en un machuelo aun no bien aderezado.»

CIPIÓN.—Has de saber, Berganza, que es costumbre y condición de los mercaderes de Sevilla, y aun de las otras ciudades, mostrar su autoridad y riqueza, no en sus personas, sino en las de sus hijos; porque los mercaderes son mayores en su sombra que en sí mismos. Y, como ellos por maravilla atienden a otra cosa que a sus tratos y contratos, trátanse modestamente; y, como la ambición y la riqueza muere por manifestarse, revienta por sus hijos, y así los tratan y autorizan como si fuesen hijos de algún príncipe; y algunos hay que les procuran títulos, y ponerles en el pecho la marca que tanto distingue la gente principal de la plebeya.

BERGANZA.—Ambición es, pero ambición generosa, la de aquel que pretende mejorar su estado sin perjuicio de tercero.

CIPIÓN.—Pocas o ninguna vez se cumple con la ambición que no sea con daño de tercero.

BERGANZA.—Ya hemos dicho que no hemos de murmurar.

CIPIÓN.—Sí, que yo no murmuro de nadie.

BERGANZA.—Ahora acabo de confirmar por verdad lo que muchas veces he oído decir. Acaba un maldiciente murmurador de echar a perder diez linajes y de caluniar veinte buenos, y si alguno le reprehende por lo que ha dicho, responde que él no ha dicho nada, y que si ha dicho algo, no lo ha dicho por tanto, y que si pensara que alguno se había de agraviar, no lo dijera. A la fe, Cipión, mucho ha de saber, y muy sobre los estribos ha de andar el que quisiere sustentar dos horas de conversación sin tocar los límites de la murmuración; porque yo veo en mí que, con ser un animal, como soy, a cuatro razones que digo, me acuden palabras a la lengua como mosquitos al vino, y todas maliciosas y murmurantes; por lo cual vuelvo a decir lo que otra vez he dicho: que el hacer y decir mal lo heredamos de nuestros primeros padres y lo mamamos en la leche. Vese claro en que, apenas ha sacado el niño el brazo de las fajas, cuando levanta la mano con muestras de querer vengarse de quien, a su parecer, le ofende; y casi la primera palabra articulada que habla es llamar puta a su ama o a su madre.

CIPIÓN.—Así es verdad, y yo confieso mi yerro y quiero que me le perdones, pues te he perdonado tantos. Echemos pelillos a la mar, como dicen los muchachos, y no murmuremos de aquí adelante; y sigue tu cuento, que le dejaste en la autoridad con que los hijos del mercader tu amo iban al estudio de la Compañía de Jesús.

BERGANZA.—A Él me encomiendo en todo acontecimiento; y, aunque el dejar de murmurar lo tengo por dificultoso, pienso usar de un remedio que oí decir que usaba un gran jurador, el cual, arrepentido de su mala costumbre, cada vez que después de su arrepentimiento juraba, se daba un pellizco en el brazo, o besaba la tierra, en pena de su culpa; pero, con todo esto, juraba. Así yo, cada vez que fuere contra el precepto que me has dado de que no murmure y contra la intención que tengo de no murmurar, me morderé el pico de la lengua de modo que me duela y me acuerde de mi culpa para no volver a ella.

CIPIÓN.—Tal es ese remedio, que si usas dél espero que te has de morder tantas veces que has de quedar sin lengua, y así, quedarás imposibilitado de murmurar.

BERGANZA.—A lo menos, yo haré de mi parte mis diligencias, y supla las faltas el cielo.

«Y así, digo que los hijos de mi amo se dejaron un día un cartapacio en el patio, donde yo a la sazón estaba; y, como estaba enseñado a llevar la esportilla del jifero mi amo, así del vademécum y fuime tras ellos, con intención de no soltalle hasta el estudio. Sucedióme todo como lo deseaba: que mis amos, que me vieron venir con el vademécum en la boca, asido sotilmente de las cintas, mandaron a un paje me le quitase; mas yo no lo consentí ni le solté hasta que entré en el aula con él, cosa que causó risa a todos los estudiantes. Lleguéme al mayor de mis amos, y, a mi parecer, con mucha crianza se le puse en las manos, y quedéme sentado en cuclillas a la puerta del aula, mirando de hito en hito al maestro que en la cátedra leía. No sé qué tiene la virtud, que, con alcanzárseme a mí tan poco o nada della, luego recibí gusto de ver el amor, el término, la solicitud y la industria con que aquellos benditos padres y maestros enseñaban a aquellos niños, enderezando las tiernas varas de su juventud, porque no torciesen ni tomasen mal siniestro en el camino de la virtud, que juntamente con las letras les mostraban. Consideraba cómo los reñían con suavidad, los castigaban con misericordia, los animaban con ejemplos, los incitaban con premios y los sobrellevaban con cordura; y, finalmente, cómo les pintaban la fealdad y horror de los vicios y les dibujaban la hermosura de las virtudes, para que, aborrecidos ellos y amadas ellas, consiguiesen el fin para que fueron criados.»

CIPIÓN.—Muy bien dices, Berganza; porque yo he oído decir desa bendita gente que para repúblicas del mundo no los hay tan prudentes en todo él, y para guiadores y adalides del camino del cielo, pocos les llegan. Son espejos donde se mira la honestidad, la católica dotrina, la singular prudencia, y, finalmente, la humildad profunda, basa sobre quien se levanta todo el edificio de la bienaventuranza.

BERGANZA.—Todo es así como lo dices.

«Y, siguiendo mi historia, digo que mis amos gustaron de que les llevase siempre el vademécum, lo que hice de muy buena voluntad; con lo cual tenía una vida de rey, y aun mejor, porque era descansada, a causa que los estudiantes dieron en burlarse conmigo, y domestiquéme con ellos de tal manera, que me metían la mano en la boca y los más chiquillos subían sobre mí. Arrojaban los bonetes o sombreros, y yo se los volvía a la mano limpiamente y con muestras de grande regocijo. Dieron en darme de comer cuanto ellos podían, y gustaban de ver que, cuando me daban nueces o avellanas, las partía como mona, dejando las cáscaras y comiendo lo tierno. Tal hubo que, por hacer prueba de mi habilidad, me trujo en un pañuelo gran cantidad de ensalada, la cual comí como si fuera persona. Era tiempo de invierno, cuando campean en Sevilla los molletes y mantequillas, de quien era tan bien servido, que más de dos Antonios se empeñaron o vendieron para que yo almorzase. Finalmente, yo pasaba una vida de estudiante sin hambre y sin sarna, que es lo más que se puede encarecer para decir que era buena; porque si la sarna y la hambre no fuesen tan unas con los estudiantes, en las vidas no habría otra de más gusto y pasatiempo, porque corren parejas en ella la virtud y el gusto, y se pasa la mocedad aprendiendo y holgándose.

»Desta gloria y desta quietud me vino a quitar una señora que, a mi parecer, llaman por ahí razón de estado; que, cuando con ella se cumple, se ha de descumplir con otras razones muchas. Es el caso que aquellos señores maestros les pareció que la media hora que hay de lición a lición la ocupaban los estudiantes, no en repasar las liciones, sino en holgarse conmigo; y así, ordenaron a mis amos que no me llevasen más al estudio. Obedecieron, volviéronme a casa y a la antigua guarda de la puerta, y, sin acordarse señor el viejo de la merced que me había hecho de que de día y de noche anduviese suelto, volví a entregar el cuello a la cadena y el cuerpo a una esterilla que detrás de la puerta me pusieron.»

¡Ay, amigo Cipión, si supieses cuán dura cosa es de sufrir el pasar de un estado felice a un desdichado! Mira: cuando las miserias y desdichas tienen larga la corriente y son continuas, o se acaban presto, con la muerte, o la continuación dellas hace un hábito y costumbre en padecellas, que suele en su mayor rigor servir de alivio; mas, cuando de la suerte desdichada y calamitosa, sin pensarlo y de improviso, se sale a gozar de otra suerte próspera, venturosa y alegre, y de allí a poco se vuelve a padecer la suerte primera y a los primeros trabajos y desdichas, es un dolor tan riguroso que si no acaba la vida, es por atormentarla más viviendo.

«Digo, en fin, que volví a mi ración perruna y a los huesos que una negra de casa me arrojaba, y aun éstos me dezmaban dos gatos romanos: que, como sueltos y ligeros, érales fácil quitarme lo que no caía debajo del distrito que alcanzaba mi cadena.»

Cipión hermano, así el cielo te conceda el bien que deseas, que, sin que te enfades, me dejes ahora filosofar un poco; porque si dejase de decir las cosas que en este instante me han venido a la memoria de aquellas que entonces me ocurrieron, me parece que no sería mi historia cabal ni de fruto alguno.

CIPIÓN.—Advierte, Berganza, no sea tentación del demonio esa gana de filosofar que dices te ha venido, porque no tiene la murmuración mejor velo para paliar y encubrir su maldad disoluta que darse a entender el murmurador que todo cuanto dice son sentencias de filósofos, y que el decir mal es reprehensión y el descubrir los defetos ajenos buen celo. Y no hay vida de ningún murmurante que, si la consideras y escudriñas, no la halles llena de vicios y de insolencias. Y debajo de saber esto, filosofea ahora cuanto quisieres.

BERGANZA.—Seguro puedes estar, Cipión, de que más murmure, porque así lo tengo prosupuesto.

«Es, pues, el caso, que como me estaba todo el día ocioso y la ociosidad sea madre de los pensamientos, di en repasar por la memoria algunos latines que me quedaron en ella de muchos que oí cuando fui con mis amos al estudio, con que, a mi parecer, me hallé algo más mejorado de entendimiento, y determiné, como si hablar supiera, aprovecharme dellos en las ocasiones que se me ofreciesen; pero en manera diferente de la que se suelen aprovechar algunos ignorantes.»

Hay algunos romancistas que en las conversaciones disparan de cuando en cuando con algún latín breve y compendioso, dando a entender a los que no lo entienden que son grandes latinos, y apenas saben declinar un nombre ni conjugar un verbo.

CIPIÓN.—Por menor daño tengo ése que el que hacen los que verdaderamente saben latín, de los cuales hay algunos tan imprudentes que, hablando con un zapatero o con un sastre, arrojan latines como agua.

BERGANZA.—Deso podremos inferir que tanto peca el que dice latines delante de quien los ignora, como el que los dice ignorándolos.

CIPIÓN.—Pues otra cosa puedes advertir, y es que hay algunos que no les escusa el ser latinos de ser asnos.

BERGANZA.—Pues ¿quién lo duda? La razón está clara, pues cuando en tiempo de los romanos hablaban todos latín, como lengua materna suya, algún majadero habría entre ellos, a quien no escusaría el hablar latín dejar de ser necio.

CIPIÓN.—Para saber callar en romance y hablar en latín, discreción es menester, hermano Berganza.

BERGANZA.—Así es, porque también se puede decir una necedad en latín como en romance, y yo he visto letrados tontos, y gramáticos pesados, y romancistas vareteados con sus listas de latín, que con mucha facilidad pueden enfadar al mundo, no una sino muchas veces.

CIPIÓN.—Dejemos esto, y comienza a decir tus filosofías.

BERGANZA.—Ya las he dicho: éstas son que acabo de decir.

CIPIÓN.—¿Cuáles?

BERGANZA.—Estas de los latines y romances, que yo comencé y tú acabaste.

CIPIÓN.—¿Al murmurar llamas filosofar? ¡Así va ello! Canoniza, canoniza, Berganza, a la maldita plaga de la murmuración, y dale el nombre que quisieres, que ella dará a nosotros el de cínicos, que quiere decir perros murmuradores; y por tu vida que calles ya y sigas tu historia.

BERGANZA.—¿Cómo la tengo de seguir si callo?

CIPIÓN.—Quiero decir que la sigas de golpe, sin que la hagas que parezca pulpo, según la vas añadiendo colas.

BERGANZA.—Habla con propiedad: que no se llaman colas las del pulpo.

CIPIÓN.—Ése es el error que tuvo el que dijo que no era torpedad ni vicio nombrar las cosas por sus propios nombres, como si no fuese mejor, ya que sea forzoso nombrarlas, decirlas por circunloquios y rodeos que templen la asquerosidad que causa el oírlas por sus mismos nombres. Las honestas palabras dan indicio de la honestidad del que las pronuncia o las escribe.

BERGANZA.—Quiero creerte; «y digo que, no contenta mi fortuna de haberme quitado de mis estudios y de la vida que en ellos pasaba, tan regocijada y compuesta, y haberme puesto atraillado tras de una puerta, y de haber trocado la liberalidad de los estudiantes en la mezquindad de la negra, ordenó de sobresaltarme en lo que ya por quietud y descanso tenía.»

Mira, Cipión, ten por cierto y averiguado, como yo lo tengo, que al desdichado las desdichas le buscan y le hallan, aunque se esconda en los últimos rincones de la tierra.

«Dígolo porque la negra de casa estaba enamorada de un negro, asimismo esclavo de casa, el cual negro dormía en el zaguán, que es entre la puerta de la calle y la de en medio, detrás de la cual yo estaba; y no se podían juntar sino de noche, y para esto habían hurtado o contrahecho las llaves; y así, las más de las noches bajaba la negra, y, tapándome la boca con algún pedazo de carne o queso, abría al negro, con quien se daba buen tiempo, facilitándolo mi silencio, y a costa de muchas cosas que la negra hurtaba. Algunos días me estragaron la conciencia las dádivas de la negra, pareciéndome que sin ellas se me apretarían las ijadas y daría de mastín en galgo. Pero, en efeto, llevado de mi buen natural, quise responder a lo que a mi amo debía, pues tiraba sus gajes y comía su pan, como lo deben hacer no sólo los perros honrados, a quien se les da renombre de agradecidos, sino todos aquellos que sirven.»

CIPIÓN.—Esto sí, Berganza, quiero que pase por filosofía, porque son razones que consisten en buena verdad y en buen entendimiento; y adelante y no hagas soga, por no decir cola, de tu historia.

BERGANZA.—Primero te quiero rogar me digas, si es que lo sabes, qué quiere decir filosofía; que, aunque yo la nombro, no sé lo que es; sólo me doy a entender que es cosa buena.

CIPIÓN.— Con brevedad te la diré. Este nombre se compone de dos nombres griegos, que son filos y sofía; filos quiere decir amor, y sofía, la ciencia; así que filosofía significa 'amor de la ciencia', y filósofo, 'amador de la ciencia'.

BERGANZA.—Mucho sabes, Cipión. ¿Quién diablos te enseñó a ti nombres griegos?

CIPIÓN.—Verdaderamente, Berganza, que eres simple, pues desto haces caso; porque éstas son cosas que las saben los niños de la escuela, y también hay quien presuma saber la lengua griega sin saberla, como la latina ignorándola.

BERGANZA.—Eso es lo que yo digo, y quisiera que a estos tales los pusieran en una prensa, y a fuerza de vueltas les sacaran el jugo de lo que saben, porque no anduviesen engañando el mundo con el oropel de sus gregüescos rotos y sus latines falsos, como hacen los portugueses con los negros de Guinea.

CIPIÓN.—Ahora sí, Berganza, que te puedes morder la lengua, y tarazármela yo, porque todo cuanto decimos es murmurar.

BERGANZA.—Sí, que no estoy obligado a hacer lo que he oído decir que hizo uno llamado Corondas, tirio, el cual puso ley que ninguno entrase en el ayuntamiento de su ciudad con armas, so pena de la vida. Descuidóse desto, y otro día entró en el cabildo ceñida la espada; advirtiéronselo y, acordándose de la pena por él puesta, al momento desenvainó su espada y se pasó con ella el pecho, y fue el primero que puso y quebrantó la ley y pagó la pena. Lo que yo dije no fue poner ley, sino prometer que me mordería la lengua cuando murmurase; pero ahora no van las cosas por el tenor y rigor de las antiguas: hoy se hace una ley y mañana se rompe, y quizá conviene que así sea. Ahora promete uno de enmendarse de sus vicios, y de allí a un momento cae en otros mayores. Una cosa es alabar la disciplina y otra el darse con ella, y, en efeto, del dicho al hecho hay gran trecho. Muérdase el diablo, que yo no quiero morderme ni hacer finezas detrás de una estera, donde de nadie soy visto que pueda alabar mi honrosa determinación.

CIPIÓN.—Según eso, Berganza, si tú fueras persona, fueras hipócrita, y todas las obras que hicieras fueran aparentes, fingidas y falsas, cubiertas con la capa de la virtud, sólo porque te alabaran, como todos los hipócritas hacen.

BERGANZA.—No sé lo que entonces hiciera; esto sé que quiero hacer ahora: que es no morderme, quedándome tantas cosas por decir que no sé cómo ni cuándo podré acabarlas; y más, estando temeroso que al salir del sol nos hemos de quedar a escuras, faltándonos la habla.

CIPIÓN.—Mejor lo hará el cielo. Sigue tu historia y no te desvíes del camino carretero con impertinentes digresiones; y así, por larga que sea, la acabarás presto.

BERGANZA.—«Digo, pues, que, habiendo visto la insolencia, ladronicio y deshonestidad de los negros, determiné, como buen criado, estorbarlo, por los mejores medios que pudiese; y pude tan bien, que salí con mi intento. Bajaba la negra, como has oído, a refocilarse con el negro, fiada en que me enmudecían los pedazos de carne, pan o queso que me arrojaba...»

¡Mucho pueden las dádivas, Cipión!

CIPIÓN.—Mucho. No te diviertas, pasa adelante.

BERGANZA.—Acuérdome que cuando estudiaba oí decir al precetor un refrán latino, que ellos llaman adagio, que decía: Habet bovem in lingua.

CIPIÓN.—¡Oh, que en hora mala hayáis encajado vuestro latín! ¿Tan presto se te ha olvidado lo que poco ha dijimos contra los que entremeten latines en las conversaciones de romance?

BERGANZA.—Este latín viene aquí de molde; que has de saber que los atenienses usaban, entre otras, de una moneda sellada con la figura de un buey, y cuando algún juez dejaba de decir o hacer lo que era razón y justicia, por estar cohechado, decían: *Este tiene el buey en la lengua*.

CIPIÓN.—La aplicación falta.

BERGANZA.—¿No está bien clara, si las dádivas de la negra me tuvieron muchos días mudo, que ni quería ni osaba ladrarla cuando bajaba a verse con su negro enamorado? Por lo que vuelvo a decir que pueden mucho las dádivas.

CIPIÓN.—Ya te he respondido que pueden mucho, y si no fuera por no hacer ahora una larga digresión, con mil ejemplos probara lo mucho que las dádivas pueden; mas quizá lo diré, si el cielo me concede tiempo, lugar y habla para contarte mi vida.

BERGANZA.—Dios te dé lo que deseas, y escucha.

«Finalmente, mi buena intención rompió por las malas dádivas de la negra; a la cual, bajando una noche muy escura a su acostumbrado pasatiempo, arremetí sin ladrar, porque no se alborotasen los de casa, y en un instante le hice pedazos toda la camisa y le arranqué un pedazo de muslo: burla que fue bastante a tenerla de veras más de ocho días en la cama, fingiendo para con sus amos no sé qué enfermedad. Sanó, volvió otra noche, y yo volví a la pelea con mi perra, y, sin morderla, la arañé todo el cuerpo como si la hubiera cardado como manta. Nuestras batallas eran a la sorda, de las cuales salía siempre vencedor, y la negra, malparada y peor contenta. Pero sus enojos se parecían bien en mi pelo y en mi salud: alzóseme con la ración y los huesos, y los míos poco a poco iban señalando los nudos del espinazo. Con todo esto, aunque me quitaron el comer, no me pudieron quitar el ladrar. Pero la negra, por acabarme de una vez, me trujo una esponja frita con manteca; conocí la maldad; vi que era peor que comer zarazas, porque a quien la come se le hincha el estómago y no sale dél sin llevarse tras sí la vida. Y, pareciéndome ser imposible guardarme de las asechanzas de tan indignados enemigos, acordé de poner tierra en medio, quitándomeles delante de los ojos.

»Halléme un día suelto, y sin decir adiós a ninguno de casa, me puse en la calle, y a menos de cien pasos me deparó la suerte al alguacil que dije al principio de mi historia, que era grande amigo de mi amo Nicolás el Romo; el cual, apenas me hubo visto, cuando me conoció y me llamó por mi nombre; también le conocí yo y, al llamarme, me llegué a él con mis acostumbradas ceremonias y caricias. Asióme del cuello y dijo a dos corchetes suyos: *Éste es famoso perro de ayuda, que fue de un grande amigo mío; llevémosle a casa*. Holgáronse los corchetes, y dijeron que si era de ayuda a todos sería de provecho. Quisieron asirme para llevarme, y mi amo dijo que no era menester asirme, que yo me iría, porque le conocía.

»Háseme olvidado decirte que las carlancas con puntas de acero que saqué cuando me desgarré y ausenté del ganado me las quitó un gitano en una venta, y ya en Sevilla andaba sin ellas; pero el alguacil me puso un collar tachonado todo de latón morisco.»

Considera, Cipión, ahora esta rueda variable de la fortuna mía: ayer me vi estudiante y hoy me vees corchete.

CIPIÓN.—Así va el mundo, y no hay para qué te pongas ahora a esagerar los vaivenes de fortuna, como si hubiera mucha diferencia de ser mozo de un jifero a serlo de un corchete. No puedo sufrir ni llevar en paciencia oír las quejas que dan de la fortuna algunos hombres que la mayor que tuvieron fue tener premisas y esperanzas de llegar a ser escuderos. ¡Con qué maldiciones la maldicen! ¡Con cuántos improperios la deshonran! Y no por más de que porque piense el que los oye que de alta, próspera y buena ventura han venido a la desdichada y baja en que los miran.

BERGANZA.—Tienes razón; «y has de saber que este alguacil tenía amistad con un escribano, con quien se acompañaba; estaban los dos amancebados con dos mujercillas, no de poco más a menos, sino de menos en todo; verdad es que tenían algo de buenas caras, pero mucho de desenfado y de taimería putesca. Éstas les servían de red y de anzuelo para pescar en seco, en esta forma: vestíanse de suerte que por la pinta descubrían la figura, y a tiro de arcabuz mostraban ser damas de la vida libre; andaban siempre a caza de estranjeros, y, cuando llegaba la vendeja a Cádiz y a Sevilla, llegaba la huella de su ganancia, no quedando bretón con quien no embistiesen; y, en cayendo el grasiento con alguna destas limpias, avisaban al alguacil y al escribano adónde y a qué posada iban, y, en estando juntos, les daban asalto y los prendían por amancebados; pero nunca los llevaban a la cárcel, a causa que los estranjeros siempre redimían la vejación con dineros.

«Sucedió, pues, que la Colindres, que así se llamaba la amiga del alguacil, pescó un bretón unto y bisunto; concertó con él cena y noche en su posada; dio el cañuto a su amigo; y, apenas se habían desnudado, cuando el alguacil, el escribano, dos corchetes y yo dimos con ellos. Alborotáronse los amantes; esageró el alguacil el delito; mandólos vestir a toda priesa para llevarlos a la cárcel; afligióse el bretón; terció, movido de caridad, el escribano, y a puros ruegos redujo la pena a solos cien reales. Pidió el bretón unos follados de camuza que había puesto en una silla a los pies de la cama, donde tenía dineros para pagar su libertad, y no parecieron los follados, ni podían parecer; porque, así como yo entré en el aposento, llegó a mis narices un olor de tocino que me consoló todo; descubríle con el olfato, y halléle en una faldriquera de los follados. Digo que hallé en ella un pedazo de jamón famoso, y, por gozarle y poderle sacar sin rumor, saqué los follados a la calle, y allí me entregué en el jamón a toda mi voluntad, y cuando volví al aposento hallé que el bretón daba voces diciendo en lenguaje adúltero y bastardo, aunque se entendía, que le volviesen sus calzas, que en ellas tenía cincuenta escuti d'oro in oro. Imaginó el escribano o que la Colindres o los corchetes se los habían robado; el alguacil pensó lo mismo; llamólos aparte, no confesó ninguno, y diéronse al diablo todos. Viendo yo lo que pasaba, volví a la calle donde había dejado los follados, para volverlos, pues a mí no me aprovechaba nada el dinero; no los hallé, porque ya algún venturoso que pasó se los había llevado. Como el alguacil vio que el bretón no tenía dinero para el cohecho, se desesperaba, y pensó sacar de la huéspeda de casa lo que el bretón no tenía; llamóla, y vino medio desnuda, y como oyó las voces y quejas del bretón, y a la Colindres desnuda y llorando, al alguacil en cólera y al escribano enojado y a los corchetes despabilando lo que hallaban en el aposento, no le plugo mucho. Mandó el alguacil que se cubriese y se viniese con él a la cárcel, porque consentía en su casa hombres y mujeres de mal vivir. ¡Aquí fue ello! Aquí sí que fue cuando se aumentaron las voces y creció la confusión; porque dijo la huéspeda: *Señor alguacil y señor escribano, no conmigo tretas, que entrevo toda costura; no conmigo dijes ni poleos: callen la boca y váyanse con Dios; si no, por mi santiguada que arroje el bodegón por la ventana y que saque a plaza toda la chirinola desta historia; que bien conozco a la señora Colindres y sé que ha muchos meses que es su cobertor el señor alguacil; y no hagan que me aclare más, sino vuélvase el dinero a este señor, y quedemos todos por buenos; porque yo soy mujer honrada y tengo un marido con su carta de ejecutoria, y con a perpenan rei de memoria, con sus colgaderos de plomo, Dios sea loado, y hago este oficio muy limpiamente y sin daño de barras. El arancel tengo clavado donde todo el mundo le vea; y no conmigo cuentos, que, por Dios, que sé despolvorearme. ¡Bonita soy yo para que por mi orden entren mujeres con los huéspedes! Ellos tienen las llaves de sus aposentos, y yo no soy quince, que tengo de ver tras siete paredes.*

»Pasmados quedaron mis amos de haber oído la arenga de la huéspeda y de ver cómo les leía la historia de sus vidas; pero, como vieron que no tenían de quién sacar dinero si della no, porfiaban en llevarla a la cárcel. Quejábase ella al cielo de la sinrazón y justicia que la hacían, estando su marido ausente y siendo tan principal hidalgo. El bretón bramaba por sus cincuenta escuti. Los corchetes porfiaban que ellos no habían visto los follados, ni Dios permitiese lo tal. El escribano, por lo callado, insistía al alguacil que mirase los vestidos de la Colindres, que le daba sospecha que ella debía de tener los cincuenta escuti, por tener de costumbre visitar los escondrijos y faldriqueras de aquellos que con ella se envolvían. Ella decía que el bretón estaba borracho y que debía de mentir en lo del dinero. En efeto, todo era confusión, gritos y juramentos, sin llevar modo de apaciguarse, ni se apaciguaran si al instante no entrara en el aposento el teniente de asistente, que, viniendo a visitar aquella posada, las voces le llevaron adonde era la grita. Preguntó la causa de aquellas voces; la huéspeda se la dio muy por menudo: dijo quién era la ninfa Colindres, que ya estaba vestida; publicó la pública amistad suya y del alguacil; echó en la calle sus tretas y modo de robar; disculpóse a sí misma de que con su consentimiento jamás había entrado en su casa mujer de mala sospecha; canonizóse por santa y a su marido por un bendito, y dio voces a una moza que fuese corriendo y trujese de un cofre la carta ejecutoria de su marido, para que la viese el señor tiniente, diciéndole que por ella echaría de ver que mujer de tan honrado marido no podía hacer cosa mala; y que si tenía aquel oficio de casa de camas, era a no poder más: que Dios sabía lo que le pesaba, y si quisiera ella tener alguna renta y pan cuotidiano para pasar la vida, que tener aquel ejercicio. El teniente, enfadado de su mucho hablar y presumir de ejecutoria, le dijo: *Hermana camera, yo quiero creer que vuestro marido tiene carta de hidalguía con que vos me confeséis que es hidalgo mesonero. Y con mucha honra* —respondió la huéspeda—. *Y ¿qué linaje hay en el mundo, por bueno que sea, que no tenga algún dime y direte? Lo que yo os digo, hermana, es que os cubráis, que habéis de venir a la cárcel.* La cual nueva dio con ella en el suelo; arañóse el rostro; alzó el grito; pero, con todo eso, el teniente, demasiadamente severo, los llevó a todos a la cárcel; conviene a saber: al bretón, a la Colindres y a la huéspeda. Después supe que el bretón perdió sus cincuenta escuti, y más diez, en que le condenaron en las costas; la huéspeda pagó otro tanto, y la Colindres salió libre por la puerta afuera. Y el mismo día que la soltaron pescó a un marinero, que pagó por el bretón, con el mismo embuste del soplo; porque veas, Cipión, cuántos y cuán grandes inconvenientes nacieron de mi golosina.»

CIPIÓN.—Mejor dijeras de la bellaquería de tu amo.

BERGANZA.—Pues escucha, que aún más adelante tiraban la barra, puesto que me pesa de decir mal de alguaciles y de escribanos.

CIPIÓN.—Sí, que decir mal de uno no es decirlo de todos; sí, que muchos y muy muchos escribanos hay buenos, fieles y legales, y amigos de hacer placer sin daño de tercero; sí, que no todos entretienen los pleitos, ni avisan a las partes, ni todos llevan más de sus derechos, ni todos van buscando e inquiriendo las vidas ajenas para ponerlas en tela de juicio, ni todos se aúnan con el juez para "háceme la barba y hacerte he el copete", ni todos los alguaciles se conciertan con los vagamundos y fulleros, ni tienen todos las amigas de tu amo para sus embustes. Muchos y muy muchos hay hidalgos por naturaleza y de hidalgas condiciones; muchos no son arrojados, insolentes, ni mal criados, ni rateros, como los que andan por los mesones midiendo las espadas a los estranjeros, y, hallándolas un pelo más de la marca, destruyen a sus dueños. Sí, que no todos como prenden sueltan, y son jueces y abogados cuando quieren.

BERGANZA.—«Más alto picaba mi amo; otro camino era el suyo; presumía de valiente y de hacer prisiones famosas; sustentaba la valentía sin peligro de su persona, pero a costa de su bolsa. Un día acometió en la Puerta de Jerez él solo a seis famosos rufianes, sin que yo le pudiese ayudar en nada, porque llevaba con un freno de cordel impedida la boca (que así me traía de día, y de noche me le quitaba). Quedé maravillado de ver su atrevimiento, su brío y su denuedo; así se entraba y salía por las seis espadas de los rufos como si fueran varas de mimbre; era cosa maravillosa ver la ligereza con que acometía, las estocadas que tiraba, los reparos, la cuenta, el ojo alerta porque no le tomasen las espaldas. Finalmente, él quedó en mi opinión y en la de todos cuantos la pendencia miraron y supieron por un nuevo Rodamonte, habiendo llevado a sus enemigos desde la Puerta de Jerez hasta los mármoles del Colegio de Mase Rodrigo, que hay más de cien pasos. Dejólos encerrados, y volvió a coger los trofeos de la batalla, que fueron tres vainas, y luego se las fue a mostrar al asistente, que, si mal no me acuerdo, lo era entonces el licenciado Sarmiento de Valladares, famoso por la destruición de La Sauceda. Miraban a mi amo por las calles do pasaba, señalándole con el dedo, como si dijeran: *Aquél es el valiente que se atrevió a reñir solo con la flor de los bravos de la Andalucía.* En dar vueltas a la ciudad, para dejarse ver, se pasó lo que quedaba del día, y la noche nos halló en Triana, en una calle junto al Molino de la Pólvora; y, habiendo mi amo avizorado (como en la jácara se dice) si alguien le veía, se entró en una casa, y yo tras él, y hallamos en un patio a todos los jayanes de la pendencia, sin capas ni espadas, y todos desabrochados; y uno, que debía de ser el huésped, tenía un gran jarro de vino en la una mano y en la otra una copa grande de taberna, la cual, colmándola de vino generoso y espumante, brindaba a toda la compañía. Apenas hubieron visto a mi amo, cuando todos se fueron a él con los brazos abiertos, y todos le brindaron, y él hizo la razón a todos, y aun la hiciera a otros tantos si le fuera algo en ello, por ser de condición afable y amigo de no enfadar a nadie por pocas cosas.»

Quererte yo contar ahora lo que allí se trató, la cena que cenaron, las peleas que se contaron, los hurtos que se refirieron, las damas que de su trato se calificaron y las que se reprobaron, las alabanzas que los unos a los otros se dieron, los bravos ausentes que se nombraron, la destreza que allí se puso en su punto, levantándose en mitad de la cena a poner en prática las tretas que se les ofrecían, esgrimiendo con las manos, los vocablos tan exquisitos de que usaban; y, finalmente, el talle de la persona del huésped, a quien todos respetaban como a señor y padre, sería meterme en un laberinto donde no me fuese posible salir cuando quisiese.

»Finalmente, vine a entender con toda certeza que el dueño de la casa, a quien llamaban Monipodio, era encubridor de ladrones y pala de rufianes, y que la gran pendencia de mi amo había sido primero concertada con ellos, con las circunstancias del retirarse y de dejar las vainas, las cuales pagó mi amo allí, luego, de contado, con todo cuanto Monipodio dijo que había costado la cena, que se concluyó casi al amanecer, con mucho gusto de todos. Y fue su postre dar soplo a mi amo de un rufián forastero que, nuevo y flamante, había llegado a la ciudad; debía de ser más valiente que ellos, y de envidia le soplaron. Prendióle mi amo la siguiente noche, desnudo en la cama: que si vestido estuviera, yo vi en su talle que no se dejara prender tan a mansalva. Con esta prisión que sobrevino sobre la pendencia, creció la fama de mi cobarde, que lo era mi amo más que una liebre, y a fuerza de meriendas y tragos sustentaba la fama de ser valiente, y todo cuanto con su oficio y con sus inteligencias granjeaba se le iba y desaguaba por la canal de la valentía.

»Pero ten paciencia, y escucha ahora un cuento que le sucedió, sin añadir ni quitar de la verdad una tilde. Dos ladrones hurtaron en Antequera un caballo muy bueno; trujéronle a Sevilla, y para venderle sin peligro usaron de un ardid que, a mi parecer, tiene del agudo y del discreto. Fuéronse a posar a posadas diferentes, y el uno se fue a la justicia y pidió por una petición que Pedro de Losada le debía cuatrocientos reales prestados, como parecía por una cédula firmada de su nombre, de la cual hacía presentación. Mandó el tiniente que el tal Losada reconociese la cédula, y que si la reconociese, le sacasen prendas de la cantidad o le pusiesen en la cárcel; tocó hacer esta diligencia a mi amo y al escribano su amigo; llevóles el ladrón a la posada del otro, y al punto reconoció su firma y confesó la deuda, y señaló por prenda de la ejecución el caballo, el cual visto por mi amo, le creció el ojo; y le marcó por suyo si acaso se vendiese. Dio el ladrón por pasados los términos de la ley, y el caballo se puso en venta y se remató en quinientos reales en un tercero que mi amo echó de manga para que se le comprase. Valía el caballo tanto y medio más de lo que dieron por él. Pero, como el bien del vendedor estaba en la brevedad de la venta, a la primer postura remató su mercaduría. Cobró el un ladrón la deuda que no le debían, y el otro la carta de pago que no había menester, y mi amo se quedó con el caballo, que para él fue peor que el Seyano lo fue para sus dueños. Mondaron luego la haza los ladrones, y, de allí a dos días, después de haber trastejado mi amo las guarniciones y otras faltas del caballo, pareció sobre él en la plaza de San Francisco, más hueco y pomposo que aldeano vestido de fiesta. Diéronle mil parabienes de la buena compra, afirmándole que valía ciento y cincuenta ducados como un huevo un maravedí; y él, volteando y revolviendo el caballo, representaba su tragedia en el teatro de la referida plaza. Y, estando en sus caracoles y rodeos, llegaron dos hombres de buen talle y de mejor ropaje, y el uno dijo: *¡Vive Dios, que éste es Piedehierro, mi caballo, que ha pocos días que me le hurtaron en Antequera!*. Todos los que venían con él, que eran cuatro criados, dijeron que así era la verdad: que aquél era Piedehierro, el caballo que le habían hurtado. Pasmóse mi amo, querellóse el dueño, hubo pruebas, y fueron las que hizo el dueño tan buenas, que salió la sentencia en su favor y mi amo fue desposeído del caballo. Súpose la burla y la industria de los ladrones, que por manos e intervención de la misma justicia vendieron lo que habían hurtado, y casi todos se holgaban de que la codicia de mi amo le hubiese rompido el saco.

»Y no paró en esto su desgracia; que aquella noche, saliendo a rondar el mismo asistente, por haberle dado noticia que hacia los barrios de San Julián andaban ladrones, al pasar de una encrucijada vieron pasar un hombre corriendo, y dijo a este punto el asistente, asiéndome por el collar y zuzándome: *¡Al ladrón, Gavilán! ¡Ea, Gavilán, hijo, al ladrón, al ladrón!* Yo, a quien ya tenían cansado las maldades de mi amo, por cumplir lo que el señor asistente me mandaba sin discrepar en nada, arremetí con mi propio amo, y sin que pudiese valerse, di con él en el suelo; y si no me le quitaran, yo hiciera a más de a cuatro vengados; quitáronme con mucha pesadumbre de entrambos. Quisieran los corchetes castigarme, y aun matarme a palos, y lo hicieran si el asistente no les dijera: *No le toque nadie, que el perro hizo lo que yo le mandé.*

»Entendióse la malicia, y yo, sin despedirme de nadie, por un agujero de la muralla salí al campo, y antes que amaneciese me puse en Mairena, que es un lugar que está cuatro leguas de Sevilla. Quiso mi buena suerte que hallé allí una compañía de soldados que, según oí decir, se iban a embarcar a Cartagena. Estaban en ella cuatro rufianes de los amigos de mi amo, y el atambor era uno que había sido corchete y gran chocarrero, como lo suelen ser los más atambores. Conociéronme todos y todos me hablaron; y así, me preguntaban por mi amo como si les hubiera de responder; pero el que más afición me mostró fue el atambor, y así, determiné de acomodarme con él, si él quisiese, y seguir aquella jornada, aunque me llevase a Italia o a Flandes; porque me parece a mí, y aun a ti te debe parecer lo mismo, que, puesto que dice el refrán "quien necio es en su villa, necio es en Castilla", el andar tierras y comunicar con diversas gentes hace a los hombres discretos.»

CIPIÓN.—Es eso tan verdad, que me acuerdo haber oído decir a un amo que tuve de bonísimo ingenio que al famoso griego llamado Ulises le dieron renombre de prudente por sólo haber andado muchas tierras y comunicado con diversas gentes y varias naciones; y así, alabo la intención que tuviste de irte donde te llevasen.

BERGANZA.—«Es, pues, el caso que el atambor, por tener con qué mostrar más sus chacorrerías, comenzó a enseñarme a bailar al son del atambor y a hacer otras monerías, tan ajenas de poder aprenderlas otro perro que no fuera yo como las oirás cuando te las diga.

»Por acabarse el distrito de la comisión, se marchaba poco a poco; no había comisario que nos limitase; el capitán era mozo, pero muy buen caballero y gran cristiano; el alférez no hacía muchos meses que había dejado la Corte y el tinelo; el sargento era matrero y sagaz y grande arriero de compañías, desde donde se levantan hasta el embarcadero. Iba la compañía llena de rufianes churrulleros, los cuales hacían algunas insolencias por los lugares do pasábamos, que redundaban en maldecir a quien no lo merecía. Infelicidad es del buen príncipe ser culpado de sus súbditos por la culpa de sus súbditos, a causa que los unos son verdugos de los otros, sin culpa del señor; pues, aunque quiera y lo procure no puede remediar estos daños, porque todas o las más cosas de la guerra traen consigo aspereza, riguridad y desconveniencia.

»En fin, en menos de quince días, con mi buen ingenio y con la diligencia que puso el que había escogido por patrón, supe saltar por el Rey de Francia y a no saltar por la mala tabernera. Enseñóme a hacer corvetas como caballo napolitano y a andar a la redonda como mula de atahona, con otras cosas que, si yo no tuviera cuenta en no adelantarme a mostrarlas, pusiera en duda si era algún demonio en figura de perro el que las hacía. Púsome nombre del "perro sabio", y no habíamos llegado al alojamiento cuando, tocando su atambor, andaba por todo el lugar pregonando que todas las personas que quisiesen venir a ver las maravillosas gracias y habilidades del perro sabio en tal casa o en tal hospital las mostraban, a ocho o a cuatro maravedís, según era el pueblo grande o chico. Con estos encarecimientos no quedaba persona en todo el lugar que no me fuese a ver, y ninguno había que no saliese admirado y contento de haberme visto. Triunfaba mi amo con la mucha ganancia, y sustentaba seis camaradas como unos reyes. La codicia y la envidia despertó en los rufianes voluntad de hurtarme, y andaban buscando ocasión para ello: que esto del ganar de comer holgando tiene muchos aficionados y golosos; por esto hay tantos titereros en España, tantos que muestran retablos, tantos que venden alfileres y coplas, que todo su caudal, aunque le vendiesen todo, no llega a poderse sustentar un día; y, con esto, los unos y los otros no salen de los bodegones y tabernas en todo el año; por do me doy a entender que de otra parte que de la de sus oficios sale la corriente de sus borracheras. Toda esta gente es vagamunda, inútil y sin provecho; esponjas del vino y gorgojos del pan.»

CIPIÓN.—No más, Berganza; no volvamos a lo pasado: sigue, que se va la noche, y no querría que al salir del sol quedásemos a la sombra del silencio.

BERGANZA.—Tenle y escucha.

»Como sea cosa fácil añadir a lo ya inventado, viendo mi amo cuán bien sabía imitar el corcel napolitano, hízome unas cubiertas de guadamací y una silla pequeña, que me acomodó en las espaldas, y sobre ella puso una figura liviana de un hombre con una lancilla de correr sortija, y enseñóme a correr derechamente a una sortija que entre dos palos ponía; y el día que había de correrla pregonaba que aquel día corría sortija el perro sabio y hacía otras nuevas y nunca vistas galanterías, las cuales de mi santiscario, como dicen, las hacía por no sacar mentiroso a mi amo.

»Llegamos, pues, por nuestras jornadas contadas a Montilla, villa del famoso y gran cristiano Marqués de Priego, señor de la casa de Aguilar y de Montilla. Alojaron a mi amo, porque él lo procuró, en un hospital; echó luego el ordinario bando, y, como ya la fama se había adelantado a llevar las nuevas de las habilidades y gracias del perro sabio, en menos de una hora se llenó el patio de gente. Alegróse mi amo viendo que la cosecha iba de guilla, y mostróse aquel día chacorrero en demasía. Lo primero en que comenzaba la fiesta era en los saltos que yo daba por un aro de cedazo, que parecía de cuba: conjurábame por las ordinarias preguntas, y cuando él bajaba una varilla de membrillo que en la mano tenía, era señal del salto; y cuando la tenía alta, de que me estuviese quedo. El primer conjuro deste día (memorable entre todos los de mi vida) fue decirme: *Ea, Gavilán amigo, salta por aquel viejo verde que tú conoces que se escabecha las barbas; y si no quieres, salta por la pompa y el aparato de doña Pimpinela de Plafagonia, que fue compañera de la moza gallega que servía en Valdeastillas. ¿No te cuadra el conjuro, hijo Gavilán? Pues salta por el bachiller Pasillas, que se firma licenciado sin tener grado alguno. ¡Oh, perezoso estás! ¿Por qué no saltas? Pero ya entiendo y alcanzo tus marrullerías: ahora salta por el licor de Esquivias, famoso al par del de Ciudad Real, San Martín y Ribadavia.* Bajó la varilla y salté yo, y noté sus malicias y malas entrañas.

»Volvióse luego al pueblo y en voz alta dijo: *No piense vuesa merced, senado valeroso, que es cosa de burla lo que este perro sabe: veinte y cuatro piezas le tengo enseñadas que por la menor dellas volaría un gavilán; quiero decir que por ver la menor se pueden caminar treinta leguas. Sabe bailar la zarabanda y chacona mejor que su inventora misma; bébese una azumbre de vino sin dejar gota; entona un sol fa mi re tan bien como un sacristán; todas estas cosas, y otras muchas que me quedan por decir, las irán viendo vuesas mercedes en los días que estuviere aquí la compañía; y por ahora dé otro salto nuestro sabio, y luego entraremos en lo grueso.* Con esto suspendió el auditorio, que había llamado senado, y les encendió el deseo de no dejar de ver todo lo que yo sabía.

»Volvióse a mí mi amo y dijo: *Volved, hijo Gavilán, y con gentil agilidad y destreza deshaced los saltos que habéis hecho; pero ha de ser a devoción de la famosa hechicera que dicen que hubo en este lugar.* Apenas hubo dicho esto, cuando alzó la voz la hospitalera, que era una vieja, al parecer, de más de sesenta años, diciendo: *¡Bellaco, charlatán, embaidor y hijo de puta, aquí no hay hechicera alguna! Si lo decís por la Camacha, ya ella pagó su pecado, y está donde Dios se sabe; si lo decís por mí, chacorrero, ni yo soy ni he sido hechicera en mi vida; y si he tenido fama de haberlo sido, merced a los testigos falsos, y a la ley del encaje, y al juez arrojadizo y mal informado, ya sabe todo el mundo la vida que hago en penitencia, no de los hechizos que no hice, sino de otros muchos pecados: otros que como pecadora he cometido: así que, socarrón tamborilero, salid del hospital: si no, por vida de mi santiguada que os haga salir más que de paso.* Y, con esto, comenzó a dar tantos gritos y a decir tantas y tan atropelladas injurias a mi amo, que le puso en confusión y sobresalto; finalmente, no dejó que pasase adelante la fiesta en ningún modo. No le pesó a mi amo del alboroto, porque se quedó con los dineros y aplazó para otro día y en otro hospital lo que en aquél había faltado. Fuese la gente maldiciendo a la vieja, añadiendo al nombre de hechicera el de bruja, y el de barbuda sobre vieja. Con todo esto, nos quedamos en el hospital aquella noche; y, encontrándome la vieja en el corral solo, me dijo: *¿Eres tú, hijo Montiel? ¿Eres tú, por ventura, hijo?.* Alcé la cabeza y miréla muy de espacio; lo cual visto por ella, con lágrimas en los ojos se vino a mí y me echó los brazos al cuello, y si la dejara me besara en la boca; pero tuve asco y no lo consentí.»

CIPIÓN.—Bien hiciste, porque no es regalo, sino tormento, el besar ni dejar besarse de una vieja.

BERGANZA.—Esto que ahora te quiero contar te lo había de haber dicho al principio de mi cuento, y así escusáramos la admiración que nos causó el vernos con habla.

«Porque has de saber que la vieja me dijo: *Hijo Montiel, vente tras mí y sabrás mi aposento, y procura que esta noche nos veamos a solas en él, que yo dejaré abierta la puerta; y sabe que tengo muchas cosas que decirte de tu vida y para tu provecho.* Bajé yo la cabeza en señal de obedecerla, por lo cual ella se acabó de enterar en que yo era el perro Montiel que buscaba, según después me lo dijo. Quedé atónito y confuso, esperando la noche, por ver en lo que paraba aquel misterio, o prodigio, de haberme hablado la vieja; y, como había oído llamarla de hechicera, esperaba de su vista y habla grandes cosas. Llegóse, en fin, el punto de verme con ella en su aposento, que era escuro, estrecho y bajo, y solamente claro con la débil luz de un candil de barro que en él estaba; atizóle la vieja, y sentóse sobre una arquilla, y llegóme junto a sí, y, sin hablar palabra, me volvió a abrazar, y yo volví a tener cuenta con que no me besase. Lo primero que me dijo fue:

»*Bien esperaba yo en el cielo que, antes que estos mis ojos se cerrasen con el último sueño, te había de ver, hijo mío; y, ya que te he visto, venga la muerte y lléveme desta cansada vida. Has de saber, hijo, que en esta villa vivió la más famosa hechicera que hubo en el mundo, a quien llamaron la Camacha de Montilla; fue tan única en su oficio, que las*

Eritos, las Circes, las Medeas, de quien he oído decir que están las historias llenas, no la igualaron. *Ella congelaba las nubes cuando quería, cubriendo con ellas la faz del sol, y cuando se le antojaba volvía sereno el más turbado cielo; traía los hombres en un instante de lejas tierras, remediaba maravillosamente las doncellas que habían tenido algún descuido en guardar su entereza, cubría a las viudas de modo que con honestidad fuesen deshonestas, descasaba las casadas y casaba las que ella quería. Por diciembre tenía rosas frescas en su jardín y por enero segaba trigo. Esto de hacer nacer berros en una artesa era lo menos que ella hacía, ni el hacer ver en un espejo, o en la uña de una criatura, los vivos o los muertos que le pedían que mostrase. Tuvo fama que convertía los hombres en animales, y que se había servido de un sacristán seis años, en forma de asno, real y verdaderamente, lo que yo nunca he podido alcanzar cómo se haga, porque lo que se dice de aquellas antiguas magas, que convertían los hombres en bestias, dicen los que más saben que no era otra cosa sino que ellas, con su mucha hermosura y con sus halagos, atraían los hombres de manera a que las quisiesen bien, y los sujetaban de suerte, sirviéndose dellos en todo cuanto querían, que parecían bestias. Pero en ti, hijo mío, la experiencia me muestra lo contrario: que sé que eres persona racional y te veo en semejanza de perro, si ya no es que esto se hace con aquella ciencia que llaman tropelía, que hace parecer una cosa por otra. Sea lo que fuere, lo que me pesa es que yo ni tu madre, que fuimos discípulas de la buena Camacha, nunca llegamos a saber tanto como ella; y no por falta de ingenio, ni de habilidad, ni de ánimo, que antes nos sobraba que faltaba, sino por sobra de su malicia, que nunca quiso enseñarnos las cosas mayores, porque las reservaba para ella.*

»Tu madre, hijo, se llamó la Montiela, que después de la Camacha fue famosa; yo me llamo la Cañizares, si ya no tan sabia como las dos, a lo menos de tan buenos deseos como cualquiera dellas. Verdad es que el ánimo que tu madre tenía de hacer y entrar en un cerco y encerrarse en él con una legión de demonios, no le hacía ventaja la misma Camacha. Yo fui siempre algo medrosilla; con conjurar media legión me contentaba, pero, con paz sea dicho de entrambas, en esto de conficionar las unturas con que las brujas nos untamos, a ninguna de las dos diera ventaja, ni la daré a cuantas hoy siguen y guardan nuestras reglas. Que has de saber, hijo, que como yo he visto y veo que la vida, que corre sobre las ligeras alas del tiempo, se acaba, he querido dejar todos los vicios de la hechicería, en que estaba engolfada muchos años había, y sólo me he quedado con la curiosidad de ser bruja, que es un vicio dificultosísimo de dejar. Tu madre hizo lo mismo: de muchos vicios se apartó, muchas buenas obras hizo en esta vida, pero al fin murió bruja; y no murió de enfermedad alguna, sino de dolor de que supo que la Camacha, su maestra, de envidia que la tuvo porque se le iba subiendo a las barbas en saber tanto como ella (o por otra pendenzuela de celos, que nunca pude averiguar), estando tu madre preñada y llegándose la hora del parto, fue su comadre la Camacha, la cual recibió en sus manos lo que tu madre parió, y mostróle que había parido dos perritos; y, así como los vio, dijo: '¡Aquí hay maldad, aquí hay bellaquería!'. 'Pero, hermana Montiela, tu amiga soy; yo encubriré este parto, y atiende tú a estar sana, y haz cuenta que esta tu desgracia queda sepultada en el mismo silencio; no te dé pena alguna este suceso, que ya sabes tú que puedo yo saber que si no es con Rodríguez, el ganapán tu amigo, días ha que no tratas con otro; así que, este perruno parto de otra parte viene y algún misterio contiene. Admiradas quedamos tu madre y yo, que me hallé presente a todo, del estraño suceso. La Camacha se fue y se llevó los cachorros; yo me quedé con tu madre para asistir a su regalo, la cual no podía creer lo que le había sucedido.

»Llegóse el fin de la Camacha, y, estando en la última hora de su vida, llamó a tu madre y le dijo como ella había convertido a sus hijos en perros por cierto enojo que con ella tuvo; pero que no tuviese pena, que ellos volverían a su ser cuando menos lo pensasen; mas que no podía ser primero que ellos por sus mismos ojos viesen lo siguiente:

Volverán en su forma verdadera
cuando vieren con presta diligencia
derribar los soberbios levantados,
y alzar a los humildes abatidos,
con poderosa mano para hacello.
»*Esto dijo la Camacha a tu madre al tiempo de su muerte, como ya te he dicho. Tomólo tu madre por escrito y de memoria, y yo lo fijé en la mía para si sucediese tiempo de poderlo decir a alguno de vosotros; y, para poder conoceros, a todos los perros que veo de tu color los llamo con el nombre de tu madre, no por pensar que los perros han de saber el nombre, sino por ver si respondían a ser llamados tan diferentemente como se llaman los otros perros. Y esta tarde, como te vi hacer tantas cosas y que te llaman el perro sabio, y también como alzaste la cabeza a mirarme cuando te llamé en el corral, he creído que tú eres hijo de la Montiela, a quien con grandísimo gusto doy noticia de tus sucesos y del modo con que has de cobrar tu forma primera; el cual modo quisiera yo que fuera tan fácil como el que se dice de Apuleyo en El asno de oro, que consistía en sólo comer una rosa. Pero este tuyo va fundado en acciones ajenas y no en tu diligencia. Lo que has de hacer, hijo, es encomendarte a Dios allá en tu corazón, y espera que éstas, que no quiero llamarlas profecías, sino adivinanzas, han de suceder presto y prósperamente; que, pues la buena de la Camacha las dijo, sucederán sin duda alguna, y tú y tu hermano, si es vivo, os veréis como deseáis.*

»*De lo que a mí me pesa es que estoy tan cerca de mi acabamiento que no tendré lugar de verlo. Muchas veces he querido preguntar a mi cabrón qué fin tendrá vuestro suceso, pero no me he atrevido, porque nunca a lo que le preguntamos responde a derechas, sino con razones torcidas y de muchos sentidos. Así que, a este nuestro amo y señor no hay que preguntarle nada, porque con una verdad mezcla mil mentiras; y, a lo que yo he colegido de sus respuestas, él no sabe nada de lo por venir ciertamente, sino por conjeturas. Con todo esto, nos trae tan engañadas a las que somos brujas, que, con hacernos mil burlas, no le podemos dejar. Vamos a verle muy lejos de aquí, a un gran campo, donde nos juntamos infinidad de gente, brujos y brujas, y allí nos da de comer desabridamente, y pasan otras cosas que en verdad y en Dios y en mi ánima que no me atrevo a contarlas, según son sucias y asquerosas, y no quiero ofender tus castas orejas. Hay opinión que no vamos a estos convites sino con la fantasía, en la cual nos representa el demonio las imágenes de todas aquellas cosas que después contamos que nos han sucedido. Otros dicen que no, sino que verdaderamente vamos en cuerpo y en ánima; y entrambas opiniones tengo para mí que son verdaderas, puesto que nosotras no sabemos cuándo vamos de una o de otra manera, porque todo lo que nos pasa en la fantasía es tan intensamente que no hay diferenciarlo de cuando vamos real y verdaderamente. Algunas experiencias desto han hecho los señores inquisidores con algunas de nosotras que han tenido presas, y pienso que han hallado ser verdad lo que digo.*

»*Quisiera yo, hijo, apartarme deste pecado, y para ello he hecho mis diligencias: heme acogido a ser hospitalera; curo a los pobres, y algunos se mueren que me dan a mí la vida con lo que me mandan o con lo que se les queda entre los remiendos, por el cuidado que yo tengo de espulgarlos los vestidos. Rezo poco y en público, murmuro mucho y en secreto. Vame mejor con ser hipócrita que con ser pecadora declarada: las apariencias de mis buenas obras presentes van borrando en la memoria de los que me conocen las malas obras pasadas. En efeto, la santidad fingida no hace daño a ningún tercero, sino al que la usa. Mira, hijo Montiel, este consejo te doy: que seas bueno en todo cuanto pudieres; y si has de ser malo, procura no parecerlo en todo cuanto pudieres. Bruja soy, no te lo niego; bruja y hechicera fue tu madre, que tampoco te lo puedo negar; pero las buenas apariencias de las dos podían acreditarnos en todo el mundo. Tres días antes que muriese habíamos estado las dos en un valle de los Montes Perineos en una gran gira, y, con todo eso, cuando murió fue con tal sosiego y reposo, que si no fueron algunos visajes que hizo un cuarto de hora antes que rindiese el alma, no parecía sino que estaba en aquélla como en un tálamo de flores. Llevaba atravesados en el corazón sus dos hijos, y nunca quiso, aun en el artículo de la muerte, perdonar a la Camacha: tal era ella de entera y firme en sus cosas. Yo le cerré los ojos y fui con ella hasta la sepultura; allí la dejé para no verla más, aunque no tengo perdida la esperanza de verla antes que me muera, porque se ha dicho por el lugar que la han visto algunas personas andar por los cimenterios y encrucijadas en diferentes figuras, y quizá alguna vez la toparé yo, y le preguntaré si manda que haga alguna cosa en descargo de su conciencia.*

»Cada cosa destas que la vieja me decía en alabanza de la que decía ser mi madre era una lanzada que me atravesaba el corazón, y quisiera arremeter a ella y hacerla pedazos entre los dientes; y si lo dejé de hacer fue porque no le tomase la muerte en tan mal estado. Finalmente, me dijo que aquella noche pensaba untarse para ir a uno de sus usados convites, y que cuando allá estuviese pensaba preguntar a su dueño algo de lo que estaba por sucederme. Quisiérale yo preguntar qué unturas eran aquellas que decía, y parece que me leyó el deseo, pues respondió a mi intención como si se lo hubiera preguntado, pues dijo:

»*Este ungüento con que las brujas nos untamos es compuesto de jugos de yerbas en todo estremo fríos, y no es, como dice el vulgo, hecho con la sangre de los niños que ahogamos. Aquí pudieras también preguntarme qué gusto o provecho saca el demonio de hacernos matar las criaturas tiernas, pues sabe que, estando bautizadas, como inocentes y sin pecado, se van al cielo, y él recibe pena particular con cada alma cristiana que se le escapa; a lo que no te sabré responder otra cosa sino lo que dice el refrán: "que tal hay que se quiebra dos ojos porque su enemigo se quiebre uno"; y por la pesadumbre que da a sus padres matándoles los hijos, que es la mayor que se puede imaginar. Y lo que más le importa es hacer que nosotras cometamos a cada paso tan cruel y perverso pecado; y todo esto lo permite Dios por nuestros pecados, que sin su permisión yo he visto por experiencia que no puede ofender el diabo a una hormiga; y es tan verdad esto que, rogándole yo una vez que destruyese una viña de un mi enemigo, me respondió que ni aun tocar a una hoja della no podía, porque Dios no quería; por lo cual podrás venir a entender, cuando seas hombre, que todas las desgracias que vienen a las gentes, a los reinos, a las ciudades y a los pueblos: las muertes repentinas, los naufragios, las caídas, en fin, todos los males que llaman de daño, vienen de la mano del Altísimo y de su voluntad permitente; y los daños y males que llaman de culpa vienen y se causan por nosotros mismos. Dios es impecable, de do se infiere que nosotros somos autores del pecado, formándole en la intención, en la palabra y en la obra; todo permitiéndolo Dios, por nuestros pecados, como ya he dicho.*

»*Dirás tú ahora, hijo, si es que acaso me entiendes, que quién me hizo a mí teóloga, y aun quizá dirás entre ti: '¡Cuerpo de tal con la puta vieja! ¿Por qué no deja de ser bruja, pues sabe tanto, y se vuelve a Dios, pues sabe que está más prompto a perdonar pecados que a permitirlos?' A esto te respondo, como si me lo preguntaras, que la costumbre del vicio se vuelve en naturaleza; y éste de ser brujas se convierte en sangre y carne, y en medio de su ardor, que es mucho, trae un frío que pone en el alma tal, que la resfría y entorpece aun en la fe, de donde nace un olvido de sí misma, y ni se acuerda de los temores con que Dios la amenaza ni de la gloria con que la convida; y, en efeto, como es pecado de carne y de deleites, es fuerza que amortigüe todos los sentidos, y los embelese y absorte, sin dejarlos usar sus oficios como deben; y así, quedando el alma inútil, floja y desmazalada, no puede levantar la consideración siquiera a tener algún buen pensamiento; y así, dejándose estar sumida en la profunda sima de su miseria, no quiere alzar la mano a la de Dios, que se la está dando, por sola su misericordia, para que se levante. Yo tengo una destas almas que te he pintado: todo lo veo y todo lo entiendo, y como el deleite me tiene echados grillos a la voluntad, siempre he sido y seré mala.*

»Pero dejemos esto y volvamos a lo de las unturas; y digo que son tan frías, que nos privan de todos los sentidos en untándonos con ellas, y quedamos tendidas y desnudas en el suelo, y entonces dicen que en la fantasía pasamos todo aquello que nos parece pasar verdaderamente. Otras veces, acabadas de untar, a nuestro parecer, mudamos forma, y convertidas en gallos, lechuzas o cuervos, vamos al lugar donde nuestro dueño nos espera, y allí cobramos nuestra primera forma y gozamos de los deleites que te dejo de decir, por ser tales, que la memoria se escandaliza en acordarse dellos, y así, la lengua huye de contarlos; y, con todo esto, soy bruja, y cubro con la capa de la hipocresía todas mis muchas faltas. Verdad es que si algunos me estiman y honran por buena, no faltan muchos que me dicen, no dos dedos del oído, el nombre de las fiestas, que es el que les imprimió la furia de un juez colérico que en los tiempos pasados tuvo que ver conmigo y con tu madre, depositando su ira en las manos de un verdugo que, por no estar sobornado, usó de toda su plena potestad y rigor con nuestras espaldas. Pero esto ya pasó, y todas las cosas se pasan; las memorias se acaban, las vidas no vuelven, las lenguas se cansan, los sucesos nuevos hacen olvidar los pasados. Hospitalera soy, buenas muestras doy de mi proceder, buenos ratos me dan mis unturas, no soy tan vieja que no pueda vivir un año, puesto que tengo setenta y cinco; y, ya que no puedo ayunar, por la edad, ni rezar, por los vaguidos, ni andar romerías, por la flaqueza de mis piernas, ni dar limosna, porque soy pobre, ni pensar en bien, porque soy amiga de murmurar, y para haberlo de hacer es forzoso pensarlo primero, así que siempre mis pensamientos han de ser malos, con todo esto, sé que Dios es bueno y misericordioso y que Él sabe lo que ha de ser de mí, y basta; y quédese aquí esta plática, que verdaderamente me entristece. Ven, hijo, y verásme untar, que todos los duelos con pan son buenos, el buen día, meterle en casa, pues mientras se ríe no se llora; quiero decir que, aunque los gustos que nos da el demonio son aparentes y falsos, todavía nos parecen gustos, y el deleite mucho mayor es imaginado que gozado, aunque en los verdaderos gustos debe de ser al contrario.

»Levantóse, en diciendo esta larga arenga, y, tomando el candil, se entró en otro aposentillo más estrecho; seguíla, combatido de mil varios pensamientos y admirado de lo que había oído y de lo que esperaba ver. Colgó la Cañizares el candil de la pared y con mucha priesa se desnudó hasta la camisa; y, sacando de un rincón una olla vidriada, metió en ella la mano, y, murmurando entre dientes, se untó desde los pies a la cabeza, que tenía sin toca. Antes que se acabase de untar me dijo que, ora se quedase su cuerpo en aquel aposento sin sentido, ora desapareciese dél, que no me espantase, ni dejase de aguardar allí hasta la mañana, porque sabría las nuevas de lo que me quedaba por pasar hasta ser hombre. Díjele bajando la cabeza que sí haría, y con esto acabó su untura y se tendió en el suelo como muerta. Llegué mi boca a la suya y vi que no respiraba poco ni mucho.»

Una verdad te quiero confesar, Cipión amigo: que me dio gran temor verme encerrado en aquel estrecho aposento con aquella figura delante, la cual te la pintaré como mejor supiere.

»Ella era larga de más de siete pies; toda era notomía de huesos, cubiertos con una piel negra, vellosa y curtida; con la barriga, que era de badana, se cubría las partes deshonestas, y aun le colgaba hasta la mitad de los muslos; las tetas semejaban dos vejigas de vaca secas y arrugadas; denegridos los labios, traspillados los dientes, la nariz corva y entablada, desencasados los ojos, la cabeza desgreñada, la mejillas chupadas, angosta la garganta y los pechos sumidos; finalmente, toda era flaca y endemoniada. Púseme de espacio a mirarla y apriesa comenzó a apoderarse de mí el miedo, considerando la mala visión de su cuerpo y la peor ocupación de su alma. Quise morderla, por ver si volvía en sí, y no hallé parte en toda ella que el asco no me lo estorbase; pero, con todo esto, la así de un carcaño y la saqué arrastrando al patio; mas ni por esto dio muestras de tener sentido. Allí, con mirar el cielo y verme en parte ancha, se me quitó el temor; a lo menos, se templó de manera que tuve ánimo de esperar a ver en lo que paraba la ida y vuelta de aquella mala hembra, y lo que me contaba de mis sucesos. En esto me preguntaba yo a mí mismo: ¿quién hizo a esta mala *vieja tan discreta y tan mala? ¿De dónde sabe ella cuáles son males de daño y cuáles de culpa? ¿Cómo entiende y habla tanto de Dios, y obra tanto del diablo? ¿Cómo peca tan de malicia, no escusándose con ignorancia?*

»En estas consideraciones se pasó la noche y se vino el día, que nos halló a los dos en mitad del patio: ella no vuelta en sí y a mí junto a ella, en cuclillas, atento, mirando su espantosa y fea catadura. Acudió la gente del hospital, y, viendo aquel retablo, unos decían: *Ya la bendita Cañizares es muerta; mirad cuán disfigurada y flaca la tenía la penitencia*; otros, más considerados, la tomaron el pulso, y vieron que le tenía, y que no era muerta, por do se dieron a entender que estaba en éxtasis y arrobada, de puro buena. Otros hubo que dijeron: *Esta puta vieja sin duda debe de ser bruja, y debe de estar untada; que nunca los santos hacen tan deshonestos arrobos, y hasta ahora, entre los que la conocemos, más fama tiene de bruja que de santa.* Curiosos hubo que se llegaron a hincarle alfileres por las carnes, desde la punta hasta la cabeza: ni por eso recordaba la dormilona, ni volvió en sí hasta las siete del día; y, como se sintió acribada de los alfileres, y mordida de los carcañares, y magullada del arrastramiento fuera de su aposento, y a vista de tantos ojos que la estaban mirando, creyó, y creyó la verdad, que yo había sido el autor de su deshonra; y así, arremetió a mí, y, echándome ambas manos a la garganta, procuraba ahogarme diciendo: *¡Oh bellaco, desagradecido, ignorante y malicioso! ¿Y es éste el pago que merecen las buenas obras que a tu madre hice y de las que te pensaba hacer a ti?* Yo, que me vi en peligro de perder la vida entre las uñas de aquella fiera arpía, sacudíme, y, asiéndole de las luengas faldas de su vientre, la zamarreé y arrastré por todo el patio; ella daba voces que la librasen de los dientes de aquel maligno espíritu.

»Con estas razones de la mala vieja, creyeron los más que yo debía de ser algún demonio de los que tienen ojeriza continua con los buenos cristianos, y unos acudieron a echarme agua bendita, otros no osaban llegar a quitarme, otros daban voces que me conjurasen; la vieja gruñía, yo apretaba los dientes, crecía la confusión, y mi amo, que ya había llegado al ruido, se desesperaba oyendo decir que yo era demonio. Otros, que no sabían de exorcismos, acudieron a tres o cuatro garrotes, con los cuales comenzaron a santiguarme los lomos; escocióme la burla, solté la vieja, y en tres saltos me puse en la calle, y en pocos más salí de la villa, perseguido de una infinidad de muchachos, que iban a grandes voces diciendo: *¡Apártense que rabia el perro sabio!*; otros decían: *¡No rabia, sino que es demonio en figura de perro!* Con este molimiento, a campana herida salí del pueblo, siguiéndome muchos que indubitablemente creyeron que era demonio, así por las cosas que me habían visto hacer como por las palabras que la vieja dijo cuando despertó de su maldito sueño.

»Dime tanta priesa a huir y a quitarme delante de sus ojos, que creyeron que me había desparecido como demonio: en seis horas anduve doce leguas, y llegué a un rancho de gitanos que estaba en un campo junto a Granada. Allí me reparé un poco, porque algunos de los gitanos me conocieron por el perro sabio, y con no pequeño gozo me acogieron y escondieron en una cueva, porque no me hallasen si fuese buscado; con intención, a lo que después entendí, de ganar conmigo como lo hacía el atambor mi amo. Veinte días estuve con ellos, en los cuales supe y noté su vida y costumbres, que por ser notables es forzoso que te las cuente.»

CIPIÓN.—Antes, Berganza, que pases adelante, es bien que reparemos en lo que te dijo la bruja, y averigüemos si puede ser verdad la grande mentira a quien das crédito. Mira, Berganza, grandísimo disparate sería creer que la Camacha mudase los hombres en bestias y que el sacristán en forma de jumento la serviese los años que dicen que la sirvió. Todas estas cosas y las semejantes son embelecos, mentiras o apariencias del demonio; y si a nosotros nos parece ahora que tenemos algún entendimiento y razón, pues hablamos siendo verdaderamente perros, o estando en su figura, ya hemos dicho que éste es caso portentoso y jamás visto, y que, aunque le tocamos con las manos, no le habemos de dar crédito hasta tanto que el suceso dél nos muestre lo que conviene que creamos. ¿Quiéreslo ver más claro?

Considera en cuán vanas cosas y en cuán tontos puntos dijo la Camacha que consistía nuestra restauración; y aquellas que a ti te deben parecer profecías no son sino palabras de consejas o cuentos de viejas, como aquellos del caballo sin cabeza y de la varilla de virtudes, con que se entretienen al fuego las dilatadas noches del invierno; porque, a ser otra cosa, ya estaban cumplidas, si no es que sus palabras se han de tomar en un sentido que he oído decir se llama al[e]górico, el cual sentido no quiere decir lo que la letra suena, sino otra cosa que, aunque diferente, le haga semejanza; y así, decir:

Volverán a su forma verdadera
cuando vieren con presta diligencia
derribar los soberbios levantados,
y alzar a los humildes abatidos,
por mano poderosa para hacello,

tomándolo en el sentido que he dicho, paréceme que quiere decir que cobraremos nuestra forma cuando viéremos que los que ayer estaban en la cumbre de la rueda de la fortuna, hoy están hollados y abatidos a los pies de la desgracia, y tenidos en poco de aquellos que más los estimaban. Y, asimismo, cuando viéremos que otros que no ha dos horas que no tenían deste mundo otra parte que servir en él de número que acrecentase el de las gentes, y ahora están tan encumbrados sobre la buena dicha que los perdemos de vista; y si primero no parecían por pequeños y encogidos, ahora no los podemos alcanzar por grandes y levantados. Y si en esto consistiera volver nosotros a la forma que dices, ya lo hemos visto y lo vemos a cada paso; por do me doy a entender que no en el sentido alegórico, sino en el literal, se han de tomar los versos de la Camacha; ni tampoco en éste consiste nuestro remedio, pues muchas veces hemos visto lo que dicen y nos estamos tan perros como vees; así que, la Camacha fue burladora falsa, y la Cañizares embustera, y la Montiela tonta, maliciosa y bellaca, con perdón sea dicho, si acaso es nuestra madre de entrambos, o tuya, que yo no la quiero tener por madre. Digo, pues, que el verdadero sentido es un juego de bolos, donde con presta diligencia derriban los que están en pie y vuelven a alzar los caídos, y esto por la mano de quien lo puede hacer. Mira, pues, si en el discurso de nuestra vida habremos visto jugar a los bolos, y si hemos visto por esto haber vuelto a ser hombres, si es que lo somos.

BERGANZA.—Digo que tienes razón, Cipión hermano, y que eres más discreto de lo que pensaba; y de lo que has dicho vengo a pensar y creer que todo lo que hasta aquí hemos pasado y lo que estamos pasando es sueño, y que somos perrros; pero no por esto dejemos de gozar deste bien de la habla que tenemos y de la excelencia tan grande de tener discurso humano todo el tiempo que pudiéremos; y así, no te canse el oírme contar lo que me pasó con los gitanos que me escondieron en la cueva.

CIPIÓN.—De buena gana te escuho, por obligarte a que me escuches cuando te cuente, si el cielo fuere servido, los sucesos de mi vida.

BERGANZA.—«La que tuve con los gitanos fue considerar en aquel tiempo sus muchas malicias, sus embaimientos y embustes, los hurtos en que se ejercitan, así gitanas como gitanos, desde el punto casi que salen de las mantillas y saben andar. ¿Vees la multitud que hay dellos esparcida por España? Pues todos se conocen y tienen noticia los unos de los otros, y trasiegan y trasponen los hurtos déstos en aquéllos y los de aquéllos en éstos. Dan la obediencia, mejor que a su rey, a uno que llaman Conde, al cual, y a todos los que dél suceden, tienen el sobrenombre de Maldonado; y no porque vengan del apellido deste noble linaje, sino porque un paje de un caballero deste nombre se enamoró de una gitana, la cual no le quiso conceder su amor si no se hacía gitano y la tomaba por mujer. Hízolo así el paje, y agradó tanto a los demás gitanos, que le alzaron por señor y le dieron la obediencia; y, como en señal de vasallaje, le acuden con parte de los hurtos que hacen, como sean de importancia.

»Ocúpanse, por dar color a su ociosidad, en labrar cosas de hierro, haciendo instrumentos con que facilitan sus hurtos; y así, los verás siempre traer a vender por las calles tenazas, barrenas, martillos; y ellas, trébedes y badiles. Todas ellas son parteras, y en esto llevan ventaja a las nuestras, porque sin costa ni adherentes sacan sus partos a luz, y lavan las criaturas con agua fría en naciendo; y, desde que nacen hasta que mueren, se curten y muestran a sufrir las inclemencias y rigores del cielo; y así, verás que todos son alentados, volteadores, corredores y bailadores. Cásanse siempre entre ellos, porque no salgan sus malas costumbres a ser conocidas de otros; ellas guardan el decoro a sus maridos, y pocas hay que les ofendan con otros que no sean de su generación. Cuando piden limosna, más la sacan con invenciones y chocarrerías que con devociones; y, a título que no hay quien se fíe dellas, no sirven y dan en ser holgazanas. Y pocas o ninguna vez he visto, si mal no me acuerdo, ninguna gitana a pie de altar comulgando, puesto que muchas veces he entrado en las iglesias.

»Son sus pensamientos imaginar cómo han de engañar y dónde han de hurtar; confieren sus hurtos y el modo que tuvieron en hacellos; y así, un día contó un gitano delante de mí a otros un engaño y hurto que un día había hecho a un labrador, y fue que el gitano tenía un asno rabón, y en el pedazo de la cola que tenía sin cerdas le ingirió otra peluda, que parecía ser suya natural. Sacóle al mercado, comprósele un labrador por diez ducados, y, en habiéndosele vendido y cobrado el dinero, le dijo que si quería comprarle otro asno hermano del mismo, y tan bueno como el que llevaba, que se le vendería por más buen precio. Respondióle el labrador que fuese por él y le trujese, que él se le compraría, y que en tanto que volviese llevaría el comprado a su posada. Fuese el labrador, siguióle el gitano, y sea como sea, el gitano tuvo maña de hurtar al labrador el asno que le había vendido, y al mismo instante le quitó la cola postiza y quedó con la suya pelada. Mudóle la albarda y jáquima, y atrevióse a ir a buscar al labrador para que se le comprase, y hallóle antes que hubiese echado menos el asno primero, y a pocos lances compró el segundo. Fuésele a pagar a la posada, donde halló menos la bestia a la bestia; y, aunque lo era mucho, sospechó que el gitano se le había hurtado, y no quería pagarle. Acudió el gitano por testigos, y trujo a los que habían cobrado la alcabala del primer jumento, y juraron que el gitano había vendido al labrador un asno con una cola muy larga y muy diferente del asno segundo que vendía. A todo esto se halló presente un alguacil, que hizo las partes del gitano con tantas veras que el labrador hubo de pagar el asno dos veces. Otros muchos hurtos contaron, y todos, o los más, de bestias, en quien son ellos graduados y en lo que más se ejercitan. Finalmente, ella es mala gente, y, aunque muchos y muy prudentes jueces han salido contra ellos, no por eso se enmiendan.

»A cabo de veinte días, me quisieron llevar a Murcia; pasé por Granada, donde ya estaba el capitán, cuyo atambor era mi amo. Como los gitanos lo supieron, me encerraron en un aposento del mesón donde vivían; oíles decir la causa, no me pareció bien el viaje que llevaban, y así, determiné soltarme, como lo hice; y, saliéndome de Granada, di en una huerta de un morisco, que me acogió de buena voluntad, y yo quedé con mejor, pareciéndome que no me querría para más de para guardarle la huerta: oficio, a mi cuenta, de menos trabajo que el de guardar ganado. Y, como no había allí altercar sobre tanto más cuanto al salario, fue cosa fácil hallar el morisco criado a quien mandar y yo amo a quien servir. Estuve con él más de un mes, no por el gusto de la vida que tenía, sino por el que me daba saber la de mi amo, y por ella la de todos cuantos moriscos viven en España.»

¡Oh cuántas y cuáles cosas te pudiera decir, Cipión amigo, desta morisca canalla, si no temiera no poderlas dar fin en dos semanas! Y si las hubiera de particularizar, no acabara en dos meses; mas, en efeto, habré de decir algo; y así, oye en general lo que yo vi y noté en particular desta buena gente.

»Por maravilla se hallará entre tantos uno que crea derechamente en la sagrada ley cristiana; todo su intento es acuñar y guardar dinero acuñado, y para conseguirle trabajan y no comen;

en entrando el real en su poder, como no sea sencillo, le condenan a cárcel perpetua y a escuridad eterna; de modo que, ganando siempre y gastando nunca, llegan y amontonan la mayor cantidad de dinero que hay en España. Ellos son su hucha, su polilla, sus picazas y sus comadrejas; todo lo llegan, todo lo esconden y todo lo tragan. Considérese que ellos son muchos y que cada día ganan y esconden, poco o mucho, y que una calentura lenta acaba la vida como la de un tabardillo; y, como van creciendo, se van aumentando los escondedores, que crecen y han de crecer en infinito, como la experiencia lo muestra. Entre ellos no hay castidad, ni entran en religión ellos ni ellas: todos se casan, todos multiplican, porque el vivir sobriamente aumenta las causas de la generación. No los consume la guerra, ni ejercicio que demasiadamente los trabaje; róbannos a pie quedo, y con los frutos de nuestras heredades, que nos revenden, se hacen ricos. No tienen criados, porque todos lo son de sí mismos; no gastan con sus hijos en los estudios, porque su ciencia no es otra que la del robarnos. De los doce hijos de Jacob que he oído decir que entraron en Egipto, cuando los sacó Moisés de aquel cautiverio, salieron seiscientos mil varones, sin niños y mujeres. De aquí se podrá inferir lo que multiplicarán las déstos, que, sin comparación, son en mayor número.»

CIPIÓN.—Buscado se ha remedio para todos los daños que has apuntado y bosquejado en sombra; que bien sé que son más y mayores los que callas que los que cuentas, y hasta ahora no se ha dado con el que conviene; pero celadores prudentísimos tiene nuestra república que, considerando que España cría y tiene en su seno tantas víboras como moriscos, ayudados de Dios, hallarán a tanto daño cierta, presta y segura salida. Di adelante.

BERGANZA.—«Como mi amo era mezquino, como lo son todos los de su casta, sustentábame con pan de mijo y con algunas sobras de zahínas, común sustento suyo; pero esta miseria me ayudó a llevar el cielo por un modo tan estraño como el que ahora oirás.

»Cada mañana, juntamente con el alba, amanecía sentado al pie de un granado, de muchos que en la huerta había, un mancebo, al parecer estudiante, vestido de bayeta, no tan negra ni tan peluda que no pareciese parda y tundida. Ocupábase en escribir en un cartapacio y de cuando en cuando se daba palmadas en la frente y se mordía las uñas, estando mirando al cielo; y otras veces se ponía tan imaginativo, que no movía pie ni mano, ni aun las pestañas: tal era su embelesamiento. Una vez me llegué junto a él, sin que me echase de ver; oíle murmurar entre dientes, y al cabo de un buen espacio dio una gran voz, diciendo: *¡Vive el Señor, que es la mejor octava que he hecho en todos los días de mi vida!* Y, escribiendo apriesa en su cartapacio, daba muestras de gran contento; todo lo cual me dio a entender que el desdichado era poeta. Hícele mis acostumbradas caricias, por asegurarle de mi mansedumbre; echéme a sus pies, y él, con esta seguridad, prosiguió en sus pensamientos y tornó a rascarse la cabeza y a sus arrobos, y a volver a escribir lo que había pensado. Estando en esto, entró en la huerta otro mancebo, galán y bien aderezado, con unos papeles en la mano, en los cuales de cuando en cuando leía. Llegó donde estaba el primero y díjole: "¿Habéis acabado la primera jornada?". "Ahora le di fin —respondió el poeta—, la más gallardamente que imaginarse puede". "¿De qué manera?", preguntó el segundo. "Désta — respondió el primero—: Sale Su Santidad del Papa vestido de pontifical, con doce cardenales, todos vestidos de morado, porque cuando sucedió el caso que cuenta la historia de mi comedia era tiempo de mutatio caparum, en el cual los cardenales no se visten de rojo, sino de morado; y así, en todas maneras conviene, para guardar la propiedad, que estos mis cardenales salgan de morado; y éste es un punto que hace mucho al caso para la comedia; y a buen seguro dieran en él, y así hacen a cada paso mil impertinencias y disparates. Yo no he podido errar en esto, porque he leído todo el ceremonial romano, por sólo acertar en estos vestidos". "Pues ¿de dónde queréis vos —replicó el otro— que tenga mi autor vestidos morados para doce cardenales?". "Pues si me quita uno tan sólo — respondió el poeta—, así le daré yo mi comedia como volar. ¡Cuerpo de tal! ¿Esta apariencia tan grandiosa se ha de perder? Imaginad vos desde aquí lo que parecerá en un teatro un Sumo Pontífice con doce graves cardenales y con otros ministros de acompañamiento que forzosamente han de traer consigo. ¡Vive el cielo, que sea uno de los mayores y más altos espectáculos que se haya visto en comedia, aunque sea la del *Ramillete de Daraja!*"

»Aquí acabé de entender que el uno era poeta y el otro comediante. El comediante aconsejó al poeta que cercenase algo de los cardenales, si no quería imposibilitar al autor el hacer la comedia. A lo que dijo el poeta que le agradeciesen que no había puesto todo el cónclave que se halló junto al acto memorable que pretendía traer a la memoria de las gentes en su felicísima comedia. Rióse el recitante y dejóle en su ocupación por irse a la suya, que era estudiar un papel de una comedia nueva. El poeta, después de haber escrito algunas coplas de su magnífica comedia, con mucho sosiego y espacio sacó de la faldriquera algunos mendrugos de pan y obra de veinte pasas, que, a mi parecer, entiendo que se las conté, y aun estoy en duda si eran tantas, porque juntamente con ellas hacían bulto ciertas migajas de pan que las acompañaban. Sopló y apartó las migajas, y una a una se comió las pasas y los palillos, porque no le vi arrojar ninguno, ayudándolas con los mendrugos, que morados con la borra de la faldriquera, parecían mohosos, y eran tan duros de condición que, aunque él procuró enternecerlos, paseándolos por la boca una y muchas veces, no fue posible moverlos de su terquedad; todo lo cual redundó en mi provecho, porque me los arrojó, diciendo: ¡To, to! *Toma, que buen provecho te hagan. ¡Mirad —dije entre mí— qué néctar o ambrosía me da este poeta, de los que ellos dicen que se mantienen los dioses y su Apolo allá en el cielo!* En fin, por la mayor parte, grande es la miseria de los poetas, pero mayor era mi necesidad, pues me obligó a comer lo que él desechaba. En tanto que duró la composición de su comedia, no dejó de venir a la huerta ni a mí me faltaron mendrugos, porque los repartía conmigo con mucha liberalidad, y luego nos íbamos a la noria, donde, yo de bruces y él con un cangilón, satisfacíamos la sed como unos monarcas. Pero faltó el poeta y sobró en mí la hambre tanto, que determiné dejar al morisco y entrarme en la ciudad a buscar ventura, que la halla el que se muda.

»Al entrar de la ciudad vi que salía del famoso monasterio de San Jerónimo mi poeta, que como me vio se vino a mí con los brazos abiertos, y yo me fui a él con nuevas muestras de regocijo por haberle hallado. Luego, al instante comenzó a desembaular pedazos de pan, más tiernos de los que solía llevar a la huerta, y a entregarlos a mis dientes sin repasarlos por los suyos: merced que con nuevo gusto satisfizo mi hambre. Los tiernos mendrugos, y el haber visto salir a mi poeta del monasterio dicho, me pusieron en sospecha de que tenía las musas vergonzantes, como otros muchos las tienen.

»Encaminóse a la ciudad, y yo le seguí con determinación de tenerle por amo si él quisiese, imaginando que de las sobras de su castillo se podía mantener mi real; porque no hay mayor ni mejor bolsa que la de la caridad, cuyas liberales manos jamás están pobres; y así, no estoy bien con aquel refrán que dice: "Más da el duro que el desnudo", como si el duro y avaro diese algo, como lo da el liberal desnudo, que, en efeto, da el buen deseo cuando más no tiene. De lance en lance, paramos en la casa de un autor de comedias que, a lo que me acuerdo, se llamaba Angulo el Malo, [...] de otro Angulo, no autor, sino representante, el más gracioso que entonces tuvieron y ahora tienen las comedias. Juntóse toda la compañía a oír la comedia de mi amo, que ya por tal la tenía; y, a la mitad de la jornada primera, uno a uno y dos a dos, se fueron saliendo todos, excepto el autor y yo, que servíamos de oyentes. La comedia era tal, que, con ser yo un asno en esto de la poesía, me pareció que la había compuesto el mismo Satanás, para total ruina y perdición del mismo poeta, que ya iba tragando saliva, viendo la soledad en que el auditorio le había dejado; y no era mucho, si el alma, présaga, le decía allá dentro la desgracia que le estaba amenazando, que fue volver todos los recitantes, que pasaban de doce, y, sin hablar palabra, asieron de mi poeta, y si no fuera porque la autoridad del autor, llena de ruegos y voces, se puso de por medio, sin duda le mantearan. Quedé yo del caso pasmado; el autor, desabrido; los farsantes, alegres, y el poeta, mohíno; el cual, con mucha paciencia, aunque algo torcido el rostro, tomó su comedia, y, encerrándosela en el seno, medio murmurando, dijo: *No es bien echar las margaritas a los puercos.* Y con esto se fue con mucho sosiego.

»Yo, de corrido, ni pude ni quise seguirle; y acertélo, a causa que el autor me hizo tantas caricias que me obligaron a que con él me quedase, y en menos de un mes salí grande entremesista y gran farsante de figuras mudas. Pusiéronme un freno de orillos y enseñáronme a que arremetiese en el teatro a quien ellos querían; de modo que, como los entremeses solían acabar por la mayor parte en palos, en la compañía de mi amo acababan en zuzarme, y yo derribaba y atropellaba a todos, con que daba que reír a los ignorantes y mucha ganancia a mi dueño.»

¡Oh Cipión, quién te pudiera contar lo que vi en ésta y en otras dos compañías de comediantes en que anduve! Mas, por no ser posible reducirlo a narración sucinta y breve, lo habré de dejar para otro día, si es que ha de haber otro día en que nos comuniquemos ¿Vees cuán larga ha sido mi plática? ¿Vees mis muchos y diversos sucesos? ¿Consideras mis caminos y mis amos tantos? Pues todo lo que has oído es nada, comparado a lo que te pudiera contar de lo que noté, averigüé y vi desta gente: su proceder, su vida, sus costumbres, sus ejercicios, su trabajo, su ociosidad, su ignorancia y su agudeza, con otras infinitas cosas: unas para decirse al oído y otras para aclamallas en público, y todas para hacer memoria dellas y para desengaño de muchos que idolatran en figuras fingidas y en bellezas de artificio y de transformación.

CIPIÓN.—Bien se me trasluce, Berganza, el largo campo que se te descubría para dilatar tu plática, y soy de parecer que la dejes para cuento particular y para sosiego no sobresaltado.

BERGANZA.—Sea así, y escucha.

«Con una compañía llegué a esta ciudad de Valladolid, donde en un entremés me dieron una herida que me llegó casi al fin de la vida; no pude vengarme, por estar enfrenado entonces, y después, a sangre fría, no quise: que la venganza pensada arguye crueldad y mal ánimo. Cansóme aquel ejercicio, no por ser trabajo, sino porque veía en él cosas que juntamente pedían enmienda y castigo; y, como a mí estaba más el sentillo que el remediallo, acordé de no verlo; y así, me acogí a sagrado, como hacen aquellos que dejan los vicios cuando no pueden ejercitallos, aunque más vale tarde que nunca. Digo, pues, que, viéndote una noche llevar la linterna con el buen cristiano Mahudes, te consideré contento y justa y santamente ocupado; y lleno de buena envidia quise seguir tus pasos, y con esta loable intención me puse delante de Mahudes, que luego me eligió para tu compañero y me trujo a este hospital. Lo que en él me ha sucedido no es tan poco que no haya menester espacio para contallo, especialmente lo que oí a cuatro enfermos que la suerte y la necesidad trujo a este hospital, y a estar todos cuatro juntos en cuatro camas apareadas.»

Perdóname, porque el cuento es breve, y no sufre dilación, y viene aquí de molde.

CIPIÓN.—Sí perdono. Concluye, que, a lo que creo, no debe de estar lejos el día.

BERGANZA.—«Digo que en las cuatro camas que están al cabo desta enfermería, en la una estaba un alquimista, en la otra un poeta, en la otra un matemático y en la otra uno de los que llaman arbitristas.»

CIPIÓN.—Ya me acuerdo haber visto a esa buena gente.

BERGANZA.—«Digo, pues, que una siesta de las del verano pasado, estando cerradas las ventanas y yo cogiendo el aire debajo de la cama del uno dellos, el poeta se comenzó a quejar lastimosamente de su fortuna, y, preguntándole el matemático de qué se quejaba, respondió que de su corta suerte. *¿Cómo, y no será razón que me queje —prosiguió—, que, habiendo yo guardado lo que Horacio manda en su Poética, que no salga a luz la obra que, después de compuesta, no hayan pasado diez años por ella, y que tenga yo una de veinte años de ocupación y doce de pasante, grande en el sujeto, admirable y nueva en la invención, grave en el verso, entretenida en los episodios, maravillosa en la división, porque el principio responde al medio y al fin, de manera que constituyen el poema alto,* sonoro, heroico, deleitable y sustancioso; y que, con todo esto, no hallo un príncipe a quien dirigirle? Príncipe, digo, que sea inteligente, liberal y magnánimo. ¡Mísera edad y depravado siglo nuestro! ¿De qué trata el libro?, preguntó el alquimista. Respondió el poeta: Trata de lo que dejó de escribir el Arzobispo Turpín del Rey Artús de Inglaterra, con otro suplemento de la Historia de la demanda del Santo Brial, y todo en verso heroico, parte en octavas y parte en verso suelto; pero todo esdrújulamente, digo en esdrújulos de nombres sustantivos, sin admitir verbo alguno. A mí —respondió el alquimista— poco se me entiende de poesía; y así, no sabré poner en su punto la desgracia de que vuesa merced se queja, puesto que, aunque fuera mayor, no se igualaba a la mía, que es que, por faltarme instrumento, o un príncipe que me apoye y me dé a la mano los requisitos que la ciencia de la alquimia pide, no estoy ahora manando en oro y con más riquezas que los Midas, que los Crasos y Cresos. ¿Ha hecho vuesa merced —dijo a esta sazón el matemático—, señor alquimista, la experiencia de sacar plata de otros metales? Yo —respondió el alquimista— no la he sacado hasta agora, pero realmente sé que se saca, y a mí no me faltan dos meses para acabar la piedra filosofal, con que se puede hacer plata y oro de las mismas piedras. Bien han exagerado vuesas mercedes sus desgracias —dijo a esta sazón el matemático—; pero, al fin, el uno tiene libro que dirigir y el otro está en potencia propincua de sacar la piedra filosofal; más, ¿qué diré yo de la mía, que es tan sola que no tiene dónde arrimarse? Veinte y dos años ha que ando tras hallar el punto fijo, y aquí lo dejo y allí lo tomo; y, pareciéndome que ya lo he hallado y que no se me puede escapar en ninguna manera, cuando no me cato, me hallo tan lejos dél, que me admiro. Lo mismo me acaece con la cuadratura del círculo: que he llegado tan al remate de hallarla, que no sé ni puedo pensar cómo no la tengo ya en la faldriquera; y así, es mi pena semejante a las de Tántalo, que está cerca del fruto y muere de hambre, y propincuo al agua y perece de sed. Por momentos pienso dar en la coyuntura de la verdad, y por minutos me hallo tan lejos della, que vuelvo a subir el monte que acabé de bajar, con el canto de mi trabajo a cuestas, como otro nuevo Sísifo.

»Había hasta este punto guardado silencio el arbitrista, y aquí le rompió diciendo: Cuatro quejosos tales que lo pueden ser del Gran Turco ha juntado en este hospital la pobreza, y reniego yo de oficios y ejercicios que ni entretienen ni dan de comer a sus dueños. Yo, señores, soy arbitrista, y he dado a Su Majestad en diferentes tiempos muchos y diferentes arbitrios, todos en provecho suyo y sin daño del reino; y ahora tengo hecho un memorial donde le suplico me señale persona con quien comunique un nuevo arbitrio que tengo: tal, que ha de ser la total restauración de sus empeños; pero, por lo que me ha sucedido con otros memoriales, entiendo que éste también ha de parar en el carnero. Mas, porque vuesas mercedes no me tengan por mentecapto, aunque mi arbitrio quede desde este punto público, le quiero decir, que es éste: Hase de pedir en Cortes que todos los vasallos de Su Majestad, desde edad de catorce a sesenta años, sean obligados a ayunar una vez en el mes a pan y agua, y esto ha de ser el día que se escogiere y señalare, y que todo el gasto que en otros condumios de fruta, carne y pescado, vino, huevos y legumbres que han de gastar aquel día, se reduzga a dinero, y se dé a Su Majestad, sin defraudalle un ardite, so cargo de juramento; y con esto, en veinte años queda libre de socaliñas y desempeñado. Porque si se hace la cuenta, como yo la tengo hecha, bien hay en España más de tres millones de personas de la dicha edad, fuera de los enfermos, más viejos o más muchachos, y ninguno déstos dejará de gastar, y esto contado al menorete, cada día real y medio; y yo quiero que sea no más de un real, que no puede ser menos, aunque coma alholvas. Pues ¿paréceles a vuesas mercedes que sería barro tener cada mes tres millones de reales como ahechados? Y esto antes sería provecho que daño a los ayunantes, porque con el ayuno agradarían al cielo y servirían a su Rey; y tal podría ayunar que le fuese conveniente para su salud. Este es arbitrio limpio de polvo y de paja, y podríase coger por parroquias, sin costa de comisarios, que destruyen la república. Riyéronse todos del arbitrio y del arbitrante, y él también se riyó de sus disparates; y yo quedé admirado de haberlos oído y de ver que, por la mayor parte, los de semejantes humores venían a morir en los hospitales.»

CIPIÓN.—Tienes razón, Berganza. Mira si te queda más que decir.

BERGANZA.—Dos cosas no más, con que daré fin a mi plática, que ya me parece que viene el día.

«Yendo una noche mi mayor a pedir limosna en casa del corregidor desta ciudad, que es un gran caballero y muy gran cristiano, hallámosle solo; y parecióme a mí tomar ocasión de aquella soledad para decirle ciertos advertimientos que había oído decir a un viejo enfermo deste hospital, acerca de cómo se podía remediar la perdición tan notoria de las mozas vagamundas, que por no servir dan en malas, y tan malas, que pueblan los veranos todos los hospitales de los perdidos que las siguen: plaga intolerable y que pedía presto y eficaz remedio. Digo que, queriendo decírselo, alcé la voz, pensando que tenía habla, y en lugar de pronunciar razones concertadas ladré con tanta priesa y con tan levantado tono que, enfadado el corregidor, dio voces a sus criados que me echasen de la sala a palos; y un lacayo que acudió a la voz de su señor, que fuera mejor que por entonces estuviera sordo, asió de una cantimplora de cobre que le vino a la mano, y diómela tal en mis costillas, que hasta ahora guardo las reliquias de aquellos golpes.»

CIPIÓN.—Y ¿quéjaste deso, Berganza?

BERGANZA.—Pues ¿no me tengo de quejar, si hasta ahora me duele, como he dicho, y si me parece que no merecía tal castigo mi buena intención?

CIPIÓN.—Mira, Berganza, nadie se ha de meter donde no le llaman, ni ha de querer usar del oficio que por ningún caso le toca. Y has de considerar que nunca el consejo del pobre, por bueno que sea, fue admitido, ni el pobre humilde ha de tener presunción de aconsejar a los grandes y a los que piensan que se lo saben todo. La sabiduría en el pobre está asombrada; que la necesidad y miseria son las sombras y nubes que la escurecen, y si acaso se descubre, la juzgan por tontedad y la tratan con menosprecio.

BERGANZA.—Tienes razón, y, escarmentando en mi cabeza, de aquí adelante seguiré tus consejos.

«Entré asimismo otra noche en casa de una señora principal, la cual tenía en los brazos una perrilla destas que llaman de falda, tan pequeña que la pudiera esconder en el seno; la cual, cuando me vio, saltó de los brazos de su señora y arremetió a mí ladrando, y con tan gran denuedo, que no paró hasta morderme de una pierna. Volvíla a mirar con respecto y con enojo, y dije entre mí: *Si yo os cogiera, animalejo ruin, en la calle, o no hiciera caso de vos o os hiciera pedazos entre los dientes.* Consideré en ella que hasta los cobardes y de poco ánimo son atrevidos e insolentes cuando son favorecidos, y se adelantan a ofender a los que valen más que ellos.»

CIPIÓN.—Una muestra y señal desa verdad que dices nos dan algunos hombrecillos que a la sombra de sus amos se atreven a ser insolentes; y si acaso la muerte o otro accidente de fortuna derriba el árbol donde se arriman, luego se descubre y manifiesta su poco valor; porque, en efeto, no son de más quilates sus prendas que los que les dan sus dueños y valedores. La virtud y el buen entendimiento siempre es una y siempre es uno: desnudo o vestido, solo o acompañado. Bien es verdad que puede padecer acerca de la estimación de las gentes, mas no en la realidad verdadera de lo que merece y vale. Y, con esto, pongamos fin a esta plática, que la luz que entra por estos resquicios muestra que es muy entrado el día, y esta noche que viene, si no nos ha dejado este grande beneficio de la habla, será la mía, para contarte mi vida.

BERGANZA.—Sea ansí, y mira que acudas a este mismo puesto.

El acabar el Coloquio el licenciado y el despertar el alférez fue todo a un tiempo; y el licenciado dijo:

—Aunque este coloquio sea fingido y nunca haya pasado, paréceme que está tan bien compuesto que puede el señor alférez pasar adelante con el segundo.

—Con ese parecer —respondió el alférez— me animaré y disporné a escribirle, sin ponerme más en disputas con vuesa merced si hablaron los perros o no.

A lo que dijo el licenciado:

—Señor Alférez, no volvamos más a esa disputa. Yo alcanzo el artificio del Coloquio y la invención, y basta. Vámonos al Espolón a recrear los ojos del cuerpo, pues ya he recreado los del entendimiento.

—Vamos —dijo el alférez.

Y, con esto, se fueron.

Apéndices

Las Novelas ejemplares son una serie de novelas cortas que Miguel de Cervantes escribió entre 1590 y 1612, y que publicaría en 1613 en una colección impresa en Madrid por Juan de la Cuesta, dada la gran acogida que obtuvo con la primera parte del Quijote.

Se trata de doce novelas cortas que siguen el modelo establecido en Italia. Su denominación de ejemplares obedece al carácter didáctico y moral que incluyen en alguna medida los relatos.

Se suelen agrupar en dos series: las de carácter idealista y las de carácter realista. Las de carácter idealista, que son las más próximas a la influencia italiana, se caracterizan por tratar argumentos de enredos amorosos con gran abundancia de acontecimientos, por la presencia de personajes idealizados y sin evolución psicológica y por el escaso reflejo de la realidad. Se agrupan aquí: El amante liberal, Las dos doncellas, La española inglesa, La señora Cornelia y La fuerza de la sangre. Las de carácter realista atienden más a la descripción de ambientes y personajes realistas, con intención crítica muchas veces. Son los relatos más conocidos: Rinconete y Cortadillo, El licenciado Vidriera, La gitanilla, El coloquio de los perros o La ilustre fregona. No obstante, la separación entre los dos grupos no es tajante y, por ejemplo, en las novelas más realistas se pueden encontrar también elementos idealizantes.

Made in the USA
Monee, IL
22 March 2022

93318970R00134